Hankou

漢口

laotongcheng zengjia

老通城曾家

三部曲·第二部

救亡

曾宪德 / 著

武汉出版社
Wuhan pubushing house

(鄂)新登字 08 号
图书在版编目(CIP)数据
汉口老通城曾家. 2,救亡/曾宪德著.
—武汉:武汉出版社,2016. 11
ISBN 978－7－5582－0835－5
Ⅰ. ①汉…　Ⅱ. ①曾…　Ⅲ. ①长篇小说－中国－当代
Ⅳ. ①I247. 5
中国版本图书馆 CIP 数据核字(2016)第 247256 号

著　　者:曾宪德
责任编辑:徐建文
装帧设计:马　波
出　版:武汉出版社
社　址:武汉市江汉区新华路 490 号　　邮　编:430015
电　话:(027)85606403　85600625
http://www.whcbs.com　　E-mail:zbs@whcbs.com
印　刷:武汉中科兴业印务有限公司　　经　销:新华书店
开　本:787mm×1092mm　1/16
印　张:28.5　　字　数:460 千字
版　次:2016 年 11 月第 1 版　　2016 年 11 月第 1 次印刷
定　价:49.00 元

目录

第一章
成功岁月 / 1

一、"通成"的早晨 / 3
二、大智旅馆 / 8
三、重庆来客 / 11
四、昭萍遇初次考验 / 13
五、知音 / 17
六、《申报》新雇员 / 21
七、姐妹离家出走 / 25
八、父女之战 / 31
九、到处有财路 / 35
十、梦想再升级 / 39
十一、昭萍完婚 / 43

十二、姐弟同游 / 47
十三、日租界 / 54
十四、父女交心 / 58
十五、大少爷昭舫 / 63
十六、戴承喜受凌 / 67
十七、故乡口碑 / 71
十八、议进西蜀 / 74
十九、聚宴“通成” / 80
二十、倭浪人恣肆“祁万顺” / 85
二十一、万国旅馆 / 91

第二章
武大学子 / 97

一、新学年 / 99
二、沉闷的校园 / 105
三、为了歌唱 / 111
四、大潮将至 / 118
五、“大智旅馆”的密会 / 124
六、才女楚箫 / 127
七、“一二·九”风暴 / 130
八、热血高歌傲寒冬 / 137
九、救亡序幕曲 / 143
十、将《义勇军进行曲》带回武汉 / 147
十一、寻找组织 / 148
十二、春风拂柳 / 151
十三、清明回乡 / 160
十四、“抗日饭店” / 164

第三章
梦断珞珈 / 169

一、湖山灵秀 / 171
二、暗藏杀机的校园 / 178
三、昭萍的软肋 / 184
四、投入工运 / 189
五、秋平回汉 / 193
六、“一二·九”周年 / 200
七、温馨家庭 / 204
八、幽静昙华林 / 209
九、人生话题 / 213
十、营救知秋 / 218
十一、蓝衣社枪打出头鸟 / 225
十二、挺身而出 / 233
十三、珞珈受难者 / 239
十四、变态校长毒打昭诚 / 244
十五、学子的骨气 / 249
十六、北平之行 / 253
十七、投入全民族的抗敌战争 / 258

第四章
《大家唱》/ 263

一、《大家唱》的诞生 / 265
二、楚妮回汉 / 272
三、广诚不放弃 / 275
四、“业余歌咏队”成立 / 282

五、地痞打砸歌咏队 / 285
六、走向街头 / 291
七、戴家有女初长成 / 296
八、结识冼星海 / 300
九、生意人的爱国心 / 305
十、冼星海到歌咏团 / 309
十一、双十节 / 312
十二、并肩情谊 / 318
十三、三栖明星马莉 / 324
十四、重上珞珈山 / 326
十五、复兴社少尉魏公博 / 333
十六、糖“慌”背后 / 337
十七、南京沦陷 / 342
十八、《游击军》歌 / 345
十九、潘乃斌投笔从戎 / 349
二十、小队员章祯青 / 351

第五章
保卫大武汉 / 357

一、戊寅新年 / 359
二、江南三月 / 367
三、魏公博智擒汉奸 / 370
四、老将军送孙从军 / 374
五、铁的支流 / 377
六、知交私语时 / 386
七、抗战舞台上的新演员 / 391
八、《太行山上》的诞生 / 395
九、水上火炬大游行 / 397

十、“七七献金” / 401
十一、筹划撤离 / 405
十二、蹊跷暴雨天 / 410
十三、羽田设局会广诚 / 413
十四、“我还要回来的” / 417
十五、陆财宝良心回归 / 420
十六、拒当伪会长 / 422
十七、艰难的放弃 / 426
十八、黎黄陂路口的枪战 / 431
十九、撤离 / 434
二十、铁蹄下的城市 / 441

漢口

Hankou laotongcheng zengjia

老通城曾家

第二部·救亡

第一章　成功岁月

上世纪三十年代汉口全景

一、“通成”的早晨

汉口的早晨与多年前一样，还是由天不亮就赶进城来的农民唤醒的。“下河”的担子队伍吆喝着走过背街和巷道后，菜农们的担子就开始在集市和沿街静静地展开。从梦中醒来的市民们，这才会去感觉江面上不时传来的轮船沉闷的汽笛声。

时光这东西说来真怪，一天一天好像过得很慢，可二十八年却一晃就过了。这多年来，曾广诚睁开眼睛就自然地忙着思想，压力也就升起，或无奈、或麻木、或迫不及待、或心事重重地面对新的一天，他什么没经历过啊？现在回头想来，当初和他一样怀着梦想进城的同乡大多都不太清楚去向了，或许有些人与自己的哥哥广智一样退却回乡了吧？可是他，在历尽艰辛后，现在开始在享受成功，早上的感觉变得清新和令人亢奋了。

天还没亮，他的“通成饮食店”就已经准备好，等着迎接第一个顾客。随着街上的嘈杂声渐渐泛起，吃早点的人们将陆续到来。等到门一打开，每日赶来吃“头汤面”、“头汤水饺”的几位老食客就会一拥而入。这时广诚多半已晨练回来，他喜欢站在街对面，欣赏自己店前被热腾腾的蒸汽烘托着的早上的繁忙。对他而言，这繁忙是上天赐给他的享受，告慰他生意在景气向上。

早晨的供给全是小吃，胡豆皮带着两个师傅在大门口的三个炉灶上忙活，蒸笼里的是包子、烧卖、发糕，平底铁锅上是锅贴饺、锅贴小包，圆底铁锅是蛋光豆皮、带馅豆皮，进入大堂则有汤面、肉丝面、伏汁酒、汤圆、稀饭、豆浆、油煎食品等。这些东西大多便宜,而客人们一早也都想求个快。汉口各个店相同的早点品种价钱都相差无几,就看谁做得好、堆头大。

广诚当然知道品种必须要好吃、要便宜,“通成”的糯米包油条就因比别人给的糖多,还掺有黑芝麻,每天都供不应求,虽说因此赚头少了,但“舍得给他们吃”的经营信条一定不打折扣。他知道其实所有别家小吃都利润不高,卖得再热闹,也不能指望能赚多少钱。

“通成”的品种已不是当年在吉庆街开店时可以比的了,那时整个经营的花样比这早点的都还要少哩!想到这里,广诚不由得脸上掠过一丝得意。

他照例装着不在意地逛出,偷窥一下隔壁“祁万顺”的生意,迅速在心里和自己这边进行着比较。刚才那边的祁老板已经在这边店门口晃过一次了,其实同行们都心照不宣的。广诚想着这些,忍不住暗笑了一下,转过身来去到后面厨房。

公新里的巷道里,靠厨房一边的角落也正热气腾腾,牛万贵熟练地从一个粗篾编成的大鸡笼中飞快地逮出一只只活鸡,左手掰鸡头向上亮出脖子,拿刀

大智路口

的右手腾出两指簌簌两下就拔去颌边的毛，顺手轻轻一刀抹过，随即将其丢进旁边的另一只鸡笼，任其在那堆垂死挣扎的鸡群中扑腾着死去。而他手上已在处理下一只，每只不过十几秒。

在巷道的另一边，蒲静娴旁若无人地微闭双眼，双手合十，在为每一只为人们口福而殉难的鸡们念经，超度它们的亡灵，以求上苍原谅她家为生计不得已而为之的杀生。

红案大师傅姜胖子拿来一只小桶重重地搁到牛万贵面前，责怪道："我跟你说过多少次了，留点鸡血，炒鸡杂好凑堆头，比拿鸡蛋凑总要合算些吧？"牛万贵便笑呵呵地将手上那只鸡向桶里放血，姜胖子边离去边还嘀咕着："只想求快，天天那么多鸡血都糟蹋了！"

厨房的徒弟提来两桶滚开的水，倒在一个大木盆中，牛万贵立即将已死去的和一息尚存的数十只鸡抓了浸进去，搅拌之后，开始飞快地拔毛。左手从滚烫的水中拧起一只，右手刷刷几下抹过就是一只，随手甩进另一大盆。由徒弟拿去用明火一只只燎去余毛，然后清洗和开膛。

广诚又转回前堂柜台边。他不让管家田贵义上早班，请了戴承喜的三女婿，姓杜名季卿的来帮忙坐柜台。大儿子曾昭舫听到杜季卿这名字时曾忍不住大笑，说像是《儒林外史》中杜仲卿、杜少卿家里的人。广诚也乐，因为他觉得儿子很有学问，为此他还找田爷借了《儒林外史》读了一遍。

到十点以后，早营业的高峰就过去了，只不时有些走进店里去香烟柜买烟的人。白案的领班大师傅淘气（曾广业）会来到店门前面，换下负责早点的胡豆皮（胡光汉）师傅去休息。去跑马场经营摊点的两轮板车，会由老店员和尚（曾昭财）带领两个徒弟出发，部分卖剩下的早点也会带去。

下面该轮到煨汤大师傅章狗子唱主角了，他已经在厨房忙了一早。厨房最后边有一个砖砌的大炉灶，一边是煤炭炉，敞烧着"文火"，几排煨汤罐子整整齐齐等距隔开在火床上摆着，如同列阵。另一边是烧糠壳的灶，面积不到那边一半，用糠稃木屑烧的慢火焖煨鸡汤，也如同井阵，罐子却是与那个灶不同的，每罐鸡汤的卖价要高两成，每日供应还是限量的，却向来都供不应求。章师傅刻意卖足了关子，顾客们也自然冒出一帮来自动地大加捧场和宣传，赞扬这焖煨鸡汤味道是如何地真谛古朴无与伦比，而真正钟情鸡汤的食客们，隔些日子就非要喝上这么一罐不可的。

离午饭时间还早，就会有很多客人提前到来，专买瓦罐鸡汤。有坐在店里品尝的，也有些是熟客自带着锅罐盛了带回去阖家享用。“瓦罐鸡汤”早已是“通成”在汉口打响独占鳌头的品种，于是每天也就有几十上百只鸡罹难升天。引得些汉口名流也慕名来这里喝汤了，也就点菜吃饭，请客会友，这种场面，是广诚多年就梦想的。

“通成”办成这个气候，田爷的“三步走”战略可以说基本实现。但是广诚心里还略感不足，而且他很清楚不足在哪里。除开瓦罐鸡汤，其余受欢迎的品种在汉口都算不上独领风骚，瓦罐鸡汤价钱偏高，喝一罐鸡汤的钱至少要吃一周的早点，只能让一般顾客隔个把月打次牙祭，端回家是为了一家人吃，还不能成为人们天天舍得吃、想起来都馋的小吃。

“要舍得给他们吃，要舍得给他们吃！”广诚在念叨着自己的口头禅。他一直在开动脑筋，怎么还能让他们更爱吃。爱吃到什么程度呢？要提起来就想吃、就想到他的“通成”，而且非要吃了“通成”做的才算过了瘾，不吃不死心！当然，又不能贵，最好只有鸡汤一半的价。

广诚想着，又从街面拐进“大智旅馆”。这是他生意的又一大支柱，不张声色的财源。这时田贵义、杜季卿便在前台对账交接，田贵义会分出法币铜元安排采购等用度(有时也亲自到后花楼去兑些银元)，将收的银元送到公新里六号广诚的账房。广诚早就不需亲自打理大小事务了，静娴也不再亲身操作跑马场的生意。一般要到初一和十五，广诚才将餐饮、旅馆、跑马场、香烟各项账目详细核算一遍。并从中提取需还贷或要用的钱。

总的说来，现在市面稳定，他的资金运行也是良好的。

他到“大智旅馆”一楼随便浏览一番，就回到公新里六号的账房坐下，女佣会及时泡上香浓的新茶送来。茶房出身的他，对茶叶的嗜好和品鉴能力都是不消说的。喝完两道茶，再粗粗浏览书信与报纸，然后就铺开宣纸练字，这也是他静下心来梳理脑筋的时候。大约半小时后，他要小睡一觉了。每晚结账都是转点以后，早上又要早起打拳，所以这个时候和下午一点钟左右，他都会抓紧休息。

此时静娴大概已开始在楼上的小佛堂中打坐。自从她不再亲自去跑马场经营摊点后，她的大多数时间都在虔诚地敬神与修炼。

十一点钟后，又要迎接中午的营业高峰了。钟长子和姜胖子的卤菜都已出锅，下面该是他俩唱主角的时候了。

中午待卖的小吃也预备好，广诚又会到厨房和前面转悠几次，但是不会守在那里。分工有序的店员们会把一切料理得井井有条。

他后面的大部分时间都会坐在“大智旅馆”账房，接待朋友或看些书报。

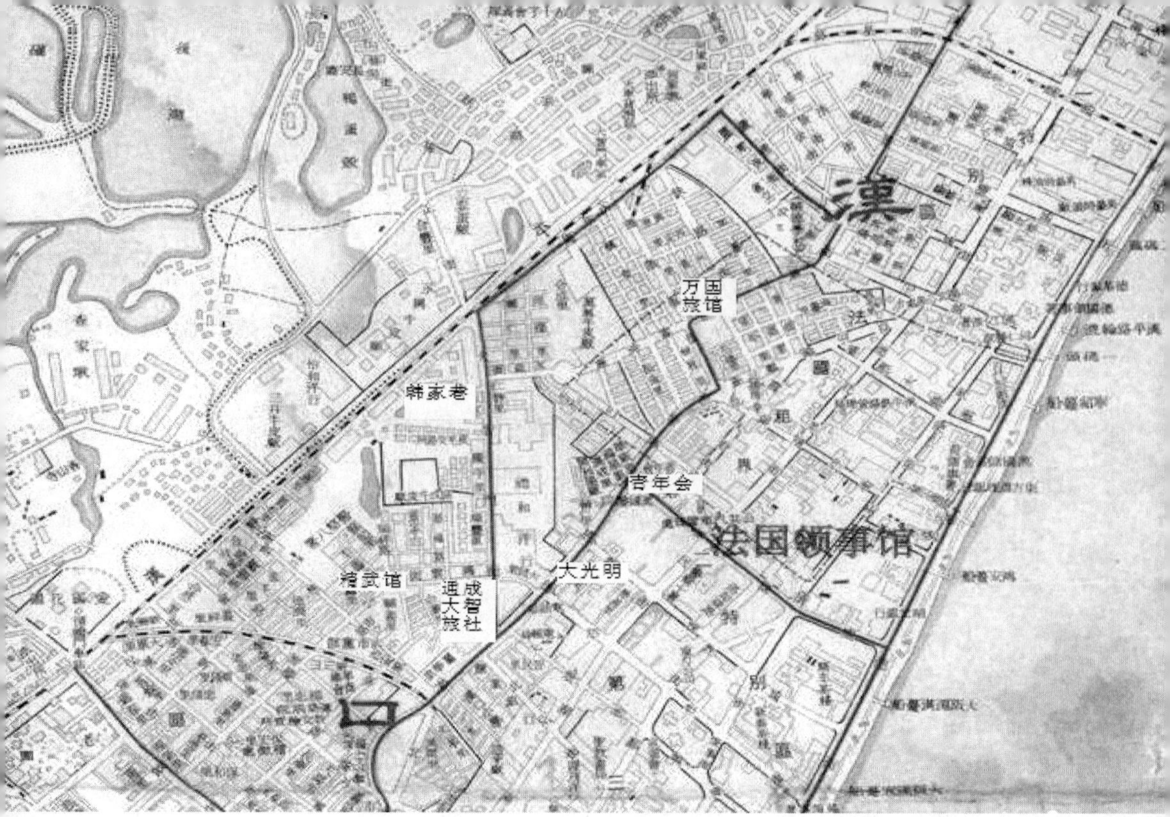

本部有关地点附近地图

二、大智旅馆

“大智旅馆”是在1934年顺利开业的，广诚将自己事业进入全新阶段的期望暗暗寄托在它身上。旅店包括中山路这边三栋和大智路一至九号五栋的楼上，账房就设在中山路二楼，临街、对着楼梯，还安装了电话。汉口有电话的人家不多，有私家电话是跻身汉口“有身份”人物或曰成功人士的一个标志。

旅社的门面在中山路靠公新里口。每层的房间分前后两排，中间是条走廊。从第二层走廊与跨越公新里巷道的过街楼贯通，可直通到大智路一至九号那边。那五间的二楼被广成租下后完全连通了，一楼门面当然仍被不同五家租用着。广诚仅留下一、三号的二楼保留为餐馆，用作酒菜、筵席经营。

一连数月，大智路那五栋楼上床褥还未购齐。初开张，名声尚还有限，营业额不高，人气还比不上他们的“万方旅馆”，表面上一下还看不到迅速收回投资的势头。但广诚和其余两个股东赵丙文与向来不服他气的戴承喜都深信，这只是开始，凭着优越的位置，很快就会财源滚滚。

广诚最是胸有成竹,含笑着想:“走着瞧!”他对汉口的生意人太了解了,他们总巴不得一口吃个胖子,本钱大的总想高档高档再高档,高级电灯、舞厅、冬天壁炉、夏天冰盆……排场一大,入住价格自然就跟着上去,独不想到大多数客人是既要舒适、整洁,还要花钱少的,这就叫“实惠”。倘若走进去喝杯茶都要小店员半个月的工资,除去花政府公费和需要排场的,就算真正有几个钱的商人也未必会认为钱花在旅馆值得。广诚熟悉轮船,心里把那些比作豪华客轮的头、二等舱,是“宰肥”的。但武汉人又总爱走极端,除了高档,就要么整条街尽是低档旅馆,大车店一般。价钱倒是便宜,但是多数卫生、服务质量都不堪一提,如同旧轮船上的四、五等舱,走进去一股怪味。一年四季,北方来的虱子、南方来的飞蚊、东边来的臭虫、西边来的跳蚤,样样不缺,哪会住得舒服?路过汉口的旅客只能咬牙混一两晚算了。而办家却都喜欢图个以数量对质量,赚一个算一个,再烂也舍不得再投资。“万方旅馆”虽说常换洗被褥,服务也规矩些,但毕竟是旧仓库改的,装潢也没越出低档水平。整个汉口,偏就缺少中档的,即像他认为实惠的三等舱一样,卫生、便利、舒适,价钱又远低于高档的旅店。

临中山大道的老通城原职工宿舍大楼即在当年“大智旅馆”原址重建的,外形相同,图右电线杆后即公新里口和过街楼,再右(工人站处)拐角即当年“祁万顺”,三楼最边上一个窗子在当年“通成”招牌上方,此图片摄于2006年折毁前

他从筹备大智旅馆起，就瞄准中档要求的客人，根本不准备去争夺高低两头的客源。这一点，比他“通成”瞄准的食客的层次略高。他不打算追求床位多，而刻意突出卫生和文化气氛。不过他也设置了少数较高档的房间，应付较高档次的需求。中山路一楼后侧也预备了通铺和多人住的房间，接待少数低挡要求的客人。他还利用“通成”的优势，为客人兼供饮食服务，造成方便如家的感觉。

为了招揽旅客，广诚亲自书写了一些大张海报，他练字多年，已小有成效，拿得出手了。他让昭琳画上示意图、标出旅店的位置，突出自己卫生条件好、食宿合一与收费低廉等“中档”特点。将海报张贴在大智门火车站、循礼门火车站、粤汉码头和四官殿码头，甚至贴到了跑马场，等到经营几个月后，广诚的判断果然被证实。这个旅社的确适合中档消费的旅客胃口，位置好，离火车站、码头都不远，交通、购物、办事也方便，于是乘京汉、粤汉铁路来汉的客人来这里下榻的多了起来。旅店的入住率在稳定上升，并很快有了做水陆生意的回头客。

花大本钱进行的装修在获得回报。也多少可能是门面与装潢的关系，让黑白两道都对“大智旅馆”另眼相看。那些不成气候的混混根本不敢上门来胡闹。以雷胖子为首的地头蛇自从见识了青帮小老大彭先旺登门报恩后，再不敢来敲竹杠，连广诚执意送上门去的“意思”都知趣地婉言谢绝，而以前他是隔三差五吃定了的。警察那边，分局的副局长侯树坤是“蛋光豆皮”和“瓦罐鸡汤”的常客，顾警官则是广诚多年共经风雨的老朋友。即使今年对共党“第五次围剿”形势那么剑拔弩张，对“大智旅馆”的盘查也常常只是走走过场，接一支烟就会离开。

大多数的日子里，办旅社真没有餐馆那么辛苦和忙碌，需要的人手和精力都不多。旅社由赵丙文的儿子赵凯鸣掌柜，平日里只雇有一个茶房，也是从义田湾乡下带进城来的一个“昭字辈”年青侄子。淘气和几个老员工的家属包下了洗涤事务。住客大多数又成为“通成”的食客。对于广诚来说，一播双收。

田贵义为他算过一笔账，如果不算还贷，光“大智旅馆”的收入就将消化他几乎所有的费用。也就是说，其余的生意就只消算原料成本和坐收利润了。广诚满意地说：“要不是开始投入大，真比开餐馆省心多了。”真像是田爷说的，养了个帮他赚钱的“哑巴儿子”。至于为筹建旅社向“老庆华”钱庄借的那笔钱，他算过，不出一年就能提前还清。

三、重庆来客

这日，广诚在"大智旅馆"大堂闲坐，忽见彭先旺走了进来。这位小老大公开声明报恩，让广诚在汉口名声大震。事后彭先旺又有意主动上门走动，多次照顾"通成"的生意。广诚则把江湖上和辈分上的礼节把握得恰到好处。

彭先旺后面跟着一个眉清目秀的青年人，看上去不到三十岁。广诚正在打量，彭先旺几大步走到近前，照例先施了个礼。广诚回礼后，彭先旺笑道："曾叔叔，这位是我的结义兄弟颜秉兰，四川人，现正在重庆和武汉一带做生意。"

颜秉兰即上前施礼，称道："曾叔叔好！"广诚慌忙应了，将他们请到"大智旅馆"二楼的账房。

颜秉兰并未就座，却满脸带笑地用他那地道的重庆话说："四川来过大汉口的人，没哪个不晓得'通成'的，叔叔行侠仗义的往事，先旺大哥一家上下已对我讲过嘿多次了，秉兰仰慕不已。您既是先旺的叔叔，也就是我的叔叔了，请受我一拜。"说罢纳头便拜。广诚感到惶恐，礼数这么大，却又谦让不得，只得先受了。

几人坐下上茶后，彭先旺说："叔叔，我这兄弟，在汉口也做了一年多生意，但是路子有限。他的父亲颜廷业老先生，是当年'二次革命'的名人，属重庆袍哥'义'字堂口，曾统领储奇门、朝天门、千丝门和南岸一带十几道公口。"

广诚惊讶道："'义'字堂口，那是干大事的啊！我虽没去过那边，却晓得四川'仁字讲顶子，义字讲银子，礼字讲刀子'[①]的说法，那是根基不简单的哪！"

颜秉兰慌忙双手摇道："不是不是，先父不过是靠药材、山货起家，在码头跑船混饭吃，但也绝不是'浑水'[②]。"广诚笑道："我就是一说，说错了话，颜公子千万莫要往别处想。"彭先旺插话道："叔叔和他晚辈客气干什么，颜老先生近年因患腿疾，不方便在江湖上行走了。大小生意，交给秉兰兄弟在打整。"广诚笑答："颜老先生后继有人，真是有福。"

---

① 四川民谚，指袍哥社会成分，"仁"字袍哥多是军政界要人、富商、名流、士绅和大地主等；"义"字袍哥多系军警、保甲、公差、中小地主、水旱江湖人士；礼字袍哥一般皆为底层民众、贩夫走卒、手工业者等。

② "清水袍哥"指从事合法活动；"浑水"是聚众为黑社会和为匪的袍哥组织。

颜秉兰谦虚了几句,向室外喊了一声,外面进来两个穿绸马褂的人,递上来大小几包礼物。广诚见礼重,不知有什么相求,慌忙谦让了一番。

颜秉兰道:“这二位是堂下二位兄弟刘武、侯明权,快见过前辈!”两人又是一番施礼忙活。秉兰继续道:“晚辈打算长做汉口运输生意,先前也来过几次,但都没有做成事。方晓得汉口码头都有这边的前辈们经管熟了的,比四川那边地盘还分得清。彭兄和我跑船倒可以,做生意差不多是外行。秉兰想在叔叔这里长租间房,让我带来的这两个人先熟悉下汉口的行情,并拜见各方前辈,求得一块锚地。这就要打扰叔叔了,还烦叔叔费心。”

广诚笑道:“这是照顾我生意了。我开旅馆,有你这样包房间的客我求之不得,还需这样客气什么?只管进来。住店的客人,在‘通成’点菜吃饭,都有折扣,比哪里不方便?”

两个四川人因为是彭先旺介绍来,他大可相信必不会对自己不利,至于他们想在汉口干什么事,旅馆是向来不问的。来的都是客,给钱一张床,这是行规。警察有时也会来检查客人,旅馆伤脑筋的也就是这点事,但这一片正好是多年老朋友顾警长负责。汉口还是那套老规矩,红白两道打通后,放心经营就是。

从房客的口里,广诚早听到过不少水路行情。长江航运他是很熟悉的,他曾将这些信息与丙文相通,商量恢复水路的生意,也好早些还清借款。但是丙文早对水路心有余悸,所以没有响应。

那么直接找上海那边的丙武呢?广诚在心里细细盘算开来。他是应该去趟上海了,昭萍就要大学毕业,他还要亲自在上海落实他翘首等待的头等大事,也就是昭萍的婚事。昭萍最后封信说是开年要先去北平大学听什么课,再回校参加毕业典礼,把他稳住后就再没音信了。最好一毕业就把婚事铁板钉钉,免得日长男方生变。何况,她后面还排着两个妹妹呢!总之,一切都要等昭萍的事办成,到那时,曾家满盘皆活,千万不要又弄出什么枝节来。

四、昭萍遇初次考验

昭萍可完全不会接受父亲对她的人生安排，她追求的生活完全是另一个样，注定不会安定平静。

大约在一年前，也就是1933年的初夏，一天晚自习后，昭萍帮管理员收拾好图书馆，最后一个关上电灯和门窗，夹了自己的书准备回宿舍，忽见有人在黑夜中匆匆向她走来。

来的是韩铸仁，他小喘着气，看了下四周后，把昭萍叫到黑暗处，塞给她一个小包，简短地嘱咐道："昭萍，这次任务比以往任何一次都重要！我需要紧急离开上海，已经来不及托付别人。有一天，将会有人来找你，说要借《吴梅林诗集》，翻阅后又说记错了书名，要改为《吴翰林诗集》。然后你说：'没听说过有《吴翰林诗集》。'他会说：'肯定有的，我不会记错。'你再否认，他说：'那就借《吴梅林诗集》吧！'这才将这个包给他。如果一年后还没有人来，你就把它悄悄烧了，不要看，也不要让任何人知道。记好了，这包比性命还要紧！千万不能丢。我谢谢你了！"说完匆匆走了。

昭萍还不是组织中人，"组织"对她来说是神秘、深不可测的，她对共产党的向往带有很多的想象性，也就是当年他在汉口见到过的那些人，充满理想、献身信仰而不畏牺牲。尽管她知道共产党是非法的，力量很小，但她与那个年代众多追求报国的青年一样，对现政府已十分失望，特别是看到他们对待日本侵略的态度，执意寻找代表民心的政治力量。

不过她哪会知道，韩铸仁再不可能回上海了，中共的上海地下组织遭到了有史以来最严重的破坏，大批党员被捕牺牲，也有不少人叛变投敌，形势异常严峻。共产党中央已不得不紧急撤离上海，转移到江西苏区。而她，也将经受自己想不到的考验。

她凭着熟悉的记忆，在黑暗中用钥匙打开了图书室的旧书报储藏间，借着星光，将小包藏在了在一处尘封已久的故书堆中，无声无息地离开。

然而，在搜捕韩铸仁的调查科特务正搜寻着任何的蛛丝马迹。

两天后的上午，昭萍刚下课打算去吃饭。两个穿中山服的男人径直朝她走了过来。其中一个低声问道："曾昭萍吗？"昭萍点了下头。那人说："跟我们走一趟吧！"

昭萍立即感觉到将要发生什么，心跳剧烈起来。但故意问："你们是什么人？凭什么跟你们走？"她发现自己紧张得声音有些异样。

这时，训导主任从后面跟了上来，说："曾昭萍同学，你到训导处来一趟。"

她不安地跟着，到了训导处。一个"中山服"拿出了一些照片摊在桌上，问："你认识这些人吗？"昭萍一眼就看到了其中有韩铸仁，马上断定这些家伙没能抓到他。她故意仔细看了一阵子，才摇头说："都不认识。"那中山服说："你好好想一想。"昭萍抬起头顶撞道："不认识就是不认识，有什么想的？"中山服挤了下眼，把韩铸仁的照片抽出来，放到她眼前，说："要我提醒一下吗？暨南大学的数学教师，叫罗毅。"昭萍说："我是学新闻的，怎么会认识别的学校的数学老师？"另一个人把桌子一拍："你年纪轻轻的，装什么样？学新闻的也好，教数学的也好，都可以当共产党！"

昭萍这下心里反而平静了一些。甚至有些高兴，韩铸仁看来果真是她想找的共产党，便斜着眼反问："你凭什么瞎说我是共产党？"那人道："有人看见你和他说过话。"

昭萍突然放声嚷道："谁说的？喊来对质！看什么时候、我和他在哪里说过话？只怕是有人公报私仇、想害我吧？没想到你们这些便衣这么容易被人利用！"那人抬高声音吼道："瞧你这见过大世面的样子，我肯定找对了人。"昭萍鼻子"哼"了一声，冷笑道："你的判断力有明显缺陷，应该去系统培训。我懒得再和你讲。"便再不回答一言。

那两个见问来问去问不出什么，互相商量了一下，就说要带走昭萍。昭萍紧张起来，想到真正可怕的考验要来了。训导主任拦住道："那可不行，我要先通知校长，你们没有确凿证据，怎么能在复旦大学抓人呢？"那说话声高的那个便说："喊你们校长来！"

不用喊，老校长已经得了消息、急匆匆赶来了。昭萍毕竟是未经世事的年轻女孩，一见了李腾飞校长，好像见了自己的父亲，心里的无助和恐惧一下难以控制，眼泪竟要夺眶而出。她竭力控制住自己，一脸委屈地嚷道："李校长，他们不分青红皂白、就胡说我是共产党，要抓我走。”

李校长气得双手发抖，一把拉过昭萍，护在身后，指着两个便衣喝道：“你们简直无法无天，敢随便跑到我复旦大学来抓人了！她是我最用功、最听话、最优秀的学生。你们凭什么抓？干脆你们把我也抓去好了！谁派你们来的？我要给蒋主席写信！”那两人见状，无可奈何地说：“李校长，我们不过是要她提供线索。你们学校的确有学生见过她和这人说过话。这是我们在通缉的共党分子要人。”昭萍躲在李校长身后，胆子也壮了，高声喊道：“我没有，我不认识！”李校长颤巍巍地指着那两个说：“你去把证人喊来，让我来问。她搞图书借阅，一天要和多少人说话？说了话就算共产党？简直混账！”那两人有些气馁，说：“李校长，您别发怒。您是社会敬重的名人。我们就看您的面子，把曾昭萍留下，但您不能让她逃了。我们还要进一步调查的。”

昭萍回到宿舍时，她差点被抓走的事早已传遍了全校。她假意躺在床上生气，心里感激着敬爱的校长，一边又在冷静地分析：第一，自己仍很可能在劫难逃，要面临生死考验，一定要扛住了！第二，他们还没有抓到韩铸仁，也不知道韩副官托付小包的事。第三，看来的确有人看到过她与韩铸仁说过话，并出卖了自己。但这人也说得不确切。这人又是谁？她忽然想到了自己挚友叶卉颖，竟涌过一阵心痛。

次日，她极力让自己表现得若无其事，照常去上课，下课后去图书馆。慢慢地，她心情平静了些。忽然有个女生来到借阅处找她，操着华侨惯用的粤音国语对她说：“曾昭萍，我是暨南大学的王慧琴。那年在南京总统府请愿时，我们在一起的，记得吗？”昭萍仔细一看，果然有印象。便对她微笑道：“记得，你好！”王慧琴小声说：“你受委屈了。我们都知道你很勇敢，都很佩服你。”昭萍仍然一脸微笑，“你搞错了吧？听谁说的？”王慧琴一脸诚恳地微笑说：“谁不知道呢？你为了掩护我们罗老师，差点被CC[①]的人抓走。到他们那里，不死也要残废的。”昭萍笑道：“这真是从何说起？我又不认识你们的罗老师，我才犯不着掩护谁呢。真要那样，倒霉的是我自己，何苦呢？”王慧琴笑了：“你警惕性很高啊，不相信我？”昭萍也笑着：“是我不相信你，还是你不相信我？”

---

① 国民党特务组织，中统的前身。

王慧琴尴尬地走了，昭萍很晚才回宿舍。自从日寇“一·二八”炸毁了老宿舍后，她们就住在这简陋的临时房，能干的女生都有本事将任何糟糕的地方打整得很舒适。但是现在昭萍一点都不想进去，如果真是叶卉颖出卖了她，她将无法再面对她，一定要搬一间房。

昭萍走进宿舍，一眼发现自己的东西竟已被搜查过。叶卉颖正一个人待在寝室，背对着门。昭萍用力压住愤怒，指着自己的床问：“谁干的？”叶卉颖几乎是喊着回答：“狗，带了狼来搜的！”昭萍反觉得异样了，过去朝卉颖一看，两个眼红得像桃。她本已开始有些怀疑卉颖，因为她曾见过自己和韩铸仁说话。看到她这样子，几年的同窗姐妹情又占了上风，她问：“卉颖，你怎么了？”

卉颖“哇”的一声哭了出来：“昭萍，你可要听我把话说完再骂我啊！我差点把你害了啊！那卫季华狗东西，是个小人、密探、叛徒、狗！有天我和他在外面吃阳春面，看见一个外校老师。我不经意说了一句，说那人和你说过话，我说长得倒还魁梧，就是年纪相差太大了，不像是追你的。他居然敢去告了密。就是他，绝不会是第二个！前天下课，我看见那两个便衣带你走，就跟在后面，当中的一个我就亲眼见他找过卫季华的。我就去找那个伪君子问！他不敢向我承认，但他一下就说到这上面去了，还试探我能不能帮他确认。不是他是哪个？这个卑鄙的告密者！我真是瞎了眼了！”

昭萍分不清真假，便顺势反过来安慰卉颖：“哭什么呀，你不经意说了什么呀？我几时和谁说过话了？你别看走了眼吧？我都还摸不着头脑，你就更别往自己身上揽，也莫委屈卫季华了，他蛮有男儿气的。”

卉颖收敛了哭声，十分懂事地顺着昭萍的意思说道：“我当然是看走了眼了。你在图书馆，多少人和你说过话，好多男生围着讨好你嘛！算我想多了。但是那条狗！我一辈子不会再理他了，看他敢再来见我！”

调查科的先生们大概没有什么有力的证据，而这些捕风捉影的情报又真假难辨。谢天谢地，他们有可能暂时放弃了昭萍。

五、知音

以后几个月在令人焦灼的空气中过去，复旦和其他学校都有师生被捕，但既没有韩铸仁的任何消息，也没有人来和昭萍接头。报纸上不时刊登一些摧毁共党机关、捕获共党要人的消息，以及某某某的脱离共党而“自新”的声明，还有“江西围剿‘朱毛’共匪大获全胜”等。一切都向世人表明：共产党及其支持者损失惨重，就算未被完全剿灭，也已经溃不成军了。

但昭萍却执著地等待着，她虔诚地相信自己忘我的冒险是值得的。在汉口她亲眼见过共产党的一些人的言行，也亲眼见到他们被抓捕屠杀，她已不是第一次见识白色恐怖，而这更让她相信，这个杀不完的党一定是民族的希望。

同学们已都明显地和她拉远了距离。叶卉颖虽和卫季华断了交，却自卑地与她疏远，受损的友谊再也无法恢复到原来。这“重要使命”给她带来令人窒息的寂寞，她真盼望有个知己来为她分担，给她帮助。

暑假开始了。那天，她在图书馆收拾东西，忽然听到一个熟悉的声音喊她。她惊喜地抬起了头。一股强烈的热流迅速注进了她的血液中，她使劲压抑住自己的兴奋——叶知秋正微笑着站在她的面前。

你怎么才来呀？你知道我多孤独吗？昭萍想这样说，在心里这样想。

两个彼此倾慕的青年相爱了，并迅速进入了热恋。

夏日的黄浦江，曾经见证过多少情人的山盟海誓。江湾这边的情调也许不如外滩那么炙热、被那么多彼此相邻又互不干扰的一对对情侣沿岸密布，但是也给予了这对青年一片足够静谧而甜蜜的空间。

晚饭后，他们来到江边，沐浴在夏夜清凉的微风中，低声互相倾诉彼此的爱慕和思恋。

“我一无所有，又是朝鲜人，你的家庭会接受我吗？”知秋问。

“我相信会的。记得我对你说过，我爸爸妈妈原先都是很穷很苦的人，他们教给我的都是善良和正直。何况，你不是说，我们过自己的生活吗？”她需要这个知己的爱，对未来想得很粗。

“是的，我们会有自己的生活，自己的世界。但是我的世界生来就注定充满动荡和苦难，因为我的祖国已经是日本的殖民地了。我立志消灭侵略者，为我死难的同胞报仇。所以我没有力量给你期待的温馨和安逸，你能接受吗？”知秋毫无修饰地向她展示自己的世界。

“这也是我想对你说的，因为我早就想好了，我的一生将注定是日本人的死敌，不把他们赶出我们的东北，我决不会去建设自己的安乐小窝。我不能给你说的男人期待的甜美舒适，你呢，你失望吗？”昭萍将头依在知秋的宽厚的肩上。

“我也一直在寻找，希望有谁能带领我做到这些，我的生命和热血都将归他支配，而不是你，你理解吗？”实际上，知秋在到东北后不到一年，就曾秘密加入了中国共产党，但因不久介绍人就牺牲了，从此失去了组织关系。

昭萍想起了知秋的朋友尹奉吉，心里涌过一阵恐惧，但充实的爱已让她心中没有犹豫的空间，“我会支持你的，虽然我可能因此承受痛苦。”她认为有必要也真诚地亮出自己的人生态度，“知秋，其实我也一直在寻找。我的家乡是辛亥革命的发生地，说明它曾产生过、聚集过很多不惧死亡的理想主义者。我读初中时，武汉是革命首都，我们家来过很多有理想的革命志士，我亲眼见识过他们的言行。我相信有这样的群体，中国人就一定能站起来。现在他们中有很多已经不在了，我在试图寻找他们中剩下的人。不过到那时，我的生命和热血恐怕也不再是属于自己的，你也能理解我吗？”

知秋相信这是知己间才能享有的坦诚，他郑重地回答：“我相信我能，和你一样，我准备承受任何痛苦，因为这是我们这代人命中注定、逃避不了的历史使命。这是跨越国界、不分种族的解放斗争。而在中国，我已看到了真正为这个目标奋斗的政治力量，他们让我把中国视作了自己的祖国！我之所以爱上你，是因为我早就觉得我们有共同追求，有共同的语言，还有共同的敌人。我相信我们在一起，会让我们更加有力量实现人生目标。”

一群青年学生在河边游泳，在沙滩上愉快地嬉闹着。

“你教我游泳好吗？我想将来会大有用场。”见知秋没有马上回答，昭萍有些撒娇地说：“我记得你对我讲过小时候在江里游泳抓鱼的事，你水性很好的。”

“当然可以，只是……”知秋轻轻把昭萍推开。

“只是什么？”

“我被日本人抓去后，他们曾用滚开的水烫我，我的胸、背和肩上都留有永远也消失不了的烫伤的疤痕，我怕你看见了吓着你。”知秋面无表情地看着那些游泳的学生说。

昭萍站了起来，轻轻用手解开知秋的领口，马上看到了里面的可怕伤痕。她被这些记录日本强盗野蛮暴行的印记所震惊，使劲地咬了下嘴唇，竭力让自己平静。

“你怕吗？”知秋轻声问，声音仍和往日无异。

“不！”昭萍努力让自己的声音也和平常一样：“疼吗？”

“有时。”他没有告诉昭萍，其实烧伤的部位每次遇水后就会火辣辣地疼痛异常，重复那种灼伤的煎熬，对他来说，出汗、洗澡都几乎等于是受刑。但他却若无其事地说道：“明天白天我陪你去买游泳衣吧！”

他拉着昭萍坐下，转移话题说：“我会像教你日语一样教你游泳。让你像鱼一样自由地在这美丽的黄浦江中畅游。你看，这江有多美，月夜有多美。昭萍，有首诗你读过吗：

……团团的月彩，纤纤的波鳞——
假如你我荡一支无遮的小艇，
假如你我创一个完全的梦境！

“读过，很美的，但是我们这辈子恐怕享受不了诗中说的那种梦境了。”

昭萍有自己的诗。她在自己心里默念着：

……从此，这黄浦江畔
一切平凡的石头、沙子
都记载着我有过的幸福……

纯真的昭萍不知道，这个热恋中的年轻人是怎样甘心情愿忍受着钻心的疼痛来教她学会游泳的。他整个暑假几乎没有间断过，一直让她终于有了熟练的水性，可以在黄浦江任意横渡穿行。

意志如同钢铁一样坚强的知秋不同于当时的上海青年，他的祖国已经沦陷，对他而言，自己早已置身于战争，所以他为昭萍做的一切，都很自然地想到是为了战争。

暑期结束后，知秋回了北平。昭萍一下又回到了孤独中。

生活中反差如此之大。时间在一天天过去，深秋又到。落叶又铺满了校园里的小径，但还是没有韩副官说的人来找她。每晚，她在图书馆听着窗外萧瑟的风声，回味着随假期远去的、梦一般的往事，想着“一叶知秋”的成语，思念知秋，心中颇感凄凉。

一天中午，她正在郁闷中，忽然听到一个很熟悉的声音：“小姐，请问可以借到《吴梅林诗集》吗？”

她仿佛听到一声震雷！而眼前，秋日艳丽和暖的阳光正穿过图书馆的窗户直洒到她的面前。

难道是盼望已久的“组织”派人来了吗？

昭萍惊喜地抬起了头，面前是一张熟悉的和蔼面孔，那是当年在武汉曾将正义和理想传授给她们的，自己十分敬仰的杨韵珊老师。

六、《申报》新雇员

杨韵珊是被党派到上海参加重建共青团中央局的工作的。她对昭萍当然是了解的，不久就介绍她加入了共青团。1933年，曾家破天荒地有人选择了一个有信仰的组织。

昭萍很激动，觉得自己全身充满了力量，而生命将具有新的意义。

杨老师熟知刚加入组织的年轻人的通性，她要让她成熟，而不是光具有热情，上海险峻的现实更需要学会忍隐，还得加倍提防那些熟悉革命语言和地下党活动规律的叛徒。

她简要地让昭萍了解全国的革命形势，告诉她苏区的反围剿斗争，告诉她很多共产党员正在东北三省和察哈尔地区，英勇地参加抗击日本侵略者的战争。

昭萍开始学习党的方针政策和秘密工作纪律，接受培训，并开始完成任务，尽管只是些接触不到组织核心的外围活动。她极认真地积累着经验。

韩铸仁因已完全暴露被调回了苏区，转移前交给她的小包中有共青团的一些经费，还有上海苏州河以北地区一批学校和工厂的共青团组织和发展计划名单（其中就有昭萍自己）等，尽管其中已有一些人被捕，有些人牺牲，也有人已经叛变，甚至有叛徒身居高位，但当局始终无法得知差不多半个上海的共青团组织的底细，这些"比性命还要紧"的文件被她安全地保存着，现在回到了组织手中。

眼看大学生活就要结束，昭萍开始发愁毕业后的工作和去向了。知秋在北平还没稳定工作，她更不愿回武汉去当大小姐，父亲的追求境界已经远远不能满足她。何况组织关系又在上海。

而一直在苦苦追求她的陶家二少爷又找来了，他要求昭萍和他一起去美国留学。

昭萍拒绝了，告诉陶公子自己已经订婚。她诚恳地对他说，她敬重他的真挚和一如既往。但是他万不该太盲目和固执了，对自己追求的人没一点了解，没丁点共同之处,没有任何相处和许诺,怎么可能成功呢?她确实对他同情,但爱莫能助,只能预祝他出国后找到自己的幸福。

陶方洲当时几乎都绝望。这个愚蠢的、不能自拔的年轻人啊!如果不是选择了一个错误的目标,他本可以充满成功,本可矜持、潇洒,可是,为什么偏要让自己变得如此可怜和狼狈呢?在无数的单相思的爱情故事中,这样的悲剧就这么简单可笑地重复着。

"我帮你介绍个工作好吗?"痴心的公子对着她毅然远去的背影喊道。

但这个故事好像已经结束了。

毕业典礼前的一天,冬日的阳光照在校园。昭萍听说李腾飞校长要召见她,便跑去校长室,见里面坐着一位身穿长衫的浓眉大眼、高鼻梁、长络腮胡子的、颇有魅力的中年人。

史量才先生

李校长见昭萍到来,高兴地站了起来,说:"曾昭萍同学,我给你介绍一下,这位就是上海报界的李公朴先生,想必你早拜读过他的很多著述了。两年前,李先生在史量才先生的支持下,创办了《申报》附设流通图书馆。现他的图书馆还需要人才。史量才先生向他推荐了你,你在淞沪抗战时曾给史先生留下了很好的印象。我也觉得你学业扎实,又有几年的在校图书馆的工作经验,很适合。你愿在李公朴先生的率领下从事社会文化事业吗?"

史量才会长!李公朴先生!这些在大学生心目中明灯式的人物,对她来说,以前都是只敢远远仰望的。她惊喜得几乎都不敢相信自己的耳朵,睁大了双眼、半张着嘴、看着慈父般的老校长,还有她早就仰慕的李公朴先生,激动得半天才说出话来:"我愿意、愿意、太愿意了!曾昭萍非常愿意跟着报界的前辈们,努力工作。"

李公朴先生微笑着问："你是江苏人？"昭萍恭敬地答道："不是，我是武汉人，但我母亲是苏州人，上海话是在这里上学学会的。"李公朴十分和蔼地笑道："是了，我听着是和我一样，上海话里带点江苏尾音。"昭萍也跟着笑了，情绪骤然放松。

李公朴为美国友人苏伦白亲笔留言照（1940年6月26日）

李公朴不紧不慢地说："曾昭萍小姐，我们流通图书馆的宗旨，是对于社会上的没机会受教育的穷人，如一般的店员、学徒，发挥其教育的功能，将中外优秀书籍和它的思想推向大众，借此最大限度合法地传播对我们国家和民族的进步有益的思想和理论。我们现在已经有一万多册藏书，有一个可坐五十多人的阅览室。今年元旦，我们建立了读书指导部，开始出版《读书问答》半月刊。你将要付出相当的精力，为贫穷的大众读者提供阅读辅导。你还将参加图书的征集选购，然后指导登册管理——但不是要你当管理员。你要做的是编印书目和名著提要，为读者提供读书咨询服务，向他们介绍和评论健康进步的书籍。你还须为《申报》读书问答专栏和《读书问答》撰文，并参与默默无闻的编辑和事务，你甚至还要学会去征集社会捐助。这么多任务，我们不能找很多人做，只要求一个能力广泛的人胜任。你能做好吗？"昭萍激动地回答："能，我一定尽我的全力做好。"

昭萍几乎快活得要像小鸟一样飞回宿舍。她在学业即将完成之际，能受聘于上海滩中国最著名报纸的附属机构，将跟随中国最优秀的学者们工作。而这些学者都是大学生们崇拜和敬仰的。

在向组织汇报后，她拿着李校长的推荐信，到被上海人称作"报馆街"的、位于汉口路和望平街[①]交叉口的《申报》大楼去报到。

---

① 即今山东路。

《申报》附设流通图书馆设在南京路大陆商场的三楼。和她一同办公的有作家征农、哲学撰稿人李生萱、读书指导部主任柳湜、高仕[①]等,他的系主任陈望道[②]也是其读者指导部特聘的专家。

昭萍从此开始在这个“有正义良心的”中国最大报纸的下属机构中工作,她深信自己会成为文化战线上的一个称职的小兵。和一切展翅飞向生活蓝天的女孩一样,她打算把一切都安顿得最完美,要让自己最信任的知己和自己并肩工作。所以,到建立最幸福家庭的时候了!亲爱的知秋,你愿意也来上海吗?

申报流通图书馆

① 征农即夏征农,李生萱即艾思奇,高仕即高士其。

② 陈望道,伟大的教育家、语言学家,复旦元老,后曾任校长,《共产党宣言》中文版的首译者。

七、姐妹离家出走

广诚最挂在心上的倒不是昭萍何时毕业，那是没有悬念的事；也不是昭萍能找到什么工作，曾家还需要女儿出去挣钱保饭碗么？广诚最担心的是昭萍的婚事不要出什么枝节，不知陶家是否能接受"自由婚姻"，又是否能认可他这卑微的亲家。昭萍怎么就不透给老爹哪怕一点点音信呢？他想起那年在上海见到的事就心跳的咚咚直响，正眼巴巴等着这最疼爱女儿的回报呢！

另两个女儿也都到了谈婚论嫁的年龄了。他曾广诚的女儿个个受过良好教育，个个都是他的本钱，也个个该回报他，也就是个个都应该找个好婆家。这世上，子女婚事促成了多少人命运的天翻地覆，他知道得多了！难道命中就不该轮到他？

但毕竟长幼有序，所以要先抓紧把昭萍的事解决了，其余的就会满盘皆活。

他心急地给昭萍写了两封信，婉转地打探她对婚事的安排，甚至告知说，他咬着牙关压下了一大笔本该还贷的钱，就是为的她！但昭萍只回了封简短的信，说是开年要去趟北平大学听个什么课，再回校参加毕业典礼。把他稳住后就没了音信。

1934 年初，"大智旅馆"登报开业时，总算又盼来昭萍一封信。原来她竟一毕业就进了《申报》馆！天哪，这真是我曾广诚的女儿哪！虽说不指望女孩家就业，但《申报》是什么分量啊？这是中外闻名的大报啊！自己不就是选订的《申报》么？他在商会轻轻给童瑨讲到此事时，童瑨竟立即站了起来，大声向在场的同仁宣传。他即刻成了当日赞扬与恭维的中心。点头之交的同仁都凑上来说，从小就看出这孩子如何如何。秦禹洲则声音最高，强调着她女儿淑兰和昭萍的姐妹情谊。这让他感觉面子何等有光啊！

不过那些人最想打听的还是他的女儿到底嫁到什么婆家，广诚则含笑言它。他当然最清楚不过。昭萍信上推托说，刚进报社就忙婚姻不好（说得有理）。但他想，让他们等着瞧吧，我的昭萍定将给出一个足以让汉口震惊的爆炸新闻。

还在“大智旅馆”开业后没几天时，曾昭泰曾上门来。广诚当时想，他不是不久前刚来致贺过吗？寒暄过后，昭泰说明来意，原来是要为‘捷利公司’范鸿飞董事长的二公子范氶牵线拉媒的。

广诚对曾昭泰一向特别尊敬，几乎自己发展的每一步都得到过他的帮助，虽然他是在执行童瑨的意愿，但无论如何，他现在身为海关的副处长，在自己面前却仍如同往日一样卑谦。当听到拉媒，广诚仍忍不住在脸上掠过一丝矜持，汉口有谁能比上海陶家么？

他小心地推托说，童老爷曾亲自做过一次媒，昭萍没同意，还差点伤了童老爷的面子。现在是民国了，婚姻要自主嘛，所以“不敢再麻烦曾处长”了。

昭泰似理解地一笑，说：“可昭泰记得，我有三个才貌双全的堂妹啊！”

广诚听得甜滋滋的，懂得不是给昭萍说的了。昭泰早将他的表情尽收眼底，立即接着说：“‘捷利’是大名鼎鼎的‘汉皮’老牌，说它‘举世闻名’，叔叔也会点头吧？范先生的嫡兄范鸿举还是省政府秘书室的主任。范董事长的长公子范弼是黄埔军校毕业的国军少校。昭泰敢做媒，一定是要叔叔看得起、不会委屈堂妹的！这可是范主任透给侄儿的意思哦！”

广诚已经动了心，连声“误解”、“罪过”。是的，昭瑛与昭琳都已拿到了女师的毕业证，应该说学已经上完了。昭瑛兴致勃勃地回家后，还揣着她校长介绍到扶轮小学代课的信件呢！给她找婆家正是时候，何苦要他曾广诚的女儿去“抛头露面”为饭碗操劳、当个没地位的“穷教书匠”呢？没有童瑨、昭泰的面子，我这样的人哪能攀上范家？这真是老天眷顾，又在降福我广诚了。

但他记起在昭萍身上接受过的教训，便以商人的城府答道：“处长真是美意，只不过长幼有序，我还……”

昭泰何尝不知汉口很多因做媒自讨没趣的事，毕竟时代不同了，自由婚姻已不仅名正言顺，而且正当时髦。便以非常善解人意的口气说，他会创造机会让他们先见一面，让他们自己去定。然后笑着告辞“静候佳音”，临走在广诚耳边低声说了下他估计的聘金，看着两眼发直的广诚转身而去。

广诚哪里知道，曾昭泰因急于要求范主任办件大事，在拿他女儿的婚事当礼送哩！昭泰也许太相信自己一向的马到成功了，回去就向范鸿举夸下了海口。

广诚回家，将此事告诉了静娴。静娴听了竟明显表现出不安说："我劝你不要操办她们的事吧，昭瑛和她姐一样，心高志远，你看她靠自己上学读书的本事就晓得，她不是要别人为她拿主意的那种女孩。"广诚道："我又没说非要逼她，先像昭泰说的，见一面怕什么？昭泰帮了我二十多年，未必这点面子都不给人家？"静娴说："我怕你别叫自己又骑虎难下，反倒得罪人。"广诚不高兴地说："我好不容易才有了今天这个场面。把他们一个个养大了，都是为别人养的么？"静娴也不高兴了："你莫是看上范家有钱有势哦！"广诚反问道："莫非我要为女儿选个无钱无势的?"静娴细声劝道："钱也好、势也好，都要女儿开心才好。你千万不要拿女儿打自己的算盘。"广诚听她那样说，心里老大不快。

过了几天，昭泰果然来邀广诚带全家去光明大戏院看戏，这是一票难求的，由赵小楼、张月亭、李秀英（女老生）、谭富英出演的、带机关的布景的连台戏《樊梨花》。当天昭舫也寒假在家，一听说居然有这好的机会，便也同去了。广诚特意让昭瑛坐在静娴身边。

场间休息时，昭泰带了范丞来拜望广诚夫妇，"顺便"介绍了昭瑛和他认识。昭瑛一下心里全明白了，等范丞他们回座位去后才一会，就拽上戏瘾正酣的昭舫一起离开了。

广诚感到不妙。他看着静娴，静娴也说要走。广诚怕给那边难堪，这么俏的场子居然走人，明摆是做给人看的了，便劝说静娴给昭泰留面子，总算熬到了吆锣。

广诚没好气地回到家。见昭瑛朝墙和衣侧卧在床上，便叫了静娴来到她床前，耐住自己的性子，小心地说："你是不舒服吗？人家曾处长送的戏票，你们倒先走了，不觉得失礼么？"昭瑛一翻身坐了起来，带着哭声问："爸爸妈妈，急着要打发我了么？"

广诚见昭瑛这么问，心里掠过一缕怜悯。但是他想昭瑛从小孝顺，从不顶撞父母，不像昭萍那么刚烈，几句话心就软了的。便结结巴巴地说："乖女儿，爸爸是想要你今后有个好归宿。"他把范家的情况说了一遍，"女孩大了，总要找人家的。爸爸就是晓得你要'自由'，才叫你自己去看的啊！"

见昭瑛低着头没有作声。广诚以为她心活了，便接着说："他可是中央大学毕业的哦！一表人才，你都亲眼见了。女儿，我们是高攀哪！”

见昭瑛仍不吭气，广诚继续劝道：“昭瑛哪，你心最好，你不心疼你爸爸吗？爸爸一辈子吃的苦，你们都看到的，做个小生意，随时都战战兢兢，生怕折本关门。以前吉庆街上那么多铺子，现在除了我们，哪家还在做？爸爸现在开旅馆欠了一大笔债，实在想找个有实力的亲家帮衬一把啊！爸爸实在不忍心你靠自己一直到读完师范，还要出去教书赚钱。”说着，竟忍不住自己动了感情。

昭瑛这才说话了：“爸爸，女儿知道，你为了创业，为了我们几姊妹，辛苦了一辈子了。昭瑛做梦都想早点报答爸爸。但是爸爸，你是不是把女儿也看成你的投资，等着回报呢？”

广诚没有想到一向温顺的昭瑛问出这么一句锋利的话，一下竟出不了声。昭瑛又说：“爸爸，女儿求你，要真为女儿好，就回了那些人，昭瑛不想拿自己的婚姻来报答爸爸，我是宁死也不会答应的。”

广诚没想到昭瑛竟答得这么坚决、快当，相反自己的情绪还没从温柔的绵绵情意中解脱出来。昭瑛不等他回答就又睡了下去，把背对着他们。

广诚一下竟不知怎样发作。静娴拉了他一下，广诚只好跟着她回到自己房间。静娴说：“你别为难我们昭瑛了好不好？就回昭泰说昭瑛不愿意，给他赔个不是。这事不能强来的，你忘了昭萍当年么？”广诚说不出话，他一生做梦都希望有这么个机会，可是女儿们偏偏完全不顾及他，叫他失望得揪心地难受，坐在床边越想越气。过了一阵，故意大声说得好让昭瑛听见：“平时里说孝顺我都是假的，这家的规矩搞坏了！老子在外头说一句算一句，回到家里还什么事都要先看他们的脸色，要气死我吧？”

他的确不死心。第二天在电话中回答曾昭泰的话竟是：“昭瑛一下还没想过来，再等一等好么？”静娴知道了，质问道：“你想逼死昭瑛是不是，我怎么看你变得像认不得一样？”广诚不耐烦地斥道：“你莫搓反索子[①]好不好，我下午就跟她摊牌，她敢不同意！想要老子在汉口把面子丢光吗？她还要不要她老子活了？”

正好昭瑛从外回来，听到了这些话，就接话道：“爸爸，我求您千万不要管子

① 搓反索子，汉口方言，索子即绳索，意即不配合、故意拆台，就像搓绳索是故意反转搓一样。

女的婚姻，这会毁了女儿的一生！秦淑兰她姐姐的婚事您都知道的，现在生不如死，淑兰母亲差点投河，她外公也和秦家闹翻后气死了。爸爸，您千万不要牺牲女儿的幸福，千万别做让自己后悔的事。女儿会想其他办法孝敬您的。”

广诚一听把他和他极端讨厌的秦禹洲相提并论，立即气不打一处来，提高了音量道：“我还要你来教吗？怎么一个个读了书都认不得父母了！你懂多少？我见的人听的事还比不上你多么？还会害你么？女儿养大了，总要出嫁的。就是怕你们嫁错人家，爸爸才……哎！”

昭瑛哭了，忍不住也提高了声音：“嫁什么人，应该是女儿自己选择，我们有自己的标准。包办婚姻是腐朽的、不道德的！是封建社会留下的糟粕！爸爸你天天在看报，难道不知，五四以来青年中能达成的最大共识就是婚姻自主了。哪一个现代的青年还能甘心情愿接受包办婚姻？”

广诚听昭瑛给他说起了大道理，勃然大怒：“你们一个个都要反了！老子什么都要听你们教了！老子就是腐朽，老子就封建了！由不得你，你想听也得听，不想听也得听，你今天就给我转弯！过几年你就晓得老子是不是在为你好！”

昭瑛看到父亲激怒的样子，这辈子都没见他对自己发过这么大脾气，便任眼泪像断线的珍珠往下掉，低着头跑回自己的房间，听到父亲气呼呼地下楼去了。

去代课攒钱、争取上大学的计划显然无法进行了，下一步肯定是与父亲的矛盾迅速升级，搞不好父女情分一下完全消散，最后是鱼死网破的结局。她想明白了，只有向姐姐学！不如跑到姐姐那儿去。对了，还要告诉在武昌的昭琳，妹妹心地纯洁得像张白纸，又柔弱，别毫无戒备地顶替我去毁掉自己一生。

她拿定了主意，不声不响地将自己重要的东西收拾了一下，放在了昭舫房里的大衣柜里，到楼下厨房陪母亲摘了会儿菜，就说到昭诚学校去接他回家，昭诚放了假也喜欢在学校玩。

在东山里就遇见了昭诚。昭瑛取出张写好的纸条，对他说，等哥哥回来无论如何要交给他，而且不能让任何人知道。

昭诚一向极爱姐姐，以前好多次挨打，姐姐们都用自己的身体护着他，能做件秘密又负有责任的事更是叫他兴奋。他想起昨天听见姐姐和爸爸顶过嘴，很高兴姐姐也终于参加反对爸爸了。

昭舫一直到午饭后才回家，昭诚紧张地完成了传递。昭舫一看就知道了二姐的难处和打算。他马上翻出自己剩下的十多元钱，拿上昭瑛的东西，一口气跑到云樵路上的“格非堂”①，昭瑛在那里等他。

昭舫把昭瑛的东西和自己的钱交给她，很遗憾地说：“可惜我早上用多了些，只剩十几元钱。”

昭瑛笑道：“足够了，我还有几块，其实买船票都够了的，你还为我想的这么周到。我一到上海就会去找大姐，就什么都不愁了。我还要你做件重要的事，到武昌找昭琳把我的事告诉她，让她早作提防。”

昭舫陪昭瑛买了张两天后去上海的船票，又陪她过了江，然后在公用电话亭给“大智旅馆”打了个电话，让赵凯鸣告诉家里，说他要回汉阳学校一趟。

到了武昌，昭琳听他们说完，大惊失色。她已在武昌保安街小学找到了美术代课，还报考了武昌艺专高中部插班生，现已被录取，正准备回家一趟的。这个消息让她一时不知所措。还有，她刚刚预交了下月房租，她每分钱都极甘贵的。昭萍曾说过，看她姐妹俩用钱，完全不像和昭舫是一个娘生的。

昭舫主意最多，想得也简单。他说昭琳应该与昭瑛一块走，上船补票，到上海求得大姐的指点再说。他不让昭琳忧郁磨蹭，把她说服了。然后又去找了房东，竟把房租也退了回来。

几天后，除夕之夜，昭瑛和昭琳出现在了姐姐昭萍在上海的亭子间。

广诚发现昭瑛晚上没回，次日就收到了她的信。告诉他姐妹已去了上海，要求他改变自己的打算，及早回绝，因为他是绝不可能达到目的的。

广成几乎要气昏了。看来昭瑛把她姐姐的一套学到了，还把妹妹带走，把老子的退路都堵死。这些亲生儿女真是抱成团来对付我这个爹啊！他怀疑地将视线扫向昭舫，眼光中的严厉也在迅速上升。昭舫当然觉察到了，装得没事人似地问：“二姐写的什么？我看看，要不，我明天去武昌叫她们。”

---

① 即今黄石路荣光堂。系为纪念英国籍基督教传教士杨格非的百岁诞辰，于1932年建成。

八、父女之战

那还是大智旅馆经营才一个月时候,正遇到大年前后的入住低潮,九成铺位空着,加上被昭瑛的事一搅,广诚心里正烦。却见曾昭泰登门来拜年了。广诚见状,不得不说上几句客气话后就对他摊开家里发生的事,说幸好这事才刚开始,他希望昭泰帮他带话婉拒,他愿意摆酒赔罪。

曾昭泰脸色变了。实际上,他早已自作主张、走得比广诚知道的要远得多。便连声"叔叔三思、叔叔不妥",但接着谈下去他发现似乎已无可挽回,就又跌脚又抓头,叹道:"可惜啊!可惜啊!昭泰处处都是为叔叔着想,为堂妹的前途着想啊!也怪我这人热心过了头。哎,这叫我怎么去说呢?昭泰自作聪明啊!"

广诚记起昭泰往日的好,觉得惭愧,只好说:"曾处长都推到广诚身上,说我家教无方吧!"

其实昭泰心里早想好了对策。他虽已知道事情不成了,但还准备熬到范鸿举将自己求的事办完再摊开,所以他必须还蒙范鸿举一阵,先来个缓兵之策,就说广诚尚在犹豫,为后一步下台预备阶梯,得罪人也自然归广诚去担了。

于是他拿出诚挚关心的口气,对广诚说:"叔叔想好了,我看是不是最后再劝堂妹一次。范主任去了南京,要过完小年才会回来。叔叔可赶快写封信去上海,再劝劝堂妹,昭泰回说时也好表达叔叔的诚意。"

广诚哪里知道昭泰的算盘,更不知道他在借用昭瑛的婚姻为自己牟利,诚恳地点了头。

他回到房里,想到昭瑛不辞而别让他无台可下,还将扫泼一大帮重要人物的面子,但要设法扭转局面又不知道从何下手,所有的不快都在迅速加倍地放大。

他叫来静娴说了与昭泰的谈话,然后用坚定的口气说:"我想去趟上海,把昭瑛叫回来,绝不能由她们任着性子来!"

静娴傻了,几乎要嚷出来:"怎么还要追到上海去?逼死她吗?"但一看广诚头上青筋鼓起的样子，不敢直接反对他，便小声地说："你……是不是先去封信……"

"那顶屁用！"说实话，他也明白自己去后，面对的将还多出一个昭萍，这是他千万不能得罪的。他如同金刚般犟着脖子站了好一会后，口气突然软了下来："好，昭瑛原先还是很孝顺听话的，我先给她写封信吧！"

这封信很难写，又不能要别人代笔。广诚虽说这多年文化大有进步，写作表达能力却实在不够。他足足写了几个小时，最后累了，改完后留下的仍没半点以情动人的魅力，还是强调他的苦楚，外加那几句斩钉截铁的命令，誊后就寄出了。

三姐妹在上海团聚后的这些天，早定下了行动方略。昭瑛决定暂留上海，由姐姐帮助补习功课准备继续升学。昭萍的工资足够保证两人生活，甚至还准备负担昭琳上美专预科班的学费。昭萍一直都对父亲集中财力保自己而牺牲两个妹妹学业心怀不安，但多年来妹妹们为了读书如此顽强，让她深为感动，早就想亲自补偿她们了。

只是昭琳还得回武汉上学啊，怎样才能保证她不被父亲逼婚呢？

恰好父亲的信到了。

广诚的信虽说语句毫不动人，却让善良的昭瑛看了心里十分难受，她眼前浮现出了父亲操劳、无助、焦急、烦躁的各种形象，不知道怎样才能万全不伤害父亲，竟忍不住哭出声来。

昭萍抱着她，抚着她的肩说："昭瑛，来，姐给你开副药，治你的矛盾心理。"

昭瑛止住了哭声抽泣着。昭萍说："你首先要有决心。我的药就是要你想清楚，自己在做什么。昭瑛，你不是在针对爸爸，是在针对几千年不把妇女当人的旧婚媒传统。这传统曾摧残了数以亿计的妇女，我们这代人一定要将它彻底铲除！姐坚决不赞成你牺牲一生的幸福去换得暂时的心灵慰藉！你要看到，爸爸也是封建思想的受害人。他一时可能想不通，那是他错，不能让他再错下去了。我当年就想过，我的行动可能让父亲愤怒和痛恨，但是我越坚决，他就越容易解脱。我胜利了，也会为我的妹妹们开个好头。昭瑛，既然你在作为反封建的一个战士，就不要动摇姑息了。我们当女儿的只能用其他方法去好好孝敬爸爸，而不是向封建传统投降。"

她忽然有了一个主意，“姐告诉你一个法，你横下心照我说的做，保你一劳永逸，连昭琳都能解脱。就看你愿不愿意？”她放低了声音……

昭瑛听她说完，有些疑惑：“会不会急坏妈妈？”昭萍自信地摇着头说：“我们写封信给昭舫，先寄出，让他背地里先告诉妈妈。”

但昭萍没有想周到，当时的邮件并非即来即走有先有后，昭舫的信竟是一同寄到的，昭舫当时也不在家，所以昭萍先寄出打招呼的信全然没起作用。

倒是广诚先拆开了昭瑛的来信，见信纸上泪渍斑斑，信里恳切希望父亲放过她，“饶女儿一回”。里面有句话是：“我看到南京一个和我一样的女孩跳燕子矶的新闻。爸爸，这恐怕也是昭瑛被逼得没办法时的最后一条路……”

静娴在一旁看到广诚读着信神情大变，急得大声说道：“你把信念给我听听好不好？你要不念，就把信给我，我找人念去！”

广诚只觉得手脚冰凉，说：“坏了，静娴，我要马上赶去上海。”

在静娴一再逼问下，广诚只有把昭瑛的信的大意说了出来。

静娴只觉天旋地转，她想到了年轻人可能有的可怕冲动，差点就要晕倒。

昭萍毕竟年青鲁莽。她低估了，也不可能预计到一个含辛茹苦生养她们的母亲听到这些要挟后的强烈恐惧和惊慌。

广诚吓坏了，赶忙把静娴扶到靠椅上坐下。静娴坐着喘了一阵，眼泪如泉般涌了出来，一反常态地高声嚷道：“曾广诚，我已经把这辈子、前辈子欠你的债都一起还清了！我这辈子也没有什么事了。昭瑛要走了，我就陪她去，你想怎么做，就怎么做吧！”

广诚急得手忙脚乱，他从未听过静娴用这种态度对他说过话，在他记忆中，甚至连重话都没有过一句。他拉着她的双手说：“静娴，静娴，别吓我了，我错了，我错了，都是我错了！你说怎么样，我就怎么样，好不好？我听你的，我听你的。我这就去给昭泰打电话，把话说死，摆酒席给人家赔罪。你帮我清两件衣服，我跟着就去上海。”

静娴哭得大声咳嗽起来，广诚越发着急。静娴喘过气，说：“给曾昭泰打……给人家赔个小心……去上海好几天，哪里还来得及？先给昭萍发个电报，叫她告诉昭瑛，说婚事已经回绝了。给赵丙武那头也发个电报，托他催昭萍回个电报。你叫和尚去买船票吧！”

广诚一一照办，结果次日就收到了昭萍的回电。昭萍劝慰父母放心，自己会负责看好昭瑛，希望父母保重好自己，再不要干涉儿女婚事，昭瑛要在上海补习，昭琳很快会返汉。

跟着又收到赵丙武的来电，说看过三个年轻人，一切都好。广诚看了电报，松了口气。他已不必要去上海。经静娴同意后，让昭舫去上海接昭琳，还给丙武带去了封信。

然而，广诚还将为他一时的贪心念头继续付出代价。曾昭泰已经新编罗了一套故事，描述广诚如何出尔反尔。被昭泰扎扎实实用了一盘的范鸿举，被气得连连摇头："想不到他是这样个人，想不到他是这样个人！"

真正的后果还要严重得多。范鸿飞的性格可不像他这个当幕僚出生的嫡兄，是个把面子看得极重的人。老二范丞也不像他那黄埔毕业的哥哥，在性格上正好完全继承了他的老子。广诚这辈子为女儿婚姻瞎忙了两次。他做梦都没预计到，这八字都没有一撇的拉媒，让他结了一个仇，这暗中的对头有朝一日还将对他落井下石。

九、到处有财路

上海的赵丙武收到了广诚托昭舫带来的信。

他在上海奋斗多年，在商界原已广有门路，但因商场诡异无常，一不小心吃了次大亏，一下赔进了好几年的积蓄。丙武为人忠厚，将损失全算在了自己一个人头上，不要说广诚，连他哥哥丙文都不知内情。

广诚的信除了感谢他对昭萍的照顾，主要与他谈水路行情，意思想恢复水路生意，还特地告诉了他谢三金常到上海办事的地址和电话。

自从"一二·八"抗战后，上海很多物资经常短缺，商品运出也不通畅，若能倒运利润必定不小。只是当年的老关系的早已各自东西。这条水道丢了十几年，丙武自己也觉得生疏了。

他正为眼睁睁赚不了钱遗憾，不想广诚就来提供路径。这让他大为兴奋，便迅速联系到了正好在沪的谢三金。两人多年不见，争着做东请客，席间谈起了正事。谢三金说，他现在在为谢家当差，做大了不行，会被谢家误解，但不大不小的倒运还是有办法的。为了不犯"端谢家碗、办自家事"的忌讳，最好挂广诚的名义，他会帮忙帮得不留痕迹。丙武大喜，当下两人就交换了好多行情和意向。

谢三金知道广诚不喜欢背债，但又急于做大生意还贷，很想帮他一把。回到武汉便对广诚出主意说，将货物夹带在谢家的驳船上，比当年跑单帮要方便得多。有他的面子，费用也不会高。广诚见三金这么诚恳帮他，立刻来了精神，感动得不得了，提议三人合资几千元"试水"。三金连忙摆手道，不能胃口大了，还是只能先小打小闹，不光是让谢家说他营私，还有逃税的事，数额大了要犯法的。将来若要做大，还是得办个公司。

第一笔生意是茶叶和棉花，广诚觉得这是好兆头，当年跑单帮的第一次试水就是从茶叶开始的，最终有了今天的成功。反正现在本钱已经大大超过了当年，小闹也好，先赚点再说。

几个月又一晃过去，这种夹带贩运的生意做了三次，与谢三金合作，进行肯

俄国邦可西餐厅，1930 年建店，由俄国浪人邦可和俄国面包师扬格诺夫合资经营。现为鄱阳街 145-149 号

定是顺利的。这天与谢三金在原俄租界的“邦可”两人聚了聚，喝着冷饮，简单算了下账，这样下去，最多年底，“老庆华”的借款就可连本带利提前还完了。

“我喜欢这里的冰果汁，‘通成’没卖？”谢三金舞着玻璃杯，像品酒一样说着。

广诚笑着摇了摇头，冰果汁确实喝得蛮舒服。他看着如同电影里看到的童话公主一般打扮的白俄女“茶房”——他习惯用这个词，心想洋人真会赚钱：这么一杯冰果汁，要买我“通成”十几碗伏汁酒了，还未必有我一碗伏汁酒成本高，糖都舍不得多放点！难怪这个大堂比我的小不了多少，人还坐不到我的两成。坐这么半天，就几个洋人和穿洋装的在慢吞吞的品，除了来过几个一看就有点家境的男女学生外，真没有几个人光顾！

他忽然问自己，为什么喝得舒服呢？不就是冰得舒服吗？他心有灵感地说：“当年就是谢老弟引我逛上海，带我吃好东西……”

“嘿！”谢三金得意地笑着，故意用上海话说道：“侬该不是当年就看上‘通成酒家’的招牌吧？侬卖的也跟他差不多。吾讲的对不对？”

广诚朝他点头低声笑了，西餐店里文静的气氛，让他也自然地举动斯文起来。

三金接着说:“汉口的餐馆买不起冰箱,买了也不会用、用不起,其实法租界霞飞街[①]的‘和利冰厂’做冰‘结棍’呢,我跟他们打交道多呢!”

谢三金真是鬼!广诚抑制不住兴奋了,忽然把头凑向对面的三金,低声说:“兄弟,你又帮我出了个金点子。走,带我去订个购冰合同!”

有三金的面子,与法租界的“和利冰厂”顺利签订了夏季冰块定购合同。1934年夏天刚到,广诚便在“通成”推出了刨冰绿豆汤和冰镇酸梅汤,立即得到被酷热折磨得死去活来的汉口人的叫好,真个是生意“爆满”。冷饮成本低,销量大、制作工艺简单,而最让广诚开心的是利润比买小吃高好几倍。

和利的冰块是用蒸馏水做的,每块重100磅。与广诚谈好的价格是每块冰1元5角(别家可要花两元多,还得每天买牌子、排队领冰),保证供应,但不送货,自己领取拖回。不过这点麻烦比起利润来,实在算不了什么。广诚雇了个专用板车,做了一些有防雨布的棉箱笼。

冰块在这土法保温箱笼中还是储存不久,每拖来一批冰供应的时间有限,于是板车就得不停地运冰。大堂里常见有人耐心等候着新冰块到来时吃“刨冰”。广诚见冷饮这么受欢迎,心想待将来赚多了,一定投资买个制冰机。

淘气建议说:“田爷,既然冷饮卖得这么好,为什么不卖冰伏汁酒、冰稀饭呢?”

田贵义摇着扇子笑道:“这就是广诚高明的地方了,大丈夫有所为、有所不为。你想,伏汁酒稀饭就算冰了,别人都吃惯了的价,你还能卖出什么好价钱么?做生意,还是讲的个‘利’啊!”淘气恍然大悟。

广诚仿佛没听见他们的话,说:“田爷,我想每天定时为大智旅馆的客人供应两次冰镇酸梅汤。”

田贵义连连点头,他知道广诚要唱响“大智旅馆”的名气,这花小本扬名气的事,并不是每家旅馆都有心或有力做的。大智旅馆的生意一直在上升,正在实现他说的“哑巴儿子”的目标。

旅社已全面迎客,靠北大智路五到九号三楼住的多是长客。但凡包间或长

---

① 今岳飞街。

住客，旅馆都是最欢迎的。像三楼最顶角就是一个戴眼镜的包间租下，一人付三个人的房钱，不晓得一天都在写些什么，除了吃饭，从不要茶房打扰。重庆来的刘武、侯明权也住那边楼上。而公新里过道以南这一边，门牌是中山路的，多半住的是短时间的房客，来去最多不过三五天，多数一晚就走。

夏天本是淡季，但是“价廉、干净、老板送冷饮”的名声传开后，淡季不淡，来住店的仿佛越来越多了。也偶有外国人，印度人、菲律宾人甚至西方人都有，多为来汉试水的小商家和掮客，还有流亡的韩国人，甚至有日本人前来小住。现在不光广诚，连戴承喜都相信，还清债款会大大提前。

民国时繁忙的汉口码头

十、梦想再升级

6月,昭瑛从上海回来了,还给父母各带了一套新夏装。父女都不提往事,看来都已将不快放下了。

昭瑛在上海的几个月过得很充实。昭萍不仅带她认识了她的杰出的同事们,还专门为她找来了一位数学老师,与自己一起帮她补习和辅导功课。昭萍还为她在"量才妇女补习学校"谋到历史课的代课职位。在满口苏州话的母亲养育下长大,曾家姐妹在上海语言方面是没有什么问题的。这样一来,昭瑛有了收入,不仅几乎没给姐姐增加什么经济负担,而且还独自为继续求学准备了一些学费。

广诚来到昭瑛的房里,见他正在与静娴说话,便也坐下来听,知道她也准备报考昭舫要报考的武汉大学,心里暗暗吃惊。昭瑛果然有志气,她从高小起,就一直是靠自己在求学,现在居然要与名牌学校毕业的弟弟一样考同一所大学了!他不禁为自己一些往事感到惭愧,昭瑛本该是读书的料子啊!

静娴则从昭瑛的奋斗中想得更多。作为女人,她曾为自己的命运中广诚的出现而感到幸运,但女儿们不这样,她们都相信自己的力量,根本不需要去找一个男人来搭救自己、作为自己一生的靠山。她们是与自己不同时代、不同想法的女人。

那天广诚正在大堂中欣赏冷饮的火爆场面,他盼望的喜讯很快传来了。

昭瑛被武汉大学历史系录取了!

田爷和师傅们争着向他祝贺。广诚脸上挂着笑,心里却暗暗吃惊,天哪,昭瑛可真不简单哪!家里只给她读了个初小,她硬是靠自己苦读,居然读成了大学生!汉口有几家女孩是大学生?数都数得出来啊!有几个不是靠钱堆出来的啊?几曾听说过像她这样靠自己读成大学生的女孩啊?一个昭萍都叫自己出尽了风头,昭瑛哪昭瑛,爸爸打心里佩服你!爸爸欠你的哪!

但他此时还顾不上心花怒放,因为心里还揣着一份不安,他正焦急地等待儿子昭舫的消息。怎么回事呢?昭舫千万别……花那么多钱,还不如读书全靠自己的二姐，那人就丢大了啊！

忽然间，淘气的儿媳葵花从大堂后面的厨房穿了出来。她现在是家中佣人的头，当着众人就大声喊道："老爷，太太叫您回去，大少爷的榜喜来了！"

广诚一弹跳将起来，三步并作两步向家里奔去，田爷也跟着去了。

原来昭舫的喜讯是送到家里去的，他考上了武汉大学机械系。

武汉大学，民国当代五大名校之一啊！广诚几乎激动得要流出眼泪来，多少年经历的一幕幕经瞬间涌现到眼前：从初进城时招工把头挥手吼着将他们撵开的神气，赚取第一个铜板时熊道昌叫他"滚开"的口气，刘婆警告他"下人"不可痴心妄想的语气，刘茶头把他赶出茶园时的霸气……他完全可以相信，曾家的后代再也不会像他一样，去为了生存忍受"上等人"（狗屁上等人，呸！）对自己尊严的践踏，他们将不再会像他为填饱肚子而挣扎，而将跻身有文化、有身份的尊贵领域，成为社会精英！

儿子是曾家的"正统"，以后曾家要靠他一辈一辈传下去！这男权至上的观念早从他的父辈和社会的各个方向渗进了他的头脑，并已深深扎下了根。昭舫考中大学给他带来的最重要的升华，是他真正感到曾家已彻底摆脱了最后一点"下等人"的阴影，是让他真正有了自己跨入上流社会的自信，是完全可以告慰列祖列宗的。

他决不让这么大的事就在汉口"衣锦夜行"了，决定好好风光一盘。他想起旧戏中考上状元的情节，便雇了人由淘气带着到汉阳永安堡义田湾家乡鸣锣报喜。

他原还想要租匹马让昭舫披红戴花回乡游街的，看到昭舫听到这打算后明显不快的脸色，才打消了这个念头。

多达二十几人的报喜的队伍，先在"晴川中学"前的大街抬着喜报大肆吹打了一阵，然后在马沧湖包了一艘机渡船，一路吹打驶过纵穿汉阳的各个大湖，到松林嘴上岸、翻山，刚进入义田湾的山路，就又开始沿路燃放鞭炮、吹响唢呐、敲锣打鼓，让整个九真山地区的各个山乡为之轰动。

队伍一直将喜报送到曾纪奎老爷子家堂屋。曾纪奎的眼睛也湿润了，他此刻也陶醉在了人生最大的满足之中。曾家的孙子中了进士哪（他不知根据什么换算过来）！这还够不上"光宗耀祖"的境界吗？至于昭瑛（他早忘了他曾断言

“养着糟蹋钱”而命溺掉)录取,他当然也高兴,不过在与族长和父老说起来时,却自然地放到了“附带一提”的位置。

报喜队伍继续在曾家大门外的坝子里吹打,乡亲们则争先恐后地围过来,在曾老爷子耳边高声奉承。乡下人到了这种境界还不陶醉吗?现在他腰板挺得直直的,自己有个“有出息的儿子”还不算,这下又有了“更有出息的孙子”,足见他“教子有方”,对得起曾家列祖列宗了。这一切,对曾经下无寸土、挣扎在饥饿线上半生半死的曾老爷子来说,已经达到了他做梦都不曾想到的生命顶峰。

他现已是义田湾、乃至永安堡和九真山区数一数二的有面子的名人了。广诚带出去了二十来个乡亲到汉口,让这些家庭的状况有了一定程度的改变,生活水平比其他农家明显要高些,有的甚至还攒下钱买了地。曾纪奎理所当然成了义田湾最受尊敬、最受仰慕的人。族里但有大事。必定要请他到场。他的菜地,决不会有人顺手捎带摘去瓜豆。相反,只要他透露出某种需要,马上就会有几个人家迅速凑上来帮忙。农忙时节,经常都有乡亲们不请自来帮他一把。每逢过年,各家送来的年糕、豆丝、糍粑多得吃不完。曾纪奎几乎想不出这辈子还缺什么。

除了在家乡风光一盘,广诚在汉口又将“通成”张灯结彩,向来客和“大智旅馆”的用户免费三天供应冰镇酸梅汤。商界的朋友们纷纷登门祝贺,田贵义、刘半仙、顾警官、汪科长等老朋友都争着强调自己如何看这孩子从小就有出息,把个广诚乐得飘飘欲仙。

现在他在子女身上寄予的希望已经上升为新的梦想,他不再以自己跻身那些“有头有脸”的人群为满足了。他将所知与自己一样出身贫寒的汉口富商一一“盘点”了一遍,那些人或奋斗、或苟营、或攀附、或撞运、或有见地、或无顾忌……发家后,几乎都没忘记原来大字不识、受人奚落摆布的经历,多会叫儿女读书。但一般每家只有一个儿子出头就算不错的了,而多数人都急着去忙花天酒地、三妻四妾、巴结官府、疯狂捞钱。他广诚决定不学他们这样,那太俗了,他看不上。他决定不再以钱财“多多益善”为目标,而是要子女个个成才,个个向昭萍那样!他期待昭舫和昭诚成为国家栋梁之才。他庆幸昭瑛昭琳的顽强求学没有被他当年的有心无力所拖累,让他没有被归入那些俗人之列。

现在他树立了自己奋斗的明确目标，他对子女们庄重地宣布："你们要给我戴回五顶'方帽子'，让我成为当今的窦燕山[①]。"

到那时，他将以此告慰祖宗们。他一生的辛苦奋斗，他所遭受过的种种屈辱，都是值得的了。

① 见《三字经》：窦燕山，有义方，教五子，名俱扬。

十一、昭萍完婚

武汉大学还有大半个月才开学，广诚亲自陪昭瑛和昭舫去武昌看学校。

这所大学坐落在东湖之滨的珞珈群山之中。珞珈山旧名"落驾山"，经曾在武大执教的闻一多先生借谐音一改，从此山名变得充满诗意。清末湖广总督张之洞为振兴民族，在武昌办了多所学校，其中"自强学堂"就是武大的雏形。民国后，学堂改办为"武昌高师"。1928年，民国政府大学院院长蔡元培委派李四光、王星拱等学者组建"国立武汉大学"。

校舍由美籍工程师凯尔斯以北京故宫为蓝本设计。广诚看到武汉大学如此壮丽恢弘，连昭萍的复旦都没法与之相比（当然，他参观的复旦是战火破坏后的校园），超出他的耳闻，止不住说了一句："这是仙宫啊！"有姐弟在一起互相照顾，让他感到放心。还有让他宽心的是，武大作为官办学校，两人的学费加起来竟比昭萍一个人的还要少几元钱！

他心情极舒畅地回了家，一路上就在打算写封信去直接催问昭萍，什么时候办婚事哪？

天下的不少父亲可能都有这样的体验，虽说儿子是正统，但心里最疼爱的其实是那个女儿。昭萍是曾家最穷最苦的日子出生和长大的，广诚永远不会忘掉她小小年纪守在汤圆担子旁收碗和在小餐馆择菜帮厨的那些记忆。现在，女儿已经"才貌出众"、"文武双全"，他每天都在盼等着她给他带来能使曾家门庭升级的喜讯，她婚姻的喜讯！

也和天下不少父亲的体验一样，有时恰恰就是这个最疼爱的女儿最不让人省心！

足足过了一个多月，才等到了昭萍的来信，竟让他仿佛一下掉入了冰窖。信上说，她结婚了。

令他做梦都没想到的是，自己的女儿最后选择的不是什么富家公子，而是一个不知根底的朝鲜流亡青年叶知秋，一个穷光蛋！

昭萍结婚了？她就这样结婚了？她真结婚了？昭萍结婚了！！！

这结果让他一大堆幻想和憧憬全部落空，多日来的大好心情瞬时烟消云散。怎么是这么个结果呢？昭萍你怎么想的啊？你怎么这不懂事啊？到底出了什么事啊？到底是怎么回事啊？怎么不和家里商量下，连一点信息都不给啊？想起自己一再写信催她“自己拿主意”、“自己做主”，现在什么苦果不都得干瞪眼地吞下么？这可是女儿家的头等大事啊！一步失踏不可挽回的啊！他不由从心里头涌出鸡飞蛋打、人财两失、“鲜花插上了牛粪”等一系列词句，顿时呆若木鸡。

静娴见他念着信没有了声音，脸上表情大变，忍不住问他信上说的什么。广诚粗暴地打断了她的追问，拔腿就跑去对门的电报局，发电令“婚事暂缓”，并决计亲自前去上海制止。

仿佛是有意造成既成事实，心计处处强过她的女儿又比他抢先一着。昭萍在紧接着的一封来信中说，自己先到北平去完婚，等以后有空再和知秋一同回武汉拜见父母。

广诚眼见昭萍掌握着一切主动，故意将自己完全排除在她的婚姻之外，让他干等着“生米煮成熟饭”，完全无计可施，不禁怒不可遏，把手上的精美的茶盅高举起来狠狠地摔在了地上，还远远不能解气。

静娴知情了，但她想，昭萍一向沉稳，看人交友断不会有大错。看广诚那样子她就明白恼怒的什么，也不去劝，仍然和往常一样过日子、做事、拜佛、打坐，仿佛什么都没发生。

而广诚在此几乎万念俱灰之时很难理解，这么大的事静娴居然无动于衷！他忍不住质问了。静娴反问道，我不懂昭萍做了什么事叫你这么恼火？我们都是过来人了，你到底是为了她，还是为了别的什么呢？广诚被问得无言以对，是啊，我到底为了什么呢？静娴接着说，你这些天一个人关在账房里喝闷酒，又动不动为点小事就摔碗掷筷，到底想给谁看呢？你要是觉得发火对你好些，你就发吧！

广诚自己也感到发火理由说不出口，怕传出去反而会给别人看笑话，外表上静了下来。

广诚的家事一般都没瞒田贵义。田爷是个细心人，找了个机会对广诚耐心劝解，说大小姐从小行事周密，眼光独到，“千里姻缘、前世注定”，况“英雄不问出身”，昭萍看中的人定然“非同等闲”，前程无量，他日定会强过那些富家的花花公子。这才让广诚略有解脱。

再说昭萍在得到李公朴先生应允后，去北平和知秋完成了简单的婚礼。

古老而庄严的北平让昭萍感到震撼。果如知秋对她的信上所说：“它比任何一个城市都更加气势磅礴。只要你到过北平，就会从心灵感应到中国五千年文化的伟大。你会决心毫无保留地把一切都贡献给它。”

昭萍不由打内心承认知秋太了解自己了，她的确深深爱上了北平。在这里，悠久的中华文明骄傲而淡然地渗透在每一处雄伟建筑和每一条平凡的胡同中。但同时她又有一种遗憾油然而生：或许，这古老的文明太过于深厚、乃至于沉重了，以至漫长的华夏历史那么沉闷和单调，竟没有能出现一次真正的文艺复兴，来对其加以张扬、延伸和光大，连“五四”带来的新空气也没能驱散其中保守陈腐的旧霾，我们的民族什么时候才谈得上新生？

完婚后，知秋随昭萍来到上海，被李公朴先生介绍到《申报》“妇女补习学校”和“山海工学团”[①]当了日语教员。昭萍当时也在这些学校兼任“新闻速记”等课的代课教师。

数月后，两人一起回汉拜望父母。

昭萍夫妻的回家让静娴无比兴奋，看到叶知秋一表人才，浓黑的双眉、直挺的鼻梁、双目闪烁着睿智，举止稳重，出言精准，她已从内心认可。

她一边叫和尚到武汉大学去叫回昭瑛和昭舫，一边让人回乡通知老人和在乡下休养的昭琳。原来昭琳一月前不幸患了眼疾。广诚曾为她到处求医。后来遵照一位老中医的嘱咐，要她在“青山绿水中静养”，不得已要她申请了休学，送她回了乡。

广诚见了女婿，也不由从心里认同了女儿的眼力。他客气地收下了知秋为他买的“英纳格”金表。但家里跑来这个身无几文的“外人”，居然娶了他的昭萍，确实叫他脑子转不过来。

他最爱的女儿的婚姻怎能这样“马虎”呢？他把记忆中说媒的理了一遍，哪个没有富裕的家庭和社会背景呢？昭萍怎么这么不顺他的心呢？他甚至怀疑

---

① 陶行知先生创办的半工半读贫民教育组织。

自己去上海时进了昭萍布的局，让自己从此蒙在了鼓里，想起来他气又要上来。不过细想又不像啊！昭萍根本不知道自己会去啊！自己看得清清楚楚的嘛！退一万步，就算她对她妈说的陶公子“娘娘腔、小男人气”她看不上眼，那也不该嫁个朝鲜穷光蛋吧？她难道不知道武汉人怎么看待朝鲜人的？谁知道江湖上会不会背后耻笑他女婿是“高丽棒子”？他越想越乱，一点头绪都没有，而且昭萍又一次“先斩后奏”，根本不把自己放在眼里，又一次“坏了规矩”，更是让他耿耿于怀。

当天晚饭，他勉强接受了知秋的敬酒。饭后却做出一个叫昭萍难堪的决定。他说昭萍已经出嫁，不能再住在家中（尽管弟妹的房间都是空着的）。他为他们在“大智旅馆”三楼专门预备了一间房。

昭萍却立刻读懂了父亲的内心。况且以前只听到过出嫁女儿“除夕不住娘家”的风俗，父亲这样是明显故意的冷漠与歧视，让她简直受不了。她顿时面露愠色。知秋懂得识大体，马上答说“好”，把昭萍拉到一边，说这样我们还更自由，免得拘束。昭萍也想到毕竟面对的是父亲，母亲还等着与她享受更多团圆的欢乐，此时只有“忍”最合适，便妥协了。而且默应了母亲代父亲表达的一项特殊请求，即除了对昭萍的师父王兴汉外，对其他人、甚至对乡下的祖父，都不说叶知秋的国籍，只说他是东北人。

那年头，东三省流亡内地的落难同胞，遭受着日本鬼子带来的苦难，无论怎样贫穷落魄都不会遭人歧视的。

十二、姐弟同游

知秋出现在曾家姐弟面前后，他的魅力立即吸引了这帮青年。他身上大片的伤疤烫痕，他历尽苦难的成长过程，他丰富的社会经验，甚至他激烈的民族解放情绪，都比昭萍更能对他们产生影响。

因姐夫初来武汉，昭舫专门开了一单子明细，建议大姐一定要陪他去这些地方，除武汉江滩外，他选的大部分地方都在武昌：蛇山奥略楼、抱冰堂、长春观、宝通寺……特别强调一定要看武汉大学与东湖，否则简直就没来过武汉。

趁周日，他和昭瑛带他们去看自己的学校。

叶知秋发出的第一声感叹，让家乡情结特浓的昭舫十分自豪。他在轮渡上迎着江风，脱口赞道："太壮观了，上海虽说现代，但哪里比得上汉口外滩的宽坦，轮渡也没法和这里相比啊！"

"武汉号称九省通衢，一大半靠的是这条江。有这么好的地方，所以引来列强垂涎。姐夫你看那边：五国租界，一目了然。"昭舫指着租界的房子说。

"也就是因为我们武汉太有价值了，才被迫经历比别的地方更多的磨砺和苦难。辛亥首义选中这里绝不是偶然的。"昭萍插进来，指点着大江南北，生动地向他介绍起了自己亲历和听闻的城市历史。

渡轮在宽阔的长江上破浪前进，沙鸥群翔掠过水面，江中百舸连帆，两岸龟蛇相望，襄河清流注入大江，尽显夏汭[①]独有雄浑气势。昭萍在上海就曾多次梦想过和弟妹们结伴游江、欣赏瑰丽家乡，借景抒情，共享欢乐。今天她心情好极了。

"武汉的江景和武汉的城中山、城中湖，加上在锦绣湖山之中的我们学校，是其他任何城市都拿不出来的城中三绝。"昭瑛强调说，她在上海几个月，虽知道姐姐的事，却没见过知秋。

知秋已切实被眼中所见与曾家姐弟们的描写所感动，赞叹不已。

从汉阳门起坡，有一路公共汽车可直通街道口。他们耐心等来了车，那是

---

① 襄河即汉水的区域性的别称，夏汭亦为古代汉水入长江口的曾有称谓。汭，河流会合的地方。

刚落成的武汉大学

辆雪佛莱。上车的人并不多。路也不好，颠颠崴崴的，大约半个小时，到了街道口武汉大学牌坊。

他们下车步行，到达狮子峰的南坡，隔着那通向东湖的小河[①]。昭萍忍不住高声喊出："壮哉，好雄伟的学校啊！真是百闻不如一见！昭瑛、昭舫，你们真幸运啊！我都想来这里读书了。美啊！美啊！远看就像仙山琼阁，近看若临宫殿楼台，美哉轮哉！美哉奂哉！以前淑兰写信给我，说到'武昌高师'校歌，我记得有：'镜湖枕麓，屏城襟江，灵秀萃诸方。'拿到这里，也字字不虚。"昭舫说："三姐曾几次来这里写生，也是止不住连声赞美。大姐，先到我宿舍去坐一坐，喝点水再慢慢玩。"

昭舫所在的"男生寄宿舍"坐落在珞珈狮子峰南坡。被称作"斋舍"[②]。四栋宿舍依山势而建，由三座罗马式拱门联成一体。每栋宿舍中有两个大天井，将宿舍分隔为前、中、后三排。临门一排为四层楼，各排则依山势减为三层、二层，

① 今已填成珞狮路。

② 即老斋舍。

做到整个校舍“地不平天平”。每栋每层以《千字文》命名，组成天、地、玄、黄、宇、宙、洪、荒、日、月、盈、昃、辰、宿、列、张十六个斋舍。

这真是一次赏美的郊游！站在“斋舍”前望去，居高临下，视野开阔。左边连着湖水的，是顺湖边延伸的庄稼地和竹丛傍依的点点村落，直往远处铺到卓刀古泉与桂子山。右边交错的沟河灌溉着片片菜地，一直展延到街道口附近的武汉大学牌坊。昭萍反复在山坡停下脚步回首，赞叹不已。

昭舫把他们带进自己房间。两个同学正在里面争论着什么，见昭舫带人进来，便立即停下，站了起来。昭舫指着他们说：“介绍一下，这是我的同室、也是好友石秀夫。这位李厚生①也是我一个班的。二位打扰了，这是我姐夫叶知秋，我姐姐曾昭萍，我这二姐你们该早就认得了，是历史系的曾昭瑛。”

李厚生和石秀夫脸上露出惊讶：“这就是你说过的、在《申报》的姐姐和姐夫？啊呀，《申报》是百万读者的大报啊！”他们随后略谈了几句，说了声“打扰”，很礼貌地回避离开了。

昭萍夸道：“好舒服，一间就住两个人，自由组合的？”昭舫说：“是，然后到学校斋务股登个记。”昭萍问：“伙食呢？”昭舫说：“也不错的，根据口味自行组合，由学生自办，预定菜单。连我这么贪吃的人都说好，可见真不错了。一个月伙食费七八元。”昭瑛道：“他是大少爷，不在乎这点银子。比我们高一级的学生们都闹了几回了，说被揩了油。管伙食的那几个，像毛竞飞哪，他们说，他管伙食一年就做了件呢大衣，哪来的钱？”昭舫说：“他不同，他是老法，我听你们系的人说他贪污。”

昭萍好奇地问：“什么是‘老法’？”

昭瑛笑道：“他们‘动力社’②的，崇尚法西斯主义哪！我们叫他们‘老法’。”

昭萍也笑了，“我们在复旦读书的时候，称左的是‘狼’，右的是‘杭’。”

他们走出了斋舍，顺着阶梯上到楼顶，向后面的图书馆走去。

“我们这里也这么叫。跟着 CC 跑的叫老三。”

“老三？喔，A、B、C，排老三。昭舫呢，你是杭是狼？”

---

① 石秀夫即刘青，李厚生即李锐当年的名字。

② 动力社是复兴社在武大的外围组织，“复兴社”系军统的前身，成员常身着蓝中山装，故又称蓝衣社。

“我什么都不是，当然更不会是老糊，就是不闻窗外事的糊涂蛋。我们学生管不了政治，我不赞成党义课老师讲的‘抗战必亡’，但觉得他讲的‘读书救国’还是有道理的，因为中国富强需要科学。”昭舫说着，带着姐夫大步走到了前面，直向图书馆外的环形走廊走去。

“科学救国的理想是好，可是光靠科学救得了国吗？”昭萍与昭瑛走在后头，她似自言自语地问。

“大姐，其实我倒觉得昭舫超越政治也没有什么不好，反倒是我怕他做不到，像他对华北的形势就特别关心，谈起来很激愤。爸爸就是生怕他会有什么闪失，他可是妈的命根子哟！小弟还小，脑子还没开窍，也比不上昭舫小时聪明？爸爸一心指望他继承事业。我也觉得，现在要爱国，先要能安全地活着。昭舫哪里会愿意回家做餐馆老板？我看‘科学救国’说不定对他还好些。”

“你说的也许有些道理。”昭萍点头说，“我知道他在中学的数理化成绩就特别优秀，还很喜欢动手。”

“他心里还是很纯洁的。凡是与‘训导处’走得近的同学，他都本能地疏远。还有那些无聊得整日谈论女生，专门给女生打分、起诨名的，他也很不屑。他说都是些嘴馋心猥，品位低下的人。”

昭萍忍不住笑了，复旦也有这样的学生，不过也不见得都品行低下。

“他对英语学习很下工夫的，我们学校有个英国诗人贝尔[①]，对学生很热情，昭舫就故意在他经常走过的路上拦他，与他说话，后来竟和他成了朋友，对昭舫的英语帮助不小哩！他的物理老师查谦是留美的，用英语上课，有同学很吃力，昭舫却特别喜欢上物理，还故意把练习和报告都用英语写，查老师因此很喜欢他。”

“我听了都为他高兴。这就是图书馆吗？嗬，真壮观！”

图书馆顶部塔楼是八角重檐，在正门上方镶有老子的镂空铁画像，十分威武和庄严。听昭舫正在向知秋讲着：“这么气派的图书馆，我们蛮引以为自豪的。就是可惜好多书都不让我们看。学校在搬迁来以前，就将鲁迅的全部著作

① 贝尔（Bell），英国社会党人，英国著名诗人，曾任武大的英文系教授，工作一年期满，慨然回国参加西班牙反法西斯内战，英勇牺牲。查谦老师后为华中工学院首任院长。

封存了,到现在都没开禁。"

昭萍走上来说:"唔,听说你们学校上层掌权的都是'现代评论派'[1]的人吧?教授们中他们也实力强大,对鲁迅成见是特别深的。"昭萍因为工作性质,这些情况比昭舫他们还了解得更多。

昭瑛说:"结果这一来,鲁迅的书在学生中反而传播得更活跃了,谁要有一本,几乎是抢着传看。"

知秋笑道:"这就叫物极必反。其实哪怕在北大,也没有这样封杀,学校难道没觉得事与愿违吗?"

忽然间,图书馆环廊后传出一声喝彩:"说得好!说得好!物极必反!中国文祸,源远流长,封杀是使出的第一手,可是有用吗?"

几个人吃了一惊。只见环廊后走出一个手拿书卷的学生。中等身材,着灰色长袍,戴近视眼镜,脸型较瘦,鼻梁挺直,一身儒雅书卷气,飘逸洒脱。昭舫见了,忙赶过来介绍:"大姐,这是我们文学院的今年的入学状元,中文系的李毓章,我的好友。"昭瑛站在一旁,却把眼光移向了别处,不出一声。昭萍、知秋上前互相介绍。刚握了手,毓章便转过身去,旁若无人地对天长啸道:"'弄文罹文网,抗世违世情。积毁可销骨,空留纸上声。'鲁迅先生自诩'两间余一卒',不就是对有些人的极大藐视么?"说完冷笑两声,竟独自离去。

昭萍想,学校真是人等形色,这位是诗人性情了。听他颂出鲁迅先生的诗,想到上海文坛的一些事,颇感共鸣。这时听昭舫在环廊后催着喊"大姐,快来看呀!"她才截断了思绪。

从图书馆底层别有风格的环形外走廊看后山,林木翳然向下延伸,直泻向波光闪烁的浩渺而美丽的东湖。视野豁然开阔,昭萍的心情也舒畅极了。

他们从图书馆后走出,昭瑛用手指着说:"姐,图书馆左边就是我们文学院,行政机构也在那办公。右边是它的姐妹楼法学院。"昭萍赞许道:"好一个左文右武!对了,淑兰在信里说过你们有个房梁上'宝葫芦插三戟'要你们连升三级,还雕着蝙蝠(福在眼前)的礼堂,是吧?"昭舫笑了,"就在西边,那里一楼是

---

① 《独立评论》,中国现代政论杂志。1932 年 5 月 22 日创刊于北平。周刊。是以胡适先生为首的自由知识分子办的刊物,曾对学生爱国抗战思想产生消极影响。1935 年,武汉大学由《独立评论》派的一些人物掌权管理着。

我们的饭堂,二层是学生俱乐部。"

在葱郁树木的笼护下,踏着遍地畅茂的花草,姐弟们穿过校区,走下北坡,缓步来到了凌波门。昭萍道:"昭瑛、昭舫,谢谢你们陪了半天,我和你姐夫想坐船过湖,到对面'海光农圃'游玩后直接回去,你们回学校去吧!"

昭舫不舍,说:"不,我们送你们过湖。'老鼠尾'往前面小山顶有家酒店,可一览远景,菜也不错。我去过的。难得今天聚在一起,只可惜三姐和小弟没来。"

昭舫一人大步跑向武大湖滨游泳池的更衣室临湖边,很快划了一条小木船出来。昭舫笑着,一边用小桨扒着岸边、稳着船让姐姐上去,一边说:"我们学生在那边藏了好几条木船,这条是我们系民二七级①的秘密财产。"

昭舫将两只小桨递给姐姐和姐夫,让他们划着玩,自己则摆出一副内行的架势,摇起船尾的一双大桨。船很快加速驶向湖中。昭舫笑着说:"姐姐,你看我划得好不好,像不像地道的摆渡人。"

"我们弟弟还真是不简单!"昭萍夸道。

"来学校才学会的。武大是健身的福地,两个多月来,我至少有三分之一的时间是在操场上过的。"昭舫笑着,气不喘,脸不红,看上去毫不费力。

"昭舫的身体真是棒!"知秋也忍不住夸道。

"我学大姐,养成了早起的习惯。每日清晨跑三千多米,围大操场八圈,然后是单双杠、铅球、铁饼,等全身出了透汗,我再用短跑速度冲刺回宿舍。"

他在姐姐们面前极其兴奋,轻匀的划船桨声沁人心脾,湖水清且涟漪,阳光和暖,微风徐徐,蓝天上白云缓缓而动。姐姐们安静地听他坦怀抒发,同时享受着东湖美景。

"在这么美的学校上学,很让你满足,不是吗?"昭萍问。

"也不是啦!大姐,不是我不知足。你不晓得,湖光山色是一回事,校园的气氛又是另一回事,反正我总觉得又沉闷又压抑。不像在中学,你很少看到同学们欢笑雀跃,更少见敞开心扉的交谈和争论。就连吃饭,一桌同学自由组合后,可以同桌吃几个月的饭,却不晓得彼此的姓名,极少打算进一步交往的,在路上碰到则是陌同路人。"

---

① 指1934年进校,将于民国二十七年(1938)年毕业的班级。

“你没有什么好朋友吗？自己也不能太清高啊！”

“有几个朋友，像刚才的李毓章哪，其他都一般。”昭舫停了下，又说，“还有你见过的石秀夫和李厚生哪，他们很正直，有救国抱负，我很尊重他们，也常与他们一起踢足球、划船、爬山、唱歌。但是交往不深，因为他们都晓得我不喜欢过多去参与那些与政治有关的话题。”

“撇开政治和学术门派不谈，你觉得读书能实现你的抱负吗？”

“我有些失望，我想科学救国，可是得要国家让你救啊！日本人的野心再明显不过，要是亡了国，科学还有什么用？”

昭舫将船靠在岸边，等姐姐姐夫都上了岸，便在一棵树桩上系好缆绳。

沿着湖岸一排垂柳已经开始落叶，秋意已经十分明显，但是风景中生命的活力仍然盎然。

昭萍掏出了自己的肺腑之言：“你说得很对，姐姐很赞成，姐姐也曾这样想过好好读书，科学救国，但是现实让你觉得这条路走不通。我那时看了鲁迅等人的著作，发现他们当初也何尝不是这么想的。鲁迅看到国民的麻木，想唤起民众，选择了用笔战斗。我在复旦也一度觉得很迷茫，不晓得今后国家的命运会怎么样，后来是事实教育了我，是日本帝国主义教育了我，是政府的表现教育了我，粉碎了我的梦想。你们都知道，尽管国人个个愤怒，华北的《中日塘沽协定》居然还是签订了。这说明什么？说明了有些人连‘一面抵抗，一面交涉’的调子都不想唱了！这些人宁愿在日本帝国主义的淫威面前屈服，却绝不能容忍和他们不同的声音。我们是炎黄子孙，不能枉过一生哪！我们中国近代受的屈辱太多了。昭舫，仅我们那时在吉庆街看到的、经历的、感受的还少了吗？还需要通过书报去了解吗？昭瑛，还记得我们姐妹在家议论起时想哭、那咬牙切齿的愤慨吗？昭瑛、昭舫，姐姐已经立志，此生只追求两件事：一是要打败日本强盗，二是要我们中国人站起来，谁能带领我们做到这些，我就跟谁走。”

昭萍在这次郊游东湖时对昭瑛和昭舫说出她人生的两大目标，竟从此在他俩的脑中扎下了根。

十三、日租界

昭萍夫妇游历武大后，又回汉阳老家看望了爷爷。回汉口后，昭瑛和昭舫去上学了，只有昭琳、昭诚在家中。

小弟昭诚对姐夫说的一切都感到新奇。一天，他忽然问起了一个他久藏于心的问题："日本人吃的饭和我们是不是一样的？"

一向不苟言笑的昭萍都忍不住笑了。姐弟们笑够了，昭萍决定带弟妹到日租界去吃一回料理，顺便让知秋一览汉口所有的租界。昭琳眼病已有所好转，昭萍说服她戴了一副茶色镜同去。

与"通成"隔街相望的天津路原属于英租界，大革命英租界收回后，现在是汉口第三特别行政区，仍旧不失高贵洁净，向汉口人展示着傲慢，所以人们差不多很少到这边来。

昭萍带他们顺街向江边走去，经过原来的英领事馆时，她特地给昭诚回顾了一些当年向英租界冲锋的激动人心的往事。

知秋道："听说英国人来得最早，所以英租界要比其他租界的建设要早差不多半个世纪，在汉口人眼里是最傲慢和霸道的，是不是？"

"因为英国人在汉口做的坏事最多了，比日本都厉害。日本人是阴险猥琐，像偷着干坏事的流氓。英国人则一边开枪杀人，一边还道貌岸然。"

"现在只剩法、日两国还有租界。"昭琳说。

"不错，汉口的五个租界给人印象是不同的。现在我们进了原来的俄租界了，它讲究豪华幽雅，至今还住着很多白俄。"

"喏，前面就是法租界了！令人费解的是，所有列强都刻意在租界表现他们的高雅文明，唯独法租界毫不顾忌地展示西方的那种花天酒地和奢靡。"

她的知识和见解让昭琳吃惊，同是汉口长大，自己却熟视无睹，真比姐姐差远了。

一路气派的不同风格建筑展现着在这片土地上的列强印记，也提醒着他们汉口曾为国家分担的屈辱，以及它成为新兴现代化城市的重要原因。

从原德租界沿江马路就可看到，日租界江边醒目地停泊着多达5艘挂着膏药旗的军舰，虎视眈眈地对着中国的这个内地城市，展示他们时刻准备将这里变成战场和焦土的野心，让昭萍一见就想起“一·二八”的伤痛，仇恨就要涌上来。她忙带他们转向内街。

日租界显然比华界多数地方要清洁工整，但又透出掩饰不住的粗俗与张扬，让人觉得只是对英法的模仿。看到穿着木屐的浪人和女人走在街上，知秋不由想起自己的沦陷的故国，他控制住自己的情绪，对昭萍说：“去找间大点的料理店吧！”

靠“两国街”[①]两侧，中式的、日式的小饭馆一个接一个，吸引了很多华人来这里就餐。这一带有“和记蛋厂”、“燮昌火柴厂”等几个大厂，在街上吃饭的工人、职员也很多。与华界那边相比，其人口密集和繁华又别有一番特色。昭萍拉着兴奋的昭诚，眼里却扫描着这些街道。她看到了不远处的日本巡捕房[②]的膏药旗，忍不住默想起父亲给他讲述的青年时在汉口被人欺骗侮辱、艰苦地赚到第一个铜板的情形。

昭诚还在读高小，他从小在温饱之家一碗米长大，一身都充满着大儿童习气，懵头懵脑地面对世间万物。虽说他也对侵略我东三省的日本充满敌意，但对异国情调还是十分好奇的。他极少来过日租界。跟着大姐走进一家颇有规格的地道的料理店，有机会开开洋荤，吃日式饭菜，身处日式小屋，坐榻榻米，见识穿和服的女侍者，都让他感到特别新鲜。

也许因为知秋一口纯正的日语，一位脸上粉涂得如同鞋衬厚的日本艺妓错把他当成了日本人，竟当着昭萍的面就搔首弄姿。昭萍很反感。知秋眼看这顿饭吃着吃着减少了味道和欢笑，皱着眉头把那日本女人打发走了。

只听昭诚说：“不好吃，生鱼片的芥末冲鼻子，‘寿司’还比不上我们‘通成’的烧卖。”他这句话竟把所有人都逗笑了，气氛又变得活跃起来。昭萍忍住笑说：“不合小弟胃口是吗？你应该了解各种饮食，将来好帮爸爸啊！中国讲究‘色香味’，日本人讲究的‘色形味’，你看是不是这样？”昭诚认真地问道：“那就

① 今六合路以北（底下）的中山大道，日租界的北边界限街，中方称之为两国街，日方称平和街，本应两国共管，实为日方控制。

② 日租界巡捕房旧址位于成忠街、中街（今张自忠路、胜利街）交汇处。

是说，日本菜要用眼睛吃？”大家听了，又都忍俊不禁哄笑起来。

两个日本小孩忽然拉开门进来，大的是个女孩，十来岁，小男孩大概只有六七岁，都穿着和服，看上去十分可爱，也许是发现走错了门，一脸愕然，然后道歉。

昭琳说：“这两个日本孩子还真懂礼貌。”

这时一个戴眼镜、穿和服的日本男人跨了进来，拉住两个孩子的手，向知秋弯腰道歉。然后两人寒暄了几句。日本人仿佛想起了什么，问起了汉口的几条街道，知秋便向昭萍询问后，尽自己这两天的见闻一一回答。日本人又问起银行和商会，知秋答不上了，弄得几个姐弟汉语日语交错讨论回答。

昭萍见这日本人面善，不好意思让他老站着说话，就请他坐，日本人则仿佛觉得时间太久了，连忙告辞，牵着两个小孩走了。

这家人给他们印象很好。昭琳说：“看来日本人中也有好人。”

昭萍道：“是啊，我们中国不是也有很多坏人吗？刚才那几个日本人不也有很多优点吗？至少比我们汉口人讲礼貌得多。我还知道，日本人特别珍惜他们先人留下的美，这都是很可贵的。那些侵略我们东北的是日本的军国主义分子，可惜，他们在把苦难强加给我们中国时，也把日本人民带进灾难。”

知秋提醒道：“这里不谈这些，回去再说吧！”

在料理店的楼上一间临窗小房里，宗芳武彦目送曾家姐弟四人走出店门，用视线跟着他们向法租界方向走去，直到完全看不到。

羽田征太走近他身后说：“我可以肯定他不是他们说的满洲人。他的东北口音里带有我们日本人的后颚音，而他和我对话时日语纯正，甚至带出了点长崎的‘肥筑方言’，我绝不会听错的。支那人日语说得再好，像熊道昌、三菱洋行的高云清，仔细听都能听出来。”宗方喃喃地说：“也就是说，曾广诚将自己的爱女嫁给了我们日本人，对外说是东北人，你说他究竟知不知道真情？”

羽田干笑了一声，“这已经无关紧要了，你的消息真灵，让我佩服。”

“我也是偶然看到他们来了大日本租界。哎，我想，如果曾广诚蒙在鼓里，那这张牌到时候再帮他亮出来，他会在他的那些仇日同胞的心目中一落千丈；如果他本来就心知肚明，更说明他是一个善于找后路的商人。既然他能容忍日本人当女婿，那么进一步争取他为我所用是完全可能的。”

“嗯，你说的后面这条，倒很合他的性格和成功之道。”羽田却有些得意，他真希望如宗方所说，在他计划“亲善”名单上的曾广诚没把“大日本”当做敌人。

“从‘汉口和善公会’里派个支那人去证实一下吧，有机会可以把他拉进‘同善会’。不过熊道昌办事不行，他那么行事得不偿失。陆宗汉怎么样？”

“可以，他是地道汉口人。不过他去宜昌了，过几天才能回。等等吧，反正不急。如果探不出来，还可以叫那群刚从满洲来的浪人们，他们不是私下怨恨我们不给他们发泄的机会么？由他们去制造个小型的事件，试下曾广诚对大日本的态度。”

谁也不会想到这个有特殊任务的日本“商人”为了摸摸“通成”女婿的底细，竟急匆匆地将自己幼小的儿女也派上了用场，甚至让昭萍夫妇也消除了戒备。

善良的人怎可能处处提防到，因为这个世界有些人根本不懂善良。

汉口日租界

十四、父女交心

无论是广诚还是昭萍，都感到了彼此间的不理解已造成了冷淡和疏远，并内心因此不安，都期望能在剩下的越来越少时间里来一次促膝交流。

广诚是不愿意开这个口的，那样不又“坏了规矩”，多少是向下辈服软的表示，今后更驾驭不住自己的其他儿女。但是昭萍仿佛比他沉得住气，回乡、游武汉大学、去日租界……看上去只在等假期满回上海了。他忧心这么混下去，今后两人的感情将很难再恢复到以前。他越来越怀念那些年头，带着女儿晨练，切磋武术，谈点见闻。记起广瑞受伤时昭萍表现出的冷静和干练，多令他欣慰啊！怎么变成这样了呢？哎，女儿到底是别人家的人哪！

自打昭萍进了《申报》，他每天看《申报》仿佛是在听女儿说话，看得比以往认真多了，身边有田贵义指教，他的阅读能力和语言表达水平早已不是往日能比得了。秀才不出门，天下事尽知。广诚也变成了事事通，不过他还是习惯低调，无论什么场合都很少主动参言。

每天早晨，最晚十来点钟，前面的一切都忙完后，他回到自己的账房，报纸或信件一般就已经放在外客室的红木茶几上了。他在八仙椅上坐下后，不用发话，佣人就会泡上香浓的茶端来，这是他看信、粗阅报纸的休息时候。

今天一张《号外》摆在眼前，上面几个大字让他冷汗出了一身：“史量才先生被人枪杀！”

史量才，这不是昭萍的老板么？广诚屏住呼吸一口气看完，果然是的，报道中影射暗杀不一定是刑事仇杀！广诚脑中跃出一种可怕的推断：难道《申报》又和政治拉上了关系？早就听说杨杏佛是特务杀的？昭萍千万莫要扯到这些事中去啊！

茶几上还摆有一封薄薄的信，信封上的书法很差，寄信人也不落款。广诚烦心地撕开信封，里面仅一张信纸，寥寥几个字：

“曾老板，你知道你女婿是日本人吗？望多保重！”

他再次吃了一惊。这个字体他曾见过，曾提示过他乞丐闹店、万方失火都是有人暗算,他相信是位不愿露面的朋友在暗中帮他。事后童璠还告诉过他,那些事还真都与日本人有关。现在那位朋友又一次给他信了,看样子那朋友的消息来自日租界。叶知秋是日本人么?要真是,昭萍岂不上了大当了!那不是引狼入室吗?昭萍啊昭萍!你那么聪明精细,怎么会上这种傻当的呢?当初真不该让她去上海读书!

他心烦意乱,再顾不上那么多了,立即叫女佣去楼上喊昭萍。

昭萍其实比父亲早几小时知道了史量才先生的死讯,她和叶知秋都断定与邓演达、杨杏佛等人的被刺差不多,是特务所为。为什么这个国家宁愿在日本帝国主义的淫威面前屈服,却绝不能容忍和他们不同的声音呢?他们居然在冒天下之大不韪签订《中日塘沽协定》后,用暗杀来对付敢说真话的报界人士。

她刚和母亲说了提前返回上海的打算,准备与知秋去买船票。听父亲叫,便独自下楼来,见父亲低着头在看报,她便如同儿时般喊了声:"爸爸!"

广诚抬起了头,见昭萍梳着半长短发,穿一身缎面夹旗袍,外套一件宝蓝的细毛线开衫,亭亭玉立地站在门口,似有几分怯生,却更显得楚楚动人。广诚怜爱女儿之心顷刻就占了上风,他轻轻说道:"昭萍,来,去里头账房和爸爸坐一下。"自己站起来去掩上了门。

昭萍在爸爸对面坐下,广诚开门见山地问道:"昭萍,叶知秋到底是哪国人?"

"朝鲜人哪!不过我们听您的,对外都说是东北奉天人。"

"你哪!"广诚痛心疾首地说了一声,将匿名信递给昭萍。

昭萍一眼扫过,不以为然地笑了,"我不说这张字条根据的是什么,有没弄错,我猜是那天我们在日租界吃料理有熟人见了,听见他一口好日语。爸爸,就算他是日本人,又有什么关系呢?日本也有好人和坏人呀!"昭萍再次简单讲述了一遍知秋的身世。

"你相信他说的都是真的?"广诚也想起了昭舫他们说起的知秋满身的可怕伤记。

"当然哪!我和他不是才交往几天,我们在'九一八'事变后的赴京请愿中就认识了,经历过很多考验人真情品性的事件。哦,爸爸还记得那次韩国义士在虹口公园炸死那么多日寇军官的事吗?"

“嗯,记得。”

“那义士叫尹奉吉。”

“唔,好像是叫这个名字。这和他有什么关系?”

“我见过他,他是知秋的朋友和同胞,我们还一起吃过饭。”

“啊?”广诚吃惊的同时,也大大松了口气,原来自己女婿和那个英雄是朋友!他的腰板瞬间为之一挺。

“当时知秋加入了朝鲜流亡青年的‘韩国人爱国团’,也到流亡到上海的韩国独立运动家金九①先生那里参加了死士抽签。他当时匆忙来见过我,对我讲述他受尽折磨的往事和对日本侵略者的仇恨。他亲历的那种切肤之恨,没有体会过的人是绝对编不出也装不出来的,我很受感动。但我当时不知道,原来,他已准备去做那件赴死之事,是抱着见我最后一面的诀别之情来的。”

“啊,英雄啊!”广诚已被打动了,顿时对女婿肃然起敬,“昭萍,你怎么不早说,爸爸一点都不知道?”

“但是金九先生选中了尹奉吉。爸爸,你也不要以为日本人个个都是魔鬼,我在上海就认识几个很正义的日本朋友。再不要跟着人说韩国人‘高丽棒子’了!每个民族都有好人,都有我们一样的人,都有中国人的朋友,他们也爱和平、讲道理。其实,知秋的言行就对我的帮助特别大。”

“不说了,不说了,管他是哪国人,爸爸再不会听那些鬼话了。不过,好人归好人,结婚又是另外一回事了。听你说,你们都认识了几年了,怎么一点风都不透给爸爸呢?你从不把爸爸放在眼里是不是?是不是有了点学问,就这样来和爸爸讲民主、讲婚姻自由啊?”

昭萍理解父亲的失落,不加在意,半带娇嗔地说:“爸爸,女儿最在乎的就是爸爸怎么想了,但是爸爸你自己说过,婚姻让我自己作主的嘛!”说着,对爸爸完全拿出女儿家的口吻:“爸爸,女儿没选错人,女儿要选的就是有男儿气、有头脑、有意志的人,您不就是为了女儿幸福吗?您到底有什么不如意的呢?”

广诚不如意的事虽多,却说不出口,想了好一阵才说:“爸爸是想你找个家境好一些的,门当户对,这……没家没业的,送了我一块表,就把你娶了,我对外

① 金九(1876-1949),著名的韩国独立运动家,被誉为“韩国国父”。

人说起来都不知怎么开口。”

昭萍笑了，说道：“有什么不好开口的，重要的是，他胸怀大志，和女儿志同道合。”

广诚终于说出想要说的：“我原以为……唉，不说了。”

昭萍不紧不慢地说：“爸爸的心，女儿不是不知道。爸爸处处都是为我好，一辈子含辛茹苦，两个妹妹都没钱读书，让我一个人进好学校。养我这么大。送我读大学时，您正好手头紧，连‘万方旅馆’的股金都按下来，为我交学费。全国最贵的学校就是这上海复旦和天津南开了。两个妹妹还在不花家里钱靠自己读书，昭萍哪点不知道？”广诚抬起头，“你还说知道？”昭萍说：“昭萍要是找个有钱的女婿回来，爸爸的事业肯定少走很多弯路，昭萍也就回报了爸爸。这昭萍不是没想过，也不是没有过有钱人追求女儿。”

广诚见说到这份上，便问：“那……你到底心里怎么想的？”

昭萍十分耐心地说道：“但是昭萍愿意做更大的事业来报答爸爸！爸爸，上海‘一·二八’以后是什么样，你都看到了。那里多少和你一样辛苦几十年、甚至几代人积累的家业，在日本强盗的炮火下顷刻化为了乌有。有句古话是‘覆巢之下，焉有完卵’，就是说把窝都给你掀翻了，窝里的蛋还能保得住么？”她声音不知不觉地激昂起来。“爸爸，日本帝国主义像最不要脸的小偷一样，跟在欧美列强后面欺负我们中国，算来有半个多世纪了。这些侵略者里头数它做得最绝！昭萍这代人该和它算个总账了！我想，昭萍就是为此任降到人世的。我们这代人要做的第一件大事，就是和日本强盗算账！我和知秋立志，要让爸爸和千万中国人能保住自己的家园！我将以此报答、孝敬我最爱的爸爸。”

广诚忍不禁动了感情，“乖儿，我的乖女儿啊！你简直和谭襄农师父一样，那样你一辈子都没有安身的时候啊！我刚才从报上看到，你的老板被人暗杀了。乖儿，你到底和些什么人在一起、在做些什么事啊？爸爸为你担心啊！昭萍哪，你们这些读书人，那里斗得赢政府呢？他们的枪就是用来杀不服他们管的人的。我们住吉庆街时，一天到晚都看见杀人，你还见少了？前几年就在我们店门口大街上用刀砍共产党的头。这是民国啊！我连满清都没见过当街砍头的啊！有颗头都快滚到店门口的街沿上了啊！那血好多天才冲洗干净啊！儿啊，别看他们现在装得斯文些了，杀人是不会手软的！你说的这些事太危险了,哪是女孩子该做的呢?你从小什么事都胆大包天,爸爸就最怕你走这条路,再三嘱咐,可你一点都听不进去。爸爸常常后悔,不该让你一个人去上海,事到如今,哎!你这样、你这样、你这样……叫爸爸怎么放心得下呢!"

昭萍道:"秋瑾、张荫兰不也都是女人么?两天前女儿去看望王兴汉伯伯时,和他谈起过一些往事。知道爸爸曾经在生死关头挺身而出,掩护革命党人。是你,我的好爸爸,才能教出我这心系国恨、懂得是非的女儿啊!"

广诚再次感动了,他自己当年的行动仅出于义气,为朋友两肋插刀,哪配谈什么挺身而出?何况他根本就不喜欢革命,每次一革命,他就无法做好生意。他曾想过很多怎么说服昭萍、把她留在汉口的方法。但他现在懂得,那是白费,自己再也无法改变昭萍了。她从小凡事只要拿定了主意,就会做到底。不过她从来行事都很稳。那么她要去做的、也一定会是了不起的事了。但这些事都是"天降神人"才能完成的啊!也许,曾家也该出这么一个。这难道是"天命使然"?她,一个女孩,难道也"上应天星"?

他几乎都要想通了,便抑制住父爱的冲动,走到昭萍身边,将自己的硕大的金戒指取了下来:"昭萍,你结婚连个戒指都没有,哪像我的女儿?把爸爸的拿去。戴着它,记得爸爸总在担心你,念着你。爸爸的心高志远的女儿啊!"

他几乎要流下眼泪,心里很为昭萍和知秋担心。他决定自己从此吃斋念佛,每日祈祷上天赐给女儿平安!

在他心里,其他几个儿女从小就没一个能赶得上昭萍,她那与生俱来的坚毅、踏实和冷峻,也正是广诚最爱她的原因。广诚仍希望其他儿女们能有昭萍的造诣,而不要走上昭萍那条充满凶险的道路。他劝慰自己,女孩毕竟是别家的,管不了就算了。但愿儿子昭舫、昭诚,好好按自己的意愿成长吧!

十五、大少爷昭舫

中国多少如同曾广诚这样微不足道的创业者，有了点成功后，都喜欢患上应该是帝王才配有的毛病，就是对身后继承人一事反复进行自我折磨，他们不再简单满足于自己辛苦一生为后代攒下的那点财产，而是希望能保他的子孙代代幸福，他开创的事业与世长存。

广诚放弃了对昭萍的指望，回过头想明白了，家业还是要儿子来继承的。他将小儿子昭诚作为继承人的双保险，寄托沉重的希望。但是自从那次绑架事件后，自己已被弄得不敢管了，生怕惹烦了他又会做出什么逼人跳楼的事来。但自己越是小心翼翼，昭诚反倒越是得寸进尺，仿佛非要逗你怄气了他才满足。广诚甚至怀疑他已对自己产生了仇恨，他小时挨打时嚷过，“我长大了再找你报仇”，弄不好莫要成真。

倒是昭舫性格温顺随和，对父母尤其孝心敬畏，从小就是无人不夸的乖孩子、好学生、优秀少年。成人后越长越英俊出众，在汉口也算够显眼的了。商会同仁谈起无人不赞，这让广诚很宽慰。的确，昭舫看事做事都还算有头脑，聪明而且干练。拿那次平息乞丐捣乱来说，他就做得很漂亮。临危不惧，居然还多少懂得点江湖奥妙，这多难得啊！让他减少了因子女缺少下层世面经验的担心。

但是，昭舫也有叫他不喜欢的地方，就是他太会花钱，而且喜欢学些吹拉弹唱的花样，老戏文中败家的花花公子、净是喜欢这些的。尽管经田贵义用“琴棋书画”的必要性开导他，让他略微宽心了些，但终究认为这些离他对生产力的理解远了点。反倒是昭诚从来没有过什么花销要求，但又不如昭舫精明，还看不出大了会怎样。

昭舫的乐于助人当然是得益于老爹的财力作后盾。毕竟没有亲自尝过创业的苦头，所以出手大方，从不求回报。读中学时就被同学戏称为“小旋风柴进”。

广诚宠儿子，田贵义当然也肯给面子，昭舫便得以渐渐放开手脚，有机会借老爹的门面呼朋唤友，中学旧朋、大学新友，只要到汉口来找他，必然热情招待，尽心尽兴。武大同学家境多不富裕，比昭舫埋头读书的更多，很少去武昌城，更少有人到汉口。因有了昭舫这个对系里系外都来者不拒的富少，有人便乐得趁此“进城”，参观下他们久闻的汉口“花花世界”。有时一个，有时一群，在“通成”吃，“大智旅馆”住，完全免费享受。

次数和人数一多，广诚开始心疼了，昭舫这样耍大方，完全不懂得老爹打拼多年能有这么点江山，那一个个铜钱是来得如何辛苦和艰难。大少爷的面子，当爹的不能不给，只好等客人都走了、旁边没人时绷下脸来，提醒和敲打他要懂得点节制。但是，当看到昭舫仿佛自尊心受了打击、有些丧气的样子，他又觉得不忍，连忙主动换一个口气说，交朋友要看心，不要光听几句好话，酒桌上的朋友是靠不住的，差不多的人就不要对他们太大方了。然而昭舫马上就会以极不满的口气为自己的朋友辩解。广诚只好又忙着自己转弯下台，说只是随便说说而已。

这年寒假是昭舫进大学后第一次过年，客人特别多，花销当然令人咋舌，这让广诚觉得是要教儿子懂得一点分寸的时候了。他忍着心痛过完了寒假，等着儿子来找他拿钱上学时对他进行语重心长的教诲。

等到昭舫找他拿钱的那天，广诚特意在账房内生了一大盆火。他坐在矮凳上，用火钳码着木炭，对进门来的昭舫说：“来，昭舫，陪爸爸坐坐，你连过年都没跟爸爸多待一会的。”

昭舫顺从地掩上门，拖了小凳坐在父亲对面向火。

广诚身边茶几上码着一叠账本，很显然他正在查阅。

“爸爸在忙啊？”昭舫小声问。

广诚很高兴昭舫主动揭开他想要说的话题，回答道：“是啊，你也帮爸爸看看吧，要不了两年你就该帮我管事了，爸爸都进五十了，真觉得有点累了。”

昭舫顺从地从父亲的手中接下账本，仔细看了起来。父亲的字写得很有些味道了，不过大部分账目还是田贵义写的。也有少数是杜季卿记的账，那字如同那小子人一样圆滑。

广诚问：“看不看得懂啊？”他有些得意能在大学生儿子面前展示自己的学识。赵丙文的儿子赵凯鸣到“大智旅馆”刚拿起账本时，田爷足足在旁讲了两个时辰他才入门哩。

昭舫不直接回答，却反问："爸爸，好像香烟场面最小，利却更大，是不是？"广诚听昭舫能关心他的生意，有点高兴，回答："嗯！说！"昭舫接着问："那为什么不多卖些烟？"广诚觉得问得有些幼稚，心里却很舒坦，回答："苕儿子，烟要交差不多翻倍的捐税。再说，烟草公司那边每次给你的数目，是看你的营业牌照上的营业种类、资本大小和交给他的保押金来的。不然被你赊走一大堆，跑了怎么办？"昭舫问："那我们把营业额做大不就对了。"广诚摇头说："我们注册的是餐馆，只允许零售香烟。我们营业额中香烟占的份额已经算高的了，商场有商场的规矩，不能随你想做大香烟这块就让你做大，官府随时管着的。像跑马场那边就明令不许我们卖烟，只能私下对吃饭的客人卖几根散烟。"

昭舫何尝不知道父亲不满他花钱多，拐着弯来教他知道赚钱不易，但仍希望父亲以后还能继续对他慷慨，便动了点脑筋，说："就依爸爸说的，'大智旅馆'注册资本那么高。账上看，凡是超过五角钱房费的，'旅栈捐'都要按二等收，那'大智旅馆'也算有点档次的了。想要卖点烟也可以摊占一笔份额啊！加个烟柜，也不占地盘。住店的人可以买，那些过路的、又不到馆子那边去的人也可以买啊！"

广诚听他说完，高兴得几乎从椅子上弹了起来，大声道："好儿子，真是我的儿子哇！你是块做生意的料呢！我和你田爷爷怎么都忘了想到这上头去呢？旅店是允许卖些烟的啊！好，我们家还有个现成的烟柜。我这就叫田爷去办。还有，'万方'那边也可以卖烟。"

广诚的思路完全跟着昭舫一路跑了，得意自己"虎父无犬子"，哪里还顾得上去进行忆苦思甜教育。

经营不过几天，可以看出昭舫建议的价值了，仅大智旅馆这边每天都至少增加二三十元收入，又不要增加人手。跑马场饮食摊要占几个人，客少时，利润还抵不上这个烟柜呢！广诚乐得好多天都在静娴面前夸奖昭舫。甚至在田贵义面前也忍不住得意之情。

"大少爷要是能帮你经商，恐怕比我们两个人都强。"田贵义品着香茶，不紧不慢地说。

"您老太夸他了，他就是点小聪明。"广诚心里甜滋滋的，却违心地把他看不顺眼的事挖出来说，“他要做生意，恐怕赚的还不够他自己花。去上海几天花的钱比我几个月都多。车子要蓝翎的，钢笔要派克的，料子要英国的，裁缝要‘培罗蒙’的……”他说着说着自己都不愿往下罗列了，“我们当年吃的是哪样的苦啊！”他用感叹并掩饰不住失望与担忧来否定田贵义的话。

“我不像你这么看。”田爷道，“现在的公子少爷的确是吃的苦少些。但昭舫不同一般少爷，他心底良善，真遇到要吃苦他会知道怎么做。再说这世道，要是他在外面寒碜了，别人还会以为你资金断档了呢？”

“呵呵！”广诚笑了，赞同他关于“儿子是门面”的观点，但仍反着说，“他心地善是不假，但将来要真能守住我这份家业，就算我烧高香了。”

“那你又小看他了！大少爷也许不想经商，但他一定做的事业比你大。”田贵义断然地否认道，口气毫无奉承意味，“就你我而言，我们在汉口做得算是可以的了，比上不足，比下有余。但如果传到他的手上，恐怕比这大得多！”

广诚惊奇地转过目光注视他的管家，就他与田贵义的才智和经验而言，在武汉残酷竞争的商场上已经得到了相当的成功了。田爷说的是真的吗？

事实上，十多年后他将看到，最终就是依靠受过高等教育并在新的时代中磨炼出来的昭舫，才让他真正实现了“名吃、名店”的夙愿，使他的事业达到很多商家梦寐以求的高峰。

十六、戴承喜受凌

广诚与谢三金的合作进行了好几单。开春，三金约他到武昌曾家巷仓库看货，下了一批棉花订单，运送上海的事照例三金也都已安排好。事毕，谢三金诚恳而遗憾地说，有人在谢家杀了他“钎子”[①]，说他在外面背着谢家做自己的生意，谢家听说后有些不高兴，因此这单做完就不好再与广诚合作了，也就是说，这是最后一单生意了。

广诚对三金是打心里感激的。这个当年“江永”轮的穷朋友，关键时候救过静娴，不仅帮他解决了贷款，还帮着他做生意还贷，他岂不知谢三金放贷给他多少有些不合规矩，做这几单生意完全就是为了帮他了结此事的。三金还对自己“有始无终”表露出惭愧，这更让广诚感动。其实，他心里除了感激，什么不快都没有。赚钱嘛，不能看见钱什么都不顾，要能拿得起放得下，这才是成功者的要诀。与上海的生意对他帮助不小，让他再次看到了友谊和真情。对他来说，提前还清债务真没什么悬念了。

他还知道，谢三金其实活得并不自在。虽说他为谢华龙出生入死，把拿不上台面的事，刀刀见红的事都揽了、扛了，可他除了姓谢外，并非真的谢家人，一开始就仿佛如同卖身给谢家的家奴，再没有了多少自我，只是个谢字头的家将。外人看来，三金算是汉口商场能呼风唤雨的角色了，殊不知他大小事都是看谢家脸色行事的。知情人对他尊重否、属于自己的尊严有几许，连他自己都清楚。他曾对广诚说过，每次他去商会，别看认识的人多，真心与他打招呼的一个都没有。

广诚与三金雇了一条木船过江回汉口，在原俄租界的河滩上岸。

起坡的江滩上，不远处就是个切入江滩的河汊，现在水位低，河汊的两边就变成了陡岸。广诚看到那边围了一帮人，听人说是有人要跳河，并不十分在意。路过时顺便瞟了一眼，却大吃一惊，竟是自己旅馆合伙人戴承喜的二太太陶氏。

戴承喜是“万方旅馆”的最大股东，在“大智旅馆”也有一成半的股份。大革

① 杀钎子，湖北方言，指在人背后告阴状或使暗招。

命时他在青帮“锦华山”尹四姐威逼下失去了“喜文客栈”，一度气馁回乡务农。后来能在旅馆业上起死回生，全靠了童瑨对广诚感恩而实施的帮助。以后“万方旅馆”的经营和宣传其实也差不多都是广诚的主意，戴老板不过是守着摊子罢了。不久戴承喜就挽回了当年的损失，资产也扩大了一倍多，这一些，大太太陈氏心里都是有数的。她为人厚道，对广诚一直心存感激，尊敬有加。

陈氏本是汉口大智路一家栈房老板的独生女，戴承喜在那里当茶房时入赘，从而有了起家的资本。陈太太为人贤惠，但生了三个女儿后就再不能生育。而戴承喜的毕生心愿就是至少生一个儿子“继承香火”。在陈氏的怂恿下，他前后娶了两房姨太太。但尽管他坚持了三十年虔诚的烧香拜佛，香油钱从不吝啬，甚至花去了他经营所得的大部钱财，而且哪怕他也不止一次在归元寺摸到了“花生”之类，但他的太太们却同仇敌忾般为他共生下了九个女儿！却坚决没有为他生一个儿子。戴承喜竟因此事在汉口商界出了名。

除了没有添儿子，戴承喜在乡下修祖坟祖屋捐庙款裱菩萨这些心愿都一一完成，可以安稳地过小财东的日子了。虽说未能如愿，满眼都是女儿，他对她们还是个个珍爱的，很希望她们能过上与自己这代不同的生活，因此，也竭力供她们读书。除了两个大的女儿只受了简单教育、现都已成家外，其余到年龄就进了学校。

去年有次戴老板一大家到兴记新市场[①]看戏，和广诚家的人刚好坐在了一起。他的六女戴六儿(学名戴桂香，因戴承喜已经记不清自己九个女儿的名字，除大女荷香，二女菊香勉强记得外，以后的干脆就称三儿、四儿……九儿了)和昭舫坐在了一起，还谈了几句戏。六儿是三姨太为他生的第一个(三太太生了老八后死去)，最勤快能干，也长得最是可人，那双眼睛水灵灵的，像会说话一样，看人一眼能把魂勾走。六儿从小就和昭舫认识，也曾听昭舫唱过歌。像无数个这个年龄的女孩盲目崇拜出众的男孩一样，回家后，就经常把个昭舫挂在了嘴上。戴承喜猜懂女儿的心思，揣摩这可发展成一门好亲事。这正是门当户对、青梅竹马一对嘛！就找了个机会向广诚透了透意思。谁知广诚听后很为难，当着面只是低头不语。事后却特意托赵丙文转告老戴，说孩子们都太小了，

---

① 现民众乐园。

昭舫才十八岁，还有三年半大学要读，谁知道这些孩子将来会有些什么变化呢，这些儿女婚事还是轻易不要干预的好。

戴承喜得知广诚意思后，怒火直冲脑门，从此对广诚的反感到了家。如果说，以前他对广诚的不满主要出于嫉妒，嫉妒他一个穷茶房还居然比自己成功，那么现在则是广诚不识抬举，彻底将他得罪了。甚至连当年失去"喜文客栈"一事，他都将账转记到了广诚的头上。

广诚其实也晓得必将得罪戴承喜了。但他断然不敢拿昭舫的婚姻开玩笑，只好装着不知，等将来再设法做点什么来缓解他的成见。对戴承喜平日夹枪带棒的冷言冷语也装着不知，一如以往地友好。这下遇到陶氏寻死，他当然不能装着没看到。

他挤到陶氏跟前，让三金及随行的几个伙计喝开了众人，自己则走过去劝陶氏回家，有天大的事都好说。毕竟是熟人，陶氏脸上挂不住，停止了抽泣，任由广诚将她带到堤内大街上，上了一辆广诚叫来的黄包车。

广诚与三金匆匆道别，也坐了一辆黄包车跟在后面，将陶氏一直送到兰陵路老戴的家。却见戴老板垂头丧气地坐在堂屋里，大太太陈氏仿佛正在安抚他。见广诚跟在陶氏后面进屋，戴承喜只略显诧异，微微招呼了一下，竟带着羞愧的神色径自到里屋去了。陈氏慌张地迎上请广诚坐，亲手倒茶。听完广诚讲陶氏的事后，她有些惊讶，便去陶氏进去的那间房门口看了一下。回来低声对广诚说："家丑不外扬，曾老板不是外人，有些事我说你听了也不要外头传了，你说，这世界还有天理么？"

原来老戴这个极要面子的生意人受到了莫能忍受的天大屈辱。

离开"万方"百步之遥，有一家"俱乐部"，其实是名气相当大的赌场，隔着中山路，正对着界限路口，是黑白两道大佬巨亨们销金豪赌的天堂。而界限路口上却偏立着民国元年美国基督教会开办的、在汉口颇负盛名的"圣罗以女子初级中学"[①]。戴老板的四女儿梨花就在这学校读初中。

几个月前，戴梨花放学时，被前去"鑫大赌场"[②]玩牌九的帮会大佬郭梓璜看

① 即今武汉二十中。界限路即合作路，原为英、俄租界的分界马路。

② 位置即为后来的"五芳斋"。界限路赌场是武汉有名的大赌场，系黑社会大头目周汉卿与租界巡捕房尉迟钜卿等人开设的以"俱乐部"为名义的聚赌、吸毒、贩毒窝点。

到。这年逾半百的老色鬼动了心，派手下打听了梨花的家世后，从鼻子里嗤笑了一声，放心大胆地设下计谋。于是与梨花再次“奇遇”，搭上话、相识。戴梨花刚满十七岁，天真不谙世事，对这个与他父亲年龄差不多的“叔叔”毫无戒备，竟被他轻易就骗到了手。

占有了女孩的身体后，郭梓璜厚颜无耻地公开上门“提亲”，要娶戴梨花做他的五姨太。

戴承喜见这大佬带着一帮人偌大排场登门，几乎吓得半死。当听明白他的意思后，不由气得全身发抖。但当听到他冷笑着说“生米早就做成了熟饭”后，差点一口气闭过去。郭梓璜哪里把老戴的死活放在眼里，放言要老戴自己选择“吃敬酒还是吃罚酒”，随手将原英租界一幢房子的房契扔给了戴承喜。

“这不是强抢民女吗？”广诚听到这里，忍不住怒火中烧。

“可不，”陈氏说着眼泪也淌了出来，“老戴关在屋里一夜没睡，又是捶自己脑袋，又是叹气，又是哭，什么法子也没有。第二天一早，郭梓璜就派了一队人过来，将戴梨花吹吹打打抬了过去。”

广诚对郭梓璜的为人并非不知。当年他离开“汉大舞台”时，郭梓璜近乎强留他，他就曾感到这人的霸气。亏了自己早年帮谭襄农师父逃躲黎元洪“铲除乱党”之灾时，无意中也帮了郭梓璜。郭总算没全忘记，所以当年也勉强给广诚留了点面子，没有翻脸威逼他。

广诚怒火直冲头顶，打心里同情着老戴，谁家没有女儿？遇到郭梓璜这样的恶魔，又能怎么办？

他坐留不是，终于凑上去安慰了老戴几句，并发誓不对任何人说起这件事，离开回家了。

戴承喜惹不起郭梓璜，心里充满了愤怒。但“勇者愤怒，抽刃向更强者；怯者愤怒，却抽刃向更弱者”，戴老板不幸是鲁迅先生描写的后者，把耳光和臭骂一起泼向比他更痛苦的梨花的生母陶氏，让陶氏加倍地痛不欲生，从家里跑了出去，于是有了广诚看到的一幕。

十七、故乡口碑

时间过得很快，1935年8月15日，在上海的一间弄堂民居里，昭萍生下一个男孩。叶知秋高兴得举双臂欢呼，他从两人的名字中各取一字，为孩子起名为秋平。昭萍逼他放弃男权思想，迁就自己，让孩子姓了曾。

广诚静娴收到知秋发来的添了外孙的电报后，喜上眉梢。这是他的第一个孙子辈男孩！又姓了曾！让他不住地称赞知秋"懂事"。他认为，这是老天爷送给他五十大寿的厚礼。

当时武汉又被特大洪水围困，钟祥以下、汉江南岸各县大堤亦相继崩溃，汉阳市区已全都被淹，连市长吴国桢与警备司令叶蓬都蓑衣赤足日夜在堤上巡视检查，率众防汛。汉口人仍对1931年破堤记忆犹新，人心惶惶。广诚也不敢怠慢，便不打算离开汉口，却委托人回乡把这喜讯送给乡下的父亲。

曾纪奎虽然早就"四世同堂"，大儿子广智那边两个孙子都十来岁了，但是广诚在他心目中的地位早已经非同一般，这个儿子让他在乡邻中享有独一无二的尊敬。广诚家的第一个孙辈的诞生，让他激动非常。他得意地回想当年，长孙女昭萍"轻而易举"地（曾老爷子的认为）就成为了方圆几十里的第一个"进士"，当时他特地叫广诚将她戴学士帽的照片放大了（尽管这很花钱）挂在他家的堂屋边墙上。

曾纪奎高兴得连日多喝了些酒，竟在8月22日晚脑溢血去世，享年七十七岁。

原本的喜事变成这样，广诚闻讯难过极了，他觉得这辈子还远没足够地回报父亲。他喊回了读书的儿女，举家冒雨乘船回乡奔丧。

九真山地势高，老家对洪水的反应远不如城里人那么大。

"老爷子是高高兴兴升天的。"乡亲们众口如一的说法，让广诚减少了好多悲痛和遗憾。

广诚将父亲葬在母亲的墓旁，又请了僧人来做超度法事。除昭萍一家不在汉外，曾纪奎其他所有族亲子孙、乡里和远近多达一两百人，参加了这位老爷子的入土仪式。

广诚采纳静娴的建议，准备大做善事以告慰父母在天之灵。

他首先按广智的意思，留下了哥哥需要的田地后，再将做善事的计划告诉他。广智虽说淡然接受，却不能完全理解。但他又不得不从心里认定，广诚每每有“贵人”出手相助，以至能够发财，是因为做善事的结果。而广诚则以为，自己曾家可能是前世欠义田湾的，所以在乡里要受穷。他的运气应该在汉口，因此，在乡下力所能及地做些善事是万万少不得的。

他做了一个让族人乡里震惊的举动，将几十亩田地交给祠堂管理经营，由其雇人租种，收获和租金用来养活和接济穷苦无地的乡亲，余下的资助祠堂，自己分文不收。他还保证，每到年关会另买些米票，无偿送给家大口阔的乡亲们。（以后十几年，除沦陷七年外，从未间断。）

乡下人对真诚的善事是发自内心感激和称赞的。自此，远近乡间交口传称广诚为“曾善人”[①]。

广诚和子女们赶在学校开学前回到了武汉。

父亲的去世让广诚觉得自己很快就要步入老年人的行列，静下来的时候，常想起父亲吃过的那些苦，觉得自己远远没有回报在饥饿线上将自己抚养成人的父亲。父亲教给了他做人诚实厚道的道德标准，在他的成功中无疑有很大帮助。他一定要将这些品质传给自己的儿女们。

他在公新里六号的账房外间房设置了父亲的灵位。静娴又开始了长达三年的每天三餐为公公的亡灵“供饭”的仪式。

昭琳眼疾也已痊愈，回到汉口复学了。

广诚安顿完，才写信给昭萍讲了爷爷去世的消息，因为他不想在昭萍月子里打扰她，影响她的身体。

他哪知道，昭萍在生秋平前和月子里最需要好好休息的那段日子，曾两次奉命搬家转移。幸而她并未暴露，但她经历的艰难简直难以言表。这给昭萍的健康留下了巨大隐患。

从 7 月下旬起，共青团中央局在上海再次遭到严重破坏，书记和组织部

---

① 汉阳方言中，“曾”与“真”同音，乡亲们意称其为真善人。

长等八人被捕。杨韵珊也被迫离开了上海。昭萍夫妇的入党申请被搁置，暂时失去了与组织的联系。但是，他们按照杨老师临行前的指示，留在上海公共租界，继续支持和配合李公朴先生的工作，利用职业为掩护，教育和发动工友和市民参加抗日爱国活动，在非常特殊的环境中坚持了下来。这一切，全家都毫不知情。

九峰后龙王山与樊家山间的坟地

十八、议进西蜀

金秋将到,这是汉口一年最好的季节,天高云淡,秋高气爽。“大智旅馆”大门外,法国梧桐树开始将落叶洒在人行道上,再晚一些,将会给地上铺上了一层金黄色的柔软地毯。这个季节,广诚常喜欢拿张靠椅,坐在人行道上享受阳光。外人看去他像是在放懒,其实他的脑子从没放松过。连续在自己身边发生了这么多事,让他心里时常无由地紧张,无论生意怎么成功,安全感是最重要的。

忽见彭先旺带着颜秉兰走过来,后面还跟着长住大智旅馆的那两个四川人刘武、侯明权,他连忙起身将他们接到账房坐下。

颜秉兰施礼后,随从呈上一大包四川带来的土产,其中有上好的虫草和天麻、贝母各一包。广诚见礼重,慌忙推辞,说:“也就是他两个住店,又没少我的房钱,我又没帮什么忙,颜公子这么客气干什么?”秉兰止住他说:“还多亏是叔叔关照,点拨了他们几处关键,让他们摸清了我好几年都没找到头绪的汉口门道。现小侄在汉口的生意已经有了起色,还想把生意做大一些,特地来找了先旺兄同来,一是向叔叔略表谢意,二是还有更重要的事,非得叔叔出面帮忙不可。”广诚看他一片诚意,却越发疑惑,问:“颜公子说的是什么?”

先旺插进来说:“叔叔不消急的,我来帮他说吧!秉兰想做活川江运输,将川贵药材、山货的生意做大。哪知汉口药材市场水深,近年来西药越发厉害了。若没有这边大码头的合作,再大的四川客也一定做不大的。这次他带来了颜老叔的亲笔信,想托我设法转交童瑨老爷。但叔叔晓得,我们‘锦华山’与‘少华山’来往甚少,老辈人以往在石灰窑[①]、宜昌码头的火拼中,虽没有直接交手,却也多少有些樑子。我久闻叔叔与童老爷是拜把兄弟,斗胆想要叔叔帮忙带封信,为重庆的颜老叔做个引见,也为先旺攀附童老爷搭个桥。不知叔叔可否行个方便?”广诚听明白了,也知道这两个山头一向井水不犯河水,并无什么大不了的冤仇,便答道:“也就是带个信嘛,不难不难。这么客气做什么?”

---

① 现黄石市。

广诚随后专程将颜廷业的信交给了童璠，并将彭先旺所说的话尽可能完整地转告了。童璠很专注地听完。当年彭先旺对广诚知恩报恩一事，在武汉几乎尽人皆知。童璠当然知道彭先旺托付广诚带信的深切用意，当下就说，回去和两个弟弟商量后会很快给回信。

一晃一个月过去了。秋日桂花弥漫在在汉口每个角落。舒适的天气活跃了汉口的夜间生活，也给“通成”带来了好生意。尽管华北日益深重的危机在步步紧逼，汉口像广诚一样的生意人却浑然不觉，仍然沉浸在这难得的繁荣的满足之中。

在法租界的玛尔街[1]有个可容一千多观众的“大舞台”，每晚逢戏院散场，人们便会蜂拥来到。此时是营业的最高峰。到这里喝酒点菜的人倒不多，主要是小吃消夜。

星期天晚上十点多，“大舞台”戏院散场了，“通成”的生意随即爆满，楼上楼下坐满后，广诚又将公新里六号的一楼堂屋，直至账房的外间、最后连公新里横过道（祁万顺占的是过街楼下的竖过道）都加搭了临时大小桌，结果也全坐满了人。曾家的男仆加上做白案的和尚、宰鸡的牛万贵也统统加班去帮忙跑堂。红案厨师姜胖子则代替昨日辛苦太晚了的胡豆丝在前面摊豆皮。广诚见里外忙得不可开交，心想恐怕又该增加人手了。忽然间和尚气喘吁吁地跑来说：“叔，童老爷来了。”

广诚走出大门，看见大智路那边停了一辆锃亮的黑色汽车，童璠已从车上下来。广诚正迎过去，却又看见童璠的四姨太在将童老太太搀扶出车来。广诚见干娘亲自到来，受宠若惊，三步并作两步上前，口里说着：“干娘，慢点慢点。”又见后面跟出来个十四五岁的男孩。

童老太太已经年逾七十，但仍然步履轻捷，满脸红光，下车便说：“我就喜欢‘大舞台’的文戏，比‘新市场’和‘长乐’的那些武戏过瘾多了。广诚，我又想吃你的莲子汤了！”广诚连说：“有的有的，广诚只愁干娘不喜欢吃，干娘里面请。”和尚赶到他耳边说道：“楼上楼下都坐满了。”广诚灵机一动，说：“干娘，要委屈您到广诚家里去坐了，好么？”童老太太说：“你生意这么好哇？那

① 今友益街。

不吵了你的伢们？”广诚一边在前引路，一边说道：“都去武昌上学了，家里就我和您媳妇。”童老太太说：“那最好不过，你家我就只去过一次，这都有五六年了。”

骑着脚踏车紧跟其后的童瑨的保镖们，自动找到合适位置分散开了。童家四人则跟着广诚上了楼。童老太太道：“广诚，我怎么看得这房子像变小了？”广诚笑道：“那是干娘大场面见太多了。广诚真是该挨骂，要是知道干娘要来，一定给您留间雅座。”老太太说：“哪里，我就喜欢这样，比在馆子里自在多了，还舒服。”

静娴迎出来，要给童老太太磕头，童老太太连忙制止说：“不兴这样了，不兴这样了，要不我这个孙子又要说我‘封建’了。童柏韬，快喊伯伯婶婶！”

不一会，和尚已经把老太太点的莲子羹、糯米肉馅豆皮、瓦罐鸡汤、锅贴饺子等用最好的景德瓷器盛好，让广诚家的女仆一样样端上了楼。淘气的儿媳葵花是曾家下人们的头领，负责管理着广诚家的车夫、厨子、男仆和女佣，除车夫外，都是乡下来的曾姓晚辈。

老太太精神甚好，一边品尝、一边赞不绝口。童瑨吃了些东西，站起来对广诚说：“兄弟有话要对哥哥说，找个地方。”广诚便让静娴陪着童老太太，自己将童瑨带到了静娴敬佛的小佛堂，打开了电灯，又叫葵花送进两盅香茶。

童瑨坐下后，满脸笑容地说：“哥哥在江湖从不显山露水，却难得这么好人缘。这次不经意又帮了兄弟一个大忙，兄弟正要向你道谢。”广诚诧异道：“兄弟这是说哪里话？”童瑨说：“哥哥光埋头做生意，听兄弟慢慢说来，你可认真想过今天的时局？”广诚道：“今年六月雨水多，在商会遇到兄弟，你百忙中带给我几句话，让我知道了今年汉口必不会再淹，就没有去预备东西，少了好多麻烦。果然后来张少帅派工兵炸开谌家矶一段铁路路基，让襄河洪水泄了。是我该谢你。不过听说今年还是淹了十几万人哪！两月前去送信给你时，就想再找兄弟讨教时局了。”

童瑨明白广诚还没领会，吹了下茶，看着他说：“我想说的也不是什么新闻了，兄长看出来了么？小日本的野心绝不是就在华北小打小闹一下，整个中国他都想霸占，武汉怕要不了多久就不会这般太平了。”

广诚大吃一惊，童瑨一向时局看得极准，远不是看看报纸就能有他的见地的。他催道："兄弟快说，快说！"

童瑨喝了口茶，"中国力量弱，西方列强却不愿帮忙，反而乘机套购白银，纵容日本，出卖中国利益。哪天战争打响——我是说肯定会打，而且会打得比我们见到过的都厉害得多——中国的国力军力哪是日本的对手！"广诚道："我这么大的中国，四万万人，还怕小日本么？上次在上海碰了一下，他不是被打得损兵折将，三次换帅吗？"

童瑨叹了口气，"报上宣传，为的是鼓舞军民士气。其实我们是吃了大亏的，死伤是他的好几倍，连上百姓，都十倍有余了。"广诚气愤地骂道："杀千刀的小日本，血债哪！"童瑨道："我们虽有英明的领袖蒋公介石在积极扩军，请了德国法肯豪森将军当顾问，又向德国采购装备弹药……"他放低了声音："但是他的军队，连几万共党流寇武装都不能消灭……"他逐渐恢复着声调："英美姑息养奸，中国要和日本这样强的对手大干起来，吃亏肯定难免，武汉都不晓得保不保得住。中国军队恐怕只有今后利用山川地形抵抗，以求将来羽翼丰满、再从头收复山河了。你想，政府将驻川参谋团改为'重庆行营'，是为什么？只是改个名字？那是蒋主席在管住刘湘，拿稳四川哪！所以政府将来很有可能退守西南西北，我们百姓，弄不好也要西迁。"

广诚如同在梦中听到惊雷，脑中立刻呈现出他见过的上海江湾、闸北的悲惨场景，顿时手脚冰冷。他知道童瑨不会是在故意夸大，便一字不漏地听他往下说。

童瑨又喝了两口茶。广诚喊女仆来添了水。童瑨笑着说："哥哥的茶好香，我那里茶叶无数，怎么没你这好的。"广诚道："不瞒兄弟说，这就是月前托我带信的'锦华山'的小老大彭先旺送的，恩施那边的炒青。待会兄弟带两斤回去。"

童瑨谢了一声，他满意地品着茶。童家从大悟县老家到汉口发展，到他已经历三代人了，在湖北算得上雄踞一方。但是童家始终有心愿未了。西南方像四川、云南，虽有点生意在做，却终因是人家地盘，强龙扭不过地头蛇，免不了也要受层层盘剥。加上川江水急滩险，行船事故多，成本太高，所以多年都未做成大事。他的父亲在世最后几年，曾刻意结交过一个四川成都的姓向的老大，却不想被骗了一大笔钱，人都不见了。他自己这几年的精力，在忙于应付近年美英从中国抽走白银后造成的头寸不足，活动重心放在了上海和香港，一直没有去清算和打点上游的事。

童瑨将再次添上的茶喝了大半，说："我这就正好要说到哥哥的功德了。兄长待彭家有恩，所以能受到他真诚重托，为他帮我带来重庆颜廷业的信。记得两天后，我就托你给彭先旺带去致谢的信，只说等香港有件事处理完就回话。哥哥记得这事吧？"广诚点着头，静等他的下文，结拜三十多年来，他其实还从未与童瑨这么平起平坐谈过心。

童瑨在考虑着用词，长江黄金水道，他只用了半条。而自古药材都是赚大钱的，可惜童家老辈不懂行，介入不深，他半辈子也只是在棉麻油粮和运输行当里转，一下不得入门。四川有人找来，来路又可靠，正是他盼之不得的。他把剩的茶喝干，才接着说道："我接着就派了几拨人到四川进行了明察暗访，果然，颜家论江湖辈分是差不多可以和我童家平起平坐的。不过颜廷业已经中过风，行动不便，事业眼看在走下坡了。现他的儿子颜秉兰出来主事。颜秉兰读过两年大学，自己山头的势力主要在涪陵、万县，在重庆帮中却不济，还几次请了彭先旺去造势'抬庄'，他一旦结交我童家后，必将会令四川袍哥们刮目相看。所以我断定，他是真有诚意的。于是上月我特地叫曾昭泰去了趟重庆，拜见了颜廷业，谈好两家联合起来成立公司，将来颜家在宜宾、重庆、万县等地的码头仓库对我童家开放，我这边荆州、武汉、黄石、九江的码头也对他开放，双方互惠。我打算先从药帮巷的铺面中腾一家出来给他。颜秉兰不日就会带合同文书来汉。这样，我们可放手开展川江的生意。哥哥不如参加进来，随兄弟一起开辟一片新天地。今后四川那边每有好生意，我必会派人通知哥哥。只要有你中意，哥哥哪怕一时头寸紧，只消给个信，就不会要你操心，如此，可合哥哥的意？"

广诚听了喜出望外，当然同意。他没想到只带了两封信，就会有这么大的收获，年轻时的见义勇为，居然收到了这么大回报。

童瑨又说："武汉这边，我借着哥哥的面子，也已与彭先旺有两次书信来往了，只是一时还没找到合适时候见面。打算借这次，我与他一起请哥哥赴席喝杯酒。"广诚心领神会，开心地笑了。

童瑨心里有把握，深信广诚实际上成就了他的两大心愿，自己迟早会与彭先旺携手，进而与青帮在法德租界势力最大的山头"锦华山"交好。让他心里也着实感谢这个诚实厚道而出身低微的“哥哥”。

两人说完话，童瑨又在外面随老太太坐了一会。广诚抽空跑去为童瑨包了一大包茶叶。童瑨临走前忽问广诚：“我有天天擦黑时看见好像是令大少爷在江边骑的个脚踏车，笔挺的白色西装裤、上身学生装，好不英俊，不知认错了没有？”广诚道：“兄弟说的时间和样子，怕就是他了。”童瑨道：“在武昌哪个学校？”广诚道：“武汉大学。”童瑨说：“是了，我早就晓得的，怎么一时忘了？有出息啊！”说罢离去。

广诚送童老太太上车后回到家里，把童瑨在佛堂里说的话原原本本告诉了静娴。静娴想了想，说：“童瑨对你说的话，我看全是真心的，他和彭先旺原来就互相想结交，好进对方的什么地盘。我当然不懂这些，不过我看得出，他们好像都差你这么一个两边都信得过的人来牵根线。你帮他牵了，还帮他进了四川。你看他家几个人，今天真像是进了自家一样快活随便，干娘都出面了，哪会叫你去担什么江湖风险呢？在四川有点根基当然也好。倒是我觉得我们不该借这就去沾他的，以后我们还是有多大本钱就做多大的事吧！有凶险的事我们不来，打打杀杀的事千万别做，心平气和地顺着做点买卖还是可以的。”

广诚在内心臣服静娴，她不仅带给他充满天伦之乐的家庭生活，还在他每次重大决策时都非常明确地为他作出表态。他迷信她是上天为辅佐他一生而派来的，世上有谁能像她一样，具有天使般的完美呢？

十九、聚宴“通成”

次日中午，广诚在大智旅馆的账房练字，田爷叫人来喊他，他便从公新里顶上的“过街楼”过到“通成”这边下楼去。

原来是海关的曾昭泰进了店，后面跟着颜秉兰，还有几个穿西服的和穿长袍马褂的人。

昭泰见了广诚，连忙几步迎上楼梯道：“叔叔，我受童老爷之托，在这里为刚从重庆来的朋友们接个风。”他在楼梯口对带来的客人介绍道：“这位就是为我们汉渝两家公司拉线搭桥的、有名的汉口商会糖业分会的会长、这家‘通成饮食店’和楼上‘大智旅馆’的老板曾广诚，论辈分还是我叔叔。曾会长，这位重庆‘嘉陵实业公司’的颜秉兰少爷，您已经认为侄儿了。我来介绍一下这几位：重庆海关的武科长，才三十来岁，可谓年轻有为。这位是储奇门南记商行……这位来自乐山……”当下这些素不相闻的人马上互称“久仰”。广诚将几位接到楼上雅座坐下。

二楼梯口上方挂着一幅精心裱糊的水墨画，但见烟波浩渺的湖中一小船上，站立一仙风飘逸之古人，空中一轮弯月，画中行书抄写的李白诗：“南湖秋水夜无烟，耐可乘流直上天。且就洞庭赊月色，将船买酒白云边。”

众人赞叹不已，缓步入席，抬眼看围隔的屏风，画的是“温酒斩华雄”、“煮酒论英雄”、“杯酒释兵权”；隔壁一间暂时没人，探头看屏风却是“贵妃醉酒”、“醉眼芍药茵”、“琵琶行”等，别是一番风情。昭泰不禁高声赞扬道：“好，好，这人间，诗人骚客，英雄美女，都总是有酒相伴的。”

曾昭泰一定要广诚上座。广诚一再推说自己吃素，但最后还是按照他的意思坐下了。曾昭泰当下请每位任意点了共十几样冷热荤素，又要了几斤“通成白酒”。须臾，“通成”的章、胡、钟、姜各自拿出看家本事，一道道菜均被有些讲究的细瓷餐具盛好端了上来。其中为广诚做的素菜，则是专门的素锅素油烹炒。

昭泰见菜上得很快，对众人道：“曾会长是与童老爷生死相与的结拜兄弟，在童、彭两家危难时都曾舍命相助，有过大恩。他为人侠肝义胆，在汉口白手打出了这片天地。民国二十年大水淹城，他仗义疏财，在汉口无人不知。”几个人一听，立即再次站起来表示敬意。昭泰又说：“我也有幸认识他三十多年了。曾老板从不施恩图报，其诚信豪爽在汉口商界有口皆碑。他为让我等同仁川汉跨省携手，立下了不朽之功。明日童老爷将特地推迟与美商的会谈，与诸位签订合作文书，并约彭先旺老幺与在座各位在法租界‘味腴’别墅一聚。那是家汉口最有名的川菜馆。”见在座各位脸上露出了满意的表情，昭泰站起来道：“各位先干一杯，吃菜，吃菜。”

颜秉兰接着站起来，对广诚直呼“叔叔”。敬酒之后，说：“家父托我带信，对叔叔助我到武汉发展十分感激，想请叔叔在方便时到重庆去玩一趟，叔叔不要拒绝了。”广诚正等着这句话，当下高兴地答应了。

颜秉兰喝干了自己杯中的酒，松开马褂扣子，坐下说道：“说起来，曾家和我颜家还是本家。常听人说：‘孔孟曾颜不乱辈’，四姓不能通婚，想向曾处长请教这其中的学问。”

曾昭泰趁机打开了话匣子，用他那在江湖多年练就的铁嘴咬文嚼字地说：“不错，天下无二曾，现在曾姓人，都是一脉传自鄫国太子巫，是真正的上古圣君夏禹的后代。你家颜姓，是黄帝的后裔。孔、孟、曾、颜称作儒家四大宗师。这不是我说的。都晓得：曾子的父亲曾点、颜回的父亲颜无繇、孟子的父亲孟孙激等，并祀于曲阜孔庙里的崇圣祠，两千多年来为历朝所敬奉。到清代，圣祖仁皇帝专门为孔孟曾颜四姓御赐了统一的三句、十五字名派，所以曾、孟家族与孔氏族人‘命字行辈’相同，曾姓从六十三代开始启用。后来道光皇上又赐了十个字，袁大头后来再加了四句二十字，现在一起念起来是：‘希言公彦承，宏闻贞尚衍，兴毓传纪广，昭宪庆繁祥，令德维垂佑，钦绍念显扬，建道敦安定，懋修肇益常，裕文焕景瑞，永锡世绪昌。’我是‘昭’字辈，比曾会长‘广’字要矮一辈。”

颜秉兰称赞道：“曾处长果然学识渊博，让秉兰受益匪浅。不过倒要请教的是，我颜姓为什么没有照这个命字行辈呢？”曾昭泰那里懂得那多，便老道地谦虚道：“这我就说不好了，听说好像是因为孔圣人母姓颜，与孔家不好分辈分，所以颜姓没有按行字排进来。颜氏自六十一代起就有了自己的行辈吉字。其中以‘故里颜氏’最严，为‘公重从嗣胤，伯光绍懋崇。怀士锡振承，景世廷秉培。克建永沛昭，启裕显兆守。’‘守’字下面，还有吉字三十，我就记不得了。”颜秉兰称道：“是了是了，照曾处长说的，‘景世廷秉培’，我数了一下，家父‘廷’字辈、和曾处长大概是同一辈，是不是？”昭泰慌忙道：“不知道，我不敢说。”

那位武科长只顾吃菜，不想菜汁甩上了西服，连忙自己擦了好一阵，才开口说道：“真是好菜！我吃惯了麻辣口味，以往对其他菜系从来不放眼里，今天才晓得人外有人、天外有天了。”

曾昭泰马上接口道：“武汉菜虽比不上四川是名系大菜，但因四方客人来往，所以饮食也包容了各地的特长。像这‘通成’的风格是苏菜，以价廉物美、广结善缘远近闻名。又有小吃清炖莲子羹、瓦罐鸡汤名冠三镇。这也是我带各位来此的一个原因。”几个人连声附和：“名不虚传，名不虚传哪！”

广诚正高兴地站起来谦虚，钟师傅来屏风口外示意，另外几桌来了有身份的客人，广诚便顺势歉意地向几位临时告辞离去。

昭泰则继续酒后的悬河之口，接着说道：“武汉岂止一家‘通成’，且听我慢慢道来。汉口‘蜀腴’也是川菜馆，最有名的菜是水铺牛肉，还有一道称为‘青豆泥’，是川菜中的甜菜，席间端上来，叫人口味调和舒畅。满春那边有一家福建酒馆叫‘四春园’，到那里就点着吃白片鸡和蒜瓣炒珠蚶。‘醉乡’卖的是云南风味，它的过桥米线特别够味，我今年到昆明，都没吃到它那么好的。还有‘沁园’的红烧牛鞭，‘大吉春’的大虾局包翅，‘冠生园’的鱼生粥，‘乐露春’的油鸭面。武昌那边，又有一片天地，饭馆要数‘蜀珍’，它的肝膏汤又别具一格。”

曾昭泰正说得高兴，一位身着西装的中年男子站到了屏风进口。所有人都注意到了，一起将视线转了过去，昭泰便停下了侃谈。

“先生们好，打扰你们了。”这位先生一脸笑容却毫不夸张，一字一句都透出修养。“我是这边吃饭的客人，听到这位先生博学谈吐，大长见识，忍不住过来看看，不想打扰了诸位。对不起、失礼了！”

在楼梯口坐着的颜秉兰的跟班刘武闻声赶来，见状忙道：“原来是钟先生，您有事吗？”然后对颜秉兰道：“大哥，是楼上住我们对门的客人钟先生。”

“钟先生”一脸笑容：“真是唐突，在下钟楚民，万国医院新来的眼科医生，临时旅住此店。各位，失敬了，敢问先生贵姓……”

曾昭泰大方地作了自我介绍，又介绍了各位，客气地邀他入席。

“不了不了，我就在一屏之隔的这桌。”钟楚民笑道，“明天起，我就照先生说的去寻找美食享受一盘。”说着告辞回自己那边去了。

曾昭泰没太在意这个插曲，得到一个有身份有教养的人的赞扬让他兴致更高。哪知道钟楚民乃是改变了身份来大智旅馆蹲点的宗方武彦，此次“奇遇”完全是宗方的刻意制造。昭泰就此认识了一个他此生最不该认识的一个人，以后将会有不断的“偶遇”和交往等着他，一步步把他带向万劫不复的深渊。

昭泰又喝了口酒，“天下四大菜系，在各位大小厨师手上又要得出各种不同的味道。所以说起做菜，大厨师都有自己心里的佐料秘籍。各位可知，做菜最难放得分量合适的佐料是什么？”他卖起关子四顾一圈，见各位都停顿了咀嚼、瞪大眼睛等着他往下说，才笑了一笑后吐道：“是盐！最难放得恰到好处的就是每菜必用的盐！”

各位顿时大悟，禁不住称赞不已。昭泰又兴致不减地大侃了一阵四大名菜的色、香、咸、淡、酸、甜、麻、辣等特点后，转回到他要引出的中心话题：“我已年近花甲，打算退休后，就以美食作为消遣了。”

颜秉兰接住话道：“岂会，曾老前辈看上去最多不过五十，正当年富力强，武汉海关怎么离得开你呢？”曾昭泰向着天叹道：“我自知力不从心，也早想退出海关这是非之地了。”

他放下酒杯，换上了一脸正经表情：“自童老爷与令尊颜廷业先生商量成立‘嘉瑞公司’以来，我就一直在专注这事。上月在重庆时，得到大少爷多方照顾。大少爷此次来汉，已是水到渠成。我明天与你见童老爷，在汉口签下合作文书以后，两家就互开码头。我也就离开海关，专心投身公司的运作了。大少爷驻汉办公的地点都已经装修好，明天也请你去看看。下周我就随你一起再去重庆，也顺便为童老爷开辟几笔在那边的生意，还想置一两处地产。童老爷把美国那家公司的合同谈妥后，恐怕还要参加下旬国民政府为黎元洪在武昌卓刀泉举行的国葬仪式后才有得空，那时他会亲自赴渝会见令尊。今后合作会越来越多。”颜秉兰道：“一言为定，我会去禀报家父，虚席以待童老爷的到来。”

宗方原本只想与曾昭泰打个照面，没想到竟凭空收获到这么重要的信息，真是得来全不费工夫！这可是汉渝两地枭雄联手的新动向，中国人太不懂商业机密的要害了！一个长远的新主意已开始在他心里筹划。

还有，原本考察一下“通成”对日本人态度的那个小计划也要改变一下，改为旁敲侧击！隔壁不放着一个现成的“祁万顺”么？这下可以叫那些没受过训练的浪人放松一些，不用给他们规定那么多限制……

童、颜两家的合作顺利地进行。1935年10月下旬，童瑨与颜廷业两位枭雄在重庆成就了渝汉的联手，童瑨还特地在储奇门江对面南岸买了房产。广诚也象征性地占了点股份。随后，广诚由彭先旺陪着去了一趟重庆。

长江上游江面虽远不如下游开阔，广诚的心情也和二十八年前第一次乘坐江轮时大不相同，但是蜀道上险峻的三峡、旖旎的风光和四川世外桃源般的静谧和壮美，还是极大地感动了他。

来到这世外的另一片天地，到底是为了开辟新路，还是在为自己留下退路呢？他这样地问着，一时不知从哪里可以得到答案。

民国时期的四川乡村

二十、倭浪人恣肆“祁万顺”

“通成”做得红火，但仅就餐饮来说，一墙之隔的“祁万顺”其实也不相上下。祁家父子勤恳操劳，动足脑筋，还不时找“通成”虚心请教。两家虽说有竞争，但也常互相关照，礼尚往来。上至老板管家、下至厨师店员，彼此间都处得很好。

祁家父子很后悔让广诚把他的楼上租去了，让祁万顺只能守着1号一楼门面，夹在“通成”和“大智旅馆”中间，连头顶上都是“通成”的，完全没有了扩张余地，这棋错一步，步步被动，但是除了望楼兴叹，他也没有什么办法。而广诚每想到这，就有几分得意，也更佩服管家田贵义的魄力。

但祁家父子的经营智慧还是不时闪耀出来。

这年初秋，祁大山高薪请来大厨王春山，突然推出意头菜“富贵有余”小全席，为脯（富）酥全鱼、糖醋鳜（贵）鱼、红油（有）鱼块、豆腐鲫鱼汤。三菜一汤全是用鱼做成，做出白、黄、红、乳四种颜色，味道鲜美，迎合大众口味，均为市场常见鱼种，却做得味美超群，价钱便宜。此套菜一推出，大受欢迎，从早到晚顾客盈门。

“通成”措手不及，眼看着隔壁的风头一下盖过了自己。田贵义对广诚叹道：“祁家不是等闲之辈啊！别看这几年我们做得比他热闹，从品种上来说，从来没有占到过上风。我们不该沾沾自喜啊！这回的事要当成教训记住啊！我叫人买了几份‘富贵有鱼”来，让我们的大师傅吃。连钟长子吃了都忍不住称赞，说不光名字起得好，心思想得好，手艺也是真功夫。”

广诚也从中看到自己在创意上的差距，急忙亡羊补牢，布置厨师们推出一些意头套菜。尽管卖得不错，毕竟晚了一步，明显不如“祁万顺”的声势，以后连续一两个月“祁万顺“风头都在“通成”之上。

到中秋时，祁万顺又突然推出新的酥点小吃品种，有荷花酥、千层酥、菊花酥、月季酥等，既可坐下吃拼盘，又可选择称斤打包带走。而“通成”还是些老品种，又一次措手不及、再败一阵。

广诚回顾自己多年与祁万顺的竞争，发现这两年在品种方面，除了推冷饮是自己早，祁家父子多数比自己想先一步。对于餐馆来说，这是非常值得钦佩的。

今年的天气特别温暖而舒适，有个星期六，因为生意好，地方有限，祁万顺在靠大门右手边的人行道也摆上了餐桌，并占据了一半的公新里过道。祁家父子二人在巷道里遇到广诚与田贵义，四个人便互相恭维，也互相试探，都希望从对方的成功中给自己新的启发。

忽见一个"祁万顺"店员慌慌张张地跑了过来，对祁大山耳语了些什么。

祁家父子脸色大变，仓促与他们告别进了自己厨房。

1935年在日租界内的日本"汉口神社"

从厨房发菜的窗口向大堂看，尽管座无虚席，却只听得正中一张餐桌格外喧闹，热闹明显地压倒诸席。那桌上是七个日本浪人，似乎连吃带喝还不尽兴，索性站了起来，极高声地又吼又叫又拍桌子，互相劝酒，整个营业厅都被他们几人旁若无人的哇啦哇啦声所掩盖。自"九一八"后，汉口人本就加倍厌恶日本人，这种场面更叫客人们烦不胜烦，有两对索性没吃完就走了，外面的人看到里头这样，也就不再进来。

那几个自诩优等民族的家伙肆无忌惮地闹了一阵后，一个背着竹剑的开始放声唱了起来，声音极其难听刺耳。其他桌上又有客人忍受不了，加速吃完离开了。

管家老佘实在看不下去，小心地走到他们桌旁，提醒他们还有其他客人，但是那群人看都不看他一眼。

忽然间，一个浪人竟痛哭起来，另一个却开始手舞足蹈，根本视老祁家为节日摆出的新餐具如无物。只听到"哐啷"一声，不知摔了哪样，祁大山心都跟着痛了。又见一个披头散发、肮脏的赤脚靸着木屐的浪人跳上桌子，开始比舞，餐具摔了一地。那几个日本人也跟着放开喉咙又哭又唱。其他客人实在难以忍耐，都争着结账离开了。

老佘弯腰拾起了地上的破碗，壮着胆子说了一句："要赔的啊！这都有价钱的啊！"

祁大山按住难忍愤怒想冲出去的祁海洲，与他仍待在厨房送菜窗后无奈地观看，等着这几个流氓离开。

忽听一个家伙粗着喉咙高吼了一声，几个人便同时起身，也不给钱结账，发疯似的砸了几个碗碟后，踉踉跄跄地唱着往外便走。

老祁家打算自认倒霉，只盼这几个混蛋快些离开算了。

哪知这还远远没完，这几个毫无教养的东西出了门就站成一排，对着祁万顺大门开始"哗哗"地小便！

祁海洲再也忍不住，大骂了一声："畜生！"抄起一根柴棒就要往外冲，又被他父亲使劲按下。

"通成"大门口外邻近"祁万顺"这边，摆着个大圆铁桶做成的柴灶，胡光汉师傅在这里摊锅贴，忙得一直无法歇手。隔壁祁万顺大堂闹得一塌糊涂，马路上一些人远远地驻足看热闹，胡光汉也听到一些，但无暇顾及。这下一帮大男人居然就站在门口朝着店里小便，尿溅到了他的炉子上，嗤嗤作响，等着吃锅贴的客人见如此恶心，都一脸厌恶地慌忙避开。胡光汉气得大声吼了一句："你们还是不是人？"

那帮人形似动物继续借酒发疯，根本不理睬他，歪歪倒倒地朝马路中间走去，一个裤脚上被溅了尿的顾客气得上前两步、大声骂道："畜生！下流胚子！"

那个背着竹剑的仿佛听到，回过头来，使劲瞪着那个客人，突然挥手就是一个耳光，打得那人后退了几步，被围观的人拦住，才没有摔倒。

这实在是存心挑衅众人的忍受底线！人群中不知是谁喝了一声："打他狗日的小日本！"这好比火药桶上扔了一根火柴，瞬间就爆发起来。很快马路中间乱成了一团，至少有二十多人高声大骂着参加了进去，大致分成了两个圈子围着乱打。忽然，一个肮脏的木屐从人群中飞了出来，直接飞到了胡光汉的铁锅里，说不出有多恶心，一大锅锅贴饺子也就这样完蛋了。胡师傅再也忍不住，放下锅铲就冲进了人群中。

几个日本浪人奋力冲出人群、冲过马路，继续朝不相干的过路的人挥拳乱打。

大智路口已经大乱。广诚从后面赶来时,群殴已经推移到对门天津路口的电信局大门附近。日本流氓已惹起了公愤,人群将他们分割围成了几大圈,每个圈都在挥拳乱打,骂声、吼声一片。几个警察正奋力插进人群中,飞舞警棍,想把斗殴的和看热闹的都驱散。但人们显然不服,一些人躲开警察的纠缠后,又奋力投入到混战中。

广诚发现了人堆中的胡光汉等几个店员,生怕他们惹出祸,慌忙跑过街去,在圈外大声吼了几句,将几个"通成"的从人群中拽出来。他们一个个嘴里的骂却都还没止住。自己的店员不听招呼,这是广诚的记忆中从没有过的。隔壁祁大山也在大声叫回他的店员,佘管家正带人忙不及待地关着店门。

在"通成"的二楼,宗方带着羽田坐在二楼临窗的一张小桌上,静静地欣赏着楼下和界面上发生着的一切。他们坐的位置恰好在"祁万顺"招牌"顺"字的上方。羽田抒情地想到,如果在这个窗口架上一挺机枪,那么通向租界的几条道路就可"哒哒哒"完全封死,海军就可顺利进行沿江的战斗。

一队大约有二十多人的警察从大智路方向赶了过来。武汉警备司令叶鹏亲自出现在了现场,下令:"把闹事的赶开,不听招呼的都带回去!"那群日本浪人一个个趁机从挨搂的圈子中挤出来,也不顾同伴,径自逃了。

楼下"通成"的大堂里,回家过周末的昭舫也闻声赶来了前面,生怕父亲和店里会遭遇什么事。

他看见父亲已回到店里,正赔着笑脸、回答着一个从二楼贵宾席下来的、穿着藏青呢中山服的人的问话。那人三十出头,身材高大,梳分头,面白唇红,加之站在楼梯上,好不显眼。

一个女人从楼上跟下来,想拉他回楼上继续吃东西,大概是他的夫人。

中山服有些不耐烦地说:"我在听他说话,你打什么岔?一个人先去吃不得?"

这时一个清脆的声音在楼梯上喊道:"哥,警察都已经来了,你还担心什么?一点好心情都破坏完了。"

这声音似乎很管用,中山服立刻回过身往楼上走了。昭舫顺着声音抬头望去,竟看到一个漂亮非常的女生,那个女孩也很明显地使劲看了他一眼。

他有些吃惊,因为他没想到,汉口竟会有这么美丽的女孩!

店里已经平静了下来，广诚回头看到发着呆的昭舫，问：“你跑这里来干什么？”

昭舫回过神，反问道：“爸爸，出了什么事？”

广诚顾不上回答昭舫，却转过身去责备胡光汉：“是不是我喊你们都喊不听哪？现在三令五申不许排日，哪个‘排’，警察就抓。隔壁的事，你去凑么热闹？真把你抓去了，冤枉挨一顿，关几天，算哪个的？”

胡光汉低着头，喃喃道：“太欺负人了，狗日的小东洋鬼子。老子……”

昭舫从其他客人以及店员们的七嘴八舌的激动议论中，终于听明白了事由，心里也很愤怒，认为那几个日本流氓活该挨揍，很想也说几句。却看见那男人一家，包括那个女孩从楼上下来了。女孩一身学生打扮，那双黑亮的大眼睛和他又对了个光，互相停留了两秒钟。昭舫觉得自己的心跳得砰砰直响。那一家人刚一出店门，一辆黑色小汽车就从大智路那边即时开到面前，几个人便上了车，走了。

“看来是当大官的。”昭舫失落地想，一个人回了家去，却不知怎的还没忘记那女孩。

“祁万顺”已经声言打烊，招呼完坐在公新里巷道的客人后，就开始收摊子。佘管家在清理大堂残局，正冲洗大门口时，一群警察却来了，七八号人开进了“祁万顺”，找祁海洲去“取证”。广诚在这边看着，算准他的邻居又得破财了。

次日一早，广诚又把胡光汉等几个人叫到账房去训斥了一顿，要他们学会见祸事躲远点。田爷见识广，看到几个人心里明显不服，连忙帮着开导他们说，那几个日本人是成心来闹事的，你跟着闹就上了他们的当。再说政府那些官，见了日本人就怕，生怕百姓坏了他们的大事，对中国人反倒是下手狠得很，从来不兴手软的。我们别去吃这样的笨亏。

广诚叹着气，又苦口婆心地对胡师傅解释说，他不是怕事，而是不要上日本人的当，不值得。

他怀着同情心去看了祁家父子，安慰他们说这种事“有次数”的，不会再遇到了。并且举出自己被乞丐闹店、流氓上门闹事的几回例子，鼓励邻居熬过这阵。他明白，发生在自己邻家，“通成”不能不说是侥幸，这年头谁还有可能独善其身吗？谁知今后还会发生什么？

祁大山摇头说：“广诚老弟也别劝了，我领你情。其实我就是一口气忍不下。我这辈子，流氓、兵痞都见过，小时候还与我老爹，就是海洲他爷爷，遇到过土匪呢，可从没见过这么不要脸的人！东洋人，凭什么跑到我们中国来胡闹？对着大门撒尿，这是存心恶心我们！畜生！”

祁海洲比他老爹有见地，说：“这次是我们遇到了，不闹我们，就会去闹曾叔叔家‘通成’，要不闹到别的馆子去，反正是小日本故意要闹。汉口哪个不晓得，这两年的日本浪人越来越多，有的还装成中国人，说夹生中国话，有的连装束都不改，故意坐黄包车、剃头、吃饭不付钱，总想弄出一点事来闹大，好像在上海一样对中国开战，杀我们中国人，抢我们的东西。政府真没骨气，由得东洋鬼子在我们国家胡闹！”

祁大山斥道：“少胡说！越说越远，都没有个边了！”

这件事后来还差点发酵，明明是日本流氓故意以下流丑态和无理取闹，动手打人引起的纠纷，日本领事馆居然不依不饶，蛮不讲理地对武汉市政府提出“严正抗议”。广诚着实为老祁家捏了一把汗。幸好这次市政府不卑不亢地进行了据理力争。

叶蓬司令特地带了同僚来祁万顺吃饭，告诉祁海洲不要怕日本人。汉口人都知道叶蓬双十节在刘祥花园举办防空展览引起过日方抗议，这些都让广诚对这人颇生好感。

但不久这位叶司令随即被省长张群撤职，据说除了官场内斗，还与此事“制止不力”和他一系列的反日“盲目举动”有关。

不过这个曾让武汉人评价不低的叶蓬[1]司令，后来在武汉历史上的表现却将给善良的人们莫大的讽刺，若干年后，昭舫忆起此事时忍不住脱口诵出白居易的诗：“……周公恐惧流言日，王莽谦恭未篡时。向使当初身便死，一生真伪复谁知？”

祁大山虽说忍气吞声，任凭日本人胡闹，但结果还是花了不少钱去打发不断上门“调查”的警察，此事才算了结。老祁家还被吓得关了几天门。祁海洲杰出的经营手笔为“祁万顺”创造的良好局面，竟因此次事件荡然无存。

---

① 青年时就投身辛亥革命的叶蓬后来为权欲投身汪伪政权，任武汉绥靖公署主任、湖北省长，参谋总长、陆军部长。还无耻地以鸦片大捞钱财，1947 年以汉奸罪被枪决。

二十一、万国旅馆

彭先旺从重庆回来不久,又登门找来。广诚招待他品茶谈心,感谢此次赴川的一路照顾。

先旺谦虚过后,问道:"叔叔听说过法租界的'运通旅馆'吧?"

广诚反问:"是陈家的产业吧?就在法租界复兴街[①]过去一点。那是很气派的临街四层高楼的大旅馆啰!听说陈老太爷中风走后,他那个独儿子在管,是不是啊?"

先旺含笑道:"叔叔知道得好清楚!陈家这个小开,是被捧在手里长大的,只怪他交了一帮狐朋狗友,吃喝嫖赌,样样都学熟了,就是没学会做生意,还特别喜好云游[②]。接手后不到几年,把家产败去了十之八九,一条街的房子、铺子卖光,还不思悔改,现今又积下了一屁股新债了。被债主逼得无路可走,托人求我帮他找个下家,脱手卖掉'运通旅馆'和一处地皮。"

广诚听了虽然心动,但几乎本能地回答:"那不成了'乘人之危'?"

彭先旺笑着回答:"侄儿晓得叔叔心里是一片宽厚仁德。不过,放到当今,这事叔叔该这样去想:第一你是救他一命,他就算不卖给你,也会想法快点卖给别人,不然那些放高利贷的要剁他的一只手。第二是救了那个旅馆,那地方靠着粤汉码头和大智门火车站,又在法租界。旅店的装潢,叔叔莫怪我直说,比你'大智旅馆'要气派多了,放到你手上,迟早有一天,会叫'太平洋'、'璇宫'都不敢小看!"

广诚压下自己心头那点同情,情不自禁地说:"你这话倒是说得有理。不过,他这么可怜,我要是价出低了,有些不仁义,价高了,我又不合算了。"

先旺岂不知道自己该说啥,笑道:"叔叔你真是我见过的心最善、又最实在的人。那这样,价,我来谈,你不要问这背后的事,只要你觉得划算,出钱收房、地契就是了。"

---

① 今中山大道黄兴路至车站路段。该旅馆位置就在现中山大道弯曲处临街。

② 帮会黑话,生动地指抽鸦片的形象。

广诚乐得顺水推舟，忍不住问："地？地在哪里？汉口光听说为没有建房子的地皮的产权扯皮。再说，铁路外的我可不想要，像民国二十年那样，遇到发大水就惨了。"

先旺说："不是铁路外，陈家的还会有赖货么？就在原来德租界旁华清街的边上，现在租给别人建了房的，每月还收地租，叔叔可以去看了再说。"

广诚入川前就已还清了所有债款，此次旅行又跟着赚了一笔，虽说买这个大旅馆远远不够，但他心已动了。便立即去找另外两个董事戴承喜、赵丙文商量。两个一听有这等好事，乐得差点跳起来。但是，很快戴承喜的脸色就变了。他说，买下来是不成问题的了，只是不能由"大智旅馆"来买。当年"喜文客栈"他吃的亏最大，虽说当年他的房产后来成立"万方"时折成了股，但是他毕竟是丢了房产的人。所以，这旅馆买下来要归"万方"。

广诚乐呵呵地笑着说："戴老板，你不消说了，广诚心里就是这么想的。"

广成同情老戴，一生中没少吃大亏，时常想帮助这个朋友。老戴自从被郭梓璜霸去女儿后，一直郁郁寡欢。幸好梨花在那边过得还算好，有时还带点酒

法租界万国旅馆（为今中山大道爱国旅社前身）

菜、点心回家看看父母，他总算略有解脱。不过郭梓璜老奸巨猾，具体到金钱上是一点不会让他的这位岳父大人沾半点光的。

戴承喜嘴角掠过一笑，心里却在想："你滑头，哄鬼啊！我不逼得你没有话说，你肯这样么？以为我好糊弄哩！"

赵丙文听了却觉得不公，广诚如果不告诉我们，自己就去买了，你戴承喜能有一份么？这还不看到广诚为人坦荡忠厚么？不能让厚道人太吃亏了！便说："'运通'嘛，既然广诚兄弟这么照顾我们两个，就这么办吧！但是德租界那块地，该是广诚一个人的事了。广诚，你也莫谦让了。你的一片用心，我懂，我的凯鸣能跟你，真是他的福气。"戴承喜立即附和，也来劝广诚莫太客气了。因为他已迅速盘算了一下，一年前因为急需用钱，他主动要求广诚买过去了"万方旅馆"一成半股份，结果自己只剩四成半股，哪里还拿得出钱继续投资。

按戴承喜的意思，"运通"用万方董事会的名义买，股权还是照"万方"的来。广诚本来只占三成半股，但是因戴承喜、赵丙文都拿不出钱，所以干脆又找谢三金帮了一回，再次找谢家的钱庄借了两万元。因上次提前还贷的信誉好，所以这次几乎没费什么周折。

借债付款完全是以广诚的名义和一手操作，但是在交易完成后，他竟没有要求他们二人签一个承认系由他垫资购买"运通"产权的字据。

他沉浸在一系列的成功的满足中，虽说生意越做越大，但还想继续做大做强，这不仅是作为商人的本能欲望，还因为他的安全感始终不够，不知究竟要积累多少，才能放心地留给昭舫接班。

他在昭舫回家时特地把他叫到账房，给他一笔笔讲了一次，但昭舫的反应却不像他希望的那么欣喜。

"怎么样哪，儿子？你老爹的钱就是这样赚来的哪！不然那够你那样花啊？"他有些扫兴。

昭舫的眼里却充满疑惑："爸爸，我记得你说刚刚还完了贷款，你哪来那么多钱购这么大的产业？"

广诚转为高兴，昭舫的回答显然是进入了角色的，儿子还是有做生意的脑子。他便耐心地给他讲了"借船过海"的商业策略。

但是，昭舫仿佛还想知道得多些，直问他戴、赵两家有没借款。

"跟办'大智旅馆'一样,我一起帮他们借的哪!没有你老爹的名义,他们哪借得到啊!嘿,凭你老爹在汉口的信誉哪……"广诚在儿子面前忍不住有点飘飘然。

但昭舫显然不是想的这,"那,你借了两万,他们借了多少?我怎么看不出来呢?"

"你原来问的这啊?一共两万,我只借了五千,我不是说我们还买了块地吗?你赵伯伯借了三千,戴伯伯一万二。"广诚以为昭舫不懂股份的构成,便又耐心给他讲了一次。

"他们给您打借条了吗?"昭舫小心地说出了自己关心的事。

"你这是担的那门心哪?"广诚不以为然地说,"你还没生出来,爸爸就和赵伯伯一起了,大江大河出生入死,还信不过?你戴伯伯是他老乡,民国十三年我们就一起合股了,也是一起经历过生死的。爸爸还有哪点担心的?"

"您说的是交情,可是据我所知,经济上的事一定要有文字契约才好。"

广诚笑起来了:"亲兄弟,明算账。你那些道理在生意场上说倒是不错,可拿到我们这样的朋友间就伤感情了。你晓不晓得?赵伯伯在苏州遇难,爸爸和他一起钱财被抢光。后来有贵人搭救,赵伯伯好不容易捡了条性命,钱是一个都没有了。爸爸还是靠你妈当丫鬟的积蓄拿出来才重新起家,这我对你们说过多次了。说件你不晓得的事吧!你两岁那年,爸爸在大舞台做不下去了,想自己出来开馆子,正在家里愁钱不够咧!刚好你赵伯伯靠在上海的兄弟为他报了仇,讨回了当年在苏州失去的钱。他就连本带利给我送到家里来了!四十多两银子哪!你看这是隔了多少年的事了?我那时看到那多钱回来都认不得了!吓傻了,不敢接,可你赵伯伯那个诚心哪……"广诚想起往事,声音都颤抖起来,眼泪珠子禁不住打转,再也说不下去。

昭舫虽然没有被说服,但见父亲动了感情,这么真挚的感情的确不是一般人都有幸享有的,便不再说这,却将话题引开了。

一年后,广诚先垫付还清了钱庄贷款。至于昭舫担心的事是否多余,那都是后话了。民间合作历来就有这些习惯,为面子、交情在关键问题上模糊不清,契约反被认为是不信任的象征,是伤感情的。广诚确信他们之间完全具备君子般的信任,这样做是很正常很惯例,甚至连静娴和田贵义也都没有意识到这样有什么不妥。

"万方"董事会买下"运通"的消息传开，全武汉商界都为之一惊。戴承喜未掏分文就顺理成章地成了"万国旅馆"的董事长，不久又进了汉口商会，实在让他心满意足。

旅馆被接手后，只进行了简单的装修整顿就营业了。"万国旅馆"的招牌从此就挂到了这里，比"大智旅馆"都要洋气。有电梯直通顶楼，卫生设施在汉口也能够上一流。有些单间、套间和双人间还有独立厕所，高档房间还有独立的浴室浴缸。出街便是法租界的"美尼西餐店"，不到百步远就是玛领事街和"明星大剧院"、"中央电影院"①，是法租界最热闹的地段。

原来兰陵路口对门的"万方"旧旅店也仍保留着，用以接待需要三、四等房间和大通铺的客人。这样，高、中、低三档的旅馆，他们都拥有了。

① 玛领事街为今车站路。明星大剧院即为今之武汉电影院，中央电影院为今解放电影院。

漢口 Hankou laotongcheng zengjia

老通城曾家

第二部·救亡

第二章 武大学子

一、新学年

1935年的暑假时节，离开学还有十来天时，武大军训还未结束。

这是湖北省党部军训部为武大安排的暑假活动。上学期末刚宣布此事时，昭舫和大多数同学都十分兴奋。那年头国难深重，多数青年，包括各种政治立场的甚至“老糊”，都多少胸藏卫国之志，毕竟我民族的尊严意识是由几千历史传承的。民二七级的学生和本年新生提前一个多月就兴冲冲地来校参加军训。这次军训的规格可不一般，由康泽[①]亲任军训总队长。

珞珈山空气凉爽清新，是避开武汉“火炉”夏天的一块难得宝地，加上当年又像四年前一样大雨不断，武昌郊区都被水淹，公共汽车也停了，昭舫就干脆留在学校过暑假，等盼军训。不料军训开始后，天仍不作美，大部分时间都在下雨，影响了户外操练和拉练计划。于是，军训便顺理成章地变成了室内政训，整日里学习三民主义、党义等课程。这让学生们大倒胃口，却又无可奈何。

有政府高级官员坐镇，武大的校风摇身变得大合官员们的胃口，平日里在学校感到孤独的训育主任、生活指导员、党义教员们，成了颐指气使的主角，他们昂首挺胸进入学生宿舍，严肃地匡正学生的思想言论行为，毫无顾忌地调查他们所阅刊物及所发表的言论、平时交友类型。唯一让他们遗憾的是学生们都很谨慎，怕闯到点子，能被抓上台面做文章的事少了点，只能在些微不足道的细

① 国民政府高官，蒋介石亲信，“复兴社”主要创始人，抗战前曾多次到武大活动。“动力社”为“复兴社”（蓝衣社）的外围组织。

节上发表一通高论。不过这也足够让领导们宽慰，这无疑是军训带来的“新气象”。

这天上完训导课，昭舫就听好几个同学告诉他，说他父亲来过学校，已由昭瑛送走了。原来小弟昭诚今年从汉口市一小毕业后，考进了珞珈山南山坡毗邻武大的东湖中学。广诚送小儿子来报到，也好亲眼看看这个贵族气十足的学校，凭什么学费高达八十二块光洋，差不多都比武汉大学的学费高一倍了。

终于脱离了父亲的阴影，终于能自己独立生活，终于能与百事满足他、百事能办到的哥哥，还有千依百顺呵护他的二姐比邻在这仙山之中，昭诚觉得解放了，自由了，兴奋得要飞了！

昭舫听说父亲已走了好一阵，便不再去追，决定回宿舍让自己被政训教官弄得昏天黑地的脑子休息一下。好在这变味的军训终于要结束了，这一个月真把他烦透了。

康泽曾几次来学校训导，号召学生学习德意志精神，参加“动力社”。那年武汉大学统共才六百多学生，“复兴社”却深有根基。原来还在建校时，就有一

昭舫1933年拍摄的武大学生宿舍

批黄埔军校武汉分校的学生转入武大，为学校‘动力社’提供了一批种子和骨干。这下经康大人亲自动员，便又有好多学生加入，其中文学院的最多。昭舫的挚友李豫章却一脸不齿地扭头就走。也有人动员过昭舫。昭舫也推说对政治、组织向来没有兴趣，不惯纪律约束，直言拒绝了。

“动力社”一下发展了很多人，省党部的周远涤处长听说后大为不悦，“CC”向来与“蓝衣社”明争暗斗，在武大也一样。武大训导处负责校监督风的刘风教官，系周处长一手提携。周处长自然不会忘记用上这层关系，恰好他妹妹周艾琳考上了武大法学院（照理说周艾琳应该参加入学军训、学习看护。她却怕晒黑了皮肤，搞了张病假条把军训躲掉了），他于是也借“学前军训”来校演讲。

周远涤不愧是“CC”精英，他风度出众，魅力十足，语言诙谐，旁征博引，演讲中充满爱国激情，在学生中的影响一点也不逊于那位康大人。

在昭舫请假回乡奔爷爷丧事期间发生过一件事，有个同学程某闲谈中一不小心，对红军发表“八一宣言”的事没掩盖住好奇，竟被说成是共产党抓走了，从此便再无音信。不久又被证实是“动力社”毛竞飞告的黑状。这引起了学生们对“老法”的极大反感。

周远涤知道了这件事，趁机巧妙地团结学生。他形象和谐可亲，把“爱中国”和“爱领袖”统一得十分巧妙，讲述政府从德国引进先进武器和一系列用心良苦的强国措施，然后不失时机灌输“融政于党”的重要性，对不少青年影响深刻。于是，他在文学院和工学院的土木系都顺利发展了一批“珞珈爱国学生俱乐部”[①]成员。

昭舫不关心这些，他拿定主意只做自己想做的事。

他课余的最大喜好是音乐，这是从中学时就养成的，他那优秀的母校不乏将他带入这人类最高雅殿堂的导师。以后，他认识了离家很近的云樵路口[②]市一小学的一位海外归来的音乐老师连峰云。这是他系统学习音乐知识、乐器和唱歌的启蒙教师。连老师有一台从南洋带回的、白林纳式的78转留声机和上百张带回国的欧洲唱片。昭舫便有机会在他那里欣赏到了大量经典名曲，音乐

① CC在武汉大学的外围组织。

② 即今黄石路。

水平明显提高。他暗自决定将来也要像连老师一样、买大量唱片在家里,每天欣赏。昭舫有天生一副不错的好嗓子,被连老师发现,耐心地辅导他学会了正确的发声和换气。

大学课程比中学相对松些,昭舫更是将兴趣倾注在音乐上。除了独自在后山引吭高歌、抚弄乐器外,甚至看起了理论书籍。还在刚进校时,他在图书室看青主著的《音乐通论》看得入迷,被文学院的同届学生李毓章看到,忍不住与他交谈起来。昭舫惊喜身边冒出了一个知音,音乐理论比自己水平更高,立即与他一见如故,他们一生的友谊从此开始。以后,两人常在一起谈论心得、一起唱歌和舞弄乐器。毓章平日里给人印象是性情孤傲清高,不喜交友,却唯独对昭舫无保留地敞开着友谊的胸怀。同学一年,两人已互成知己。

昭舫喜欢自己动手,验证所学知识。他很早就想买一部相机,而当时相机是很稀有很贵重的,父亲自然不愿让他用大把钱去买这些"不能吃不能喝"的洋玩意儿(事实上,广诚的钱从来没有多到够用过)。于是,这个热爱科学看似荒诞的青年,便精心自制了一个小孔成像照相机。他试着在学校照了几张,有两张居然还很成功。他受了鼓舞,便又用木头做了一个三脚架。两只脚是用木制滑尺改的,可以调节长短。

离开学前两天,光线很好,昭舫便想试拍一张大些的远景。他在校前操场边的树丛后选了一块僻静的地方,调稳了,对好光,对构图满意后,装上胶片,开始细心地最后调节那些土制的快门机关。

"这样能行吗?"一个声音问。昭舫回过头看了一下,是个拿着硬纸夹的、穿制服的新生。

本来他希望最好没有人来打扰,但是这个小青年看上去太年轻、太阳光、太纯真了,好像只是个中学生,以至于昭舫觉得不应该不理睬他,便微笑着做了一个手势,叫他别干扰,然后表演似地按下了"快门"。

"你什么时候冲洗?我能去看吗?"那青年问。见昭舫没有回答,连忙自我介绍:"您好,我叫潘乃斌①,江苏南汇人,经济系民二八级新生。"

昭舫忙作了自我介绍。乃斌又说:"原来您是机械学院的,难怪这么棒。能

---

① 即潘琪,笔名先珂,著名抗日歌曲《游击军歌》的词作者。

照相太好了。我也太喜欢这学校的美景了。我画了几张写生，您看。”

他说着打开他手上的书画夹，里面是几张铅笔写生画。昭舫不像他的三姐昭琳那样懂得绘画，但当他一看到那些作品，还是立即被这青年的才华所折服了。他不由自主地问道：“你画得这么好，怎么不去学美术？”乃斌坦诚地笑道：“我是很喜欢画画，可家父说，琴棋书画，是读书人的基本修养，但终非正业，所以我就只把它当业余爱好了。”

他们第二次见面就在当日晚上。晚自习后、熄灯前，有一小时给学生们自由盥洗、收拾。昭舫却在后山林中找了块僻静地方吹箫，独自一人陶醉在音乐的意境中，几乎忘记了周围。等他吹完一曲，听到有人在几米远处鼓掌。

原来又是乃斌。他怕打扰了昭舫，没有走近。这时才走过来，说：“我听到很好听的箫声，就闻声潜来，没想到又是学兄。昭舫兄，你吹的是《梅花三弄》吗？”昭舫答：“是，看来你也很喜欢音乐啊？”乃斌笑道：“是的。不过我不会吹箫。你吹得真好。我这么不拘礼节，你可别像桓伊①那样，吹完扭头就走啊！看来我要向你学的东西太多了。”昭舫说：“你太谦虚了，我吹得不好。况且曲终音也散。不像你的画，可以把感动的那一刻永远留存下来。”

以后，他俩加上李毓章三人，成了最好的朋友。很多时间里，要想找谁，随便找哪个都可以找到另一个。不仅是音乐，在对是非好恶、时局见闻上，几个人也非常一致。他们从音乐谈到文学，谈到鲁迅，谈藏于心中深处的抱负，抱怨死水一潭的学校。昭舫的真诚、乃斌的坦挚、毓章的激情交汇一起，渐渐地他们的话题开始更多地谈论苦难深重的中国，谈华北的局势，谈学校不希望学生去关心的一切话题。

开学那天，省党部周远涤处长又来武大训话。昭舫早就认出，省党部的这位先生，就是几个月前日本浪人在“祁万顺”闹事那晚、在“通成”楼梯上居高临下问话的那位官员。更让他感到意外的是，他在听完报告回斋舍时，竟迎头碰上了那位美丽的女生——周处长的妹妹。

昭舫有些惊喜。当时他们就互相大方地打起了招呼，并且都不讳言记得曾

---

① 历史典故，是东晋大将桓伊为狂士王徽之演奏梅花《三调》的故事。桓伊应王徽之要求吹奏完毕，立即上车就走了。宾主双方没有交谈一句话。晋人之旷达不拘礼节、磊落不着形迹，由此事可见一斑。

在“通成”见过对方。

周艾琳是新生，1932 年曾被选中为来汉慰问水灾的“国联调查团”团长莱顿献花，当时莱顿惊讶地说：“你是我见过的最美的东方姑娘。”她从此被报纸捧为武汉第一美人。她读书聪明，又倚仗她哥哥的特殊地位，不停要求学校让她跳级，竟都成功了。进武大时还不满十七岁，比潘乃斌还小的年纪。

也许是周艾琳在学校太招人眼，她和昭舫“一见如故”的事，很快就传到了昭瑛的耳朵里。出于当姐姐的责任和她女生所特有的敏感，昭瑛立即加倍注意这个女孩，并想着如何找个机会问昭舫一下。

二十世纪三十年代武大全影旧景

二、沉闷的校园

晚饭前后直到晚自习前，有一个多小时的空闲时间，李毓章和潘乃斌喜欢来昭舫房里互相交换新收集到的歌单。每代青年都有属于自己年代的热门歌曲，而他们正巧遇上上海抗日救亡歌咏号角在中国率先吹响，新音乐作品正如同井喷式地涌现的时期，那也是中国有史以来歌曲创作最活跃的年代。

昭萍的工作有结识音乐界人士与新作品的特殊条件。她知道弟弟爱唱歌，便不时将优秀新歌歌单不断地给昭舫寄来，如萧友梅、黄自等音乐大师的，也有年轻的新作曲家聂耳等人的作品。这让昭舫在武汉得天独厚。这些歌曲洋溢着时代气息，唱出了国人忧国忧民，渴望击退侵略者的心声。昭舫、毓章、乃斌三人兴奋不已，而三个人的嗓音都很嘹亮，于是吸引了更多同学汇集到昭舫的房间。这里头不光有工学院的人，文科的学生也不少，有的参加唱歌，有的将昭舫的乐器拿来摆弄。人多的时候，房间里聚了十几人，成了个小沙龙。

穆啸谷是历史系民二六级的学生，比昭瑛高一级，一直有心接近昭瑛。他为人胆小却心大，出身于开封县远郊的一个不大不小的地主家庭。说是地主，家里生活却极端简朴，他的父亲和祖父吝啬地积攒每一个钱，但全是为了进一步买田置地，对穆家出的这个脱颖而出的大学生经济上丝毫不予放宽，仅保证他基本生活而已。穆啸谷明白除了靠自己外别无他法，便暗藏仕途之志，为此他毫不犹豫地加入了动力社。但是蓝衣社监管武大的负责人郑扩儒见他平庸，也只把他拿来凑个人数，从未准备大用。他早心仪昭瑛，几次主动攀谈接近，不过总是因胆小而场面十分尴尬。

李毓章也是开封人，虽说比穆啸谷低一届，却因才华横溢、潇洒倜傥，在中文系引人注目，加之与昭舫情同手足，便与昭瑛也熟悉起来，渐渐彼此萌生爱慕。穆啸谷虽说看上去略显愚钝，但观察这些的敏感力却超常。于是他也设法使自己热爱起唱歌来，每晚加入到昭舫的沙龙中。

尽管是课余休息时间，却常常会从其他宿舍传来抗议的怒吼声。有些人，像中文系民二七级的包华，不知出于什么原因，特别反感这些能在音乐中得到快乐的人。昭舫脾气好，他想这些同学可能占着道理吧，谁叫自己妨碍了别人呢？酷爱音乐的毓章便使尽力气奔走，终于得到了学校同意，在下午课后到晚自习这段时间，可以让同学们到学生俱乐部活动。

学生俱乐部也是学校的临时礼堂。昭舫等人到那里活动了几次，觉得很满足。所来同学也迅速增多，以昭瑛为首的女生也参加了进来后，来的同学范围便更扩大了，已不光限于音乐爱好者。对于时局看法接近、气味相投的同学，也纷来聚集。渐渐地，学子们胸中长久的积郁都借此地释放，一些为官方主流不太喜欢的歌曲，像萧友梅①的《国耻》，田汉、聂耳的最新话剧《回春之曲》中的《告别南洋》、《梅娘曲》等，被他们在这里互相传唱，改变着珞珈山黄昏前的空气。珞珈山变得有生气起来。

于是学校有人开始注意了。穆啸谷最先被刘教官找去问话，问题从唱歌人的名单到歌曲的作者，每一个问题似乎都要探讨是否与共产党沾边。穆啸谷没想到唱个歌竟如同失了节，后悔不已。不过在问到带头人时，他还舍不得就把昭舫供出得罪昭瑛，却将自己同乡的李毓章抛给训导处，心想会不会倒霉就看他造化了。

“那我怎么听说，这是机械系的一个叫曾昭舫的学生带的头，先是在他宿舍。”刘教官没那么好糊弄。

“那是不假，但是曾昭舫，学校哪个不晓得，他爸爸是开餐馆的，他就是个公子哥，喜欢热闹，贪玩。您看他从来不兴参加那些什么时局议论，也不写文章。”

“唱歌时，李毓章有什么特别的地方？”

“那天在俱乐部，毓章唱《国耻》时，他激动得热泪横流。还特别改了歌词。”

“《国耻》是什么歌？”

“好像是萧友梅写的，里面有几句‘同胞呀！我们要夺回济南，雪尽国耻！铲除我国贼！’，被他特别改了歌词唱，唱的‘同胞呀！我们要夺回东北！’”

“不要你唱了！‘国贼’？好大胆子！骂谁？萧友梅是哪个系的？”

---

① 萧友梅，中国音乐教育家、作曲家、音乐理论家，中国现代音乐史上开基创业的一代宗师，上海国立音乐学院创始人之一。

“不是哪个系的，是上海的作曲家。”

“上海的？那更该查一查了，看是不是共产党？”刘教官警惕性极高，单刀直入。

“不会呀，他的妹夫就是政府的教育部长、我们武大的老校长王世杰啊！”

“喔，喔，喔！那就不查那个萧、萧、萧什么的了，你去把李毓章喊来。”

“我去喊？那他不会认为是我告他的状吗？”穆啸谷这方面心还挺细。

“那……你继续给我观察好了，要站稳立场、主动汇报！”

武大校长王星拱

事后刘教官兢兢业业地做了调查。果然，俱乐部是李毓章交涉的，是王星拱院长亲自同意的。王校长一向还特别器重这位文科状元，不过他在校刊发表的文章还未发现有什么出格。

刘教官向教务长裴济宗汇报后，得到指示，俱乐部还让他们用来唱，不要简单收回。但是，也不能放任自流，得要讲点方略。

昭舫他们浑然不觉地在俱乐部享受了两周的自发歌唱游戏，忽然接到学校通知，为组织“双十节”活动，让他们暂停使用学生俱乐部。昭舫等人便顺从地遵守了安排。

昭舫交还了俱乐部钥匙走回宿舍，遇到了周艾林站在路边，很远就朝着他笑。

美的笑容真有特别的感染力，昭舫也觉得心情愉快起来。艾琳向他走近问：“歌唱家，我们要排个剧，想请你来加入怎么样？喔，还有，配曲也交给你！”

昭舫心上一热，但立即想起了她那位在省党部的哥哥，顿时又凉了下来，一股保持距离的决心控制了他。便虚与周旋道：“嘀嘀！那岂不是选错了？我什么剧都没演过。还有，我还不知周小姐要排什么戏？”

“本校凌叔华老师的独幕剧啊！《她们的他》，看过剧本吗？”

“随便翻过，不怎么样，不喜欢，他们都说不如她的小说好看。周小姐，我真的没兴趣。至于说音乐，这个剧用得上什么音乐吗？”

“你啊，音乐家，文学音乐一加一可远远大于二，懂吗？”

“把我弄进去，加法要变减法了。”

“你真是个怪人，滕培英想要演王文津，我见了这人就讨厌。”

“那是你的事呀！”

“你就一点不愿关心一下这事么？”周艾琳毫无忌惮地说，她习惯了对于每个认识她的男生都主动关心她。

“对不起，这太突然了，我还没来得及想这个问题。”昭舫诚实地说。

“你的智力发展恐怕有弱项。”周艾琳调皮地咯咯笑着，看着表情不自然的、想走又不想走的昭舫。

“你说得很对，不止一项。”昭舫笑笑说。

“问个你一定想过的问题，你愿不愿意参加我们的‘爱国学生俱乐部’？”

“我不参加任何组织。”昭舫几乎想都没想就回答出。

“你连它是什么组织都不想了解一下吗？你难道不愿意成为民国的精英？”

“精英？哪里敢想过。谢谢你关心，但请理解我，我为人散漫，是什么组织都不想参加的。”

他有些怕自己会抵挡不住周艾琳的进攻，说完就走了。只听艾琳在后面追着喊：“你跑什么啊？我又不逼你，怪人！”

这事很快又传到昭瑛的耳中。昭瑛于是很小心地向昭舫询问。

昭舫还以为不会有第三个人知道他们的谈话呢，没想这么快就传到姐姐哪里了，便坦白地说：“二姐，那个周艾琳的哥哥，就是那天省党部来作报告的周远涤。你说她和我们是一样的人么？”

“嗯，不过来学校都成了同学，也可以说是一样的。”

“她先是要我参加他们演剧，我说不想演。她又要我参加他们的组织活动。”

昭瑛一愣，随后不紧不慢地问：“什么组织？什么活动？”

“爱国学生俱乐部。”

“哦！我们系参加的不少，是受省党部领导的吧？我听说好像是属CC管。你怎么回答她的？”

“我说我为人散漫，什么组织都不会加入。你说，她一个十七岁不到的女生，我们又不熟，见到我两句话就拉我参加什么组织？”

昭瑛点头说：“可能和他哥哥有关吧！我看她本人很天真的，说不定想要活动时能常和你在一起吧。她可是真漂亮啊！全汉口找不到第二个哩！你说呢？”

昭舫低下了头，说：“漂亮是不假，可是……，姐姐，我总记得大姐讲过一件事，让我知道“CC”是什么。他们的人跑到复旦大学去抓大姐，幸亏李校长出面，才把她保了下来。好险啦！我一听“CC”，就会想到特务、抓人、拷问、受刑。可她……小小年纪管什么政治、精英，太让人倒胃口了。”

昭瑛也不知昭舫这样看周艾琳是否合适，便说：“可能你说的有道理，但是不要错看了人家哦！小姑娘，跟着家长老师学，也许未必像你说得那样复杂。有些人，错过了你会后悔的。”

昭舫说：“姐，你放心，我心里不糊涂，我会学大姐、知秋哥那样做人、交朋友的。”

不料当晚昭舫听到穆啸谷说出一个消息后吃惊不小。他说凌老师对自己的剧本来就不一定想非演不可的，是刘教官知道周艾琳想演剧出风头，就让她以拍剧为名占据俱乐部，好制止他们“聚众”大唱“出格”的歌曲。他还特别提醒昭舫小心“那个校花”。

昭舫不知道穆啸谷的用意，只感觉自己想得太简单了，学校害怕学生谈国事，谈救亡，当然也不会支持他们唱这些歌，居然想出这种办法驱赶他们。但昭舫却又太善良，头脑过于单纯了，不知校园还会有“阴谋”二字。却自己退一步想，学生俱乐部是一块大学生们都有权使用的地方，所以，周艾琳他们拿去排排剧，也是很合理的。

他又从没有背后说长道短的习惯。于是，这个秘密没有被传开，他的朋友们也都平静地接受了这个现实，好像再自然不过了。

但这天他发现周艾琳在他经常去练声的后山等着他。

周艾琳很远就笑着说：“早哇，歌唱家，来练嗓子啦？”昭舫微笑着回答了。周艾琳开门见山地说：“曾昭舫，你是不是为了俱乐部的事很不开心？”昭舫收敛了笑容，“高不高兴又有什么用，俱乐部也有你们一份，学校又更愿意支持你们。”

周艾琳开地心笑了，“听你这么说，倒好像是我在捣你的鬼似的。我那天要你一起排剧，就是为了消除误会。你不喜欢，我们以后就不说这些不相干的事了，好不好？”

昭舫仔细打量了下艾琳，她真美得无可挑剔。她到底是真诚和过于天真、还是老成不露呢？他想起穆啸谷的话，一股反感从心里升起来，故意说：“我想演鲁迅的剧本，你们让吗？”

他把“你们”两个字说得很重，

昭舫生硬地说完，掉头就走，听到艾琳在身后高声埋怨：“这可是你在扯不相干的事了！嗨，你听不出好话坏话吗？你是怪人，还是莫名其妙！”

不远的树丛中走出夹着画夹、高亢地边唱着音阶的潘乃斌。乃斌倒是不经意碰上、并看清楚了。他神秘地笑着，等昭舫走到近前，就说：“校花小姐来找你了，是不是约好的啊？怎么就走？还早呐！”昭舫搂上他的肩，勉强地笑着说：“你还不知道，我和我姐姐当年一样，读书时期坚决不交女友。”乃斌开心地笑个不止，“非也，汝姐乃不交男友是也！”昭舫忍不住也笑了一下，但立即止住，说：“她那天找我，要我参加他们剧组。”乃斌还是笑：“那……有什么不好呢？”

昭舫摇了下头，说：“这个学校好多事都不是你想的那么简单，一两句说不清楚，以后你也多留心吧！”

昭舫自己都无法解释，他当时心里为什么好像还有过短暂的心痛。周艾琳是来收买自己的吗？是不是想太多了？不过，从此她在他心中竟出现了防范心理，以至很难再增加对她的好感了。

三、为了歌唱

虽说俱乐部被排演小剧占用，学生们唱歌的劲头却并没减弱。音乐的魔力就在此处，一旦沾上就会爱上，爱上就不愿放弃。青年人聚集的珞珈山变得活跃多了，现在不光昭舫宿舍，斋舍的很多房间，甚至女生宿舍里，休息时间里都会传出阵阵歌声。

学校开始注意到，学生唱歌的事已不再是小事，教务长裴济宗正召开有关人员在研究对策。正好中文系的包华不停对生活辅导员反映昭舫他们影响别的学生学习和休息，裴济宗便将此事提到了校董会。

包华其实别无用心，他个性强，反映问题仅出于心胸忌怨，却没想到正好挠到党国捍卫者们的担心之处。他反感昭舫唱歌的起因其实很简单。最初他也去昭舫房里凑过热闹，有次穆啸谷笑他嗓子又大、五音又不全。包华觉得这话太伤人了，正想找句话刺回去，当时昭舫出于做和事佬，也随便说了句声音小容易控制些。包华竟一下愣住，过了一会就走了。他的离去没有引起任何人注意，休息时间大家玩、出出进进谁去注意呢？但他其实是感到自尊心受了很大伤害才离开的，并从此认为昭舫为人很虚伪，对人的热情都是表面的，骨子里是瞧不起他这样的穷学生的。

因王星拱校长当时不在学校，校董会便也有很多人没有参加。但裴济宗说这属于内务管理，会议有效。

与会者听了生活辅导员的汇报，但却丝毫没有去关注"影响学生学习和休息"，讨论一开始焦点就集中到"唱歌会不会被共产党利用"的主题。当即有兼任训导长的辛亥元老、电机教授赵师梅反对说，在大学，学生唱唱歌算什么大事呢？赵教授分管学生思想虽说是名义上的，可他没想到自己的声音居然毫无分量，竟立即在深谋远虑的裴济宗、刘教官们的斥责声中淹没。

其实裴教长也清楚知道，别说武大，就是整个武汉，当时共产党组织都已被完全摧毁，想找个共产党还真难。但尽管如此，他们仍相信这个可怕的党的无形的影响力无时、无处不在，甚至比有形的"党国"还要有力。虽说唱歌不宜硬压，但若不加以控制，共产党很可能会借“国防音乐”的名义乘机而入，武大这片党国净土绝不允许这种事发生！

裴济宗向大家进一步指出，据反映，校园内合法的同乡会、同学会、联谊会、班会……这些旧瓶正逐渐装上新酒。在他的记录本上，李厚生等的湖南同乡会、郭佩珊等的华北同乡会……经常在讨论时局，还私自办小报杂志；而叶君健、谢文耀的世界语学会，石秀夫的读书会，李均平[1]的基督教会联谊会，虽说明显内容不同于招牌，但多少有点顾忌。而惟独曾昭舫、李毓章的教唱声势最响，他们想唱什么就唱什么，不能不加以关注。他提请大家重视半年来这些不妙的苗头，他说的这每一项都可能被用来煽动聚众闹事。而现在，来势最凶的就是这阵唱歌风了。

文学院陈教授提议，年轻人，谁不希望张扬、释放青春活力呢？不如因势利导，将那些喜欢讨论时局、很可能触犯禁区的学生们的兴趣都转移到唱歌上来，就让他们在歌咏中释放学习压力，而校方应该引导歌咏活动，使之在“正确的”轨道运行。

与会者听了，觉得有道理，于是达成共识，让文学院三年级学生滕培英出面组织一个“歌咏俱乐部”，由学校指定歌曲，安排一批可信任的骨干，也号召一般同学报名。由滕培英分别找曾昭舫和李毓章谈话，承诺请他们来教歌。

滕培英早就是“CC”俱乐部的成员，当然懂得该怎么做、选什么人和选什么歌。根据刘教官的布置，滕培英以惊人的效率在学校壁报栏贴出了“武大爱国歌咏俱乐部”的章程和报名通知。但是他找昭舫等二人谈话时，却立即被婉拒。两人的回答几乎一致，我们只是业余爱好，不想参加“官方的”组织。

滕培英解释说，不是官方，爱国歌咏俱乐部就是业余的、自发的，已经得到学校允许，我们选的歌也是没有政治倾向的流行抒情歌曲。

毓章一本正经道，“哦，原来是业余自发的，于是你就‘自发’当上‘俱乐部筹备会主任’了！”

滕培英被呛得说不出话，怪自己没按捺住落款签名的欲望，竟被这个低年级秀才奚落。学校里总是这样，高年级学生对低年级同学都喜欢以大哥自居、

---

① 即李毅。

居高临下的。我不当、还轮得到你么？我滕培英从不说软话求人，不来算了，扭头就走。

告示贴了几天，除了事先选定的人员外，几乎没人去报名，滕培英很有点恼怒。

当时新歌基本从上海传来，但传到武汉不仅滞后很久，还很多传抄错误。昭舫是不屑唱不准确的歌谱的，更不会继续传播。而他一旦得到好歌的正确歌单，总喜欢和毓章把歌翻成简谱抄在大纸上，贴在壁报栏给大家共享。这天他收到了昭萍寄来的悼念聂耳新逝的文集。昭舫一下翻到后面的附录，便看到了《毕业歌》。他唱了一遍，觉得原来看到的传抄谱有明显错误，而这首歌太能唱出自己这一代学子的心声了，处在危难中的祖国太需要这样的歌了。他立即想与同学们共享，便毫不犹豫地抄了一份，贴到图书馆前的壁报栏。

下午课后，昭舫正参加完一场课余的足球赛，看见毓章从文学院那边气吁吁地跑过来，带着满脸的怒气，还不到跟前就说："昭舫，你知道吗？我们刚贴出的《毕业歌》，不知又被哪些人撕了。"

昭舫顿时气得无言。两天前他们将任光为王人美主演的影片《渔光曲》谱写的主题歌《渔光曲》抄出，很受同学欢迎。那纸还是手头十分拮据的毓章满腔热情地专门下山去买的，却很快就被不知什么人撕了。

潘乃斌愤愤地说："这个学校的校风也太不像话了，李厚生他们那次抄出的一则对倭寇策动华北五省自治运动的时事评论，也是不到第二天就被人撕了。"

昭舫不禁露出很少的冲动，说："其实我差不多都猜得到是谁干的！乃斌，我这人不喜欢过问政治，但是面对国土沦丧，只要是中国人，就忍不下这口气！就算按政府规定，不许公开提'抗日'二字，不说'救亡'一词，《渔光曲》、《毕业歌》也都没犯忌啊！都是些好歌啊！我唱起这些歌时，觉得整个感情都会被自然融进去，人都要沸腾起来。"

毓章不平地说："自从俱乐部被他们'珞珈剧组'占去了后，昭舫想找学校另借个地方，找到裴教务长。他听后鼻子里哼出冷笑说：'我这里只有文学院、工学院，没有办音乐学院！'你说是不是气死人。"

他们的周围已经围了一群同学，包括一些穿着球衣的双方队员，大家七嘴八舌地说开了。

本学期插班来的同班同学郭佩珊说："一个为人师表的长者，怎么用这种讽刺的口吻对学生说话呢？谁不知道，燕京大学、复旦大学乃至中央大学，都有让学生们教唱歌曲的地方呀！是不是你们不参加他们的俱乐部惹怒了谁了呢？”

一个同学说：“滕培英不是原来负责‘爱国学生俱乐部’报名登记的吗？现在改了两个字，成‘爱国歌咏俱乐部’了。”

大家哄然一笑，继续议论着。

“他们演剧组唱的歌就好啊，《毛毛雨》，日本人都被淋跑了。”

“我们唱的歌老三、老法不喜欢，怎么办？”

乃斌大声说：“我们应该团结起来、让他们知道，我们自己想唱哪些歌，不想唱哪些歌。这个时候的中国，该唱什么还需要人说吗？我们再别退让了！以为他们会开恩让我们想唱就唱就大错特错了。我们应该斗争！鲁迅就说过，我们想要开扇窗子，就要声称掀屋顶，他们才会折中调和，同意你开一个窗。”

毓章竟忍不住笑了，接道：“但总在设法找机会把它堵起来。”大家想到鲁迅的幽默而深刻的语句，也都忍俊不禁，转而笑了起来。

站在旁边一直没吭气的守门员李厚生插进来说：“昭舫，我看乃斌说得对，我们不能继续单干了。我想，干脆组织起来斗一下，拿出点集体力量来。我们也可以排剧嘛！我们不演他们那些三角感情、争风吃醋的剧，我们可以演我们的剧。我们也要把我们想唱的歌唱得更响。俱乐部他们占了，楼下的食堂不还空着吗？毓章，我建议你再去抄一份《毕业歌》；乃斌，你去把歌刻成蜡纸，印出来！我和包华现在就去分头串联些志同道合的同学，晚饭后都到饭厅去，让昭舫大张旗鼓地教唱。看谁敢把我们怎样？”大家听完，都齐声说好。

昭舫赶着去买了纸，石秀夫带人裁纸和油印。包华赶紧喊人去了。

昭舫有些担心同学们有顾虑，来人会不多，刚到晚餐停止时间就赶去饭堂。却看见里边至少已有了三四十个人，饭桌已被他们挪到墙边，地上也已打扫干净，同班的李厚生、石秀夫、卫邦国、郭佩珊等同学都先到了，文学院的包华等人也在其中(李厚生比昭舫有能耐，包华特别听他的)。潘乃斌和李毓章赶忙去台前挂起了新抄的《毕业歌》。

昭舫见状，大受鼓舞，热血直涌上来。昭瑛看见昭舫激动的样子，便悄悄拉了他一下，示意他控制情绪。昭舫稳定了下自己，大步走上讲台，他本有很多话想说，但只说出了一句：“同学们，今天我们教唱聂耳先生给我们留下的《毕业歌》。我先给大家唱一遍。”

食堂里响起了学子们热情激昂的歌声：

同学们！大家起来！

担负起天下的兴亡！

听吧！满耳是大众的嗟伤；

看吧！一年年国土的沦丧！

我们是要选择战还是降？

我们要做主人去拼死在疆场……

从这些久受压抑的学子心里发出的歌声，摇撼着珞珈沉闷的黄昏。楼上滕培英领导的俱乐部的人，发现楼下不寻常的动静，赶忙跑下楼来看。

滕培英一到场就忍不住大声说：“曾昭舫！什么意思？是不是要踢我们俱乐部的场子，唱对台戏啊？”

周艾琳却没有他那么冲动，反倒低低地跟着哼了两句，小声说：“听，曾昭舫的嗓子放开了就是浑厚，真好听。”

滕培英生气了：“教唱歌应该先参加我们俱乐部啊！歌曲要审查啊！田汉的作品是禁唱的，知不知道？‘中国青年铲共大同盟’发表过《铲除电影赤化宣言》，警告电影公司不得使用田汉、夏衍、茅盾等人的作品。你这人怎么这么没原则？我们这几天的工作岂不是白干了？”

周艾琳平日被捧惯了，哪里能容得滕培英这样的人当众指责。她不耐烦地把滕培英那一直停在自己衣袖上的手打开，说：“我们又不是电影公司！你小声点喊，我要听他唱。”

滕培英顿时气急，脸色都青了，他对周艾琳一向够忍耐和巴结的了，哪知她根本不把自己放在眼里。他是那种心胸狭窄、大事小事都不能输的人，又是个一口气来了就不顾后果的人，现训导处那么器重他委他重任，怎么能还没开始就一败涂地呢？他嚷道：“我要去告诉刘教官，不能就这么算了。周艾琳，我发现你是一个没有立场、没有原则的人。”

滕培英的叫嚷被淹没在歌声中。周艾琳鄙夷地斜视了他一眼，“你不是说你的目的是要同学们唱起来、活跃起来吗？为什么不参加进去呢？别人唱得好好的，你怎么气成这样？”。

滕培英被呛得找不出话说，又不敢得罪周艾琳，憋住气独自向人堆中走去。他见来唱歌的竟然在百人以上，不明白是什么力量让这些“前进学生”、“活跃分子”[①]公然聚在一起，简直太放肆了！然而自己要去驱散这么多人，显然要引起众怒。

他在后边徘徊，犹豫着如何扭转局势，该不该去报告。不想潘乃斌悄悄走到了他面前，故意高叫了一声：“欢迎滕培英同学到场支持！”滕培英生怕自己因此被列入“激进学生名单”，连忙回身就走。又遇正唱得兴起的包华在身后摊开双手拦住他，一边高唱：

我们今天是桃李芬芳，

明天是社会的栋梁……

滕培英不耐烦地推开包华，却一眼看到人群外站着的王星拱校长、赵师梅训导主任，范寿康、查谦等几个教授竟也站在后面远一些的地方，王校长嘴巴还在喃喃地动。他气馁了，懂得这次教唱活动实际已受到了校方的默许，便孤独而无奈地退了出去。

当晚，校领导之一的裴济宗在自己的笔记本上，将曾昭舫的名字重重打了一个圈。他感到民二七级“活跃学生”不可小视，工学院尤其值得注意，武大的校风很可能面临大的转变。曾昭舫敢公然擅自组织教唱有共党嫌疑的田汉的赤化歌曲，背后究竟有谁？

那晚滕培英和周艾琳在刘教官面前也争执得红了脸。滕培英认为，以前没有给曾昭舫以足够的注意是个错误，今天这个人终于跳了出来，他的胆大绝非一时冲动！而他居然有这么大的号召力，证明他是隐藏着的学生运动组织者，很可能就是共产党的人。他还说包华是个两面派，他认为应迅速组织 CC 在学校中的力量，给予坚决回击。

周艾琳则首先讥讽滕培英是怀着狭隘的嫉妒心在看问题，她说武汉大学不可能有那么多共产党，因为“前进学生”没有一次像样的、有组织的活动。曾昭舫一天就知道打球、唱歌，一看就是个小开，一点不像是共产党。她说得很肯定，因为她从哥哥带回家的书报文件中看到的共产党都是土匪式的粗鲁，但却

---

① 系当时武大校内持右翼观点同学对左派学生的称谓。

又是很穷很清教徒的。

还有几个前来的学生也参加进来争执，最后吵得连刘教官都烦了，说："可以先重点注意曾昭舫的表现，搞清他经常和谁在一起。"

学生们初次的抗争取赢得了胜利，让昭舫和毓章看到了团结的力量和音乐的鼓动力，心情久久无法平静。但他们毕竟年轻，想得太简单，以为这仅是一次为争取歌唱权利的较量，赢得很痛快。李厚生、潘乃斌等便趁势争取王星拱校长支持，几次前去要求让他们的教歌合法化。王校长是一个尊重蔡元培办学精神的人，他把他们的要求传达给了学校高层和校董事会。

在经过了推诿、拖延、争辩和妥协的几个月后（直到下一学期开学），学校才终于作出了同意课余时间俱乐部开放，每周五让学生自己组织教唱活动的决定。不过下达的规定条文十分烦琐：每次教唱的歌曲必须要三天前交"训导处"审查，同时立下了很多"不许借场发表过激言论，散布激越情绪、散发无关文字"等等规矩。这些都是后话了。

滕培英准备大展身手的那个"歌咏俱乐部"从此便销声匿迹，完全被大家忘掉了。

武大工学院旧影

四、大潮将至

无论如何,裴济宗还是很有洞察力的,他对省党部汇报时说:“别看就是唱唱歌,武大的校风恐怕从此改变,不会那么好管了。”希望得到官方的进一步支持。

恰逢当时湖北高层的空气中有另外一种怪异,以至无论是周远涤还是郑扩儒,都分不出精力来注意武大。旧的省主席张群时已离任,而新主席因剿共和控制四川屡立奇功,在蒋主席面前最得宠的杨永泰,却是湖北诸旧臣不喜欢的政学系的。久被冷落的“湖北王”何成浚有心趁此人尚未到任之时夺回人心,授意周远涤对学生放松点,即使闹点事也无所谓,顺便给杨永泰一点颜色看看。周远涤本是陈立夫的人,当然懂得该怎么做,于是回答裴济宗:“教务长太过劳心,你年轻时希望事事都有人管着你吗?”裴济宗又将曾昭舫的情况说给他听,周远涤不着边际地回道:“原来他还会唱歌?教务长可去他家喝过瓦罐鸡汤?还有豆皮,都挺不错的。”弄得裴济宗受气又不敢直言。末了,他还是忍不住说道:“这些青年人一放开,就会像野马一样,收不回来的。”周远涤冷笑道:“训好‘头马’、总比把马圈起来要好吧!硬压倒是简单,但那是无能的表现。”

裴济宗很不服气,又不敢当面反驳,心想你们当官的说得好听,那你教我怎么办?也许你说得有几分道理,头马就是曾昭舫,但他是不是像周艾琳说的,仅仅只是个小开呢?

现在到处可隐约听到从宿舍里、从山林中飘来青年人的歌声,校园多了生气。昭舫的房间更多地聚集着各系的同学,找他借抄《梅娘曲》、《告别南阳》、《铁蹄下的歌女》等歌单。那天教唱《毕业歌》的成功,给他们带来一种胜利的感觉,更多人又被音乐的魔力所感染、所俘获,成了新的爱好者。

唱《毕业歌》后两天,1935 年 12 月 10 日,是个星期二。

珞珈山比武汉市区更早迎来了冬意。清晨,户外很有些寒冷。武汉大学的校园和四周的山林里,遍地的落叶已经开始化入泥土。薄雾从东湖湖面升起,缓缓弥漫在整个珞珈山区。茂密的林木渐被薄雾所侵润,将它的墨绿也沁向空中。林中传出一阵阵鸟语，飘进掩映在绿树丛中的校舍。

不过今天一早，学校的空气中还荡漾着一股说不出的奇异气氛。郭佩珊手拿着一张报纸，急跑到人气旺盛的李厚生宿舍，嚷道："你们看，北平出大事了！今早我就觉得奇怪，怎么报栏没有报纸贴出来，原来有人又在封锁新闻了。我这拿的是赵师梅教授私人订的报纸。"

郭佩珊是河北人，曾就读于天津北洋大学，因带头学生救亡运动被校方开除，后又南下考上了武大工学院插班，和昭舫、李厚生、石秀夫、汤钦正、卫邦国均是同班。事实上，他是一个暂时失去了组织关系的、货真价实的共产党员。

李厚生最急不可待地接过报纸看着，报上的报道极简单，只说以清华大学为首的约六千多北平大中学生，因反对"华北自治"，在国民政府要求华北当局妥协，同意于十二月九日成立"冀察政务委员会"的当天举行了示威游行，与军警发生了冲突。

大家都马上敏感到这不像是一般的示威抗议，六千多人，显然是有组织的！厚生双手激动得有些发颤，说："佩珊，北平的学生再也忍受不了华北的一步步沦丧了，他们喊出了全中国人民的心声！我觉得，这有可能是国人大规模的反侵略、反卖国斗争的序幕。但是，以前我们武大一直缺乏组织，所以没有力量。我觉得，这次我们一定要行动了！"

郭佩珊点着头说："我看当务之急是弄到更详细的消息，最好去别的学校了解一下他们的动向。"

石秀夫说："我们几个都是外地考来的，别的学校熟人不多，路都不认得，去了找谁呢？"

厚生道："这不难。包华是武昌文华毕业的，李均平是武昌博文中学毕业的。他们武昌这边熟，又会骑脚踏车，不如就叫李均平把曾昭舫他们的脚踏车借上，带了包华，去博文和文华。昙华林那边学校多，消息肯定灵些。"大家立即表示赞同。

李均平是武昌基督教团的一个头头，为人宽厚，在武昌教徒中颇有影响。包华家则是积玉桥土生土长的小商贩，性格有些怪异，言语也尖刻，但同学们一般未与他计较。

两个人迅速下了山，直到晚自习时才回，后面还跟来一部自行车，是一个四肢粗短的男生载着一个短发的女生。昭舫刚好偶然看到,一眼就认出那男生是父亲又讨厌又离不得的那个烟商董鑫贵的儿子。

他们去了厚生房里。李均平介绍说:"这两位是华大和文华的同学。山下的同学们已经行动起来了,省高的何功伟[①]正在组织,今天他不巧到汉口那边中学串联去了,说是要组织武汉游行示威,声援北平同学。"

厚生有些激动:"何功伟!我早就听说过他了,省高的高材生。他曾经在民国二十年拿出自己的伙食钱,翻印《田中奏折》,在司门口散发演讲,痛哭失声怒斥倭寇狼子野心,过路行人无不为之感动。一片赤子报国之心,省内外都传遍了。"

包华接着介绍说:"这位是华大的董谦文同学,这位是我们武昌文华的才女。"说到这里,厚生注意到那女孩飞快给了包华一个眼色。包华接着说:"你们可能读过她的文章,署名是楚箫。"

厚生吃惊道:"你是楚箫?我还以为楚箫是一个力能举鼎、久经沙场的壮士呢,原来竟是巾帼!你的文章真是精彩有力啊!"

楚箫不好意思地笑了一下,说:"我现有的消息和了解的情况比报纸要稍多一些。"她拿出几张传单:"这是我今天写的,就剩这几张了。"她把传单散发给厚生他们,"政府步步屈膝,打算逼宋哲元与老牌汉奸王揖唐、王克敏等组织'冀察政务委员会',向日本进一步妥协投降,任其用'华北自治'的名义分割我中国。华北形势已万分危急。九号那天清晨,清华大学的同学冒着零下二十度的严寒,步行到西直门外,与燕京大学汇合,向何应钦请愿,反对'华北自治',结果遇到的是紧闭着的城门。城门外、城楼上都布满了荷枪实弹的宪兵、警察和士兵,游行的同学被关在了城门外。"她说着态度激动起来:"他们在高梁桥时,就曾被迫与警察部队发生过冲突。他们含着热泪呼喊着:'中国人的城门,已经不许中国人进了!'城里也有辅仁大学、东北大学等校的几千学生,在王府井遭到驻军和警察的镇压,被用水龙冲、大刀砍,用木棍殴击!被捕同学有十多人。"

董谦文接过去说道:"北平同学向华北当局提出了反对内战,争取民主等六项要求。但眼下还不知道详细内容。"

---

① 即革命烈士何斌。"省高"为现十四中。

厚生与佩珊等人听后，决定马上刻印楚箫的报道文章，张贴散发，让消息在同学中传播。

郭佩珊提醒说："厚生，我们没有统一的学生组织，还是只有依靠熟人相互串联了。"厚生道："对啊，当务之急当然要赶快成立组织！我看还是从我们工学院发起要容易些，这边没有听说谁是老法和CC。"郭佩珊说："理学院也还可以，不过人少点，刘锡尧[①]他们物理系一个班才七个人。"厚生说："就这样，先行动起来，召集爱国学生开个会，商量一下，与城里的学校配合行动。"

由于他们都不清楚其他学校的行动计划，董谦文等也急着回去听取下一步的安排，厚生便叫李均平先送他们回去，顺便跟去打听山下的消息。

工学院只有机械、土木两个系，人心最齐，行动最快。传单迅速地在校园内传开来。

学校当局马上知道了，十分紧张，立即派人四处收缴查问。星期四（12月12日），也就是四十多个武汉中等以上学校学生代表的会议在华中大学召开的那天，裴济宗却以训导处的名义，召集武大十六斋的斋代表及女生代表训了话，强调学校纪律和点名集合制度，不许随便外出等。刘教官站在一边，反倒有几分得意，觉得自己判断正确，果然是曾昭舫所在的工学院，这些人要跳了！

训导处决定要压住学生的情绪。在学校的进步学生还没能真正行动的时候，滕培英等人却更加趾高气扬。"动力社"的毛竞飞公然带了几个人在各斋乱串，把校园内张贴的报纸和传单都撕了个干净。

但是这招似乎不灵了，几乎是不论平日持哪种观点的学生，都在极力了解北平的事，包括为数不少的老法、老三和老糊，毕竟华北是我们中国的，日本帝国主义狼子野心贪得无厌，无比卑劣，遇到这样的事，谁也不能忍，谁也不怕了！

次日，李均平又从山下得到了一张传单。当时文学院门口自发聚集着多达百多人的学生、教师和工友。潘乃斌从李均平手上接过一口气读完，举着传单对人群大声说道："这是清华大学救国会散发的《告全国民众书》，它喊出了爱国学生的共同呼声。"

他的声音都在颤抖了："你们听哪：'华北之大，已经安放不得一张平静的书

① 即刘西尧。

桌了！’”

一个女生一把将传单接过去，高声念了起来。此时，这里的师生有的在抄写信上的内容，有的在高声谈论如何响应北平学生的爱国行动，情绪普遍十分激昂。

工学院实际已经罢课，只是还没谁来宣布。来上课的教师走到教室，很配合地将讲义交给学生，托他们散发，然后就离开了。李厚生便让卫邦国、潘乃斌、郭佩珊等去先分别发动他们的湖南、江浙、河北同乡，把别的学院能喊到的人都喊到饭堂，商量用什么行动支援北平学生。

下午，学校的大部分同学几乎都聚集到了饭堂，在听几个同学念了有关报道和清华大学的《告全国民众书》以及北平十五所大中学校的《严正声明》后，全场情绪空前激动，有的同学当众就放声大哭起来。李毓章站在板凳上仰天长啸，大声说：“华北放不下书桌了，武汉还放得稳吗？同学们，我们有几千年文明史的中国，不能眼睁睁让东洋小鬼子霸占了去啊！”包华跳上桌子喊道：“学习北平学生，不怕水龙皮鞭，罢课！罢课！坚决罢课！”

在一阵慷慨激昂的讨论之后，大家一致同意召开全校学生大会，以作出罢课决定，并同山下的各校学生取得联系。

李厚生回到宿舍，奋笔疾书，以“工学院民二七级全体学生”的名义，草拟了一份“致全校教授先生书”，以争取教师们的支持。

他正交给石秀夫去刻蜡纸油印，华大的董谦文他们来了。厚生连忙迎接。董谦文气都还没喘定，就说：“星期四那天，山下有四十多个学校参加，由何功伟组织，通过了武汉学生《告全国同胞书》等文件，决议成立‘武汉学联’，委托我们‘华大学生自治会’发函，催各校尽快成立学生会。但我们华中大学只是个教会办的学校，艺专、高师也都是些专科，只有你们武大是国立大学。所以他们叫我带信说，希望武大能推出代表来，领导武汉的学生运动。”

李厚生叹道：“说来惭愧，我们武大连‘学生会’都还没有呢！”

郭佩珊刚被叫来，便接口说道：“厚生，现在校内形势极好，我建议马上召开斋代表会，推举学生会候选人。”李厚生说：“好，说干就干。我们马上就分头去串联一下。”

周六上午，以李厚生为首的二年级学生一反低调的常态，站出来大声疾呼各斋舍推出代表、成立临时学生会。鉴于华北局势已激起国人公愤，连一向拥戴政府观点的学生也无法接受，这一主张没有遇到反对。学生紧急大会顺利在饭堂召开，当下便一致同意成立一个临时学生会，并选出了一个九人的“临时代表团”。石秀夫、李均平都被选上，还有政治系高年级的徐圣节等几个“动力社”的成员也被选上了。九人团又推选徐圣节和李均平两人代表武大，参加武汉学联的领导。裴济宗一直站在一边静静观看，见选出的两个代表，徐圣节是“动力社”的，此人文笔在全国大学都小有名气；李均平又是基督教徒，还有控制的余地，便稍稍松了口气。

昭舫刚回房间，李厚生跟了进来，到他身边小声问道：“昭舫，周末回家吗？”昭舫点了下头。厚生道：“我们几个人想到汉口办点事，你给我们找个地方。”昭舫兴奋地说：“还是在‘大智旅馆’三楼临街的那个大房间，那个房专门留给你用，还是不要房钱，你什么时候都可以去，你同不同意？”厚生把昭舫肩一搂道：“这次我们要在那里开个会，我有些怕给你添麻烦。”昭舫说：“你还要和我说这些么？我也要支持北平同学，我和二姐会去帮你看着的。”厚生说：“也不要你那样，我们会自己照顾自己。我就知道，你是知我心的朋友。”

北平“一二·九”运动

五、“大智旅馆”的密会

广诚的子女们一般每周回家一次，多半是星期六下午回，星期天傍晚走。尽管他们回来后都各顾自己快乐，但还是给家里带来了生机和欢笑。这也是广诚和静娴最开心、笑容最多的一天。不过儿女大了，仿佛只关心外面的世界，就连寒假也只有大年前后几天在家过，其余时间都一个个回了学校。

广诚不放心昭舫到底有没有好好读书，曾悄悄到学校去私探过一次。正好看到昭舫在拼命朗读背诵一本英语书，而昭瑛在帮昭舫叠衣服。这正好是他最乐于看到的景象，让他大大放了心，儿子姑娘都孝顺，断不会瞎糟蹋他的钱。

这是个晴朗的星期天，下午两三点钟，是汉口街市一天中最冷清的时候。整个城市都仿佛在小酣。偶尔传来几声街上驶过汽车的喇叭声和黄包车的脚铃声，还有穿越在巷子和背街的小贩们的有些刺人心痛的悠长的叫卖声，但这些很快都被城市疲倦而懒怠的空气所吸收，让人感到一种很独特的寂静。

昭瑛和昭舫吃过早饭后就不在屋里了，昨天他们就带了同学要来店里吃住。他们来同学，广诚是一定要帮昭舫把面子给足的。曾家的大公子，无论他怎么耍大方，他都不会去干涉。

“通成饮食店”的中午营业高峰已过，下午的营业要到四点半钟才会开始。除了为下午做准备的打下手的人，大多数厨师和店员都抓紧时间，在三楼的单身职工房间打个盹。广诚像平日里一样照例要到前面店里去转一圈。见田贵义在店门口的人行道上摆了张躺椅，正躺靠着享受着温暖的阳光睡着了，身上不知被谁盖了件夹袍。广诚便对坐在板凳上守店看着《三侠五义》的章狗子说：“田爷醒了叫他先出去走走，这季节不能外面睡的，在太阳底下好像睡得很暖和，待醒后进屋就最容易受凉了。”

广诚回转到公新里另一侧的“大智旅馆”，赵丙文的儿子赵凯鸣在掌柜，见广诚走过来，站起来大声招呼道：“叔叔来了。”

广诚点了下头，心想我又不聋，这么大声干什么。他顺着楼梯上二楼去，一眼就看到昭瑛坐在二楼过道里看书。他觉得有些异样，心里不快。凯鸣在汉口中学[1]勉强初中毕业后就再没读书。自从丙文嫂有过期望儿女亲事的暗示后，广诚就一直极力避免昭瑛昭琳和他接近，以婉转拒绝，免得为这事得罪多年来亲如兄弟的朋友。小伙子身材倒是魁梧，人也诚实，却学识平平，怎能配上他广诚的女儿呢？可昭瑛没事跑到这里干什么？莫非……他简直不愿往下想。

"爸爸！"昭瑛大声喊了一声。广诚不快地"嗯"了一声，"你跑到这里干什么?"他对他们都大声招呼他感到疑惑，边问边顺楼梯上三楼去。

广诚每天要来这边二楼的账房坐坐，享受点成就感。但今天是他感到了异样，便快步向三楼上走去，却遇到匆匆下楼的昭舫。

"你们都在这里干什么？"广诚略带怒意地问。

昭舫笑了一下："爸爸，我也刚过来，我有同学在这里休息啊！"

广诚不再多问，径直上了三楼，看到原先昭萍夫妻住过的一间门开了，里面足有一二十个青年男女，一齐站起来礼貌地"曾伯伯"、"曾叔叔"喊着，广诚微笑着应付了一下，便转身下了楼。他已经悟出他们是在这里开什么会，难怪刚才喊自己都扯着大喉咙，那是报信呢！

昭舫跟在父亲后面。广诚穿过公新里的过街楼，到了"通成"的二楼雅座，见没有人，这才不满意地对昭舫说道："你们是在防我么？"昭舫微笑着说："不是，要是防爸爸，我们何必来这里呢？"广诚说："你们扯着嗓子喊我，给上面的人报信，莫以为我不懂。"昭舫说："报信倒是报信，只是告诉说来的是爸爸，叫他们别怕，没有关系的。"

广诚瞪着昭舫道："你莫以为这样做很好玩，那些宪兵警察才不会听你那么多道理！你从小到大，抓人、杀人还见得少吗？"昭舫说："他们是我同学，在我这里休息一下，哪会扯来警察。"广诚见外面偶有人走动，便避开敏感词汇，皱着眉头说："你自己去看看账，你常带人来，白吃白住了多少？我不要本钱吧？"昭舫说："那房间空着还不是空着，让我同学休息一下不好吗？那以后我叫他们吃饭照样付账就是。"

广诚叹了口气，语重心长地说："我也不是那么小气，是要你懂事啊！昭舫，

---

① 现武汉六中，从1903年建校以来，分别叫过德华学堂、省立三中、汉口中学、省立二中一分部、上智中学。

莫看爸爸一身武功,一辈子都是小心让人的。我们做小本生意的,说好听点是和气谦让,说难听点是世故圆滑。只求不得罪人,不惹祸,不犯法。不这样,只怕几天就会关门!爸爸看你是太年轻了。昭舫,见人要谦让,交友要谨慎,莫得罪政府,不沾火星,懂不懂?"

昭舫知道父亲的好心,而自己多少也继承了些父亲的性格,便说:"我知道的。他们这不是看得起我们,借个地方商量正事么?信不过的地方他们还不会去哩!"

广诚忽然想起当年共产党的林育南夸奖过自己的话,那时自己曾感到受之有愧的。他相信昭舫、昭瑛都是懂得是非的,可难道他们也要学他大姐一样吗?那可太叫他担心了。他忧心忡忡,却也无计可施,便说:"你去吧,我想坐一下,你们要学机灵点,别叫人逮住把柄了。"昭舫忙说:"是。"

昭舫回到那边三楼,见房里人已经走了一大半。厚生迎了出来,"令尊走了?没怪你吧?"昭舫笑着说:"哪里会,我爸爸只是要我们小心些。"李厚生点头道:"真难为你父亲了。来,我给你介绍几个朋友。"

"一二·九"运动中对抗军警水龙镇压的北平学生们

六、才女楚箫

厚生说着，抱住昭舫的肩走进房间。他先向他们介绍了昭舫，然后一一介绍说：“这位是汉口市立中学[1]的密家藩；这两位女生，一位是市一女中的万国瑞[2]，另一位是武昌文华的——你可能读过她的文章，笔名是楚箫，刚出去的那位……这潘乃斌和郭佩珊，李均平就不用我介绍了吧。”昭舫一一点头招呼。李厚生又回过头对着密家藩：“家藩，你崇拜的艾思奇，和他大姐是一个办公室的同事。昭舫，这楚箫可是我们武汉学生中和罗先珂[3]齐名的才女，写起文章来，下笔万言，倚马可待。我刚才还在说，希望她明年考到武汉大学，和李毓章比比文采呢！”

昭舫不知道，这是武汉学生运动的领导人为成立“武汉学生救国联合会”借他家秘密举行的一次准备会议，对他是相当信任的。

厚生道：“我们也要走了，但是万国瑞和楚箫小姐还要在这里写点东西，怕要晚些走。”昭舫说：“我明白。我陪着他们。我这就去拿纸砚。”

快到六点，楚箫和万国瑞才修改完定稿。昭舫喊店员送来些点心，让她们一起随便吃点。两人推辞了一下后，从命了。万国瑞吃着说：“莲子羹好香，以前就听说‘通成’的莲子汤好，没有尝过，没想到今天还有这样的口福。”楚箫笑道：“这是对他们那么早走的惩罚，谁叫他们留下我一个人过江。”万国瑞问：“曾昭舫他们不是也要回武大去吗？你姐姐走了吗？”昭舫说：“她和我弟弟先走了，不过我可以和楚箫小姐同路。”楚箫说：“好的，不过请以后呼我时，把后面的‘小姐’二字去掉。”她“咯咯”地笑着：“否则我就喊你‘曾少爷’了。”几个人都笑了起来。

万国瑞离去后，昭舫回家向母亲告辞，推了自行车出来，问楚箫道：“你敢坐后面让我带你吗？”楚箫笑着反问：“你是怕我坐不稳，还是提示我男女授受不

---

① 即现武汉一中。

② 密家藩，即密加凡，当时为市立中学，（即现武汉一中）学生；万国瑞，即杨纯，市一女中即现市十六中，位于现胜利街一百四十九号黄陂路小学。

③ 罗先珂为潘琪（潘乃斌）的另一个笔名，后文还将有介绍。

亲？”昭舫笑道：“兼而有之吧！”楚箫又笑，说：“今天晚了，急着赶回学校，只好‘兼而不顾’了。”

昭舫带着楚箫骑车走了。静娴正和以前一样不声不响地来到公新里口目送儿子，看见了坐在车后面的楚箫，不由得心里一动，好漂亮的女孩，是谁家的呢？

昭舫骑着车，走原英租界。这边路面好，骑车比较平稳。

快到江边时，有辆黑色的轿车从远处对开过来。楚箫忽然说：“停一下，我要下来。”昭舫照办了，见楚箫小跑到街边背着街站了一会，等车过去了，才又回来，说：”就这么步行走一段吧！”

昭舫诧异，问：“是怕被车闯到，还是怕被车上的人看见？”

楚箫淡淡一笑，“还是回答你‘兼而有之’吧！”

上了轮渡，昭舫停好了车，陪楚箫趴在船边的铁栏上，看着即将被夜幕笼罩的大江。楚箫一言不发，似有所思。昭舫道：“刚才还谈笑风生的，这会又一言不发了，真是文人的性格。”

楚箫转过脸，微笑着说：“‘文人’不敢当，‘性格’倒让你说着了，我妈也说我情绪变化无常。”

昭舫道：“但是你的文章可有鼓动力了，我原来还一直以为楚箫是报界久经战场的男士呢！像早些时的那篇时事评论《看天羽声明——日本欲取其他列强而代之》，将日本的野心和东西方列强们的真正嘴脸写得多深刻呀！”

楚箫又笑了，说：“原来你的内心还是轻视女生的呀！有力量的文章就一定要男士写么？不过那篇是我妈帮我改过的。我原来写得很激愤，却没有点中要害！”

“原来你有个了不起的母亲，愿闻大名。”

楚箫将被江风吹乱的头发理了一下，微笑着说：“我母亲姓萧，原是国文教师，现在没有教书了，就在家里待着。”

“你父亲呢？一定也很了不起。”

楚箫背对着昭舫，“不想说他。”昭舫道：“失言了，对不起。”楚箫回身笑道：“该是我说对不起才对。”昭舫问：“可以问你真名实姓吗？”楚箫说：“要不了几天你自会知道。晚些知道，免得过早失望。”昭舫附和着一笑，便不再问。

楚箫见自己说话任性，几句话都让昭舫尴尬，自觉不大礼貌，便一转话题说："其实我要真像他们说的那么有文采就好了。我哪里喜欢去谈这些时局政治呢？这是时代逼的。将来把日本强盗赶出东北了，再不用我这样的中学小女生来代替那些大政治家们为国操心了，我一定要学写小说，表现千万芸芸众生们的生活和内心世界的小说。"昭舫夸道："那可好极了，我们好多同学，文采飞扬，像李厚生、潘乃斌、李毓章，哎呀，可以说出一大排，眼下都只有去谈论什么外交、时局，抒发满胸忧国忧民的抱负。"楚箫说："可不是，当今的武汉，还是麻木冷漠，死水一潭。个个学校都争先高喊着拥护政府的口号，胸怀天下的爱国学子则生活在压抑之中。我听说你们学校最近还有因思想激进被逼得离校的。你站在哪一边呢？"昭舫说："站在你们一边。"楚箫笑了："我看你是的。你是非分明，我们大家都很信任你，也信任你们一家。"

昭舫一直将楚箫送到武昌胭脂坪，才一个人轻快奔珞珈山骑去。

早年武汉的轮渡

七、“一二·九”风暴

1935年12月17日，武汉“学生救国联合会”在救亡的呼声中成立。跟着传来北平学生在12月16日再次为阻止伪“冀察政务委员会”成立进行抗争和受到镇压的消息。“学救会”决定20日（周五）在武汉三镇举行游行示威，声援北平学子，反抗当局镇压学生抗日爱国行动的暴行。

武大几乎所有同学，不分左右，都要求学校同意罢课参加游行示威。裴校董电话请示了周远涤后表态同意。

武大学生们有史以来第一次有组织地行动起来。同学们捐出了一些旧床单，由曾昭瑛等女生赶着做横幅、做袖章。石秀夫负责带人油印传单，李毓章等人书写标语，分发张贴。乃斌、昭舫组织教唱抗日歌曲。

李厚生的房间里聚满了人。去串联老师的郭佩珊带回了参加游行的老师名单，李厚生的“致全校教授先生书”已经收到非常好的效果，很多老师都表态支持他们。

李均平却担心地说：“我愁一件事。我们学校都集中在武昌，明天万一政府封江，停止轮渡，不让我们过江怎么办？汉口是女中多，连专科学校都没有一所。只怕万国瑞、密家藩几个还照顾不过，动不起来。”

厚生一听便觉得有理，立即叫石秀夫组织了二十来人，两人一组，连夜先渡江过去，到汉口各校去联络，支援他们。这里头有李毓章、曾昭瑛、潘乃斌等。

李厚生和郭佩珊等十几人忙了大半夜，预备好了传单标语，还拟了一张口号抄发下去。决定不公开提针对国民党、蒋介石的口号，也不喊“保卫苏联”等激进口号。

第二天（12月20日）凌晨，厚生又带了二十多个同学先过江，去支援石秀夫他们。然而不出所料，厚生等人赶到江边时，发现轮渡竟完全停开了。他们骂着“无耻”，当机立断雇木船过了江。

学生们哪里会懂官场的奥妙。湖北的警、政有中一帮要人“揣摸圣意”，看到即将新到任的杨永泰及其“政学系”在政府内势头正足，而从他在蒋主席身边对华北局势的处理看，是明显的亲日派，那么在他来前应尽量将抗日怒潮压制降温，便祭出此“封江”之策。他们并不了解，湖北地头上的实力派何成浚，以及CC系的周远涤、蓝衣社的郑扩儒等，却是想借学生闹出点动静给杨永泰难堪的。

珞珈山上还完全不知道封江的事。清晨，大部分学生都自发来集合了，其中还有几位教师。活动是不折不扣自愿参加的，但连持右翼观点和“死读书”的学生也都来了不少。其中也有是随大流的，权将游行当成一次远足，免得被舆论谴责成不爱国。

武大“九人团”主席徐圣节为队伍宣布了行走路径和纪律。学生会又发干粮，直到八点半才出发。徐圣节硬着头皮走在队伍前面，自己却觉一头雾水。想到历次学生运动被镇压的情景，不能不担心万一局面一乱，子弹不长眼睛，搞不好自己会不明不白地跟着吃“哑巴亏”，还要被说成带头反对政府。更何况这次游行，除了得到裴教长明示“领导权不能丢”、注意曾昭舫等几人的表现外，并没有得到“动力社”的具体指示。他真不知道自己这个“学联领袖”怎样当才好。

倒是滕培英受了刘教官的真传，懂得要控制口号，让学生把愤怒指向二十九军和军警，而决不可指向“领袖”。他特地安排了几个“老三”分在队伍的各段，高呼“打到镇压学生的军阀！”“打到汉奸国贼宋哲元！”然后喊出“拥护蒋委员长戡乱救国！”

郭佩珊毕竟具备政治经验，一下就听出有人在借口号鱼目混珠。游行的矛头应该对准姑息日寇、镇压学生的罪魁祸首蒋介石政府呀，何应钦不就在北平么？哪应由小小宋哲元担责？更不能喊出鼓励“戡乱”打内战的口号！于是他走到昭舫旁边说：“我果然猜到了，他们就想把仇恨的矛头引向那些奉命行事的小军警，舍卒保帅。昭舫，你先来领着大家唱一首歌，把他们的口号打断，然后看我的。”

昭舫心领神会，立即出列起音，领着歌咏队带头唱起了《毕业歌》。这首歌最能体现学生们现在的心境，于是整个队伍都响应唱了起来，口号声自然消停下来。

郭佩珊等歌一停，立即出列，振臂高呼：“打倒日本帝国主义！”“打倒一切卖国贼！”“打倒汉奸殷汝耕”等等。他嗓门大，又是北方口音，相当突出。李均平心领神会，便叫包华等也出列领呼：“团结起来，一致对外。”“中国人不打中国人。”“收复东北失地。”滕培英等的口号声已经完全听不见了。

佩珊眼看声讨方向已被成功控制，又对昭舫说：“过一会，每喊一阵口号后，你就领大家唱歌。”

滕培英瞅住口号声的间歇，赶忙出列领呼口号，却不料昭舫盯着他的，马上领着大家唱起了他最近教唱的新歌《救亡进行曲》，这首歌在这个场合特别能激励大家。等歌唱完，郭佩珊又领呼了一阵口号，接着队伍又唱起了《开路先锋》、《马赛曲》等。

徐圣节虽然从口号中听出了名堂，但是没能想出什么对策。何况滕培英他们“老三”不会理睬他的话，武大“老法”们又净是些只敢暗地里活动的“阴锥子”，只好眼睁睁地看着曾昭舫和郭佩珊等人控制着游行的主题。他自我安慰地想，这些事学校没给我交代过，就由他们去算了。

唱了一阵歌，又是包华领着喊口号。徐圣节则机械地跟着举手，心不在焉地跟着喊了一句“反对卖国外交”。喊完了他才猛然惊醒，吓得出了一身大汗。回头看见周艾琳正幸灾乐祸地看着自己笑，更是惶恐不安。他想再不能装作不知了，等下有机会，比方说上了船，就提出来把口号统一一下。

队伍一路前行，走到了省府大门[①]前不远，放慢了速度。这里已经聚集了不少中学生。只见华大的董谦文小跑过来，神色紧张地告诉他们，轮渡被当局停了。已有大批学生挤在汉阳门，过不了江。现在，大半个武昌城街上都是学生。

徐圣节这下才猜到了政府的真正态度，显然并不支持他们过江游行示威，如果明智，现在应把队伍撤回校去。他便通知队伍停下来休息，要各系、各斋舍的代表都过来商量。

滕培英不明徐圣节的意图，只慌着要在口号战中先来个输赢，便一把扯过包华，递给他一张口号单，要他不要再乱喊口号。包华就着塞回到滕培英怀里，讥讽地说：“留着你，回去喊给发给你的人听吧！”滕培英火了，两个输不得的人

---

① 在今彭刘杨路，即现湖北省水产局。

就在大街上吵了起来,周围围了一群学生。武大不少学生又都参加进了围绕口号的辩论。

徐圣节被挤在一边,完全发挥不了“领导作用”。董谦文看见武大这个场面,便催促徐圣节说:“徐主席,政府态度不明,你是不是应该出面交涉啊?”

徐圣节瞪了董谦文一眼,大声对滕培英那边喊:“口号是要统一,先过来商量吧!大家听见了,政府封了江,去不成汉口了,我们都游行了十几里了,是不是已经表明了我们武大学生的态度,达到支持北平同学的目的了呢?”

郭佩珊马上听出了徐圣节的用意,立即放高了声音说:“同学们,我们的目的是和汉口的同学汇合,显示我们武汉学子对华北局势的态度,李厚生他们几十个人正在汉口,和那边的中学生一起等我们接应呢!所以我们不能退却,一定要渡江!我们推举几个代表,去要求建设厅开放轮渡好不好?”

学生们齐声响应:“好!”

徐圣节看出现在提出返回显然不是时候,想起上峰给他的“抓住领导权”的指示,不能再让郭佩珊控制了队伍的情绪。连忙走到前面大声说:“那好!郭佩珊,你带同学们留下来。包华、曾昭舫,还有你、你、你,先跟我去江边了解下情况,再决定去不去建设厅交涉。”

他一眼看到了“中华大学”的旗帜,马上联想起这是所“CC”系控制的私立大学。他细品着,这其中是否藏着某些政治信号呢?自己究竟有多少“越轨”的风险呢?这个学校的队伍集聚在最显眼的长街[1],是亮明武汉学生反抗日本侵略的一致决心么?

隔着“华大”的队伍,前面云集着的是中学生的游行大队,可以看到一条条醒目的横幅和旗帜在队伍中,上面庄严地大书着“武昌实验”、“文华”、“博文”、“省高”、“省一中”[2]等校名,在冬日的寒风中猎猎作响。

昭舫跟着徐圣节、董谦文,刚走了没多远,就看见前面已有军警在跑步过来和省府这边的警卫会合。从路两边向队伍的侧面压迫,气氛骤然紧张。

学生们见来了军警,反倒一下都兴奋起来。一时间口号声大作,一些中学

---

① 今解放路。

② 以上学校分别为现武昌的实验、文华、十五中、十四中、三十九中学。

生已手挽手拉起了人墙,激动地与军警针锋相对。

只见一个留短发、穿大襟大袖浅蓝色短袍的女生,手上拿着个硬纸板做的话筒,奋力挤到前面人墙附近,站到了一个高凳子上。在寒风中,红围巾和她的头发一起飘着,显得英姿飒爽。昭舫不由得心头一热,差点喊出声来:"楚箫!"

楚箫举起话筒,对着与学生们紧张对峙的武装警察和路边围观的人群大声说:"警察大哥们,我们学生不是暴民,我们是为了声援北平学生们的爱国行动,要求让我们过江游行示威。我们谁不愿意安稳地坐在课堂呢?可是日本帝国主义无耻侵占了我们的东北,又想要占我们的华北,占我们的古都北平,还梦想以后占我们武汉。北平学生只是要求政府不要投降,要抗击日本侵略,却被镇压,被打伤、抓进监狱。我们能不示威抗议吗?警察大哥们,我们都是中国人,你们谁没有父母妻子?你们愿意让日本鬼子来我们中国的土地上杀人放火吗?愿意让日本强盗来武汉杀害我们的家人吗?快站到我们学生一边来,加入到要求抗日的队伍中来,把枪口去对准日本侵略者!"

楚箫的演说显然在军警中产生了效果,军警们仿佛"不敌"学生,在缓缓后退着让学生前进。昭舫佩服地说:"这女生,真了不起!"

正在这时,中学生里有人高喊道:"冲上船去啊,逼他们开船!"

人群顿时沸腾,前进速度迅速加快,军警还未完成的围网被轻易冲开。原本休息待命的武大学生队伍也激动起来,整体向前运动,最前头的机械系同学已经运动到了昭舫等人的位置。郭佩珊在人群中高喊了一声:"武大的同学们,冲上船去啊!"

这有如一声号令,紧接着李均平等同学都高喊着快步跟了上来。昭舫扯了一下徐圣节的衣服:"徐主席,快下命令冲啊!"

徐圣节见事情发展成这样,自己身为组织这次示威的三镇学生的"最高领导",以后跳到东湖也洗不清了,脑子里一下掠过了自己与当年黎元洪角色"有一比"的感觉,便对昭舫说他要上厕所。一个人溜进了后街。不过他只求脱身,并不愿出卖大家,径自找小路偷偷跑回学校去了。

昭舫等了一会,不见徐圣节回,再一看,董谦文也不见了,让自己奉命跟随的两个"领导"居然都不见了。他猜想可能开了小差,连忙插进队伍去找李均平讲。郭佩珊在一边听见了昭舫的话，气得大声说："这些胆小鬼，临阵脱逃！"

队伍有些盲目地冲到了轮渡码头。冲在最前面的学生们看到江上根本没有渡轮，无法控制冲动，气得动手砸起了轮渡的门栏和票房。后面一群群学生继续涌上江滩。

冬季的江水退得很厉害，江滩露出很大一片，不少学生站在河沙堆积成的斜坡上。一些学生直接冲上了趸船。

郭佩珊看到局面很乱，汉阳门的江坡很陡，学生们如果继续涌上趸船可能会出危险。他想到封江的命令是建设厅下的，便站在码头振臂向下面喊道："同学们，去建设厅啊，把汉奸厅长揪出来！"

武大学生立即响应，高喊着调转了方向。江坡上的人便也跟了上来，汇在一起向建设厅方向冲去。昭舫也跑在队伍中，一心只想把那个混蛋厅长拖出来逼他开船。脑中同时想象着多年前"五四"北京学生火烧赵家楼的场面，感到自己融进了历史、全身就像燃着火一样。

上万学生的洪流中高呼着"打倒日本帝国主义"、"反对华北自治"、"惩治汉奸"等口号，也偶尔夹杂着"打倒政学系"、"反对卖国贼杨永泰接任省主席"的呼声。队伍团团地包围住了建设厅，才得知厅长竟吓得翻越后墙逃跑了。学生们兴奋无比，大呼痛快，欢声如雷。

长街上，到处是学生在作慷慨激昂的演说，或走进围观人群去细心讲解抗日救国的主张，还有的继续高呼口号。

半个多小时后，他们冷静了些，因为事实很清楚，现在虽说解了些恨，队伍还是过不了江。

郭佩珊和李均平又把已有些累的武大学生带回到省府大门口，不料这里的官员也都已跑光。学生们怒气未消，却又拿不出主意，只好干站着。

总指挥徐圣节已临阵脱逃，郭佩珊决定挺身而出来控制局面了。他想了一下，先让昭舫站在路边的一个砖墩上，指挥学生们唱起了《毕业歌》和《救亡进行曲》。武大学生的歌声感染了其余的学校，势头正在下降的人气又鼓动了起来，各个学校的队伍也都先后响起了歌声。

大家终于累了。街对面有个茶馆开着门。有些学生便去要水喝，有人干脆坐在桌边休息。这时已过了下午四点，大家也都饿了，自带的干粮也几下就吃光了。

郭佩珊看到局面僵持，便叫包华等人去找何功伟，他才是他目中的真正的学生领袖。他又把李均平等在场的学生会领导叫到一起，商量怎么办。结果多数人都认为，今天还算痛快，建设厅长也被吓跑了，再留下已经没有意义。就算开了江也晚了，过去了也游行不成。早上出发时很多人都以为示威游行一定很热，穿的衣服都很单薄，谁知今天这么阴冷，风又大，若在这里过夜，很容易感冒。不如先回珞珈山，“保存实力”。

郭佩珊觉得这样很不好，武大是武汉唯一的国立大学，别的学校学生都在看着，中学生都还在坚持，我们怎能先撤呢？但反方说，不是撤，是休息，明天再来嘛。讨论了差不多一个小时，仍没有结果。这时一部分同学却已自行往回走。周艾琳等一帮人影子都没有了，还没走的也大多认为今天已经不可能有进展，应回去休息。

包华等人一个个回来了，但谁都没能找到何功伟。佩珊明白武大又是一支政治倾向十分复杂而涣散的队伍，自己控制不了，觉得很是无奈。只好默许每个人自行选择。但他声明自己要留下来。李均平则坚决地把“武汉大学”的旗帜也留了下来。

1935 年 12 月 20 日，武昌学生举行抗日示威游行。他们正奔向湖北省政府请愿

八、热血高歌傲寒冬

武大自动留下的人，包括郭佩珊、李均平、曾昭舫、包华等不到二十个人。佩珊关切地问昭舫："你不回去休息吗？今天你最累了。"昭舫说："我不要紧，刚才中学生们听了我们武大唱的救亡歌曲，很羡慕我们，好几个学校找我，要我们教唱呢！"

郭佩珊赞许地点了下头，他比昭舫大几岁，但他说自己和曾昭舫是"物理学的知己"，夏夜两人曾多次在一起，躺在户外席子上观察星座，谈论天文谈得几乎彻夜不眠。

包华叫留下的几个人先原地等一会，他去附近找一个中学的老同学，借个地方休息一下，也好商量下一步怎么办。这时两个中学生给昭舫送来了笔墨纸砚，要求昭舫写下刚才武大学生唱的几首歌。昭舫到茶馆内借了张桌子，铺开大纸，不假思索，一口气默下了《毕业歌》和《救亡进行曲》。佩珊拍了下昭舫的肩膀，正要称赞，忽听有同学喊："郭佩珊，何功伟来了！"

其实这时还不到六点钟。郭佩珊看见几个中学生正与省高的何功伟一起走了过来。何功伟边走边慷慨激昂地说："渡江到汉口示威是目的，在武昌示威也是有意义的斗争啊！你们武大学生怎么能回去呢？我们中学生已经作了决定，彻夜坚守，坚决不撤！"

武大留下的同学都认为他说得对，有些为自己撤走的同学惭愧，可有什么办法呢，大学生远比中学生复杂和自行其是。郭佩珊与他们议论了几句，便与他们一起去黄鹤楼下街口，商量下一步行动去了。昭舫和包华等人仍留在省府门外。

忽听李均平喊："李厚生他们回了。"果然，李厚生与部分去支援汉口游行的同学正朝这边走来。

昭舫听到了昭瑛的声音，一下就看见了人群中的二姐，忙迎过去问："你在汉口游行顺利吗？"昭瑛看上去格外地兴奋，说："是啊，比这边痛快多了！我们到汉口就分散到了各个学校。我去的市一女中，万国瑞那个学校。其实她们组织得比我们武大棒得多哩！我们还自以为是担心中学生不行！今天早晨，那附近的圣保罗、汉光和好几个学校都到一女中集合。我们一起出发，先与石秀夫他们汉口的游行大队汇合，后来又跟李厚生他们在江汉路会师。我老远最先看见他们高高打着我缝的'国立武汉大学'和'打倒日本帝国主义'的两面大横幅。那字是李毓章写的，真有气势！我们一路高呼口号，好不快哉！围观的市民大为震惊。昭舫，我真从来没有这么激动过，在大街上止不住泪水就涌出来了。多年的郁积之气，我的心声，我今天都喷发出来了！我们沿着中山路一直游到孙中山'铜人像'，还在那里开了大会。好不痛快也！哎，你们呢？这边怎么这么乱？你可要小心啊！"

昭舫问："我们家有人看见了你吗？"

昭瑛说："没有吧！我昨晚上没有回家，在一女中睡的。今天游过我们家时，我看见胡师傅和里面的人都在忙，我们被看游行的人一遮，肯定看不到我。对了，你看见昭琳、昭诚吗？"昭舫说："昭诚他们东湖中学好像没有参加，他们学校那个校长王本纲很凶的，听说是"CC"的铁杆。昭琳的学校应该参加了的，我看见有抬大幅宣传画的队伍，应该就是他们。"昭瑛道："告诉我在哪个方向，我去找。”昭舫说:“天晚了,他们说不定都回去了。你别走,等下他们可能还要我教唱,我今天唱久了,口号又喊得太多,嗓子有点不济。你等下帮帮我,两个人换着教。”昭瑛说:“行！李毓章这家伙,真是个‘犟’门之子,非要和潘乃斌他们赶回去写什么檄文。他能在这里教唱多好。”昭舫从姐姐说话的口气里仿佛发现了一丝秘密,但他没有做声。

自下午冲进建设厅后,就再没有实质性的进展,没有斗争经验的学生们情绪由高潮渐变为失望。到晚饭前,队伍的秩序混乱起来,住在附近的中学生被家长零零星星喊回家去不少,有的学校甚至队伍和旗帜都拉走了。一个老婆婆拉着昭舫问“文华”的队伍在哪里,昭舫心里也挂着这个学校,却答不上来。那婆婆边走边嚷着:“伢们哪,那些兵端的枪是杀人的啊！莫图快活闹出事来了哇！”挪着小脚走了。

1936年的武昌中正路(现解放路)

李厚生看了现状,觉得这些婆婆妈妈真能扰乱军心,担心这次示威会虎头蛇尾。想马上回校动员些同学来支援。

昭舫忽然听到个清脆的声音在喊“曾昭舫”,一看果然是楚箫。他竟感觉到莫名的兴奋,迎上一步说:“你好啊！你今天下午的演说太精彩了。”

楚箫故意把眉头一皱,一本正经地瞪着大眼,放低声说:“小声点,恐怕警察局还在找那个人呢！”她见昭舫当了真的样子,得意地咯咯笑了,恢复了与她那个年龄相称的调皮小女生的形象。

昭舫注意到她讲话前很喜欢短暂一笑,然后才开口,她每笑时,脸颊上浅浅的酒窝就会出现。他不知怎样把写出那些力能拔山文章的楚箫与刚才站在军警面前言夹风雷的楚箫和眼前这个咯咯笑着的小妹妹一般活泼顽皮的楚箫糅合成一个人。只听她又笑着说:“我听说你在到处教唱《毕业歌》和《救亡进行曲》,我们也想请您,我们‘文华’有一支队伍就在‘斗级营’那边,要等多久才能请到你呢?”

昭舫不好意思地笑着说："你们'文华'的管乐队全市第一。夏汉兴[1]的小号那么有名气，我哪里敢去班门弄斧。"楚箫笑道："我们没和他们一起，我是被派去带初中生的。"昭舫见她说得诚恳，便实话说："我要在这里等我们学校的同学，这边还有省一中的也在等我教唱，不能离开。你们同学真不错，别的学校的都走了不少呢！要能过来，就一起教。要不然……就让我姐去，行不？"楚箫说："行啊，我听你说了那么多，还真以为还要竹篮打水呢！那说好了，就昭瑛姐和我们去！"

她走了几步，又回过头来，严肃地说："人是走了不少。何功伟他们最棒！省高的队伍一直在原地举旗坚持，在他的奔走劝说下，好多学校正在组织动员人回来。我那边也曾走了一些，现在又在回来了。我们一起把歌曲唱响些，就会鼓舞更多的人坚持下去。"

她又变回了那个楚箫。

昭瑛随着她去了。昭舫回头又教了一阵歌后，天已全黑。包华来了，把昭舫等几个人叫到附近他那个同学家里吃东西。昭舫想到昭瑛。包华说："放心吧！你说她和楚箫在一起，那肯定吃不了亏的。"昭舫这才感到好累，饭后几个人坐在一起休息时，他竟伏在饭桌上睡着了。

就在昭舫他们休息的时候，湖北省教育厅的督学、省立各校校长都已纷纷奉令赶来，在学生代表中做开了"工作"，动员学生回家。何功伟听说上面企图瓦解学生队伍后，立即联络各校代表紧急聚会，布置学联骨干们组织警戒，孤立校长们，防止队伍被分化。口号是：不达目的，决不休止！

各校显然在迅速响应学生领袖们的决定，而教育官员们的出现反而激励了他们的意志。青年们竟把他们当成了具体的抗争对象，一下又来了劲，为自己的行为感到自豪了。气氛再度高涨，口号声重新响起，到处高吼着要"卖国贼的代言人滚蛋"。官员们只好尴尬地站在一边，走也不是，留也不是，只好放下身段去找学联领导商量。

人气又在重新聚合，刚才回家吃完饭的学生们纷纷归队，还喊来更多的伙伴，人又变多起来，武昌的主要街道再次被示威的队伍充满，到处感觉到青年们

① 即夏之秋，著名音乐家、救亡歌咏活动带头人之一。

彻夜露宿街头的决心。

十来点钟，学联代表沿街高声传达着与官员们的最新达成协议：明日一早，将由学联派出以何功伟为首的代表团，与教育厅长程其保谈判。学生们听说后，兴奋地鼓起了掌。

昭舫被包华叫醒时，大概有十一点了，李厚生已回了武大一趟，带来了石秀夫、潘乃斌、李毓章等白天从汉口回来的全部和其他一些同学，有好几十人，决心同武昌中学生一起行动，做出个大学生的样子来。

潘乃斌带来了几个江浙同乡同学，李毓章也带了几个河南籍的同学，他们平日里很少下山，便叫昭舫带路，去武昌的主要街道走走看看。当时武昌长街正在扩建，蛇山已被腰斩，正在建筑蛇山桥，长街南北贯通了，从司门口到都府堤更加方便。

这时已过了午夜，只见道路两边、屋檐下面，都坐满了一片一片坚持斗争的学生们，他们手上还拿着小旗，神色庄重。到处情绪高昂，歌声起伏。乃斌感动地说："如此壮观的场面，何时曾见？真叫人看了热血为之沸腾！只可惜没有照相机。真想为这场面作一幅巨画，留给后世。"

走到汉阳门江边，隆冬时节的江风阵阵袭来，他们都感到有些冷了。但是，路边的中学生们似乎一点都不在乎疲倦和饥寒，那些稚嫩的脸上都充满着庄严的神情。何功伟和中学生领袖们也都在他们中。远近救亡歌声此起彼伏。

这天，武昌总共有将近万名学生坚持在街头的寒风中！

他们可知，他们今天的行动将被书写进中华民族的历史，占据极其光荣的一页！中华民族伟大抗日救亡斗争的序幕就此揭开了！

昭舫在司门口附近看见了昭瑛，连忙走过了去，说："姐，我吃了东西，还睡了一下，你累坏了吧？饿了吧？"

楚箫却不知道从什么地方闪了出来，故意冷笑着说："我实在无法再冷静听你说下去，我会把你姐弄过来如此折磨虐待么？"昭舫不好意思地笑了。毓章上前滑稽地拱手作揖道："曾小姐辛苦，毓章来迟，自知死罪也！"昭瑛说："你别说俏皮话，下半夜让你一个人负责教唱。"

何功伟笑着走来，问昭舫等人能不能将大学生们分散到各个中学去教唱抗日歌曲。昭舫和朋友们立即表示同意。于是昭瑛、昭舫和毓章、乃斌等被分到各个学校去教歌。

周围的商家和居民们被学生们感动了，他们自发地为学生们打开了门灯，有的专门点上了马灯、汽灯挂出来。许多人还给学生送姜汤和开水。整条长街一夜灯火通明，歌声、口号声此起彼落。到凌晨三点钟，还不断有学生们的家长、商家和市民送来热茶，送来吃的。天刚一亮，曹祥泰等店家就抬出来大筐的糕点，沿途慰劳露宿的学生。到七八点钟时，一群群素不相识的工人从大堤口和积玉桥[①]方向陆续赶来，送来干粮和开水。

学生们得到了市民的支持，士气更加振奋了。

每当中国历史的关键时刻，古老的武昌城就会当然地展现出它英雄城市的气概！

此时已再听不到有人劝学生们让步，更没有人劝他们离开。在这种时候，平日散淡的武汉人总是变得最齐心、最坚强的。

武昌的学生们是用震撼江滩的《毕业歌》来迎接新的一天的。严寒已被他们完全战胜和驱散。武昌历史上又一骄傲的章节就这样写成。

① 上世纪武汉主要的纺织、印染工厂均集中在那个方向。

民国时期湖北省政府大门（原址在武昌彭刘杨路）

九、救亡序幕曲

武汉大学的大队伍一早就再次集结，下山和郭佩珊等同学汇合后，又开到了省政府门前。今天武昌街上又新参加进来大批中学生。头天没有参加彻夜示威的一些学校，甚至包括一些小学的高年级学生也参加了进来。省府前平湖门王街、西街、百寿巷、广仁堂至阅马场[①]，已经被学生们挤得水泄不通。

昭舫和毓章轮流站在一张桌子上，指挥数以千计的同学唱歌。这恐怕是武昌有史以来第一次人数最多、最响亮、最持久的学生大合唱，激昂的《救亡进行曲》[②]歌声地动山摇：

工农兵学商，一起来救亡，

① 这几条街后由平湖门王街顺势延长连通，成为现在的彭刘杨路。

② 《救亡进行曲》为著名抗日歌曲，作曲：孙慎，作词：周钢鸣。

拿起我们的铁锤刀枪，
走出工厂、田庄、课堂，
到前线去吧,走上民族解放的战场
……
大家起来武装
打倒汉奸走狗
枪口朝外向！
要收复失地消灭日本帝国主义……

昭舫也是第一次指挥这么多人唱歌。他把全部激情用到了指挥中。寒风中,他竟连内衣都汗湿了。

省政府内,何功伟等人和教育厅长程其保等官员的谈判一直僵持着。

到了下午,守候在外面的学生不知道里面的情况,越来越失去耐心。昨天一直不见了的董谦文不知从哪里又冒了出来,跳上桌子,打断了昭舫的指挥。他挥着他粗短的手臂大声说:“这么磨下去,现在又到了下午了。同学们,这怎么行?”等得焦躁的学生们的情绪一经鼓动,便瞬时激动起来。董谦文见自己有这么大号召力,来了劲,又大声说:“我们在外面傻等、傻唱,只怕他们早把我们的代表扣了?”不少学生立即接受了这个说法,有人喊道:“冲进去,把陈其保抓出来!”一时间“打倒汉奸”、“释放学生代表”的口号声大作。

愤怒用不了多久就上升为行动。成百的学生开始一齐冲击省府的大门,砸碎了挂在省府大门旁的牌子。守门的卫兵阻挡了一阵,终于退让进门里,费尽全力关上了大门。包华和董谦文便带着学生们拆散了设在门前的岗亭,学生们开始喊起“一、二、三”,用亭柱猛撞大门。

幸好官员们在关键时刻总算作出了让步,省代主席卢铸开门出来了,宣布:“轮渡明天恢复。武昌学生分两天过江到汉口游行。”

与此同时,何功伟等代表带着胜利的笑容从省政府里走了出来。何功伟向欢呼的同学们报告:“同学们,我们胜利了!明天上午10点钟过江、去汉口示威游行。”

学生们立即欢呼了起来,激动得互相拥抱。这是他们用坚韧不拔的斗争换来的胜利!昭舫只觉得自己热泪都要涌出来了,他看到不少学生也都擦着眼

12月21日，汉口学生举行抗日示威游行，声援北平学生的爱国运动

睛。毓章挤上前，跳上了桌子，起了一个音，指挥大家唱起了《马赛曲》。

歌声载着胜利的激情传遍了武昌的街巷。那一天是1936年的12月21日。

第二天，武昌有大概两千多名学生过江到汉口游行。

当高歌着的武大学生们见到远远的汉口的中学生队伍正由密家藩带领高呼着抗日口号游过来汇合时，大家顿时齐声欢呼起来，互相拥抱，昭舫和同学们再次激动得热泪盈眶。

但是当局的妙手还是让缺乏经验的年青学生们始料不及。示威出现了滑稽的一幕，警察局长蔡孟坚[①]带了一帮警官走在游行队伍的最前面，紧跟后面的则是昭舫他们武大的队伍，再后面是其他学校。起先他们并没有觉察，李厚生最先猜透了蔡局长们参加"爱国行动"背后的真正目的是为了控制游行队伍，防止学生们冲击日租界。大家听他说后十分愤怒。郭佩珊建议将队伍头尾掉换，甩掉这群家伙。但他们发现队尾也跟着教育厅的官员，这个计划没能实现。

① 蔡孟坚：因抓获共产党重要人物顾顺章和策反张国焘而闻名，1932年后退出反共一线，担任武汉警察局长。

连周艾琳都不知道,当局这一"支持爱国行动"的筹划就是由她哥哥和蔡孟坚商量后提出的。

昭舫看到令他欣慰的一幕,"通成"和"祁万顺"都在中山路上摆出了临时摊点,免费供应学生糖茶和馒头点心。父亲的身影在那里闪了一下,走近时,虽说只看见田爷和淘气及店员们在寒风中忙活,但他已经很满足了。那天在争取渡江时,当看到曹祥泰的义举时,他就很想知道如果发生在汉口,父亲会怎么做。

23日,武昌过江的学生更多,游行的规模更大,汉口代市长吴国桢、教育厅长程其保等也走在队伍的前头,继续"参加"游行。

不过,仍然有一群中学生自行离开了政府官员压阵的大队,这其中就有童瑁的公子童伯韬,他们面对着日本人紧急架设的铁丝网,朝着全副武装的日本士兵,愤怒地高喊着"打倒日本帝国主义",直冲进了日租界。租界的日本侨民吓得连门都不敢出。

愤怒的民族是不好惹的!

在中国共产党领导下,伟大的"一二·九"运动在五四运动的发源地北平爆发,抗日救国的热潮化为巨大的洪波,冲向了全国各地,成功地唤起了民众,拉开了抗日战争总动员的序幕。一大批国家栋梁之才[①]也已在运动中崭露头角。

---

① 本文很多采用了真名,读者可从网上查询事迹。仅本文谈及的李厚生、万国瑞、潘乃宾,就分别担任过毛泽东、周恩来和刘少奇的秘书,其才干可见一斑。

十、将《义勇军进行曲》带回武汉

官员们的脑袋里确实想不出什么妙计来对付学生。为阻止学潮的发展，他们最后祭出来的还是“提前放假”这个看家法宝。

昭舫得到父亲应允，趁寒假和昭瑛同去上海看了大姐和姐夫。

姐弟们的话题中，有一大半是“一二·九”运动。昭舫要求姐姐介绍他认识著名的歌咏活动家刘良模。昭萍感觉到弟弟的思想状态已与她回家看到的大不相同，十分高兴，立即满足了他的要求，介绍昭舫认识了刘良模等一批中国文化界的精英。

当时上海流传这么一句话：“天下无人不识刘”，说明刘良模名声之大。昭舫与他一见如故。在听昭舫介绍了武汉大学的歌咏活动后，刘良模送给了他一本新近自己编辑出版的《青年歌集》。昭舫很羡慕，觉得武汉也应该有能唱出时代精神的歌集，于是说出想由自己来完成的设想，并诚恳地向对刘良模请教。刘良模非常热情地给他传授自己编辑和出版歌集的经验，包括发行的步骤和方法，还特别写信把他介绍给在武汉的朋友、生活书店的经理顾一凡。

临走前，刘良模安排他在上海青年会作了一次《义勇军进行曲》教唱。

这是聂耳先生为电影《风云儿女》谱写的主题歌，由田汉先生作词。它抒发了全体中华儿女的时代真情，张扬着历史赋予的神圣使命，使它注定将成为中国历史上最伟大的歌曲。

昭舫将《义勇军进行曲》带到了武汉，并通过认识的老师、同学和朋友们，将《义勇军进行曲》歌单传抄开来，在武汉开始传播。这是他此行的一大收获。他已决心要用自己的方式更多地报效国家。

十一、寻找组织

潘乃斌寒假回崇明探亲是与昭舫姐弟同行的，因此认识了昭萍。昭瑛姐弟回汉后，乃斌曾又专门到上海找过昭萍，希望她能帮他找到“组织”，他断定上海左翼作家中一定有不少共产党，而共产党是中国唯一能承担民族解放重任的力量。昭萍听后很为难，眼前这个青年无疑是热衷进步的、可信任的，但无疑又是莽撞幼稚的。她只好回答说，自己也不知道哪个是什么党，如果有了合适的人一定马上介绍给他。

她完全能理解乃斌。事实上，她与知秋也与组织失去了联系。当时他们根据杨老师临走时的指示，潜伏下来，继续做“合法”的工作，分别公开担任着“国难教育社”[①]、“普及教育服务团”的沪中区委书记和组织干事，进行“合法”的抗日宣传活动。这两个民间团体的领导人分别是李公朴、陶行知、任崇高等社会的知名民主人士。工作虽说是充实的，但却总是深感失去组织的孤独和焦虑。为什么这么久都没有人联系她呢？莫非自己做错了什么，组织不想要她了吗？

杨老师临走前负责任地切断了她和所有人的联系。昭萍接触组织秘密不多，但承担危险却不少。因为做共青团外围宣传工作，几乎是公开的偏左政治面目。而当时，即使介入很浅的进步青年，也时有被捕的。组织撤离意味着失去了组织的保护，她担心特务，只得又搬进了租界，承受高额的房租，还随时要担心被变节者认出和出卖。除开特别需要的场合，她外出很少穿旗袍，却暗藏着金钱镖。

数月前的一天，在《申报》办的业余补习学校上课前，她忽然收到一张不知何来的纸条，按上面的暗号，昭萍知道是“老家”终于来了人，心里一阵兴奋，便按纸条上说的到了华龙路[②]上的“锦江茶室”。

她到指定的左侧靠窗的“火车间”坐下，在桌上摆好接头暗号，要了一杯茶，若无其事地看着报纸。先后有两个油头粉面的“白相客”前来搭讪，被她用严厉

① “国难教育社”是我党直接领导的在国统区的抗日救亡群众团体。

② 即现雁荡路。

的眼神赶走。大约过了一个小时，一个侍应生送来一小碟瓜子。昭萍注意到碟子下多了张纸条，她不动声色地收了起来。纸条上写了第二次接头的时间，地点改在了法国公园[①]。

一个比杨韵珊老师要年轻、表情严肃的女人在等着她，按杨老师走时留下的暗语和昭萍接上了头。那位女士公开的身份是天津“新记”《大公报》的记者，名叫左秧岷。

昭萍几乎眼泪都要夺眶而出。左秧岷第一句话就是：“我们的同志已告诉我了，这段时间，你工作得非常好。”

昭萍虔诚地说：“左老师，我一直在等着你们，我后悔杨老师走前没来得及说，我要求加入共产党。”

左老师与她到树荫下的长椅上坐下，说“今天我还不能和你谈这个问题，但你必须准备还经受很多考验。从今日起，我和你建立单线联系，我会设法找你，你没事不要找我。”她的国语中有明显的湖北口音。

“那……我的任务呢？”

“我会设法通知你的。”

“我可以告诉叶知秋么？”

“不行，等我的消息吧！”其实左秧岷本可联系知秋，是她刻意进一步考验昭萍，同时她对知秋的国籍和经历也还心存疑点。

左秧岷向她传达了党中央《关于青年工作的决定》，即取消国统区内的共青团组织，改造成为广大青年群众的抗日救国组织，仍进行秘密活动。

虽说再没有了共青团员的身份，但昭萍总算又联系上了组织，心情还是很久不能平静。

后来她在左秧岷的布置下完成了几次任务。一次，昭萍又对她提出入党的要求。

左秧岷凝视着她问：“你想过为什么要加入共产党吗？”

“我从大革命的武汉走过来，又经历了淞沪抗战。眼前国家的形势和无数事实更加让我懂得，只有共产党才是最彻底、最无私的革命者，只有她，才能让

---

① 位于现复兴公园。

我们的民族获得彻底解放。”

“你想过没有，参加共产党自己要做些什么？”

“我会做组织交给我的一切任务，也不怕危险和牺牲。”

“加入共产党要遵守很严格的纪律，不允许以个人意志为借口不服从党的决议。你可以理解为不允许有个人意志！”她有意识地停顿了一下，观察昭萍的表情，“要无条件服从。无条件！你做得到吗？”

“我……”昭萍一下还想不清这句话的含义，不知如何回答。

“你说你的父母出身穷人，但他们现在已经是有产阶级了，他们有产业有土地。共产党要完全消灭剥削阶级，当然不是指消灭这些人的肉体。你必须和他们彻底划清界限，你能做到吗？”

“他们……他们是……”昭萍脑子一下没法转过来，他们那么辛苦创业，怎么就成了消灭对象？

“你不是出身真正的无产阶级家庭。无产家庭出身的人参加革命就没有你这些顾忌和思想斗争。这就是阶级区别。所以，这是你面临的最关键的考验。”

“要我和他们断绝关系吗？”昭萍抱着豁出去的心理，试探地问。

“断绝关系只是形式，世界观的改变不是一朝一夕的事，出身不能选择，道路则由你自己选。”左秧岷一副公事公办的表情。

以后昭萍又把潘乃斌的要求反映给了左秧岷。左秧岷当时也没有答复，她说要请示上级。左秧岷虽不满意昭萍介绍的又是一个“剥削阶级子弟”，但她想武大其他人就不一定的。而且她很想能有机会回一次他的老家湖北黄冈。鉴于当时京津的紧张局势，《大公报》正筹备向南发展，得到公差去武汉还是有机会的。她大致知道武汉几乎没有地下党活动，武汉大学更不消说，说不定她有幸为党做出一项重大贡献。

她得到上级同意后，在潘乃斌上船返汉前赶着与他见了一面，并确定了几种联系方法。乃斌兴奋不已，回汉口后，立即订了一份天津《大公报》。

十二、春风拂柳

开学之后，昭舫通过老师、同学和朋友把《义勇军进行曲》歌单传抄给了很多人，他又和李毓章组织了多次教唱。

在清明前的一个风和日丽的日子，武汉学联组织了好几百学生，到离武昌八九十里的葛店镇宣传抗日救国。

武大汽车

四月初，尚处在田园状态的武昌城外，被一片青翠得醉人的嫩绿色所覆盖，空气中弥漫着嫩草和泥土的芳香。昭舫和昭瑛、毓章、乃斌等天不亮就乘搭公路局的客车出发。过了街道口后，汽车就在高低不平的简陋公路上行驶，穿过桂子山、虎泉山、南望山、官山[①]、喻家山……九峰山等连绵山林野地与山脚，辟出的不规则的大小庄稼地和湖塘，一路兴致极高，不到十点，到达了葛店镇。

葛店，人称“小汉口”。它南濒梁子后湖、鸭儿湖，可通金牛、保安等地，步行到武昌只要半天时间。所以，从明、清时起，就成为了山区连接武昌的贸易中转地，引来了商贾在此云集。

昭舫还是第一次来到这个镇。由于后面的班车还未到，他就和同学到镇上浏览。

葛店带有古朴民风的繁华，大大超出了他的预料。从上街到下街，青石板铺的较宽的街面超过两里长。街道两边，茶馆、酒店、米行、鱼行、圆木作坊、药店、杂货店、当铺等一家紧挨一家。家家几乎都是高大的青瓦房，门面虽只有三四米宽，却很有特色。格子门窄而高，大立柱粗而圆，显出独有的气派。

最后一批中学生的队伍几乎十一点才到达。前后共来了大几百学生。

---

① 解放后改名关山。

大批镇民和附近乡民闻讯聚来，学联主席陈述元以及李厚生、万国瑞等学联干部施展出出色的组织才能，将宣传活动造势成了一场声势浩大的抗日动员大会。学生代表们一个个登台讲话，控诉日本帝国主义的侵略罪行。会场气氛热烈，“打倒日本帝国主义”的口号声此起彼伏。

各个学校都拿出了事先准备的抗日救亡节目进行了演出。昭舫指挥武大同学唱了《义勇军进行曲》等歌曲，把集会的气氛推向了高潮。

演出结束后，学生们分散活动，不少人到野外，散坐在田坎路边，一边欣赏春天的景色，一边吃着带来的干粮。郊野新发的柳树枝叶一片嫩绿，有如丽人美发般随风飘动，让他们心旷神怡。

昭舫心情舒畅，独自一人信步穿出小镇走在田边。这时一个小男生跑到了他跟前，问：“您是武汉大学教歌的曾昭舫吗？”昭舫答道：“是，你有事找我吗？”小男生以问代答：“还有《义勇军进行曲》的歌单吗？”昭舫微笑着说：“你运气好，就只一张，是无意间发漏了剩下来的。”便从口袋中掏出来递给了他。小男生说：“谢谢您，我也把我们无意间发漏剩下的传单给您。”说着递给他一张传单，就蹦跳着跑了。

昭舫走到一棵大树下，将绿色的油印传单打开，见上面印的都是些口号。他一眼看到在“反对华北自治”、“反对一切汉奸、卖国贼”后面写着“反蒋抗日”、“保卫苏联”等，感到这些口号激进得太出格了，便马上想把传单叠起来。却没提防从他身后伸出来一只手，一把抢去了传单。昭舫吃了一惊，回头一看，竟是周艾琳在朝他吃吃地笑。

昭舫很久都没和她接近了，对她的印象已渐被对“CC”、对周远涤的反感代替。他环顾周围附近没有人，就伸手去抢。周艾琳一把将传单藏到身后，故意阴阳怪气地笑道：“这可是个坏物证！曾少爷，你怎么这么不小心让我逮到了呢？”昭舫抢不到，有些慌了，便伸开手臂拦住她，低声地说：“请你还给我！你明知道，这是别人给我的。”

周艾琳看昭舫不像以往躲着自己，反而这样凑过来缠着，离自己这样近，心里竟掠过一种陌生的感觉。又见他已没有底气，却嘴还硬着，很是得意，便成心逗他，笑着说：“不是你的，那你急什么？”昭舫说：“我本来拿它没有用，你既然说是个坏物证，就撕了吧！”艾琳太喜欢他这样的表情了，她不躲不退，却歪着脑袋笑道:“那……来求我！让我心软！我就照你说的做。”昭舫气恼了,说:“你以为是逮住了我的把柄,想讹诈我吗？”艾琳忍不住咯咯笑出了声,顶道:“就讹你,怎么样？”昭舫无计可施,没好气地说:“落到你手上了,我认倒霉。你把我交上去领赏吧！”

周艾琳没了笑容，两条新月一样的眉毛高高竖起，“我？把你交上去？领赏？我会吗？你就是这么看我吗？曾昭舫,你太把人看扁了！”

她忍住性子,换了个口气说:“我知道,你以为我哥哥代表省党部,是学生会的敌人,我也就是你的敌人。其实,我哥哥不是你们想的那样,他是支持抗日的,去年游行他就是站在我们学生一边的！你哪会知道,新任的杨省长上台最先就拿他打的下马威,说省党部‘有人’在学生中散布他是亲日派,想借学生打倒他。我哥哥这些时每天回家都垂头丧气的,一副倒霉像。”昭舫虽不懂政府上层那些复杂的刀光剑影,却多少听过一点,见说得有些真,便没有立即顶她。

艾琳见他在听,便压低声音继续说:“今天会场上有不少生人和便衣,你看不出来吗？那些毛孩子不晓得深浅喊的这些口号,你以为不会惹麻烦吗？特别是你,大少爷,你几个月前在学校就被人列为特别注意对象了！”

昭舫听得有点胆战心惊,周艾琳很满意自己说话的效果,便接着说:“放心,这事只有我们俩知道,不过呢……我希望你以后多听些我的话。”昭舫又转而气恼,“你想要挟我吗？”

这句让周艾琳觉得有些受不了，小姐脾气冒了出来。她带着几分愠怒反问:“要挟？我要挟你干什么？这辈子从来没人像你这么对我说过话,我已经够让着你的了！你这个人连好话坏话都听不出么？我明明是在告诉你多小心点,你怎么这么不相信人？”

昭舫听不出她究竟打着什么主意,很想结束和他的谈话,又不愿意让传单被她握着,更不愿用屈服换回。却忽见一人从不远的矮墙后飞快闪出,一把抢过周艾琳背在身后的手上的传单,跑到一边,几下就撕了个粉碎,向上一扬,借风撒向了田里。

周艾琳没想到遭到这种袭击，回头一看，气得肺都要炸了，她大声叫了出来:“童楚妮！你干什么？”

昭舫看到竟是好久不见的楚箫,“童楚妮”这个名字他还是第一次听到,到嘴边的"楚……"便没有喊出来。童楚妮将手背到身后,调皮地迈着舞台上的方步,环顾着四周说:"艾琳,好久不见。你看,这春天多美啊!"

周艾琳本只想逗逗昭舫,借此建立好感,被童楚妮这么一闹,自己岂不成了别有用心的人了。她收小了声音道:"童楚妮,你在干什么?你敢把我收到的……东西……抢去撕了!"楚妮学着戏中的秀才模样,左右晃着脑袋,乜斜着眼,用平剧[①]的青衣腔说道:"什么什么?春天温暖的太阳也能把你晒昏么?曾昭舫,你听见了她在说什么?什么咚呛咚呛死了死了?"

这时,潘乃斌和李毓章、昭瑛也闻声聚了过来。乃斌一来就说:"哎呀,我们的校花小姐也来了,我们欢迎她唱个歌好不好?"周艾琳见这么大一群人,让她连解释的机会都没有了,气得把脚一跺说:"你以为就你在抗日么?你个小嫩猴子,少打闹台!"说完独自赌气跑了。几个人一阵哄笑。

队伍就要返程,学生们一群群地站在路边等车,有些已经走了。昭舫看见童楚妮站着没动,便向她走去,他很想感谢她解围,又不知从何说起,半天没开腔。

来了辆车,一些学生围着在往上挤。他们俩却都心照不宣、视而不见地站在一边,故意没上车。

昭瑛他们都挤上车走了。昭舫还听见了从扬起的尘雾中传来姐姐在车上喊他的声音。

等车走远后,他走到楚妮身边说道:"你的青衣腔说得真有味道,学的尚小云的?"楚妮瞪了他一眼:"今天来的便衣很多,你怎么这么不小心呢?"昭舫问:"你原来认得周艾琳?"楚妮说:"她高中也是武昌文华的,比我高一年级。"

楚妮看着一边的菜地,淡淡地问:"怎么不接着问我你想问的话?"

昭舫说:"有什么想问的?我只想谢谢你今天帮我解了围。对了,我今天知道了你的真名了。"楚妮将背对着昭舫,说:"但可惜不是我亲口告诉你的,还有呢?你不想知道我父亲是谁吗?"昭舫想说:"那跟我有什么关系?"嘴里却说出:"我记得你说过不想谈你父亲的。"

---

① 当时对京剧的称谓。

又过来了一辆车，楚妮和他一起上了车。这车没有那么挤。昭舫还找到一个座位。他坚持要让给楚妮坐下，自己站在她身边。两个人相视笑了一笑，却再不说话。

汽车摇着、颠着、哼着、爬着，慢慢地超过了路边那些三五个一群的徒步回家的学生。

下午的道路已经变得很干燥，扬灰从后车窗缝里钻进来。后排的人头发和眉毛都沾满了尘土。大约一个多小时后，一个戴鸭舌帽的男人忽然从后排站了起来，踉跄地走到楚妮面前，小声对她说了些什么。楚妮不搭理，眼睛看着窗外。那人又追问了一句什么，楚妮回过头严厉地低声说："走远些！"那人愣了一下，不知进退。楚妮又斥道："你没听到么？走开！"昭舫见状也憋足了气，却看见那家伙忍气吞声地回到后排去了。楚妮接着对司机喊道："请停一下，我要下车。"司机回答："小姐，这才刚过石门峰两公里，还远着呢！"楚妮固执地说："请您停一下，我要下车。"司机便把车停了。楚妮扯了下昭舫的衣角。昭舫如闻军令，忙跟着她一起下了车。

眼看汽车开走了。昭舫经过刚才的事，心里纳闷，便问："那是个什么人？你为什么要下车？"楚妮低着头说："本来就是来远足的，想走走路。"说完低头径自走去，不再说话。

约莫走了半里路，路两边的山脚有了农户，袅袅炊烟在屋后升起，飘散在空中。有个老太婆在一棵树下卖盐茶鸡蛋，茴香气逗得人发馋。昭舫走近楚妮想问她吃不吃，却看见她明亮的双眼中竟含着泪水。

昭舫心里似乎明白了什么，又似乎有更多的不明白。他关切地问："你有什么不快活的事？我能为你分担些么？"楚妮努力使自己的声音不抖动，低声说："我鞋带松了，休息一下好吗？"昭舫连说好，又跑过去买了几个盐茶蛋，等了楚妮过来，一起坐在摊前的矮凳上剥了吃。

两人一声不响地吃完。楚妮有气无力地说："走吧，太阳都没劲了，恐怕走到你们学校都要天黑了。武大到汉阳门的公共汽车不到七点就收班的。"昭舫说："我可以拿脚踏车送你。"见楚妮不说话，又连忙说："你还可以住我姐那里。"

楚妮似乎没有注意他说些什么，自顾自说："那人我不认识。他说我父亲今天托他找我，他看了我半天才断定是我，说卓刀泉有车接我。”昭舫越发听不明白，只好不开腔。楚妮又用近乎愤怒的口气说：“我讨厌我处处受人监视！我讨厌我这个特殊的家庭！”然后却又自我解脱地说：“哎，不去想那些了！”

她看到昭舫迷惑的样子，便转过话题道：“曾昭舫，你别光顾了反感周艾琳，其实她似乎并无恶意，反倒是她说的话你还真该句句当真话听。今天我也感觉来的便衣不少，而且恐怕来自多方。要知道，杨永泰是个臭名昭著的亲日派，不仅学生不喜欢他，连胡汉民、何成浚都十分讨厌他，甚至蓝衣社、“CC”派都在和他暗斗，湖北当局上层的矛盾从未像今天这么复杂混乱。”

昭舫觉得眼前又是那个写时事评论的楚箫了，钦佩地说：“咳，我哪有你知道那么多。”楚妮不去顾他的反应，接着说：“杨永泰来后，一直在严密监视学生的活动，看来要对学生运动逐渐采取强压政策。你没看我那篇《去兮来兮又若何》吗？”昭舫有些不好意思地回答：“没有。”楚妮说：“今天在葛店宣传时，你拿到的油印传单，口号太激烈，完全可能会给他找到镇压学生的借口。”

昭舫不由得从心里敬佩楚妮，楚妮说着话，情绪又活跃了些。她突转话题说：“其实呢，你迟早会知道的，我爸爸是童瑨。”

她停了一下，观察昭舫的反应，然后继续用漫不经心的口气说：“还是你爸爸的换帖兄弟呢！他知道今天有便衣，托了人保护我，其实也是为了保护他自己不受我的牵连，免得他今后在场面上说不起硬话。我父亲这人行事老谋深算，是个武汉无人不知的舵把子。”

昭舫有些尴尬，不自然地说：“这……我可从来没听人说童老爷……不，你爸爸有什么不好。其实……其实……他是商会……”楚妮见他窘迫的样子，“扑哧”地笑了出来：“曾昭舫，你可不大会说谎。我帮你说吧：童瑨是武汉呼风唤雨的帮会头子，在商会一言九鼎，是小百姓不敢惹、最好躲远些的那种老爷。”昭舫皱着眉头：“这么说你爸爸？他也是个辛亥革命的元老。”楚妮说：“要怎么说？元老太多了，他是我爹也不假，可我并不敬重他。”昭舫见她的笑谈中带着一种苦楚，便不去接她的话。

楚妮把有些被风吹乱的头发用手往后一拢，说：“我在童家排行第四，你也是老四？‘老四’大概都很厉害吧？这个印象也许是‘雍正爷’给造成的。”她调侃地笑着，“嗨，我上面除了一个和你同年的哥哥，还有两个姐姐汉妮、襄妮，是大妈和二妈生的。大概是‘送子观音’看我起了‘楚’妮，再送女孩我爹也许就想不出好名字了，童家就再不生女孩了。我后面两个都是弟弟。二妈贡献最大，一女二男，可他生完最后一个弟弟就死了。昭舫，你听得烦吗？”

昭舫说：“不，可我听你说的话，你爸爸其实是很关爱你的呀！”

楚妮道：“他十分爱我不假，我也曾十分崇拜他。他冷静而周到，也强烈反对日本侵略。我从他那里也学到了一些分析问题的方法。但他城府很深，这是我学不到的。我在他那里看过很多禁书，也知道了一些上层内幕。直到我进了高中。”

昭舫说：“我们走快点，等到了与东湖相连的水域，我们可以叫条小船，一直坐回武大。”

楚妮抬起头仔细看着昭舫，昭舫的英俊强壮有些让她心跳。她在心里嘲笑了一下自己的外强中干后，掩盖住自己的情绪，用常有的微笑说：“会有那么好的事？那我们不要走大路了。我还在担心我爸的车找过来哩！曾昭舫，我想休息五分钟。我的脚打了泡，好疼，恨不得要你背我了。”昭舫说：“你真是个喜怒无常的小妹妹！”楚妮嘟着嘴说：“我讨厌哥哥妹妹这些词，叫人肉麻。”昭舫以为自己说错了话，慌忙住了口，脸色都变了。

昭舫和她并排坐在路边一块倒下的石碑上。楚妮说：“我心里有外人不知的苦恼的一面。我妈是陕西汉中人，十六七岁就嫁给我父亲，到武昌读省一女中，一学期没读完，就休学生了我。民国九年，转到新办的武汉中学。这是她一生最受教益的两年，得到校长[1]的言传身教。毕业后又就读于武昌银元局街的第一师范[2]。以后到文华教过几年书，直到北伐那年学校停课，就从此回家了。后来我长大，也进了文华。我读高一报到时，她陪我去的，遇到她一个汉中同乡。那人原是汉中警察局的，他让我们知道了一个天大的秘密。”

她的脸再次沉了下来：“原来我妈是我爸设计霸占的！那时，我妈原来的青梅竹马、比她大三岁的男友和我外公被卷进了一桩冤案。我外公家境不富裕。童瑨当时恰在汉中。他看上了我母亲，便装得很热心地打抱不平，上下

---

① 即董必武同志。

② 今市三十一中处。

打点，对我妈也百般照料。最后外公一人被放出，那青年却不明不白死在了狱中。外公和母亲都把童璠当成了救命恩人。不久，我妈便成了他的三姨太，跟到了武昌。

“直到十六年后的那天，遇到的那人才把他知道的实情告诉了我母亲。原来当年一死一放都是童璠一手安排的。他那双黑手至今在汉中的势力都大着呢！我不想多说了。反正，从此，他在我们心目中形象一落千丈，我妈和我从此再没有给过我爸好脸色。他也回武昌这边少了。”

昭舫大概完全明白了，难怪楚妮不愿提起自己姓童。楚箫——也就是现在的楚妮——在渡船上和他的对话还清晰地回荡在他的耳边：

“你父亲呢？一定也很了不起。”

“不想说他。”

“可以问你的真名实姓吗？”

“晚些知道，免得过早失望。”

他暗问自己，为什么会把和楚箫的每一句对话都记得那么清楚呢？我是在希望她永远是楚箫，而不是童楚妮么？

楚妮的家事竟那么复杂！童璠难道是个虚伪的恶霸？以往童璠在昭舫心目中一直是有能力、讲义气的。他庆幸父亲没有处在这个人对立的一方。他看到了这充满欲望和权势横行的世界给楚妮心灵带来的伤害，不由得认为自己应该给身边这个女孩多一些关爱。

他看到楚妮的鼻尖上都渗出了汗珠，因为走了这么多路，她的皮肤显得白润，又透着一点红晕。他的心忽然猛跳起来。

他努力地控制住了自己，问楚妮道：“嫌不嫌热？要不要把脚上的泡挑掉？”

楚妮瞪了他一眼，用略带嗔怪的口气说：“曾昭舫呀，你像个贾宝玉一样，细心得不是地方！难怪那么多女孩都……”说到这里，她突然脸一红。昭舫还从没见过泼辣的楚妮红过脸，觉得自己一定刚才又大大说错了话。

他正在发呆，楚妮却一挺身站了起来，嚷着说：“走啰！”说完往前蹦跳着跑了几步。

昭舫禁不住喊道：“刚才还在说脚疼，怎么才又蹦起来了？”楚妮站在前面咯咯地笑着，笑得他有些觉得楚妮情绪变化之快太让人不可捉摸。

两个人说笑着又赶了一阵路。在喻家湖边，果然叫到了一条自我陶醉地高唱着渔歌的渔船。两人小心地上了小船。摇着双桨的老人叫他们坐好，用桨将船一撑离开了湖岸，又接着高亢地唱起了渔歌。

老船工的渔歌有些忧伤，让人的情绪也不由得受到感染。楚妮小声问昭舫："你听得懂么，他唱得好刺人心疼。"昭舫说："这位老伯是天才的民间歌手，他唱的调子像是沔阳渔鼓，故事有些像'汉川善书'的《打芦花》。"楚妮问："《打芦花》讲的是什么呢？"昭舫说："哎呀，湖北人就喜欢唱些苦戏！好像生活当中自己的苦还不够，还要帮别人撒点眼泪才舒服。那唱词说的是狠心的后娘帮小伢做棉衣，铺些芦花来充棉花。小伢冻得哭，爸爸气得用棍子打，结果棉衣被打破了，才知道衣服里铺的尽是芦花。爸爸忍不住抱着儿子的头哭了。这是教人恨那妇人心太毒了。"楚妮说："是很惨，可怎么光说女人毒呢？那讨后妻的男人拿棍子打儿子心就不毒？"昭舫笑了，赞同说："你说得一点都不错，尽管有点偏袒女权的嫌疑。"楚妮也笑了，道："你真是个随和的人。"

她努力压下自己涌起的一阵激动，转了个话题，说："原来你对民间音乐也知道不少。不过，我最羡慕的还是你们曾家的好嗓子。你呢，歌比你姐还唱得好。李毓章的声音虽好，可太'洋'。还是你唱歌最好听。在一女中、懿训、女师，你的崇拜者可多呢！"昭舫脱口问："在你们文华呢？"楚妮狡猾地答道："还没听说。你还觉不够吗？"昭舫自知失言，连忙把眼睛转向别处。

岸边柳树翠绿的嫩叶低垂到水面，依依送着小船摇出了湖汊，驶进东湖宽阔的湖面。湖水清澈见底，水中的水草密密地向上伸头指向湖面，好像有话要对船上的人诉说似的。已经接近夕阳时的波光潋滟而神秘。几乎漫到天边的湖水在天际被墨绿色的湖岸阻断。在慢悠悠的小船上，两个青年完全陶醉在了这和平而美丽的景色中。

十三、清明回乡

葛店之行后，武汉天气突变，连日阴雨笼罩，很有些阴冷。不过武汉人清明前后祭祖、上坟的习俗是雷打不动的。曾广诚提前一天就和蒲静娴一起叫上子女，并且带上隆重的祭品和烧往阴界的“包裹”回乡。因田贵义也要返乡扫墓，“通成”的事就暂时交给杜季卿代管。

在乡下的曾广智提前几天于午前就站在村口，等候着弟弟广诚一家的归来。尽管“通成”先回乡的伙计已经告诉了他广诚回乡的准确日期，他还是固执地走上几里地，到西龙王山口站上大半个时辰。广智坚守着古老的计时传统，虽说广诚在父亲去世前就给了钱，叫他给家里买个钟（据说钟只能由自己买，不能由别人送，否则谐音“送终”，是犯忌讳的），他还是觉得既然天上有那么大个日头，要那“不能吃不能穿”的玩意儿有什么用，硬是把钱省下了。

他目不转睛地看着从松林嘴过来的人一拨又一拨地从山下上来，但没有见到兄弟一家人的踪影。等到差不多“申”时了，他终于放弃，慢慢下山。不过他并无失望和遗憾，在顺路欣赏一阵自己田地里绿油油的庄稼后，才回到家。

老婆照例会责备他几句，他充耳不闻。他这个人，自己任何观点都很难被其他人改变的。就说从汉口撤回乡里这件事吧，他觉得自己是识时务、急流勇退的。一个人的命运自有天数，九真山那么多湾子，上天的灵气只会给广诚一个人，别的人是无法得到那份保佑的。不信你看，除了广诚，那么多进城的人，哪个不是“撞了一头的包”回乡种地？广瑞不听他的还差点把命都丢了。除了淘气他们那些靠着广诚的人，哪个有广诚的本事？城里人太狡猾了！他记忆中的茶园那些人，没有一个是“孬角”。和他们在一起，随时得防着，一不小心就会吃他们的亏。

他耕耘着自己的十几亩田地，在这一带也算个富农了。而他有信心，今后土地还要增加，足以保障他的下代也丰衣足食，就感到很知足了。

清明的前一天，他把兄弟一家盼回来了。

广诚一家进村时，好几十户乡亲都闻讯赶来迎接。与现代社会宛若两个天地的山乡里，传信全靠嘴和腿，但却快得令人难以置信。当广诚他们回到老屋时，门前的场地上就已经站了大几十人。等广诚和静娴刚进屋一坐下，他当年救助收养的义女塘草他娘就忙不迭地带着塘草上前来叩头。广诚慌忙把她扶起来，却见堂屋门口台阶外一排跪下来二十几个老少，大概都是曾受过他救助的。广诚和静娴慌忙跨出门把他们一一扶起来，静娴还不住地说："现在是民国，不能兴这些'封建'，起来吧、起来吧！"

乡下人怀着朴实而虔诚的感恩心理，送来了鸡蛋、糍粑、干豆丝等各种自家拿得出的最好的东西，把堂屋都堆了半边。广诚一一谢过乡亲，乡里乡亲家长里短一直唠到天黑。

次日一早，广诚带了全家去上坟、添土、烧纸。曾纪奎和卢氏的坟在老家的后山，也就是乡民称的东龙王山，离家仅一里多地。湾里的乡亲们感激老爷子一家的厚德，平日里就把坟冢周围收拾得干干净净，并种上了几排柏树。柏树已经成活，过不了几年就会是一片好林。广诚点上香烛，先带全家跪下叩头，又烧着了纸钱。静娴跟着奉上了她亲手叠的几大篮金元宝、银元宝焚烧，然后又是跪拜。昭舫等也顺从地一次次跟着跪下叩头。

上坟后，广诚带昭舫昭诚去祠堂，一一看望湾里的长者和长辈，并回拜曾来拜访过他、而家中又有"广"字辈以上的人的家。

静娴则带着昭瑛和昭琳到前边山洼里乱坟岗地，专门烧了些纸钱，散给那些饿鬼和幽鬼孤魂，免得它们变成恶鬼作乱。这是他们吴淞江一带的习俗，湖北这边断没有的！湖北人把对野鬼们的祭祀放在中元节(阴历七月十五)去进行。可见无论阳间和阴间，都并没有统一的规定。但在义田湾，广诚家无论怎么行事，都会被乡民们肯定和理解的。

广诚带着儿子先到祠堂，照管祠堂的曾纪云老人见他到来，一本正经地拿了祠堂照管的田产的收支账目来给他过目。账本清晰明了，上面一一记载了广诚的善缘善果。广诚见他在乡里的施舍有这么多的记载和口碑，回想起受到的那种尊敬，感到十分受用，便又当场拿出百元钱捐给祠堂做善事。这对生活在闭塞贫穷山区的老家人，简直是一笔巨款。曾纪云老人当场就大加赞扬，又迫不及待地逢人便歌颂。昭诚虽然很不习惯乡民的过于老派的感恩方式，但也为自己父亲因善良慷慨受到尊爱而感到自豪。

广诚带着两个儿子，一直到傍晚才完成该行的礼数。幸而乡下还恪守“寒食”的习俗，每家最热情的款待无非是头天煮好的盐茶鸡蛋，省去了吃饭的麻烦。

到天擦黑，广智、广诚兄弟俩才坐到了一起，谈起自家的事。家乡的事在广诚心里已经显得有些距离了。他们谈到广瑞的儿子不争气，把他老子在城里的几个血汗钱拿来在村里摆谱。一直谈到广瑞也吃完饭和老婆冯氏过来陪坐时，才把这个话题停下来。

曾纪奎留下的四合院就在广智家朝后山走十多丈的坎坡上，有七八间房。塘草他娘仅住了一间。广智的小儿子和媳妇带着幺孙子暂住着两间。他近来已经在靠宅基的边上起了新屋，不久就会另立门户。昭琳在乡下养病时以及广诚一家每次回乡时住的几间房，平日里都空着，被塘草他娘收拾得干干净净。

昭诚格外喜欢乡下的宽敞和自由。只要回乡，他就成了孩子们的中心。塘草比昭诚小六七岁。跟着“见多识广”的昭诚，听他讲汉口的新奇事，简直让他崇拜得五体投地。这也极大地满足了昭诚的虚荣心。他这次给塘草讲了《武松打虎》的故事。讲到高潮处，他手舞足蹈，比划着看戏学来的一些动作。周围则站满了一帮小乡亲，一个个简直认为昭诚就是武松。

昭诚感动塘草对他的敬意，正好冯妈来找他和哥哥都去大伯广智家的堂屋，参加男人们的消夜。他一去就跑到父亲面前，大声建议让塘草去读书。广诚心里略有些怪昭诚说话不知分寸和不择场合，但马上又觉得这是可以并且值得的。塘草他娘已经在真诚地求他让塘草姓曾，自己不等于多一个孙子么？在永安堡上小学花不了几个钱，也可更让乡亲们看到他广诚的慈祥和功德，他便笑着拍了拍昭诚的头答应了。

广智微笑着说：“昭诚真像你，好大气，将来一定了不起的。”

广瑞却对广诚的几个子女的脾性更知底细，有意转了个话题，问他堂弟：“昭萍没信么？”

他心中确实是特别挂着昭萍的，并认定昭萍是女中豪杰。那年自己生命危急时，连广诚的分寸都乱了，全家只有昭萍临难不惊。那时节汉口那么兵荒马乱，她竟跑去法租界请来医生救回自己一条命，这不是大智大勇么！打从知道秋平出生的消息以后，他一直忙着经营跑马场茶园，好久都没听过昭萍的消息了。

他开口说话是很稀有的。广诚连忙回答，叹着气说：“不顺哪！他老板又得罪了当官的，三成生意被逼得关了两成哪！”

广诚讲的是指国民党上海市党部当年2月初下令通缉李公朴先生，还查封了他办的“量才图书馆”和“量才补习学校”。昭舫听了父亲别具特色的语言表达，差点忍不住要笑，忙用点心塞住自己的嘴。

第二天便是清明，广诚带昭舫和昭诚去参加曾姓宗族祠堂的庙祭。

仪式完成后，“寒食”便正式结束了，接下来还应有宗族的聚餐。广诚推说汉口生意不能耽搁久了，翌日一早，一家人便启程回汉。

十四、“抗日饭店”

回乡几天牧歌式的日子、暖意的乡情，让昭舫几乎淡忘了汉口正临的寒潮。

昭舫返校上课几天后回家刚一会，葵花就来对他说，楼下有人找。昭舫不敢耽误，连忙下楼，见堂屋内坐着汉口市立中学的密家藩和省高的何功伟。昭舫认识这些学生领袖，但和他们直接交谈不多。见突然来访，知道定有原因，连忙把他们带上楼到自己的房间。现在不管他在不在汉口，学联的领导们都经常出入大智旅馆，常把这里选作聚会联络的地方。

何功伟烈士

何功伟坐定后，便开门见山地对昭舫说：“我想在你这里找个地方住几天，不知你方不方便？”

昭舫笑道：“旅馆嘛，无论什么人都可以住的，你们来更不消说了。”

何功伟摇头道：“我怕这次可能会给你带来麻烦，你们武汉大学是国立，不受湖北省管辖，可能还不知道山下发生的事。‘武汉学联’已被杨永泰强制解散了。”昭舫不听也看得出功伟肯定遇到困难甚至危险，很诧异政府竟这么冷酷地对待一腔爱国热血的学生们。

密家藩插言道：“他们有人想抓何功伟，他想在这里避几天，很快就会离开，但怕会牵连给你家。”

昭舫摇头道：“不怕不怕，退一万步说，警察一般也不怀疑旅馆和旅客有什么特殊关系。但我这么说，绝不是不管你，我虽然不喜欢参与政治，但在抗日救亡方面会坚决与你站在一边，我会尽力保护你们，我觉得中国首先要靠你这样的人。”

何功伟感激地说：“李厚生对我弟弟说过，需要时可以找你帮助，你是最可信任的朋友。”

昭舫谦虚了两句，说：“三楼最角上临街那间是我们专用的，对外面街上一目了然。毓章、乃斌他们下山常住那里，笔墨纸砚都有，可以吗？”功伟微笑着说:“那么奢华?”

昭舫又说:“我会叫赵凯鸣给你送饭,他是我可信的朋友,你还可以叫他做些别的事。对了,大智旅馆有四个出口,除了前后门外,还可以直接从大楼梯下到二楼,从公新里的过街楼过去,从餐馆出门。最后,你那间房可以直接从三楼最边上的小楼梯下楼,出东山里方向的小后门——你来,窗子我指给你看——就是那个,这是条消防‘太平通道’,我会给你一把钥匙。”

密家藩笑了:“四通八达,你想得真周到啊!”

何功伟说:“我确实怕连累你,有些事可能比你想得要严重。记不记得那天你们去葛店时,跟着的便衣就不少,他们借会场上得到的传单做文章,说学联有共产党在暗中操纵,成了‘反对本党主义’的工具。学联被强制解散后,又说我是共产党,要抓我。轮渡上都布置了密探。幸好我得到了消息,就坐木船来了汉口。”

“‘他们’是谁?”昭舫对当局的做法很愤怒,忍不住问,“抗日要抓,由那些签卖国协定的来决定抓哪个?”

“我甚至怀疑那天有些过激口号都是有人故意设的阴谋。”密家藩说,“我们学联的口号是统一的,那些传单根本不是我们的人散发的! 现在他们拿这做文章,摆出抓人的架势。华大的陈述元,就是学联的主席,已经被开除学籍了,借口是他‘外出三宿违反校规’。”

昭舫担心地问:“华大,董谦文没事吧?”

功伟摇着头:“他怎么会有事?他和你是不一样的,稍微有点风声就看不到他的人了,见了学联的人,还故意躲着走。”

昭舫明白了形势确实严峻。他于是建议何功伟不去旅社,就住他家,但何功伟坚决不同意,说他在那边好随时离去。还感慨地说:“令尊真是令人敬佩。那两天游行他带人在街上慰劳学生,我们同学都很感动。”

何功伟仅住了两天便离去了,安全离开了武汉,他在大智旅馆的行踪没有引起任何人的注意。

不过一切都瞒不过广诚的眼睛。他虽然不知道何功伟的身份,但昭舫的重视与神秘告诉他,昭舫正在与危险的事情越走越近。他知道学生们无非是想抗日,神神秘秘是为了避开政府那些讨厌的当官的。那些人,呸! 他这辈子早看透了,他们说得再好听都骗不了他,骨子里就是为了保住自己的利益,保住官位、钱财、地盘，就是为了这才下狠手灭共产党的！昭舫他们不懂，东洋人也好、西洋人也好，对那些家伙来说，都比不上不听话的学生可怕。

他的社会经验没错，几天以后，“万方旅社”和“大智旅馆”连续被军警上门检查，检查的规模由开始的查登记册、询问情况到派人由茶房带着查看房间住客，然后升级到军警封锁大门排查，“万方”甚至两次被搜查房间。

1936年夏初，省长杨永泰根据他在江西剿共的经验，在武汉力排众议、开始贯彻保甲制度，以彻底不让共产党在汉落脚。汉口警方越来越加强了码头和旅店的盘查。饱受武汉各界诟病的“保安团”也七拼八凑建立起来，一时间，武汉每个角落又充满了紧张气氛。

有个星期天上午十点多钟，广诚正坐在“通成”大堂的柜台边养神，只见顾警长略带匆忙地径直走到柜台前。老顾是在吉庆街时就结交的老朋友、铁杆顾客，也是通常供给广诚“内情”的警局内线。这天他的“透风”太要紧了：据可靠消息，共产党有要人潜进了汉口，上级正命他们配合便衣突击搜捕各旅社饭馆一切可疑的人，有聚会、集会嫌疑的人，哪怕是学生也都要抓。

广诚闻讯大吃一惊，他知道昭舫去书铺街去了，他的一群同学七八个就在“大智旅馆”三楼，不消说也猜得到又在聚会。他往外一看，街上的警察便衣果然突然间就多了起来。

顾警长旋即离去。广诚便不紧不慢地上楼，一拐弯后，却马上三步并作两步穿过过街楼直奔旅社三楼，径自推开了那间房门，对着一脸惊愕的同学们说了情况。

李厚生一边感谢，一边教大家收拾东西离开，不要连累曾家。

广诚却非常果断地说：“现在不能走，街上已经有了很多生人，好像是便衣。”

潘乃斌说：“我们分开走，去店里买东西吃。”

广诚焦急地伴着双手，“现在去店里吃东西不行，这正是餐馆中饭前的歇业时间，你看哪有人进馆子啊？这时候你们一群学生去很扎眼的！”他诚恳地说：“我想好了，你们不如随我先到后面我家楼上去吧！”

大家没了主意。一个学生说：“那怎么好呢？我看分开走吧，没有邪得连看到走路的都抓的！”他们并不全是武大的人。

广诚急了，忙说：“现在不好出去的，街上已经到处是便衣了。你们听我一回话好不好？我把你们就当成我家昭舫一样的！快点，再晚就来不及了！”

厚生当机立断地说：“就听曾叔叔的！快！”

于是大家便一起跟着广诚动身。郭佩珊还是疑惑，问厚生：“昭舫不在，万一警察要去他们家怎么办？”广诚却听见了，边走边答道：“我的家里是不会查的。”

出后门、穿过巷道，从六号的后门厨房进曾家，上了楼。正好静娴打完坐出来，见满脸惊惶的广诚后面跟的全是昭舫的朋友，立刻猜到了怎么回事。问都没问，就打开她的小“佛堂”的房门，说：“怕有人跟上楼来，里边去坐吧。”

同学们都愣住了，对于一个长年吃斋念佛的老人家，她的佛堂是何等神圣的净土禁地啊！他们都曾听昭舫姐弟说过，这间房平日里连他们都不敢擅入。他们感动得说不出话来，一个个满怀敬意地看着昭舫的母亲，放轻脚步走了进去。

佛堂很小，靠墙是长条形的红木供桌，上有高出的供台，供奉着观音，供台下面是还点着檀香的香炉与烛台，再下面是排成一排的供品，有点心、福柚、佛手、香莲和其他果品，盛在一个个精致的小碟内。供桌前的地上，是两个叩头用的蒲团，靠窗口是两个打坐的棕垫。这一群青年人进去后，房间顿时就几乎没有了空间。

“蹲下，不要碰了这些！”李厚生刚严肃地说完。昭舫母亲却已经递进来两条矮凳，对拘束的学生们说：“凳子不够，这些上面都可以坐。”她指了指那些蒲团，“不要凑到窗上看，外面什么事都别出声！”说完就出去了。

学生们互相望了望，轻轻地找地方坐下或蹲了下来，但谁都没坐到那些神圣的蒲团上，也没有人碰到供桌。

从挂着窗帘的窗户，是可以将天井和整个楼下的情景尽收眼底的。他们正在默默无语，就听到赶到楼下的广诚在招呼警官们的声音，并大声喊葵花上茶上烟了。

今天果然不同往常，派出所长侯树坤由顾警长陪着，带着一帮警察进了公新里六号，声称要到楼上“给太太请安”。恰好静娴迎了下去，连说不敢当。侯树坤便与他们互相寒暄，并说明是奉上边命令，因北平有共党代表南下，正在全市搜捕，旅馆的登记和所有房间都要检查。说完叫上广诚一起去了大智旅馆。

学生们在里面待了大半个小时。他们今天到这里，其实是来听潘乃斌的最新消息的。据他说收到上海的来信，说“组织”将会派人来武汉大学，先住大智旅馆。这帮人很是激动，于是组织了这次小会。

昭舫中午回来时，见父亲正招待同学们在家里吃饭，十分高兴。听父亲介绍完情况后，昭舫这才着实吃了一惊。这位侯树坤局长在大革命时从共产党那边“反正”过来，对共产党地下工作的活动方式十分熟悉，在汉口可是抓人出了名的！他意识到父亲的热情有“逐客令”的意味，转而很不安。不料听到父亲接着说的一席话叫他大为宽心：

“你们今天用的三楼房间，以后就专门留给你们，有什么事直接去，我会给凯鸣打招呼。遇到今天这样的事，就到我家来，喝茶也好，把留声机打开听歌也好，看书也好，像个做客的样子就行。不是我多嘴，伢们哪！你们爸爸妈妈把你带这么大不容易。我说过，你们是昭舫的同学，就跟我自己的孩子一样，我不会让你们受屈。可那些警察向来都是杀良冒功，我怕你们吃亏呀！”

厚生回答道：“您家对我们太好了，还把我们引到佛堂去，我们很是不安。我不是第一次来您这里了，给您添了不少麻烦。您家知道我们不会干坏事的。”

广诚笑道：“我哪会连这都看不出？你们不就是为了抗日吗？我也恨日本鬼子的。只不过为你们耽心，你们年青，今后行事千万莫冲动，莫跟政府叫板，莫要让警察抓到把柄。你们听得进我说的话吗？”

“叔叔您说得太好了，我们都会记住您的话的。您对我们的帮助我们都记在心里的。您知道我们怎么说吗？说这里是我们的‘抗日饭店’。有您和阿姨这样深明大义的长辈，你这里才成了我们最安全的地方。但我们向您保证，我们绝不会连累您一家，给您和您的生意带来麻烦。”

广诚笑道：“说远了，也过奖了，再莫给人说‘抗日饭店’。旅馆人杂，连日本人都来卧过底。你们做的事我也拥护的，我也恨东洋人哪！”

广诚说的专用房间靠着旅社消防通道的“太平门”，平时没有人走，走通道出进，其他客人都看不到。

从此，大智旅馆在这群热血青年心目中的形象进一步提升。他们进城活动，或有什么秘密接头，经常利用这里。并经常把这里当做联络地点通知来自北平等地的学联代表、救国团成员等。广诚一家和赵凯鸣等都主动为他们提供方便，力所能及地掩护他们。

自此，“大智旅馆”遂成了名副其实的“抗日饭店”。

漢口 Hankou laotongcheng zengjia

老通城曾家

第二部·救亡

第三章 梦断珞珈

一、湖山灵秀

黄昏的天空是清晨的镜像，将东方黎明时渐次展出的美景朝相反的方向、以相反的次序一一收敛回去。曾昭舫坐在珞珈山脚武汉大学凌波门外的东湖游泳池边，欣赏着天空耀眼的艳丽正一点点地减弱。湖面清澈透明的碧波强烈地反射着夕阳的灿烂，一直铺开到天边，那神秘的、接近天际的彼岸被树丛盖满，成为一条墨绿色的粗线。

湖西边对岸的磨山，正被太阳的余晖洒满。可以看到厚重的积云在更远处像奇峰隆起，缓缓地变幻着让人无穷遐想的轮廓。天空先是渐变得橘红，然后紫色慢慢从下浸润上来。昭舫正在等待着朵朵云山随着天空暗下去渐渐消失

武大30年代的游泳池（离现凌波门游泳池不远）

的美景，却发现正北面东湖黄鹂湾那边、被称作“老鼠尾”方向的湖面上，一个小黑点正在迅速地向这边游动，那分明是一个水性娴熟的人，正横渡过来。

开学都差不多一个月了，白天还很燥热，但东湖游泳的人已经很少了。潘乃斌在昭舫身后拍着他的肩说：“今天你游得很少。”可昭舫并没有回头，却指着湖中心那个黑点道：“乃斌，你看那个人，游得好快。”

乃斌正要说什么，却忽然被昭舫制止住了。湖中的那个人正如同鲸鳍般，划开水面，朝他们这方向游来。昭舫目不转睛地看了一阵，忽然咬着牙大声说道：“果然是他，这胆大包天的家伙！”

乃斌有些明白了昭舫的所指了，陪他瞪着大眼等着。天色开始在暗下去，当对岸的景色已开始有些模糊暗淡时，那个人终于游到，上岸了。他个子瘦削，从他一上岸就小跑看来，他的体力还十分充沛。

昭舫扯着嗓子大喊了一声：“昭诚！”

果然是昭诚，他虽只有十三岁，个子却已超过了哥哥的肩膀。昭舫几乎是扑过去，大声吼着：“这大湖中一点救生装置都没有，万一遇到抽筋，万一被水草缠住，怎么办？要知道，水里头出事的个个都是水性好的！”

昭诚对哥哥一向崇拜。从小哥哥就爱护他，从不责备他。他很少看到哥哥发怒，更没见过他怒不可遏的样子，知道今天错了，便垂头站着，不出一声。

昭舫努力让自己平静了下来，放缓了口气：“你的确游得很好，以后要再想横渡，就喊上我，要不喊两个水性差不多的陪着，挂根绳子拖个救生圈也好啊！不怕一万，只怕万一，懂吗？”

昭舫的几句话远胜过说教和训斥，昭诚被感动了：“哥，我以后一定按你说的做。”

昭舫问：“你一个人来的？渡了几次了？”

昭诚惭愧地说：“今天就一次。”

“你以前一口气横渡几次？”

“最多也就三次。”昭诚低着头说。

乃斌嚷道：“嗬，真棒！你这瘦小子！”

昭诚抬眼看着乃斌说：“我游泳是我哥瞒着我爸爸教的。”

昭舫摇着头：“你叫我担心哪！昭诚，这不像你在汉水那次，东湖水草多，缠住就糟了,千万别再拿自己生命冒险了。”

昭诚顺从地听着,他在那边茶港口就曾被缠过一次,还差点陷进污泥里,都是好危险的,哥哥说的句句在理,不该拿自己生命冒险的。

他们换好衣服,爬过珞珈山的有些崎岖的北坡。昭诚对哥哥道了声别,就一溜烟地跑回学校去了。从斋舍再向前,山脚下离操场不远,有个半个球场大的池塘,隔着一条从马房山流过来的小河,就是昭诚的“东湖中学”的校舍。

昭诚喜欢武大活跃的气氛,也常跑到哥哥姐姐这里,有时学唱抗日歌曲,有时参加些活动,更多时间是和大学生们一起在操场打球。特别是因为哥哥是武大的体育尖子,昭诚便刻意模仿,也学着使劲练习田径、体操、摔跤、拳击等多项运动。

昭舫目送弟弟一直消失在山脚的黑暗中才回去。

他在宿舍拿了课本,来到了校图书馆阅览室,到他的老位置坐下,开始进入另一个境界。他读书很投入,听课认真和用心阅读是他花时不多而成绩优秀的秘诀。

直到下自习,他收了书本起身时,听到一个声音喊“曾昭舫”,才发现身后一张桌子就坐着童楚妮,此刻正用手背掩着嘴对他笑。

开学以来,几次见面,他两人都如同路人,虽有会心之眼神,却从未在一起说过话。昭舫眼前不觉再现了假期中的一幕。

暑假中,珞珈山是武汉稀有的清凉福地,昭舫是少数留校学生之一,自从他与李毓章商定了自己编一本抗日歌曲集的计划后,就喜欢一个人关在寝室整理收集的歌曲。最难的是将每首选中的歌谱校正,因为当时歌单的来源很杂乱,错误很多,多半需大姐从上海寄来可靠的歌谱对照。

他与毓章按统一的标准格式将歌曲抄在同样大小的白纸上。要求抄完整首歌后,歌单必定成为一个没有缺角的矩形,最后一个小节一定在最末尾角上。如果是二段式歌曲,那主歌与副歌也分别要求是完整的矩形。歌词和歌谱间一定有一行字高的间距,使其读谱唱词都十分清晰。其他所有的符号,也按标准简谱的规定。李毓章回乡度假,都带了一摞去整理。

一天他出来透气,竟在斋舍前的大路上碰到了童楚妮。楚妮是跟着包华上山来的。昭舫猛地想起,包华是武昌“文华”毕业的,那么他和楚妮该早就认识了。他不知怎的便有些不快，机械地问："这么热，怎么想起到武汉大学来？"

楚妮咧着嘴笑，一脸得意地说："不告诉你！"却又马上用手把昭舫一拉，说："走，去看看你的宿舍。"她不顾神情茫然的包华，说："我去一下。你不说你上山有事吗？你先一个人去办吧！"

包华有些勉强地走了。楚妮边走边对昭舫说："我来看看不行吗？告诉你吧，我报考了你们学校。"

昭舫心里掠过了一阵短暂的欣喜，却不知该说什么。

楚妮倒是毫不掩饰自己的心情："我还不知道能不能考取呢！管它的，考不取我就来这里旁听。你们这里的名师可多啦！"她扳着手指："陈源、凌叔华、苏雪林、王葆心、李剑农、杨端六、刘永济、周鲠生、吴大任，哦呀呀，一个学校有他们中一个就不得了了！我要能考上多好哇！今天特地再来看看校园，以前来都没有留意，仔细一看，确实太棒了！哎，你怎么没有一句话？"

昭舫微笑着说："哪里插得进去？"

楚妮不好意思地仰面朝天笑了笑，突然转过头压低了声音问："希望不希望我考上？"

昭舫感到了一种逼迫，尽量使自己自然地笑答："这我可要好好想想了。"

楚妮"扑哧"一笑："没一句真话。你呀，今天的反应迟钝得反常！"昭舫被她击中要害，略露出了些窘态。楚妮又咯咯地笑了："别以为就你们学校行，有空去昙华林看看我们学校，我们的图书馆也是有名的哟！"

这时已经到了昭舫的宿舍门口，昭舫带着僵硬的微笑，以高年级对低年级学生常有的那种俯视般的口气说："行啊，什么时候？"楚妮却更是矜持，把头一扬，说："先看你的房间。"

房间空着。楚妮长驱直入，到唯一的一张椅子上坐下，说："好热。怎么这么多歌单？你在忙些什么？"昭舫递给她一把芭蕉扇，把自己和毓章两人的想法说了。楚妮拍手道："好哇！这么好的主意，我预订一本！"昭舫说："但不是我们想的那么简单。很多歌单多次转抄，错误很多，甚至有多个版本，不知哪个

---

① 《五月的鲜花》诞生于"一二·九"运动中，光未然词，阎述作曲。张光年（即光未然）和马诗白将其用作独幕剧《阿银姑娘》的序曲，但当时甚至连光未然自己也不知作曲者是谁。

对,得要认真勘正。你看,这是我刚得到的新歌《五月的鲜花》[①],是手抄的,曲作者都不清楚,并且又和我在一个老师那里听他唱的记谱有不同,那个老师应该不会错的。”楚妮认真地问:“是你说的是市一小学的那个音乐老师吧,是个华侨?”昭舫连连点头,他很高兴楚妮能记住自己以尊敬口气说到过的人。

说着话,包华来了,问楚妮:“太阳不大了,什么时候回去?”昭舫见他连声招呼都不打,用的又是那种自家人般的口气,刚才那种不快的感觉又涌上来了。楚妮却毫不在乎两个人的表情,问包华:“你这么快就办完了事?那不用等我了。这么热的天,我也麻烦你半天了。我要和曾昭舫说说话,待会叫他用脚踏车送我。”包华听着她不容商量的安排,明显有些不快,只好笑着对昭舫说了声再见,大步走了。

楚妮用双眼盯住昭舫,问:“你怎么留他坐一下的话都没有?”昭舫笑道:“你撵人家走,我哪还敢自作主张。”楚妮沉下脸说:“我和他是老同学,有话直说,哪里是你说的‘撵’?你们男生哪,看上去大气,谁知道你们肠子有几多弯!”昭舫反倒笑了,学着她的语气:“你们女生哪,看上去霸道,谁知遇到事情可讲道理呢!”楚妮见昭舫反讽得这么巧妙,忍不住笑出声来。

以后,整个夏天,一种温馨的感觉一直在昭舫心里滋润着,他毫不怀疑童楚妮会考取,那样他几乎每天都可能见到她,可为什么自己会想见到她呢?他坚信这是出于非常纯洁的友谊,自己会坚持严格自律的。

“一二·九”运动后,武大的风气果真大变。特别到本学期,万国瑞、童楚妮、朱久思[①]、姚树森、陈尚文、林金铭等一大批经过斗争锻炼的学运骨干考进了武大,休学一年的刘锡尧也回校复课了,一批满怀忧国之情的南下学生也转到武大,左派学生的力量得到空前加强。

李厚生等组织了“读书会”。这些学运骨干在此交流读书心得,畅谈时局和理想。并认真组织经济、科学、军事、无线电学等各种研究会,还邀请教授、专家讲授。

万国瑞又以她在汉口市一女中练就的组织能力,和昭舫在武大发起组织了多达六七十人的“歌咏队”,每星期五晚上在理学院的阶梯教室练唱,由昭舫、毓

① 朱久思即朱九思,刘锡尧即刘西尧。

章、昭瑛、乃斌等轮流教唱抗日爱国歌曲。“歌咏队”成员多是抗日救亡活动的积极分子，从而保证了一支歌咏骨干队伍，再不会来的人时多时少。很多年轻教师也参加了，对促进校园爱国热情的上升起着明显作用。

但是开学直到现在，昭舫还没和楚妮说过话呢。“复兴社”高层都注意到了这个学校的变化，竟派了些职业特务到武大来。很多同学都发现课后受到盯梢，于是大家又谨慎了，如果没什么事，便尽量少公开来往，免得惹麻烦。

尽管如此，昭舫还是觉得有了楚妮，校园的气氛很不相同了。楚妮主动喊他，更让他喜出望外。

楚妮看见昭舫一脸惊愕，才忍住笑说：“看来你读书很是认真，难怪这么贪玩还成绩那么好。”昭舫不好意思地笑道：“来晚了，没注意到你就坐在旁边，对不起。”楚妮便笑着，却不做声。昭舫觉得尴尬，便说：“我送你回宿舍。”楚妮不置可否，径自转过身就轻捷地向外走去。昭舫跟着走出。

武大的女生宿舍位于东湖边上，远离男生宿舍，被学生们称为“蝶宫”的、似飞蝶两翼角张，是幢三层高、雕栏玉砌的宿舍楼。每间住两人，打开房间的窗子能一览广阔的东湖，环境极其优越。

昭舫还距离十多米就很习惯地站住。武大的惯例是，男生是不能进女生宿舍的，女生却可以自由到斋舍串门和喊人。昭舫读了三年书，仅在二年级宣传“新生活运动”时，学校组织他们参观过女生宿舍。以后他从未入此禁地。一位慈眉善目、腰脊微曲的长者“老方”负责守门，却万夫莫敢擅入。

昭舫该自己回斋舍了，但是他的脚却像受着磁力般不动。他找不到理由多留，却又一下想不出话说。坏透了的楚妮故意不开腔，对面站着，恶作剧般看着他的窘态。

他终于想出该说的了：“我说过，你一定可以考取的。”

楚妮微笑着，大胆得多地看着他，这让昭舫有些不知所措。忽然，她眼光中出现了一丝责怪，说：“你光功课好有什么用，还不是被记了大过？‘无视三民主义思想教育、藐视党训师长’是怎么回事？”

昭舫又不好意思地笑了。原先机电系主任赵师梅是训导长时，上训导课学生还是愿意听的。赵教授是辛亥元老，阳夏保卫战时还受过伤，威信高。他鼓励学生继承辛亥传统、爱国，开创、发展革命道路。后来换了裴济宗、训导处刘教官和一个“老法”党义教员，课外也有事无事训导，名曰抓学生思想问题，实为控制、干涉学生一举一动。昭舫从心里讨厌这些人，逢他们训话，不是睡觉，就是迟到、溜号、缺课，为此被数次点过名。学校某些人早就认为昭舫教唱歌曲，对激进学生起到了组织鼓动的重要作用，在关注他的言行。本学期开学后，杨永泰省长又亲派了“视学”来武大训话，以“匡正学生的思想言论行为”。昭舫听到句句都是为亲日外交辩解，反倒要学生“多读书、少运动”，越听越反感，便中途开溜，被盯着他的刘教官逮了个正着。周一学校公开示榜，宣布对他记大过。

其实这些人很缺乏眼力，昭舫恰好是个对党和主义均无兴趣、刻意与政治保持距离的人，却反被他们视为有明显政治倾向和可疑背景的危险学生，成心找机会整治。

楚妮怪嗔道：“看来你表面很柔顺，内心倒是刚强得很咧！以后遇到这情况，你哪怕不听，做做样子也罢。”她换了一种无可奈何的口气说：“鲁迅说：‘静默十分钟，各自想拳经’，就那样也好啊！听说你上学期也被口头警告过，积累多了可不是好玩的！何苦给他们提供整治你的借口呢？”

昭舫听楚妮句句都是关心，找不出话感谢，就岔开话题问：“星期六回去，还是星期天回去？”

楚妮将头发往后一甩，说：“这星期我有事，不回！”昭舫问：“留校写文章？”楚妮又恢复了她捉摸不透的语气：“别人想对你说的话，自然会说，问什么？”昭舫心又凉了，便打算离开。楚妮却又说：“明天又是星期五吧？我还去跟你学歌。上星期我去学过《梅娘曲》，你姐和李毓章教的，她说这周是你教。”昭舫说：“明天还是李毓章教，我有事要下趟山。你说上周？我也在的，怎么我没看见你？”楚妮沉着脸说：“你周围围了那么多人。你就招呼那个校花就够忙的了，哪会顾及周围还有别的人。”

昭舫回想上周，周艾琳在向他索要什么歌单，的确是说过几句话，然后就一直守在他身旁。他刚想解释，楚妮却转身一溜烟地走了。昭舫只好悻悻地回自己的宿舍，去翻阅起了李毓章搜集和粘贴的歌曲（遇到两人抄写格式不统一的，他要重新抄过，每天如此，直到熄灯），想把思绪移开。但今天被楚妮热一句冷一句地搞得晕头转向，再也集中不起精神。

民国时期的武汉轮渡

二、暗藏杀机的校园

周五的上午只两节课，昭舫记得郭佩珊要办的事，下课后就急急地赶回了家，直接到大智旅馆等着。不一会，郭佩珊按约定到来，见面就问："他们知道你回家了吗？"

昭舫笑道："你放心，我骑脚踏车先去东湖中学、看了我弟弟才走的。没有遇到人。"

郭佩珊道："谨慎点好。厚生特别嘱咐说，不给你家添麻烦。"

按潘乃斌给的消息，上海将有客人来，可是不久《大公报》上又出现了暂缓的信号。但一心寻找共产党的学生们没有放弃。郭佩珊这次是等待来自北平的"客人"①。"一二·九后"，武大已经出现了一个半公开的左翼核心，他们想仿效河北"民先"②组织一个秘密的救亡组织。不过到旅馆柜台接头还需要昭舫的

① 据郭佩珊《回忆录》，来人是于光远同志，介绍"北平学生救国会"经验和商量成立"武汉青年救国团"事宜。

② 共产党领导下成立的外围抗日团体，系在一二·九运动中"平津学生南下宣传团"的基础上扩大组成。

帮助。

午后，北平客人到来。昭舫按郭佩珊给的接头暗语确认后，将他们带上了楼。彼此认识后，昭舫就告辞先回校去。

他骑车飞快赶到轮渡，正好刚到了艘两层的新船。他上船将脚踏车停好，打算到楼上去找座位坐下。旁边紧挨他的车停放的那人忽然“啊”了一声，仿佛偶然碰到，这在武汉轮渡上是太平常不过的事了。昭舫也认出来了，这是武大一个新来的东北流亡南下旁听生。

“您好像是教歌的曾昭舫，我没认错吧？我叫魏公博，文学院的旁听生，东北来的。”他一口东北腔，热情地伸出了手。

昭舫和他握了手，顺便一眼扫过去看了下他的自行车，英国蓝翎，和他一样的名牌，这车五十八元钢洋，看来公博的经济条件不错。魏公博马上感觉到了，指了下车说：“借的，我的一个同乡是锦江公司的职员。”昭舫莞尔一笑，到这时他还没搭过一句腔。

魏公博和他走到被烟囱隔开的过道边，又说：“我的同乡刚收到从西安寄来一个新歌单，我抄了一份，我正愁怎么去登门请教你呢？我识谱是三脚猫功夫，不过我觉得非常好听。你看看，行不？”

昭舫本只是应酬他，见魏公博快人快语，对他开始有了些好感。他接过歌单，歌名是《松花江上》。

他顺谱读了下去，优美的、如泣如诉的旋律，副歌让人伤心断肠的嘶喊，让他几乎忘记了自己是在轮渡上，差点就要高声唱起来，而眼泪几乎就要夺眶而出。

“老曾。”魏公博显然注意到了他的激动，提醒式地叫他。

“太好了，魏公博同学！谢谢你，给我这么好的歌，我太喜欢了！我要给大家教唱。”他双手握住魏公博的手，“你住在几斋？”

“我还住在东北流亡同学集中的那边。你怎么也今天下山？”

“哦，回家有点事。你呢？”他随口说道。

“送几个同乡上火车。汉口的路，只要不进巷子，还是好认。不过我更喜欢武昌，特别是武汉大学。”

昭舫和他便交谈起来，越谈越投机。他们一同起坡，一同骑回珞珈山，一路谈着武汉,也谈了沈阳。

当晚,昭舫在李毓章教唱后,给大家亮出了他赶抄的《松花江上》,然后当场给大家唱了一遍:

我的家在东北松花江上,
那里有森林煤矿,
还有那满山遍野的大豆高粱。
我的家在东北松花江上,
那里有我的同胞,
还有那衰老的爹娘。
九一八,九一八,
从那个悲惨的时候,
脱离了我的家乡,
抛弃那无尽的宝藏,
流浪!流浪!

东北流亡民众的街头剧

整日价在关内，流浪！

哪年，哪月，

才能够回到我那可爱的故乡？

哪年，哪月，

才能够收回那无尽的宝藏？！

爹娘啊，爹娘啊！

什么时候，

才能欢聚在一堂？

昭舫深情唱完，场内竟鸦雀无声。几分钟后，突然爆发出激烈的掌声。同学们都被感动了，几个女生竟当场哭了。应大家要求，昭舫便教唱了两遍。他注意到魏公博也在后排站着认真学唱，更从心里觉得交了个不错的新朋友。

感人肺腑的歌曲抓住了学子们的心，学校晚上是要定时熄灯的，但大家仍舍不得离去，纷纷围住了昭舫索要歌单。

次日一早，在珞珈山林、在东湖之滨，到处都可听到有同学在高唱这首歌曲，一些东北流亡同学唱到最后，每每放声大哭不止。显然，这首歌的艺术感染力非常强。

离上课时间还有十几分钟时，他夹着书、低头往工学院走去，想去早些占个好座位。忽听到周艾琳在路边喊：“曾昭舫。”

他停下脚步问：“什么事？”

艾琳双手把书抱在胸前跑过来，小声问：“万国瑞、童楚妮今天都不回去，你留不留下来？”

昭舫警惕地反问道：“你说什么？你怎么知道别人回不回去？这关你什么事？”

艾琳道：“我见她们一早把衣服交给洗衣嫂洗，礼拜六哪个不带回家给佣人洗？明明是不打算回家去了啰！哎，别那么看着我！别以为我这是在监视他们。”

昭舫皱着眉头，不信任地说：“你还没有监视别人？别人洗件衣服你都看得出那么多名堂，像个侦探？”

艾琳有些生气的样子，“我不过就对你一个人说说。你说话莫伤人！你以为我不知道,你把我看成是刘教官的人,是反对学生抗日活动的。你也太把人看扁了!”

昭舫也觉得是不该随意乱猜,这对艾琳无疑是个侮辱,便换了口气说:“谁把你看扁了呀?算我说错了好不好?不过我真不懂你脑子一天到底在想些什么?”

艾琳一脸反感,说:“其实你要那么看我,也不算太错。但跟着刘教官不是我愿意的,是我哥哥一手安排的,是他要他照看和管教我。我和你一样,也恨透了日本人!我只是想与你们一起参加抗日活动,但我讨厌你们有些人另眼看我!”

昭舫不知道她到底想说什么,敷衍地说:“谁另眼看你了?谁说你不支持抗日了?没什么事的话,我要去教室占座位了。”

“还早呢,就你一个人用功?我真有话要告诉你!”

她看了下四周,放低了声音:“你这星期最好不要留校,刘教官已经派了人留校监视了,你是监视的重点。昨天晚饭后,他叫我去过,说星期天共产党可能有人要到学校活动,要我跟着你。他还问,最近有哪些学生常下山,我说没注意,他就告诉我,你十点骑车下山过,下午三点半才回。”

昭舫吃了一惊,他居然被盯梢了!还自以为先去了趟东湖中学,做得很高明哩!我有资格值得这么重视么?把我当共产党?刘教官简直太没有眼力!郭佩珊和北平同学会有危险吗?

只听艾琳又说:“听我说完!上周日刘教官还去我家拜访过我哥哥,我听到哥哥对他说,接到北平消息,共产党的‘民先’要派人南下武汉,要他防止共产党进武大活动,要他弄到南下学生和旁听生的名单。是刘教官对我哥说,盯住了你,肯定就能盯住共产党!他派我,我没有拒绝,因为我觉得派我比派别人好,当然也是给我哥留面子。你放心吧,我不会为他监视你的!”

昭舫听得目瞪口呆,特务们太厉害了,连大学里面都这么凶险!

“你别怪我心多。我看你大大咧咧,为你捏把汗呢!你这个星期最好早点回去,我看这回不会是空穴来风。他们怎么认定学生活动是你在领头呢?这学期给你处分,就是为了整治你给大家看的!”

不过,昭舫此刻的注意力已迅速转到朋友们的安危上了,他并非对郭佩珊等人周日的打算一无所知。他惊奇当局有这么灵通的耳目，心里忽然涌起了一股年轻人常有的英雄主义情节，决定设法去通知楚妮和佩珊，并由自己来把刘教官等人的视线引开。

他装作没事般，笑着对艾琳说："哪来这多破消息，说得像真的？你干脆今天陪我一起回家，想盯就盯个够！"

艾琳竟喜出望外，早把刘教官给的监视任务丢到脑后了："那好，你放学要等我。你要骗我一个人跑了，休怪我不客气！"

昭舫本不想和周艾琳纠缠到一起，这已经在校园生出很多风言风语。但话已出口，他硬着头皮说："那麻烦你快点帮我把我姐叫出来，我好告诉她，叫她去约我弟弟。"

周艾琳心花怒放。她很高兴昭舫今天会有很长时间跟她单独在一起。她才懒得管什么流言咧！不过她毕竟年青单纯，并没细想过将昭舫放在自己心中的什么地位，只是决心不能输给童楚妮和任何其他女生。

她飞快跑进女生宿舍去喊出了昭瑛。

昭舫把姐姐叫到一边，把艾琳刚才的话告诉了昭瑛。昭瑛问："你是叫我去告诉童楚妮他们？"昭舫点了下头，"她们可能是有什么活动，已经被发现并安排了人监视，告诉她们一定要小心！"

他自己则趁上课时把突发的情况及时告诉了郭佩珊。

郭佩珊吃了一惊，原定的武大"青年救国团"的成立活动就是本星期日在学校进行，怎么会泄露了出去呢？他赶紧与李厚生等碰了头，改变了时间地点，并通知有关同学。

昭舫仍恪守不参加任何组织的初衷，"青年救国团"的多数骨干虽然没把他当外人，但昭舫其实根本不知道武大会有什么会。

下午，周艾琳在和昭舫到校门外那幢石砌的"候车室"等汽车时，童楚妮、万国瑞、包华等家在武汉的同学也和往日一样，说笑着走来等车。艾琳看着楚妮等人都不像有活动的样子，有些诧异，但她现在最顾得上的是得意。她故意和昭舫站得很近轻声说话，她相信女生们一定都故意装作没在意，但其实都很注意，而且看得很仔细。

三、昭萍的软肋

在上海的曾昭萍正感到空前的压力,而让她觉得最难承受的是其中有些来自自己崇信的组织。

组织又给了加了她新任务,要她除继续原来的工作外,还要参加在“临青小学”为女工们办的文化补习学校代课。她被介绍认识了以“临青小学”教师身份为掩护的区负责人李群夫①同志,并接受他的直接领导。

该小学校长是昭萍熟悉的任崇高,教师多是四川人。学校相当远,在公共租界的杨树浦临青坊,离昭萍住处有十多里。她每周得跑三次,而秋平还未断奶,所以每次必须把路线时间都算计得很周到,跑得十分辛苦。但是,如同所有决心投身革命的年轻人一样,她把这认为是在接受组织的考验。

有天临时接到去学校开会的通知,刚好秋平有些烧,昭萍慌忙陪梅娘娘到医院并联系知秋后,火急火燎地赶到学校,但还是迟到了几分钟。会后,左秧岷毫不客气地批评了她:“曾昭萍同志,你认识错误的性质吗?我们今天宣传对象是日资厂的女工,她们从虹口、闸北赶来,我相信其中好多也有孩子等着她喂奶,你的迟到会失去她们对你的信任,也同时会减少对党的信任。如果在战场上,几分钟可能就是成百上千战士的生命!”

昭萍十分惭愧。左秧岷问明她迟到的原因后,说:“你这么多后顾之忧,怎么能全身心投入革命,实现你对组织的诺言?你知道我们长征中有多少同志将亲生子女送给穷山村中不认识的老乡吗?她们不也是母亲吗?如果叫你现在去根据地打游击,你怎么办,带上孩子吗?”

左秧岷看出昭萍无言以对的窘迫样子,又加上一句:“我可不是在说着玩,你不是多次要表示过可以去和日寇战斗吗?”

这些话让昭萍受到从未有过的震撼。她看到了自己的软肋。小心地回答道:“我和知秋商量过,等断了奶,就把他送到汉口。”

---

① 即李亚群同志,诗人,革命家,四川大学毕业后,领导合江起义和游击战争。抗战开始前后时任中共“国难教育社”沪西分社支部负责人。

上海文化界抗日救亡协会同仁合影

左秧岷冷笑道:“准备把儿子交给资产阶级家庭,在剥削阶级的教育下成长吗?”

昭萍惊呆了,再也说不出一句话,参加革命原来这么难?我那贫苦出身的妈妈会把他培养成剥削阶级,培养成革命的敌人吗?

此时她对共产党的崇信已逐渐变化为信仰,尽管她对共产主义的理论一知半解,对于共产党人的理想也有些模糊,但她是认真的、坚定的。她设想过将面临危险,而且很可能将付出高昂的代价,被捕、严刑拷打、牺牲,她都想过,并且深信自己都能挺过去。但她尽管随时准备牺牲一切,却从未将秋平放入这“一切”里面。这太可怕了!他那么可爱、无辜、弱小,什么都不懂,他当然应该活下去,健康地成长,引接新生的中国。

这次谈话后一个多月,左秧岷突然被英国巡抓去了。与左秧岷有联络的李群夫暂时转入了地下,同时通过内线去了解她被捕的原因和可能的后果。初步得知是因为在她提包里搜出了一份怀疑是共产党的文件,即油印的陶尚行[①]《肃清立三路线的残余——关门主义和冒险主义》,左秧岷声辩是电车上别人塞给她的,她都不知道是什么。身份好像并没暴露。李群夫便偷偷通知昭萍,委托他去找一个在《申报》工作过的闵律师设法营救,让她不致遭引渡。又借此事提醒昭萍汲取教训,小事不慎就可能酿成大祸。

① 即刘少奇同志。

昭萍把这一切都完成的当天，“量才补习学校”一个叫老卓的也遭到了不幸。老卓其实不是组织中人，仅是因为上课时言语激昂，被希图请赏的人报告了当局，家中便突然遭到了便衣的搜查，虽说没搜出什么置他于死地的东西，他两岁多的儿子却被特务从楼梯上推下来摔成重伤，当夜就断了气。

昭萍听说后吓得全身冰凉，恐怖到极点，当晚竟几次从噩梦中惊醒。她再次体会到自己的致命弱点了，她惶恐地问知秋该怎么安排秋平，她绝不能让孩子受到伤害！

她这才对知秋提起左秧岷那天的话，她只说是组织的意见。虽说他们俩都是组织的人，但各自的组织关系是彼此从不公开的。

知秋垂首难言，他的顾虑还多一层。按习俗，秋平是应由男方家抚养的，可是他，一个祖国早已沦亡、亲朋杳无音信的流亡青年，哪里有什么地方来安置秋平？而岳父对他明显冷漠的态度，使他很敏感地认为是嫌他穷，而且能隐约感到他对“高丽人”的偏见和歧视。这一些，早就伤害过了他的自尊心。

“我看还是只有找你父母。”知秋理智而勉强地说，“可他们愿意接受吗？你是不是得先问问？”

“我不想问。他们万一反问我们，你们为什么不自己带？怎么解释？”

“就说每天工作回家太晚行不？不然我们怎么能全身心工作，又怎么能大无畏？”知秋耐心地说。

“我其实还不见得想他们带。我的父母虽说出身贫苦，但是现在他们已经是有产阶级了，是革命对象了！我们要革命，首先就得和他们划清界限！把秋平托给他们，又怎么向组织表明我们划清界限了？再说，就算组织同意，革命又不是一天两天的事，等秋平在他们身边长大，培养成一个小少爷、第三代资本家？那还是我们革命者的后代吗？”

“哪有你说得那么严重？昭舫就很进步！与剥削家庭划清界限，未必要到六亲不认的地步？”

昭萍低下了头，她本来就言不由衷，但的确又很怕秋平会变成资产阶级。至于昭舫，至少在生活方式上不像工人阶级。

“那……哎，梅娘娘愿不愿意带？放到她家里，我们每月给抚养费钱。她家是工人阶级。”

两人商量不出别的办法，只好约定次日一同对梅娘娘说说看。

梅娘娘一早就上楼来抱孩子，秋平咿咿呀呀地不要她，昭萍想到刚才还在算计孩子，心里不由一酸。

“他断奶后就天天这样，不肯听话，不肯吃稀饭，宁愿把空奶瓶抱着瞎闹，我们乡下说这是没断干净。太太和先生天天又早出晚归。”梅娘娘有些抱怨地说完，却不带孩子离开，然后小心地说：“太太，先生……”

昭萍道：“您不是早就习惯叫我昭萍了吗？您有什么事吗？坐下说吧！”

梅娘娘没有坐，却十分尴尬地说道：“昭萍，叶先生，我二女儿下个月就要生了，我在秋平断奶前就说过的，我……女儿女婿两人都要上工。”

知秋和昭萍面面相觑，不知道该如何回答，显然这是没有任何商讨余地的，梅娘娘还有好几个儿女，再不必要对她提出什么帮忙抚养秋平的事了，此时只能要求她留到“最后一分钟，工钱当满月算……”就谢天谢地了。梅娘娘是李公朴先生主动介绍的，现在要找个可靠的人很难，报上常见保姆拐跑小孩的骇人新闻，更何况找人还必须请示组织。

接下来紧张而重要的工作一个接着一个，时间也就一天又一天地过去，秋平的事就拖着。

老天可怜见！知秋找到了一个阿婆，答应梅娘娘走后临时帮他们照看两个月，这让他们暂时缓过来一口气。

租界那边，闵律师正设法营救左秧岷，左秧岷却在《大公报》的活动下被释放出来了。李群夫得知后，通知她先去内地回避一段时间，等候通知。《大公报》也同意她回湖北老家休息几天。

月底，就是左秧岷离沪后两天，英国巡捕突然又袭击了“临青小学”。从办公室搜出了四大捆“违禁书刊”，其中包括新出版的斯诺《西北印象记》[1]，任崇高竟被被带到了格兰路捕房[2]，关押了一整天后被保释。但不几天，巡捕又到学校抓走了两名教师。

很显然，左秧岷事件后巡捕房已盯上了临青小学。李群夫找到昭萍，要她

① 即埃德加·斯诺《西行漫记》的节译本。

② 即公共租界杨树浦路捕房，现位于平凉路。

上海杨树浦路捕房(1891 ~ 1943)格兰路与平凉路转角处

暂时停止联络,做好随时搬家的准备。他认为宁肯小心谨慎有余,也不可掉以轻心,必要时撤出上海。他还有一层担心,因组织上一直要他设法了解左秧岷被捕后的表现,但没有任何消息。

昭萍借这次谈话的机会请示孩子的问题。李群夫回答说,我们的工作注定不得安定,你不如先将他放到父母那里,你怕他受剥削意识影响,可以等他大一点再接回身边嘛。至于你父母,党的政策是团结一切可以团结的力量组成民族统一战线,你的父母是劳动人民出身,曾在白色恐怖下帮助过我们党,所以应该团结,而不是疏远他们。他将一本《论反对日本帝国主义的策略》[①]的小册子借给昭萍,并说:“我的意见你可以告诉知秋,我的身份已向他公开,今后你们是彼此公开身份的同志了,你们应该认真学习新时期的革命特点。这本册子读完后有机会就还我,绝不可落于他人之手。”

夫妻两人得到李群夫这样的表态后兴高采烈,一致认为将秋平送回汉口最妥当。昭萍当晚就写好了给家里的信,她斟字酌句,修改了好几次,小心设计着如何打动父亲。第二天一早就寄出了。

她根本不会想到,此时武汉正爆出了惊天大案,小人物莫名地被当局拿来人人过关,信件被全部扣下审查,父亲竟没能及时收到她这封关键的托命信。

① 见《毛泽东选集》。当时在上海为党内秘密学习文件。

四、投入工运

1936年11月2日，杨树浦的日本纱厂工人筹备举行反日大罢工，派了在“临青学校”补习的女工为代表找到任崇高，希望得到“全国各界救国联合会”的帮助。任校长立即表态支持，并叫上昭萍同去谒见史良律师和沈钧儒先生。

“全国各界救国联合会”包括“文化界救国会”、“妇女界救国会”等六十多个救国团体，经商议后，任校长代表救国会安排昭萍作为救国会代表之一，公开出面支援工人运动。

昭萍还没有工运经验，心中没底。李群夫鼓励她说，这对她是一次重要锻炼，党组织会无时不在她身旁。上海工人这多年遭受反动政府打压，运动一直处在低潮。地下党认为，应尽可能将这次“日纱”以经济为目的自发罢工引导到政治轨道，达到反对日本侵略的目的。现在上海工人的反压迫情绪和民族仇恨明显升温，我们应当在罢工中提升工人的觉悟，告诉他们，多罢一天工，东洋人就少赚几十万，就没钱造飞机大炮打中国人。李群夫还告诉她，除纱厂外，还要发动其他日资厂工人响应。

1936年5月底，全国各界救国联合会在上海成立。图为救国会领导人(前排左起)沈钧儒、史良、王造时、沙千里等参加上海各界群众的抗日爱国示威游行

杨树浦是上海缫丝、棉纺工厂的聚集区，也是贫苦劳工聚居区。昭萍开始生平第一次深入到工厂中，帮助工人在纱厂秘密成立罢工委员会，组织纠察队、打狗队、宣传处等。在“救国会”的全力支援下，不久，沪西日本纱厂、中国纱厂共26家纱厂四万多人也参加进来，提出要求增加工资、改善劳动条件等公开口号。

这次罢工标志着上海工人运动终于渡过了“四一二清党”后的十年低潮，迎来了复兴。而上海市政府和商界也都怀揣小算盘，希望借工人打击日本的利益。所以一开始，倒有些国人团结一致对外的味道。

昭萍工作得十分投入，她日夜穿行在工人居住区，熟悉了苏州河以北的工人区的复杂紊乱的弄堂小道。她到罢工工人家里分发米票，与他们谈心，启发他们控诉日本资本家的剥削压迫，还帮助工人代表起草在纪念孙中山诞辰大会上的演说稿。

日方是另有打算的，开始他们强硬地拒绝了工人提出的条件，甚至派海军陆战队登陆，驻到各厂进行武装威吓。日本人又雇用了流氓、打手强迫工人复工，罢工进入了僵持阶段。

30年代上海临青路棚户工人住宅

昭萍冒着危险,代表救国会请来有正义感的青帮辜老板出面,和涉入的帮会山头打交道,要求他们不要帮助日本人,违背民族大义,成功瓦解了日方阴谋。

她在复杂的斗争中经受锻炼,增长着才干。她忆起了儿时淘气叔叔对她讲的"二七"大罢工的情节,觉得自己正在继续着林育南等先烈们当年未竟的事业,享受到了崇高的情怀。

当日方终于同意与工人谈判后,李群夫又亲自组织工人代表分析和策划。

知秋与昭萍以翻译的身份参加了与日方代表的拉锯谈判。经过反复的艰苦交锋,总算达到了第一步目的,日方在经济上做出了让步。但工人们对局部胜利并不满足,罢工还在继续。上海工人的强大力量和显现出的政治远见,以及"救国会"在其中展示出的社会能量,让当局感到了新的恐慌。

日方拿准了政府的脉,开始将重点放在政府身上。他们通过关系,将利害警示官方的一些要人,挑起他们"防共"的神经,让他们来迫使工人复工。

日本人方向找对了!"党国"对工人的恐惧远大于日本人,而威望高过政府的"救国会"人士,早就让他们若有芒刺在背了。于是,一个国人意想不到的惊天阴谋突然进行,而我们中国的政府可耻地成了日方的帮凶!

那些天昭萍日夜不分,累得身子都要散架。罢工还在僵持,任校长叫她趁礼拜天回家休息一下。

昭萍一回家就抱起了秋平,不停地亲着:"小东西,妈妈想死你了!今天妈妈不出去了。"心里在想:"父亲他们早该收到信了,怎么没有一点回音呢?可怜的小秋平。爸爸,能不能够接受秋平,您就连一句话都不愿意回答吗?"

也就是在她回到家的十多小时后,(11月23日)凌晨,那个令举世震惊的大事件在上海发生了!

当局悍然出动军警,将"救国会"的领袖沈钧儒、邹韬奋、李公朴、章乃器、王造时、沙千里、史良共七位知名社会活动家逮捕(原计划要一同抓捕的陶行知先生,因出国参加教学会议而侥幸脱险),并在社会底层大量拘捕工运人士,企图以此迫使工人停止罢工。

这就是中国近代史上著名的"七君子事件"。

鉴于七君子的被捕和当局对爱国活动的过分反常的强硬镇压,上级紧急通知昭萍搬了家。连日频繁的抛头露面,已让昭萍夫妇面临十分危险的境地。但

七君子(自左至右):李公朴、章乃器、沈钧儒、邹韬奋、王造时、沙千里,史良不在其中

为了完成营救"七君子"的一系列任务,她还得承担新任务,仍不得不置安危于脑后,继续四处奔走。

自有道是祸不单行。就在这骨节眼上,李公朴先生主办的《读书生活》半月刊也被当局查封。他们的生活来源因此大幅减少。

叫人防不胜防的打击接踵而来。由于他们的新居位于南市,照顾秋平的阿婆提出了辞工,理由是离她在杨浦的家太远。

昭萍也不得不要求暂时停止在杨浦的代课,而把秋平带在身边,抱着他挤车和赶路。"量才"补习学校还在坚持开课,这是他们的最后经济来源。上课时,昭萍只能临时将秋平交给工友帮忙看管。

偏在此时,知秋已有可能引起了特务的注意。为了他的安全,上级正考虑转移知秋去根据地,那边也十分需要懂日语的人才。要在原来,这正是他们所盼望的,但此时昭萍竟几乎感到绝望。显然,她将更孤立无援。

她终于也和知秋一样,对武汉的冷淡反应完全失望。他们连夜商量着,是家里没有理解他们的难处吗?但有些话显然不能给家里说透的。那么剩下的出路和底线是:把秋平放在一个可以让他活下去的地方。

现在已被逼到了必须豁出去的时刻!夫妻俩咬着牙,在11月25日《申报》上刊登了将秋平让人领养的启事:

现有合法夫妻叶知秋、曾昭萍,愿将孩子交人领养。子性别为男,民国二十四年八月十五日生,出生证件齐全。一岁有余,已经断奶,身体健康。有意领养者请于一月内来"量才妇女补习学校"联系,过时如无人领养,将送至育婴堂。

这个"一月"的期限,乃是昭萍对上天的最后祈祷和哀求。潘多拉的盒子里真还有那件叫做"希望"的东西吗?

五、秋平回汉

在武汉的曾家完全不知道昭萍如何在近乎绝境中挣扎，因为他们根本没有收到昭萍的信。

一个月前的10月25日下午，汉口发生了震惊世界的大案！省长杨永泰在江汉关专用码头被刺客暗杀。这位被蒋主席称为“当代卧龙”的特级军师，曾帮他完成削藩、逼迫红军长征和制约蓝衣社、“CC”，成功控制四川，并在政府的对日方针上起着关键作用的人，瞬间就死于非命。死讯到京，蒋主席责令立即成立秘密侦查厅，尽快破案。

但是，办案的侦探和警官们对小人物的命运几乎造成了无法估量的灾难，因为他们肆无忌惮地扣押了邮政局的大量信件，进行检查，寻找线索，其中就包括昭萍那封信。

老天有眼，幸好广诚有看《申报》的习惯。当那一日看到昭萍在报纸上登出的启事时，还以为自己看花了眼睛，重新看清楚后，大惊失色，不知道出了什么事。立即叫和尚快去武大，要昭舫不顾一切马上请假去上海。自己则一口气跑去电报局，发了一封急电给昭萍制止。走出电报局的门，又觉得没有说清楚，马上转回去再发了一电，告诉她家里马上很快有人来沪接秋平，曾家的骨肉，万万不可送给别人！

而在珞珈山的昭舫和昭瑛也看到了报上的启事，两人心急火燎地急速下山，途经武昌时就拍了电报给大姐，然后飞快赶回了家。

昭萍将启事登出的第二天，就接到了父亲和昭舫的接连发来的三封急电。那真是一种绝处逢生的特殊感受，她几乎当众就要失声大哭出来，她悬着的心终于放了下来了。

在知秋按她的吩咐给家里回电时，昭瑛和昭舫已在来沪的船上了。

善良的梅娘娘也很快听说了昭萍登报启示一事。刚好她女儿月子也满了，便特地赶过来帮昭萍临时照顾秋平几天渡过难关，说无论如何不能让孩子去孤儿院受那种罪。知秋和昭萍这口气总算缓了下来。

此时上级也看到了他们的启事，对他们十分同情。了解到特务对知秋的监视跟踪只是偶然的，便改变了对知秋的安排，要他们继续利用公开的合法身份，全力投入营救“七君子”的工作。

昭萍心情放松了。她按任校长的指示，拿着一份五十名“救国会”会员的名单，挨个通知和动员这些社会知名人士随任崇高到苏州，去请求苏州高等法院释放被关押在苏州监狱的“七君子”。

五十多人都义不容辞地集中了。谁知当局早有准备，这群人一到苏州，便被不分青红皂白地全抓起来，一股脑儿地关进了苏州第三监狱。当局的这一棒，打得上海斯文儒雅的社会贤达们晕头转向。现在不仅要营救“七君子”，还要设法营救任崇高等五十多人了。

那几天，也许整个上海最忙的就数昭萍了。孙夫人、廖夫人[①]家的门铃她都不知按过多少次。在又奔走了一天后，她心力交瘁，疲惫地回到家。才踩了两步楼梯，小秋平仿佛就知道她回来了，在楼上大声喊着：“妈妈！”

昭萍的心在颤动。她快步冲上楼，抱起了秋平，用全部的爱亲吻着他，“儿子，你要走了，妈妈还不能陪着你。”投入革命后的首次牺牲，竟要最无辜的孩子承担，她觉得自己的心都要碎了。哽咽着喊道：“多喊几声，妈妈的乖儿子，多喊几声呀！”

秋平不知道妈妈今天为什么这样，他感到很满足，便又喊道：“妈妈！”

昭萍是不愿在人前流泪的人，现在真的很快要和秋平分手了，当这一自己力求的结果真的到来时，她几乎后悔了。这时她才懂得了儿子对母亲意味着什么，分娩时的巨大的阵痛已凝成了无法割舍的母爱。尽管她再不用担心秋平今后会缺少亲人的抚爱，但从此她回到家再也听不到儿子的声音，晚上将再摸不到他的嫩小的肌肤，也不会有双熟悉的小脚使劲踹她了。她感到了母子离别前的慢性煎熬，竟是加倍地折磨人、叫她痛苦和窒息。

11 月 29 日，昭瑛昭舫二人以最快速度赶到了上海，通过“妇女补习学校”找到了昭萍。

小秋平才学会走路一个多月，见大人回来，一跌一撞地把昭瑛当成了妈妈，

---

① 即宋庆龄、何香凝。

扑到了她的怀中。但马上就发现认错了人，回头看到了妈妈，竟委屈地大哭了起来。

大家却忍不住笑了，昭萍抱起了小秋平。知秋说：“梅娘娘很懂得带小孩。秋平被带得从小就不吵着要人抱，哭得也不多，也不太认生的，所以谁都能带得‘家’。”

昭瑛冷冷地接下话说：“对啊，就是送到育婴堂，他也会觉得很幸福的。”

知秋被抢白了一句，心里很不高兴，送秋平去孤儿院似乎是因为我的冷酷？这难道是我一个人的主意？妹妹再维护姐姐，也不能把怨恨推给我一个人呀！岳父一定把所有怨恨都算到了他的头上，这无疑就是曾家的态度！

昭舫见昭瑛话说重了，连忙插话：“姐夫，姐姐真是太困难了。其实妈妈很喜欢带小孩的。店员的孩子她都喜欢接过来，放在家里一带就是大半天。她老说，家里要有小孩的声音才像个家。姐夫，你们别见外，这次是警察为了查省长杨永泰被刺的案子，把汉口的信都扣了。爸爸那天看到了报纸，慌得立刻叫人上山通知我们到上海接秋平。等船的那两天，他急得不吃不睡。直到我们上船那天，警察才把信给我们，爸爸气得关在屋里大声骂人。我长这么大，还是第一次听到从他口里骂出粗话。姐，其实当时秋平一断奶，你们就该把他送回汉口的。来，秋平，要不要舅舅？”

秋平抱在昭舫的怀中，竟不哭也不闹。

昭舫抱着秋平。昭瑛说：“你不会抱，你看你抱得他那难受的样子。来，二姨这里来！”

昭舫把秋平又递给了昭瑛，道：“爸爸妈妈还说，姐夫、姐姐也该回趟武汉了。”

昭萍叹气道：“哪有工夫啊？恨不得把人劈成两半忙。”

昭舫说：“爸爸还说，要是上海生活太艰难，姐姐、姐夫都可以回武汉，不难找到工作的。就是一时找不到事，姐夫也好给他当帮手。”

知秋不知说什么好。他竟觉得自己现在很尴尬。在他心里，压根就没想过这辈子再去武汉。

因为昭瑛二人是从学校请假来的，不能久留。所以四个人带着秋平到街上吃饭后，知秋就赶去买了后天的船票。

连续打击造成的生活拮据，让昭萍也懂得了柴米之贵。她不让弟妹去找旅馆，叫知秋到朋友家挤两夜。房间太小，最多十来个平方米，昭萍让昭瑛和自己睡床上，昭舫睡在地板上，与床垂直，头在外面，将脚伸到床底下。

安置好后，知秋还未离开，昭舫坐在地铺上，腿还不能完全伸进床底下。几个人看到昭舫的样子，忍不住都大笑起来。

第二天，直到下午五点，连出去见刘良模的昭舫都已回来了，昭萍才带着如释重负的心情回了家。

她刚得知，带队前去苏州高院请求释放"七君子"的任崇高等五十多人终于得到了保释，即将返回上海。令人啼笑皆非的是，他们的保释，反倒是狱中的沈钧儒通过狱外人士的活动，在第八天才争取到的。这次营救"七君子"的努力虽以失败而告终，但这些知名人士的安全返回，仍可说是不幸中的万幸。

昭萍总算得到了一个属于自己的晚上，和弟妹、儿子聚在一起。虽然不能见到武汉全部的亲人，不能见到她最思念的母亲，她也基本满足了。今后，她可以毫无后顾之忧地投身到她所选择的事业中了。

她把秋平放在膝上，贪婪地享受着儿子的体温和骚动。明天清晨，秋平就要离开她，这一分手，不知何时才能再见到他，或许今生是否还能见到都说不准，就算自己能侥幸活到革命胜利，秋平也不会认得她了。秋平，你能体谅妈妈的无奈，你会埋怨妈妈的无情吗？

她深情地看着弟妹们说："秋平交给你们带回去了，今后我就像鲁迅在《我的种痘》中说的一样，'即使载在该杀的黑册子上，也不十分惊心动魄了。'昭瑛昭舫，万一姐姐有什么意外再照顾不到秋平……"

昭瑛昭舫连忙打断她的话："姐姐，说到哪里去了？别说不吉利的话！"

昭萍淡淡一笑："姐姐是唯物主义者，不信那些。当今这社会，谁说得准？我的老板不是一个被杀、一个被抓吗？现在这个政府，只会给中国人民带来暗无天日的独裁专制。"

秋平已在她怀中睡着。她看着昭瑛说："我知道他不会缺少关爱，但我不希望他娇生惯养，成为人人鄙薄的小公子。我希望他能懂得社会，但不希望他学得事故圆滑。我希望他胸怀壮志，但是不希望他轻易冒险。昭瑛，昭舫，姐姐拜托你们了……"昭瑛听着，竟"哇"的一声哭了出来。

昭舫含着眼泪说："大姐，你放心好了，不要说得这么生离死别的，叫人心里好难受。你和姐夫最好过阴历年回趟家，看看爹妈。他们年纪一年年大了，以后每年你都要回去一次，好吗，大姐？答应我！"

昭萍把牙一咬，露出一脸轻松的笑容："是我说多了，昭瑛，你真是有些犯傻！还哭呢！我就照昭舫说的吧！不过今年过年还不行，我还要为营救李公朴先生做一些力所能及的事。今天知道，李先生和沙千里一起被关在看守所第四号室。他还在狱中成立了临时组织，自己担任事务部主任，坚持着斗争。我真从心里尊敬我这个老板。虽然孙夫人、廖夫人都亲自在呼吁和组织营救他们七个人，但好多事还要年轻人去跑腿办的呀！"

昭瑛哽咽着说："姐，我好像觉得……你一定很危险。"

昭萍坦然地笑道："现在这个社会，谁都危险。听你们说，昭舫这么单纯的人不都还有人跟踪吗？放心吧，姐姐的大部分活动都在租界。加上我有出版社编辑和教师的身份，其实比你们还自由。你们回去后，千万把这点给爹妈解释清楚，免得他们担心。就说李先生被抓，《读书生活》停办，我和你姐夫收入少了，要去找的新工作，一天在路上要花两三个钟头，照顾不了秋平。请保姆吧，又怕被人拐走。现在上海'麻胡子'的确太多，还有入宅偷小孩去卖的。给家里写信又没及时得到回音，才生气登了启事。是昭萍不好，任性，不晓得轻重，让父母着急了，叫爸爸妈妈多骂我两句解气吧！告诉爸爸，我们想等秋平再长大些，李先生出来，我们工作稳定了，我就去把他再接回上海，进托儿所，进幼稚园。"

当夜深人静、弟妹都已入睡后，她仍在目不转睛地看着秋平，现在她万分珍惜和他一起的每一秒钟。

那一夜真短啊！

最后分手的时刻终于到了。昭萍和知秋送他们到码头，看他们上船去，守着看轮船调头、离岸、开走。船上昭瑛抱着秋平，帮他挥动着小手"再见"。秋平没有哭。

船上的人渐渐看不分明了，昭萍忽然发疯般、一口气跑出跳板显得太长的十六铺码头，知秋跟在她后面，沿着黄浦江畔的水泥矮墙，跟着那条船猛追着、追着……

轮船掉过头后，越开越快，无情地去远了。昭萍的心此时仿佛已被完全掏空，却再也流不出眼泪了。

伟大的母亲们哪，你们哺育了人类的生命，你们本该受到最大的尊敬和回报，可为什么偏让你承受最大的痛苦和牺牲？

可爱无辜的孩子们啊，你们为什么要选择在这严酷的年代出生，让自己的人生一开始就要经受冷酷无情的离别呢？在视人的生命如同草芥的年代，你们是注定要加倍承受煎熬的啊！

快些结束吧，这撕裂人心亲情的年代！这肆意剥夺人的生存权利的年代！这践踏人的尊严的年代！这让整个民族压抑的年代！

船驶出了黄浦江口，秋平已在舱里睡着。昭瑛淌着泪，侧身靠在二等舱的舱门上，茫然地注视着浩瀚的江水。

昭舫走过来说："二姐，秋平睡了，今天起得太早，你也去睡一会吧！"

昭瑛头也不回说："昭舫，你看到没有，大姐瘦了好多。"她哽咽着，"她一定受了不少苦，她是铁了心啊！"她又像自言自语似地："一个人的母爱之心被绑架，才会登出那样的启事啊！"

昭舫看着昭瑛发红的双眼，劝道："别去想了，秋平接到了，就好了。二姐，妈会把他照顾得很好的。大姐也可安心她的工作了。"

"大姐是个外硬内软的人。你看她昨天一夜，把他亲了又亲，把他的小脚捏了又捏，眼泪水一直在眼眶里打转……"昭瑛抽泣着说："我真可怜大姐。"说着，一下哭出了声来。

昭舫小心地安慰着二姐："我们回去就给大姐发电报，给秋平照张相寄过去，让她宽心。"

"舫弟，你看出没有？大姐不得已要舍离秋平，并不仅仅是因为李公朴被抓。她给爸妈的信是一个多月前就寄出了的。我觉得大姐的处境一定很危险，可以说是差不多山穷水尽，才登出那样的启事。警察局真不像话，把私信压了那么久，差点误了大事。"

"真要是我们没得到消息，那后果就严重了。我只要想到这，就止不住后怕。这世道，多少人就这样不明不白地命运完全改变了。"昭舫用近乎自言自语的声调说。

“我连想都不敢去想。”昭瑛哭道，“可怜的小秋平。大姐啊，你到底在做什么事，让你这么难啊？”

昭舫劝二姐说：“大姐做的事我们不能晓得、不能问，也不要去猜了，我们回去就按大姐的意思说，姐夫和大姐工作的地方离家里太远，又不在一个方向，实在没法照顾秋平。上海又不断有丢孩子的……写信家里不理，登启事是有些赌气让家里重视。免得妈妈瞎猜、瞎担心。好不好？”

昭瑛止住了哭：“那当然，就这么说。哎，你说，我们要是也和大姐一样顾不了家，妈妈会怎么样？”

昭舫说：“妈妈是个什么事都藏在内心的人，她肯定会被痛苦折磨得倒下的。”

“可是你看我们国家，国土正在一片片沦丧，谁又能守在她的身边一辈子呢？”她回到床边疲倦地坐下，摇着头，“妈太为我们操心了。特别是你，哪一个星期不回来，她都要叫人去学校看。回去晚一点，她都站在巷子口等着的。”

“对你还不是一样。”

昭瑛低声说：“我想有点不同吧！父亲对你和小弟寄予的企望是最大的。”

“大姐也怕我们像她一样，拼命要我们保证照顾好父母。我听出来，她是希望我们留在父母身边。”

昭瑛看着江水，喃喃念道：“留、愁、流，问君能有几多愁，恰似一江春水向东流。”

四天后，秋平带着当仁不让的神情进了公新里六号。全家上下和“通成”的店员们都在心里发出欢呼，每个人都想亲手抱抱这可爱的小东西。静娴将外孙抱在手上亲着，眼泪却不禁涌了出来。广诚等了好久才得以抱了一下。秋平仔细地盯了外公一阵，就四处寻找，然后突然哭了起来，把双手伸向了昭瑛。广诚把他递给了昭瑛，笑着对静娴说：“长得像他老子，浓眉毛高鼻子。从今天起，我只怕还要看他的脸色行事了。”

六、"一二·九"周年

昭舫一回到学校，就不断听说很多近乎荒唐的消息，当局因完全找不到侦破杨永泰案的方向，却为推托责任，胡乱抓人顶罪，并借机打击抗日活动。蓝衣社和CC都想趁机扩大势力，派了特警驻校，以加强对这所国立大学的控制。

警方向校方提交了一份黑名单，包括李厚生、郭佩珊、万国瑞、潘乃斌等人。亏得王星拱校长坚决抵制军警行动，才暂时保护了这批同学。此后，王校长被迫找李厚生等人去谈话，转达了省公安局的通报，告知如果他们的活动继续过于"越轨"，他将也难再保证他们的安全。

转入地下的"武汉学联"决定，"一二·九"周年不组织大规模集体行动。

武大校内外特务明显增多。毛竞飞、滕培英等人的尾巴又翘了起来，开口必称蒋主席的攘外必先安内、汪院长的抗战必亡以及读书救国论等。面对这样的逆流，"学生救国团"觉得绝不能丧失"一二·九"后来之不易的大好局面，决定本校单独组织纪念大会。为不暴露救国团，由机械系的卫邦国借"学生会"的名义出面，并担任临时主席。

武大当局赶忙下了禁令，拒绝借礼堂。这让"翅膀已硬"的学生大怒。十二月九日那天，数百人集聚到礼堂前高呼口号。包华上前自行打开了被锁的礼堂门，大家一拥而进。

见学生们激愤冲动，裴济宗连忙通知刘教官不要硬来，不如也派出"自己的"学生参加，利用讲台宣传政府主张。

卫邦国宣布大会开始。他作了"学生会"半年工作总结后，院系代表便一一上台发言，回忆去年武昌的渡江斗争和学校的爱国歌咏活动。大约半小时后，各种政治倾向的学生也都陆陆续续来到会场，包括一些观点模糊的以及支持《现代评论》的、"CC"的、"动力社"的……还有一些老师和家属。

到自由发言开始后，会场十分踊跃，各种论点纷纷亮相。绝大多数发言的同学都不满当局的软弱，强烈反对某些人的退让和投降举动，要求动员全民族力量一致抗日，礼堂内洋溢着正气和爱国热情。

轮到文学院的滕培英走上台了。他清了两下嗓子，说：“本校同学的爱国热情，确实令人感动。但我今天想说的是，对我们这样一个弱小、且先天不良之中国，当如何去爱？奢谈爱国，何等容易，豪言壮语，有济于事吗？大家想想，现我们中国没有一点准备，没有一点国防实力，我们的人力、财力，哪一样能赶得上日本呢？鲁莽行动，无疑以卵击石。所以说，中国真要想同日本一战，非先十年生聚而不可为也！纵观国内外之形势，学生认为，苏俄和国内之共匪武装，方为当今中国的主要威胁。而在根除这种威胁前，当分清主次，与日本应维持和平，以实现经济复兴和工业化。如果仅凭一腔热血，鲁莽与日本为敌，则本末倒置，此事业将绝难成功!故本人认为，我等学生切不可为国家所不能为、不应为之事。一个学生，爱国不是看他眼前，当看毕业之后。吾等唯有学好知识，才有爱国之本钱，是谓读书方能爱国是也。”

昭舫对身边的潘乃斌说：“这家伙，还是听烂的那一套，狗嘴里从来就吐不出象牙。”潘乃斌说：“你不要急，让他表演够。你哪里能这么系统地了解这些人的论点呢？我倒觉得听听可以节约不少时间。”

滕培英讲完，台下有人使劲地却稀疏地鼓着掌。因病休学了半学期的穆啸谷使劲鼓了两下。他复学后，还是又想讨好学校又很怕事，这下一时忘形拍响了巴掌，发现没有人响应，怕会因此得罪同学特别是昭瑛，连忙藏起了双手躲到后面去了。

此时童楚妮走上了讲台，她把事先预备的提纲往口袋里一塞，一本正经地说：“我听了刚才滕学兄的讲话，感触至深。现将本人心得归纳如下：其一，爱国必亡国。为有爱国之本钱，我等必须静心闭门读书，不问时事。管他日本人打我哪里，我等应一概予以藐视，嗤之以鼻。北平学生自会觉得，自己和以往并没有区别。上海学生在‘一·二八’飞机大炮下，应集体朗读《论语》，倭奴即会自然退兵。推而广之，理工学院同学则应安心坐在教室里研读纯粹理论科学，以发明新武器，危在旦夕的中国正耐心等待着呢！而我文学院学子如熟读诗书，中国自当会立于亚洲之巅也。”

台下学生大声笑了起来，有人使劲鼓起了掌。楚妮略停了一下，又接着说：“其二，滕学兄让我终于懂得了，日本帝国主义的魔掌是经常在休息的。日人愚钝且宽厚，有如吴王夫差之再世也！所以，我们不用发动民族解放斗争，无须同强敌作殊死的肉搏，当卧薪尝胆，忍一切之忍，与日本‘维持和平’（先不管日本愿不愿意吧！），倭寇是肯定会耐心等待十年的。到时候我们摧枯拉朽，连东京都如囊中之物，岂不快哉！”台下顿时笑声一片，有人大声叫好。

滕培英从来都是个输不起的人，听到这里气得跳了起来，在台下高声吼道：“童楚妮！讲点有水平的话，不要出言讥讽！”

楚妮抬起右手一挥，说道：“滕学兄不要激动。其实，我等学子苦读，考上武汉大学，就是为了读书报国、读书救国的。只是滕兄讲的环境我们实没福气享受到，却偏要每日忍受国土沦丧、敌国凌辱的煎熬。我等确无滕兄那样的定力，可以视而不见。我反倒以为，那样将辜负盼我等成才以报效祖国的四万万同胞。我们不是不知道，抗日战争有可能牺牲惨重，甚至玉石俱焚。但更加懂得……”她像一个演说家那样，突然提高了声音：“不抗日则一定亡国！”

掌声热烈地响了起来。楚妮做了下“止住”的手势，将头发向后一甩，高声地说：“各位，请睁开眼看看：今年1月，日兵公然在我北平朝阳门开枪射击我中国守军。当月，日本政府又向在华日军发出《处理华北纲要》，对吞并我江山野心毫不加以掩饰。2月，日本操纵内蒙德王，盗用“蒙政会”名义，下令成立“察哈尔盟公署”，明目张胆地分裂蚕食我中华，企图搞第二个‘满洲国’。当月，日本国内发生了“二二六”事件，最富侵华野心的‘鹰派’法西斯势力已完全控制了日本，形成了军事独裁政权……5月，日本拟定《向满洲移住农业移民百万户计划》，我东三省被其公然殖民化。6月，日本天皇批准新修订的《帝国国防方针》与《用兵纲领》。8月，日伪军进犯我绥远，挑起战事，遭我傅作义将军率部抵抗。9月，日军侵占我丰台，直逼我古都北平。10月，日军参谋部正式下达《1937年度对华作战计划》！上月，日本驻华北屯军开始明目张胆地以北平为目标，举行大规模军事演习，绥远战事全面爆发，我子弟兵正浴血守土。请问：倭贼有一丝松懈吗？我们还有条件文质彬彬地‘读书救国’，有机会‘十年生聚’吗？”

楚妮的讲话获得了全场风暴般的掌声，昭舫也使劲为她鼓起了掌。包华大声领呼起了口号，全场气氛顿时热烈起来。

昭舫带着歌咏队走上了台，他深吸了一口气，低声定调和起音后，礼堂里响起了这一时代的最强音，那是他刚从上海带回的《救国军歌》：

枪口对外，齐步前进！

不伤老百姓，不打自己人！

我们是铁的队伍，我们是铁的军！

维护中华民族，永做自由人！

……

这首歌由音乐界的新星冼星海作曲，塞克写词，是电影《壮志凌云》的插曲。昭舫带着歌咏队连夜赶排，排练时前来学歌的有上百人，连昭诚和“东湖中学”一些初中学生都来了。

李毓章也激动地跳上讲台，对着台下，指挥台下的同学也跟着台上一起合唱这首歌。歌咏队按排练的唱完后，毓章又指挥台上台下唱起了二部轮唱，把纪念大会气氛推向了高潮。

负责“党训”和“校治”的刘教官刚从省党部赶回来，站在礼堂后门附近，这里更有利于让他全盘了解会场的情况。他早上还检查过锁，居然有人敢撬了！

一阵阵此起彼伏的歌声，让学校的老师和家属闻声赶来，礼堂有史以来还从来没聚集过这么多人。刘教官远远地、目不转睛地盯着在台上不断煽起学生们的情绪，领着他们高唱左倾歌曲的曾昭舫、李毓章等人，感到不可容忍而又无可奈何。

他直到学生们散了会才慢慢离开，心潮难平。

他懂得，他的责任就是不让共产党在学校有任何市场。尽管有人一再夸耀，共党组织在武汉早已不存在。但是他却凭经验认为，共产党仍是最可怕的头号敌人，现今武大不但有共产党，而且组织还相当严密，力量还相当强大。他们不是阴魂不散，而是羽翼逐渐丰满，已在用抗日口号组织和煽动学生了。虽说今年“一二·九”周年未出去年那样的乱子，他也不能再让眼前的局面继续下去。

他向又亲来武大视察的康泽作了汇报。康泽很是重视，决定突破“华中最高学府尊严”的禁区，必要时，派武装宪兵驻到珞珈山校区，以展示维护“校纪”的决心。刘教官受到鼓舞，到校董会争取到勒令卫、包二人休学一年。

七、温馨家庭

天气温暖得有些反常，竟让人忘记了冬至已过，除了靠一件棉袍过冬、整个季节不换的市民外，街上不少人还穿着夹衣。

“双十二事变”曾让武汉人吃了一惊，但当和平解决的消息在武汉传开时，整个城市一片欢腾。谁也不希望中国人在这节骨眼上自己家里打个不停，能联合起来对付小日本正是民心所向，何况武汉差点就成了“戡乱”前线的行营。广诚高兴得叫店员买了万响鞭炮，挂在“通成”楼顶放响。尽管他猜想得到自己的兴奋，也许会让昭舫的那些同学不满，那些青年人巴不得杀了蒋主席，但他还是按捺不住少有地张扬自己的观点。这天深夜，武汉三镇街头鞭炮声、锣鼓声响成一片，几十万人自发跑到街头庆祝。

武汉人是极易从高度的亢奋迅速恢复常态的，好像永远不信世界会有什么特别的改变一样。哪怕他们刚对内战乌云的散去兴奋过，现在他们则要忙着准备过年了。

湖北人的习惯是冬至过后开始腌制烘鱼腊肉，今年也没有例外。每个家庭都不缺优秀的厨师，冬至更是大显身手的时候，他们将花椒和川盐在大锅中炒热，抹在从背脊剖开而未去鳞的大青鱼、鲩鱼和鲤鱼鲜红的断面和膛内，抹在切成三指宽的长条形带皮猪肉上，然后将它们紧紧地塞在木盆或木桶内。这需要好几天，让盐渗透，下一步则是晒上几天，除去多余的水汽，以后就又挂回厨房里或其他屋梁上阴干月余。其中最上等的挂在灶上方，专门用柏枝的烟混上其他香料熏香。这未熏过的称作腌鱼腌肉，熏香的才被称做烘鱼腊肉。

等到厨房、柴房的上方特备的横梁都挂满了一条条烘鱼腊肉，广诚也就心满意足。这是武汉人视作家庭丰衣足食的重要表征。尽管他和静娴都吃长斋，但是为了儿女和秋平，他觉得怎么准备都不为过。

严寒终于降临时，学校放寒假了。

假期是学子们最放松最快活的日子，也是广诚夫妇真正感受天伦之乐的时光。家里整日里能听到孩子们的说笑声，让这个生意人更加充满了成就感。在他这个档次的商人中，谁家都没有曾家那么多大学生。多数人家里不过只能拿出一个儿子读书充门面，受高等教育的女孩则太少了。广诚自诩教子有方，谈起子女就充满底气，享受着羡慕和恭维，几乎成了他在商会中的另一广告牌。

过完阴历年，一直要到元宵节过后，旧历年节的欢庆活动才算完全结束，但喜庆的余兴还弥漫在空气中不肯消散。

老天爷大概不想让人们沉浸在温馨中，突然让春寒毫不客气地袭击江城。北风竟胜过冬日的凌厉，呼啸着把户外的人们赶进屋去。

这天一大清早，曾广诚已在中山公园练完早拳，坐上自家的人力车回家。中山路上，凛冽的寒风中，欢蹦着一群群衣着破旧的孩子们，穿着不合身的夹衣，或烂出花絮的破棉衣。还有两个连这都没有，披裹着胡乱用麻线缝了几下的麻袋。但他们却似乎都不在乎严寒。一个个吊着鼻涕，躬身低头在店铺的门口，在烟花爆竹的残骸中，找寻没有炸响过的鞭炮。有时居然还能找到一小挂，他们会小心地拆开，留着慢慢享玩。即使是已经没有引线的未炸的小鞭，他们也不放过，可以将它们从中折断，直接点燃火药。这时会有一股小小的焰火"呼"的一声喷出，让他们享受到短暂的欢欣。

天空竟降下了大雪，广诚从布帘内看到这些孩子，心里十分感慨，想当年，自己曾经比他们还要贫穷哩！而且，似乎连如同他们般，从富人剩弃的残渣中拾到可怜欢乐的记忆都不存在。

车夫大声吆喝着孩子，从他们中间穿过。广诚想到自己的孩子们没有经受过饥寒，自信自己尽到了一个男子汉的责任，颇感满足。

新年去童家给老太太拜年时，童瑨特地告诉他，他已被正式推举为汉口（私营）卷烟业同业公会主席了。这意味着他将可最直接和迅速地了解与此有关的商业信息和行情，也可以更有头脸的身份出席商界的社交场所，他的信誉度也将大为提高。

但那日回家后，广诚发现静娴很沉闷，像是多了什么心思。他自认为自己是个粗人，不善于体贴家人，可是对于静娴的一举一动，他还是一向都很在心的："在童家她除了向老太太问安，一句话都没和人说过，也没离开过我，是不是听到了什么叫她不高兴的事呢？"他很纳闷。

车一直拉到家门口才停下，假日里他要中午才会去店里。车夫等他下了车,就把车拖向“通成”后面。那原是一块略高的、有篮球场大小的坡地,也许是多年的建筑垃圾堆起来的吧,上面有若干幢大小不一的、简陋的泥墙平房,住着“通成”的一部分有家属的员工和曾家的佣人。穿过一条乱七八糟的短短小巷,可以直通到后面交易街。而这些平房围成的小空地,就成为“通成”摘菜、劈柴和杀鸡、剖鱼的地方。

广诚才跨进家门,就听到楼上儿女们的说笑声。昭诚一个人声音最响亮。他嗓音还没变,还是清脆的童音。广诚上楼推开堂屋门,屋中间烧着一盆旺旺的炭火,昭瑛姐妹、昭诚和两个女佣人正围着火盆说笑着,但没看见静娴和昭舫。秋平坐在昭琳腿上,见他进来,便使劲地挺直身体,挣扎着想过来。

“过来,爷爷这里来。”广诚笑得眼睛眯成了一条线,抱住了扑过来的秋平。按静娴的意思,秋平没像通常那样称他们外公、外婆,却喊他“爷爷”,喊静娴“太”(汉口人对“奶奶”的叫法),喊昭瑛二姨,昭琳三姨,喊昭舫“大叔”(男中最大),喊昭诚小叔。

淘气的儿媳葵花打点家里的大小事务,这会见叔叔广诚回来了,便立即吩咐女佣端上几小碟素菜和一壶被温热了的酒,满脸笑容地说:“叔叔回了,婶娘嘱咐给你预备点热酒驱寒。”广诚问:“你婶娘呢?”葵花答:“和大少爷到前面去了。该不是到田爷爷家打牌去了吧?”广诚说:“这么冷的天,又这么早,怕不会。”

他猜想一定又是昭舫来了同学。静娴也是,听几个学生伢叫声“叔叔、伯伯”——武汉人常以男性的称呼去称呼女性长辈——就喜得笑眯了眼,自己生了五个还不够么?这些伢们除李毓章外,过年都没见一个上门行个礼数,光嘴巴甜。而李毓章偏偏是他觉得“别有企图”的,是他最不希望登门来的一个。一年前毓章第一次登门时,他一眼就看到他里面的衬衣的袖口是补过的,明摆家境不会怎么好。尽管后来听说这孩子学富五车,看上去也文质彬彬,清秀洒脱,但当广诚发现了他与昭瑛间的眼神特别时,心一下就紧了,怎么我曾广诚的女儿就尽喜欢找穷的?所以每想到李毓章,心中便有些不快。

静娴的确去了“大智旅馆”。昭舫说有同学要来,静娴便猜到,八成又是他那些朋友,为了抗日要躲着开会。她虽说不识字,心里却比识字的人还明白:蒋委员长已经回了南京,说是不杀共产党了,但是只要昭萍的老板(她这样叫李公朴先生)还被关在牢里,只要这街上还有便衣警察动辄抓人,只要这日租界还竖着膏药旗，这政府就不是在说真心话，世道就还充满危险，这些一腔热血的学生娃就难免不会遭殃。昭舫是她的命根子。当年他的降临让她在曾家终于抬起了头，从此不再受冷落和歧视。几年来，她无时不耽心昭舫会受到他那些天不怕地不怕的同学的牵连，对他的担忧早超过了昭萍。

但是她认定昭舫和昭萍一样，都是一心在为了抗日，做的是为国为民的正事。中国文化千年来的爱国传统，让千万目不识丁的百姓都崇敬着杨家将、岳飞、文天祥、史可法这些历史忠烈。静娴虽没读过书，却和无数的中国母亲们一样，竟能清楚讲出岳母刺字、教子"精忠报国"的故事。她在爱儿子的同时，也在仰慕着岳母那种爱的崇高境界。

这天，在"大智旅馆"的三楼，的确有过一个短暂的会议，学生领袖们讨论了西安事变后的形势和今后行动策略。

青年们陆续离去后，静娴上楼了。她看到昭舫坐在二楼冰窖般冷的"经理室"里，注视着街上的动静，双腿不停颤动着取暖。见她进来，昭舫站起来喊："妈妈。"

静娴轻声问道："都走了？"昭舫说："走了，没有事的。妈妈，都是我同学。"静娴叹了口气："我还不知道是你同学？"说完双眼直看着昭舫。

她犹豫了好一阵，终于开口说："昭舫，妈这么多天一直想问你一句话，童家四小姐是不是你的相好？"

昭舫脑子"轰"的一声，竟一下红了脸，用几乎是抗议的声调嚷着答道："妈妈你说什么呀？这来的全部都是我的朋友，那女生叫童楚妮，是我同学。什么'四小姐'？又什么'相好'？妈妈，你说得简直难听死了。"

静娴盯着昭舫道："你不想跟妈妈讲实话，我也不逼你回答。你瞒得好紧，妈直到今年过年，和你爸爸去童家拜年，一眼看见那女孩，我还以为眼睛花了。脑壳里'咣当'一下，我这才全明白了！"

昭舫急着申辩，可母亲不听他的，自顾自说下去："为婚姻，你的大姐先闹开了个头，你二姐又为逃婚寻死觅活，我和你爸爸哪里还敢管你们？现在你两个姐姐都二十多岁了，还像小伢一样过，心里一点都不急，乡里像她们这大都……哎，我也不敢去插嘴了！偏是你，妈妈最放心不下。我好不容易生了你，才总算在曾家挺直了腰。妈早就看得出，你和四小姐情投意合，也是天生一对。可妈妈不想看到你被这些事撞得鼻青脸肿。儿子啊，你不想想，他童家是多大的架势？不过是看你爸爸年轻时救过他父母一回的份上，喊一声兄长，显得他讲义气，也算给足我们曾家面子了。他一天来来往往的都是些官府和场面上的大人物，哪里会真把我们放在眼里？依我看，来我家的女伢个个都不错，你挑别个不行吗？昭舫啊，别痴心扎进去了！日后竹篮子打水，后悔都晚了呢！”

昭舫被母亲说得不能言语，像只呆鹅愣着眼站在房里，母亲离去好一阵都没有移动。他怎么也理不清头绪，为什么母亲说起楚妮马上就和“相好”、“婚姻”这些字眼搭上呢？那么，楚妮在自己心中，果真比别的女孩都重么？

他并不想让自己过早坠入爱情，尽管那两个字也让他神往，但同时又让他畏惧。他既害怕遭受拒绝而尴尬，又担心被人议论而羞惭；还有，不能违背自己入大学时立下的戒律，那是对自己的诚信。

不过今天他刚和楚妮约好，周日一起去她的母校，去看文华为迎接开学排演的抗日宣传新剧，这是楚妮主动邀请他的，他的心好不平静，正盼着星期天快些到来呢！

曾经武昌的文华公书林

八、幽静昙华林

周日那天十分阴冷,昭舫随楚妮第一次走进了武昌文华中学。学校位于武昌老城内的东北角,已经有了三十六年历史。那里是幽静美丽的昙华林,依托着花果山,在南坡一片灌木林丛中,与周围后续建成的文华公书林、文华神学院以及文华大学,形成了以它的校门为主体的学校区。

昭舫感觉受到了肃穆庄严的书院气氛的感染,禁不住对楚妮叹道:“难怪你在武大都敢公然炫耀文华,真是好校园哪!”

楚妮微笑着说:“我说得不假吧?不过,你的中学‘汉阳晴川’我也去过,也是叫人看了感叹不已,‘宏敞轩豁,势极堂皇’,好个诗书塾院也!”昭舫说:“这倒不假,但是比起这里来,略显得单薄和孤独了些。”楚妮说:“武汉人杰地灵,出了那么多当代杰出人物,这些学校功莫大焉。”昭舫说:“所以说,刚才路过的实验中学门口那牌坊题得好,‘惟楚有材’。”楚妮嗤道:“吹过头了吧?‘惟楚有材’哪里单是指你湖北佬呢?你去朝李厚生他们湖南人说说看!”昭舫不好意思地笑了。

进大门左面就是多玛堂。楚妮带着昭舫大大方方地走进圣诞堂,找了个位置坐下。来看彩排的老师同学还真不少。不断有学生们向楚妮打着招呼。昭舫小声说："看来你在学校人缘还不错。"

楚妮低声笑道："我给低年级好几个班当过'领班'。我们学校是学美国的那套，学校从高年级同学中选人，到低年级'照堂'当领班。还记得'一二·九'游行封江那次，你不是看到我和低年级学生在一起吗？"

宣传剧《西北望长安》由文华的阮世忠老师指导，学校的"时代话剧团"演出。讲的是一群东北流亡青年，南下寄读某个学校，一个同学在课堂朗读辛弃疾的词《菩萨蛮·书江西造口壁》时，不禁勾起了对自己故乡的怀恋，失声痛哭，引起其余同学的共鸣，纷纷站起来抒发收复国土的抱负。剧情比较简单，剧尾唱起了当时刚刚流行开来的《松花江上》，加上武汉首屈一指的"文华"校铜乐队的伴奏，震撼人心，能强烈地唤起观众对祖国山河破碎、人民悲痛流亡现实的共鸣。

昭舫很感动，也深受启发，情不自禁地抓住了楚妮的手，说："太好了，我们武大也可以这样的。"

昭舫在"一二·九"时结交了本市诗人张光年[①]后，与他交往渐密，还从他那里拿到了"拓荒剧团"的一些剧本。武大学生们早就十分想自己组织排点独幕剧了，他们选中了张光年写的《阿银姑娘》。其中的序曲《五月的鲜花》，歌颂了抗日志士。歌曲十分好听，但是连张光年自己都还不知道作曲者是谁。寒假开学前，"歌咏队"的一些学生将会提前回校，由昭舫导演，自发组织排练。

楚妮看着激动的昭舫，轻轻地抽出自己的手，小声地说："我带你到校园走走。"

从多玛堂山向坡下，是一条叫做康明德路的林荫道，在密密树阴笼罩下，幽静的环境动人心弦。

楚妮带他从一个侧门出了校园，沿着青石板的街道，边走边慢慢地说："我在这学校六年，学费比武大都还贵一倍，在武昌都可以买三四栋小瓦房了！这

① 即光未然，现代著名诗人，文学评论家。1935 年 8 月在汉创作《五月的鲜花》歌词，影响很大，广为流传。他 1936 年抵达上海参加抗日救亡运动，并从事进步文艺活动。1939 年到延安后，创作了歌颂中华民族精神的组诗《黄河大合唱》，经冼星海谱曲后风行全国，并成为中国在世界上最有代表、最具影响力的音乐作品之一。

个学校差不多一半都是有钱人的子弟。一直到最近两年,学校都还是平静如死水,既没有武大‘动力社’那样的,也从未听说什么左翼组织。连跟前的华大都比我们活跃些。我进高中后,越来越讨厌‘公民课’,教材是周佛海的《三民主义理论之体系》,就试着上课时悄悄写稿,投给校外的报纸和杂志。”昭舫笑着调侃:“于是,武汉就有了楚箫。”楚妮咧嘴笑了,嗔道:“坏,原来你坏得很!”

走完了青石板的街道,开始在复杂曲折的小巷中穿行,穿出一条碎石地面的窄巷后,似乎突然进入了另一个世界。昭舫抬眼四顾,只见周围古色古香的民居错落,互为参差。前面出现了一溜不很连绵的青翠的小山。一排青瓦大院依山而建。园内梧桐高大,枝叶拥抱着院外的麻石幽径。

昭舫见四面无人,问楚妮:“你把我带到哪里来了?进了仙境吗?”楚妮说:“这是花园山,那边就是凤凰山,又叫螃蟹岬。我是特意绕道让你看看昙华林的。来,我们往左边转。”昭舫说:“这一带我没来过,想不到武昌还有这么古色古香的世外之境。”楚妮说:“武昌本来就比你们汉口古得多,是你自己孤陋寡闻。你以前连这一带都没来过么?”昭舫摇头说:“没有没有,真是幽静呀!”

走过瑞典“循道行教区”一大排气势非凡的西式建筑楼后,楚妮对一路啧啧称赞的昭舫说:“那边,老的‘武胜门’方向,就是‘戈甲营’了;这边,连我们刚才走过的一带,都被称作昙华林,住的都是洋人和大人物,像夏斗寅、徐源泉这些‘大人’们。喏,我们走快点!”

昭舫说:“我还嫌走快了呢!”楚妮沉着脸说:“你以后自己来吧,我讨厌这边。”昭舫说:“又来了,怎么回事啊?你这人情绪变化真快!”

楚妮不回答,带他走进了一条麻石铺路的民居小街。道路只有两米来宽,两边都是些气派的古旧民房。穿出后,是一条长长的约有一丈来宽的横街。一家家店铺彼此相邻,倒有些像他们去过的葛店的上下街,很有些热闹。

楚妮这下似乎又平和了,问:“想不想吃点东西?这里的小吃可多了,不比你们‘通成’差哩!”

昭舫还在欣赏着老武昌的风貌,说:“我以为我回到上一个朝代了。”楚妮笑道:“可不,那边不远就是前朝的‘贡院’,实验中学,你来时从牌坊前走过了的。哎,跟我来吧!这家的鱼胶糊香得很。”昭舫问:“鱼胶糊是什么做的?”楚妮说:“你吃了好吃再说,管他怎么做的。真是个开馆子的,三句不离本行!”

这个小店门口还挂着汉口多年前就消失尽了的酒望,里面只有三张掉漆的方桌。昭舫新奇地随楚妮坐下。见街对面是家裁缝店,店里一个八九岁的小姑娘,正目不转睛地盯着他看。

楚妮要了鱼胶糊和油条,说:"我就在这一带长大的,这是通武圣门的正街,叫得胜桥。这边把街说做'桥',是因为地势低洼,积水多,也许以前的街就是一个又一个石板桥连成的吧。这里的人有'三步两座桥,走桥不见桥'的说法。你可以常听到说什么积玉桥、得胜桥哪,其实都是些街。"昭舫有些着急地问:"地势低,那民国二十年发大水,你家被淹了吗?"楚妮睁着大眼道:"淹了啊!武昌这边死了好多人咧!瞧你急的那个苕样子,我不在这里坐着么?"昭舫被说破心思,不好意思地笑了。

鱼胶糊香喷喷的,很浓的胡椒味。辣味驱散了身上的寒气,两个人吃得都头上冒汗了,好不舒服。楚妮拿出一角五分钱付了。昭舫惊讶地问:"这么便宜?"楚妮瞪着眼说:"好吃吧?便宜吧?再不吹你们'通成'价廉物美了吧?"昭舫说:"这真是天外有天,让我开了眼界了。"

楚妮说:"天还早,愿意到我家坐坐吗?我想介绍一位阿姨和你认识。"昭舫犹豫地问:"去你家?合适吗?"狡猾的楚妮想让母亲看看昭舫,却故意用讥讽的口气说:"除了'男女授受不亲',还有些什么不清楚的礼数外,我倒想不出有什么不合适。"老实忠厚的昭舫脑中飞快地掠过了一下母亲的警告,但仍不由自主地跟着她。

楚妮说:"我家住粮道街。前朝曾在这里设下粮道署,喏,这就是街口。这条街以前声名可大了,满街书香,户户人杰。现在已经衰败了,住着我辈和些过气官员。"昭舫说:"粮道街我倒知道的,你说的过气官员,那老宅被人挖出金子[①]的、民国元老孔庚,不就是住这里吗?"楚妮笑着点头。

① 系指轰动一时的民国"武昌掘金案"。

九、人生话题

楚妮家在粮道街北侧的一条短巷内，大门颇为气派。楚妮敲了下门，一个年老的男佣人来开了门，大声通报道："四小姐回来了。"昭舫看见两侧厢房内都有人垂手站了出来，见这排场，有些后悔跟着来了。楚妮轻声说："那是保镖和佣人，你只当没看见。记住，上楼见了我妈喊'叔叔'。"

楚妮上楼就喊："妈妈，我来同学了。"昭舫听到楚妮母亲的声音："来同学了，上来坐，上来坐。"

昭舫进门，喊了声"叔叔"。见她母亲萧雨杨坐在方桌边的靠椅上。楚妮一闪便站到了母亲身后，双手一齐放在她的左肩上，很快将自己的位置摆到了主人一方，注视着昭舫。看上去，宛若一张家藏的母女旧照。

楚妮的母亲萧雨杨果如昭舫想象的那样端庄，每一处都透过岁月溢出当年动人的美。萧雨杨仔细从头到脚打量了昭舫一遍，问："你是楚妮的同学？"昭舫有些紧张地回答："我是武汉大学机械系的，叫曾昭舫。"萧雨杨"喔"了一声，用右手把楚妮放在她肩上的双手轻轻拂下来，又问："你们很早就认识？"昭舫立刻觉得，这问话很显然把自己放到了某个特别角色上，他谨慎地回答："去年'一二·九'认识的，现在是校友。"萧雨杨似有所悟，扭过头说："站着干什么，去招呼你的同学吧！"楚妮问："左阿姨呢？"雨杨答："一早就出去了。中饭都没有回来吃。你们吃了中饭吗？"楚妮回答"吃过了。"

楚妮带昭舫到书房坐下，她母亲已把自由空间完全留给了他们。楚妮拿出了自己小时候的照片和作文，让昭舫看。

"你从小就透出聪慧。"昭舫看着相簿说。

楚妮笑道："你尽会捡些好的词汇。"

看过照片，昭舫又翻看了剪贴了楚妮所发表文章订成的整整齐齐的两本集子，不住地称赞。楚妮说："都是我母亲装订的。"昭舫说："你母亲在你身上，可是寄托了她全部的希望啊!"

"我当然晓得。"楚妮回答，"我妈妈说，中学是人生志向形成的最重要的时期。她就是在武汉中学那两年,懂得了应怎样生活、怎样认识世界的。只是后来因为我的拖累,她困守在家中。我想,是应该由我来完成她的人生志向。"

他们说着话。这时,那个"左阿姨"回来了。

楚妮过去应酬了下后,又来叫昭舫:"是我母亲读书时很要好的朋友左秧岷阿姨,是天津《大公报》派驻上海的记者。我叫你来,一半就是为了见她。"昭舫脑中闪过"另一半呢",跟了出去。

左阿姨的笑容看上去有些僵硬,昭舫立即感觉,自己近来似乎曾在武大校园某处见到过她。正想着,左阿姨说话了:"我听楚妮说起过你,你有个姐姐在上海《申报》图书馆么?"昭舫说:"是,但七君子事件前,图书馆都早被查封了。"

左秧岷仔细地打量着昭舫,谈起些学校里的事,看来她对武大近来发生的事都相当了解。她也扯了些上海的事情。末了,她问昭舫毕业后有什么打算。昭舫说还没想好,有时想过出国留学,以后更好地报效国家。左阿姨没有作什么评价。楚妮发现她情绪不高,似乎有些疲倦,谈了一会,就和昭舫告辞出来。

楚妮低头不语。昭舫问:"我说想留学,左阿姨好像听了不高兴?"楚妮反问:"是吗?你真要留学?"昭舫说:"凡是学生,谁不希望深造?我做梦都想着有朝一日能进 MIT[①]深造。不过现在我才三年级,说这还早了点。"楚妮又是沉默。

昭舫说:"不早了,我该走了。"楚妮便带昭舫告辞了母亲和左阿姨,离开了家。

昭舫和楚妮并肩向江边走去,说自己好像在武大见过他。楚妮不置可否地反问:"是吗?"

昭舫又问楚妮为什么要介绍他认识左阿姨。楚妮说:"她呢,是我母亲十分佩服的一个人。我喊她左阿姨,可她说学生们都喊她左大姐。她来我家几天,我已经从和她的交谈中受益匪浅。我对她谈起过你,她说希望见见你。"

昭舫脱口问道:"那你对她谈起过别人吗?"

楚妮不高兴地反诘:"你什么意思啊?我谈起过很多同学,有些已经来过我家了。你感兴趣的究竟是什么呢?"

---

① 美国麻省理工学院。

昭舫略感难堪，说："你这人，以后我每句话都想得滴水不漏再问你吧！"

楚妮又笑了，拿眼瞪着他说："我希望更多同学来接受先辈的教育，不好么？谁知道你心里在想些什么？"昭舫越发不好意思。楚妮不想让他太尴尬，便小声地说："告诉你，她说我可以给她介绍些我认为值得信任的青年。"昭舫听了，又转而高兴起来。

楚妮小心地问："曾昭舫，现在除了歌咏活动外，你还愿意做些什么呢？"昭舫说："我不是说想排剧吗？"楚妮道："我不是这个意思，我是指文艺形式之外。"昭舫明白他说的什么，便坦然地说："只要是抗日救国的事，我都愿意。"楚妮比较满意，又问："要是很艰苦，很危险呢？"昭舫说："我是不怕的，我们国家本来就艰苦，充满危险，哪里能处处顾自己？"楚妮点头说："但是我们个人的力量很渺小的。"昭舫说："我们是一分子，现在政府不已经答应停止内战、一致抗日了吗？"

楚妮摇着头，问："你忘了张学良回南京就被扣、忘了王以哲将军本月被刺杀吗？你忘了七君子还被无理关押着吗？你相信蒋委员长会像保证的那样真心抗日吗？"昭舫笑着说："你是不是在假想我为辩论对象？我投降好不好，楚箫小姐？"楚妮可不笑，责怪说："我说这么正经的事，你还和我开玩笑。"昭舫收敛了笑，说："要都像蔡廷锴、傅作义就好了。"楚妮说："可是就算有和他们一样的将军，还都像他们那样带着兵，还不是都要听令于蒋委员长。上海抗战、长城抗战不都是因政府妥协叫他们前功尽弃吗？你想过没有？"昭舫摇着头："我哪能想到那么多，那我不也成了楚箫了？"楚妮有些不满意地说："我在很认真地问你的话，你故意不答！"

她停了片刻，看了下四周，放低了声音问："你说，共产党和国民党，谁好呢？"

昭舫连忙也向四周看了看，低声说："这话你也就是只能问我，可别去问别人了，被特务知道了就危险了。"楚妮说："你刚才还在说你不怕危险，除了你，我还会问谁呀？"昭舫见楚妮这么信任自己，很是满意，但却又不知道，这么重大的问题，几句话该如何回答。

楚妮竟略带娇嗔地加了一句："我只想听你一个人说。"昭舫想了一下，说："其实我也相信共产党，我小时候见到杀了好多共产党，那都是好样的。有个女共党被五花大绑游街，从我们家门口走过。他们用脏布勒着她的嘴，把她嘴里塞满石头。可我看到了她的眼睛，那双眼睛里没有恐惧，却闪出英雄的光！以后我再不能忘掉那双眼睛的光芒了。可是他们力量太小了，扛不起整个中国。这么大个汉口，除了听到特务和警察们一天到晚在喊抓，我想碰都没有碰到过一个真的共产党。"楚妮瞪了他一眼。昭舫连忙说："哎，除了你，这些我也不会对别人说的！"

楚妮听了这话，想起刚才在母校时，昭舫曾忘情地抓住自己的手，禁不住心里乱跳。但她想到现在应讨论的是严肃的话题，连忙控制住自己，说："曾昭舫，我从进入高中，就开始懂得憎恨父亲和他代表的阶级。尽管他对我一直友善，让我知道了一些常人不了解的政局内幕，但是我和他对社会的认识相距越来越远。你看这路上的这些衣衫褴褛的人，你去看看纱厂的工人，去看看我爸爸公司的苦力，他们的血汗被我父亲这样的人榨干。这世界难道该是这样吗？我父亲发现了我的反叛，极力想制止。每当有学生运动的风声，他就会赶回来看管我，或者派保镖暗中跟着我。他甚至想过中止我的学业，让我嫁到翁家，就是武汉人人都知道的那位姓翁的将军的公子。"

说到这里，心计颇多的女孩停下，眼角偷偷地观看昭舫，但她失望地没有看到反应，"是他漠不关心，还是太善于伪装呢？"她想，琢磨着继续该怎么说。

这时他们已经走到汉阳门江边，眺望着苍茫浩荡的大江和江对岸与蛇山凄凉对峙的龟山，以及那熟悉的汉水河口。见昭舫沉默了那么久，楚妮开始失落，便说："船快来了，我也该回去了。"

昭舫发了阵呆，突然问："后来呢？"

楚妮在心里笑了，昭舫啊，你果然还是个老实砣子，藏不住心思，原来你在等我往下说啊！她故意轻描淡写地："翁家和我们家很熟悉的。但是这都什么时代了？谁敢包办我？我妈也不会答应！你也许记得，去年我们从葛店坐汽车回来，我在车上骂的那个人，那就是翁家安在警局的！我刚才在昙华林不想陪你逛那一片，也是因为他们就住在那边。"

她突然煞住："我此生已注定要成为我爸爸和翁将军们的死敌，参加到推翻他们的阵营中，改变这不平等的社会。"她压低声音："我向往共产党，你呢？"

昭舫紧张地看着她，"真的吗？我可不想加入什么党的。"

楚妮听了有些失望，追问："你，你，竟然真的没有政治倾向?"

楚妮并不知道，其实，在左秧岷的眼里，她根本不够格加入共产党，充其量只能团结利用。

昭舫有些不知所云："我，我，也许是我不惯约束，也许是……我从心里反感党同伐异。其实，我看，国民党也有好多人是正人君子，也很爱国。要是都是蔡元培、于右任先生这样的好人，如果我们像美国一样，搞民主政治，那中国就有福了。现在两党要联合起来驱逐倭虏，真是再好不过。我看我们尽爱国之心就可以了。你一个女孩子，也别去管什么党吧？"

楚妮不高兴地说："这和性别有什么关系？你以为美国有真正的平等自由吗？看美国人牺牲中国迁就日本的态度，就知道他们并没有真正的正义感！在自己国内也一定会迎合富人压迫穷人的。我想，每个人应该有自己的世界观，有自己的人生观。"

昭舫不敢苟同，便说："我真佩服你，我虽说比你大几岁，还真没你想得多。这样说吧，我会学我姐、我妈那样，做一个有益于社会的人。"

楚妮不无遗憾地看着昭舫，她在听左阿姨谈到每个话题时，心里往往会同时想着，这个问题昭舫会怎么想呢？但是昭舫今天的回答让她颇感失望，甚至让她隐约感觉到这是他们在人生道路上分道扬镳的不祥先兆。是眼前这个青年太单纯，还看不懂资本主义社会的本质，满足于不受纪律约束的浪漫理想与热情之中？还是这个青年被这空气混浊的社会熏陶得太世故，幻想置身于一些原则性的斗争之外呢？昭舫啊，一向听说你上海的大姐很左翼，应该对你影响很大的，你还认不清你选的是一条劳而无功的走不通的道路么？你怎么偏就那么愚顽呢？

十、营救知秋

在楚妮这样的又一批热血青年执著地追寻人生道路时，1937年1月10日，在上海法租界的一个小阁楼上，重新回沪的杨韵珊与李群夫同志在墙上挂上了一面不大的党旗，昭萍面对这面旗帜，满含着激动的热泪，举起右手庄严宣誓，成为了中国共产党的一员。

她未必完全懂得了共产主义理想。她只模糊地知道，自己从此属于父亲那个“阶级”的掘墓人了。她为之奋斗的新社会将会怎样对待他父亲，她并不敢细想，好在那还很遥远，甚至近于抽象。但她深信，既然自己宣誓接受党的信仰，她就会接受党关于阶级斗争的一切立场。而她内心比较明确的是：以自己的满腔热血跟随共产党在国难中挽救自己民族和国家。

“昭萍此生追求两件事，一是打败日本，二是让我们中国人站起来。”她常这样说。

西安事变后，国共名义上合作了，共产党却仍然只能以地下的方式活动。对昭萍等普通党员和爱国人士而言，处境一点都没改变，危险一点都没减少。

她很希望叶知秋尽快成为党内的同志。但这个无畏青年的入党却要麻烦得多，主要是党内有些人对他的国籍和在东北入党的那段历史仍不放心。

知秋毫无怨言地接受着组织的考验与审查。他活动能力很强，是昭萍在“补习学校”的最主要帮手。他担任着“救国会”下属“国难教育社”（后名“普及教育服务团”）的沪中区委委员。

昭萍受命全面负责领导和组织“量才妇女补习学校”的“学联”和“青救会”等外围组织的工作外，还担负了救国会营救“七君子”的宣传与大量事务工作。

当时国民党五届三中全会刚闭幕，国人翘首以望，希望“容共抗日”、“建立统一战线”等政策尽快施行。然而就在清明前夕，江苏高等法院在南京政府的授意下，竟罗织了“十大罪状”，向李公朴等“七君子”提起了“公诉”。这逆潮而动的政治迫害，激起全国又一波"救国无罪"的民主浪潮。

根据地下党的指示，知秋和另外几位教师带领本校和"山海工学团"①百余名学员，以春游的名义到苏州，与东吴大学等校的学生一起，到民间进行抗日宣传，动员群众参加营救"七君子"的活动。

知秋组织这样的学生活动也不是一次了，临走前，昭萍嘱咐他小心行事，务必运用"救国联合会"倡导的"温和合理"的策略，不让某些人抓到把柄。

几天的时间过得很快。

那天在上课时，昭萍看到和他们一起的有些学员已经回了，一下课就想去问问情况。只见一同前去的教师钟桃慌慌张张跑到面前说："出事了！曾老师，叶老师在苏州被警察抓了。"

昭萍大吃一惊，强作镇静道："别慌，坐下慢慢说，怎么回事？"钟桃说："本来铁路工会的朋友已经帮我们安排好一个闷罐车，只差一个钟头，就可以坐车回上海了。这时有人来报告说，有两个还没归来的学生被警察抓了。叶老师就带了阿喜和阿欣两个男生慌忙赶去。原来，那两个学生被警察发现带有共产党的《对沈、章诸氏被起诉宣言》传单。叶老师交涉没有效果，反而也被扣下。叶老师带信要我们带学生先回上海。阿喜和阿欣暂时还留在苏州。一共五个人没回。曾老师，你看这怎么办？"

昭萍强作镇静，问明白了想知道的情况。知道直到他们离开时，知秋还被关在天赐庄分局。

她仿佛自己五腹六脏一下全被挖空，眼泪简直以不可思议的力量正欲强行涌出。她只剩一个主意：必须去营救知秋！她让其他人都先回家后，立即去找到了杨韵珊，要求批准她去苏州。此时她才懂得，原来自己还很脆弱，而且那么深爱着知秋。她不由自责自己平日太好胜，在知秋面前通常都是很占强的。

杨韵珊没有责怪她不按约定的突访，想了下说："我同意你去苏州营救他们。但不仅是因为他是你丈夫，他和那两个学生都是我们安排去的苏州，所以你要作为组织交给你的任务去营救他们。你现在就去找'量才妇女补习学校'

---

① 陶行知先生创办的半工半读贫民教育组织。

的股东钱江月女士,他们夫妇一直都在为营救‘七君子’提供帮助的。利用她丈夫、‘苏淞丝厂’的董事长徐先生在苏州的地位设法营救,事情也许要好办些。去苏州后,要及时向我反映情况。”杨老师则亲自去找帮会中经常帮助他们的辜老板。

昭萍和钱女士很熟,立即去找到了她。钱女士听明情况后,马上写了一封信,要昭萍到苏州找她的先生徐佑铭。

昭萍听到这个名字后几乎呼吸都屏住了,不禁惊叹人生命中所注定的缘分。她将看到她父亲和母亲都说到过的那个人,或许还会看到那个对她来说如同神话一般的庭院!

她穿了一身蓝色中式布衣,带着一个小藤箱,在下午三点就上了开往南京的“蓝钢专列”。这是当时全国最先进的从德、英进口的列车,途中只停靠苏州等四站,车票比一般车次贵得多。但令她颇感意外的是车厢内竟座无虚席,除外籍人士外,还有不少绅商和年轻人。

昭萍心事重重地将视线投向窗外。暮春时节的江南,平坦的大地上河渠纵横,绿树婆娑,青草连连,片片菜花黄绿相间。美丽的景色将一切粉饰得和平安详,让她更加觉愁绪万千。她不敢确定知秋的被捕是否偶然,但他既然后于学生被抓,说明抓捕并不是特别针对他个人。在组成统一战线成为大势所趋的今天,这到底隐藏着什么。

仅两个多小时,昭萍就到了苏州。她先雇了黄包车到东吴大学,按钟桃给的地址,顺利见到了阿喜和阿欣。听他们述说,苏州这地方简直如同隔世,警局还在固执沿袭“安内攘外”政策,关押知秋和那两个学生,好像只是为了凑足“上锋”下达的必须抓获的“共党嫌疑犯”的指标。

“荒谬!腐朽!”昭萍气得骂出了声。她又一口气赶到“苏淞丝厂”,找到了徐佑铭先生。

徐先生比昭萍想象的矮和瘦。他很注意地打量着昭萍。或许她姓中的“曾”字挑起过他久远的一个记忆。眼前这个女士的确相貌有些似曾相识,连她的上海话中仿佛都夹有熟悉的口音。但是世界太大,不会有那么多巧事的。

徐佑铭停止了自己的遐想,说:“你还没上车时,我太太就给我来了电话,我立刻去找了市党部的闻先生。他答应尽力帮忙,当时就写了一封信。几分钟前,他告诉了我最新了解的情况。您先生并不是天赐庄分局无目的关押,而是延续他们这几个月来的一贯方针,打击'救国会'和'七君子',当然不会放过李公朴和陶行知开办的学校,将他们的春游说成是'有组织的异党活动'。分局于是把这当成了财路,常常这样,在没有确切证据前,就将他们认为的对象先关后查,敲诈家属。对被抓人却严刑逼供,宁错勿宽。您冷静点!那个局长姓孟,四十来岁,给苏州的李根源当过跟班。李根源是云南人,去年在武汉被人刺杀了的那个杨永泰,就是他的学生。这位孟局长靠主子的势力登上了这个位子后,除了搜刮地皮,想办法捞钱外,没有做过一件好事,东吴大学的学生恨死了他。他曾两次为了在犯人身上逼取赎金滥用私刑弄死过人。"他看着惊愕的昭萍,"您不要急,这是市党部闻先生给孟局长写的信。您先送去,不一定能解决问题,但是至少可叫你先生少受些苦。我会尽一切力量继续帮助您。"

昭萍谢了出来,天色已经很晚。她一口气赶回东吴大学,这才想起,自己已经一整天没有吃饭了。

东吴大学占着天赐庄一大片土地,校内如同一个大花园,草场和球场绿草如茵,林园楼房和西式建筑彼此错落。昭萍躺在钟桃在这里任教的同学宿舍的床上,心里很乱。

次日,昭萍和阿喜、阿欣到警局去见到了孟局长。这个局长个子长得很高,不会低于一米九,黑黑的脸上长满疙瘩。看了昭萍递上的信,他仰坐在椅子上打了个呵欠,说:"这市党部和我们局不是……不是……"他想找一个官样词汇来形容"各是各的船,谁也管不了谁",却想不出来,便提高了声音说:"我们警局的任务,是维持社会的治安。近来各种反政府分子在苏州活动频繁,公然为牢里头那七个人撑腰。你先生带着李公朴的学生,名为春游,却被查出携带异党传单。这么大的案情,我不能不查吧?你现在拿着一封信,企图干扰我秉公执法。"说着,他把眼睛睁圆一瞪,说:"我现在就可以把你们关起来,调查你们的目的和来路。"

昭萍见孟局长虚张声势,懂得不能让他把话题引向"七君子",而应该把自己表现成来意简单的一个被捕人员家属。她于是尽力让自己表现得冤屈和难过,声音颤抖地说:"局长,我一家老小,还要靠先生教书吃饭。我们都是民国的顺民。局长一句话,就顶了天,求您放了他吧!"孟局长斜着眼看着昭萍,换了声调讥讽地说："不用在我面前装小妇人了吧！这信上不写着'曾老师'三个字么？"昭萍垂着眼说："那还不是为贴补点家用出来教书，上海东西那么贵，开销又大，不出来做，家里就更过不下去了。"孟局长奸笑着说："那倒是，我也很同情曾老师，不过我为党国办事，得要'公事公办'才行。"昭萍听出来话中的暗示，故意嚷了起来："那总要让我先见人吧？还有，那两个学生年轻，上海人身子又嫩，没有害病吧？我来时，那两个学生的家长也吵到学校去了，只是纱厂请不到假，还在请工会帮忙。"

姓孟的听到工会，头有些大。那两个学生原是他有意抓的，为的是把带头的教师引过来。谁知抓人后，上面没像往常那样称赞他，反而有人指责他"不看近日风向乱抓人"，警告他别惹出大麻烦。

昭萍拿出事先封好的几块大洋，轻放在桌上推过去说："都说局长是青天大老爷，阿拉相信不会错的。"

姓孟的对时局趋势也不是一无所知，不想趟太多浑水。姓闻的得罪不起，面子更不能不给，于是他装出一副为难的表情，检查了昭萍带的东西，见无非是衣物和吃食，便把她带进了后院。

这警局可能是前朝留下的废弃园林。在后院一间破旧的柴房中，用砖墙和铁栏杆隔成了三间小牢格，光线很暗，从牢房里散发出刺鼻的臭味。知秋和两个男人关在靠门的一间，两个学生被关在另一间，最边上一间还关着两个女人。

两个学生抢先从那一间呼喊着他们，知秋也走到铁栏前。昭萍先安慰了一下那两位学生，记下了他们带给家里的话，才走到知秋这边。她见到知秋脸上有明显被人打过的青肿，禁不住鼻子一酸。她极力克制，眼泪还是不听话地流了出来。知秋从铁栏里伸出手："不要这样，我又不是第一次这样了。"昭萍忍住了抽泣，说："你受苦了。"

知秋说："你不用担心我，我又没犯法。不过是学生手上有他们说的传单，鬼知道是哪里来的！"

姓孟的在一旁吼道："不许谈案情串供!"

昭萍说："我给你们带了些东西，先吃了换身衣服吧！不等到你出来，我是不会走的。"说完拿出带来的食物和衣物，再次让警察检查过后先给了两个学生，再过来陪着知秋。

不多一会，孟局长在不耐烦地叫了：“好了好了，明天再来吧，今天我还没有和同事打招呼，当心说我徇私枉法。”催着把昭萍赶了出去。

昭萍沮丧地回到东吴大学。好个帮人入微的徐佑铭先生，已来过并留了信给她。昭萍看完，心急火燎地按徐佑铭先生给的地址找到了市党部的周秘书，得知闻先生被召进京开会了。次日周秘书陪她一起去见了孟局长。孟局长无奈，勉强先放出两个学生，但坚持要知秋写“悔过书”才放。

知秋与昭萍深知，这关系一个人的政治大节，便一口咬定：不在与己无关的东西上签字，不沾不清白的指控。于是事情又陷进了僵局。

僵持了一阵，昭萍怕姓孟的又出什么花招，只好先带回两个学生，连澡都没让他们洗，赶写了一封托梅娘娘交给杨韵珊的信，(自秋平走后，梅娘娘又在补习学校做杂务。)找到在铁路上的关系，让阿喜、阿欣带他俩先回了上海。

第二天，杨老师就派一个叫小况的来了。小况是组织内的同志，在锦江饭店当侍应生。他给她带来了些生活费和消息。上海那边，“量才妇女补习学校”的代理校长李祖坤先生正在亲自为叶知秋的事奔走。帮会的辜老板也已表示愿意出手帮助。根据掌握的情况，警方对知秋并没有什么特别的罪名依据。鉴于目前统一战线正在形成的势不可挡局面，共产党的代表潘汉年即将来苏州看望“七君子”，甚至想争取被关押在苏州监狱的所有同志和“七君子”一起获释。这使昭萍受到极大的鼓舞。

帮会的人找了孟局长后，他还是装作为难，准许昭萍留下来陪伴知秋，拿定主意要好好敲一笔才罢休。

昭萍于是留在警局牢房外、隔着铁栏陪着知秋。想到自己个性强，对家中的事情又很敷衍，平日里让知秋受的委屈一件件都涌上心头，只想尽量补偿他。知秋很受感动，怜爱地说：“这里太脏太臭，恶心死了。你哪里吃得消，不要天天来了。”昭萍说：“不，你不出去，我就天天来陪你，我决不一个人走。”

由于当局得知中共代表潘汉年要前来苏州探监，害怕群众和学生会闹事，便如临大敌加强警力。姓孟的得到命令，带人到市局参加统一巡逻，维持治安。这一去竟是二十天。

昭萍却一日不息地守在牢房里，衣不解带地一连二十多天，和知秋谈着秋平，谈着父母，好像有说不完的话。只除了到外面打饭买菜，整日里都寸步不离，夜里就坐在地上、靠在铁栏上过夜。牢里臭气熏天，臭虫蚊子猖獗。昭萍却从无半句埋怨。连警察们都开始敬佩起她来。

这天，姓孟的又来到了牢房。由于上司训斥他为了一个无足轻重的人去得罪市党部的官员，他懂得自己不可能再加害知秋，而昭萍的韧劲也让他不得不折服。他便开门见山地昭萍说，你要是想要你男人出去，拿两百元钱来赎。

昭萍此时也心力交瘁，随身现金所剩无几，便一咬牙，将一直藏着的父亲送给自己的那个硕大的纯金戒指交给了这个家伙。知秋终于在被关押二十六天后获得了自由。

叶知秋回沪半个多月后（1937年6月），经曾昭萍和李群夫介绍加入了中国共产党。

十一、蓝衣社枪打出头鸟

西安事变后,政府中一些人本来就手忙脚乱,而武大学生们还未开学就表现得很不安分,昭舫等“歌咏队”的同学都提前到校,排练抗日剧目,加之由于王校长的反对,包华与卫邦国被强行“休学一年”的处分也已撤消,这让刘教官更觉大伤脑筋。

毛竞飞此时已正式被吸收进了复兴社,十分了解上面的意图。他几次带“动力社”学生去捣乱,找借口占据礼堂,逼使他们中断排演和临时改变地点。

但一切干扰都是徒劳。开学时,《阿银姑娘》还是顺利在俱乐部进行了彩排,彩排场内挤满了闻讯赶来的师生和家属、工友。不久举行了公演,演出非常成功。自此后,校园内演剧与歌咏活动互相配合,救亡宣传更加有声有色。

随着校园抗日情绪空前高涨,开学后,不少学生自发地早起进行实战军训,虽说人数不如学校组织时多,但是那精神和气氛确是后者不能相比的。这让有些人十分不安。

倒是正在参加与延安代表谈判的康泽眼光独到,指示校董事会因势利导,重新掌握校园的主导权。于是校方想出了一个天衣无缝的方案,以国难当头的名义,停课分批军训,趁机将左翼学生占压倒力量的一年级放假。除一年级外,其余各级将在五月开始学生军训。

这样,这学期实际只上了不满三个月课,大批同学就纷纷离校了。

年轻的学生们一时还识破不了其中奥妙。但不少高年级学生确实不想参加校方组织的空架势的军训,也纷纷找借口离开校园。郭佩珊以去上海江南造船厂联系毕业实习为名,获准离了校,而刘锡尧则在南京借病不归;左翼学生的实际领导李厚生也突然请假(直到半年后,昭舫才知道他与万国瑞结伴去了北平),也走得很急。

童楚妮则打算去上海找他母亲的老师钱亦石先生,临走前到男生宿舍去找了昭舫,但却没有说很多话,也不说去上海干什么。昭舫知道她的个性,当然也不问,只是托她看望大姐,并帮忙带去他放在学校的一张秋平的两寸小照片。

楚妮和几个女生下山了。当她的身影消失在山下的一片绿荫之中后，昭舫才忽然感到若有所失。他何尝不知道楚妮那天问他的话的用意。他自己也不知道，是该劝楚妮不要选择那么沉重的责任呢，还是自己应该义无反顾地和她走上同一条路。

好在李毓章和潘乃斌还留在学校，还不那么孤独，干脆更加投入对音乐的热爱吧！

这两年来，潘乃斌阅读了大量马列著作，已经确立了他的人生观，在心中奠定了为理想献身的思想基础。他将更多的精力投入了爱国活动中，以满腔热情写出了《日本马场财政之检讨》、《从入超减少说起》等多篇专业论文和短评，以“罗先珂”为笔名，发表在《外交月刊》和《武大学生》等报刊上，揭露日本帝国主义的侵略本质。

“罗先珂”，是因为他崇拜俄国的盲诗人爱罗先珂。他有时也写诗言志，用的笔名是“先珂”。

乃斌一直等待的左秧岷来汉后，的确曾来过珞珈山，但正好他当天不在学校。而左秧岷出于多年地下工作的经验，很快发现武大相当复杂，一个学校，居然有国民政府高官和蓝衣社要人频频光顾，加之自己并没得到组织上安排在汉活动的指示，便独自先回了趟黄冈老家。

由于一年级学生离校，歌咏骨干和积极分子一时少了很多。昭舫担心歌咏活动降温，便与潘乃斌、李毓章商量后，吸收了一些积极参加唱歌的同学加入歌咏队，其中包括周艾琳、魏公博等人。虽然“救国团”中有人对乃斌提出质疑和指责，认为周艾琳与 CC 关系密切，但乃斌认为，她本人很单纯，一直能坚持参加学唱进步歌曲，还曾给“青年救国团”提供过重要帮助。

周艾琳等人加入“歌咏队”后，很多没能参加进来的同学都跑来找找他们，抱怨说“歌咏队”人吸收得太少了。潘乃斌征求了其他“救国团”负责人意见后，认为可以再放开些，不同政治观点而又积极投入抗日活动的人，都可以吸收。结果歌咏队人数一下增加到百人。昭舫和毓章很兴奋，甚至还打算排练一个毓章编写的诗歌剧，将流行的歌曲组合起来咏唱。

但是形势远不像他们所希望的那么乐观。蓝衣社武昌站长郑扩儒到武大校园住了一天，马上就注意到了曾昭舫。这个学生拿着指挥棒，人气高、影响大，甚至不惜自己花钱，做的都是共产党想做的事，所以绝不能将他看简单了，任他用教歌的名义来控制武大。他怀疑曾昭舫不是仅思想激进。康泽说过，双十二事变后，共党正在找机会全面渗透并争取合法化，大有卷土重来之势。武大很可能已经有了共党，至少有了它的外围组织在背后操纵。

郑扩儒现在行事特别胆壮。去年西安事变时，“复兴社”中很多高层人物置领袖安危于不顾，联名上书“武力讨伐”。而郑扩儒尾随康泽，坚决反对扩大事态的军事行动，拒绝在上报南京的请愿书上签字。西安事件和平解决后，一大批复兴社实权人因错误表现而失宠。而他却因立场坚定而受到表彰和晋升。

他采取了几项措施，力图抓牢这个复兴社基础深厚的大学。他布置了眼线，又在军训刚开始便打破禁区，派出了一队宪兵进驻了校园。

一股冷气突向校园袭来，但大学生们却并没有把他们十分放在眼里，照旧按自己的方式生活和学习。

这次军训很艰苦，强度也很大。一到操训，学生们就得忍受军训教官的不堪入耳的辱骂和讥讽，敢怒而不敢言。不过相比别的学校军训而言，武大还算好的，不用吃粗劣的饭食。

学生们不想沾惹特务宪兵，便把所有愤怒都积攒着。表面看上去校园又沉寂多了。刘教官却以为自己扬眉吐气的时机到了，半年来，趾高气扬的学生们见了他就故意放声高唱来刺激他，他早就不耐烦了。何况郑扩儒已明确指示他要毫不犹豫地枪打出头鸟，看谁在干共产党想干的事，管他是不是真的共产党。省党部周远涤处长不也说过要乘机掌控大局，必要时可以杀一儆百、敲山震虎吗？

他向上司汇报的名单中，列在最头上的两个是曾昭舫和潘乃斌，郑长官认同了。他认为，曾昭舫利用教唱有效地扩散“共毒”，掌控了一批中了毒的学生，成为响应共党主张的骨干，而潘乃斌可能水更深。他点拨刘教官，可以选时机激怒下这些血气方刚的青年，说不定可以激发他们透露出背后共党活动的蛛丝马迹。他说，共党肯定有人潜伏来汉并染指武大了，你看校园内组织有序的一次次集会和行动、激进的地下报刊，都足以说明问题，这可是远远超出了武大范围的大事。

刘教官受到了鼓励，他正迫不及待地要出口气。他忘不了一些大人物们的责备和训斥、讥讽和揶揄。一会儿要他“慎行”、“顾全大局”，压着他；一会儿又什么“拿出点成绩”啰、什么“动点脑筋”啰，还有动不动“我们总不能派警察去管学校，不然要你干什么”啰，像训儿子的口气。这碗饭真难吃！其实在他心中，什么军训、党国都只是虚的、次要的，而自己的利益、晋升和面子、才是实在的，高于一切的！

他要做出点成绩，枪打出头鸟不难，公开出面把校园闹得不安宁的头头，不是曾昭舫还能是谁？

他搜罗了一些最近的事，觉得胸有成竹。周六，他派人把曾昭舫叫到了办公楼二楼的训导处。

他带着讥讽的笑容道：“曾昭舫，你真算是学校的明星了。现在军训期间，有派来的教官操练。你出什么风头？在集合前指挥学生唱什么歌？那天你指挥队伍唱歌，张教官站在一边等你，倒像你是教官了。很多同学都向我反映，对你的作为十分反感。”

昭舫连忙解释说：“那天我们等了好久，张教官还没有来，是大家建议唱两首歌，以振军威。他来了我们就停下了呀！”

刘教官沉下面孔，“唰”地站了起来，用食指指着昭舫：“你还在强词夺理，在我面前站都没一点站相，哪像受过军训的？我说几句，你就顶几句。‘大家建议’？当我不晓得，那天谁在建议？都是你那伙的！你唱的什么歌？‘谁愿意做奴隶？！谁愿意做马牛？！’你在针对谁？是政府，还是军训？”

昭舫哭笑不得，“刘教官，这是电影院正在上演的电影《夜半歌声》中的插曲《热血》。是激励大家，不当亡国奴……”

刘教官忍不住了，用力将桌子一拍，“你少在我这里卖弄学问，我是在代表校董事会对你说话！我警告你，你这是哗众闹事，干扰抗日军训！靠你们唱几句歌就能不当亡国奴？我现在宣布，军训期间，不许你组织教唱歌，不许你借歌咏队来为异党达到政治目的，否则，一切后果要你自己负责！去吧！”

昭舫听得十分气愤，只觉得眼前这个身为教官的人实在无知透顶。他挺着腰回答说：“教唱抗日歌曲，是校方同意的，校领导曾多次光临歌咏队表示支持。您刚才的话如果是学校的决定，请贴出通告让所有人知道。”说完鞠了个躬出门，只听得刘教官在里面咬着牙说：“你有本事就试试看吧！”

昭舫看出自己有可能被拿来开刀了，但是他并没有被吓倒。他天真地以为，歌咏活动与所教歌曲均属合法，只要不让他们抓到小辫子就是。刘教官不过是趁左右派力量对比陡然变化的机会，抖抖自己的威风罢了。他打算把这些和潘乃斌商量一下，乃斌对他说过，今天要到“大智旅馆”住一晚的。

乃斌因不倦的努力，终于通过南下串联的同学找到了一个可能联系上组织的宝贵机会。他下山后，包括整个星期天，都忙得没有人影。昭舫于是没能找到他，也只好把这事情暂时放下。

新的一周，军训安排学生分批出发进行野营拉练。昭瑛她们文学院早一天动身。昭舫于是提前安排了教唱活动，教唱青年作曲家麦新的《牺牲已到最后关头》。当时这首歌尚未公开发行，歌单是上海刘良模抄在纸上邮寄给他的。

向前走，别退后，

牺牲已到最后关头！

……

中国的领土，

一寸也不能失守！

……

一时间，珞珈山上，到处飘荡着这催人斗志的歌声。刘教官却感到再无法忍耐，他的权威受到曾昭舫为首的激进分子的蔑视。

刚好“复兴社”派毛竞飞通知他，潜入武汉的共党分子星期天上午在汉口青年会举行了非法聚会。据侦察，武汉大学有人参加了。接着又得到穆啸谷的小报告，潘乃斌在校歌咏集会上发表反政府言论，还传阅过共产党的传单。

他听到“汉口”、“青年会”这些地点，联想到了曾昭舫和家不在武汉又频频下山的潘乃斌，是不是就是他们两个？拿下曾昭舫的决心终于下了。

昭舫并不知道大难即将临头。他正在整理拉练行李，被刘教官派人来叫到了训导处。

刘教官正一脸怒气地等着他，开门见山地问：“曾昭舫，你星期天在干什么？”

昭舫答道：“在家啊！”

刘教官放大了声音问：“和谁一起？”

昭舫忍住气愤回答："刘教官，星期天我们学校有好几个老师和学生都到我们家餐馆吃过东西，都和我打过照面，您要不要把他们一个个叫来为我证明呢？"刘教官知道武大的人为了实惠，常有人吃东西前先去找昭舫，看来去开会的不像是他，但他未必一点都不知情。

既然诈不出，他又换了个表情说："好，我就信你说的。但是，曾昭舫，我找你，还是你教歌的事。领袖曾经说过：'和平未到完全绝望时期，决不放弃和平；牺牲未到最后关头，亦决不轻言牺牲。'你昨天教唱的歌曲公然声称是'牺牲已到最后关头'，你自己想想是什么性质吧！更严重的是，你利用教歌为掩护，进行变相集会。潘乃斌在你教歌前公开煽动大家，反对江苏高等法院对抗日救国会那七个人的《起诉书》，叫嚣立即释放危害国家的那七个人和全体政治犯。会上宣读的传单，十分像共匪中央 4 月 12 日发表的《宣言》内容。潘乃斌是和你走得最近的，他的事我也在调查。而你作为我们注意已久的左派学生领袖之一，如果还想继续读完你的大学，就不要对我的一再警告置若罔闻。必须悬崖勒马，与政府合作！你必须说明，潘乃斌和你系受何人指使，文件是哪里来的。不许回嘴！现在就给我到里屋去，我限你今天内给我写清楚，为此事写出《悔过书》。那样，我可以让你参加明天的拉练；否则，你将面临非常严重的后果！我不想再往下说了。"

他越说越气，长久来看够了左派学生的嚣张气焰，他早就无法再忍了！然而，由于他对付昭舫并未得到真正有分量的把柄，所以难免有些色厉内荏。他干吼了一阵后，生怕自己说不过昭舫，便不许昭舫分辩，就连忙命他去里屋写《悔过书》。自己则坐在外屋抽着香烟。

吸了一支烟后，他并未消气。但大概也觉得无聊，就把外面门掩上，溜了出去。

"里屋"其实是用几个大书柜在屋内隔出的一隅，堆着刘教官的杂物，有一张不大的办公桌，屋角有一张小床，大概是这位忠于党国的教官在此值班休息用的。

昭舫极力让自己平静下来，压住自己的气愤，冷静分析着形势。现在虽说李厚生他们都离了校，但正气还是应该占上风的。刘教官选在这个时候逞威风，显然错误估计了他们的力量。他决定要极力声辩和斗争，问他爱国有什么错！正一个人想着如何做时，忽然听见有两个人将头伸进外间门说着话。

是穆啸谷的声音："刘教官偏又不在，哪里去了？等下潘乃斌那些人散了，哪里去抓人？"另一个是毛竞飞的声音："你猪脑子，不守在那里。"穆啸谷说："我一个人，那半山庐是教工宿舍，我守在那里，谁来报信呀？"毛竞飞说："干脆，直接去军警室叫人吧！"两人说着声音远了。

昭舫无意间听得，乃斌显然被穆啸谷这个卑劣的告密者发现了什么！他当然感觉得到乃斌近来神秘行动的严重内含，所以必须马上通知乃斌，否则后果不堪设想！

他怀着焦虑的心情，悄悄跑出到外面看。正好，训导处和走廊都没有人！他把心一横，当机立断地走出了训导处，跑下楼梯，一口气出了楼，抄小路，用他的短跑速度向半山庐奔去。

他已顾不得自己的后果，只想着乃斌可能的危险。一路上揣想着，乃斌常去赵师梅教授的弟弟、制图教员赵学田家，这会多半在那里。

他的行动竟被在对面法学院楼上教室的周艾琳看到，觉得好奇，便也寻迹跟踪过去。

"半山庐"在珞珈山西北部的山腰，是个三单元两层的楼房，由两个阳台连缀成一体。住的大都是单身教工。青砖墨瓦，色调简朴，庭前开阔平坦，屋后树木森森，与苍秀山势混为一体。这三单元楼房共用在中间的门，连着一个伸出的带檐小廊。

昭舫没有进门，却直接绕到了楼背后，在一楼赵老师房间的窗外敲了两下，但没有人回应。他忍不住叫道："赵老师，我是曾昭舫。"

果然，有动静了。赵老师开了窗。昭舫一眼就看到，里面坐了一屋人，乃斌就在其中，晃眼看见楚妮家见过的左阿姨也在里面。她怎么会在这里呢？

昭舫来不及多解释，喘着气便说："快散，穆啸谷去叫警察来抓你们了！"

乃斌一听连忙起身布置解散。昭舫又跑到前面门口等到他，说："你不能回斋舍了，刘教官要追究你昨天散发的文件，说是共产党的。你快和左阿姨下山。我们的小船还是放在游泳池的更衣室那边的，你们划船过湖更好。我来对付他们。"乃斌一边叫昭舫小心，一边带着左秧岷等人从树丛中寻路下了北山。

昭舫想偷偷再回训导处，便从他熟悉的树丛中的小路快步向山上奔去。已不远时，忽然看见毛竞飞和穆啸谷带着一群军警，正顺大路向半山庐方向走去。毛竞飞的手里居然还拿着手枪！

他怕乃斌他们走得还不够远，便故意放声咳了两下，继续往树丛中钻。军警们听见了声音便停下了。带队的大声喝道："什么人？"昭舫故意不再作声，诱着他们停下来仔细听。

那些人见没了动静，又起步再往半山庐走，昭舫便连忙又往上钻，弄出声音。那当官的又叫人停了下来，叫道："什么人，不出来开枪了。"

昭舫心一横，干脆嚷道："你们凶什么？这山上不能来么？"

毛竞飞听出是他的声音，叫道："曾昭舫，你在那里干什么，你过来！"

昭舫在树丛中说："你少吓唬人，你有什么资格叫我过去。"

毛竞飞对警察说："这家伙是一伙的，别放跑他，去两人抓来。"

昭舫知道自己在劫难逃了，打算豁了出去。正准备走出树丛现身，忽然间周艾琳从树丛中飞快地穿过，来到自己的跟前，挺身站起来大声嚷道："你毛竞飞算个什么？我们有我们的事，你滚远些！"

毛竞飞先是一惊，却又马上怀疑不是那么简单，就说："把她也一起抓了。"

那警官一看，像是男女大学生在树林里幽会，便不耐烦地说："你在这里发什么号令？哪能见人就抓？你们不要管那两个了。姓穆的，你说的姓潘的共产党集会，到底在哪里？"穆啸谷说："不是这两个，是潘乃斌，在半山庐。"

他们放弃了昭舫。但是穆啸谷带军警走到了半山庐后，自己也说不清潘乃斌到底是进了哪一家。他当时怕得要死，只看见乃斌和几个生人进了中间的门，就慌着脱身赶去报告了。警察们只好挨家敲门，惹得老师们纷纷怒吼和抗议。警察们受了气，恨不得踢穆啸谷两脚。

毛竞飞倒觉得穆啸谷肯定没看错，他仔细想了一想，认为曾昭舫很是可疑，他很可能是在故意耽误他们的时间，掩护其他人逃遁。想到这里，他决定马上回学校找刘教官，要求先把曾昭舫抓起来审问。

武大单身教工宿舍半山庐旧影

十二、挺身而出

周艾琳旁若无人地挽住昭舫的手臂，在校园里大咧咧地走着。昭舫此时只想到应该感谢，其余什么感觉都没有。倒是艾琳先说活："你这时跑去树林干什么？"昭舫不善扯谎，一下想不出话说。周艾琳却马上猜到原因了，毫不犹豫地说："要有人问起，你干脆就说跟我约会，这不会委屈了你吧？"昭舫这下清醒了些，连忙抽出手臂说："周艾琳，我很感谢你多次帮我，但今天我死定了。我是被刘教官责令关在训导处写《悔过书》偷着跑出来的。"艾琳说："你为什么跑出来呢？"昭舫不肯说，艾琳说："没想到你到现在还不肯相信我！好，我告诉你，你现在只能说，是为了准时赴约和我见面跑出来的，才能大事化小。"昭舫说："不！"艾琳气得要爆了："你当我不晓得，你怕说了会坏了你和童楚妮的好事！我陪你去说，我不揽下来，你马上就得坐牢、灌辣椒水！"

两个人吵着到了行政楼前，刘教官正铁青了脸，叉着手站在楼门口。见他们二人到来，便乜斜着眼对昭舫说："你有种！我一出门你竟敢就跑了，哪里去了？"艾琳抢着说："他和我有约会。"刘教官说："我没问你！"周艾琳大声说："我不喜欢别人打断我的话，包括刘老师您！"刘教官气得恨不能煽周艾琳一个耳光，再把昭舫一个人拉进屋去整治。但想到自己到这个位置全靠周艾琳在省党部的哥哥，只好暂时忍下这口气，说："里面来说。"周艾琳却说："没什么见不得人的事，非要到里面说。我正有很多话非要他给我说清楚哩！刘教官你证明一下，是你叫他在训导处写什么《悔过书》，还是编了谎话骗我躲我？足足让我等了半个钟头。"

刘教官一时脑子转不过来了。周艾琳随即转过脸对昭舫说："戳穿了吧！唱唱抗日歌曲，刘教官会要你悔过么？我相信刘教官支持还来不及哩！完全是骗我嘛！"

周艾琳嗓门大，楼门前很快围了一群学生，以为出了桃色新闻。大家都想看个新鲜。刘教官脑子转过来了，周艾琳一向袒护曾昭舫，这回一定是他搬她来压我了！他回头看到楼门口也被人群堵住，有些恼羞成怒，便说："曾昭舫，你自己说。"

昭舫懂得，毛竞飞等人抓不到乃斌，一定会在学校搜，必须把注意力吸引到自己身上，为乃斌争取时间。便坦然地说："不全是周艾琳说的那样。我出去有别的事，不是去赴约会的。我想我应该有行动的自由吧？"

刘教官说："我叫你在我办公室写悔过书，特别说了不许你出来。我一走，你怎么就跑了？"

昭舫反问："我悔过什么？"

刘教官忍无可忍，"你以教歌为名，变相集会，散布异党言论，还要我一条条帮你说么？"

昭舫不动声色道："刘教官你说得太吓人了，我只是教唱歌，学校允许的。我散布了什么异党言论了？"

刘教官说："你还狡辩！我问你，潘乃斌是不是鼓动大家去威胁当局，要释放危害国家的那七个人和全体政治犯？"

昭舫说："我叫曾昭舫，不叫潘乃斌啊！"下边的同学立即一阵哄笑。

刘教官气得直咬牙，正要发作。昭舫一眼看到，远处毛竞飞和军警正在朝这方向走来，看来没抓到人。但他立即想到，不能让刘教官和毛竞飞串通了情节、来分析他的离开和半山腰看见他的事，便十分坦然地说："我出去的确是为了串联同学，动员大家在拉练时，参加为营救'七君子'的签名和请愿活动。"他又加了一句，"当然也要动员周艾林。"

刘教官一听，勃然大怒："曾昭舫，你想造反么？"

此刻，昭舫什么都已经想好，心也完全平静下来。他用眼一扫，自己的弟弟和几个东湖中学的学生也站在人群中。他决心要用自己的行动告诉昭诚，哥哥在关键时刻是什么样子。便大声回答说："我做一个有良心的中国学生应做之事，这如果就是造反，那孙夫人、廖夫人，还有政府中的冯玉祥、于右任、孙科、李烈钧，英国的哲学家罗素和美国科学家爱因斯坦，他们都为营救'七君子'而请愿，我请问刘教官，这些人是不是个个都是我们的楷模？他们又是不是在造反？"

刘教官怒不可遏："曾昭舫，你好大胆子，你跟谁在说话？你是在这里发表演说么？你分明是在煽动！看来，共党的传单就是你拿来的，你说的每一句，都和共产党说的一样！"

昭舫冷笑道："请教刘教官，共产党是怎么说的？我真的还不知道。"

学生中发出一阵哄笑，更叫刘教官恼羞成怒，暗中发誓若不整治曾昭舫，再不为人。李毓章站在人群中，不懂平日里温良恭谦让的曾昭舫，为什么今天一反常态地出言犀利，心中一边为他大叫"痛快"，一边为他捏了一把汗。

刘教官见学生人多，压了下心里的火。说："你一个学生，直言不讳地要发动众人营救'七君子'。那我问你，谁教你这么做的？你的文件是哪里来的？"

昭舫说："我没有你说的什么文件。但我承认，我一贯认为'七君子'爱国无罪，应该马上释放！我要求自己做有良心的中国学生，是武汉大学这么教育我们的！我发动同学进行爱国活动又不是第一次了，你不是早就把我的名字上了'黑名单'、封我做了'学生领袖'么？"

刘教官此时才发现，原来自己口才那么笨，简直不是曾昭舫的对手。气得只顾咬牙："曾昭舫，你行啊你！今天我算见识了你的真相了。"

正在这时，毛竞飞带着军警回了。他提着手枪的形象立即引起了同学们极大的反感。李毓章大喝了一声："毛竞飞，你是学生，还是特务？"其余同学也大声嚷了起来:"毛竞飞,你贪污了我们多少伙食钱?""毛竞飞滚出学生宿舍!"群情激奋起来。

毛竞飞挤到刘教官面前耳语了两句,刘教官抬起头大声说:"潘乃斌站出来!"却没有人理会他。等他喊第二声时,李毓章已在人群中悄悄低声地起了一个音,喊了声"预备……起!"人群中突然爆发出了震耳的歌声:

同学们,大家起来

担负起天下的兴亡……

刘教官见学生们情绪激动,恐众怒难犯,只好忍气带着毛竞飞和警官到了王星拱校长的办公室。

王星拱校长其实一直在注视着楼下发生的一切,算到刘教官会来,便拿起一张报纸,仰坐在藤椅上。

刘教官一进门就大声说:"王校长,学生要反了!"

王星拱冷笑道:"学生反了?那我这个校长是不是该马上逃命啊?"

刘教官被呛,一时说不出话。毛竞飞藏起了手枪,上前恭恭敬敬地鞠了个躬,站在一边。

那警官走上前,说:"黄校长,"王校长不客气地打断他的话:"我不姓黄,你口音是孝感的吧?'黄'、'王'应该分清的。"那警官被呛了一句,窘了一阵,才又说:"王校长,我们接到情报,已经有共产党特派员潜入了武汉,前天在汉口'青年会'组织了非法聚会。有人发现有你们学校的人参加,听人呼他的姓是潘,据分析是贵校的学生潘乃斌。昨天,他趁歌咏队非法聚会唱歌之际,分发了共党特派员带来的匪中央《宣言》。今天又有人发现,潘乃斌在半山庐非法召集人开会,我们赶到时又被他逃脱。请校长派人把潘乃斌叫来,让我们抓获归案。"

王校长靠在椅上,不慌不忙地地说:"据我所知,潘乃斌是我校品学兼优的学生,我从未听过他参加非法活动一说。你说的两件事,没一件说得肯定。自古有道是,捉贼要赃。现在讲,抓人要有证据。你凭什么说两个'非法'的会(他把'非法'两字说得特别响亮)都有潘乃斌?至今你们连一份所谓的传单都没有拿到,就凭分析那就是共党《宣言》,还是'特派员带来的',恕我不敢认同。你半山庐抓的人呢?净是些捕风捉影的事嘛!"

警官辩道:"校长不要为难我们。我也是当差。不瞒您说,今天上司电话,明令我将潘乃斌‘抓获归案’的。求校长支持。”

王校长把报纸往桌上一扔，站了起来，大声道：“那更奇了，从来没有听说警察可以直接到我武汉大学抓人的！这样，你们要回命，就先把我抓去吧！”

那警官被王星拱校长的正气逼得退了一步。定住神后，才又上前磨了一阵，见不可能有结果，便一个人失望地退了出去。

刘教官这才开始接着讲述曾昭舫今日的“狂妄表现”。王校长听了一半就打断他的话：“刘教官，西安事件和平解决之后，全国上下充满团结和解之气。曾昭舫的所为，并没有与政府当今团结全国抗击倭寇的方针相违背。如果说他对您不够尊重，我倒可以叫他向您道歉。不过，刘教官也要胸藏海量，体谅年轻人的方刚之气。”

刘教官不服，说：“王校长，曾昭舫不顾我的劝阻组织教歌，实际上是为反政府的非法集会提供机会。我要求将曾昭舫开除学籍，以正校风。”

王校长说：“教唱抗日歌曲是校董事会同意的，歌曲是经过上报审查的，你怎么能随便制止呢？即使顶撞了刘教官两句，也没有到该开除的地步啊！”

刘教官大声说：“王校长，曾昭舫长期煽动和操纵武大学生运动，他因旷逃党义课，早已记过一次大过、一次小过了，这次足够给他给他记过，岂不是就够开除的。”

王校长冷笑道：“我曾听裴教务长说过，10月初，汉口市政府寄来一封嘉奖信，说曾昭舫在汉口等候轮渡时，看见‘居巷’民居失火，便临危不惧，组织路人救火救人，并奋不顾身冲入失火人家中，用盆将水向上泼，使一场浩劫得以避免。当地居民二十九户联名上书，请求市政府通报嘉奖。我们学校还为此记过他大功一次，以前的‘过’也一下都抵光了的。对了，您不还亲自在早训时对学生宣布过此事，要大家向他学习么？”

刘教官不由恼羞成怒了，几乎是嚷道：“可是现在又是曾昭舫扰乱军训，妄谈国事，出言骄狂。这样一个一贯藐视党国的学生，闹出这么大的事；潘乃斌又是当局通缉抓捕的人，而您却一味护着他们，这是要我们尽不了职责，要我们辞职么？”

王校长眼睛看着窗外，冷冷地说：“我不知道刘教官何以这么激动，我是办教育的人，要我不明不白地开除学生……”

他停顿了一下，用斩钉截铁的口气说："我宁愿：更换一个教官！"

刘教官仿佛被扇了一个耳光，半天说不出话。他强吞下怒火，和毛竞飞退了出去。

王星拱送走了这些人，懂得这事不会就此了结。他坐下来，给武汉大学的前校长、现国民政府教育部长王世杰写了一封信。写完天色已不早，他便走出了办公楼，准备回家。

五月的天黑得较晚，楼外空地上还聚集着很多同学，拿着羽毛球拍的学生也没有打球，所有人都在谈论着什么。见校长出来，顿时没了声音。王星拱走到壁报前一看，顿时怒火直冲脑门。

墙上贴着武汉警备司令部通缉潘乃斌的布告！

他掉转头，又急匆匆地返回了办公室，拨通了省教育厅长家的电话，他激动得不让对方插话，对着电话嚷道："学校是学术天地。我的学生出了问题由我负责！警察不得擅自进校抓人。何况每项罪名都只是个'莫须有'，这哪一点符合现在团结抗战的精神？"

他气血攻心，当天就病躺下了。

次日李毓章去看他。他见没旁人，把李毓章叫到床边，塞给他十元钱和一封信，"他们已经调查排除了其他姓潘的同学，锁定潘乃斌了。我知道你和他的关系，你能找到他的。你把钱给他，让他赶快离开武汉。先到北平，按这个地址去找刘文岛教授，避避风头，就在那边听课。眼前武大这个局面不正常，是长不了的。你们要多小心，不要让人跟踪了。"

李毓章走后，王星拱长长地叹了一口气，他已知道教育厅以他生病为借口，叫他休息，正打算让裴济宗等人主持军训时期的学校工作。他更深知，曾昭舫、潘乃斌这些热血青年，正面临人生的一次重大考验。

十三、珞珈受难者

昭舫心里着实痛快。他故意装出激动而狂傲,成功地把刘教官等人的注意力吸引到了自己身上,给了乃斌等人脱险的充裕时间。

昭舫和刘教官当众进行交锋的那天,刘教官没能得到王校长的支持,只好灰溜溜地出来,恶狠狠地看了昭舫一眼后离开。当时昭舫仍留在文学楼前的空地上。他知道自己多待一会,就会多吸引毛竞飞等人一会,乃斌他们的时间就会多一些。

昭诚也不愿离去,他为哥哥的英勇气概所激动。昭舫再三叫他回去赶晚自习,他才和朋友们一起走了。毓章等同学们还在三五一群地发表议论,也不想去吃饭。擦黑时,过来了几个警察,贴出了通缉潘乃斌的布告。当时王校长正好下来,看了布告后怒气冲冲地又上了楼。

昭舫看了布告后,先感到的竟是一丝宽慰,这说明乃斌等人已成功脱险了。而且除了乃斌,特务没有发现其他人。布告是用毛笔抄写的,说明张贴量有限。

同学们则都很义愤,虽然天渐渐黑下去,聚集的人反而多了起来。

昭舫稍微安心了些,但他的思想正被新的不安充满,乃斌下一步怎么办呢?毓章拉了他一把,告诉他食堂已经关门了。他便和毓章一起,到山下校门口的合作社小餐馆去吃饭。

毓章陪昭舫吃完饭,又一起回到宿舍,发现昭舫的房间居然被人搜查过了。他多年来收集的歌单散落了一地,还遗失了很多(所幸毓章那里存有备份)。石秀夫不在宿舍,毛竞飞选了此时机带“复兴社”上山的人来下了手,用的是搜捕潘乃斌和共党的《宣言》的名义。有些同学闻讯后赶来昭舫房间,见状都十分愤怒。昭舫更是忍无可忍,立即写出了一张大字报贴出,对此表示强烈抗议。

次日,他还是随拉练的队伍出发了。

气急败坏的刘教官在毛竞飞搜查昭舫宿舍后,就拿着搜出的一本斯诺的《西北印象记》,迫不及待地到教育厅和省市党部,还到郑扩儒处告了状。他报告说,曾昭舫有重大通共嫌疑,列出其一贯散布左倾观点、煽动和组织学生进行反政府活动、公开宣传共党言论、扰乱军训、辱骂教官等罪状。然而，他的上司们虽然都懂得此时必须给刘教官有力的支持，以打击左派学生的气焰，防止共产党影响扩大，但却没一个人认为刘教官提供了足以拘捕曾昭舫的充分证据。便都只是答应给校方施加压力。只有郑扩儒明确表态说，可以将像曾昭舫这样的"害群之马"开除了事。

一心想帮昭舫的周艾琳，在当晚就和她哥哥周远涤通了电话，次日又慌忙地下山，到省党部找了他。受不了妹妹纠缠的周远涤终于打听明白了。警察原先要抓的其实只有潘乃斌。有"复兴社"的人在汉口青年会监视到，有两个北方口音的人组织会议，怀疑是共党派来的特派员。并听到与会者中有人称呼"武汉大学的潘同学"，当时并不敢确定就是潘乃斌，因为武大姓潘的有好几个。不过尽管带有推测和怀疑成分，他们还是准备将潘乃斌抓来逼供。但现在事情又有了变化，潘乃斌锁定了，复兴社还打算将曾昭舫也列入和"共党特派员"接过头的重大嫌疑人。而周远涤属 CC 系，鞭长莫及。心里也巴不得回避这些事，便自称爱莫能助，还警告妹妹离他远点，让周艾琳失望而归。

教育厅直接给学校临时主持工作的领导裴济宗来了电话，传达了康泽的指示：立即开除曾昭舫，以维持"党和领袖在大学的绝对权威，净化校园空气。"

学校在各方压力下，终于草草地"征求"了董事会意见，作出了开除曾昭舫的决定。

《通报》如同做贼般，冷冷清清地贴出。那天学生已出发野营军训，学校里留下的已经不多，所以一时没有什么反响。

武汉东湖摆渡

倒是在东湖中学的昭诚见哥哥顶撞了刘教官，放心不下，下课后独自悄悄跑到武大，看到了《通报》。

他大吃一惊。知道哥哥是去了磨山一带拉练了。便顾不得回学校请假，一口气下山，雇船过了东湖，又连走带跑地奔向山顶，去找哥哥的营地。

苍翠的磨山在武汉大学西北面，与珞珈山隔湖遥望，山麓一直延伸到湖中。山上林木密布，古树参天。昭诚无心欣赏迷人的景色，一口气到达了山顶。

他茫然地环顾四周，南边的绿树一直连绵铺到远处的南望山。除西南边有少许沼泽农田交错点缀外，三面几乎都是浩渺的湖水。隔湖的稀疏的村落散布在无边的田野中。

终于俯看到了在树丛中的一个营地，他一口气跑了过去。发现原来是文学院的，最先就碰到了李毓章。

拉链队伍尚未接到学校下达的通告，听完昭诚的讲述，大家先是吃惊，接着便怀疑他看错，然后愤怒的情绪迅速扩散开来。

李毓章站上了一处高坡，激动地号召要“集体退学抗议”。接着曾昭瑛、周艾琳等不少同学也纷纷响应。他们马上派出同学，和昭诚一起到另一边工学院的营地，去通知昭舫和石秀夫等人。

几乎是同时，裴济宗也带着学校的正式通报来到了拉练营地。一坐下就立即派人把昭舫叫去了教官的帐篷。

昭诚带来的消息得到了证实。学生们开始骚动了。文学院那边，毓章已经在发动同学捆背包，准备停止拉练野营，回校抗议。

同一学院的包华听到毓章在发动抗议活动的消息，觉得小题大做了，何况他历来不想将昭舫列入自己阵营。他气喘着赶到毓章处。由于毓章的带动，这一片的情绪最为激昂。

包华把毓章叫到静僻处，说：“毓章，你这一闹，不正中刘教官他们的下怀，把救国团成员暴露出来吗？”毓章没好气地说：“我们本来就是战士，不战斗，隐蔽得再好，又有什么意义？”包华耐心地说：“你再想想，前天，左大姐一上山就曾嘱咐过要‘少安毋躁’。说我们‘青年学生救国团’眼前的中心任务是团结校领导，组成广泛的统一战线，我们的一切行动都要服从统一战线，不要因个别人和孤立事件影响了全局。你是救国团的成员，应该服从统一指挥，不可由着个人感情而独自行事。”

毓章看了他一眼，反问：“一切行动都要服从统一战线？别的我不说，刘教官那些死硬分子是不是在接受你的统一？那些宪兵进校是来让你统一来的吗？就在这两天，学校情况又有了很大变化，我们不能任校领导代替当局某种势力行非义之举。”包华说：“我已经说过，不要只看到孤立的人和事嘛！”毓章不满地说：“照你的意思，我们岂不是要团结在校领导周围，一起来开除曾昭舫吗？”

包华生气了，“你怎么这么说？曾昭舫的事，要服从大局，不能因小失大，大局打开了，他的事自然也就解决了。再说他的过激行动带有很多个人因素，太出风头，不能代表我‘救国团’的立场。还有，你不能感情用事，应该想想，为什么会有“CC”分子出来帮他说话？”

毓章也当真生气了：“你说话的口气怎么很像当今政府？曾昭舫不‘过激’，不引火烧身，有些人还能在这里吗？我昨天还有些奇怪，他怎么一反常态跳出来，言辞那么锋利，完全不像是他的个性。后来才想明白，他原来是故意牺牲自己，吸引特务，是为营救别人，当中好像也包括你和你带上山的人。哎，这难道会是与“CC”串通的吗？”他不由自主的声音越来越高，“包华，那一刻，昭舫在我心里的地位，已经由朋友上升到了榜样！所以，我不相信你代表的就是‘救国团’的态度！”

包华也急了，说：“你这人就是这个毛病，文人性格，受不了战斗纪律的约束！”毓章道：“任何纪律都是为原则服务的！绝不会是出卖和背叛！”

包华受不了了，但还是控制住了自己说：“你太冲动了！用词已经很不理智。我对你已经够克制的了。我说不过你，但是我告诉你：李毓章，任何时候都有中心任务，你更没有权利用‘救国团’的名义去发动同学，打乱整个部署。”毓章气得不再说话，背上背包扭头就走。

几十名同学(大部分是歌咏队的成员)自发地背着背包，跟在毓章身后，在湖边喊渡船，打算回学校抗议示威。好容易喊来了一艘渡船，毓章等十来个人上了船。艄公不让再上了。其余的同学只好继续在湖边等着。当毓章的船走到湖心时，还没有第二条船来。反倒是裴济宗带着几个随队的老师赶过来了，开始劝阻湖边的其他同学。

毓章等赶到学校，立即联名贴出了抗议和要求学校取消开除昭舫决定的大字报，并扬言“将羞于作为镇压爱国言行的学校的学生，为此抗争到底，直到退学抗议”。签名的有李毓章、曾昭瑛等十一人，其中有南下寄读生魏公博，还有长期被一些同学贴上“CC”标签的周艾琳。

昭诚和哥哥，以及石秀夫等十余人是坐第二条船离开拉练营地的，回到学校时天色已晚。石秀夫以他个人和部分同学的名义，去找王校长进行交涉。机械系赵师梅教授等，也联络了哲学教育系教授范寿康等老师，参加到了为昭舫“作保”的行列。王校长当时卧病在床，一边劝毓章、秀夫等冷静从事，避开警方锋芒，一边撑起身子，向他们保证说，只要他还是武汉大学的校长，就会尽全力争取，让曾昭舫、潘乃斌回到学校。

昭舫此时已经经过了深思熟虑，显得非常冷静。准备坦然接受这个结果，以表示他对黑暗势力的极大藐视。他对昭瑛说，他已经对这一结果有充分的思想准备，拿定了主意不向学校中的黑暗势力屈服，“这样的学校不读也罢！”他“现在连行李包都不打算解开”了。

他认为二姐一直靠自己力量读到大学实在不容易，明年就要带上学士帽，毓章又是天才学子，希望他们都不要受到他的影响，把最后一年读完。他回房间收拾好其余东西，放在自行车上绑好，向赶回来支持他的同学们道了声别，头也不回就下了山。

其实他急于下山，更多是希望通过汉口的朋友，设法马上通知和帮助危险中的潘乃斌。

昭瑛、昭诚和毓章一路送他出了校门。昭瑛看着弟弟消失在绿树丛里，眼泪流了出来。但是她坚定了明日和校方继续斗争的决心。

十四、变态校长毒打昭诚

昭诚陪姐姐他们回了学校，又去看了下聚在办公楼前的学生，等他们逐渐散去后，自己便也回“东湖中学”去。这时并未到九点下晚自习的时间，但他却发现学校已经关了大门。

珞珈山曾是昭诚可尽情舒张他无拘无束个性的乐园。他到东湖中学一年多来，已经熟悉了山上的每一处地形和林间的每一条小道。不管王本纲校长管教多么严苛，他和朋友们都还是能找到张扬少年人天性的空间。他也经常和同学到哥哥那里，和大学生一起打球，一起唱歌。他的哥哥让他自豪，使他自然成为朋友们羡慕的对象。

但他哪会知道，他的校长王本纲早就不喜欢自己，甚至很厌恶他。

王本纲才二十九岁，曾留过洋。这个出身恶霸乡绅之家，在专横跋扈中长大的恶少，回国后更加看不惯自己的国人同胞了。他尤其厌恶武汉人不可救药的“劣等民族”特征，谈论起来便充满鄙夷。这位校长崇拜英国绅士拄着拐杖的形象，认为这体现了高等民族的气质和风度，便模仿着，一天到晚在校园里手上不离一根绅士棍，用棍尖指点着学生呵斥。他发现棍子给他增加的威严后，进而发展到对棍子有了特殊癖好，专门收集了各式棍子好几十种，展览式地摆放在兼作校长室的宿舍外间，其式样和用途涵盖了英式拐棍和警棍。每天换一根拿在手上，在学校昂首逗步。

王本纲心里总在自怨，怎么会投胎到这个倒霉的民族，几乎没有希望将这些土包子改造得像洋人一样。被任命为这一贵族学校校长后，他就下了决心，要在这学校管教出一批能像他一样的人，建一个党国的楷模学校。他的努力也确实有些成效。像去年“一二·九”学潮，武汉连小学生都大批参加了，但东湖中学却是武汉少有的管住了学生的模范学校之一。

王本纲对武大情况了如指掌，尤其仇视曾昭舫这样的学生。他断言昭舫教歌是共产党一手策划的，其目的就是借这项青年们容易喜欢的活动控制武大校园的政治空气。只可惜他无法插手武大的事，只能将反感转移到曾昭舫的弟弟身上。当爱国抗日的歌声也传进了东湖中学的校园后，他开始处处刁难昭诚，并且在心中计划，要找时间管束一下这个"曾昭舫的弟弟"。他曾借早训集合时间严厉训斥过昭诚几次，但还远不能解他的恨。凡对当今政府带有叛逆色彩的学生，凡是有向往自由的天性的学生，甚至凡"中国味"太浓的学生，王本纲都持有病态般的仇恨。而且这仇恨越来越不可抑制地折磨着他自己，经常在梦中用自己收集的一根根拐杖尽情地抽打他们……

这两日武汉大学的"曾昭舫风波"传到他耳中后，他竟一个人在珞珈山下恨得咬牙切齿。恨不能亲自上山帮助弹压这帮气焰嚣张的左派学生。武大宣布开除曾昭舫，他认为太宽大，这样的学生，应该让宪兵抓去严刑拷问、追其同伙才对！

王本纲查房时，发现昭诚下午下课后就不知去向。后来接到武汉大学的刘教官打来电话，说是曾昭诚跑到磨山通风报信，喊回了一群左派学生在武大闹事。他顿时气急败坏，决定要好好教训这个曾昭诚一顿，便早早就通知传达室关了校门，不让他回校。

昭诚一口气跑回学校，见校门关了，着急起来，就透过校门缝朝里窥望。工友张师傅发现了他。悄悄告诉他，是王校长下令把他关在校外的。昭诚幼稚，不晓得深浅，只想偷着回去算了。便绕到靠山边的后院墙，助跑了两步，一跃，就翻了进去。不声不响回到了宿舍，准备就睡。

突然，王本纲校长推开了寝室门，瞪着就要冒出火焰的双眼站在门外，用手中的拐棍指着他说："好你个曾昭诚，你真有本事啊！还是进学校来了？起来，跟我来！"

昭诚把刚脱下的衣服又穿上，用最快的速度来到了王校长的房间，心想，这下一顿训斥是免不了的了。

王本纲跷着二郎腿，坐在靠背藤椅上，在他身背后，靠墙一溜摆着各种式样的拐棍、绅士文明棍和警棍。

昭诚站在门口，胆怯地："报告，王校长！"

王本纲咬着牙，用阴冷的声音说："走进来，关上门。"

昭诚照办了，他在想，校长一定是要和他关起门来谈话了。

王本纲死死盯着昭诚，似乎想从这个十四岁的孩子身上解读出，叛逆和匪性是哪里来的。沉静了半分钟后，他突然跳了起来，高声吼道：“下午哪里去了？怎么进学校的？说，说，说啊——！”

昭诚被吓了一跳，定住神后，怯生生地回答：“我去武大看我哥哥，回来见校门关了，就从后边的矮墙爬进来的。”

王本纲所有对昭舫、对左派学生、对共产党、对中国这个“劣等民族”（他早已认为自己已修炼脱离了这个民族）变态的仇恨，这时突然需要疯狂地迸发出来，集中倾泻到这个身材瘦削的孩子身上。

他猛地站起来，手上拿着那根两头包裹了橘红色橡皮的文明棍，用棍尖指着昭诚：“你胆大包天！你反了啊！你哥哥是共产党，想在学校造反，被开除了。你也想造反，是不是啊？”昭诚见他头上的筋都暴得通红，怒不可遏的样子，心里很害怕，决定不去回答他。

王本纲怒火越烧越旺：“你跑得快啊！跑到磨山搬人到武大闹事，闹得宪兵队都出动了。你好大本事啊！吃了豹子胆啊！谁教你这样的？说，说，说啊！”

昭诚已经吓得说不出话，而王本纲此时已觉得他抓住了一个小共党，他激动得已将自身置于审讯大堂之上。他越说越激动，突然间，他的兽性冲破了一切他受过教育的约束，他挥手做了一个熟练的动作，让那棍子重重地打到了昭诚屁股上。

昭诚先是吃了一惊，在感到突来的疼痛时，他本能地喊了出来：“你是校长，怎么打人？”

王本纲两眼红得就要冒出火来，挥起棍，又是一棍打了下去，喝道：“叫你来就是教训你的，你还敢回嘴，老子想打就打。”

昭诚挨了第二下，刚才挨过的地方已经火辣辣地痛了起来，他朝一边躲避着，大声抗议道：“民国革命已经这么多年了，你怎么还能用棍子打学生？”

王本纲跳到昭诚身后，挥手又打了下去：“这里老子就代表民国，打的就是你这个小共党，这就是王法，你还敢犟嘴，老子打死你！”

昭诚再也无法压制自己的愤怒了，大声喊道：“你是什么校长？开口闭口‘老子’，用棍子打学生！”

王本纲此时已经完全没有了理智，他干脆破口大骂，且更加恶毒地用棍子抽打昭诚，落点由屁股发展到双腿，继而扩大到背，扩大到肩，扩大到头。

昭诚渐渐支持不住，倒到了地上，他用尽最后的力气，撑起来喊道："你今天只要没有把我打死，我会叫我哥哥来收拾你，他一个要对付你这样的十个！"说完，就失去了知觉。

这句话竟被王本纲听进去了，他忽然感到全身发冷：

曾昭舫真来找他算账怎么办？

在昭诚被毒打后的第二天，工友老张偷偷到武大找到了昭瑛。昭瑛闻讯大惊，连忙叫了李毓章和石秀夫到东湖中学，把昭诚背到了武大。三个人轮流照顾着他。

第三天，山下的昭舫也得到了消息，怒发冲冠，立刻带了和尚和牛万贵上了珞珈山。但他显然没有经验，没有找他在报社的朋友同来。

昭舫看了尚在昏迷的弟弟后，越发怒不可遏，拔腿便要去东湖中学找王本纲算账。昭瑛见昭舫那么冲动，连忙撵出来，嘱咐他冷静行事，不要授人以柄，不要惊动警察，更莫连累了父母。又叫毓章和秀夫紧跟着昭舫，不让他造次。昭舫一路想着姐姐的叮嘱，冷静了些，开始思考怎样有分寸地教训这个恶棍校长。他大步走着，后面自发追随的同学竟有二十多个。

王本纲过于赤裸的粗暴行为不胫而走，令众学生家长大为震惊。一时间舆论大哗。几个家长自发找到教育厅，表示严重关注，声言不能接受校方如此对待学生。教育厅原本很欣赏王本纲的铁腕治校手段的，但这次见这蠢货干得实在败事有余，不得不对他加以呵斥。王本纲正有些丧气，忽听说昭舫回珞珈山来了，立即想起了昭诚'我哥哥一个要对付你这样的十个'的警告。他是亲眼见识过昭舫在操场上的勇武的。然而祸已经闯下，后悔已无济于事。他吓得连摇刘教官和宪兵驻地的电话。但是接线的速度显然太慢，再不逃跑，自己可能要被教训得威风扫地和狼狈不堪，他慌忙屁滚尿流地从小路下山，溜到城里躲避去了。

昭舫来到东湖中学，得知王本纲已经溜了有一阵，让这个恶棍躲过了一劫。他抑制住自己强烈的复仇欲望，把王本纲的一大堆棍子抱到了东湖中学大门口。当着数百学生的面，把那些棍子一根根整齐地摆了一地。一边对学生们说："看看谁对这些棍子有特殊的爱好吧！这是王本纲校长毒打我弟弟的凶器，我弟弟究竟犯了什么罪，要遭这样的毒打？这还是学校么？这是在代替日本人向爱国学生下手！大家说这个校长还配为人师表么？能不控告这个流氓校长么！”

武大的学生们在东湖中学校内外的墙上，贴了很多抗议随意毒打学生、要求严惩打人凶手的标语。后来警察接报赶来时，昭舫等都已离去。警察们见没有出什么事，也没有油水，随便看了看就走了，连那些标语都懒得“取缔”。李毓章连夜赶写了一篇报道，抄后分发给了教育局及几个报社。

此时，这位王本纲校长在中学生心目中已经是形象全无、威信扫地了。

十五、学子的骨气

和尚和牛万贵把昭诚背回了家。此时广诚正好为生意随曾昭泰去了四川。静娴看到昭诚被这样抬回来，遍体鳞伤，还发着烧，大惊失色。她强忍悲痛，叫人去请医生来家为他治伤，更担心广诚回来看到后怒火控制不住，造成不可收拾的后果。

昭诚被毒打后，直到第四天才醒过来，浑身仍然滚烫。他发现自己躺在家中，母亲和二姐、哥哥以及李毓章都守在自己身边。他无力地喊了一声“妈妈”后，就又昏睡了过去。

他共躺了足足五天，身上的烧才退。

武汉大学的学生被这一连串事件大为震怒，抗议声浪不断。王星拱校长写报告申请辞职。曾昭瑛、李毓章、周艾琳、魏公博等九人愤然退学，以表抗议。一些教师公开发表声明反对随意开除爱国学生。珞珈山群情激愤，学潮一触即发。

学校见强力镇压措施落得适得其反的结果，感受到了到巨大压力。找借口将刘教官派到南京参加一个会，留下即将毕业的毛竞飞在校中“等潘乃斌回校就加以拘捕”。

军训也被迫中断了很多天。不久，教育厅又祭出看家本领，宣布对武汉大学军训进行调整，将部分院系提前放假。

武大当年并肩战斗的学子们：李行夫、潘琪、朱九思、曾昭正(20世纪60年代影)

由于当时几位学生领袖都不在学校，没有人出面进行有力组织，也没有将认识上升到特务政治破坏抗日统一战线的本质，抗议声浪并没有能持续多久，部分院系一放假，当局担心的事便如其所愿消泯了。

王本纲仍惧怕昭舫或其他学生找他算账，找借口去了南京。鉴于他的暴行影响实在太恶劣，加之众多学生家长和社会知名人士的质询和抗议，教育厅终于被迫将其罢免。

昭舫被开除的第五天，也就是昭诚被毒打的第四天，自动退学的周艾琳匆匆来到公新里六号。

她为昭舫的事和哥哥周远涤暴发了一次冲突。

周艾琳的父亲是国民党元老之一，双亲“九一八事变”那年就都去世了。周远涤比她大十二岁。他们中间还有两姐妹，均已出嫁。周远涤最疼爱的是他的这个小妹。

艾琳从记事起，就听到每一个见到她的人赞扬她的美丽。上中学后，她就不断被选中给明星、给贵宾、直至给蒋主席献花。她逐渐懂得了自己的美丽，相信自己每天都在成功征服那些见过她的男人的心，从而得到虚荣满足。在武大，一开始她并没把昭舫特别放在眼里，但是当看到昭舫逐渐成为众多女孩的偶像，而并没有对她表示足够注意、更未成为她的崇拜者时，她有些不甘心了。特别当发现童楚妮——她的家庭本来就被她瞧不起——和昭舫的友谊可能往不寻常的方向发展后，她稳不住了。她的好胜心本能地被放大。她开始主动进攻，去接近昭舫。而改变自己曾用过的、以挑逗的方式引起他注意的做法，变得很注意迎合昭舫的好恶，并找机会帮助他，让他满意。每次歌咏活动时，她都去得很早，故意当着众人和昭舫亲近，以逼走那些她认为是不自量力的竞争者。

但在和昭舫的接近中，她身上中华女儿原始的朴素爱国情结和正义感不知不觉被唤醒了。她不仅渐渐感到，昭舫和他的朋友们是值得尊敬的热血青年，而且她对社会的看法也在悄然发生改变，和哥哥的争执越来越多。昭舫被迫害，她不顾一切地挺身而出，保护昭舫。昭舫被开除，使她从内心对这个政府对付学生的特务做法由反感上升到愤怒，进而产生出强烈的抗争的意识，毫无顾忌地以退学来声援昭舫。另一方面，对于她，没有昭舫的大学已经是不值得留念的了。

周远涤深感妹妹受左倾思想影响越来越重，感到十分头疼，萌生了把艾琳送到南京，甚至国外读书的念头。尽管如此，周远涤在警告她不要惹火烧身的同时，出于对妹妹的爱，仍忍不住向她透露，“蓝衣社”中有些人觉得曾昭舫和潘乃斌可能是个突破口，极力想趁二人都离开了学校的机会，将他们秘密逮捕加以审问，搞清共产党派人潜入武汉的情报。借口嘛，可以借昭舫带人到“东湖中学”示威一事做文章。

她从哥哥那里进一步知道，其实，对潘乃斌和由此引出的开除昭舫事件，在教育高层产生了完全对立的两种意见。毕竟，自国民党五届三中全会后，抗日民族统一战线的总趋势已经形成。不少有识之士已经看清了历史的主流，思想有了变化，懂得那种镇压爱国人士及其言论的做法是不明智的。

艾琳现在心里只装着昭舫的安危，听完哥哥提供的消息后，才懂得昭舫还没被抓仅仅是为了等着潘乃斌的出现，便不顾一切地从家中溜了出来，她要把这些内幕告诉昭舫，让他赶快离开武汉，躲避风头。

恰好，这时潘乃斌也回到了汉口，来到了曾家。

武汉大学开除昭舫引起骚动的那几天，潘乃斌正好按计划去了应城等地。回汉后，他直接去了昭舫家，这才知道那天昭舫通知他离开后，珞珈山曾经发生过这么多惊心动魄的大事。他受到极大震撼，十分感激因此而失去大学学籍的昭舫，以及受此牵连而遭王本纲毒打的、涉世不多的少年昭诚。

他懂得，昭舫不仅是出于个人感情这么做的，越发觉得这一家人品德高尚。而对包华说的左大姐叫“暂时牺牲”昭舫以“顾全大局”的话感到不解、困惑和痛苦。

他坐在昭诚的身边，十分动情地对昭舫说：“都是因为我。”

昭舫说：“你怎么这么说呢？刘教官和王本纲他们只不过是找到个机会，对积极抗日的学生下手罢了。这样的学校，被它开除甚至是一种光荣！”

乃斌点了下头：“其实，我真从内心瞧不起那些老爷们，居然把矛头对准你，真没有眼力！你是个单纯、热情而不太关心党派和主义的人，怀疑十个人是共产党也不该怀疑到你头上，这是群混蛋加笨蛋！昭舫，你不愧是我最信任的朋友！只是，你个人和家人的牺牲有些太大了，我真过意不去。”

昭舫摆着双手制止他往下说。毓章将王校长的信和钱递给乃斌，简单说明了原委后，有些激动地说：“昭舫值得，我甚至有些嫉妒，怎么是昭舫而不是我呢！因为学校的无理决定，连王校长都申请辞职了！乃斌你看，现在在你面前的，没有一个人承认自己是武汉大学的学生！”

“我也不是！”楼梯上传来周艾琳的声音，大家吃了一惊。周艾琳像一阵风上楼来，对静娴喊了声“叔叔”，就跨进了昭舫的房间，说：“学校分不清黑白是非，还配教书育人吗？”她也不管自己的出现给大家带来的惊愕，一口气就把自己知道的情况说了个完：“其实就连他们对潘乃斌的通缉，当时也都是出于捕风捉影的推论，毫无有力的证据。但是，他们都是没有人性的特务啊！昭舫，他们想把你们抓去严刑逼供，留着你不抓就只为等乃斌回来。你们赶快先离开武汉避几天吧！你哪里会听说过这世界上的黑暗酷刑！我求你们了，要不，和我去趟南京？”

昭舫一边谢着，一边摇头。乃斌说：“周艾琳，我从心里感谢你的多次帮助，还特别钦佩你在大是大非面前的态度。”

昭舫说：“你说得对，我们俩应该离开武汉避几天。不过去哪里我还要想一想。周艾琳，你带来的消息真是太重要了，我想你还是先回家去，来，我给你写个大智旅馆的电话号码，你暂时不要再来了，当心有人跟踪。”

艾琳立刻感到自己还没有被昭舫完全信任，心里一阵刺痛。但此时她不想违背昭舫的意志。她看了一眼躺在床上还发着烧的昭诚，说了声，“快一点，说不定特务们已经得到消息要动手了！”一个人先离去了。

其实连周远涤也不知道的是，郑扩儒有着不同的想法，他认为曾昭舫在东湖中学并没有做很出格的事，做不出什么文章，再抓住不放可能会引发学潮。而现在抓潘乃斌已没有多少意义，他充其量只是共党的鼓动和利用对象，“特派员”恐怕早就走了，不如放长线钓大鱼，以免打草惊蛇。昭舫和乃斌因此才侥幸逃过一劫。

昭舫原想先到法租界去避几天。但艾琳一走，乃斌立即就提出，希望昭舫和他一起马上动身去北平。乃斌并不打算去北大旁听，但他想去北平找党。他早就想到特务们不会对他和昭舫善罢甘休，艾琳的到来，正好证实了他的担心并非多余。

静娴和昭瑛见昭诚已无大碍，又将担心转到了昭舫身上，便一致赞同他们去北平。

当天晚上，两人就一起登上了火车，离开了武汉。

十六、北平之行

火车在辽阔的中原大地上驰骋。车窗外，一望无际的田野上麦田青青。勤劳而贫穷的乡民们，正无忧般地享受着最后的和平岁月。他们中大多都不可能知道，不久将会有什么样的灭顶之灾降临到他们身上。

潘乃斌望着窗外，心情很不平静，他希望此行能找到李厚生和万国瑞，因为他知道他们是去北平找党的。而左秧岷的冷漠与高深莫测，并没有为他指明方向，反而搞得他不知所措和疑问重重。

乃斌认为曾昭舫的作为绝非出于私人友情，他明显有了一种深明是非的责任感，让他在非常关键的时候，不顾自己的安危，挺身而出保护了他和救国团的一些领导成员，包括并不欣赏他的左大姐。

此时坐在对面的昭舫也在沉思中，他对自己的作为没有一点后悔。其实，他的动机并没达到乃斌所评价的高度。他对弟弟因此遭毒打而受伤感到十分心痛，一再强压着自己的复仇欲望。他担忧，虽说母亲完全站在自己一边，但父亲回来或知道后，会有什么反应呢？他会发怒么？他能理解么？家里一下失去了三顶他呕心沥血盼等的“方帽子”，他会受得了这打击么？

看来，他的学生生涯就以这种方式结束了。那与同学知己漫步珞珈，相伴湖岸，议论人生，感慨时局的生活一去不返了。曾经挥动指挥棒带动同学慷慨高歌、“一二·九”寒冬里战斗武昌江畔的让人留恋的一切，也都成为往事了。还有他喜欢的操场，他为武大创造的铁饼和铅球纪录……值得留恋的大学生活啊！

他为楚妮彼时不在武大感到遗憾。她至今还不知他的遭遇，她若在场会怎样呢？会发生些什么事呢？自己曾对她说过，想以后留学深造，看来这都成泡影了。好在楚妮并不在意他是否出洋留学……哎，去吧，这些都去吧！以后走另外的路，过完全不同的生活吧！

他毕竟不是英雄，凡夫俗子的失落感正在越来越多地困扰着他。

他此去北平，除了避难，还想整理一下心绪，亲眼看看自己仰慕的明清古都，看看它到底面临着怎样的危亡，以回答自己何以对这从未去过的古城如此魂牵梦萦。想到这里，他将双目转向乃斌，发现他也正把注视转向了自己。此时两人不需再交流，也都懂得对方可能想着什么。当年考上大学时的种种幻想和憧憬，已经显得幼稚，而留恋大学生活也已经不再有什么意义，他们应该去寻找新的天地，以无悔自己的青春。

列车行走了将近五十个小时，到达了北平。

古城北平以雄浑磅礴的气势，一下就征服了两个年轻人。他们不约而同地被无形的力量所震撼，也立即找到了自己和千万中国人“不欲亡国而生，誓愿殉国以死”的精神源脉，那就是伟大的祖国和他几千年的文明！

我们可爱的祖国，为了你的神圣与尊严，任何个人的牺牲都是值得的啊！

他们手执王校长的信，拜访了颇具魏晋风度、传说曾“以头撞领袖”的刘文岛教授。刘教授看完信就在案头上迅速写着便笺，边问：“钱够不够？”他把便笺交给乃斌，“拿我条子去找他，住东斋。外出要当心！这里是前方，很复杂，不比你武汉。日本特务在街头暗行胡为，侵略大军对我北平虎视眈眈。好在现二十九军抗日情绪高涨，和‘北平学生救国联合会’相互处得很不错。不过，还是要提防和日本人一个鼻孔出气的便衣，万不可大意。”

其他都不用说了，北平战争阴云密布的形势，谁还会选择在这里的大学旁听？

他们坐了一阵后，告辞出来。乃斌叹道：“可惜我们面临国难，不然，我真想奔走于北大、清华，听他的课。这位形迹放浪的学者，不愧章太炎先生为他写的那副对联：‘养生未羡嵇中散，疾恶真推祢正平。’他一身的傲骨正气，就够我们学一辈子了。”昭舫说：“他声音又细又没有劲，我恐怕不会喜欢听他的课，只会拜读他的书。”乃斌笑着摇头说：“非也！这，你学工的人体会不出来的，就是刘先生那样的语音，才有古韵情调呢！”

他们按照刘教授的条子，找到了一个叫梁炎的同学，由他安排住到了北大“红楼”西面的“东斋”学生宿舍。

每天外出时，他们都要路过从东斋通往二院（理学院）的道口，看到悬挂在钢架上的那口大铁钟。北大，这所曾涌现大量深刻地影响中国命运的人物的高等学府，无时不撩动着他们内心对大学生活留恋的那份隐痛。

原北大红楼

当第一次路过北大西门路北的那座图书馆时(昭舫听大姐昭萍几次说到过它),乃斌不无遗憾地对昭舫说,他真希望此生能将有一半、至少有三分之一在这里度过。这里有国家最多的藏书。曾留下清末老举人陈汉章先生被藏书吸引、决定不当教员当学生、以求饱览这里的藏书的逸事。

但是红楼内学术空气再浓厚,也无法给他们带来安静的感觉。整个北平的空气压抑得令人窒息,日寇在城外挑衅的吠叫声,已经完全扰乱了每一个人的神经。

他们到红楼不远的沙滩大街吃饭。这里店铺一个接一个,满街飘香。来这里吃饭的学生很多。两个人到了“海泉居”坐下,要了酱肉和馄饨等候。

忽然听到有人在喊“曾昭舫”。昭舫诧异地回过头,店门口竟站着魏公博。两人立即一愣,怎么他会出现在这里呢?

魏公博是南下附读的东北籍学生,给人的感觉是心直口快。他曾给了昭舫《松花江上》的歌单,在他还不是歌咏队的成员时,就经常到场跟着学唱救亡歌曲,感情真挚激昂。但在“西安事变”时,他又明确表示“拥蒋抗日”的立场,与毓章辩论得不可开交。不过当滕培英说“宁肯亡给日本还能活下去,亡给共党就死无葬身之地”时，他却立即翻过身来大骂：“滚开，你去当你的亡国奴，我不与你这样的小人为伍！”让人不解。这次见昭舫被学校开除，他又坚决站在昭舫一边，反对学校开除进步学生，并且以退学表示抗议。他的举动让乃斌至今仍觉有些反常，至少是不寻常。

魏公博来到他们的桌前坐下。昭舫便又叫了一份。魏公博坐稳就率先道：“我先还以为看错了，你们怎么也来了北平？”昭舫还没来得及回答，魏公博又说：“我弟弟就在北大。你们有地方住吗？我就住西斋。”昭舫笑着说：“真巧，我住在东斋。”公博说：“我原想到北大旁听。但现在北平人心惶惶，城外倭寇强兵虎视，哪里还能读书？我弟弟说，北大都要南迁了。说说，来北平有什么打算？”

乃斌未回答。昭舫笑道：“散散心呗。你说，我不学乖点跑出来，怕这回都关在牢里灌辣椒水了。”魏公博说：“刘教官那些人，急于杀良冒功。我原在北平‘东北大学’读过。民国二十四年‘一二·九’，我也参加过游行，也见过共产党的人。你们哪点像？蒋委员长身边，恐怕净是刘教官这样的些奸臣，把爱国学生都说成是共产党，那岂不是说爱国就是共产党？简直成事不足，败事有余！这些乱臣贼子把我们东北丢了，这下华北也危在旦夕了。你们喝酒吗？”

昭舫说不喝。几个人说着话、吃完了东西。昭舫站起来和公博分手，公博说：“这样，曾昭舫，你们要没事，就到西斋找我，我陪你逛逛北平城。这里是元、明、清古都，古迹名胜遍地，全国找不到第二个，一块石头都可以说出个历史典故来。可惜，不晓得还能不能保留下来让后人看到。”

昭舫记下了公博的住址，和乃斌出来。乃斌见没人尾跟，对昭舫说：“他来得好快，你不觉得奇怪吗？”

昭舫不以为然地，“他这人很直率，毫不掩饰自己拥蒋抗日。你是不是多虑了？”

乃斌摇着头说：“周艾琳、魏公博都不是‘救国团’的成员，却表现得如此突出果敢，我们到哪里，他们就马上跟来了，这也太巧合了！不是我说你，昭舫，你也太善良了，要多长个心眼哪！”

昭舫说：“我知道的。这样，我来北平没什么目的。明天我主动去找他，让他尽管陪着我，你好去办你的事，好吧？不过你可要多小心，晚上一定回早点，别让我担心。”乃斌说：“你也一样，小心点，要有事，我们就留个条子或者带信给梁炎。”

第二天，昭舫一早就去西斋找魏公博，要求他带自己游历北平。也就是这天，梁炎帮乃斌在清华大学联系到了他要找的人。

几天后，昭舫闻讯造访了上海来的“青年会战区服务团”，再次见到了刘良模，也认识了另一位带队人、作曲家吕骥。吕骥比他大六七岁，五年前，曾在武汉参加过创建“左翼戏剧家联盟”。那时昭舫还在读中学。但这两年从刘良模和张光年那里多次听到过这个名字，这会才有幸得以相识。

昭舫兴奋地参加到他们的活动中，到“军官歌咏训练班”中讲课和教唱，还被两次安排到二十九军为战士们教唱《义勇军进行曲》和《五月的鲜花》。乃斌有次也和他一起去了，还为他的教唱画了几张速写。

以后，昭舫又跟随吕骥一起去了次绥远，参加“军民联合歌咏大会”。

这样，他到了真实的反侵略前线，闻到了带有血腥味的硝烟。他从刘、吕二人身上，学习着爱国音乐家的无畏和满腔热忱。现在他已经懂得自己应该做什么事了。他决定回武汉编出为大众所需的救亡歌曲集，让抗战的歌声响遍大江南北。

十七、投入全民族的抗敌战争

广诚是在昭舫走后几天回到汉口的。他一进家门，就觉察到了异样的气氛。接着知道的一切，让他如雷轰顶。他让子女戴上"五顶方帽子"的人生目标，顷刻间受到致命打击而湮灭。他很可能在商会由洋洋得意备受恭维落为奚落讥讽的对象，这实在叫他太难接受。

他的第一个念头，是到东湖中学去教训王本纲一顿。被静娴一句"你怕你儿子抓不进去么"浇熄了火。接着他回到卧房里，坐在凳上大声埋怨起了昭舫，自己不好好读书，还把弟弟、姐姐都扯了进去，这下三个人的书都连念不下去了，几百大洋也打了水漂。

静娴听不下去，规劝他道："这明明是学校不讲是非。你的子女个个都知好知歹的，这样你倒不满意么？要他向那些昏官和特务低头吗？你算是走过大江大河的人了，未必不希望儿子活得顶天立地？"

广诚叹了口气，见到昭诚和昭瑛关着门的房间，便又换了个目标，说："我指望两个儿子都有昭瑛照顾着。她管不了不说，还没事找事，自己那么艰难求学，就要到手的方帽子她倒不要，再赌气也要想想后果啊！"

静娴更不满意了，但是说出的话并不重："他们不是像你的脾气吗？我看你的儿女个个都有骨气的，学校的好多学生都跟着昭舫学，好几个跟着退学，还有个大官的妹妹。你也该为他们长志才是啊！再说，天下的好学校多的是。你想他们读书，将来换个学校再读给他武大看看，不就是了。"

广诚向来对静娴极其尊重，听了这些，觉得都在道理，只好不再作声。

但是他的烦恼还是无法消除，总觉得自己可能会成为商界同行的笑料。从此常一个人到前面店里闷坐。听到人家谈起学校和子女的事时，脸上再没有了往日的矜持，而是悄悄离开。而田贵义的劝慰也不能让他释怀，竟一度郁郁寡欢。

昭舫是六月下旬回的家。一周前魏公博告诉了他们武汉大学传来的最新消息，乃斌的通缉已被撤销，昭舫等只要愿意回学校认错，学籍还可恢复。

离开北平时，日军正开始在北平周围一带不断地举行夜间演习，北平人已经日夜生活在战争降临前的恐怖之中,一些大学和文化机构都在紧张地安排南下,就连火车票也紧俏起来。乃斌对昭舫说,他要去趟山西。昭舫想,大概乃斌不相信武汉的通缉令已撤销,而又一心要找去共产党吧!他从不去了解乃斌在北平的行动,而自己也没改变不加入党派的初衷。他听说过共产党内一切都要服从组织,不能有个人意志。所以,一方面相信这是个没有私心的、有牺牲精神、能成大事的党,但另一方面又断定自己的个性可能不会适应,便决定自己的人生要和他们保持一个距离。加上他也放心不下武汉的父母,便和乃斌暂时分了手。

乃斌与昭舫分手时有些不舍,同窗两年,那份友谊早情同手足。他嘱咐昭舫回武汉要继续发挥所长,用歌声唤起民众,把《抗战歌曲集》尽快编出来。

昭舫根本不打算去向学校"投降"。从前线回来,他的追求几乎完全变了,他怀着新的计划,一到家就马上写信叫毓章来汉口,并已计划好找出版商,做完最后要做的工作。

此时广诚也终于调整好了自己的心态,而且有了退一步的想法。他十分诚恳而和蔼地向昭舫建议,既然不想读书了,干脆回来帮他打理生意。

他的生意十分顺利,为了扩大营业面积,他已租下了中山路上正对云樵路口的一处两层楼房,开了一个"通成分店"[①],他想把它交给昭舫。

昭舫一时无言以对,他想了一下,对父亲说,让我先休息下吧,我想出一本书。

广诚一听由忧转喜。在他心目中,能够出书的都是大学者,这又要让商会秦禹洲那样的势利眼哑口无言了,可见儿子这些年的书并没有白读,自己的钱没白花。他怕多问了显得自己没有文化,便一口答应了,还嘱咐他不得半途而废。

昭舫有些意外,一直担心的和父亲间的一场唇枪舌剑的冲突,这么轻松就烟消云散了,他从来就没有心思去做生意。父亲爽快的支持,让他受到鼓舞。

如果晓得了昭舫的真实打算,广诚不责怪他不务正业才怪:唱歌能当饭吃么?何况他就是为唱歌被开除的,还不接受教训?幸好这个生意人太爱儿子,只希望他有点事做,好快点振作起来。

这个抗战初期国内发行量最大的歌曲集,多少得益于广诚对儿子的溺爱而

---

① 位于现中山大道黄石路口东侧,武汉沦陷前停业。

顺利诞生。

昭舫占用了“大智旅馆”三楼的那间房，和毓章一起没日没夜地工作。他们把新收集的线谱歌曲译成简谱，然后将所有歌曲都亲手重抄。他们很注重格式，原则每一行的小节线都要求对齐，而对少数小节宽度进行调整，让最后一行的最后一个小节正好落在边上，看上去整个歌曲形成方方正正美观整齐的一块。每一段的歌词与曲谱间必空一行，使视唱起来十分清晰。基础好的人视唱时，可以不用单独唱谱而直接唱出歌词。他们严格移植线谱中的音乐符号，例如对圆滑线、延长、换气、强、弱、节奏快慢等。将当时国内流行曲谱中的五花八门的符号错误进行更改和统一[①]，作出了典范。

7月初的汉口，宛若一个蒸笼中的城市。几年来习惯了珞珈山宜人环境的曾家姐弟和李毓章，比其他人更倍感酷热难当。昭舫和毓章为了躲避旅店的嘈杂，又把编辑工作搬到了公新里六号昭舫的卧室。母亲和两个姐姐、弟弟都在帮他们做些辅助工作，插不上手时，就在一边换着为他们打扇子。直到夜深，昭舫和毓章才在“大智旅馆”门口的人行道上，摆上竹躺椅或竹床，度过难熬的大半夜，临近天亮凉快一些时再回到“大智旅馆”睡觉。

这天，后半夜才刚有了一丝凉意，昭舫和毓章回房间后，就在竹床上睡着了，一直到早晨九十点钟还在熟睡。忽然间，他清晰地听到了报童“号外”的叫喊声。

什么大事？专门出了“号外”？昭舫猛然惊醒，从窗口一眼看到了街上报童手中的七月八日的早号外:《倭贼悍然对我卢沟桥守军发动大规模武装进攻！》

一直悬在中华民族头上的灾难还是一倾而降了！

从那天起，武汉人仿佛忘掉了炎热，整个城市都被愤怒充满。一批批市民来到市政府请愿，武大的学生也派了代表下山，要求汉口市长吴国桢和市政当局收回日租界。“打倒日本，收复日租界”的口号声响遍三镇。

武汉人现在确信战争降临了，对日本人的仇恨猛烈喷发出来。市面上，日货已悄然绝迹。日本人完全不敢走出租界。而驻汉的日军也宣布租界内戒严，一边大肆收购粮食、棉絮、沙石、废铜烂铁等作军需物资。组织日侨民众构筑工

① 由于歌本后来广为流行，成为了以后国内的简谱格式范本。

事。日本驻华海军也摆出准备登陆作战的姿态。

武汉市市长吴国桢强硬地通知日租界当局：不得妄动，武汉政府将马上收回租界！并限期日本侨民全部撤离，由汉口市警察局对其财产进行处理。消息传遍全市，万众拍手称快。

但国民政府行政院秘书、长着一副汉奸心肺的黄浚，竟从南京私自向日方泄露了中国准备封江的消息。日人大惊，火速决定溜之大吉。到7月底，日清轮船公司、日商泰安纱厂以及公大、松本、福田各厂及三井、三菱洋行等均停工停业。8月7日，日本驻华海军陆战队司令谷本马太郎下令，提前拆毁租界内军事设施，破坏一切公共设施，打烂了租界内所有路灯，于凌晨3时撤退。

曾在中国人面前十分傲慢的日侨们，垂头丧气地走上轮船。一些人甚至流着眼泪，不愿离去。他们在中国恣意张扬着占有欲、享受充裕物产的生活结束了。他们都知道日本国内的境况，那将是物资匮乏和吃咸鱼的生活。

轮船最顶层，羽田征太正戴着一副墨镜，嘴角挂着一丝鄙夷的笑意，俯视着这场景，像是对身边的同伴、又像是自言自语地说："要不了一个月，我们的皇军就会消灭一切敢于抵抗的支那人，我会重新回到汉口！三个月内，大日本无往

日本租界山崎街口，一边为日本领事馆，一边为三菱公司住宅。

不胜的军旗将一直插到昆仑山顶！”

在日侨撤离的队伍中，唯独没见宗方武彦，因为他在武汉从来就没有以日本人身份出现过。

次日，汉口市警察局长陈希曾带警员进驻日租界。当天就在新小路[1]查获了一个颇具规模的吗啡制造工场，又在以“雪世馆”为伪装的屋内，抄获了一个伪钞的印刷所，有大量印好来不及销毁的假钞。侵略者的卑劣用心和无耻行径，都暴露在光天化日之下。

日租界被武汉人民收回了！大街小巷响起了此起彼伏的鞭炮声。

1937年7月17日蒋委员长在庐山谈话

此时，汉口各主要街道和公共场所新安装的广播喇叭中，正反复播着蒋介石委员长的庐山讲话：

“我们既是一个弱国，如临到最后关头，便只有拼全民族的生命，以求国家生存。那时节，再不容讲我们中途妥协。须知中途妥协的条件，便是整个投降、整个灭亡之条件。

……

我们希望和平而不求苟安，准备应战而决不求战。我们知道全国应战以后之局势，就只有牺牲到底，无丝毫侥幸求免之理，如果战端一开，就是地无分南北，年无分老幼，无论何人，皆有守土抗战之责任，皆应抱定牺牲一切之决心……”

中华民族万众一心抗击侵略的正义战争全面开始了。

---

① 今刘家麒路。

漢口 Hankou laotongcheng zengjia

老通城曾家

第二部·救亡

第四章 《大家唱》

一、《大家唱》的诞生

昭舫正以最大热情编撰抗日救亡歌曲集，他看到了自己工作的现实意义。日本帝国主义的战争暴行让炎黄子孙空前团结，为支持前线将士浴血抗战，需要用抗战救国的歌声唤起民众，让它响遍武汉大街小巷，传向大江南北。

广诚发现，他一度担忧的“颜面扫地”完全多余，如今眼见竟让自己不得不去猜想什么才是天意：昭舫被武大开除的消息在社会上流传开后，不但没听说有人鄙视嘲笑，反而让他成为了汉口青年和学生们的偶像！每天都有三五结群的青年主动上门，赞扬他的骨气，与之交谈，向他学歌。商会同仁见面时，也时有人凑上来恭维他教子有方。

其中有个叫王杰臣[①]的，比昭舫大几岁，是金城银行的电工，几乎每天必来。同来的还有不少职员和工人。

黄民伟

在公新里六号昭舫的房间里，桌上、床上都铺满了两人几年来收集的爱国歌曲和音乐出版物。既有剪贴的单张歌单，也有成册的。像上海国立音专编辑出版的《乐艺》《音乐杂志》和《新夜报》的副刊《音乐周刊》，作曲家黄自的《爱国合唱歌曲集》，麦新和孟波合编的《大众歌声》第一集，刘雪庵编辑的《流亡三部曲》，

① 即黄民伟。

周巍峙编的《中国呼声集》，以及《国防音乐特辑》，由江西省音乐教育委员会出版的《苏联音乐专号》和《救亡歌曲特辑》等。

昭瑛成了实际上的组织者和后勤负责人，昭琳、昭诚也在帮忙做力所能及的琐事，他们工作得很辛苦、很默契。

他们唯一有分歧而争论不休的是，歌集叫什么名字呢？好名字好像都被用完了。

这天，他们，包括一群常来找昭舫的朋友，又争论起来。毓章说："我说过多少次了，关键的是内容，不是名字。叫《珞珈山歌声》、《爱国歌声》、《大众歌声》都可以，你又都说不好。"

昭瑛道："你说的本来就都不好，《珞珈山歌声》范围太小。《爱国歌声》太狼，当局要查禁的。人家不唱就不爱国了？你应该要让连警察、士兵都可以大大方方、没有忌讳拿着唱才是。"

昭舫接下来说："其实《大众歌声》的名字不错，不分官兵民等都适用，但是别人已经用了。"

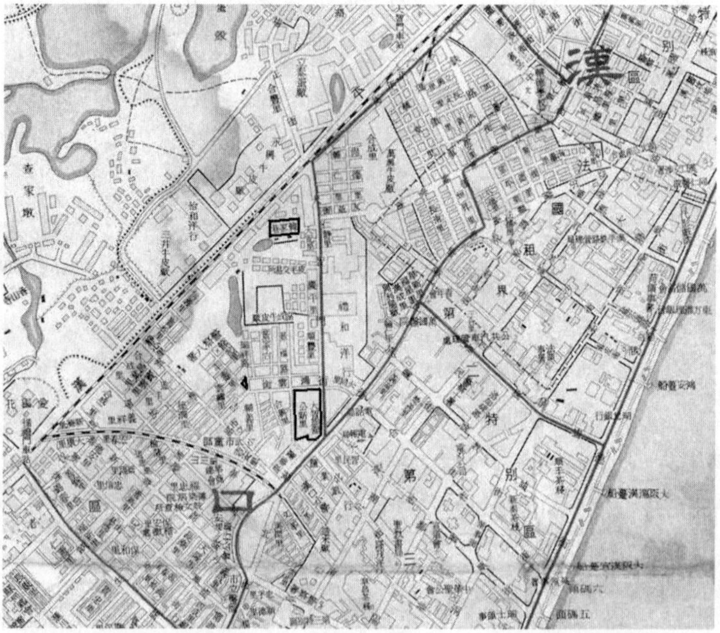

三十年代汉口地图（粗线为大智旅馆、公新里、韩家巷和精武馆）

在场的一个叫薛培悠的朋友小心地问："《江城歌声》呢？"

毓章大声说："不好不好，和她刚才对《珞珈山歌声》的评价一样，你这名字像专为武汉人预备的歌集。"昭舫也摇头。所有的人都参加进来争来争去，想了一大堆名字，却都得不到大多数人满意。

几个人争累了，昭舫泄气地说："看来，我们几个江郎才尽，只怕还要向社会征集才行，这才要叫人笑掉大牙。"

昭瑛忽然睁大了眼睛说："要面对所有人，不分官兵百姓，我看不如就叫：大、家、唱。"

她才说完，大家一起欢呼起来："妙啊！就叫《大家唱》！"

又是一个新的早晨，最后编辑工作终于完成。昭舫和毓章忍痛暂时放弃了一些可能会被当局某些人刁难的歌曲，把所编入曲目分成六类。分别为"一般歌曲"、"工农歌曲"、"军人歌曲"、"妇女歌曲"、"儿童歌曲"和"纪念歌曲"，还有普及音乐知识的"附录"。

潘乃斌绘制的《大家唱》首期封面

在经过当局审查删改后，《大家唱》第一集[①]中，将《中华民国国歌》放在最前，列出了当时最流行、歌单转抄量最大的救亡歌曲，如麦新、孟波的《牺牲已到最后关头》，前发[②]的《打回老家去》、崔巍、吕骥的《新编九一八小调》，光未然、闫述诗的《五月的鲜花》，陈瑜、聂耳的《毕业歌》，陶行知配词的《锄头歌》等，还有在军队中影响巨大的《救国军歌》（塞克词、冼星海曲），《只怕不抵抗》（麦新词、星海曲）等。著名的《松花江上》在该书中用了两个名字，因为当时很多流浪同胞都将其称为《流亡曲》，但是当时因他们不知道作者[③]未注出。最新的歌曲有安娥作词、任光作曲的《妇女节歌》，还收入了毓章配词的《"九一八"

① 1937年第一版《大家唱》刊登的歌曲，与目前媒体网络所说的出入很大，请读者以此为准。

② 前发，任光的笔名；后文中陈瑜为田汉的笔名。

③ 《松花江上》是著名作曲家张寒晖1936年创作并迅速流行开来的著名抗战歌曲。

1935 年青年时代的光未然在武汉

六周年纪念歌》,乃斌和毓章用满江红调配词的《国庆歌》。

昭舫说:“我能做的都完成了,光未然早就答应我,他要为《大家唱》第一集写序。我已将目录寄给他了。”光未然是张光年的笔名,他因为受到特务的威胁,离开武汉去了上海。

昭舫拿起扇子,为自己和毓章扇着:“现在还差个封面,毓章,你是书法家,封面上《大家唱》三个字,还是你来写吧!”

毓章说:“不行,我哪是什么书法家?我那字只能应付标语呀、对联呀。上封面最好用美术字,还要有点画。要不,叫昭琳画封面?”

一向很少说话的昭琳急得在一旁连连摇手:“不行,我不敢。”

正说着,听楼下有人喊昭舫,原来潘乃斌从山西回了。

昭瑛拍手道:“妙啊,他回得正是时候!”

昭舫快步迎下楼去,与乃斌互相拉着双手,激动得简直不想分开。他接乃斌上了楼,说:“黑了,瘦了。我看,你就住我这里吧,毓章也住这里哩!”

乃斌用眼角扫了昭瑛一眼,故意说:“那当然好极了,但我可不比他啊!”昭瑛说:“还是那个调皮劲,小猴子!”昭舫说:“我叫葵花去端点早点来。”昭瑛说:“你们说话吧,我去叫。”

不一会,葵花去端了肉丝面和小包子来。乃斌边吃边扇着扇子,直言不讳自己去了山西,见到了共产党的军队。他仿佛没在意曾家两姐妹有些惶恐的神情,说:“我带回了共产党中央向全国发出的抗战通电,号召‘筑成民族统一战线的坚固长城,抵抗日寇的侵略。’二姐,三姐,在北方,我看到的军人,都根本不想弄清你是什么党,日本鬼子都打到屋里来了,自家兄弟还分什么党呢?现在要做的就是,凡是有血气的中国人,都团结起来,抗日!”

昭瑛说:“你说得都对,可武汉毕竟不是华北啊,顽固分子多得很呢!你这话在街上怕还没说完就会被抓了。”

昭琳在一旁小声插话道:“昭舫,你总说潘乃斌画得最好,叫他帮忙画封面吧！”昭瑛说：“他才从火车上熬夜下来，也该等他洗个澡，休息下再说吧！”

乃斌听了，忙问是什么事。昭舫说了。乃斌眉头一皱一舒，说：“昭舫，你记得你在二十九军教唱时，我画了几张速写吗？你把书包的那个画夹拿出来，看能不能用？”

昭舫忙照他说的将画夹拿出来摊在桌上，里面有几十张他此行的写生和速写，有军人、风景、北方女孩……大家马上一致选中了昭舫指挥二十九军军人唱《义勇军进行曲》的一张。

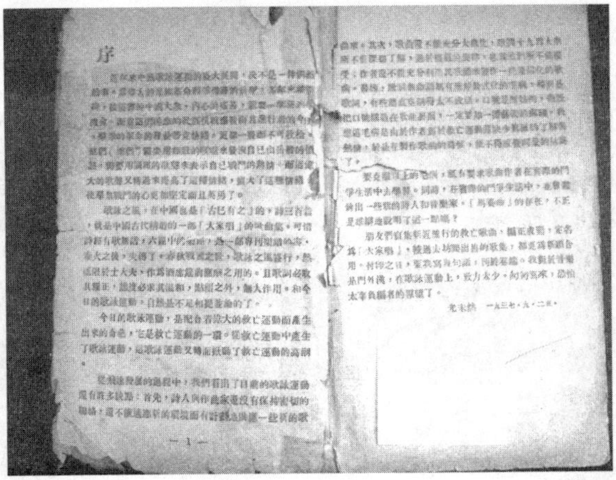
序

— 1 —

《大家唱》第一集光未然序

乃斌兴致十足地问昭琳：“三姐，有小号排笔吗？”昭琳似有些慌乱，红着脸说：“都留在艺专了，家里只有铅笔、砚盘、大字笔，什么颜料都没有，只有红、蓝靛水[1]。要不，我去买。”乃斌想了一下，说：“不用了，就要砚盘、靛水。来，昭舫，给我一盒洋火。”

昭舫、昭琳照做了。乃斌取出几根“洋火”，在桌子上剁齐了，做成了一支“笔”。

他在砚中蘸了墨，在一张白纸上，就用火柴棍做成的“笔”将那张速写临了下来，作成了一幅版画风格的封面画。再用棍蘸了蓝墨水在上方画了点五线谱。等到干透后，又另做了一只“笔”，在五线谱上方写下“大家唱”三个字。在大家一片赞叹声中，乃斌放下了火柴，他的表情宣告，封面完成了。

所有在场的人立刻欢呼起来。昭琳兴奋得脸都红了，说：“真行啊，比我们‘美专’的都行！”

这就是以后千万人看到的、抗战初期发行量最大的歌集《大家唱》的封面。

昭舫为他打着扇子说：“你大概有很多事要办，怎么样，在我这里住下吧？”

① 武汉的时代性方言，即蓝墨水。

乃斌睁大调皮的眼睛看着昭瑛，昭瑛抿着嘴笑说：“你是一个受欢迎的客人。”说到这里，敏感的昭瑛飞快看了一眼目不转睛地注视着乃斌的妹妹。乃斌现在可不是刚进大学时单瘦的小青年了，两年来，他已长得魁梧强壮。不过昭琳却完全没有觉察到姐姐的眼神。

静娴早把一切看在眼里，这些日子她特别留意毓章，知道昭瑛心里就只有他。天气那么热，毓章整日里在楼上大汗淋漓地伏案苦干。静娴每天上下午都要在她的小佛堂打坐数小时，常常出来以后，发现他居然还坐着在写，一动也没动过，不由暗暗称奇。她从这些青年们的言行中，感觉到昭舫一定是在做比他

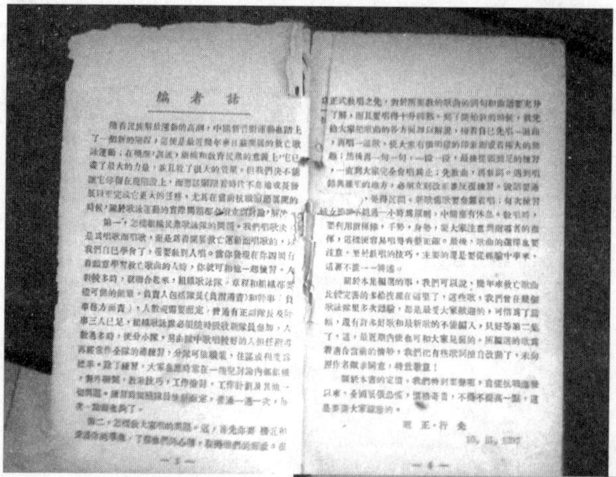

编者话

《大家唱》第一集编者话

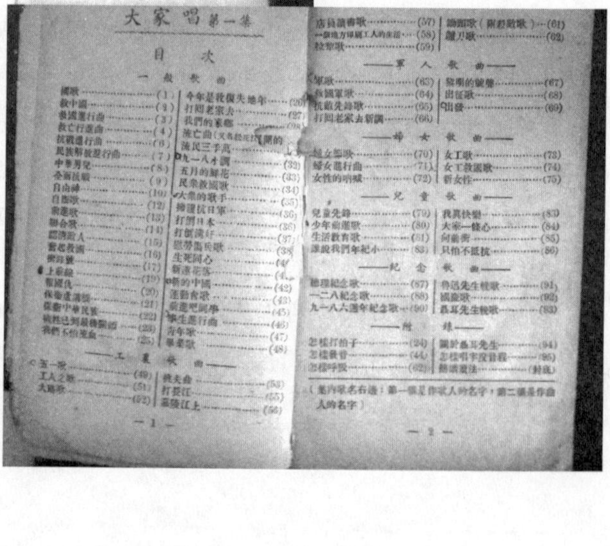

大家唱 第一集

目次

《大家唱》第一集目录

父亲的生意重要得多的大事。听昭瑛说要留下乃斌，她立即出面安排，要广诚将楼下经理室的外间会客室腾出来，让乃斌、毓章就在这间房住下。

但乃斌只休息了一夜，第二天就出门了，他还要完成带来的使命。

乃斌此行已经坚决地选择了自己的道路，他将在汉口接上关系后，等学校临近开学前返回珞珈山。他会公开站出来，打出拥护抗日民族统一战线的口号，当仁不让地组织学校的各项抗日爱国活动，以抗战的名义，与投降派势力作坚决斗争。

昭舫则要把精力用于《大家唱》的出版了。他早就在书铺街金城文具店老板姚铿的帮助下，认识了上海"教育书店"的总经理贺礼逊。贺老板对出版事务轻车熟路，很快，所有《大家唱》第一集的出版手续均已经迅速完成。其他准备工作也都有条不紊地展开。

歌本将在"武汉印书馆"排版印刷，版面为32开。据贺老板说，最多大约一个半月，即可完成"三校一读"，拿出校样。王杰臣亦有朋友在"武印"，对于印刷武汉版的抗日歌曲集热情也非常高。一切都让昭舫和毓章受到鼓舞。他们便不间断地开始了第二集的编辑。

经常登门的朋友尽管看他们每天累得几乎要散架，却还是忍不住催促他们："昭舫，毓章，你们的歌集要赶紧出版，现在迫切地需要用歌声鼓动民众啊！"

"我们把歌本印出来，在汉口这边组织一个群众歌咏队，以此为骨干，像上海刘良模和吕骥做的那样，到工厂、码头，到所有地方演出、教唱，让抗日的歌声响遍武汉的每一个大街小巷。"昭舫认为自己的生活很有意义，他激动地对朋友们说出了他的下一步打算。

8月上旬，武汉可怕的酷热还在展示它最后的威力，但是夜间开始呈现出了凉意。昭舫和毓章每天忙得连乘凉都顾不上。

这天在楼下毓章和乃斌住的房间内，昭舫刚和毓章两人胡乱吃了晚饭，忽听一个熟悉的声音在门外响起："是从地球上消失了吗？"

昭舫如同听到了一声雷响，整个胸腔都震动了：在房间的门口，站着微笑的童楚妮，她背着一个满满的大帆布书包。

二、楚妮回汉

楚妮的头发已经蓄长,不再是中学生的那种短发,这让她显得成熟了很多,而她青春的魅力正光芒般地透射出来。

昭舫忍不住要喊出来,却一句话都说不出。他曾经历过那么大的磨难,多么希望那段最艰难的日子她能与自己在一起啊！他让不间断的工作占据自己所有的时间和空间,多少是出于躲避失落和寂寞,但始终排不尽心灵最深处的那份孤独,这其中有多少是因为她？楚妮,你到哪里去了呢？

她冲着毓章微笑着点了点头,把书包往昭舫身后的床上一放。昭舫这才缓过神来问道:“你,你什么时候回来的？”

楚妮笑着说:“我都回来半个多月了,又被通知回校参加军训。我们一年级的回校后,已经把那帮老法的气焰打下去了。毛竞飞的‘生活伙食管理员’也被撤职,现在学校正气又恢复了。抗日派扬眉吐气,军训再也不能成为刘教官们趁机打压学生的工具了。”

昭舫感到欣慰,那已渐渐远去的校园仅一瞬间就又回到了他心里。他情不自禁地说:“太好了,当时你们要是都还在学校,他们哪能那么猖狂？”

楚妮说:“朱久思、陈尚文、林金铭都叫我问你好,他们要发动学生联名上书,要求学校主动恢复你们的学籍。你呢？怎么不回学校去看看？”昭舫没有正面回答,却说:“潘乃斌也回了,和毓章就住这里,你见过他们吗？”

毓章装作很沮丧的样子摇着头走来,叹气说:“你这么问还有意思吗？我刚才算彻悟了‘陌同路人’这四个字,童小姐说了那么半天,有那么一丁点问到我的意思吗？”

楚妮冲他做了个鬼脸,斥道:“去去去！”又不好意思地顶道:“你哪里会缺了人问？”但是这句话才出口,她就觉悟到,显然把自己和昭舫比喻成了昭瑛和毓章的关系,不禁脸“刷”的一下变得通红。

静娴正在楼上凉台乘凉,听到一楼传来女孩的说笑声,立即下了楼。楚妮一下见到昭舫的母亲出现,竟顿感“无地自容”,脸更红得像煮熟的虾子。一边喊了声“伯伯”,一边去拿起自己背来的背包,掩饰自己的窘态说:“我到上海时,您家的曾昭萍大姐去了苏州。后来我直到走前一星期才见到她。她的老板李公朴先生已经放出来。临走,我又去看过她。她给秋平和伯伯、伯母带了些东西,都在这个包里。今天我才有空送来。”

静娴一边叫昭瑛将包拿上楼去腾了,一边仔细地端详着楚妮。楚妮被看得羞涩,把头低了下去。这次静娴算看清楚了楚妮,心中暗忖,难怪昭舫会看上她,她要不是那么大户的人家的女儿该多好！不过现在女孩也是太大方了,还没过门就去找他大姐。

她生怕自己待久了,惹得“四小姐”不自在,正好秋平在楼上大声喊着“太”,便怀着十分复杂的心情离开。

四个青年简略地谈论了几个月来的经历和发生的事情。楚妮轻描淡写地谈了她的上海之行:她带着母亲的一封信,去暨南大学找到了钱亦石先生,在他的帮助下,参加了文化界的一些社会科学研究活动。当她发现父亲派的保镖影随着自己,无法摆脱。便又带着钱先生的一封信,径自到了北平,但并没有找到她要找的人,于是再次返回上海(也是为了让保镖们好交差)才回汉。

其实,楚妮此去上海,除了想寻找真理外,一部分也是为了逃避越来越大的婚姻压力。而翁将军所代表的阶级,正是她立志推翻的死敌。

尽管楚妮对统一战线是拥护的,她虔诚地接受从任何渠道传播过来的共产党主张,但是她太盲信左秧岷的话,认为军阀、买办、地主、富农和黄色工会,最终都只能消灭的。其实左秧岷并不十分信任她,把自己弄得很神秘,从未向这个虔诚的少女透露寻找组织的任何途径。

昭舫送她出来,两人并肩来到江边,站在江堤上,享受着偶尔掠过的沁人心脾的江风和久别重逢的愉悦。

她说从昭萍那里得知,数月前,叶知秋带学生以春游名义到苏州宣传抗日,竟被警察抓捕入狱。昭萍大姐为了解救他,亲赴苏州四处活动,又直接到知秋的关押处陪护,在肮脏的环境中,衣不解带,守在铁栏杆外陪伴了他二十多天,最后用她父亲给的金戒指贿赂警察,才得以救出知秋。她初到上海没能见到昭萍,就是这个原因。

昭舫听到这件事,脸都紧张得发白了,他懂得与姐姐姐夫经历的危险相比,自己的遭遇简直不算什么。

“你姐对你姐夫那种感情才叫做生死之情,我听她说起都十分感动。”

昭舫不懂这姑娘说这话时的多重含义,楚妮多么希望革命者的生死感情能在她和昭舫身上发生。这精明透顶的女孩懂得,昭萍肯向她说这些事,已经把她当成了自己的妹妹。她说出这些,也想让昭舫知道这层意义。但昭舫好像还只是沉在惊恐中,远不如她希望的那么聪明。

她又说,昭舫离去后,珞珈山上的歌咏活动并没有停止,但是少了他和毓章,让所有人心中不无遗憾。她问昭舫下一步准备干些什么。

“我和乃斌、毓章都商量过。我们要把武大的歌咏活动在汉口民众中展开,使它比在学校更加广泛、更加有声势,唤起更多的民众。我们要自己成立一个歌咏队。我们附近的市一小学,经常自动聚集不少的工人、店员和学生,找连老师学唱抗日歌曲。我和毓章有时也去教他们。不过在一个院子的市党部派人干涉过,说吵了他们办公。我们还要找一个合适的地方。”

楚妮一边点头,一边不放心地叮嘱道:“社会可不比学校,人员更复杂,你更要多小心,莫忘记吃过的亏哟!”

昭舫又滔滔不绝地讲述起了他的北平之行。他很珍惜这次相会,虽然他并不知道,楚妮犹豫了多久,鼓了多大勇气,才决定一个人专程来看他的。

其实楚妮比昭舫知道得更多,她开始责问自己有些太听信左阿姨了。因为觉得她曾把昭舫没分清国共本质,憧憬美国社会的思想如实告诉了她,使左阿姨增加了对昭舫的偏见,当时就说:“看他那一身料子,拿到上海租界都算一流的!”而她的偏见无疑又影响了一些同学,让他们自以为在维护统一战线,把昭舫的勇敢牺牲贬低为个人行为,眼睁睁看着他被迫害,实际上改变了这个热血青年的一生。这些事让没有经历过复杂斗争的楚妮想不通,甚至很痛苦。但是她懂得,无论是出于某种原则,还是对昭舫个人,这些都是不宜对昭舫说的。

她今天格外地温顺,像一个容易盲目崇拜的小女孩一样,贪婪地倾听着他说话,仔细观察他的每一个神态。这些对她仿佛是准备脱离尘世之前的短暂享受。因为她已看到,等待他们这一代的不会有幸福的二人世界,只会有磨难和牺牲。

1938 年 8 月 13 日，日军进攻上海，进行了野蛮的破坏

三、广诚不放弃

武汉人真实感受到战争临近，是从上海“八一三”事变开始的。

战争的第一个星期，前线不断传来好消息，中国军队几乎把日本侵略军赶进了黄浦江。武汉人欣喜若狂。他们不懂得中国的实力还很弱，天真地以为接下来该是捷报频传，乘胜收复失地了。

昭瑛给父母念完刚收到的大姐报平安的电报。静娴焦急地问道：“就这几个字，也没说到底回不回？你们发去的电报给他们说清楚没有？要他们快回来呀！”广诚点头说：“昭舫，再去发一封电报，别省字了。就说，就算租界没事，两个人也先回武汉，等过几个月把小日本打败了，再说以后的事。”

昭舫马上又向电报局跑去。他没把姐夫苏州被捕过的事告诉家里，而在心里牵挂着大姐，想象她在上海经历的危险。他看到消息说，8 月 2 3 日，在南京路浙江路口的“先施公司”被日军炮弹击中，死伤了几百人。他知道，这离大姐现在住的地方直线距离还不到八百米。这些他不敢告诉母亲。但是他相信，熟悉上海街道的父亲是也会想到的。

8月20日，武汉也第一次发出日机空袭警报。接下来，武汉防空司令部开始组织抢挖防空洞。但是武昌、汉阳都还好说，汉口本来就是填湖湮沼而成，中山路就是最高的地方了，哪里去找山挖洞？防空司令部组织火车运来一些土，堆成丘再挖洞，上智中学[①]就堆了一个。还有多处如“青年会”附近的“汉光中学”那样，挖几条防空壕。这些防空设施又简陋又狭小，广诚觉得“像哄伢的”，哪能真对付得了飞机。

广诚被叫去开了一个会，明确告知由“保安公益会”[②]负责贯彻落实街巷防空事宜；武汉实行灯火管制；凡玻璃窗都要贴上窗纸，以防炸弹震碎玻璃飞出伤人；踊跃购买航空奖券；大智路一片的人，遇到警报就去原先的英租界，还可躲避到“电报局”和“盐业银行”等处的地下室等等。

他最近“官”运亨通，除当上了汉口总商会委员外，还被选成大智路街保安公益会主任。虽说被选上是为了要他多出些钱（因为“有关部门”发下的消防费用是很可怜的），广诚还是在很认真地履行职责。大智路家家户户的火灾隐患，他都细查过。他让每十几户或每巷子推选出一个“公益代表”。又自己贴钱，购置灭火沙袋，为每位代表买报警铜锣，组织居民每日轮流值班。

广诚回忆起几年前上海吴淞江北的景象，对空袭的灾难性破坏是印象很深的，当然对汉口新挖的那些“鬼都哄不到”的防空洞深表怀疑。

广诚开完会，便立刻又到“公益会”。

公益会有幢两层楼房，在铁路附近大智路的韩家巷口，差不多有一间半教室大。他让和尚去喊来他所辖地段的公益代表们，宣布防空、防火、防敌的精神。

完成了自己分内的事，广诚便回店里。

生意还是很不错。特别是广诚宣布为来店的军人免费送绿豆汤、伤兵免费加送一份自点的小吃实施后，深得社会好评，也推动了生意。不少店家也在效仿。

---

① 现武汉六中。

② 即民办消防队。

广诚要人把大智旅馆的赵凯鸣、通成的主要店员、厨师都叫到公新里内、通成的厨房后门口，传达了防空会议的要点。这些不习惯开会的店员们，边听边七嘴八舌议论纷纷。

他问老人家田贵义，是不是“回乡住上一年半载，等把日本人打败再回来。”田贵义苦笑着谢绝，说：“我都六十多了，不消躲得了。倒是我们防人之心不可无。你说遇到警报拉电熄灯，万一有个把歹人趁火打劫么办？我们要预备些蜡烛，遮着点一根，亮透不出去，就够了，送完客就熄。”

钟长子说：“要是小吃，客人会几口就吃完走了。要点的菜上了一半，怎么办呢？”广诚苦笑着说：“那就归我背时。客人要退钱就退，要没给钱又吃了一些的，还不是归我赔哪！”淘气朝钟长子说：“你这是着的冤枉急。晚上会有几多警报咧？到那步再说那步的话算了！”

广诚传达完，便回家吃饭。在大门口便听到三女儿昭琳在和借住一楼的潘乃斌说话。他不喜欢女儿和“外人”说话的，便没有跨进天井，在门外听“壁脚”。

他听见乃斌在问：“三姐，你说什么？”昭琳似乎犹豫了一下，说：“我今天路过扬子街，看见‘北平艺专’在那里挂牌招生。”乃斌说：“好啊！你接着说。”昭琳说：“我那年考上美专后，害了眼病，曾经休学了几年的。我们学校原先说好了同意我保留学籍的。我病好后又去读了两年，哪晓得他们最近又改口，不承认我的学籍了，说我要想在‘武美’毕业，还要从头补考入学手续。我们学校的校董们，都是原来吴佩孚手下的幕僚，军阀作风，好霸道的。我想……”乃斌接口道：“三姐想不如干脆报考‘北平艺专’？”听昭琳反问道：“你说，我行吗？”乃斌说：“当然行啊！其实你的画功非常扎实，我在楼上看过你的习作画本，真不愧是科班！有几张静物，质感真是逼真。真像是有高人指点过的。”昭琳脸又红了，说：“不，不！我哪比得上你，你的写生画很出色。”乃斌说：“我那只能算是爱好。三姐，认真说来，你的功夫比我深得多，只是你们学院派的人，做事拘泥，没有我们胆大。”

广诚不耐烦再听下去了，便咳了声嗽，进了天井。昭琳见父亲来，便向乃斌道了声谢，上楼去了。广诚应过站在账房门口的乃斌，也径自上了楼。

他心绪很乱，觉得应该认真考虑自己家那一大堆失学的子女了。今天才知道，原来他一直以为的、唯一还在读书的昭琳，竟是读的“假的”！白读了几年，还是要重新考学校，那钱岂不是白花了？但他知道，不能去干涉昭琳读书的事，弄不好，这唯一的一个“读书的”也不肯读了。这种烦心事他得独自担着。

见他上楼，静娴和秋平、葵花便都聚到了堂屋。

快吃晚饭了，居然除昭琳外，其他一个儿女都不在家。他在堂屋坐下后，阴沉着脸问葵花：“又都没有回？”葵花回答：“三小姐回了。”广诚不高兴地说：“我又不是瞎子！一个个吃饭都不落屋，这个家都不像个家了。”

他敷衍着连喊着“爷爷”的秋平，把脸转向静娴说：“我忙一辈子图的么事？还不是为了他们读书成才！哪晓得，个个都不把读书当个事。别人家的儿子也在抗日，没有听说要抗日就不读书了的！我差不多是要跪下求他们了，给我戴五顶方帽子回来，都当成了耳边风。就昭萍一个还顺我的心，哎，她是从小我就天天调教出来的，到底不同哟！”他对静娴唠叨。

静娴见他不开心，解劝说：“你又要发你那拽脾气了。”

广诚道：“不是我说，伢们还是要学校管着的，不读书就得找事做。那个李毓章和潘乃斌，住在楼下，说是帮昭舫出书，出了这些时，我也没有看见半本书。”

“八一三”事变后，上海市民逃难的情形

他压低了声音，以避开前面房里的昭琳。“我不是小气的人，虽说不吃我的饭，可我的账房也不能老这么占着！这都不说了。我们家有两个没有出阁的丫头，这屋里两个男学生，一住这多天，以后外面不晓得会怎么说，还嫁不嫁得出去？特别是昭瑛，不晓得轻重，成天跟他们混在一起。学校带来叫他们几个复学的信，她带头喊要学校向他们认错才回去，把话都说绝。学校向学生认错？从古到今有过这样的事么？”

静娴这才说话了：“你那天在店门口，对来募捐的人说，有国才有家。你儿子、姑娘都是为了抗日，才忙得不归家的。昭瑛说的我都听到的，只要学校不认开除昭舫的错，他们就都不理那个学校。学校还想逼昭舫认错呢！昭瑛说，昭舫抗日，哪来的错，瞧不起他那个不懂是非的‘武汉大学’！我看你的伢，个个有骨气。说起楼下两个伢，田爷说了，都是忠义双全的才子，放到前朝，是考状元的料子。再说，从古到今，借房子住的读书人多的是，连戏文里都是那么说的。”

广诚听静娴说得这么在理，叹了口气说：“我哪里不晓得咧！现在昭瑛在屋里说话都比我管用，他们都听她的！就是不肯顺了我的心。哎！晓得我前辈子做了么事欠他们的啰！来，吃饭吃饭！葵花，摆菜，不等那几个野鬼了！我吃了饭还有事。”说完，拿了当天的晚报看。

广诚早明白昭瑛看上了毓章。他知道，毓章家境远比不上自己这边，又觉得毓章太“书呆子”，昭瑛跟了他，将来一定会受苦。想到这些，他凭空里又添了不少烦恼。

他仍梦想子女出人头地，决定要逼他们读书。

他于是选了一天，召集了所有子女，甚至也叫来了毓章、乃斌，开扩大会，发表了自己的宣言：“你们抗日，我都赞成，但‘日’总有一天是要‘抗’完的，你们‘抗’完了，风头过了，就还是都给我去读书。以前读的能不能算数，要不要重读，还要花多少钱，我都认！要给我读完！像你们大姐那样，每人给我带顶方帽子回来！我这么说，你们总依我吧？你们一天都会讲富国强兵的大道理咧！总是要读书、有本事才能报国吧！你们今天，个个都要在我这里说句话，我抠着眼睛，也要等你们读完书。要不，你们就是催我和你妈的命！”

昭瑛带头表态，接受父亲的观点，等“风头过了”还去读书，但坚持不向武大输那口气！

广诚觉得昭瑛说到这里也算可以了，她多年求学的志气是他打心里佩服的，女孩将来是别人家的人，有关婚姻的大事这里谈不适合，这还不是他主要的心病。倒是昭舫七尺男儿，他的长子，怎么能就这么“混”下去呢？

昭舫接着对广诚承诺说，等过一年后再谈复学的事，但武大这个态度，反过来逼他低头，他不读都不会干。就是要读，也不读武大！

广诚心里赞许昭舫的骨气，而且他说的也都在理，便默许了。

昭诚整天里就跟着他所崇拜的哥哥，这下也说了，他是不愿意再回“东湖中学”的，说只要不去那个学校，也愿意继续读书。

广诚又对着毓章和乃斌说：“你们二位，都是我看得起的、有学问的人，你们看我这样说他们，不为过吧？我也不要他们画押，就要你们二位做个旁证，该可以吧？”乃斌说：“伯伯说得好，其实我们心里都想读书。我在这里作证，他们都是答应了您的要求的。”毓章也跟着表了态。

广诚有句话说不出口，你们两个，也该读书啊，我其实是把你们当成儿子看

1937年11月，上海华界市民逃往租界地区

的啊！

广诚并不了解毓章和乃斌的心志。他们其实是并不愿长期借居在这儿的，反倒是昭舫拼命挽留着他们。乃斌有自己的任务，不久就会离开。毓章其实极想继续读书，他在学校时，就非常有兴趣研究《尚书》，还发表过研究朱熹《小学》的一些论文，但是，他忧国忧民的天性打乱了自己的学习计划。现在他和昭舫是形影相随。虽说两人性格大相径庭，但毫不妨碍他们休戚与共。毓章决计不牵累自己在开封的父母，要自食其力。所以《大家唱》第一集脱稿后，他已经在到处寻找就业机会了。

但是汉口这地方，那种势利的习俗几十年并没多少改变，没有个有分量的人的举荐，工作是很难找到的。更何况为了躲避战火，北方南下和上海西上的人也多了起来，这意味着需要找工作的人也越来越多。毓章又天生傲骨，不愿求人。

后来是细心的昭舫请了自己中学的老师出面帮忙，毓章才终于在法租界霞飞街[①]私立法汉小学当上了国文代课教师，月薪仅二十元法币（如果胜任，正式聘用后可增至三十元[②]）。尽管是大材小用，但这是当时社会通病，还得庆幸暂时解决了个人衣食之忧。

为了让昭诚有个学校"管"，广诚不惜亲自奔走，终于让昭诚到"私立法汉中学"插班。"法汉中学"和"法汉小学"在同一所院子内，受法国驻汉领事馆一部分资助，校长是法籍天主教圣母会的修士。

① 今岳飞街。

② 当时一元法币可买一百多个鸡蛋。

四、“业余歌咏队”成立

中国军队在上海的英勇战斗大大增强了武汉人的必胜信念，到处都能感受到同仇敌忾的决心和意志，武汉的抗日救亡歌咏活动也开始活跃起来。

昭舫他们在市一小学的音乐教室教唱，但是和与学校同院子的市党部常有人跑来，以一副和颜悦色的笑脸，请他们小声点，说是吵了对门的办公。

这里也不比学校。首先是来人杂，不可否认多数常来的倒是为了参加抗日歌咏活动，但其他不少今天这个来、明天那个走，图新鲜、凑热闹的不少，甚至有专门为找女生来的。其次是活动没个准确时间，让很多人乘兴而来，扫兴而去。而附近的人很多都是听到歌声再聚拢来。有的人拿了歌单就走，而且不见得就是用来唱歌。稀稀拉拉，组织不起活动，还把人累得不行。

昭舫和毓章于是找王杰臣商量，为了保证救亡歌咏活动的有序开展，应该学武汉大学那样，建立一支骨干队伍，也就是歌咏队。

其实当时武汉地下党已全面恢复了工作，正打算成立一支实际上是党领导的、为宣传抗日民族统一战线服务的群众歌咏队伍，在听取了王杰臣汇报后，立即表示支持，又委派了汪云、薛培莜等参加进来，指示他们以曾昭舫、李毓章等爱国青年为骨干，建立一个核心，以掌握歌咏队的活动方向。至于组成人员，只要不是汉奸，愿意参加救亡歌咏活动、遵守纪律的，就可以加入。

因在市一小活动有诸多不便，他们便到处物色新地点。一些积极分子也在四处设法。找过青年会、扶轮小学[1]……但不是须与别的团体共用、时间上不能随己方变，就是远了点。这时昭舫想到了“大智街公益会”，便跑去找父亲商量。

开始，广诚对昭舫的要求可不那么满意。唱歌把几个人的学籍都唱得没有了，还没唱够？还要唱到汉口来？这里可不像学校，差不多的事还有老师校长包着（就这样都还“犯了事”），汉口的警察、宪兵可是在中国狠出了名的！

但是他又觉得，不支持昭舫，无论是道理上还是面子上都说不过去。退一步想，如果自己不借，那他们肯定还是会去找别的地方，还不如在自己眼皮底

① 今黄石路京汉大道北转角处。

下，万一他有什么出轨，可以提醒和制止他。

于是，活动中心就选到了公益会。

1937 年 9 月 8 日，在汉口大智路韩家巷保安三十二分会楼上，武汉第一个自发的、公开以抗日救亡歌咏活动为宗旨的民间群众歌咏组织“汉口业余歌咏队”成立。

“业余歌咏队”这个名字又是昭瑛提出来的。

歌咏队成员主要是小学教员、店员、工人和中学生。推选了九人理事会，王杰臣担任队长，其他负责人有曾昭舫、薛培莜、李毓章、徐迟、汪云、沈力、小豆芽（小窦）等。

昭舫当然不知道，歌咏队实际上是受着地下党领导的。理事会中，相当一部分是共产党员，队员中也不少是党内同志。但是他知道，王杰臣很多“让我回去再想想”后的主意都是有来头的。他一贯认为，只要是正确的事，就不需去探听什么党不党的，而是非曲直在他心中十分分明。他更知道潘乃斌就是共产党。他早已坚信共产党是中国抗日最坚决的党。他愿意参加他们的活动，做他们的朋友。所以派到歌咏队的地下党员们，也从没把他当成外人，而把他当成可信赖的战友。

理事会被选出后，薛培莜宣读了预先起草的章程，规定参加歌咏队的人必须积极参加活动，不许宣传党派主张，坚决反对日本帝国主义，严格自律，每周活动三次。并计划排演十来个节目后，就到学校、工厂和街头宣传并参加劳军表演。

当天，曾广诚正在大智路检查防火状况，听到大智路公益会的歌声响亮，还夹杂着掌声和欢呼声，至少有百人以上合唱的《大刀进行曲》传了过来：

大刀向鬼子们的头上砍去，
二十九军的弟兄们，
抗战的一天来到了，抗战的一天来到了！
前面有东北的义勇军，后面有全国的老百姓，
咱们二十九军不是孤军。
看准那敌人，把它消灭！把它消灭！
冲啊！大刀向鬼子们的头上砍去，杀！

这歌还挺鼓劲。广诚想。

到傍晚，是吃饭的时候到了，他正守在“通成”大堂，看见从大智路那边走过来大群兴奋的人群，不少人还边走边继续唱着。路过店门口时，很多人都说笑着、涌进店里来买东西吃，却少有人进隔壁“祁万顺”。广诚见一下来这么多客人，很是高兴。他好奇地问：“那边么事？是新戏幺锣？”一个客人笑着答道：“连您家都不晓得？成立业余歌咏队嗐！您家的大少爷是指挥。”

广诚纳闷：“这家伙又到外面出什么苕风头？莫让政府不高兴呀，晓得又要为他花几多冤枉钱？”

他站在店门口等昭舫，终于看见他被至少十几个少男少女簇拥着走来，昭诚紧贴着哥哥。到店门口，昭舫喊了声“爸爸。”广诚看到昭舫受这么多人追捧，觉得脸上很有光，便大声招呼同来的人都进店吃东西。

昭舫还没反应过来，身后却响起齐声欢呼，接着青年们争先恐后地涌进了餐馆。

广诚指着昭舫手上拿的一张纸说：“让我看看。”昭舫连忙双手递给了他，是一份“业余歌咏队”理事会的分工名单。他见昭舫、昭瑛和住他家的李毓章、潘乃斌都是歌咏队的教师，真不知道这是值得庆贺还是应该耽心。

内蒙古麦新纪念馆珍藏的《大刀进行曲》手稿

五、地痞打砸歌咏队

业余歌咏队成立后马上展开了活动，在汉口街头和青年会演唱和教唱。昭舫工作得很累，常常回得很晚。广诚虽说看在眼里，但在他心目中，没有“吃官饷”的职务多“大”都不能算“官”，搞不好还是祸。当今天下，说变就变的。

不久，一件事加重了他对昭舫参加活动的担心。警察局的顾警长来给他“透风”：上峰说，有共产党的人潜进了汉口，正命他们配合便衣搜捕各旅社饭馆。

广诚闻讯大吃一惊：“那‘国共合作’说来说去，仍然还是个假的？”

他慌忙通知正在公新里六号一楼和同学开会的潘乃斌等回避到楼上。他们在佛堂躲过风头后，他心有余悸，便问乃斌（他似乎还从未和他两人单独说过话）：“你说，国共合作到底是真还是假的，怎么这会还会跑出搜共产党的事？”

乃斌自信地回答：“伯伯，天意民心，统一战线大势已定，您家相信，这种事会越来越少的。”

广诚紧张地看着昭舫在外面“跳”，暂时放缓了要昭舫帮他做生意的打算。虽说昭舫有时也照他的意思到“通成分店”走走，参两句言，甚至就在那边楼上住。但他清楚，昭舫的心思不在这里，只是在敷衍他。他打着小算盘，就只当分店没有开，拿那边的利润给昭舫去“爱国”。

以后，武汉三镇的街道上新装的有线广播喇叭中，经常插播“业余歌咏队”的合唱，总听到播音员说：“由曾昭舫老师教唱”、“由曾昭舫先生指挥”。广播电台不是政府的么？他紧悬着的心稍微放松了些。

不多久，昭舫竟渐渐成为了汉口明星般的人物。在街上和码头演出时，居然看到警察都来帮忙维持秩序。昭舫每次回家时，还被些着了迷的男女小青年前呼后拥着。

“也许国共合作还是有几分真的，但也不能太当真，要多个心眼才是。”他在心里评判着。

一天，在江汉关的街头演唱结束后，一群高唱《大刀进行曲》的青年在江汉路日资的“精锜眼药店”高呼口号，后被警察驱散。这件事使潜伏在“万国医院”

的钟楚民(宗方武彦)感到难以容忍,那是他父亲曾一度继承经营过的、其间谍活动为甲午海战中立下了丰功伟绩的“乐善堂”的产业。

甲午年的丰功伟绩啊!“大日本”从此骑在了这个庞大的邻国的头上,怎么能让这些支那人亵渎他心中的圣地呢?宗方忍无可忍了。

但他没忘记潜伏担负的更重要的任务,这逼使他忍耐。他想了又想,还是决定叫熊道昌去雇个见钱就做事的中国人帮他“修理”下歌咏队的气焰。

中秋节的前一天是个星期六。歌咏队一般上午没有活动,昭舫和王杰臣都在公益会二楼,小豆芽在抄写歌单。忽然间,怒冲冲闯进来了几个穿保安团服装的人。其中一个满脸是油的胖子,看派头大概是个官,仰着脸,大声问道:“哪个是头啊?”昭舫一眼就认出,这原是大智门一带的混混雷胖子,不知何时混了一身制服,穿在身上显得特别别扭。正要上前,王杰臣把他拉了一把,自己上前问:“什么事?”

一年前杨永泰在当湖北省主席的时候,为了建立剿共体系,在武汉推行保甲制度,组织了“保安团”。但因他很看重的武汉市长吴国桢公开抵制,对此事名拖暗抗,结果没成气候。不过“保安团”还是稀稀拉拉建了一些,人员混杂,活动范围基本限于铁路外。而因政府各部门都消极推诿,保安团的经费来源始终不足。这群“队伍”便在市郊乡里为非作歹,成为公害。但是,这不妨碍雷胖子趁机由一个专靠勒索和收取“保护费”而生存的地痞,得到了一份官方发给的抓拿吃骗“执照”。大智路虽然属市区内,但韩家巷靠近铁路口。雷胖子便以巡视铁路两侧为名,偶尔在这边抖抖威风。

雷胖子学着一副“官方”的口气说:“根据我党中央执委会决定精神,本市的民众抗敌团体必须统统解散,民众各种抗敌组织一律要按职业身份,不许自行非法组织。你们这个‘团’,农、工、商、学、妇、文,哪边都不靠,所以本人今天特亲自率部前来查封。”

王杰臣扫了一眼他后面带的长短不齐的那几个人,说道:“请长官借查处我们的公文一看。”

雷胖子把眼睛睁得铜钱一般大:“你是哪级管事的?要看公文,老子就是公文。”

王杰臣还没来得及答话,雷胖子就是狠狠的一掌推过来,把他推得重重地撞在墙上。昭舫大怒，冲上前道："你怎么还说着就动手？"

雷胖子在这一带混过多年，当然认得昭舫。他是领教过广诚在汉口的能量的，不想得罪太深，便说："小老板不要趟这趟浑水。本队接群众举报，你们在这里唱歌扰民。名为抗敌，实为有伤男女风化、淫乱乌合之众，为共匪暗中宣扬共产共妻主张。我现给小老板留点面子，勒令你们这个团三天内解散。"

他把手一挥，不顾昭舫抗议力争。几个爪牙就冲上前，把他们三人架到了门外，把小豆芽新抄的歌单撕了个粉碎，把桌椅掀的掀、砸的砸，室内顿时被弄得乱七八糟，然后关门、贴上封条。

正在这时，有人喊道："曾会长来了。"原来"通成"离这里不远，当雷胖子一行气势汹汹地闯进时，就有与广诚要好的街坊自发跑去报了信。

广诚在楼梯上就看到了门上已经贴的封条。雷胖子在楼梯口先招呼了一声："曾老板。"广诚心想怎么他也穿上制服了，就停在了楼梯上，仰着脸笑道："雷队长当了官，也不来我店里坐坐了，这一两年都不登门，怕是我得罪队长了？"雷胖子即刻换了一副笑脸，说："哪里哪里，实在是革命工作太忙。曾老板有什么指教？"

广诚晓得雷胖子哪里干得了正经事，有可能是敲诈。但还是赔着笑脸道："不敢。这个公益会，我是会长，是我的儿子在这里教抗日歌，年轻人难免做错事，我怕他冒犯了队长，所以赶过来看看。"

雷胖子晓得知进退留分寸，不然哪混得到今天？便挤出笑脸道："既是曾会长管的地盘，那好说了。不过，曾老板，我这也是奉差行事，令郎可不能不遵守政府法治哦！"说完，把他查封的理由又说了一遍。

广诚却更是心虚，便大声责问昭舫："你又惹了么祸？我跟你说了，事事要听政府的。雷队长那么多工作，还要亲自为你费心。你、你……"他找不出恰当的措辞，盘算着这话说轻了过不了坎，说重了自己给自己套个罪名，但愿雷胖子接话，他宁肯破点财，让这事情变小。

冷不防身后传来一句东北口音："全民抗战，是委员长的号召，不去宣传抗击日本人，反而打击民众热情。请问长官，这是哪里的命令？"

雷胖子对广诚之所以胆怯三分，还是怕他背后的那些江湖关系，得罪了在汉口难混。这下看见一个不认识的东北腔来搭白，胆量一下又上来了，厉声问：

“你是哪里的，妨碍老子执行公务？”

昭舫一下认了出来，这是自己离开北平后就没有再见的同学魏公博。

魏公博穿着一身灰色的中山装，也不回答他的话，一派有来头的样子，大步走上楼，说道：“这位开口称‘老子’的长官，我今天没带照相机，不然你可以在全国大大出名了。你这样执法，日本人会奖赏你多少？”

雷胖子一听，身子竟矮下去了几寸。这个人不知什么来头，有照相机？那玩意儿平头百姓谁有？怎么开口就说日……难道他……他心里发虚，打消了刚冒出的将此人“带走修理”的念头。便干咳了两声，一脸严肃地说：“本人刚才宣布的，均代表政府和党国。我现还有公务在身，没时间与你们多说。三天之后，我会来看结果。”说完带了手下匆匆走了。

广诚看他们草草收兵离去，也不知魏公博是什么来头。他皱着眉头对昭舫说道：“你们做了什么事，拿给保安团抓到把柄了？这是些地头蛇！你莫跟我把祸事惹大了，该退就退一步吧！”

王杰臣没插话，心里在想着下一步该怎么办。听说武昌那边也成立了宣传抗日的民间组织，有国民党元老孔庚公开支持张罗，说话硬气。看来必须报告组织，能否在这边也找个有分量的靠山，以减少干扰。

只听魏公博又说话了：“曾叔叔，您老不用怕，曾昭舫一点错都没有。全民动员，支援前线，是政府和中央的号召。”

广诚见外人多，便不说话，打算离开。正在这时，听到楼下有人喊：“曾会长，侯队长来了！”

广诚顿觉手脚冰凉，怎么把正规警察搞来了？这位侯树坤局长在汉口可是抓人出了名的！该不是粘上政治了，天晓得会怎样收场哟！他瞪了昭舫一眼，连忙迎下楼去。

哪知侯树坤竟和颜悦色地站在堂屋中，迎着他说道：“曾老板这么忙的生意，还热心抗日宣传活动，不简单，不简单哪！”广诚听得个丈二和尚，以为是讥讽，便提心吊胆地问：“侯队长，是我那伢做了错事么？他是年轻不懂……”侯树坤打断他、非常和蔼地说：“这话从哪里说起啊？我是先来看看的。上峰今天视察，就要来这边，特别关心我区对抗日宣传有突出贡献的‘汉口业余歌咏队’。曾老板，您知道，我们分局是一贯坚决支持令郎等杰出市民的爱国行动的，是不是？上级要问起来，还望曾老板美言。”

广诚听得云里一半、雾里一半，不晓得哪句是真，哪句是假，该点头、还是摇头。正在这时，一群着中山装、穿皮鞋的官员从大智路那边大步走过来，径直就进了门。中间被簇拥的一个相当年轻，身材不高，戴着一副黑框眼镜，身着淡黄色的哔叽西装。一个微胖的官员凑上去说道：“吴市长，这就是‘业余歌咏队’的活动地点，他们在楼上活动，唱抗日歌曲，影响很大哦！”

广诚吃了一惊，认出了这位是留美回国后二十九岁就当上市长的政治明星吴国桢，只听吴市长用建始口音大声说：“走，上去看看！”说完，一群人就顺着楼梯上去了。

30年代的大智路(摄于沦陷后)

广诚顿觉手足无措。人急生智，他把在后面的侯树坤拉了一把，十分简要地把雷胖子干的事说了个大概。

侯树坤听罢大惊，连忙大步跨上楼去。正好看到吴市长开始了大发雷霆：“我今天出来亲眼看到的是这样，我看不到的还不晓得什么样！这里离我市党部这么近，居然发生这么严重的事件。什么保甲长、保安团？我看是些地痞流氓！一定要给我查出来，看究竟是谁，敢这样明目张胆地破坏抗日活动?”

他回头看到了侯树坤，愤怒地指着他说：“真不像话！我正想组织市政机关和警察来学习他们的经验，你自己先好好参观一下吧，门上封条是我扯的，里头摊子都被掀了！侯局长，是你分管这一片治安吧？保护民众的爱国活动，是你分内的事。限你三天给我把保安团那几个查出来，停职，狠狠处分！反对党国抗战方针的人，要坚决开除、法办！”侯树坤连忙回答：“保安团不是分局直接管,他们完全是非法越权作案。本人下去,一定会严查。”

吴市长发了一通脾气后,看来不打算追究侯树坤。他又对杰臣、昭舫等人说了一番民族大义的话。他说军政人员良莠不齐,很多人思想陈旧,跟不上时代。你们爱国青年,不要怕有人反对,要团结在蒋委员长领导的政府周围等等。他又吩咐随行的部门领导要帮助他们,方又往四民街①方向去了。

一个小时不到,广诚亲历了几次大起大落。到此时惊魂方定。他的经验告诉他,大概一场祸事已经过了。便自言自语地说:“大官好见,小鬼难搪。只求菩萨保佑了。”

昭舫拥抱着魏公博,道:“你出场得好气派,跟吴市长差不多。你这一向在哪里?”公博说:“七七事变以后离开北平,到汉口刚一个月。亏了同乡帮忙,在市政府的‘来汉人员统计处’,当了个临时抄写员,每个月二十块钱,我一个人吃饭够了。刚上了一周班。”昭舫问:“你上班的地方离这里有多远?”公博说:“不远。就在扬子街。喔,周艾琳也刚从上海回来,今天我去武昌有事,在长街碰到她。她也说要来参加你的‘业余歌咏队’。哎,我也喜欢和你一起,跟你干。你若是肯要,算上我一个。”昭舫回答说:“行,我欢迎你,但是得我们理事会集体同意。不过,遇到外出演出,你怎么上班呢?”公博说:“我那边考勤不严,当走过场,我的差事小学生都能对付,只要按时做完交差就可以了。我是需要有地方混饭吃,才谋的这份差事。”昭舫问:“你生活上有什么困难吗?也许我能帮点忙。”公博说:“没有,我和我兄弟在逃进关时还带有点钱,不挣钱也能活一年两载。”

昭舫向王杰臣和小豆芽介绍他。王杰臣说:“我听昭舫说过你,我也从你的话中能感到,你在大是大非面前很坚决,这很不简单。我们欢迎多些大学生加入,这对提高我们歌咏队的文化水平很有好处。”

要是潘乃斌也在,会怎样想呢?

① 现胜利街在俄租界的一段。

六、走向街头

9月中旬末,《大家唱》第一集在汉口交通路"生活书店"和广州市教育路"教育书店"同时发行,面向全国发售,每本售价一角二分,武汉本地特价一角。

最先,昭舫和毓章都担心,歌本会不会受读者欢迎。但是他们的担心马上被证明为是多余的,首次发行的3000册,几天就销售一空。"生活书店"的电话响个不停,求购的信件和登门要书的读者络绎不绝。店主顾一凡招架不住,连给昭舫打了两个电话。自上海抗战打响后,邹韬奋先生决定扩大书店在武汉的规模,在交通路口开了个新门面。

昭舫急匆匆赶去时,顾一凡正忙得不可开交,同时面对周围的五六个人回答着十种以上的问题。他将昭舫拉到店里内屋,说:"昭舫,你的书畅销啊!现在一本书印两千册就算畅销了。你应该加快再版。眼下除各埠生活书店在经售外,本市的'华中图书公司'和'广州共和书局'也都来电话要求经售,我们已表示同意了,还打算扩大到各埠的'上海杂志公司'经售。"

昭舫说:"再版5000册已经在安排了。但是印刷厂那边还有些问题,薛培莜已经赶去了。今天我又给上海贺老板拍了电报,《大家唱》第二册的初稿目录也已经寄给了他,他很快就要来汉口。"

顾一凡笑眯眯地说:"我想和你商量一下。你能不能把你和李毓章留下的那两百本先借给我?你看外面这么多人,大多数也是来要你的歌本的,我这里一本都没有怎么行?"

昭舫苦笑道:"我们哪里还有那么多给你的?我们交了一百本给'业余合唱团'。但是现在报名学唱并且要书的人很多,根本不够。我们都只能先发老队员。加上些朋友和同学一拿,我家里剩的一共还不到二十本。"

正说着,电话铃又响了。顾一凡苦笑起来:"看,怕又是要《大家唱》的。"

只见薛培莜急急忙忙跑进店里就说:"昭舫,顾老板,好消息。我刚从'武汉印书馆'过来,他们说,先再版5000册,几天就可以出来。只是还差些纸。"顾一凡说:"纸好办,我来解决,账等贺老板来了一起算。"他对昭舫一笑:"贺老板搞出版真有一套。”

昭舫却脸露不满，问薛培莜：“他们把冼星海印成了洗星海，我专门排成方形格式的歌单也自作主张重新排了版。我说过几回了，他们还不肯改？”薛培莜苦笑道：“不好改了，当初也是为了省纸，歌谱没大错，将就些吧！”

昭舫只好原谅这些美中不足，又问：“杰成没和你在一起？”薛培莜说：“汉口市党部派人来，表示要对‘业余合唱团’支持。杰成在陪同。哦，昭舫，你说怪不怪？市‘警察军乐团’来人了，要求和我们联合组织宣传，还要我们去宪兵队，教唱抗日歌曲，哦，还说想要买一百本《大家唱》！”

昭舫说：“买书找书店呀！市党部来人支持，警察上门联合，宪兵要我们教歌，我怎么听得像神话，这葫芦里卖的什么药？”顾一凡在一旁笑着，说：“这有什么怪的，抵抗日本帝国主义是人心所向，上海抗战烈士里就有很多是宪兵。”薛培莜说：“是啊，眼下是大敌当前，不同以往了。”

果然，仅过了两天，昭舫就和毓章受邀去武昌警察总部，对“警察合唱队”进行了首次教唱，教唱的《义勇军进行曲》和《救国军歌》。以后又到宪兵队教唱这两首歌，均受到热烈欢迎。

回来的轮渡上，昭舫笑着对毓章说：“这世道怕是在变好了。就几个月前，我要是被‘请’进宪兵队，恐怕不会像今天这样请我吃饭。”毓章“扑哧“地笑了：“但是会请你喝辣椒水。”两个人都忍不住大笑起来。

“业余歌咏队”的影响越来越大，报纸和广播也对他们的活动进行了多次报道。三镇的越来越多的青年找上门来要求参加。在一些歌咏骨干的组织下，更多的抗日救亡歌咏团体也在武汉成立。但是教歌的人太少，昭舫与毓章不得不奔波于多个歌咏队教唱，最多时一天跑八个歌咏队。

从学校到工厂，从街道到轮渡，武昌、汉阳、以前的日租界……到处响遍抗日救国的歌声。

广诚从报纸上看到这些消息，听着客人们谈论着他的儿子，心情开始放松，脸上也觉得有光了。昭舫总是对他说：“我比大姐差得远。”广诚这下有些相信他的儿女们做得对了，而中国到处都有这样的儿女，所以最终我们一定是会打赢“小日本”的。

中山路对门，“盐业银行”大门口是高出几步台阶的桃花石铺就的平台，几

"大智旅馆"对门中山路与北京路交会处的"盐业银行"(建于1926年)

个粗大的柱子,更显出威严的气派。有一个印度人"红头阿三"大胡子拿着警棍守门。

下午四点钟,广诚看见一群十几岁的女学生,不下三十人,都穿着清一色的白衣、蓝裙校服,连鞋袜的颜色、式样都一致,列着队,从中山路底下方向过来,径直走向"盐业银行"。那群小女生上了台阶,一个女孩用无可抗拒的神气,将手对着"红头洋人"一挥,把他排挤进银行内。女孩们则马上站上门阶,整齐地排成了三排。一个苗条的小女生用清脆的国语宣布:"汉口市立第一女子中学抗日宣传现在开始。"

广诚和田爷忙跑到"大智旅馆"三楼最边上对着银行的那间,挤趴在窗上看着街对面,人群正在很快围成一个厚实的半圆圈。

学生们先是演唱了一些救亡歌曲。每唱完一首歌,就有人领呼抗日口号。末了,还演出了一个小街头剧,大意是,几个女学生为一个老太太读他儿子从上海前线写回的信,信中控诉日寇的罪行,表示了不惜为国捐躯的决心。

广诚和田爷自始至终看完了学生们的演出，虽说隔了条马路，还是可以大致听清学生们的说白的。广诚被学生们的演出感动了，他轻轻地对田爷说（以为声音大了会打扰对门的演出）："昭萍在信里说的士兵弟兄，也和那个学生念的信一样。"

在激情演出的高潮中，几个女生都拿出个大大的纸箱，开始为前线募捐。广诚很激动，他相信昭舫也会这样在街上募捐的。他想，要是碰上看演出的人都舍不得捐钱，那该是多对不住这些孩子。想到这里，他对田爷说了声"您老慢慢看。"就一个人大步下了楼，走过对街，挤进人群，对那个小女生喊道："小姐，这里！"说完把钞票递了过去。那小女生接下钱，睁大一双聪慧的眼睛，说："谢谢，先生请报个姓名。"广诚摇了摇手，扭头就走。

他才挤出捐款的人群，又一个女生正好迎面撞上了他。他还没看清，那女生却连忙鞠了个躬，说："曾叔叔好！"广诚吃了一惊，没想到这里会有人认出自己，竟一下脸都红了。才又听得那女生说道："曾叔叔，我是六儿。"广诚定过神来，认出是戴承喜的六女儿桂香，连忙回应了。这时演出已经结束，围观的人也很快散去。

广诚回到公新里口，又听到后面传来一阵欢呼。他停住脚步回头看，原来是昭舫他们的"业余歌咏队"也正好回来，一些青年们正着魔般地企图涌向昭舫。对街那群女学生刚刚解散，一部分也忙赶来混在人群中，跟在昭舫等的后面高呼着"曾昭舫"。那个小女生也在扯着嗓子喊着，想往这边来，却被戴六儿硬拉着走了。

广诚见人流拥来，赶快让到"大智旅馆"大门一边观望，昭舫避开人群快步地进巷子去了。几个"业余歌唱队"的男女队员默契地迅速封住了公新里口，把人群堵在巷子口外面。只听到拥聚的人群中有女孩在高声喊着问："曾先生，请问您是哪一天生日？"却都无法跟着进巷子去。

广诚见昭舫这样受到追逐，觉得这些小青年很可笑，知道他是哪一天生日又怎么样？还不如来问我，我不告诉他，他会晓得自己哪天生的？遂一个人进了旅社。田爷这会儿也来大堂看热闹，见他进来，便说："大少爷成了名人，店里的生意都跟着沾光，这几天都翻了番。年轻人到'祁万顺'吃东西，一问大少爷不是他家的，就一起跑到'通成'来了。自从大少爷去了分店那边，那边生意翻了一倍还多。”

广诚乐在心里，嘴上却说：“这为抗日演戏还可以，就怕他上了瘾，把学戏子当成正业了。”

在当时，餐饮业的地位本来就不高，而戏子、理发等的地位还更低。田爷正色反驳道：“你想到哪里去了？当年都督刘艺舟来汉，亲自登台，在对门‘汉大舞台’演《吴禄贞被刺》，这事还是你讲的。”广诚听到把他的儿子与都督相比，乐滋滋的，嘴上却说：“他哪有那出息？不过图个好玩，瞎闹吧！”田贵义严肃地说：“那不是，大少爷是一腔爱国热情。说起他，满条街哪个不竖大拇指，还说你教子有方！”广诚笑得眼眯成了一条线，说：“你老太夸他了。”

不管儿子是否走红，广诚还是冷静地保存着生意人的清醒头脑。对战局下的市场行情、统一街的黑市金价起落了如指掌。对如何经营、储存粮食，怎样做到既出手大方支援抗战、又不影响生意都很有分寸。

“好多老板其实太抠了，捐那么点，根本没有诚心支援抗日。”广诚对田贵义说。这个诚实的生意人心里很有数。

30年代金城银行汉口分行大楼，在中山大道与保华街相交处。

七、戴家有女初长成

次日,戴承喜和赵丙文一起来找广诚,广诚把他们接到经理室坐下。

寒暄了两句后,戴老板板着脸说:"你叫丙文带信说,想把'万方旅馆'隔成住家的房子卖了?"广诚说:"我是这么想的,眼下打仗,生意风险大了。有家姓朱的价钱出的很可以,您老看合不合适?"戴承喜说:"你莫看上个月生意不好,汉口热天热死人,客当然不多,好多都到江边睡露天了。眼下已经凉快了。这仗打久了,难民一多,旅馆生意肯定还会好。你放着钱不赚?真要照你说的,还要掏钱出来改房子,合不合适哟?"

广诚不紧不慢地说:"前些时'估子行[①]'不是说,地租又要我们加两成吗?八年前,这房子是我们'买天不买地'买的,地租每年照付。合同说的是五年一加租,他倒等不及了,还说民国二十二年就想加的。那年到处铺子都在关门,我们没退租,就算他的运气了。那时他敢说半个'加'字么?今年我算了一下,照着租钱,再把把税一完,再……本来房子里面的石灰也垮得白一块黑一块的,没得个看相,还得要补。平台上的房间又间间漏雨,也要修。算下来,倒不如卖了划得来。法租界那边,生意才是我们的大头。"

他另有心思未加透露。童瑁曾私下劝告他,房地产可以脱手就脱手,飞机一炸,血本无归。仗再打下去,与上海的航运会断,要不了多久,汉口就又像民国十七年那样,做不成生意的,弄不好还要逃难。

戴承喜哪里想得到那么远,只觉得好笑,都说广诚会赚钱,怎么这回笨到家了?他说:"法租界那边的'万国',赚钱倒是大头。可兰陵路这边,住满了也是一百大几十铺位哟!上月说在徐家棚接下那栈房做分店,你也说不好,现在怎样?这边现成的栈房又想不办了,尽跟我搓反索子!你到底怎么想的?"

广诚见他动气,赔着笑说:"武昌那边,我后来不是也同意您老租下了么?不过,我是看在那边只先租一年,租金只有汉口这边的三成半,又什么都现成,

---

① 房地产所有权让渡时,一般均请中人作为有偿中介。专门以介绍房地交易为职业的中介在武汉称为"估子行"。

还靠着火车站，明摆不会吃亏才点头的。人家要不是家里出了事，哪里肯那便宜让给我们？兰陵路这边老栈房就不能比了，维修只怕还要花不少钱。”

戴承喜说：“住店的喊几句漏了、房子旧了，哪里听得完？嫌不好，别处去住嘛！看找不找得到这么便宜的。修什么？不修！”

丙文心里也不理解广诚的意图，便说：“我看，‘万方’的老栈房请人光把瓦捡一捡漏，里头石灰粉一下，也花不了多少钱。”广诚见丙文也赞成戴承喜的主张，只得附和，同意了照戴承喜说的办。

这次戴承喜对眼下的行情估计确实没错，来汉的客人正一天天多了起来。这让他充满胜利的成就感。他不服气广诚，暗地里处处都在和他较劲比拼。不过他也私下算过，住“万方”的客人多是一天就走，价钱又低，确实利润不能与“万国”比。若真照广诚说的修一下，怕还要蚀本。

30年代法租界地图，“青年会”即基督教青年会

今天他从广诚那边回到家，正好三女婿杜季卿与三儿（桃香）回来看望他，在堂屋里和六儿在又说又笑。只听得女婿正说：“六妹说的事，三哥从来都记在心上的。”三儿在旁边插嘴：“这全亏了二小姐心好，你说的话她记在心的。”

戴承喜见满屋的热烈气氛，便插嘴道：“什么好事，不告诉爸爸也快活一下？”杜季卿站起来喊了声“爸爸”，说：“六妹要的歌本，翘得不得了。我帮她找到一本。”戴承喜问：“么东西翘得不得了，这下还有用钱买不到的么？”杜季卿说：“是那边大少爷编的《大家唱》。”

戴承喜登时沉下脸，当年他放下身段为六儿提亲，广诚不给他面子，这件事他气得刻骨铭心。回来向大太太陈氏发泄，被六儿听到了，竟冲进房里大发雷霆怪他多事:“谁稀罕你老人家多这个嘴,你舍得这个脸,我可不愿意陪着你丢!他算什么?我还看不上他呢!”他被女儿骂得无地自容,竟然半天不敢应声,却把羞恼怒全都记在了广诚身上。只是后来受了郭梓璜的气,才把这口气先放到了一边。这下又听到在谈昭舫,气得脱口就对六儿道:“你怎么还稀罕他曾昭舫的东西?”

六儿没想到被父亲这么抢白一句,顿时脸色大变,冲他老子劈头就顶回去:“我都报名参加他的歌咏队了!一个歌本,伤了你哪根筋了?”杜季卿知道六儿素来泼辣好强,心眼也多,但没想到她会这么“冲”他老子,连忙把话岔开。

戴桂香确实报名了,报的就是正在扩大招人的“业余歌咏队”。

她不吃饭,拿了歌本就跑去了大智路公益会。来的人已经很多,大多是像她这样还没被正式编队的新人。她看到比自己低两级的小女生章祯青也在,便很高兴地招呼她,去坐到一起。

章祯青长得高而瘦,可看上去却还是个小女孩模样,带着一脸认真的表情。见六儿拿着《大家唱》,羡慕地问:“你的歌本哪里来的?老队员才有的。”六儿也不过大她两岁,却故意摆出很矜持的神情说:“以后你也会有的。”祯青说:“听说今天教唱《青年进行曲》,这本上没有。”六儿听了,觉得有些扫兴,便说:“今天怎

基督教青年会门外碑文

位于汉口中山大道原俄、法租界交界处的“基督教青年会”新照

么还没开始？以往这时都教唱了。”祯青听六儿一开口就是“以往”，越发对她另眼相看。

正说着，室内一下安静了下来。王杰臣站到了前面，大声说：“有几件事给朋友们通报一下。第一件，理事会决定，吸收一批新朋友参加歌咏队，并将歌咏队改名为‘业余歌咏团’，扩大为两个队，每队四十个人。”

底下一阵议论哄乱。王杰臣接着说：“老队员和新队员混合，暂时一起排练，以后把新队员带熟了，再分开演出。名单正在抄，抄完了就公布。现在‘基督教青年会’已经同意借礼堂给我们。哪位还能介绍大一点的地方，我们将十分感谢。第二件事，要和大家商量，因为人数增多，经费有了问题。曾昭舫先生和李毓章先生，已经将他们出《大家唱》的全部版税捐给了歌咏团，还捐献了一百本歌本。理事会决定，今后的歌本一律收费发放，外出的车船伙食，仍由大家捐款筹集。此外，正式队员每人每月交一角钱作公用开支。”台下有人喊道：“主席，还有没有《大家唱》？”王杰臣答：“正在赶印。”下面一阵掌声。

当晚是李毓章为大家教唱。结束后，戴六儿看了名单，自己分在一队，队长是曾昭舫。

八、结识冼星海

10月3日是礼拜天。这季节,汉口多半应是秋高气爽,这两天却突然寒潮袭击,冷风吹来,竟是一片寒意。昭舫觉得多日积蓄的疲倦一起冒了出来,早上眼睛都睁不开,越睡越想睡,一觉就睡到了九点钟,听葵花在楼下喊,说有人找。

曾家珍藏的冼星海照片

昭舫连忙起来洗漱下楼。来的是“歌咏团”的小豆芽,正和毓章说着话,见昭舫下楼,立即激动地说:“曾老师,上海的‘救亡演剧二队’来了,就在横街上的‘精武体育会’。”接着又喜形于色地说:“我看到冼星海了。”

冼星海当时已是国内最著名的爱国作曲家。昭舫顿时大为兴奋,他看着毓章说:“走,我们去见他!”毓章一边赶紧换上外出的长袍,一边说:“他是大名鼎鼎的音乐家,我们就这么去见他?会不会……”小豆芽马上接过去说:“没有关系,我看到,他在那里和普通人一样,什么派头也没有。”

“精武体育会”与“通成”距离也就两百米,是民间习武和文化活动的场所,一直是王兴汉经管,听说是借给抗日团体,王兴汉早把这里收拾得干干净净。

会馆的门牌是瑞祥路一号,是幢三层楼房,两边分别临瑞祥路和吉庆街,一眼看去像是个三角形。尽管天气阴冷,仍然来了很多人围观。上海人本来就比武汉洋气,这些文化人穿着、气质就更不一样了。不少已在银幕上出名了的当红电影明星像金山、王莹等,就在会馆的门内外谈笑着。武汉市民哪里会错过这样的热闹和机会,闻风来到这里,把三条街塞了一大半。昭舫等来到后,只好远远站在人群后面。

“军事委员会武汉行营电影股”派来接待“二队”的曹干事忽然看到了昭舫,马上隔着人群对他喊道:“正在说你呢,曾昭舫,进来进来!”

昭舫和毓章于是穿过人群进去。演剧二队的洪深队长连忙过来和他们握手。曹干事边为他们介绍边说："为了支援抗战，'上海戏剧界救亡协会'把上海的演艺界人士组织成了十三个'救亡演剧队'。我来给你介绍，这是洪深教授，"八一三"后他毅然辞去复旦大学教职，组建救亡演剧第二队，亲任队长，副队长是这位金山先生。队员是：冼星海、贺路、王莹、黄冶、张季纯、田方、田烈、邹雷、金子坚、白露、欧阳红缨、熊塞声……一共十八个人。"他停了一下，指着站在门边的一个花季女孩："还有个编外队员，洪教授的女儿，洪铃。曾昭舫，冼星海先生刚才还问起你们二位呢！"

冼星海已走近前来，边握手边笑着对昭舫、毓章说："我一到汉口，就不断有人对我说起你们两个，看来你们的救亡歌咏活动搞得很不错啊！"昭舫和毓章连忙说："差得远，比上海差得远。你们来了就好了。"

昭舫问："上海仗打得那么激烈，一路一定很不容易，走得很辛苦吧？"洪深笑着说："八月二十号从徐家汇出发的，搭的一只木头小粪船，船上足足挤了五六十号人。头上还有飞机炸。高射炮打得天上一朵一朵白烟。头天饿着肚子到青浦，歇一晚。第二天又是饿到昆山，吃了饭又上船，在船上露宿一夜，二十二号清早才到苏州，二十三号改坐火车到南京，拜谒了中山陵。"

洪深教授说的是当前唯一一条可以逃离上海的水路。上海的主航道黄浦江已是炮火连天，除英美少数接送侨民的船只外，黄浦江下游的航运已经完全中断。沿黄浦江岸一带的商铺本都是些有气派的房子，现已全部——包括"同济大学"——都被日本飞机炸成了一片废墟。陆路方面，通往南京的铁路一天几次挨炸，连支线上停的客车都常成为空袭的目标，上海南火车站已在轰炸中从此消失。

昭舫看着这些宁死不愿当亡国奴的文化明星们，想着该用什么话来表明对他们艰难撤离的敬佩。

却听金山笑着说："粪船上坐久了，连王莹这些小姐都不嫌臭了，倒省去了两天的化妆品，还总跟我说肚子饿了。"队员们都放声笑了。昭舫见他们如此乐观，很是感动。洪深说："在南京住了十天，学习军事常识、救护防毒等。上月初到徐州，中旬到开封，下旬到郑州，一路宣传、流动演剧，昨天到的汉口。"

他停顿了片刻，说："曾先生，我们有事想和您商量，我们现临时住在'东方大旅馆'，想搬到这附近来。听说'大智旅馆'不错，是您家开的，不知道还有没有空房间。"

昭舫笑着说:"有!有!当然有啊!几天前,我们'业余歌咏团'的王杰臣就对我说过你们要来,我让'大智旅馆'专门腾空了一些房,等着你们的。至少可以安排二十多人。就盼着你们来呢!你们才十四个人,足够了。"

洪深抢着想说什么,昭舫微笑着用手势制止他,接着说:"不收你们的房钱。"

他坚持阻止住了洪深插话,继续说:"我看过有关你们的报道,知道你们从上海出发就规定了,演戏不卖票,队员生活自筹,每人每天只发一毛钱,一个月才发三元钱。但是,你们每个人都保持着这么旺盛的情绪,为了国家不辞辛劳,千里而来。要晓得,你们都是大明星啊!我们都在以你们为榜样,所以,怎么会收你们的钱呢?一分钱都不能要!坚决不能要!"洪深最后才插上嘴:"那,三个人一间,可以吗?我代表二队谢谢你了。"

昭舫把贺路、金山、王莹等队员接到"大智旅馆"。好看热闹的汉口人聚了一大堆在街头,争着打听和指点:这个是《夜半歌声》的"宋丹平"(金山),那个是"赛金花"(王莹)……有好事的还夸夸其谈王莹击败蓝苹[①],出演话剧《赛金花》曾轰动一时的逸事。

下午,昭舫去公益会,组织大家排练为参加市政府组织的、庆祝民国二十六年"双十节"演出的新节目,见队员们正兴奋地围着小豆芽说话。薛培莜见昭舫来了,立刻迎上来说:"昭舫,我们大家都在说,想见见冼星海,但不好都跑去打扰他们,你能不能约他和大家见一面啊?"其余人也都向他围了过来。昭舫看着大家,点头说:"我今天就去对他说。我想是可以的。他一点架子都没有。"

下午教唱结束后,已经过了五点,昭舫和毓章便没有回家,直接去了"精武会"。恰好星海刚搬来一些东西,正在收拾房间。见昭舫来了,好像老友一样非常高兴,请他们就坐在床沿上。

星海抽着斗烟,说:"你们的'业余歌咏团'在武汉的影响很大啊!随便哪个一说,都要提到你们。你们还有个小乐队伴奏,是不是?"昭舫笑道:"凑得起一把扬琴、一支笛子、几把二胡。不过多数都是清唱。"星海说:"听说你会的很多?二胡、箫、埙、口琴,哪里学的?"昭舫不好意思地笑道:"市一小学离我家很近,

---

① 江青当年的艺名。

瑞祥路1号精武会馆(2006年手机拍摄)

有个教音乐的连老师,是个华侨。他教我唱歌,还教我乐器、指挥,我算胡乱学了点。"

笑谈了几句后,星海便详细地问了一些武汉歌咏活动的问题。昭舫和毓章像对待老师一样,恭敬地回答。说到教唱时,昭舫说:"汉口现在想学唱救亡歌曲的人多得很。武昌、汉口成立了很多歌咏队,只是能够教唱歌的人不多。按说,我们队员多半是小学教员,店员、中学生和认识一些字的工人。选的还都是耳音、唱音都比较准的。但是大多数还不能识谱,要人教,教过以后,错误还是很多。"

星海问:"其他歌咏队也都自己有人教歌?"

昭舫答:"我看比我们还困难。动不动就跑过来请我们两个。"

星海问:"你们经常去哪些地方呢?"昭舫回答:"像经常请我们两人教唱的歌咏队,就有'群声歌咏队'、'青年歌咏队'等,最多的时候一天跑过八个队,每周还有几天要到电台广播教唱。我们还不止一次去过'壮丁人员训练班'、'警察军乐队'、还有'青年会'和一些学校。"

星海兴奋起来,"看来,武汉的群众歌咏活动的土壤相当好。你们说的教歌的人不够,这个我都料到了,我经过的地方,都差不多也是这样。不过郑州比较冷清,远远赶不上你们这里。"

他站了起来,胸有成竹地说:"我觉得,不能光靠我们几个人,应该要让学唱歌的人学会后再去教别人唱,这样才能快速推广和扩大歌咏运动。"他真诚地看着他们二人,"我想请你们二位拿出一些时间,和我一起在武昌和汉口组织一批歌咏干部,教授他们识谱、教唱、指挥,让更多的人参加到抗日救亡歌咏活动中怎么样?"

毓章赞同地说道:"太好了!我们也正想试着这样做,同时,我们自己也需要学习。我们教唱时,总是把容易唱错的部分反复强调。比方说,像《义勇军进行曲》的'不愿意做奴隶的人们'的'不'字;还有些弱拍起头的呀,像《大刀进行曲》的第一句的‘大’字，都是重点纠错的地方。我们发现了唱得好的人，就把他的名字记下来，准备以后就派他们出去教唱。”

星海很高兴，说：“你说得非常好。我听你的口音，好像不是武汉人。”毓章笑着说：“我的家乡您刚去过了：开封。”星海笑道：“哦！汴京！那是个很美而古老的都市啊！我在你们开封还认识了一个很不错的年轻人，名叫马可，他也是对我说，那里最缺少的也是教歌的人。其实，那边的歌咏活动很不错的。凡是搞得好的地方，都是因为有像你们这样的骨干。”

他想了一下，就在身上的衣袋里搜，说：“马可也在作曲呢，很不错的！”他从衣袋里找出一张手抄的歌单，“二位请看，这是他写的《游击战歌》。我觉得很好，你们可以拿去，编进你们的《大家唱》。”他有些动情地说：“开封的歌咏队的学生真是诚挚可爱。我们离开开封时，他们到车站来为我们送行，站着唱了一个多钟头的歌！当时，不瞒你们说，我被他们感动得流泪了，感动于他们的真情，感动于民众歌声的伟大！”

昭舫说：“冼老师。”冼星海连忙摇双手制止：“不要这么喊，这么一叫我们就被生分了。我们应该是朋友，你们就叫我星海、老冼，都行。我们二队，所有人都是直呼其名，都不兴人为地叫出区分来。像洪深，你们也再不要喊他‘洪教授’了。好了，昭舫，我以后就这么称呼你，昭舫，你接着说吧！”

昭舫说：“我们‘业余歌唱团’的人托我转达，他们都想见见你，想请你去教歌。”星海说：“好啊，我也想见见大家，但今天我东西还没完全搬过来，明天……有个欢迎茶话会……好，就明天吧！”

演剧二队，左三为冼星海，后排左三为洪深

九、生意人的爱国心

上海的战事越打越艰难了。昭萍来信说,她和知秋带了妇女学校的学生帮忙照顾伤兵。伤员们哭着。他们说,哭不是因为疼,是因为离开了前线。这些穿着草鞋、拿着最老式的"汉阳造"和大刀的战士,以血肉之躯与生平第一次见到的飞机、大炮和坦克拼命。伤员们说,罗店打得好惨,被他们称为"血肉磨坊"。在宝山县城,守军姚子青营全部壮烈牺牲。一个二十岁都不到的贵州小伙子,双腿都没了,昏迷中还在喊杀鬼子。

上海那边和汉口真是两个世界呀!广诚读完信,心里一阵阵发紧,他多次叫昭舫在信中嘱咐昭萍,千万不要到前线附近去,但是这样的叮嘱,连他自己也不相信能有什么作用。他发呆地看着那些边吃东西、边看着报纸的客人,不知道现在自己此刻究竟该做些什么。

他忽然想到,自己派田贵义和和尚到清芬街,加紧把铜板、纸钞换成银元,又亲自通过曾昭泰换金条;进而想到最近颜秉兰的一趟来回,正是靠战事造成的物资紧张,赚的钱几乎比往日翻番,自己也得到不菲的分红;再想想浴血前线的士兵,不禁有些惭愧。

平型关大捷的消息传来时,这个年过半百的生意人竟欣喜若狂,跑到大堂高声宣布:"在座的不用给钱了,我请了!"楼上楼下客人齐声叫起好来。广诚还不尽兴,让牛万贵去抱来两坛"通成白酒",给能喝酒的客人全部斟上一满杯!自己则兴奋地和客人们一起干杯。心里还在想,说是守孝三年不沾酒,但遇到打小日本大胜仗的喜事,父亲大人在天之灵应该不会怪我的。看到满街的喜庆情景,他激动地叫人将国旗挂到顶楼,又买了大挂的鞭炮在楼顶上燃放。

他逐渐理清楚了好多问题,懂得最重要的事是打败日本鬼子。青年时代的亲身经历,在他的脑中留下了太深的记忆。他太明白帝国主义们是些什么东西了!太懂得亡国奴会是怎样的境地了!他一想到自己的亲人,身上就强烈地涌出要保护他们的责任感,想到祖宗生活过和留给后人的那些河山,绝不能让卑劣的倭贼来蹂躏和亵渎。

无数古代忠烈的事迹在帮他克服内心一些矛盾。最让他常用来扪心自问的楷模,竟是那位两千多年前挺身舍财救下郑国的那位牛贩子弦高。一次,他在听说书人讲这故事时大为震动,从此铭记于心了。以前他相信有钱后要多行善事,因为上天在时时检验着人的良心,富贵不仁必遭阴司报应。他认为现在是自己积德累功的机会,遗憾自己没有更大的能力来支持保国保家的战争。

尽管有了如此觉悟,做起来却还是免不了思想斗争。当昭舫来告诉他准备把"二队"免费接到"大智旅馆"时,他便立刻感觉到内心掠过一阵隐痛,自然又想起了"崽卖爷田心不疼"那句话。一时间,他心里大道理和小算盘在进行剧烈搏斗。他冷冷地问道:"又管吃又管住?你打算招待多少人?"昭舫说:"总有二十几个吧。"广诚不由得叹了口气,说:"我要是指望你帮我赚钱,那算是活见鬼!你倒是用起钱来本事第一,饿了就晓得跑回来!"

秋平看到外公愠怒的表情,想起外公平日的唠叨,便在一旁学着他的口气大声呵斥道:"吃饭都不晓得回,一天到黑,又野到哪里去了?"把所有人、连同广诚在内,都逗得忍不住捧腹大笑起来。秋平觉得很奇怪,你不就是这么说的吗?有什么好笑的?静娴把她抱起来,拍着他的屁股:"小乖乖,不许这样对大叔说话的。"

广诚当然还是满足了昭舫的全部要求,却没想到,这事却给他带来了意想不到的声誉,声誉又很实惠地变成了客源。一时间,全汉口都在传颂他是爱国商人,他在商会中面子也大增光彩,连平时爱摆架子的香烟批发商董鑫贵都来和他攀谈,主动介绍香烟的行情。

旅社一下来了那么多电影明星,引来了无数武汉人观看。为了见上演员们一面,有些人就邀了亲朋在"通成"跟前转悠,通成的生意于是至少又上升了两成。广诚则心里又有感悟,一个人做好事,上天是从来不会亏待他的。

但也不是什么事都让他高兴,有天昭舫和毓章昭瑛一同去码头接人,说是昭萍特别来信交代的、她一个叫高士其[①]的同事,嘱咐要"很过细、很过细地照顾好他"。

① 我国著名科学家、科普事业的先驱和奠基人,也是第一个投奔延安的留美科学家。在芝加哥大学医学研究院攻读细菌学时,在一次在研究脑炎病毒的过程中,瓶子破裂,不幸被病毒感染,从此留下了终生不治的残疾。但他以坚强的意志,为中国写下了大量科学文艺和科普作品。

科普巨子高士其

广诚当时没放心上，这些时昭萍的什么朋友没接待过啊，还有几对日本夫妇呢！说起那几个，当时广诚觉得不放心，特地记下了那几个“鬼子”的名字：鹿地亘①、池田幸子、绿川英子，免得万一政府盘问起来好交代，没想到政府还派人来接走了哩！后来听说那是些中国人的好朋友！日本人中也有中国人的好朋友？天哪，怎么挑出来的？是她女儿淘到的吗？

这次高士其的事，一开始他也都按昭萍交代的，由昭瑛去一手安排，在大智旅馆二楼专门备了个单间，房内放置了藤靠椅、能在床上使用的小书桌和台灯，房角还挂了一块布帘，后面放一个马桶。广诚看了后皱了皱眉头，不知怎么领会。

没想到三个人去了好几个钟头后，才簇拥着辆黄包车回了。昭舫毓章从车上架下来一个连路都不能走的人。广诚特地跟去房间看了一看，这位昭萍交代又交代的大作家原来不光是行动半瘫痪，连吃饭说话都难。从上海炮火中出来，经过长途旅途的颠簸，已经差不多要倒了，然后昏睡了两天。广诚在意的倒不是请医生花了钱，而是后来昭瑛居然就亲自照顾起他来。最不能容忍的是，听葵花说，昭英还坐在床边上亲手喂他吃东西。

这可是广诚不愿看到的。叫你没出阁的妹妹去照顾一个男人，昭萍你太不懂事了！

他不好发作，打算拿昭舫发难。可昭舫“一天野得不落屋”，他忍不住便对静娴说了，她当妈的听了肯定更不高兴，不如让她去说。没想静娴没听他说完就反驳道：“你不是看了上海的电影吗？那些女学生不都在照顾我们的伤兵吗？高士其是昭萍的同事，是大科学家，大作家。昭瑛说，他是我们国家的宝。还是

① 三人皆为日本反法西斯人士。鹿地亘，日本进步作家，因反战受到日本军国主义迫害，1935年流亡到中国上海，从事《大鲁迅全集》的编译工作，来汉后与池田幸子在国民政府军委会政治部第三厅担任顾问，后一直积极从事反对日本侵华的活动，并发起组织“日本反战同盟”，作出了杰出贡献。

不要管年轻人的事吧！”

其实她自己已私下里嘱咐葵花和另一个男佣，帮助昭瑛，为高士其做饭、洗衣服、做清洁，料理下生活，“不该二小姐做的事不要让她做。”

民族危亡时的武汉人变得空前深明大义，将流亡到汉的作家们视作民族的贵人。“通成”和“大智”的员工，个个都希望有机会为高士其服务。在为他做“小灶”、请医生、跑腿这些事情上，格外主动、尽心。牛万贵媳妇还专门为高士其做虾球、藕元送来。员工们心中自有默契，认为二小姐人品高尚，令人尊敬，但是不要让“外人”知道这些。

广诚的作为让他在商界名声迅速传播。这天，戴承喜在商会看到，童瑨拉着广诚到商界的巨头们圈子里寒暄，又听到省党部的官员在商会讲话时都称赞广诚。他有些想不明，广诚图这虚名有什么用呢？

回家后，他对杜仲卿说：“他这人赚了点钱，现在贪起名来了。十几号人不收房钱，一天就是七八元，还对我们说，股东的红利一分不少，他负责贴，亏的他一个人担。”杜季卿回道：“听赵凯鸣说，‘大智’去年空的房间还多一些，今年住了明星，房间反而翘了，只会比去年多赚。”

戴承喜听了不服，说：“今年哪里会少房客？我这边也都差不多住满了。那些明星，你收个八折也就够意思了，一文不要，不管怎么，一个月也少收了两百多元吧？两百元你懂吗，要养一个旅馆了！听说，在店里吃东西，也随便他们给不给钱，这不是钱又跑了！”杜季卿说：“那不会，有明星吃饭，生意还有不好的？从早到晚，没有几个空座。无论从哪里来汉口的，个个都晓得有个‘通成’。”

戴承喜于是有所领悟：“看来你快把你老板的一手学到了，明里不收大明星们的钱，爱国的名声有了。暗里那些明星帮他一扬名，多的都赚回来了。”

六儿简直听不下去了，觉得他们完全在亵渎曾老板的爱国心，只会算小账，以小人之心，度君子之腹。忍不住抢白道：“你老人家总是鸡肠小肚的！别人爱国，到你嘴里变成了赚名赚利。你怎么不在‘万国’‘万方’也免费招待几个明星咧？”戴承喜这次受不了了，吼道：“你怕老子不会抽你么？轮到你插嘴了？你跟着曾昭舫再跑两天，怕连爹都不认了。”六儿气得不理会他，拿了歌本就跑了出去。

十、冼星海到歌咏团

戴六儿一口气跑到大智路公益会,见已经到了十几号人。她在前排找了位子个才刚坐下,就看到王杰臣来招呼大家安静,说昭舫刚才回来通知,冼星海先生今天在基督教青年会和大家见面,请大家现在过去。只听到大家都叫起好来,纷纷起身下楼。

基督教青年会在夷玛路[1]和中山路的交叉道口,处在法租界和原俄租界的分界线上,建筑气派华丽。平日里,这些市民哪里敢在这门口多待一会。这下不仅要进去唱歌,还要在这里见到大音乐家冼星海,让这些年轻人兴奋不已。

六儿出于热心和勤劳的习性,主动帮小豆芽收拾了桌凳,才尾随大家走出公益会。看见章祯青骑了辆女式脚踏车,从法租界那边过来。

祯青见这么多人在往外走,便下了车想问怎么回事。恰好昭舫和一堆人站在外面街沿上说着话。六儿把周围一切都看得明白,很不情愿那么多女孩子都围在昭舫身边,故意大声喊道:"舫哥。"

昭舫抬头,见是戴家六儿,便大声说:"六妹,快过青年会去,我去接冼星海先生和大家见面。这边地方小了。"昭舫说着走了。六儿却用眼角的余光,把祯青和边上的几个女孩的惊愕表情尽收眼底。她得意地把祯青的手一拉,说:"祯青,我们走。"

心计极多的六儿,看到章祯青顺从地跟着自己,暗暗满意自己已经彻底击溃了身边的这群潜在的小对手,消灭了她们可能存在的痴心妄想。就这两句称呼:"舫哥","六妹",由你们去猜去想吧!

青年会礼拜堂坐了一两百人。当昭舫走到台上向大家宣布冼星海先生到来时,台下的掌声热烈地响成一片。

冼星海和大家见了面。他简单讲了下上海和一路的见闻后,就热情地鼓

---

① 夷玛路为现黎黄陂路,中山路即中山大道,当时尽管德、俄、英租界已不复存在,但还惯用着旧时租界留下的街道名。

励起武汉的救亡歌咏运动来。他的性情好像很容易激动，说着说着就很动感情了：

“这是中华民族五千年来最严峻的年代。我们正在进行着血染山河的抗敌战争。救亡歌咏运动是抗战的文化阵线的一部分，是全民抗战力量的一道铁的支流。我们的歌声，就是为了唤起一切不愿做奴隶的人们的斗争热情，唤起人们对帝国主义作无情的清算！”

他的讲话让在场的人热血沸腾。在大家的期盼的眼光中，他开始教唱了。

他先指挥队员们温习了以前学过的《拉犁歌》和《青年进行曲》，然后为大家教唱《抗敌歌》。唱着唱着，他忽然要大家“站起来唱，要用内心的热情去唱歌！”

他的魅力让所有的人感动、尊敬。歌声也变得格外高亢。

在大家正唱得意犹未尽时，几乎所有人都清楚地看到了，台后面广播电台

武汉人民游行要求团结抗战

的老杨好像在和昭舫争论着什么。不一会，似乎争论已经结束，老杨走到星海跟前耳语了两句。星海有些抱歉地垂下双手，对大家说："十分抱歉，电台事先约好了我要去播音，今天算是和大家初次认识，今后我会经常和大家一起唱歌的。"他的"再见"两字还没说出，就再次被掌声淹没了。

星海走后，昭舫便接着教完了刚才的歌。薛培莜宣布，省党部的周远涤先生要给大家讲几句话。于是所有准备起身的人，又都坐下来聆听了他"精诚团结在领袖周围共御外侮"的讲话。

祯青扯了扯六儿，把手上的一本崭新的再版《大家唱》第一集递过来，略有些羞怯地问道："你能不能帮我请曾老师签个名字？"

六儿这些时在她面前装足了派头，但她知道自己和昭舫仅就是认识而已，便故作深沉地说："你真是个小孩，这又有什么意义呢？我都还从来没要他签过字呢！"说得祯青很不好意思，连忙把手缩了回去。

散场后，六儿和祯青随众走出青年会。在门口的台阶上，六儿忽然觉得自己像被电击了一下。她看到一个美丽得耀眼的女青年，穿着时髦而考究的呢风衣，正和昭舫站在路边一部小汽车旁，十分热烈地有说有笑，两人再"般配"不过。看上去，昭舫还相当高兴。

接着，周远涤先生来到了车前，女青年好像在邀请昭舫上车，但昭舫摇着手谢绝了。

她稍稍松了口气，突然伤心地悟到，这个世界原来很大，自己完全不需要有那么多心计，她戴桂香真的很平常，不过是被自己鄙为"痴心妄想"的女孩们中普通的一个罢了。

一个伟大的女英雄，原来曾经也是平凡的。

十一、双十节

双十节那天，广诚和静娴拿了昭舫给的票，带着秋平到大舞台，参加武汉市党部组织的“伟大国庆纪念”会。听说共产党新来武汉的一些要人也会出席，其他到场的都是军政界名流、社会贤达和文化界的知名人士。就凭自己能和这些人坐在一起，就让广诚觉得脸上十分有光。

这就好，再不要分什么党，再不要抓啊、杀啊。他想起了自己店里墙上贴的一条标语：“都是中国人，一起打日本。”

他到得早了一些，座位的前几排和楼上的包厢都还空着，好座位也还空着很多，看来最有身份的要人们还没有到来。他买了根棒棒糖，哄着秋平不闹。坐稳后，看到昭舫和几个工作人员模样的人，在台前激烈地说着话，那个省党部的周书记长从后面走过去，对昭舫说了些什么。昭舫马上跳上台去，走到幕布后去了，不一会，又匆匆走了出来，从边上的“太平门”出去。

看来儿子是参加会议组织的一个重要角色，他感到高兴，转过脸想对静娴说话，却见她的眼睛紧盯着门口，便也顺着她眼光望去，正好看到一个很时髦、很漂亮的女孩拽着昭舫的手走了进来，两个人在前排边上的空座并排坐下了，说着话。

他想这女孩可能是上海来的，这些时明星见多了，他也不认为奇怪了。谁知静娴在旁递了一句过来：“这是他同学，姓周，是省党部那个大官的妹妹。”广诚奇怪地问：“你怎么晓得的？”静娴道：“来过我们家的。这个姑娘也是为了替昭舫打抱不平，自己退了学。”

广诚一听，觉得这情分很不简单。正想继续问，却见毓章和昭瑛两人扶着高士其进了场，他的好心情瞬间去了一大半，沉下了脸喃道：“怎么还跑到戏场来露脸啊？也不怕遭人背后说，真不懂事！”静娴却似没听懂，说：“毓章这伢，有肚量！”广诚见说不到一块，便唠叨说：“昭萍这事就是做得不好，搞这么个吃喝拉撒要人服侍的人来。她自己倒是成了家的哦！也不为妹妹想想。”静娴不以为然道：“跟你说过不消管得闲事，现在年轻人都大方。你看那周小姐，和我们昭舫也挨得太近了。”广诚的注意力马上又回到了这边。静娴又说:“这丫头。可惜我们昭舫看上的不是她。她倒也不怕别人看了会怎么说。”

广诚听了,顿觉惋惜,便问静娴:“不是他的‘那个’?那么亲热?”静娴说:“昭舫的‘那个’也是他们学校的,长得也好,就只怕我们攀不上。”广诚见说,心里不服,问:“那家里是做什么的?总不会比周书记长官还大?”静娴叹了口气,说:“要说,你还不如不晓得,不告诉你又不好,怕哪天让你出洋相。”广诚性急了:“到底是哪家?你说嘛!”静娴这才说:“是童老爷家的四小姐。”广诚一惊非同小可,思绪大乱,难怪童瑨总会突然问起昭舫。昭舫啊昭舫,你这个家伙,怎么尽给我出难题呢?

当省市大员终于在掌声中进场,周书记长和吴市长代表省市讲话后,演出开始了,广诚这才从乱成一团麻的浮想中解脱出来。

静娴仅只对昭舫的节目有兴趣。昭舫出场有好几次,先是他指挥“业余合唱团”和“女子合唱团”同台唱歌,昭诚和毓章也站在中间唱,那个姓周的女孩也在里头,好像连几个上海的明星也站在里头。以后昭舫还参加了演小话剧。不

抗敌剧团在江汉关前演出

过她不知道“话剧”这词，这还是洪深先生几年前提出的新名词，她只管那叫“文明戏”。后来又一群一群的人唱了好多歌。那个到家里去过的、叫冼星海的上台指挥了，昭舫这下站到里头唱了。这个节目的掌声最长、最热烈。

昭舫还指挥宪兵警察们唱了两首歌。广诚似乎很激动，对静娴说了几句话。但她没听清说的什么，只忙着招呼瞌睡来了的秋平，才又去接着看。见昭舫又在和那帮上海明星们一起唱歌、演文明戏。所有节目都在唱着要抗日、要杀鬼子。

他们看完演出，坐上自家的黄包车回到店里时，看到杜季卿站在店门外候着，见他回来，远远就迎上来说：“叔，市党部派人来定了两百多人的消夜，说是要招待演员。我都张罗好了，就等您家看看行不行。”广诚听到，又是一喜，连说：“好好好，季卿做事越来越行了！”往后这些会议还多，承办他们的酒席、消夜，这不是摆着的商机吗？

昭舫对安排在“通成”消夜略有些尴尬。这次他是作为客人坐在这里的。小吃上来前，每人面前先摆了一杯绿茶。周艾琳坐在他身边，调皮地问他感受如何。昭舫反问：“该不是你的建议吧？”艾琳笑道：“是又怎么样？”接着又说：“这么伟大的活动，能轮到我辈插嘴吗？”

二队的演员们卸完妆来了。星海隔着几张桌子，用手势和他们打着招呼。

毓章说：“昭舫，我很欣赏二队的方式，他们用卡车演出，活动范围大，准备的时间又少。不用搭台搞布景，也不像我们又是化妆、又是卸妆，动不动花着脸就在街上走的。”昭舫说：“是啊，我跟着他们跑了几次，他们在卡车上搭上简单的‘流动舞台’，放着扩音喇叭，打着铜锣，开到一个较宽敞的地方，布景一竖。等观众围上来，洪先生就讲演。大家合唱两首歌曲之后，星海就站在车上，对街上的人群教歌。他们怕大家不好意思唱，就把我们跟着一起去的队员分散到下面去带头学唱。然后他们就演上几个节目，对观众说声谢谢，请借条道。卡车又开往别处继续宣传。穿过几条街，找个人多的地方，就停下车来又演。演出效果比在剧场里要好得多。”

薛培莜说：“是省党部借给他们的一部‘道奇’。他们人员多精干哪，个个会演、会唱、会写。我也跟着跑过一天，有些观众看表演看得上瘾，跟着卡车跑，你换个地方演，他又跟到那里看。”

魏公博说话了:"昭舫,其实你要想学他们,找个车,也不是完全没有可能。"

王杰臣说:"行不通吧!我们是业余歌咏团,没有经费来源,租车不现实,省党部也绝不会像对二队那样对我们。"

这时小吃面点和莲子羹都端了上来。周艾琳嚷道:"魏公博想说的办法我都不赞成,那就是送上门去归顺汉口市党部,让他们派个'训导员'到队里来,领导和进行党化训导!"周艾琳心里其实是为了保护昭舫,懂得那么一来,昭舫当然不会听任指挥,歌咏团将垮台不说,说不定昭舫又会因此得祸。

魏公博不满意地说:"我哪是这个意思?什么'归顺'?现在什么都是小事,唯独抗日救亡是大事。没想到我们唯一参加过官方'CC俱乐部'的周小姐,倒有这么强的反官方意识。"艾琳哪里容得有人嘲笑她,立即柳眉倒竖,回敬道:"拿包子把你那张嘴塞住!你算哪一方?"

昭舫不愿意大家不和,心里同意着周艾琳的分析,便说:"公博,我们这是个民间自发组合的业余团体,我不希望在这里又要听到谈什么党。我无党无派。"

王杰臣也说:"莫急莫急,心平气和!我们不演剧,东西不多,就还是两条腿、踩三轮车、背包包算了吧!我还不是好多回演完后红脸黑眉毛的在街上走,也没见多少人看稀奇。"毓章劝道:"公博你别生气,我听说滕培英毕业后进了汉口市党部,还当了个宣传助理。要正好派他来,恐怕你魏公博第一难受。我记得你们俩吵过一架?"

王杰臣问怎么回事,武汉大学的几位却对此事都印象极其深刻。

那是双十二事件学校里学生辩论,魏公博、滕培英本都是反对张学良的做法的,与李毓章、曾昭瑛等激烈地辩论。当时魏公博呕心沥血地呼吁道:"同学们,我们应该相信领袖。因为中国若没有蒋委员长,必将分裂,必将大乱,给倭贼创造他们做梦都想的机会。现日本野心昭然,委员长采取'一面抵抗,一面交涉'的方针,与之周旋,集中力量,先平内乱。本来,朱毛在陕北只剩万余残部,完全可以一战而内安,全力对外的。而张、杨却在此时劫持蒋公,使国家顿失领导中心,坐以待危。你们身为学子,还在欢呼雀跃,是非不分,简直幼稚之极!真叫人怀疑谁在趁机渔利。"滕培英挺身向前,像是为了支持他,嚷道:"李毓章,你该很懂历史吧?崖山之后,已无中国。要说亡国,以我中华几千年文化的感召、融合能力,清军入关后满人不是让我们同化,反而使中国的疆土更加辽阔么？我想，中国即使亡给日本，也不过就像元、清那样。要不了多少年，充其量让中国的满、蒙、回、藏少数民族中再多出一个‘大和族’来，能有什么损失呢？而亡给共产党，则必然死无葬身之地！”

当时魏公博突然沉下脸，把他一推，喝道：“你给我滚开！你想亡国，给我滚到日本人那里去！我不与你这样的小人结盟为伍！”滕培英下不了台，在同学们的起哄中红了脸，与魏公博大吵了一场。

这会歌咏队的点心和莲子汤都端了上来。毓章连忙说：“我们歌咏团自成立起，有意保持独立性。我看，我们还是离那些半人半鬼的家伙远点吧！”

魏公博还想要解释，与他走得最近的薛培莜把他的肩膀拍了两下，示意叫他吃东西。

此时在公新里六号，广诚却想着另一码子事，他儿子的“亲事”将怎么“提”。怎么办呢？童瑨不会因此翻脸么？他想到自己与当初回绝戴承喜时老戴的尴尬与恼怒，现在莫要轮到自己了。童瑨和自己的交情可是自己在汉口立足的重要支撑啊！

童瑨也对楚妮和昭舫的关系“不一般”早有耳闻。共产党的董必武先生到武汉后，在武昌“蜀珍酒楼”宴请答谢武汉老友。童瑨是他的同乡，萧雨杨是他的学生，皆应邀赴席，把楚妮也带去了。童瑨有机会和萧雨杨、楚妮和和气气团圆了一次。席后回到粮道街住所，便有意向女儿问起了曾昭舫。楚妮猜到了他的用意，便反客为主，问他对歌咏运动有什么看法。

童瑨非常和蔼地说：“军歌鼓舞士气，抗日歌曲唤起民众，当然是不错的，不过战争一事，总归要靠真刀真枪说话。曾昭舫离开学校后，你们还有来往吗？”楚妮不得不佩服父亲很会抓住主题，不受干扰。便回答：“有过两次，我到汉口不多。”童瑨叹了口气，说：“你是不肯跟爸爸多说几句话的。楚妮，爸爸爱你，处处将就你，推掉了翁家的婚事后，我与军界的这个老朋友就只剩下翻脸了。哎，这些事不提了，现在你们两个人到底怎么想的？”

楚妮的脸“刷”的红到了耳根，她定了定神，说：“我们只是志同道合的同学、朋友，现在都只想着怎样投身到抗日战争中去。你想问些什么我都猜得到，那是没有的事。”

童瑨哪里会看不透女儿的内心，又问：“他是‘蓝衣社’上了黑名单的共党嫌疑,你晓不晓得?”楚妮说:“共党嫌疑又怎么样?我们刚才不还在和共产党的副主席吃饭吗?”

童瑨叹道:“你们太年轻了!楚妮,爸爸走过的桥,多过你走过的路。我看现在的国共合作,还比不上民国十六年来得亲密。那年汪院长和共产党翻脸前两个钟头,还在和那边的部长们有说有笑。政治这事,台面上说的都是好听的,台底下做的都是对自己有利的那一套。现在上海打得那么惨烈,中国人只好先搁置前嫌,站到一起御敌再说。一旦两家利益有了冲突,那么多年的血海深仇,岂是一笔能勾销的?说翻脸就会翻脸!先倒霉的就是实力小的。到那时,对大局无关的小嫌疑、小党员,就会成为被打击的第一拨对象。”

楚妮年轻,心中一团热情似火,哪里听得进父亲这些,便略带讥讽地问:“你很怕吗?”童瑨很郑重地回答:“对,爸爸很怕!民国十六年,武汉杀的共产党中,就有好多是我看得起的好汉,可又怎么样呢?楚妮,政治这玩意儿,太假!太黑!太毒!我要真想玩,辛亥革命时就玩喏!那时我像你一样勇敢,天不怕地不怕。可是现在,我已经有了很多不容被伤害的牵挂了,比方说你。你现在还无法懂得,一个当爸爸的会想些什么。”

楚妮不想和他辩论,但是她作为善于总结论点的时事评论撰稿人,不得不承认父亲对政治的认识很透彻,当然,是站在他的立场上的。童瑨此时也不是非要谈出个结果,更不打算把心里的门第观点在这里对女儿摊开。他懂得,在提倡婚姻自主的无敌潮流中,对年轻人提那些观点是腐朽而愚蠢的、适得其反的,眼下只有先放一放,静观其变。重点应放在影响楚妮的政治观点。

他站了起来,说:“蒋主席一直主张以先安内后攘外,轻装抗日,结果这条路没有走通。因为中国人心里最耽心的不是内患,是亡国!好在现在国共算是又联合了。但是,楚妮,你要把握分寸,要懂得,唯有蒋主席和国民党政府的参加和领导,中国才会有全民族的抗日战争!我希望你们写文章也好,救亡活动也好,都只能以拥护领袖的姿态,不要忘记了这点。”他突然声音变得很小,用几乎是自言自语的口气喃喃地说:“下棋要多看几步,我多看了几步了?”

楚妮不赞同他的观点,但是也不去顶撞他,她懂得他们两人谁想说服谁都是徒劳的。

十二、并肩情谊

一周来，天气雨蒙蒙的，阴冷阴冷。

昭瑛去看高士其。他“二队”的老朋友多，经常来看他，这一向精神也好起来。但今天看到他，却似乎神色与往常很不相同，总像有什么话要说。直到昭瑛要离开，他才突然说：“昭瑛，我……要走了。”昭瑛有些诧异，“去哪里？你身体才刚有点起色。”士其说：“去我……心中……日出的地……方，延……延安。”

昭瑛明白，像他这样充满理想的人，是不可能安心住在病房的。她不无担心地点了点头，又摇了摇头。士其眼睛里含着泪水，说：“你是……我此行遇……见的……最好心的人，你是……是天……天使，真……真正……的天使。”

昭瑛听着，眼睛也湿润了。士其接着说：“我很……很想问……问你，你……你……愿意和……和我……一起去……延安吗？”

昭瑛几乎要哭出来了。她站了起来，说：“你别说了，我……我还要照顾父母，我以前已经有过太多的承诺，对父母，对大姐，对家人，对朋友，这一下是很难说清、也很难改变的，我祝你一路平安吧！”

她完全不去看高士其此时的面部表情，就站起来离开了。

几天后，昭瑛与李毓章一起送走了高士其。有人陪送他坐火车取道西安去延安。

回到家里，昭瑛忽感到若有所失，心里空荡荡的。毓章走到她身边，关切地说：“你已经尽到责任了，你不可能永远照顾他的。”

昭瑛眼泪终于淌了出来，哽咽道：“你真是个好人，毓章！人都是有感情的，我心里的确是很放不下他，他完全没有能力自理啊！”说完，伏到了毓章胸前“呜呜”地哭出声来。

毓章动感情地抚着她的肩，说：“昭瑛，魏公博说过，你属于‘天使型’的人。忘了这些，振作起来吧！你看星海来了后，呕心沥血地为武汉培养歌咏骨干，整日里不得休息。武汉太需要歌咏干部了！为组织‘保卫大上海扩大宣传周’活动，四个妇女团体共组织了二十多个宣传队、好几百妇女参加。你应该参加进去。你最好帮助汪云，一起把我们团的新分队‘三八女子歌咏队’筹建起来。”

这些时，除了教歌，毓章与昭舫整日里都和冼星海在一起，还参加二队的演出，帮助星海在武昌和汉口组织歌咏干部培训，由星海亲自教授指挥，每天都深夜才回家。

第三天，天下着雨，二队早上不出外活动。冼星海好不容易有了点空，便想写点东西，因精武馆嘈杂，就一个人到“大智旅馆”金山住的房间里。哪晓得几个北方流亡来的正拉着京胡在唱《打渔杀家》，整个旅馆都是他们的声音，哪里还有灵感。却好昭舫碰见，就把他邀请到公新里六号自己的房间。

星海坐在整洁的写字桌边，笑着说：“这里好安静！昭舫，流亡中还有这样的写作环境，对我可以说是太奢侈了。”昭舫不好意思地笑了笑，“我妈把小外甥抱出去玩了，至少要中午才回。哎，你说话怎么好像伤风了？”

1938年春星海在曾家创作

星海笑着说：“可不，武汉的天气真名不虚传，变化太快。其实我每到个地方，就听他们说的，拼命喝水，好适应当地水土，谁知还是受凉了。”

昭舫说：“你就在这里写东西吧，当在自己家一样。我要出去一趟。你若是想离开，也不用等我回来。要有什么事，可以喊葵花。”他吩咐葵花去端碗热姜汤，自己便出去了。

昭舫到外忙了一上午回来，听到秋平在楼上的笑声。上楼后，见秋平正在和星海嬉闹。昭舫喝道：“秋平，别吵伯伯，伯伯有事。”

星海抱着秋平，说：“没有吵我。我写得顺利极了。你来看看，我甚至想写心中久久涌动着的交响乐曲了，不过名字还没想好，就暂且叫《中国兵》吧！我要歌颂士兵们的抗战精神，歌颂献出自己儿子的伟大父母们。昭舫，我觉得，写作本身就是根据爱的立场，偏重爱民族的伟大任务。”

昭舫看着乐谱，说："《祖国的孩子们》。这最下面一张好像是老歌《流民三千万》？"星海说："对，这是我去年春天在上海为话剧《流民三千万》写的主题歌，怕当局禁止，先用的名字是《血力进行曲》，我还用了个'先力'的笔名。我今天改了一下，还是陈凝秋先生的词。"昭舫说："陈凝秋，塞克？你的'救国军歌'也是他的词。"星海笑道："多了，有机会介绍你们认识。我和他的合作真不少呢!"

昭舫从抽屉里拿出了一本《大家唱》第一集，递给星海，说："这本送给你，这是我和毓章编的，这已经是第二次再版的了。"

星海很高兴地接下浏览了一下目录，说："我看到好多歌咏队都拿着这歌本，可见影响相当大。嗨，你们选了我这么多歌？"

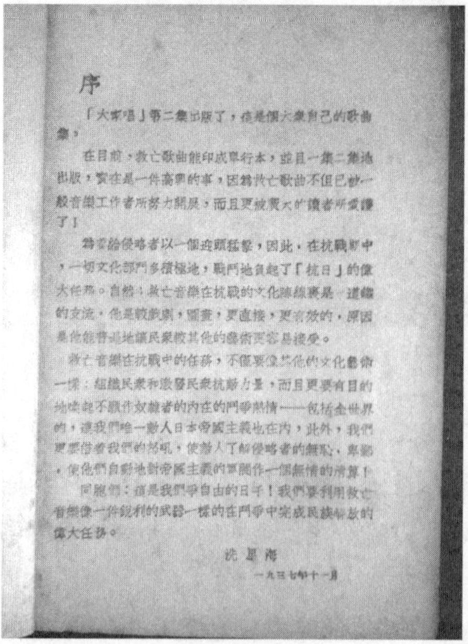

序

「大家唱」第二集出版了，這是個大衆自己的歌曲集。

在目前，救亡歌曲能印成單行本，並且一集二集地出版，實在是一件高興的事，因為救亡歌曲不但已被一般音樂工作者所努力開展，而且更被廣大的讀者所愛護了！

為要給侵略者以一個迎頭痛擊，因此，在抗戰期中，一切文化部門多積極地，戰鬥地負起了「抗日」的偉大任務。自然，救亡音樂在抗戰的文化陣線裏是一道巨大的支流，他是較戲劇，圖畫，更直接，更有效的，原因是他能普遍地讓民衆較其他的藝術更容易接受。

救亡音樂在抗戰中的任務，不僅要像其他的文化藝術一樣：組織民衆和激發民衆抗敵力量，而且更要有目的地喚起不願作奴隸者的內在的鬥爭熱情——包括全世界的，連我們唯一敵人日本帝國主義也在內，此外，我們更要借着我們的怒吼，使敵人了解侵略者的無恥、卑鄙，使他們自動地對帝國主義的軍閥作一個無情的清算！

同胞們：這是我們爭自由的日子！我們要利用救亡音樂像一件銳利的武器一樣的在鬥爭中完成民族解放的偉大任務。

冼星海

一九三七年十一月

《大家唱》第二集冼星海作的序

昭舫说："都是目前流行的歌曲，当然你的歌多一些。"又将已编排好、即将付印的《大家唱》第二集样本给他看，笑着说："第一集我请光未然写了序，这是第二集。我们想请你在百忙中代写一篇序，只是时间有点紧。版都已排好，要你辛苦一下了。"

星海忙满口答应，十分感慨地说："救亡歌曲能印成单行本，并且一集二集地出版，实在是一件令人高兴的事。"他翻开目录一看，第一首歌曲便是他的《青年进行曲》，竟笑了起来，"哈哈，就是这首歌，'联华制片厂'给了我两百元，就是我现在的生活费。"

昭舫接话说："金山告诉我，你最近的手头很拮据，因为你把以前开音乐会收入的几百元钱统统捐给了伤兵。"星海说："有这事。不过我还可以。其实，你们家给前线和抗战活动的捐赠也不少呀？但是，若与那些把生命都献给了民族的人比,我们则是太渺小、太不足挂齿了。”

昭舫觉得他真是个谈得来的朋友,情不自禁地说:“你要觉得这里合适,以后要写什么,就可以到这里来。我不在时,你就自己上来,不用讲客气。我的朋友从不和我讲客气。潘乃斌和李毓章住在楼下都好几个月了。乃斌最近不在武汉。他是个全才,等他回来,我就给你介绍。哦,你还在咳嗽,要不要去看医生,吃点药?”星海笑着说:“不用,我喝了你家的姜汤,已经好了。”

星海约昭舫参加下午二队到唐家巷的演出,又说:“昨天武汉连续出了些令人费解的事。‘华大’的一个歌咏集会被不明身份的人强行冲散。杨朔他们编辑的《文艺半月刊》也遭查禁了。”昭舫说:“是聂绀弩、陈荒煤他们办的,是不是?”星海说:“具体我不太清楚。我想,国共合作,终归会有人不高兴,要捣乱的。我们有时不得不避让,像今晚原定‘华大’的教歌就不去了,改成去‘武昌女青年会’。”

下午他们在唐家巷演出后,星海很担心约好六点半在女青年会的教唱迟到,连饭都顾不上吃,就与昭舫去赶轮渡过江。在码头上,一个人买了一个烧饼上船,凑合着充饥。

两个人气喘吁吁地上岸,又一口气向“女青年会”赶去。不料发现门竟还关着。

昭舫看到几个中学生也在附近等候转悠着。他还未开口问,其中一个就抢着问:“你是不是武大的曾昭舫?我见过你的。请问那位是不是冼星海先生?”昭舫微笑着点了点头,问:“你们是哪个队?组织者呢?怎么还没开门?”那青年说:“我们是董谦文负责的‘华大附中歌咏队’。已经有人去喊他去了。”

星海明显不高兴起来,对昭舫说:“这人怎么这样不守时?”昭舫也没有办法,想起“一二·九”时的亲见和其他人对董谦文的评价,只有干着急。

这时一个小青年拿了串钥匙,喘着气跑来了,“董队长还在吃饭,叫我们先唱,照顾好冼先生。冼先生,您吃了饭吗?”星海听说,好不反感,但是没有表露,而是很克制地说:“我不吃饭,请开门吧!你们看,约定的时间都过了十五分钟了。”

那学生开了门,里面昏黑昏黑,电灯却打不亮。点了根火柴一看,才发现灯泡都被卸光了。这次轮到脾气好的昭舫发火了。他厉声说:“武汉好多地方请冼先生都轮不到，他一天跑几个地方，你们怎么这么无所谓！”

昭舫发了火，一直很不满的星海反而更克制了，因为他看到学生们渴切的表情，懂得这些错不是他们的责任，救亡歌咏中所见到的人是形形色色的，董谦文只不过是其中之一。便和蔼地说：“没有电灯算了，我这有钱，你们派人去买几根蜡烛来吧！”一个学生连忙说：“我有钱，我去买。”

蜡烛买来点亮后，昭舫看到房子很旧，但是烛光下，感觉格外安静。一大群早就在周围附近等候的学生都拥了进来。学生们把抄好的《祖国的孩子们》和《流民三千万》歌单挂出来。星海要过毛笔，把上午他刚改过的几处迅速修改了。昭舫听见下面正在点名：“黄庚祖、文云、张掌珠[1]……”

星海开始教唱，好像忘记了所有的不快，仿佛面对的不是二十多个学生，而是一支专业的合唱队伍，极认真地以他那充满魅力的姿势指挥和调动着学生们的情绪。

星海显然格外投入，教了一阵，还觉不太满意，大声道：“有些进步，但气势还不行。我们不能为唱歌而唱歌，歌声是我们的武器啊！我们要把自己当成战士，想想沦陷区人民的苦难，东北人民收复失地的报仇志愿，要用心去唱，用自己的脑子去唱！大家知道，我们二队的洪深先生，他离开上海时是写下了遗书的，他是以何等的为国牺牲的决心在投身抗战文艺啊！我们应该学习他，唱救亡歌曲时，希望你们努力抒发出自己的情感。用脑子去唱！”

学生们听到这句从未听过的说法，很受启发，便努力将感情激发并投入，一遍比一遍唱得好。星海和昭舫也很满意了。不过直到教歌结束，董谦文也没有出现。

回家的路上，昭舫回味着星海刚才的讲话，说：“我们这里，确是有很多人仅仅是出于爱好、甚至图好玩唱歌的。不少人认为，唱歌也无非造造声势，鼓动士气。那里能都像你这样，把救亡歌咏当成抗战的一支军旅。”

星海说：“是啊，昭舫，今天开始我是很不满，是这些满腔热情而来的小青年让我冷静的。如果我们的组织者都像那位姓董的先生，那么散漫，把唱救亡歌

① 黄庚祖，解放后任长江水利设计院总工，张掌珠即张茜。本文出现的几个名字，后均为共和国之栋材。

曲当成饭余的娱乐,没有战斗的精神,那才将是救亡歌咏的一个大危机。”

昭舫转了话题问:“你饿坏了吧?”

星海笑了:“可不,和你在一起这么饿肚子,说出去谁也不会信的!”

昭舫也忍不住笑了:“那让我来为我们武汉人的散漫道歉吧!我知道,你最喜欢喝‘通成’的莲子汤。”

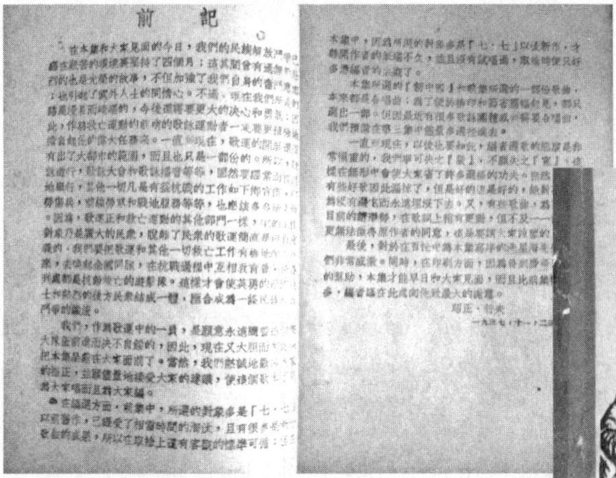
前記

《大家唱》第二集编者《前记》

大家唱第二集封面

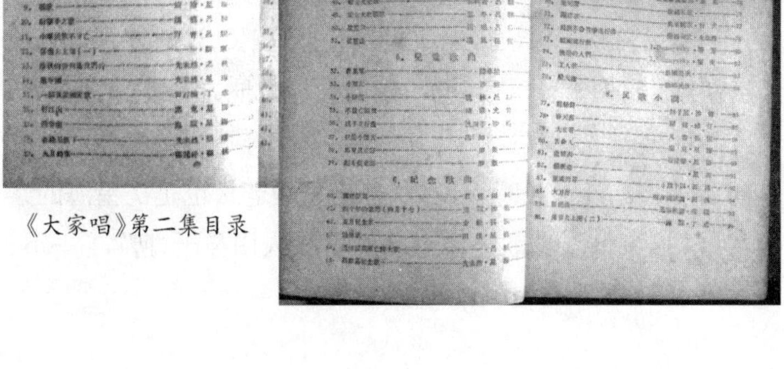
大家唱

第二集目次

《大家唱》第二集目录

十三、三栖明星马莉

接下来两周，星海和二队去了黄石为伤兵们演出，业余歌咏团则继续在汉活动。这天，昭舫和李毓章、魏公博回晚了，就在“通成”二楼找了张桌子，要了点小吃消夜。见两男一女三个上海口音的人坐在相邻一张桌上。吃着莲子汤和几样点心。

那位女人颇有姿色，穿着打扮都十分时髦，只听她边吃边说道：“这莲子汤还不错，学得还蛮像的，阿拉在上海也喜欢吃。”

那个穿西装的男人马上接口：“听说老板也是上海人，此地人，怎么学，也做不到这么好的。”

这边昭舫三个听着他们自恋式的优越感，心里觉得好笑，但谁也没作声。

那女人又说：“吾整天听说‘大武汉’、‘大武汉’，原来这么小的，比上海闸北都比不上。我都后悔听了光未然的话，跑来汉口，一个月的津贴，比不上我在上海出场一次。”

西装又连忙响应：“马莉小姐这是在为抗日牺牲，他们应该晓得的。”

马莉不理睬他的奉承，继续说道：“听说洪深他们来此地出足了风头，王莹到处当主角，大点的活动她还出来朗诵。‘朗诵’懂吧？她和柯仲平今年纪念鲁迅周年兴出来的名堂。汉口人哪里见过大世面的？崇拜得不得了。报纸上都把他们捧上天了。”西装说：“这下你来了，恐怕她的风头要大减了。”马莉把鼻子一哼：“我才不像她，饥不择食，出场费少了我才不理呢。哎，毕特！这是啥嘎么事？蛮好吃的。”

西装（毕特）答道：“是叫豆皮吧？我随便点的，马莉小姐喜欢吃就好。”

一直没开口的穿中山装的那个，长得老成，脸却过分偏长，这时才开口：“出来吃点土特产，尝点新鲜也不错。”毕特笑道：“老贝到什么地方都是好，见什么人也是好，好脾气。”老贝笑着说：“我这人没有本事，脾气再不好点怎么行？”

毕特松了下自己的领带，说：“我听人说，这个店里的老板也是冼星海的崇拜者，听说被捧为‘武汉第一少’，唱歌还蛮有名的。”女人用鼻子“哼”了一下，说:“武汉就这么大地方,见过几个唱歌的？我看只要会唱两句,就能出名的。”

毕特说:“冼星海又懂得什么音乐！前年夏天他刚来上海,拿着巴黎音乐院杜卡斯的推荐信,到上海工部局乐队,乐队指挥是意大利人,本来理都不想理他,看他老师的面子,让他指挥排练贝多芬的《田园》,结果被那外国长笛手弄得下不了台。后来他一举起指挥棒,乐队的人就统统放下了乐器。”

老贝插话了:“你说得好像你在场似的。吃东西吧！毕特,豆皮冷了不好吃的。”

马莉被毕特捧了半天,这下也想回敬两句好听的:“毕特,你也是怀才不遇。”老贝说:“现在抗日救亡,用人之际,毕特可以大展身手了。”停一会,马莉又说了:“现在是草莽英雄时代。毕特,你也该放下你那‘音专派’的架子,多上街教点歌啊！”

毕特说:“算了吧,听到那些五音不全的‘左嗓子’吼,干脆把我杀了。”

马莉说:“看你说的,哪有那么难受的？刘雪庵那么大名气,不也在街上教唱演出吗？周小燕,好像也是武汉人,还在马路上唱她的‘长城谣’。阿拉在上海,还不是看刘雪庵的面子,也去给伤兵唱过。”

毕特想到又该捧马莉了,说:“雪庵的《何日君再来》红遍租界,单靠周璇的唱片哪行？马莉小姐功劳不小。像你这样能唱、能跳、能演的三栖明星,哪里去找？”

昭舫等人听得烦,吃完后就离开下楼。在楼梯上竟碰见了光未然(张光年)。昭舫好不高兴地和他拉着手互道长短。光未然说他来找他们的几个队员,就想要昭舫去认识一下,昭舫笑道:“不用了,无意间听见那几位的谈话,都长了我们的见识了。我猜那就是你的队员吧？”未然笑道:“是啊,只要愿意抗日,我们都欢迎,以后说不定还要和你一起共事呢。有点小脾气,你们就别计较吧！”

十四、重上珞珈山

冬季最先到来的北风竟让人感到舒畅。昭舫近来的精力也空前旺盛。12月中旬,星海到黄石、大冶为伤兵慰问演出刚回到武汉,就受到潘乃斌从珞珈山带来的“武大歌咏队”邀请。昭舫便与毓章、周艾琳等几个武大老同学陪着星海一起上了珞珈山。

在武大留校学生热烈欢迎冼星海的同时,童楚妮和在校的老朋友郭佩珊、朱久思、陈尚文、姚树森、林金铭等人真挚而热情地迎接着昭舫,给了他伤痛未愈的心灵极大的慰藉。

楚妮指着石秀夫身后的一个女生,对他说:“这位南下同学的大名想必你已久闻,她就是北平‘一二·九’时的著名笔杆子韦君宜的妹妹韦君文。”昭舫马上想起她那振聋发聩的“华北之大,已经安放不得一张平静的书桌了”呼声,赶忙上前和她握手,感慨地说:“珞珈灵秀萃诸方,这下更是名不虚传了。”

周艾琳故意寸步不离昭舫,特别留意昭舫和楚妮对视时的眼神。楚妮看在眼里不加理会。昭舫和同学们小聚了一回后,他让潘乃斌陪着去拜访了几位老师。

他们在工学院门口碰上了制图老师赵学田。赵老师拉着昭舫的双手详细问他的近况。昭舫回忆起当初自己跑到他家通风报信的一幕,恍若隔世。乃斌说:“赵老师正和郭霖老师一起,指导我们自制手榴弹和防毒面具哩!”

9月底,中共派陶铸同志上珞珈山,建立了武大党支部。从11月初起,共产党已开始在武汉筹建“青年救国团”,准备以参加过“一二·九”运动的青年为主要成员,并将首先在武大公开成立分团。而现在的武大“游击战术研究班”,实际是共产党通过刚成立的合法的统战组织“抗战教育研究会”办的。郭佩珊、潘乃斌都是那个研究会的成员。游击班的学员大部分是武大学生,主要学习统一战线和游击战术,为党领导的抗日敌后武装预备军事人才。

乃斌陪着昭舫一一拜访恩师和朋友。昭舫笑道:“没想到你这个‘通缉分子’在学校这样逍遥自在啊!”

“还行，”乃斌笑答，“刘教官闯见我时，都还皮笑肉不笑地和我招呼。这群家伙可能后悔，当初没能逮住潘乃斌。但这群笨蛋，可以自慰发现了你这个‘共产党’，哈哈！”他和昭舫笑了一阵，“毛竞飞毕业后已经离开了学校，据说成了职业特务。穆啸谷毕业后不知去向。岁月沧桑啊！但是蓬勃的抗日热情的后面依然很复杂。汪精卫也来学校给我们训练班讲过一通话，空话连篇，‘牺牲、牺牲’地干喊，我直到听完，都没听出他究竟要表达的是‘战’还是要‘降’，抗战究竟对不对，以及该如何抗战。当同学们质问他‘经过改编了的职业匪徒切不可在游击战中加以使用’是指谁时，他避而不答，却强调德国大使陶德曼愿意为中日调停，不能放弃和平‘最后的宝贵机会’。”

他们站在图书馆北边的平台栏干边，俯视曾记录下他们大学时光和友谊的后山。珞珈山的初冬又被金灿灿的秋叶遍地铺满，秀丽的东湖依旧波光闪烁，但是很多东西已经一去不返了。

乃斌指着苍郁的后山笑着说：“康泽也来看过我们的游击训练。我们还在后山演习游击战，有些女生居然穿着高跟鞋，把鞋都跑丢了。”昭舫听着，心里百感交集，对校园生活的依恋和久郁心中的那份委屈，还是不时会折磨他。

乃斌转过身，对昭舫说：“李厚生在你走前离开学校后，就再也没有回来过。对我来说，学校的生活也将永远过去了。昭舫，我不会在武汉待多久了，我准备去前线。”

他注意到昭舫的眼神中有些惊讶，继续说：“太原和上海相继失守，告诉我们战争将会是多么艰苦！中国只能以空间换时间，逐次消耗敌人。莫去指望那些自私的列强们会帮你，他们只顾保护自己的利益，作些假惺惺的谴责。英美给我们运送的物资，还远不如运往日本的多！

“我在前线看到，人的生命是多么的微不足道。和我住一起的一位的记者，一天早上随队伍出去后，就再也没有回来。我们的士兵，用血肉之躯和日本人的飞机坦克硬拼，太吃亏了。”

昭舫不由问：“那么危险，你还要去前线？在后方，你会不会更有价值？”

乃斌摇头说：“个人虽然渺小，但是却真正体现了生命的价值。因为我们终会打败他们！我随八路军一起，亲临了几次突袭战斗，那是没有明显阵线的战场，从地图上看，已经是在敌人的后方了。我们的军队在老百姓帮助下，猛打一阵就走,不可一世的鬼子,被打得尸横遍野,真痛快啊!他们的机械兵完全用不上劲,疲于奔命,等赶到时,只能收尸。我懂得了,这才是我们战胜强敌的战法:游击战!”

乃斌又恢复了他惯用的谈笑风生的语气:“其实前线的生活的确很苦,说真的,我很不习惯。我回汉口后的第一夜不敢直接到你家,因为我身上有虱子了!”

他忽然打住了话,笑道:“我该退出了,有人在等你呢!”

昭舫一回头,看见了楚妮,“她来找我了!”他有些激动地迎了过去。

潘乃斌一闪就消失了。楚妮的第一句话是:“周艾琳呢?跟得那么紧?”昭舫答道:“她就那么好强,你又不是不知道。”楚妮噘了下嘴,说:“倒真像有人要和她争似的。我听说,你们明天就要下山?”昭舫说:“是的,山下的活动也很紧张。你在游击训练班?”楚妮点了点头。昭舫又问:“你也要去山西打游击?”楚妮反问:“要是那样,你说好不好?”

看到昭舫复杂的表情,楚妮小心地转了话题,说:“这些时,学校的左派学生可谓如鱼得水,意气风发。董必武、沈钧儒先生都来训练班作过演讲。给我们讲述到敌后开展游击战的策略。陈独秀先生也来学校演讲过,他是王星拱校长‘五四’运动时的朋友。”

她看着山下,用深情的语气说:“其实我非常想你能回学校,我很留恋那段同学的时光。我甚至希望学校开除的是我而不是你。你那么爱读书,而且读得那么好,你在晚自习时专注的样子,给我留下的印象太深了。学校是你的天地,那操场、那游泳池、那歌咏会、那运动会、球赛……你给武大的同学留下多少记忆啊!昭舫,如果有来生,我还想和你一起读书。有你的武大和没有你的武大真是不一样的。”

她发觉昭舫的情绪也在开始激越,而自己内心很多话正在强烈地试图涌出,便沉寂了一分钟,努力地控制住了自己,转了个话题说:“你听说过吗?去年,文学院的苏雪林老师,毅然将自己的嫁妆、稿费、薪酬一起兑换成五十两三钱黄金,悉数捐献给了国家劳军。”

昭舫感慨地说:“我当然看到过这消息。有家周报还为她的义举出了号外。真是惊天动地!绝无仅有!苏老师真了不起,让全体国人感奋。因为她,一时汇往前线的捐款大增,看来我们那时是太错怪她了。”

楚妮用脚踢着路上的小石子，说："是，我们是偏激了。我向来很崇拜她的文采。但是，也难怪我们，谁叫她那么骂鲁迅的？既不可理喻，又忍无可忍。包华就在讲堂上发难，打断她的讲课，公开质问她。好多人写信申斥她。"她低下了头："这里头就有我。"

昭舫说："我们学校对鲁迅历来就是两派，彼此泾渭分明，而且'反鲁'在校董们中是占上风的。"楚妮接着他的话说："可我们一直把和我们观点不同的人，都看成是投降派，以为只有我们才是爱国的。这也是不对的。"

昭舫见楚妮能这么认真剖析自己，很是佩服。楚妮说："不谈别人了。你还记不记得，我曾说过，我有幸认识了共产党中央的代表董必武伯伯，他是我母亲当年'武汉中学'的校长。他最近又和我有过一次谈话。"她心里稍稍平静了些，"昭舫，"她不知不觉地在称呼时，把他的姓去掉了，"我们的人生只能有一次，我对你说过我此生想要走什么道路，现在，我好不容易找到它的入口了。"

昭舫没有说话，等着她往下说。楚妮说："我很高兴你在和冼星海、洪深等人一起战斗，我想我们的道路肯定是一致的，你同不同意我的说法？"

昭舫说："这还有疑问么？从我们认识起，我们就一直站在同一边，为着同一个目的共同战斗的。"

楚妮摇了下头，说："你没有听清我想要说的。我们同在向日本帝国主义战斗，这是全民族的统一阵线，很多支队伍并肩站在一起。但是我希望站在共产党的队伍里。我虽然还不知道他们最终会不会要我，但是我会争取，一辈子争取。你是不是和我想的一样呢？"

昭舫懂得，这个问题他是不能回避的，但是他已经想过很久了，甚至和毓章讨论过。但他没有问过乃斌，也很清楚自己为什么不去问这个最好的朋友。他于是说："我会站在共产党的一边，因为我看到，他们自始至终抗日最坚决，从未虚伪地欺骗和镇压民众，我赞成鲁迅先生对他们的评价。"

他看到楚妮露出的满意表情，又接着说："但是我这个人有些散漫，不想受政党纪律的约束。我听说，加入了共产党，是不能有个人意志的。这点我怕我办不到。"他迟疑了一下，想到楚妮是他最信任的人，对她应该把真实想法说出来，"再说，我自尊心很强，我不会去要求某个组织接收我。我已经不止一次承受过难堪。我还没有来得及要求加入时，就已经有人在主动对我排斥了。"

在北平时，魏公博曾告诉他，当李毓章发动大家向学校抗议时，包华、卫邦国等人居然把他的行动称为出风头，还莫须有地说他和CC分子的关系复杂。他相信这种看法有一定的代表性，特别是有那么几个自封为左派的人，与他们相处时，总能经常觉察到冷漠与隔阂。

他把这些事大略地讲了一遍，说："我活得光明正大，坦白无私地帮助我所认为应该帮助的人，因为他们是爱国青年。我们全家都支持我的做法，并且主动为此承担着风险。如果这样还必须再特地恳求别人了解我、相信我，那简直太不可思议了！要我整天为了得到这些人的认同，去浪费时间，我办不到，也不想办！何况，现在我们国难当头，要做的事太多。我能做多少就会做多少，不需要这些人来赞许。"

楚妮叹了口气。昭舫是诚实的，他一直就是这样的。那么自己怎么看待呢？这也许就是"考验"，不要强迫昭舫接受这考验吧？那样太没有意义了。她困惑地回想起，左阿姨曾暗示，她这样的家庭背景很难被共产党接受。又说过昭舫不可能成为彻底的革命者，当然就不会是彻底的爱国者，充其量就是个同路人。左阿姨甚至对她说，上海的左翼文化人很复杂，真正的马列主义者很少，曾昭萍都算不上。

但董伯伯对自己说的话里却充满着鼓励，没有一句使人感到压抑、使人自惭于与生俱来的缺陷，反而让她懂得，无论出身于何种家庭，像她自己、昭舫，还有很多旧营垒中的子女，都可以成为革命队伍中的一员，成为民族解放的战士。董伯伯鼓励自己对信仰追求下去、奋斗下去，把自己信任的朋友团结上，永不动摇地投身中国历史上最伟大的事业。

他们不都是共产党吗？给人的感觉好像很不一样，这是怎么回事呢？

昭舫熟悉楚妮的性格，见她有好一阵都不说话，开始担心，自己自尊心的强烈表露，会不会让她反感。同时，他心里再次涌起一种要比以往更真实的离别预感。他不敢直接问她，便婉转地说："你在写给我的信中说，董伯伯想介绍你去新华日报社，怎么又说要去打游击？"楚妮说："我也不知道将来我会去哪里。但是，我不想留在后方，每天身后悄悄跟着没法摆脱的保镖，继续当黑老大的千金。"昭舫说："天地良心，我看到，再没有像你这样赤诚地想投身革命的女孩了。"楚妮叹了口气："可惜，这仅是你的看法。"

昭舫听到，她的声音都有些颤抖。心想，大概她也有她的委屈吧？楚妮啊，你吃得了那份苦吗？你受得了那份约束吗？

楚妮中断了这个艰难的话题，转过脸看着昭舫说："我和郭佩珊去找过王校长。我们说，你那么爱学习，比谁都应该继续去读书！王校长回答说，武汉大学董事会很固执，认为向一个学生认错很荒唐，开不得先例。王校长势单力孤，但是只要你愿意，他想找机会介绍你去别的学校。昭舫，答应我，要真有那个机会，你别傲慢地拒绝。"

昭舫见她那么真诚，十分感动。听楚妮又问："你回答呀，汉阳贱三爷！学以报国呀，你想不想？"昭舫回答："我当然想，我会珍惜。"楚妮高兴了，抿着嘴说："你这么说，我放心了。"

乃斌过来喊他们去参加聚会，他们的谈话被迫中断了。

傍晚，等"东湖中学"一些同学也聚上山来后，冼星海在学生礼堂为大家教唱。

星海拿着指挥棒，对大家深深地鞠躬。同学们立即报以热烈的掌声和欢呼。星海说："同学们，我今天很感动，这么一个优美的高等学府中有这么多立志报国的优秀学子，我会把我的感受融于今后的创作中。

"我今天准备为大家教唱的是《茫茫的西伯利亚》。我想先给大家介绍下这首歌曲。

"这是我为我的朋友田汉先生话剧《复活》谱写的一首插曲，这个话剧是他根据托尔斯泰的同名原著改编的。在剧中，由波兰青年柯亭斯基和囚徒们唱出。我在创作时，脑中实际上涌出的却是我们的东北同胞。记得当年我们初演时，租界的巡捕不许演员们在台上唱这样的歌词。但今年在南京演出时，台下的观众曾被感动得站起来大声呐喊。"

他比大家更显激动，最先进入状态。他的投入和激情很快感染了大家，把大家都调动了起来。那满含被压迫的感伤和急于待发的郁闷更加深入到学子们的心中，提炼着他们的情操。

他们当晚要在武大过夜。星海和毓章住一个房间。

星海似乎很激动，说很想写点东西。毓章便让他一个人留下，自己则来到乃斌和昭舫的房中。石秀夫等一大群同学也在这里。大家心情都很不平静，谈论着一年来发生的事，一直谈到很晚。

夜深了，同学们纷纷离去，但他们三个都还没有什么睡意。

乃斌说："昭舫，我受你的影响，更加喜欢唱歌，业余歌咏团成立后，我只参加过几次活动。我在山西时，心中常涌动着创作游击队歌词的欲望，现在越来越想了。"他显然很动感情，"我亲眼看到我们沦陷区的同胞在战斗，他们出发了。在寂静的夜晚，我听到他们的脚步声，踩在刚收割过的麦地里，嚓嚓，嚓嚓……"

容易激动的毓章不由自主地产生了共鸣，他挥动指挥的手势，为他伴吟道："嚓嚓，嚓嚓！"

"这是我们游击队的弟兄。"他站了起来，低声吟道："三个五个，一群两群。"

毓章激动地一跃站起，说："在平原，在山林。"

乃斌接着朗诵般地："好！'在平原上，在高山顶，我们是游击队的弟兄，化整为零，'……不好，不好押韵。"

毓章似乎比他还激动，说："化整为零，化零为整，不怕鬼子兵！"

乃斌说："好极了！'化整为零，化零为整，不怕日本兵，'不，'不怕日寇的机械兵'。昭舫，笔墨侍候！我想写了，我要写！"

昭舫帮他拿来一张纸，把自己的钢笔递给他。乃斌挥笔疾书，毓章也参加进去。当他俩还沉浸在激情之中时，冼星海推开门进来了，说："毓章，我一口气谱好了两首歌，你回来休息吧，顺便帮我唱唱。"

这是一个冬日晴朗的夜晚，明亮的星空注视着珞珈校园。这一夜，在"老斋舍"内，诞生了乃斌写的、以先珂为笔名的《游击军歌》歌词，也诞生了冼星海的两首歌曲：《战时催眠曲》和《做棉衣》[1]。

---

① 星海同志当时将手稿交给了毓章，得以传世。

十五、复兴社少尉魏公博

昭舫去珞珈山的那天傍晚，魏公博坐黄包车来到花楼街，下车前后观察后，迅速拐进了侧边一条僻静小巷的一家民居。

堂屋里，一个中年人独自坐靠在太师椅上，身后还站着两个人。魏公博摘下礼帽，上前恭敬地说："站长。"

郑扩儒冷峻的双眼盯着魏公博，没有半句寒暄便直接说："先说你给我这第一份报告，其中内容，我差不多都可以从报纸上读到。为什么把你，我得力的少尉先生，放到个小小的业余歌咏团？不要忘了，为什么要你从武大退学出来，就是为了这个曾昭舫！他是直接受共党领导、还是共党利用他？你一点结论都没有。是不是觉得他很够朋友，监视他没有必要啊？他家的鸡汤是不是很香啊？"

魏公博答道："站长，公博从不敢徇私，视党国利益高于一切。但凭属下观察，曾昭舫思想虽说略左，却是被一心抗日救国之热血驱动，也从未见他回避属下之愧怯。您看，这是您要的他家的常客的名单。"

他恭恭敬敬地递上一份名单。郑扩儒仔细看着："嗯……冼星海、盛加伦、光未然、唐纳、孙师毅、王云阶、田汉、沙梅、林路、金山、贺路、刘雪庵……都是有些名气的哇！下面……哦，都是些武大的！"

魏公博说："站长，他家本来就是开的餐馆旅店，曾昭舫又好客，我认为刘雪庵、唐纳这些人不可能是共产党。"郑扩儒笑了："你对他真有些感情了。谁说他们都是共产党了？相反，说真的，像刘雪庵《何日君再来》我就喜欢。"他收敛了笑容，"但是你的同学潘乃斌是什么身份哪？他现在在武大比当年哪一个都跳得高啊！冼星海、田汉常去'通成'，郭沫若也去过不止一次，是不是就是吃点东西啊？还有，那个王杰臣，就是个电工吗？他到底是曾昭舫的帮手，还是实际上的上级？他后面的人是谁？接受谁的指示？上海那帮人在武汉空前活跃，连领袖都很重视。他们表面也在听从政府的安排，但背后有没谁在利用我们的宽容暗中达到什么目的呢？发展这么多歌咏组织的真实目的是什么？"

公博说："站长，群众歌咏组织很多是自发的，纯是为了开展救亡活动，不像是有计划的发展，他们不可能是敌人。”

郑扩儒斥道：“胡闹！你那自作聪明的毛病又来了。抗日就说‘抗日’，什么‘救亡’？哪里学的？真是近朱者赤！这不是我们用的词汇！你简直要被赤化了！”

他站起身来，“任何时候都不能忘记，党国最可怕的潜在敌人，正是我们眼前这个最热情的战友。现在大敌当前，我们不得不与共产党暂时搁置前嫌，一致对外，甚至不惜给了他们起死回生的机会。这是蒋委员长为了民族大义的伟大退让！但是国共各有各的算盘，两党的组织和秘密从来就没有、今后也不会互相公开。我们当然不能容许他们趁机扩大自己的影响和势力。最近，我们就成功地阻止了共党在工厂和苦力中发展工会的企图。”

魏公博恭敬地说：“公博已精读关于上次国共合作的内部学习材料，熟知了他们的那一套。公博认为，抗日宣传可以，想从中渔利当然就要毫不留情打击！”郑扩儒略微满意，说：“对，注意曾昭舫很可能发现暗藏的共党分子。”

他不露声色地注视着公博，其实他早就在队里另外安排了个叫费耀祖的（就是昭舫曾对公博说过的对女生贼眉鼠眼的那个），单线汇报，并命决不许擅自行动。而这一切，均是瞒着魏公博的。

魏公博说：“站长，根据您的指示，我们小组负责暗中监督宣传领域，以社会上发现的美化沦陷区的小报和攻击救亡……不，攻击抗日歌咏活动的传单进行了侦查，我在第二份报告里向您汇报了，我那个朝鲜朋友向我证实了小魅魅提供的情报，的确存在有组织的日特地下活动。”

郑扩儒点燃了一支雪茄烟，说：“我对你那个包打听小魅魅说的不太相信，这人生活不检点，和日本妓女打得火热，你不要让他知道你的身份，防止这种人为了钱会出卖你。据我所知，日本人走后，‘汉口和善公会’根本就销声匿迹了，而且这个‘和善公会’与‘同善社’也不是一回事。‘同善社’来源于四川，都有几十年了，原来王占元、萧耀南还是湖北的名誉善长。现今何成浚也都是‘同善社’的，无非是做气功、吃斋、打坐的民间教派，里面好多都是老头老太太，哪里会搞印刷发传单？你不要扯到一起了。”

魏公博不服地说道：“小魅魅说有个叫黄九的要雷胖子砸‘业余歌咏团’，这情报就完全可靠。”

郑扩儒鼻子哼了一下,“这算屁大个事,地痞流氓一群。听我说,你还是把曾昭舫、潘乃斌的事有始有终,不要跟我扯这些野棉花了!”

魏公博委屈地要求道:“公博鲁钝。属下再次恳求组长,让我离开歌咏队,去和日特真刀真枪战斗。最近不少共党分子公开了身份,‘业余歌咏团’的表现却仍一如既往,并无异常。属下敢担保绝没有危害国家的行为。建议撤销这无价值的监视。”

郑扩儒听得火了,斥道:“荒唐!这些连我都不敢担保、无权决定,轮到你发表意见么?为什么上海的左翼文化人士一到武汉,就都往他那儿跑?他的旅馆餐馆会不会是个接头地点?有什么人在合法外衣下干非法的事?你连这点敏感都没有么?告诉你,你绝不可有丝毫松懈,要你找出伪装得很本分的异党分子!还有,要提防共党借‘一二·九’两周年蛊惑群众闹事,听到没有?”公博慌忙答“是”。

面训完了,魏公博闷闷不乐地走了出来,把双手插在学生式制服的口袋里,慢慢地逗进了后花楼的一家茶楼,在二楼临窗的一个座位要了茶,打算整理下纷乱的头脑。

他的思绪回到了过去的岁月。几年以前,当他从关外流落到北平借读旁听时,就被郑扩儒吸收进了“复兴社”,以后他被送去进行了专门培训,正式被吸收进了特务处。再次回京后,他参加过京津几次轰动一时的针对日特和汉奸的行动,很得郑扩儒的赏识,晋升少尉。他对国家领袖的认同感很强,把一切希望都寄托于蒋委员长,却从不热心党派,对蓝衣社崇尚的法西斯精神也不完全认同。因他主见太多,又擅自参加了“一二·九”游行,极大影响了上级对他的信任,所以至今未能得到提升。在武大附读时,他受命不公开自己的身份接近曾昭舫,还给他安排了几个下属。但他从心里瞧不起刘教官、毛竞飞等人,从来没有把他们当成同志。

街对面,“福泰来布业”的招牌特别显眼,比相邻的店铺要气派得多。公博正在品茶,无意间看到一个似曾相识的身影从布店里间走出,肥墩的身材,毫无姿态的步子,却带着博士帽和墨镜,他刻意不让人认出的打扮在花楼街竟特别招人注目。

公博的注意力被职业敏感唤醒。那人在街对面取下帽子对布店晃了晃,那一瞬间，公博认出了曾经打砸歌咏团，据说已被开除出保安团的雷胖子。他又在干什么？但他一晃进了死角。

又一个与众不同的形象也从布店走出，借着黄昏的光线，看得出那人化了装，戴了墨镜，粘了胡子，但是装化得太粗糙、太可笑了，几乎是不打自招。而且从此人的"一字鸦片肩"下凸出的胛骨看，明显已有了年纪，却选择一身时髦的黑制服。

魏公博一下冒出了"踏破铁鞋无觅处，得来全不费工夫"的感觉，迅速决定监视他们，他判断那个老头更重要！他记准了布店，结账下了楼，去跟在那老头后面。

那老头上了辆黄包车。公博马上也叫了一辆，吊着一段距离跟在他后面。黄包车驶上了中山路，往"底下"方向拉去，过阜昌街，插到湖南街，过界限路，走三教街，进法租界，往西贡街，在汉景街[①]一个小巷口，那老头下了车。他四边望了望，进去了。公博也下了车，自己跟进去，却再也见不到老头的踪迹。

这边的路他很生疏，继续跟踪会得不偿失，他只好放弃了。虽然没有结果，但终归出现了可疑对象，他打算安排手下监视这两个地方。

三八女子歌咏队

① 阜昌街即今南京路；湖南街、三教街为胜利街分别在英、俄租界段当年的名称，西贡街、汉景街分别为中山大道法、德租界段。

十六、糖"慌"背后

几天后的半夜,汉口繁华的前花楼突发大火,当日天气干燥,又刮着不大不小的西风,火借风势直烧向居民区与后花楼,直到第二天下午才被完全扑灭。多达十余名无辜老小葬身火海,百余家民居烧成断垣残壁,招商局后面用于出租囤货的几个大仓库也付之一炬。

最先魏公博对这次大火并没特别注意,以为这只是一起失控而变得严重的火灾,只可怜那么多生命被夺去了。数日后,他按惯例去花楼街见上司,竟发现整条街上弥漫着某种不安的气氛。

在"谢源记海货"门口,他看见了在那里焦躁等盼什么的曾广诚和田贵义,便礼貌地上前喊了声"曾叔叔、田爷爷",解释说自己住处和上班地方均离此地不远。

他发现广诚仿佛心急火燎地想找人倾诉什么,只好站住了耐心的听。田贵义见广诚焦急得语意混乱,便上来为公博仔细讲释。原来,那场大火把汉口几个主要的囤糖仓库烧了,食糖供应一下就出现了短缺。不要说以甜食为主的店家和所有用糖大户都慌了,还已波及像"通成"和"祁万顺"这些离不开用糖的餐馆。

武汉食糖多半都由花楼街的海味店经销,乍听似乎有点风马牛,但这就是汉口多年的"规矩"。经营规模大的有浙江、咸宁、湖北三帮,次点的是闽粤商户。"通成"一向从浙江帮购进闽粤产的蔗糖。"祁万顺"用的是潮帮海味号的,也就是"太古"运进的香港南洋砂糖。

公博慢慢听出了奥妙,开始关注起来。原来,汉口糖市除了花楼街供给国产原糖,多年来最大份额竟是来自日本三菱、东昌十几家洋行供应的台湾蔗糖。而自从七七事变后,很多餐饮和食品店都出于仇日心理,拒买日本公司的糖,日本洋行在食糖市场所占份额大幅下降。

广诚以前很少为餐馆进糖的事操心,"通成"需求本来算不上很大,而田管家早年曾将蜜饯作坊办的红红火火,对食糖市场行情都精熟于心。如果只是

"通成"自家用,仅靠谢三金的面子,有一个"谢宁记"就足够了,进糖的事也不消放心上的。但此时他这个当了两三年都没什么大事的"汉口甜食业公会主席"却被会员们推到了浪尖。原来,那场火过后不久,"东昌洋行"便仿佛等着似的,频繁派人挨户登门"雪中送炭",表示有大量白糖可送货上门。而好多家会员因已面临断货关门的压力,便悄悄要求广诚修改"不用东洋糖"的"公会章程"条款。广诚这才觉得事情不简单,猛然又鼓起了当年不卖洋烟的那股骨气,高声誓言绝不向东洋鬼子低头。暂时稳住了会员后,匆忙带了田贵义到花楼街了解行情,还想找老朋友谢三金,求定对策。

商场就是这样诡道,平日里看来无所谓的东西,说紧张就紧张起来。偏偏武汉人又喜欢跟风变疯,各家餐饮、食品厂乃至工厂、学校、机关的食堂,竟都像约好似地抢购和囤积起糖来,一时糖价看着就涨了,"糖慌"没准就要在武汉变成"糖荒"。

广诚并不了解公博的身份,怒气冲上来也慌不择人,他插道:"我看,这场火跟小日本没有点瓜葛才怪呐!我当年在吉庆街开店时,就领教过'英美公司'的手段,派人把'南洋'的烟通通买去,有意弄湿等霉了再投放市场,砸我们中国人的牌子。魏先生,我在汉口几十年,凡是遇到最毒、最不要脸的事,你就莫忘了想到洋人!拿到今天,就一定要先往日本人身上去想!"

魏公博听着,忽然把曾叔的愤慨与这些日子进展甚微的盯梢串联了起来:布店、老头、火灾、糖慌……莫非这里头有什么内在联系?这时正好见谢三金坐着黄包车赶来,魏公博便告别了广诚,跑到联络点找郑扩儒汇报。

公博内心本来有些惭愧,觉得自己拿不出什么成果汇报,更不要说在歌咏队发现什么异党活动了。于是讲述得战战兢兢,尽量简要,解释说自己也在动脑筋,派人监视了"福泰来"和汉景街上的"凤仙茶馆",目前还没有什么新进展等等,然后等着挨训斥。哪知郑扩儒听完却兴奋了,连续地问他以上跟踪的细节、监视的具体人,又特别问及火灾、"糖慌"与他的看法、曾广诚与田贵义说话的详情等等。然后提示说,武汉布匹和其他生活商品也因火灾受到不小损失。

让公博大感意外的是,郑扩儒不仅当面赞赏了他的敏感,还立即给他加派了人手配合,并安排专人去调集原武汉日资买办及雇员的资料,又令公博写一个书面报告。

再说谢三金依靠自己的门路给广诚筹集了几包红白糖，解决了他“甜食业公会”的燃眉之急后，便回家向谢家老太爷进行了禀报。

谢华龙已年近古稀，出于他的经验，听说后立即说这次大火来得蹊跷，多半是日特故意制造短缺混乱，顺便让日本公司从中牟利。他认为这是飞来商机，便马上叫来管事的大儿子布置行动，电告在广州的分号大量购进粤糖，准备投放武汉市场。

自从沪宁被战火笼罩，谢家的商行与上海的水运业务已经停了。谢华龙布置迅速包车皮从广东进糖后，又命谢三金带人专门跑一趟。谢华龙说，他谢家只是在商言商，借用这局面，良心上说得过去，还能帮百姓做好事。这位老太爷心里明白，此事弄好了，既有爱国美名，又可赚上一大笔。

谢家商业脉络庞大，三金到广州时，货物都已被当地人办好。接下是提货装车皮。一切似乎相当顺利，按时发车。谢三金毫不怠慢，亲自跟车。他是个场面上拿得出做派、场面下什么苦都吃得来的人，为谢家办事向来不二话。拿了一床草席，就在货箱门口麻袋边靠着休息。

列车顺利行驶、停靠。第三日凌晨，已过了咸宁，武昌翘首待望。

忽然接到紧急停车信号，列车便停在一处路堤上了。隐约地远处似有些枪声。大约一小时后，从前面方向走来几个穿铁路制服的人，背着工具挎包，前面的一个似乎还与火车司机认识，互相打着招呼。

车上的人都想知道发生了什么事，几个车厢都有人探出头打听。那人告知说，前面十多公里外发现有日特企图爆破铁路，已被我粉碎并击毙三人。车头上的两个警卫便放了心，然后由着那几人挨车皮查看。

谢三金也闻声下了车，站在路堤边上，迎着那几个“制服”注意听着。忽然间他发现，那个走在前面的铁路工作人员表情僵硬惶恐，仿佛受着后面几个“制服”的挟持。他凭经验感觉不对头，慌忙中失声叫道：“站住！来人哪！这几个‘铁路’是假的！”

说时迟，那时快，几个假制服从挎包中掏出家伙就掷向列车，谢三金只听到剧烈的爆炸声和枪声，仿佛全身都受到了从未受过的重击，被强大的力量和灼热的气浪卷到坡下，晕了过去。

装糖的车皮已经起火，此时从另外的车厢突然冲出了两个人，手上的二十响如同小机关枪一样对着那群假制服扫去。一小队军人也突然出现,也不知这些人是何时埋伏在车厢中的,瞬间将那几个日特打倒在路堤下。

战斗很快结束,过了一阵,火也被扑灭了。货物受到了一些损失,但并没大伤筋骨。很快有部队和铁路人员也来到了,经过几小时后,列车再次向武昌开去。

谢三金则被一辆吉普车以最快速度送到了武昌。他左半身血肉模糊,还有大面积烧伤,一位德国医生为他动了大手术,半个左手掌被截掉,左腿也打上了厚厚的石膏,总算捡回了性命。没想到往日汉口商场无人不知的能人谢三爷,最后在这样的新闻中上了报纸。

广诚从报上读知后大惊,与同样一脸惊恐的田贵义一起打听到了三金住的医院后,马上过江看望。

这时三金刚好已清醒。广诚看到三金伤痛很重,觉得是自己把他搅进这个事的,想起这位老友多年来在关键时刻几次帮自己大忙,现在伤成这样,感到十分内疚。三金听他说话的意思后,挣扎着恨不得起誓,忍着疼痛解释说,这笔生意是谢家想做,他撞上了,只能怪小日本心思太毒,怎么大哥要往自己身上揽?此时他老婆朱氏来打断了他,说谢老太爷说了,要保三金全家一辈子,政府也付了医药费用,市商会还送了锦旗,叫曾大哥安心等等。

原来汉景街的"凤仙茶馆"已被魏公博派出的人密切监视,打听到这个茶楼的唐七、孙狗子与他们正在寻找的买办熊道昌交情很不一般,而这两人与谢家等大户也很熟。侦察人员还注意到有个"日清公司"以前的职员黄九也常来此喝茶,必找二人。而偷听他们交谈,经常出现"谢三爷",从中看出了蛛丝马迹。

魏公博从广诚那里知道谢三金为了筹糖要专门去广州。汇报后,郑扩儒又布了阵,在广州发车前派人在汉突然暗中绑架唐七(孙狗子没抓到)。审问得知,果然是黄九出过重金,要他们落实谢三金的行程。便果断与军方配合,使日特派去破坏粤汉铁路的虚、实两行动组几乎全军覆没。

粤糖抵汉投放市场后一周,童颜两家联手的"嘉瑞公司"也从四川组织了一批内江食糖运到了汉口,政府又强行控制了日资公司居奇的囤糖,糖情供应迅速好转。日特欲在武汉制造糖荒扰乱市场,不惜杀人、放火、炸铁路、袭列车,尽显卑劣本色，却最终阴谋彻底破产。

宗方相当气馁，虽说这些失败并不代表他的全部计划。他只能说服自己耐心慢慢再来。

郑扩儒发现，过去小看了公博。有些可惜将他放在歌咏团，但却并不准备马上改变。他又布置了专人进一步查找日特在汉的地下窝点。魏公博也通过这次经验增强了信心，于是也有了更多的打算。

30 年代的汉口同仁医院

十七、南京沦陷

魏公博坐在“通成”的二楼，要了酒菜，一个人闷闷地喝着“通成白酒”，等候接头人的到来。

中山路马路对面的电信局大门口，一支宣传队伍正在街头演出，传来了女子凄美动人的歌声：

万里长城万里长，长城外面是故乡。

高粱肥，大豆香，遍地黄金少灾殃。

自从大难平地起，奸淫掳掠苦难当，

苦难当，奔他方，骨肉离散父母丧……

这是刘雪庵的《长城谣》，歌声刺得他心里发痛。他想起了自己的故乡、自己的童年。他的乡愁中，混杂着血与泪，充斥着无限的悲愤和复仇的欲望。他觉得，只有他，才听得懂这首歌。

隔着两桌，歌曲的作者刘雪庵和几个音乐界人士也正在吃东西。魏公博早认识了他们，流亡的上海文化人占住着“大智旅馆”十多个房间，他们都是曾家

1937年南京成了人间地狱

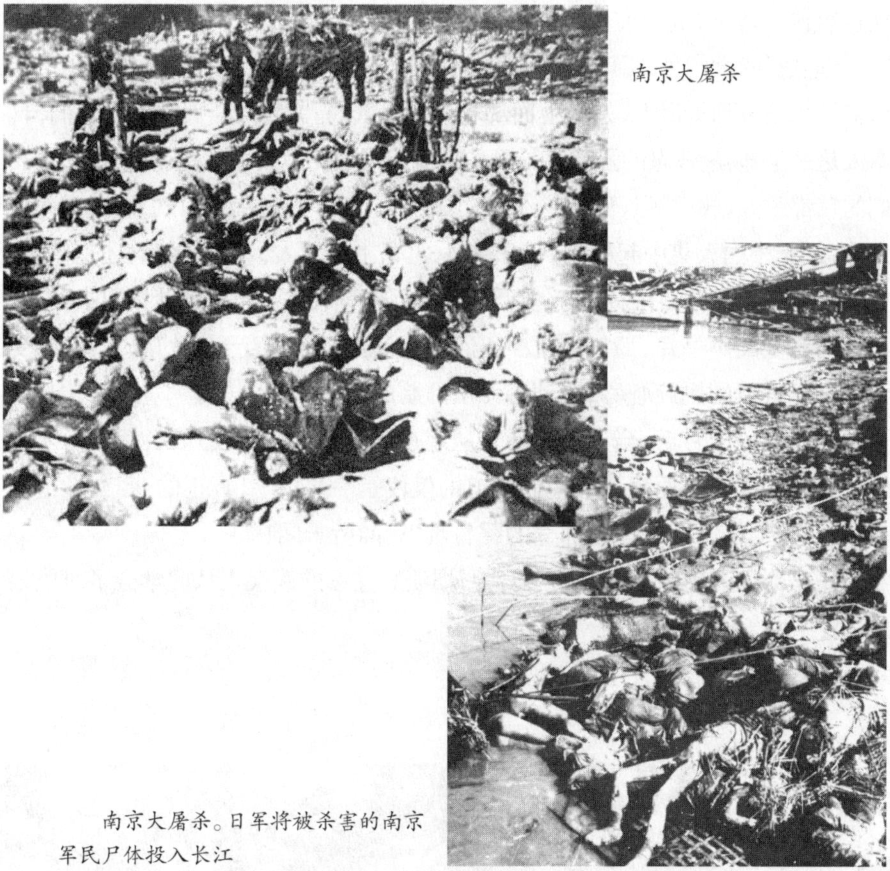

南京大屠杀

南京大屠杀。日军将被杀害的南京军民尸体投入长江

的常客。那几张桌子也几乎成了他们专用。

他一个手下上楼来了，装作不认识地坐到他一桌看报，吃了一碗面就离开，将报纸留在了桌上。魏公博当然知道，这上面用药水写着他等待的指令。

忽然间，一个穿长棉袍的文人拿着一份报纸冲上了楼，操着带哭的下江口音喊道：“同胞们，你们看，南京失陷后好惨哪！我们的首都，正被那些无耻的强盗恣意蹂躏啊！”

几张桌上的人都站了起来，凑过去争抢报纸看，这是一则从《纽约时报》上转摘的报道，内容比较简单，但仍能看到那繁华古都突然变成人间地狱后的惨状。

这群衣冠楚楚的人们读着报纸，竟不约而同地当众失声痛哭起来。“通成”

饮食店楼上楼下，史无前例地哭声一片，骂声、抗议声充斥了整个餐馆。

“通成”的大门外，瞬间聚集了里外三层、数以百计的人。一个青年学生从店内拖了张桌子到街沿上，站在上面舞着一张报纸，痛哭着大声疾呼：“同胞们，日本人是最卑鄙、最残忍的强盗！是畜生！他们屠杀我们放下了武器的战士，在我们的首都杀人、放火、强奸妇女。他们对中国人用刺刀刺，用大刀砍，后来嫌这样太慢，便把中国人集中起来用机关枪扫！见了中国女人，不管是年幼还是年老，就强奸，奸后还用刺刀戳死，有的怀孕妇女被强奸后，又剖腹把胎儿挑出来……”

马路上哭声一片，愤怒的吼声不断。武汉人真正感受到了切肤之痛，感受到了难以言状的民族耻辱，涌动着无法抑制的复仇欲望。

差不多一个月后，当有侥幸活着从南京逃出的人们流亡到汉，武汉人才了解了更多的详情。原来那天他们知道的仅仅是一些皮毛，真正的、令人发指的暴行和它造成的灾难，竟是那样的罄竹难书、闻所未闻！

正是毫无人性的日本侵略者，让习惯淡忘往事的武汉人从此学会了对仇恨的记忆！

日军在南京抢劫

十八、《游击军》歌

首都失陷后，散淡的武汉人变得严肃了，民族的危亡让这个城市突然变得成熟。武汉人不再浅薄地排外，而是热情地接待不同方言和口音的同胞。他们变得空前的有教养，空前的团结，认真地以历史的使命感，把自己的城市变成为中华民族的又一座堡垒。

随着国民政府各部门以及主要的党政军首脑要员们均移驻武汉，武汉再次成为全国的政治、军事、外交、经济、文化和抗日救亡运动的中心，成为全世界关注的焦点。这样，历史让这个城市在时隔十年之后、在二十世纪的不到三十年当中，第三次成为了中华民族的中心，成为了抗战初期事实上的战时首都。

“大智旅馆”已经爆满。连“通成”的楼顶平台也搭盖了简易的芦席房，低价收留房客。而“通成”的流水席，也几乎只有每天后半夜到凌晨的三四个小时停业。广诚在店门口贴出告示，凡是伤兵可享用一荤一素的免费客饭，凡军人一律九折。其他一些店家也都有优惠军人的行动。

和尚从天刚亮忙起，忙了四五个小时，客人渐少了。要到11点左右，“胡豆丝”会来接他的班。他把锅贴底的大柴禾抽出，让余火温着还没卖完的锅贴小包子，半闭上了眼睛，默唱着从昭诚那里学来的几句《游击队歌》：

我们都是神枪手，

每一颗子弹消灭一个敌人……

“来一份小包。”和尚听见声音，睁眼接过菜牌，用荷叶包了包子递去，却发现是潘乃斌。

他立即露出满脸的笑容，“潘少爷，怎么自己到前面来买？大少爷在家里啊！”乃斌笑了笑，回答：“谢谢你告诉我说他在家，那太好了，我这就去找他。”

他边吃边走，到公新里六号，打开一楼的房间。见毓章不在，他放好自己的东西，到楼梯口喊了声“昭舫”。听到回应后，就大步上了楼。

堂屋里有昭舫、昭瑛、毓章，正围坐在那张桃木桌子周围谈着前线战事。见他来，暂时停下了。昭琳闻声也从自己房间走了出来，靠在门上，不声不响地打量着他。

昭舫问："说你又去山西了？"乃斌答道："你听谁说的？"昭瑛说："没有谁说。我和毓章昨天回了学校，他们说你走了。是我猜你去山西了，还怪你连招呼都没有一个。你昨天怎么不过来？"乃斌说："是要去，但还没走呢，刚从珞珈山下来。昨天太晚了，就在武昌过的夜。"

毓章叹气道："乃斌，我不懂，既然现在已经摆开了在武汉与日寇决战的架势，全国的知名人士都聚集到了这里，你为什么非要走呢？"

乃斌摇头道："决战？这么打行么？我总难忘第二次去山西的见闻，我们国军在战场占据着有利地形，还是打得那么艰苦。鬼子用飞机大炮狂轰滥炸，还没冲锋，我们人就死伤了一半，不停往下抬人。几天时间，我们部队退了几回。我不知道鬼子到底被打死了多少，但是知道我们在败、败，没见有士兵怕死，可还是败、败、败，撤、撤、撤。"他的声音越来越低，他茫然的眼光中，显然正在重现他沉重的经历。

"我后来也亲眼见到过八路军对敌寇的游击突袭，我对你们都讲过的，这下轮到日本鬼子找不着方向挨打了！真痛快啊！就该这么揍他们！就该这么消灭鬼子！这才是我们的制胜法宝！我对你们都讲过的、都讲过……"他仿佛沉浸到了他所见到过的意境中。

"那当然痛快，可是那些小胜又能对整个战局起多大作用呢？"昭舫并不完全赞同他的话，仍想劝说他留下来。

"蒋委员长不也说集小胜为大胜么？"乃斌歪着头说。

楼下响起葵花的声音："冼先生来了！"

冼星海风尘仆仆地上了楼，他们在谈的话题便停了下来。乃斌和星海多日不见，互相问候着。

星海道："我记得你那天说过，一下山就会找我呀？"

乃斌笑道："我就是要找你呀，星海！那天在你离开珞珈山时，我给了你一份我写的歌词，毓章还帮我改过的，《游击军》歌，不知道能不能谱曲。这是我第一次……"

他还没说完，星海"呀"了一声，说："哎呀呀，我记得的，就是这几天忙昏了头，又被些事吵昏了头。对不起、对不起。"

他有些慌忙地从口袋里掏出那张发皱的纸，双手在桌上摊平，聚精会神地盯着、默读着。

潘乃斌小声而急迫地："我之所以写这首歌词，是因为我亲自参加过……"他深情地再次讲述着他在前线的见闻。

星海认真地听着，乃斌停止了叙述后，他的眼神也半天没离开他，仿佛要从他的脸上读出更多游击战争的情景。看他那神态，他正在酝酿感情、进入意境，打算马上作曲了。

星海又低下头、低声缓慢地读着歌词，边掏出了钢笔，解开笔套。过了一会，他开始用左手指在桃木桌上点着节奏，眼睛却仍然不离歌词，一边自言自语似的说："很好的歌词啊！"

他还在喃喃地反复念着歌词。

整个房里变得鸦雀无声，大家将目光一起集中到他身上。

须臾，他突然双眼如电。显然，乐曲正在从他心中涌出。也许，此时他的心里正涌动着千军万马！这是不屈的中华儿女。他们是军人（其中有伤兵）、农民、学生、女人、老人……是眼睛喷出复仇怒火的、穿着各色杂乱衣服、从四面八方涌来的游击军……他们拿着各种武器，步枪、大刀、长矛、锄头……

只见他的笔尖快速地在纸面舞动起来。他手上的笔此刻已变成了一把大刀，他正挥舞着在一群游击战士中间，猛冲上前。

昭舫等人围在他身边，已被从他胸腔中辐射出的艺术魔力所吸引。他们明白，此刻，在作曲家的心里正在对日寇进行一场战斗，而伟大的艺术是能

教唱《游击军》歌的有线广播大楼（即街道右手）

超越时间和空间的！

星海突然放下了钢笔，坐直身子，双眼还凝视着只有他才看得到的场景。只见他舒了口气，缓缓地掏出了一支烟。仅仅才五分钟，曲谱已在他手上一气呵成了。

“这么快啊！”昭瑛拍手叫了一声。

所有的人都在啧啧称赞。昭舫则拿过歌单，和毓章一起唱起来：

嘁嚓，嘁嚓，嘁嚓，嘁嚓，

三个五个，一群两群

在平原上，在高山岭

我们是游击队的弟兄……

激动的曾家姐弟，都被融入了歌曲营造的战斗气氛中，公新里六号楼上传出响亮的歌声：

……化整为零、化零为整

不怕敌人的机械兵

夺他的粮草大家用

抢他的军火要他的命

我们老百姓，三个五个一大群

干上一两年，把强盗们都肃清……

歌曲由弱转强，最后如千军万马，势不可挡，激起人满腔的杀敌激情

我们老百姓，三个五个一大群

干上一两年，把强盗们都肃清！

昭舫欢呼起来：“太棒了！让我拿到歌咏队去教唱，我担保几天就会流行开来！”

乃斌感动了，他紧抱着星海的双肩说：“你是天才！我想表达的，你加倍地表达出来了！我今天晚上就要走。我要把它带到前线去，教我们的战士们唱，教我们的游击队员们唱。”

乃斌将《游击军》歌的作词者署名为“先珂、毓章”（后来毓章把自己名字划去了）。尽管他在诗坛上名不见经传，正式歌词也仅此一首。但此歌以其词、曲的魅力，很快传遍了大江南北，传到了硝烟弥漫的战场，鼓舞着千万人的斗志，成为中华歌坛的一篇传世之作。

十九、潘乃斌投笔从戎

昭舫、乃斌等人反复试唱了几遍。星海听着，又略略修改了两处，就定稿了。

乃斌满意地收起了歌单，和昭瑛一起到昭琳房间。三个人各抄写了一份，乃斌收起原稿。昭瑛将自己抄写的一份复件拿去业余歌咏团刻印和抄写。

房里只留下了乃斌和昭琳。昭琳声音不大地问：“你要出去多久？”

“说不准，也许这次……我不会很快回来了。”

昭琳没有说话，她一时不知道该说什么，她猜到乃斌终究会这样的。

乃斌何尝不知昭琳的心，又何尝不曾被某种心绪所折磨。但是他懂得，现在对于他，随时都可能与死神相遇，是没有资格去爱一个女孩子的。那样会耽误人家。特别像昭琳，在他心里，她是那么美丽和纯洁。

尽管昭琳掩饰不住自己的失望，但还是控制住了自己的情绪。她要抓紧这难得的相处时间，把早就在等机会告诉乃斌的好消息说了出来：“北平艺专，我考上了，考得了第一名。”说完后竟有些不好意思，在等待他的反应。

乃斌握住自己的情绪，微笑着说：“我就知道三姐的基本功很扎实，一定考得上的。”

昭琳得到了些慰藉，终于有个知己可以分享自己的成功了。但接下来却又是令人尴尬的沉默。昭琳想了一下，找了个话题说：“我听说，‘北平艺专’讲究的写实，画风比较拘谨。”

乃斌也觉很不自然，他诚恳地、竭力让自己迎合昭琳，说：“这要看老师和学生自己了，都公认你们‘武美’出来的功夫是蛮深的。‘武美’名人也不少，我知道你们有个国文老师郭安仁，屠格涅夫的《罗亭》就是他翻译的，笔名是丽尼。‘北平艺专’更不消说，考试你们的常书鸿老师也很棒的。”

昭琳有些高兴了，说：“嗯，你也知道？”

她真希望乃斌还多说一些，多问一些。这些日子，她很需要把自己的一些想法告诉一个有共同语言的人。首先她想到“北平艺专”总归是会离开武汉的，那么不就得离开父母吗？他们不又少个人照顾？爸爸哪里会晓得，美术本来就是要学一辈子的，学制都长，‘杭州艺专’就是六年！但现在她并不想说这些，而是……她鼓起最大的勇气，对还站着等她说话的乃斌问：“你想过学美术没有？”问完这句话，她很后悔，人家不是要去打仗吗？她觉得脸又在发烧，甚至想躲起来。

乃斌想，昭琳真是单纯，脑中装的还是读书、学画、文凭。但怎么能伤害她的自尊心呢？只是，他此刻哪里有勇气面对眼前的这个姑娘。便回答说：“我想等等，充其量两三年吧！打败了日本鬼子，我还想回‘武汉大学’学经济。美术永远是我的一个爱好。我会抓住一切机会学习的。”

昭琳睁大了眼，带着天真的神情问：“两三年，要是西方还这样自私，日本能那快打败么？”她想起了刚才唱的乃斌的歌词“干上一两年……”似乎相信，就会是这样的。

当时“速胜论”在激进青年中广为流行，乃斌哪里懂持久战的艰巨，他以男子汉大丈夫的气概，十分自信地回答：“国共合作，力量会很大的，小鬼子只有死路一条！”

昭琳崇拜地点着头。乃斌马上觉得自己回答得不好，这不是带有某种暗示么？他连忙补充说：“三姐，乃斌这次去，会把个人一切都抛于脑后。中国前线需要文化人，当然也包括文化人的牺牲。如果我活着，最多一年，我就会给你们写信。如果你们收不到我的信了，就帮我继续和日本鬼子战斗。”

乃斌不等她回答就告辞出来，留下满脸惊愕的昭琳。他知道自己已经做得够残忍的了。他没有勇气多看昭琳一眼。现在首要的是设法让昭琳尽快忘掉他，免得让她为自己赔上她的青春。而今天他就将离开武汉，再不说这些话，就太晚了。

昭琳还茫然地坐在自己的写字桌旁，这个纯洁得如同一张白纸的女孩，还不十分懂得这次谈话意味着什么。就这样，没有开始，却已结束。然而自己何必偏要将那些想法都告诉乃斌，那么希望他也去学美术呢？乃斌有自己的志向，他显然准备一去不返了！他真是毫不在乎就走了吗？她真的还不清楚，不清楚，不清楚！也许，这一切，自己要过好多年才会懂得。

二十、小队员章祯青

汉口最高的建筑，除开水塔，恐怕就是六层楼的大华饭店。它和南洋大楼、新市场构成中山路上最气派的建筑群。武汉市广播电台就在大华饭店的对门。每天下午，电台都安排救亡歌曲广播教唱。星期六这天，原本请星海教唱。他因有些感冒，又不肯去医院，直到到了电台后，才发现实在不行，只好让昭舫临时顶替他。

这天再次教唱乃斌作词的《游击军歌》。这首歌在公新里六号诞生后，已经很快在全国、包括抗日前线和敌人的后方流传开来。中山大道上和汉口装有喇叭的地方，都自发地聚集着人群，跟着广播里学唱。

在电台教唱完后，昭舫对星海说："你还是得去看看病。"星海摇头："不要紧的，我不想去医院，我到你这个汉口，就一直有点……"昭舫见说服不了他，便说："那……你看，对门有个'大华药房'，我们去买点药好不好？"星海同意了。

"大华药房"就在大华饭店一楼。两人过了马路，掀开药店门口挂的挡风棉帘，一前一后进了药店。柜台后站着一个精明都写上了脸的掌柜。昭舫道："这位先生受了凉，又咳嗽，还有点头疼，请问有什么药好治？"

那掌柜把二人迅速打量了一遍，相信他心里也同样迅速地作了计算，答："风寒、头疼、咳嗽，都有药治，先生要买那种？有没有方子？"昭舫说："我们不懂，还请先生指教。"掌柜说："要说对症的药，我这里有多种，要病好得快，有德国的进口药，只是贵点。英国的要实惠些。上海出的最是便宜。"

昭舫正不知怎样回答，一个十四五岁的女孩如风一般掀开棉帘闯了进来，扶住门框陡然转了个身停下。脚上居然还踏着一双四轮溜冰鞋。昭舫还没反应过来，那女孩就高兴地叫喊起来："曾先生，你怎么会在这里？还有冼先生？哦，我知道了，你们是在电台教唱。是吗？嗨，你们来买药吗？"

昭舫看这说话像连珠炮的小女生，好像在哪见过。女孩笑了："我是您歌咏团的章祯青啊！你们是要买药么？先坐下吧！这是我家开的药房。沈叔叔，麻烦你叫人倒点开水。"星海和昭舫不约而同地笑了起来，说："你家的药房啊？"

然后就坐下了。

这是一张摆在柜台对面的小桌，可能是问诊、开方用的。昭舫把星海的病情说完，祯青已经站着脱下了溜冰鞋，说："沈叔叔，这是我的老师，您家看用什么药？"沈掌柜说："我正要告诉这两位先生最适用的药哩。'救济水'[①]！"昭舫惊讶地问："救济水？不是治中暑发沙的吗？"沈掌柜说："中暑和风寒其实都是同一个病，一冷一热罢了。您家是小姐的老师，我不会骗您。"祯青说："曾老师，这药很灵，不会错的。"星海点头说："那就'救济水'吧！"

掌柜的即刻恭敬地双手拿出一瓶，这瓶子比指甲盖大不了多少。瓶上的标签上是一个人的半身像，瘦瘦的。星海拿着药，嗅了一下，皱着眉头。祯青在一旁说："良药苦口，冼先生莫怕，一口灌了！很管用的。"星海倒吸了一口气，一咬牙，猛地灌下去了。笑着说："是好苦！"祯青连忙递上开水。又说："冼先生带一瓶回去，要是不好就睡前再吃。"

沈掌柜走出柜台，递上几小包他刚包上的药，双手呈上说："先生您在这里坐上几分钟，等头上冲出来的热气消了，再出门。我这里给先生包了一天的药，有消炎退热的、治头疼的、止咳的。先生回去要是需用，都可以吃。吃法我都写上面了。不过我估计不会用上了。您病不重，医院不消去了。我是行医出身，不会误了先生的病的。"

昭舫就要付钱，祯青笑着说："曾老师，这点药，哪里会要您的钱呢？"

只见一个中年女人从里屋走了出来，看来她对外面发生的一切都了如指掌，根本不问就里，就开口道："不要钱，不要钱，祯青的老师那里能要钱呢？"祯青喊了声："妈妈。"昭舫看去，只见这女人相当漂亮，祯青的眉眼看来是从她遗传而来。星海便站起来致谢。

祯青母亲说："这救济水，很快就可以见效。"星海笑着说："是好像轻松多了，这药真神。"祯青倒忍不住笑了，说："哪会有这么快？"星海说："真是轻松了些，这药很有名的，在上海也看得到卖，药瓶上的照片大概是发明这药的先生吧？"祯青又笑了，"是我爸爸发明的。"星海和昭舫几乎是异口同声地："哦呀！不简单！"祯青说："我爸爸已经过世了。"两个人便又齐声感叹。

---

① 即"十滴水"，最早就是这个药房配制的。

祯青母亲再次插话了："我这'大华药房'就是他爸爸留下的。就是靠他爸爸的一些发明，在汉口越做越好，连何成浚、吴国桢都喜欢来我家拿药。我们药房还有她爸爸留下的一个'戒烟糕'的秘方，戒鸦片烟特别灵。曾先生，您的朋友有没有要戒烟的？"昭舫连忙恭敬地回答："还没有。"祯青不满意地用眼神制止她母亲滔滔不绝的生意经，那女强人终于客气了两声进去了。

两人便起身告辞。祯青觉得机会难得，立即手忙脚乱地从书包中拿出了一本《大家唱》，要求星海、昭舫签字。两人会心笑了，欣然满足了她这年龄的中学生的奢求。小姑娘于是心满意足，陪送他们出门。

昭舫笑着问她："你多大了？在哪里读书？"祯青说："我虚岁十五了，在市一女中，初三。"星海也笑着问："你穿溜冰鞋是……"祯青一本正经地答："上学。比黄包车还快，免得迟到。"昭舫看她认真的神态里头透出的天真，忍不住笑出了声。祯青则更认真地说："真的！遇到车子多了，还可以上人行道，比脚踏车还方便。"

说来奇怪，回去后，星海当真就全好了，而且就再也没有复发过。

第二天，章祯青一早就去"业余歌咏团"，参加活动。因为昨天的经历，她心情特别舒畅，手上拿着那本她崇拜的两位老师同时签名的《大家唱》，准备只等哪个稍加注意，就主动亮出来炫耀一番。

在公益会门口，她遇见戴六儿正和一群人从里面走出来。六儿挥着手说："祯青，我们女生全部归到了'三八女子歌咏队'，到市一小去，和'海星歌咏队'他们几个合唱队一起。今天是冼先生亲自教唱。"竟瞟都不瞟一眼她手上的书，相反是祯青脱口问："那曾先生呢？"六儿不高兴这小毛头女生还在关注昭舫，皱了下眉，回答："他到盛家伦先生家去有事了。"

她仍得意地表现得自己比别人更多知道昭舫的行踪，其实这是她偶然知道的，星海帮昭舫介绍了盛家伦先生单独辅导他唱歌。祯青当然知道盛家伦是国内顶尖的大歌唱家，久演不衰的《夜半歌声》就是他唱的。听六儿说昭舫和盛家伦那么近，让她对昭舫更加崇拜，也自觉地在戴六儿面前煞住了表现的欲望。

近来，"业余歌咏团"在武汉的影响越来越大，队员人数已经增加了几倍，董事会决定将女生单独编成"三八女子歌咏队"，实际上各队的活动仍是统一安排。

在吴国桢市长的亲自过问下，国民党市党部拿出了支持各个歌咏团体的具体行动。歌咏团活动更加自如。除原来的大智路"公益会"、"市青年会"外，"市一小学”、“扶轮小学”和不远的“荣光堂”都成了他们新的活动地点。

国民党市党部有一幢楼也在“一小”同一个院子，也经常让歌咏队借用其中的房间。“一小”成了歌咏活动繁忙的活动地点。

为了给武汉培养歌咏干部，冼星海先是在大和街①的“汉口第六小学”办了“海星歌咏训练班”，由各个歌咏队选派了一些有歌咏基础的工人、教师、店员和学生参加。不久后，“训练班”也搬迁到了“市一小学”。队员们尊星海为中国音乐界的泰斗，建议歌咏训练班以“星海”命名，但星海坚持说自己远远不够，聂耳才称得上泰斗，便把名字改成了“海星”。以后在此基础上成立了“海星歌咏队”，队长叫万迪秀。昭舫、毓章、昭瑛和各歌咏队的负责人也都自动成为这个队的队员。不过除演出外，他们平日都以自己歌咏队的工作为主。

祯青和六儿并肩顺中山路走着。六儿指着中山路上正对云樵路口那“通成分店”的二楼说：“舫哥他们几个，现在就住在这里。”祯青问：“他不回家？是怕经常回家晚吵了家人吧？”

六儿故意不回答，她的虚荣心促使她要在别的女孩的心目中保持优势。自从周艾琳出现，她暗叹自己不是对手，但她并未放弃。她真挚的爱国之心促使她继续积极参加活动，当然部分也是期待昭舫增加对她的好感。出于她勤劳的本性，每次活动，她总是早去晚走，打扫清洁，把活动场地打扫得干净清爽，不辞劳苦地整理内务、抄写歌单，收拾道具和演出用品，洗烫服装，还为各位老师准备外出的开水和干粮。本来昭瑛肩扛着歌咏团的几乎所有事务，有了六儿的帮助，负担减轻了不少，渐渐都离不开她了。而六儿也因此和昭瑛如同姐妹感到满足。也因为这样，她受到了王杰臣和昭舫等人的多次表扬，成了歌咏团不可缺少的内务。

“戴桂香真是好！勤勤恳恳。”王杰臣几次对昭舫说道，“这女伢长得也好，哪个将来讨了她，怕会享福哟！”哪知这话传到六儿耳朵里后，竟让她很难受。

六儿和祯青挽着手，转了弯顺云樵路向前走。恰好昭瑛和周艾琳两个人也挽着手从市一小学走出来。六儿挥手招呼：“瑛姐。”昭瑛笑着问：“六妹知道吗？刚才通知，教唱地点又换到了‘扶轮小学’，顺着走到铁路边就是了。”六儿笑着

---

① 今胜利街郝梦龄路以北的一段。

说:“又换了？好。”

祯青总听人把六儿和昭瑛放一起说,对六儿很有些羡慕。她毕竟年龄小,哪懂得六儿在其他女孩面前每一举动都暗藏有小心眼呢。她友好地对六儿说:“我小学就是这里读的。那时真好玩,每天放学,学生们都要在大院排队等着出校,老师就叫我弹风琴伴送。我其实也没专门学过,想着什么歌就随意弹什么。”六儿淡然地说:“哦！我记得他们家昭诚也是这个小学毕业的。”说了这一句,祯青更是折服。六儿的好胜心又自我满足了。

祯青忍不住小心地问:“那个周艾琳姐姐好漂亮,是不是曾老师的女朋友？他们老在一起？”六儿听了大不高兴,板起脸一本正经地说:“他们是武大的同学。我说,我们来歌咏团是为了尽自身的力量参加抗日活动,你这么小,一天到晚都在打听些什么？”祯青被抢白,脸都红了,便不敢再开口。

扶轮小学在云樵路靠铁路边。星海早早就在小学的屋顶平台教室里等着,召集人汪云与六儿一起挂好了《歌八百壮士》的歌单。“三八歌咏队”的人到齐后不一会,“群声”的人员也到齐了,星海于是开始教唱。

这首歌有几个难唱的半音。唱了几遍后,星海发现太不理想,便给大家强调、示范、然后又教,但效果仍然不好。他便叫昭瑛一个人站起来,由他唱一句,昭瑛跟一句,连续示范了几遍,才又继续往下教。

这些业余演员的确学得很困难,进而变得困倦。星海教唱的声音越来越大,下面学唱的声音却越来越小。星海不高兴了,大声说:“这么一点精神都没有,哪里像是在唱‘八百壮士’啊？一个半月前,谢晋元团长率四百官兵,孤军死守上海苏州河北的四行仓库,誓不投降,毙寇无数。你们不都看过纪录片了？那童子军女孩,杨慧敏,趁夜游泳泅过苏州河,将一面国旗送到壮士们手中。这是何等英勇！第二天黎明,当苏州河对岸观战的群众,看到了这面飘扬在仓库屋顶上的国旗时,欢声雷动。这是多么激动人心！她过两天就要来汉和我们见面了！朋友们,我觉得这面在日军炮火中飘扬的国旗,就是我们中华民族不屈的象征！”他激动得嗓子有些嘶哑:“所以,我建议大家都站起来唱！”

大家于是站了起来。祯青被他刚才的讲话所感动,想到那童子军女孩,觉得眼泪都快要漫出来,便独自从教室中间的座位走出来,绕过星海的面前走出了教室,想吐口气歇一下。星海没看清是谁,有些误解,便生气地大声说:“我这

弹痕累累的上海苏州河畔的四行仓库

么远跑来教你们，你们为什么不好好学？”祯青在外面听到，很是委屈，便低着头又走回原来的位置。

星海认出了这个女生，反倒不好意思了，就主动向她道歉。

昭瑛不高兴地从后排走到前面，说：“我们怎么能要冼老师道歉呢？是我们自己没唱好，大家说是不是？”大家齐声回答：“是！”星海随和地说：“算了算了，刚才是我急躁了。我们接着唱吧！”

后面的教唱进行得顺利了一些，大家都忘记了刚才发生的事，学唱十分认真，总算学会了。

等散场后，星海才发现那小姑娘一个人还在座位上，眼睛红红的。便走过去问：“还不走？学会了没有？”祯青撒气地说：“不晓得！”星海看她小孩子脾气，反倒乐了，说：“我又不是对着你一个人批评，是你们没唱准啊！”祯青还是撒气地说：“你自己还不是有时候唱不准！”

星海越发乐了，笑着说：“好，好，我也真的有时唱不准。行了吧？回家吧！”

祯青这下不好意思了，便站起来，对星海鞠了个躬，看了一眼他身后的几个人，一溜烟就下楼走了。

漢口

Hankou laotongcheng zengjia

老通城曾家

第二部·救亡

第五章／保卫大武汉

一、戊寅新年

1938年初,武汉正在度过历史上最特殊的旧历新年。

当悲壮的爱国热流席卷神州之时,武汉,这“中华民国的诞生地,大革命北伐时代的最高峰[1]”,正再次展露出砥柱中流的英雄本色。每天,在这“全中华民族抗战的中心”,数以百计的集会、誓师、募捐、参军动员,正在大街小巷如火如荼地进行着。

1938年中国正面战场形势地图

沿着长长的江岸,从岸边向江心,轮船、驳船和木船停泊了好几排、甚至十多排,组成了汉口史无前例最壮观的船阵,展示着1938年的全民大迁徙的悲壮画卷。从上海一带西迁的上千家工厂和私人企业、几万名工人和数十万吨设备到达武汉后,被通知不卸船继续向西。每天都有大批船只,从汉口再次

① 本段引号中所引,均为驻汉的中共中央代表周恩来先生语。

向上游出发，千帆锁江，其阵容不由让人遐想当年的赤壁。

昭舫他们的“业余歌咏团”和武汉其他歌咏团体，经常在江边沙滩上和趸船上，为迁徙大军演出，在激情的歌声中，目送一艘艘满载的船只驶向长江天际。

战争的硝烟夹杂着血腥，穿越了广袤的国土，一路飘到武汉。数以万计的知识分子，近八十所院校、无数中小学校以及他们的师生，冒着一波又一波的日机轰炸，或乘火车，或坐轮船，更多数的人穿着草鞋和褴褛的衣裳，仅凭着一双脚，步行几千里地，来到中国政府的身边。迁移和逃亡的浪潮，继而向千万普通民众蔓延开。广阔的华夏大地，到处都可以看到扶老携幼、背负着简单行李的逃亡人流。从前线转移和撤退下来的军人，混杂着难民，充斥了原野，也充斥着武汉的街道。武汉的不少学校都成了临时难民收容所。

国民政府动员全社会力量进行大撤退内迁，保住中国文化和工业的根

空气中飘传着不同的语音。流亡同胞们的从容和顽强催人泪下。这是中华民族的种，是中国文化的根，是炎黄子孙的骨气和脊梁，是未来绝地反击的战士！

不过中国人新年的习俗并未因此停下。在战局不利的阴云下的武汉人，还在顽固而不舍地按老习俗“过年”。几千年来，无论发生什么灾难，国人“过年”都从未停止过。

中华民族永恒，所以它这个节日也是永恒的！

走在武汉的街巷中，照样可以感到从每个门缝中透出的新年气氛。爆竹依旧在除夕炸响，街上仍然活跃着不知忧愁的孩子们，尽管谁都不难觉察到这欢庆气氛中成人们的忧郁。

武汉人的节日绝非自私的，他们慷慨地打开家门，邀请刚刚认识的流浪同胞做客和分享饮食。戏班和曲艺团体以及歌咏队伍，在街头为人们演出。武汉人自愿捐献着。“通成”对门的武汉电信局，职工集体捐献了一头肥猪，他们把它贴上红纸，敲锣打鼓地扛着到武昌去慰问伤兵。

“通成”在除夕免费招待了住“大智旅馆”的客人，并且当天对一切军人免费。

然而年节对于流亡者的心灵有一番别样的残酷，更让他们增加了对故乡和亲人的怀念和流离的伤愁。

这份煎熬更加增强了文化人士的抗日宣传激情。演剧二队和冼星海，连同光未然、马可等五十多人众，由军委会派车去了安陆，慰问从抗日战场上转移来安陆驻扎的中国士兵。

“业余歌咏团”在年初二就开始了街头宣传活动。近来，歌咏团的报名人数又增加了很多，水平也有了大的提高。歌咏团增加了街头剧的表演，有当时最流行的《放下你的鞭子》、《逃难到武汉》等。有人过年回了家（像李毓章，日本鬼子已经离他家乡不远了），或请了假。但是流亡音乐家刘雪庵、王云阶，评论家唐纳等人，毫无架子地主动加入进来，将自己作为一个普通的临时团员，参加进“业余歌咏团”新年期间在武汉街头的宣传和演出。

初五那天，他们到原日租界中街①演出。这条街的89号现在是八路军的驻汉办事处。演出即将结束时，大家情绪激昂地唱起了任光的《打回老家去》：

打回老家去！打回老家去！

打走日本帝国主义！东北地方是我们的！

……华北地方是我们的！

他杀死我们同胞，他强占我们土地，

全国同胞快起来！我们不做亡国奴隶……

昭舫也站在合唱队伍中。透过指挥的刘雪庵，他看到一个熟悉的身影正从安仁里走出来，站在了观众圈的后面，不由心一振。那边，童楚妮微笑着对他示意，等节目结束，就径直走到了昭舫身边。

武汉大学正在组织西迁，除部分毕业班外教学将停止。大批同学都已溶进了社会，参加着不同组织与活动。童楚妮经董必武的推荐，先是在《群众》周刊，

① 现长春街。

现在开始在为刚在汉口成立的中共中央机关报《新华日报》撰稿。这天她就是刚从“八办招待所”采访后走出。

队伍要继续到原“大和码头”附近宣传。昭舫将楚妮介绍给了刘雪庵以及歌咏团的其他人。女孩们的直觉是惊人的，她们正眼不看，却洞察到这个从未见过的短发女青年的不寻常之处。而昭舫和她两人都在极力掩盖着兴奋，走着走着，便掉在了队伍后面。

楚妮见已和大家拉开了一段距离，才开口说：“高堂前几天去给我奶奶拜年，碰到我了。”昭舫急问：“碰到你？跟你说话了？”楚妮用责怪的眼神传过去：“你还不大声点吧？碰到又怎么样？那天人多，又隔得远，有什么话说？倒是令尊大人，那双眼睛，睁得那么大。喏，就像你现在这样子！”

昭舫“嘿嘿”地笑了笑，说：“可能我爸爸是第一次见你。”楚妮语调更是埋怨：“以往在你家开会，又不是没有看见过。是不是你在家里胡说了些什么?”昭舫以为她真生了气，连忙解释：“没有，我哪里会……说什么？你不信问我二姐。”

到 1938 年 7 月，受战争直接威胁的民众超过 1 亿人口。这是逃难迁徙的人流

楚妮表面上阴沉着脸，心中却是晴空万里，低声说："我才懒得去问谁哩，哪个又能把你猜透了？"

她很得意地观察着昭舫被动、忙乱的反应，趁势说："年前收到你那封不满百字的信后，就再没了你的音信。你现在是武汉的名人了。要晓得你在做什么，我得到报纸上去找。"

昭舫不好意思地笑了笑，说："我做的事都是些表面的，不像你，那么本质而深刻。"楚妮抬起头，皱着眉说："不喜欢你这样说，像是商家的奉承口吻。"

昭舫笑了："嗨，我忘了是在和一个评论家说话，千万要小心再小心。"楚妮用鼻子哼了一下，说："平时看不出，你嘴巴滑起来，还很有一套哩！哎，我最近在一些报纸杂志上发表有文章，我身上带了几篇，其中有篇《铁的支流》，是说武汉救亡歌咏活动的，你都看过吗？"昭舫不好意思地摇着头，说："没……没有，但是我……我真的很想看。"

楚妮即递过来一卷书报，嗔怪地噘着嘴道："看都没看过，却不妨碍你恭维，还'真的很想看'呢！这么假！"

昭舫又着了慌，说："谁假了？我以前也看过你不少文章啊！"

楚妮瞧他的样子，竟忍不住笑了。说："我听说，逼人看自己的文章，有如逼迫人家吃自己做的菜。不管多么难吃，别人都只好微笑着，忍受你的折磨。"

昭舫也忍不住笑了，说："还不至于那么难受，我身体好，可以坚持的。"楚妮强忍住笑，用手指卡了昭舫手臂一下，小声说："你坏！"

她从书包里翻出一份刘雪庵主编的《战歌》，指着上面刊登的《中华全国歌咏协会筹委会》的照片[①]说："曾先生好像不怎么谦虚，怎么站在了正中间？连星海都站后面去了。"昭舫笑着解释："那天照相，穿长袍的坐前排，穿西装的站后排，我穿的中山装，就站到中间了。星海、毓章是西装，就站到了后排。童小姐还有什么要诘问的？"楚妮说："你透露这么多内部的机密，我还能有什么说呢？这个我不认识，是谁？"昭舫说："张曙，刚从长沙来不久。"

昭舫指着那杂志说："中华全国歌咏协会是 1 月 17 日在光明大戏院举行的成立大会，推举了三十五个执行委员。"

---

① 见本书照片。

全国歌咏协会一排右二是张曙，二排右二是夏之秋，中为昭舫，后左一冼星海，左二李毓章

楚妮说："报上登了，曾先生，我都看几遍了！有冼星海、黄自、李惟宁、吕骥、沙梅，对吧？还有贺绿汀、张曙、刘雪庵、周巍峙、刘良模、曾昭舫、熊务民、王云阶、李毓章、林路……你看我都背得出来了。还通电蒋委员长，拥护抗战到底，没说错吧？"昭舫笑道："楚萧小姐好记性，哪会有错。"

楚妮忽然收住谈笑，问起："怎么歌咏团里刚才竟没看到一个武大同学？"昭舫说："毓章回了家。乃斌已离开了武汉。昭瑛、艾琳等一部分女生在随'三八女子歌咏队'活动。"楚妮说："这些你给我的信里头说过，我是问和你形影相随的魏公博。"昭舫说："他今天有些头疼，请了假。"

楚妮似有些惊讶，问道："他，头疼?请了假？"

昭舫奇怪地反问："谁没有个三病两疼，你今天怎么这么关注起他来了？"楚妮说："我今天早上过来时，无意中看见他坐在一辆黄包车里，往南小路[1]那边

① 今郝梦龄路。

去了。"

昭舫"哦"了一声,随即笑道:"他总有他的事吧!这和头疼并不矛盾啊!"楚妮说:"也许吧,可能我对潘乃斌说过的话很上心,他和周艾琳总是不离你身边,周小姐还可以理解……"昭舫又笑了:"你怎么每次都要谈到她?"楚妮说:"我才没那个精神呢!我是怕有人盯着你有别的目的。"昭舫说:"我算得上什么?"楚妮摇了摇头:"近日,曾先生名气越来越大了,和曾先生接近的名人,也越来越多了。这些人,哪个不是出名的左翼分子?你的活动,几乎都可以和'异党'沾上边,加上你大大咧咧,毫无戒心,怎么不值得去注意?"

她压低了声音,"南小路有所原来的'日本小学',那是蓝衣社的'特务处',戴笠他们就在那里办公。"

昭舫有一点警觉了,尽管他对楚妮的提醒还有些半信半疑。

楚妮并没看错。此时,郑扩儒正在那所小学单独接见魏公博。因为在粉碎日特制造糖荒阴谋中建功,公博终于得以晋升中尉。

郑扩儒仰在椅子上,问:"你加入了'青年救国团'?"魏公博说:"是的,是王杰臣和薛培莜联络的曾昭舫,曾昭舫联络的我。"他停顿了一下,"曾昭舫说的,理事会决定歌咏团骨干集体加入'青年救国团',可能会成为'青救'的第三分团,由王杰臣任团长,薛培莜任副团长。"

郑扩儒拍案道:"来了吧?公博啊,你应该很清楚,这个'青救团'和北方的'民先队'一样,明眼人一看就知道,是共产党的外围组织。我希望你现在能明白你应该进去做什么。嘿,叫你跟着曾昭舫值不值得?"

公博慌忙回答:"公博知道,一定继续监视曾昭舫等人的活动。站长,我紧急来这里,是为了那另一份情报,您同意我带人潜入法租界打掉日本人的这个窝点的建议吗?"

郑扩儒点了下头说:"唔,我会马上派人落实一下你送来的这个情报。日特近来地下活动猖獗,很可能和你说的这个地点有关。不要指望巡捕房会帮我们,更别指望能引渡。我赞成你的办法,派便衣潜入法租界,用绑架的方法把他们抓出来。"他双眼射出冷光。"杀下他们的气焰。但不要你参加。"

公博说:"站长,公博要求亲自带人去抄他的窝。"但郑扩儒仍摇着头、没有同意。

两天后，郑扩儒亲自指挥一个行动小组化装潜入法租界，打掉了那个隐藏的日本特务地下印刷所，逮捕了两名日本间谍与两名华人，另有一名日特当场自杀。

行动组搜得了日特一份策划地下行动的重要文件。内容有策反、招降党政军领导成员、在武汉工商业人士中制造战争恐慌、策应空袭、对宣传队伍实施恐吓、暗杀和爆炸等。还缴获了一批造谣传单。其中有十几张精心摆拍的、沦陷区日本兵和中国老人、儿童“融洽相处”的“亲善”照片。

参加武汉保卫战的苏联援华空军

二、江南三月

冼星海从安陆回到武汉的第二天，就来到公新里六号，给昭舫父母带来一些安陆的土产，还给秋平带来一个用竹钉将七八个短竹节链接成的一条小龙。头尾用根细绳牵在一根竹棍上，手拿着竹棍，小龙就会自动地摇头摆尾。星海突然地拿出来时，活灵活现的小龙竟把昭瑛和昭琳都吓了一跳。

昭舫问："几时回的？过早了没有？"星海已经习惯了武汉方言，说："昨天傍晚回的，在大和街招待所住了一晚。我来前吃过早点了，还理了个发。"昭瑛问："王莹他们三个，过完年就回了，你怎么这么久？"星海说："他们要回来参加洪深的《飞将军》的演出。"

昭舫说："知道，是歌颂空军的。那你大年小年都在乡下过的，过得好吧？今天中午就在这里，吃点我们家的烘鱼腊肉。"

星海微笑着点头，却问："哎，前天武汉是不是有空战，揍了日本飞机一顿？"昭舫说："是的，你知道了？苏联空军志愿队到武汉来帮我们。他们真行，和中国空军一起打落了12架日机。不过我们飞机也损失了4架，大队长李桂丹等五人殉国了，还有五位苏联英雄牺牲。明天，武汉各群众团体要在中山公园举行空战祝捷大会，并公祭殉空军烈士。”

几个人听星海说着安陆劳军的事，秋平跑了进来，揪着星海要他唱歌。昭舫喝道：“秋平，伯伯有事，你跟‘太’到楼下去玩。”秋平不依，说：“我唱一个就走。”

庆祝武汉空战大捷之游行

星海今日仿佛格外兴奋，将秋平一下抱起来放到方凳上站着，说：“好好好，今天你来指挥，伯伯唱，好不好？”秋平乐了，马上做起指挥的手势，说：“预备——起。”星海慌忙摇手：“不行不行，你还没有说唱什么歌呢？”秋平嚷着说：“唱……《顶硬上》。”

这是一首经星海的谱曲加工后的广东民歌风格的歌曲，是他根据他母亲口述的歌词创作的。他教会了“业余歌咏团”用广东话唱响后，成了极受欢迎的压轴节目。每次表演，台下必欢声雷动、掌声不息，非加唱一次不可，成了当时汉口街头巷尾风行一时的流行曲。秋平也听熟了，会鹦鹉学舌地唱几句。

星海一本正经地把衣服扯了扯，站得笔直，故意装得很紧张，看着秋平。秋平站在凳上，学着他昭舫舅的样子，有模有样地起了个音，喊道：“预备——起！”双手打起了拍子。星海当真就用地道的广东方言唱了起来：

顶硬上，鬼叫你穷，

铁打心肝钢打肺，立下心肠去捱世……

秋平高兴极了，但他哪里会什么指挥，忽儿快忽儿慢。星海却认真地跟着他的节奏，忽快、忽慢地唱。秋平发现指挥棒竟有控制冼伯伯的魔力，便将拍子越打越快。星海也真个越唱越快，快得无法吐清楚字。连站在房门口看的女人们都忍不住捧腹大笑。

静娴进来笑着把秋平抱下地，秋平兴趣正浓，很不愿意离开，挣扎了好一阵才罢。静娴笑着问：“冼先生成家没有，有没有小孩？”星海竟还喘着气，笑着回答:“哪里顾得上?”静娴说:“武汉的漂亮女孩多得很,先生要有看中的,我们帮您说媒去。”昭舫笑着把母亲拉开:“妈,你就是忘不了说媒、提亲这一套,还生辰八字呢!这都是什么年代了?您把秋平带出去玩一下,我和冼先生还有事呢。”

忽听周艾琳在楼下喊着昭瑛。昭瑛向星海说:“对不起,我要和艾琳去为‘三八女子歌咏队’买点东西,你就这里休息吧,啊!”又对昭舫说:“等会,要是又有姑娘伢涌进天井喊你的名字,我不能帮你挡了,你就装作不在家,听到没有?”说得星海都笑了。

昭瑛说完下楼去了。剩下星海和昭舫两人坐在书房里。葵花送来香茶,接着又送来一盆炭火,屋里变得暖烘烘的。冼星海解开了棉袍的领扣,说:“你姐真是个心最好、最细的人。”昭舫说:“我姐从小就保护和照顾我,连别人欺负我,都是她上前帮我打架,我躲到后面帮她拿砚盘。”

星海忍不住“扑哧”地笑出声来,说:“你还真好意思说!哎,昭舫,刚才那个周艾琳,和你发展成什么样了?”昭舫正色摇头道:“没有的事,星海,她只是我一个普通的同学。”星海带着不信的表情笑着问:“跟我都不愿说实话?你们老在一起啊!是不好意思,还是尚无把握?”昭舫说:“跟你怎么会说假话?”星海说:“她那么美丽,又为你连大学都不读,是不是你心里还有谁?莫以为天天有女孩子在楼下追你捧你,你就飘飘然了,别到时候一个都抓不住哦!”

昭舫笑了,“嗯”了一声,说:“我心里是有人,就是不知道那人心里有没有我。”星海问:“我认识吗?”昭舫说:“你到武大教唱时见过,看你有没印象?”星海说:“那天女生太多了,到底是谁呀!你怎么不给我专门介绍?”昭舫低头不语。

星海叹气说:“外人看来,喜欢你的女孩太多了。为什么真正心里的那个,你却一点都没有数?”昭舫有所感悟,反问:“星海,你比我大,应该比我有经验了。你觉得人都是这样的吗?”星海说:“可不,我也很想恋爱起来,比方这次下乡吧,我就动过心。可我觉得,偏偏就是你想喜欢一个人的时候,发现主动权和决定权都不在自己一方。我于是想,我们要做的事太多了,现在不应该为这些个人小事太分心了,于是自己就先败下阵来。”昭舫听着,竟觉得颇有同感。

他们大概都有些累,几乎是躺靠在椅子上,交流着知心话,度过难得的闲暇。他们都需要有人倾听自己。也唯有知己,可以彼此敞开内心最隐秘的角落。

三、魏公博智擒汉奸

年初，国民政府参照大革命时国共合作的组织模式，撤销了原军事委员会政训处，成立了政治部。陈诚任部长，周恩来任副部长。下设四个厅，其中第三厅由周恩来分管，主管军事政治的宣传，厅长是郭沫若，下设的第六处是"艺术宣传处"，田汉任处长。

星海接到通知搬到昙华林去办公和居住，特地来曾家道别。昭瑛端来茶水，问："星海，你当了多大的官？"星海笑着说："是三厅六处二科科长，记下了吗？"昭舫说："姐，就是音乐科。"昭瑛笑道："光听到些数字，三二得六。"大家都乐得笑了起来。

昭舫不无遗憾地说："你当官了，搬到武昌后，以后见你恐怕要难多了。"星海摇头说："怎么会呢？只是为了集中办公罢了。我还是会经常和你们在一起的，我喜欢在你这里作曲。何况……有些话我只想和你一个人说，等着吧，反

1938年2月，周恩来、郭沫若和三厅部分工作人员在武汉的合影

昙花林的国民政府军事委员会政治部第三厅旧址(今14中)

正，精武会我那间房，兴汉大叔说过，是为我保留着的。”昭舫说：“什么‘有些话’？现在不好说？”星海神秘地笑道：“着急什么？等些时候，说了要对你说，就一定会对你说。”

星海搬走后的第二天早上，昭舫等着魏公博来随他去昙华林办事。但左右都等不来，心里有些烦躁，便一个人往外走，却看见魏公博坐着一辆黄包车赶来了。

昭舫发现他来的方向与他住的方向相反，记起了楚妮的话，心中那股疑云终于起来了。

而公博顾不上许多，此时，他心里却正受着愤怒和复仇欲望的煎熬。今天清晨，他忽然接到报告，有人竟在大智门附近铁路外，发现了他得力的线人小鞑鞑和日籍妓女茵茵的尸体。

他大吃一惊，立即命令手下出动，逮捕了妓院老鸨。经审讯得知，事前一日，有个中国老头曾在妓院出现过一下。很显然，这是针对他们打掉法租界那个窝点后的报复行动。法西斯们连他们自己的同胞都没有放过。公博分析了案情后，便汇报了郑扩儒，要求在全城搜捕。郑扩儒根据掌握的可疑对象出入的地段，命令几个行动队三人一组，分头查找。等他按命令布置完赶到昭舫这里，已经快十点了。

公博心不在焉地陪着昭舫过江办完了事，打算返回汉口。在离汉阳门轮渡不远时，忽然前面码头上一阵喧哗，有人正在向他们方向飞跑，追赶的人在后面高喊：“站住，再跑开枪了！”

受惊的人群在慌忙四散躲避。魏公博明眼看到，百米外，是自己的手下正在追着那个消失了好一阵的熊道昌，不过还掉着一段距离。那老家伙则气喘喘地跳上了一辆黄包车。

路人太多,追赶的人对天开了一枪,路人大乱,但仍无法阻止黄包车加速。眼看自己人要失手,公博把昭舫一拉,故作慌张地说:"昭舫,小心点,快躲!"自己起步就跑,才跑出几步,就假装被绊得一蹿,刚好蹿到经过身边的人力车夫身上,把车都闯歪了。

车夫险些摔倒,稳住了身子破口大骂:"你瞎了?板马日的,不要命了?"公博一把紧紧拽住他:"你骂谁?"就这两下,后面的三个追兵已到,把熊道昌连滚带爬地拖下了车。一个手下竟愚蠢地过来搀公博,公博小声说:"把我和车夫一起抓走!"手下终于心领神会,高喝道:"都带回去!"

公博忍不住满心的欢喜,却故意对着昭舫大喊:"他可以帮我证明,我就是个过路的。"手下仍"不由分说"将熊道昌和魏公博几下就绑了,一同塞上黄包车,用枪指着车夫,命其拉车一起押走了。

他的戏演得很成功。忠厚的昭舫眼睁睁看着同伴被抓,急着奋力上前理论。一个警察过来拦住了他,将他的姓名、地址煞有其事地记录了,说:"回去等候,要作证时,会通知你。"

武昌建于黄鹤楼旧址的警钟楼

昭舫还在极力争辩,但无济于事。他忽然想到"警察军乐队"有不少朋友,便也喊了辆黄包车,赶到了武昌宪兵总部"警察军乐队"。

朋友虽说愿意帮忙,但忙了整半天,直到下午五点,都还没打听出个结果。昭舫无奈,因为当晚星海还要在市一小教十九个歌咏队合唱《庆鲁南大捷》,只好返回家去参加唱歌。

他心情沉重,十分担心魏公博会撞上当年广瑞伯伯一样的倒霉事,因为他从没信任过特务便衣。散场后,随便和星海说了两句话后,便独自闷闷不乐地回附近"通成分店"的住处去。

令他喜出望外的是,魏公博竟站在保华街口上等着他。没等他开口,公博就迎上来说:"昭舫,可能叫你操心了,我一点事都没有。他们要抓的是那个老头。我其实客观上还帮了他们呢!要不是我撞上了车,他们哪里追得上?他们录了口供就放我出来了。"

昭舫兴奋极了,说:"你都快把我急死了,我知道你肯定没有罪,但是我怕他们随便打你,给你用刑具,让你受罪。要知道,CC哪、蓝衣社哪,尽是些吃人不吐骨头的魔鬼和混蛋!"

公博听他骂得痛快,只好装着傻笑不语。又听昭舫说到去宪兵"警察军乐队"找朋友,更是忍不住在心里笑,却也很感动昭舫待他的真诚。便说:"庆祝一下吧!我们都吃过饭了,那么,去'普海春'[①]喝杯咖啡怎样?"昭舫有些吃惊,"普海春"是当时文人们经常聚会的地方,可消费却是比较高的。公博那点点工资,大概他根本不知行情吧!公博看在眼里,说:"我还有我们办公室发给我的两张招待券,正好派用,现在移民多了,我们处也慢慢有点小油水了。"

公博此时精神轻松。对熊道昌略经用刑,他便将知道的全招了。但公博出于报复,命令继续加重用刑,要他疼,但不许弄死了他。傍晚,"复兴社"在武汉宪兵配合下,迅速大规模行动,对几个地区实施了戒严和搜捕。抓获了暗藏的日特、汉奸多人,包括杀害小鞑鞑的凶手。遗憾的是,日特头子宗方武彦的公开身份连熊道昌都不知道,当然也无从抓到。此时,万国医院"医生"钟楚民却正在曾昭泰家打牌呢!

---

① 现江汉路物资局招待所处,民国时武汉著名西餐馆。

四、老将军送孙从军

次日中午，昭舫回到家中。父亲去商会了，母亲在佛堂内闭门打坐。他换了几件衣服，逗着秋平，忽然间葵花来说柜台的杜季卿派人来传话，说前面店里有两个军人在找老爷，找不到找少爷也可。

昭舫听了纳闷，这显然不是为了找歌咏队劳军的事，但我们家和军界哪有什么瓜葛呢？便一个人去了前面。

大堂里生意很是红火，已经客满，还有人在站着等座位。一个英武挺拔的军官正坐在柜台一边，旁边还站着一个士兵。

那个军人见昭舫来到，“刷”的站了起来，听完杜季卿的介绍，站得笔直地说：“大少爷好，我叫谭承荩，是令尊朋友谭襄农的长孙。”

昭舫大喜，握住他双手道：“原来是家父恩师谭将军的孙少爷，家父不巧正

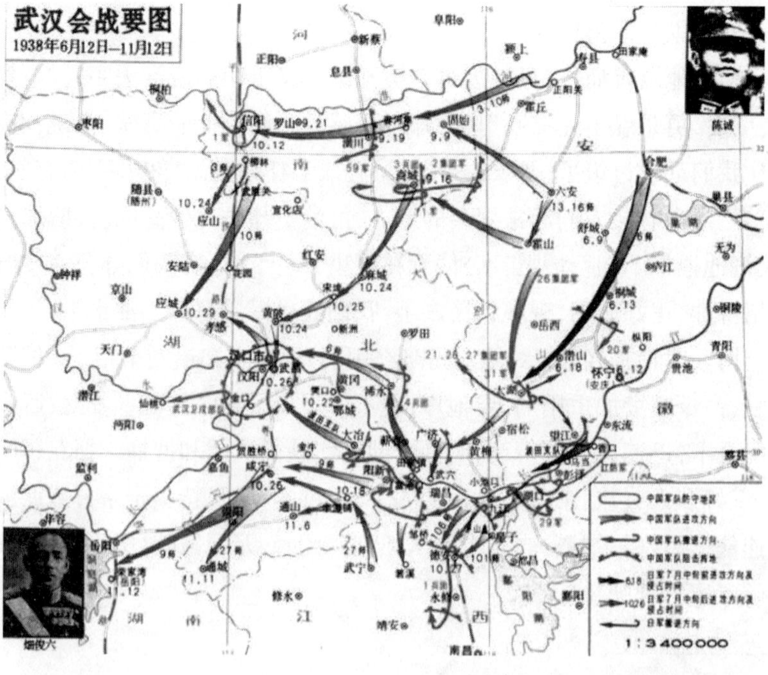

武汉会战地图

好不在家，但不多久就会回来。请你到楼上小坐用膳，今晚就在这里住下吧！”谭承荩说：“今天不行了，承荩是行军路过此地，一小时内必须归队。现有家祖父手书一封，烦您代交令尊，承荩就此告辞。”昭舫有些遗憾，只得一直将他送到街上告别。

谭承荩走后不到十分钟，广诚就回了家。听昭舫说谭承荩刚走一会，跌足惋惜。把信拆开看了，知道师父谭襄农在南洋印尼一切尚好。“九一八”事件后，谭襄农每日从报上了解国内局势，看到日本强盗蹂躏中华，气得捶胸顿足，老泪横流，恨不能亲自再从军杀寇报国。民国二十二年[1]，他命十七岁的长孙谭承荩回国考进了黄埔军校。嘱咐承荩若有机会路过武汉，必定要寻找到广诚一家。承荩是黄埔第10期第二总队，1937年抗战开始不久毕业。

广诚有了师父的消息，百感交集，尤其对师父送孙报国十分感动。他叫过站在一边的昭诚说：“你看，谭将军一心为国，自己革命了几十年，这下国难当头，他就把孙子送回国，当兵抗日。那个不疼自己的儿孙，可谭将军是怎样想的，真是一片丹心哪！昭诚，你也在长大了，要学着些做人的道理。我也不是要你去当兵。你娇生惯养，当然不是当兵的料子。可是，有本事才能为国出力，这个道理，想来你不要爸爸教的。你该不该把书读好？爸爸辛苦了大半生，有了家业，这也是我们家现在爱国的本钱，以后还不是留给你们的？但是要没有国，又哪能谈上家？听到没有？”昭诚很高兴听到父亲说这么进步的话，忙答：“听到了。”

昭诚其实倒真希望父亲和谭襄农将军一样，把自己的子女送上前线。他的学校还在上课，但是他的心已经不在课堂，他几次参加了哥哥他们的劳军和慰问伤兵的活动，前方的艰难战事和战士们的爱国壮举教育着他。乃斌哥哥离汉前，带走了他所有东西，看来是正式从军，胜利之前不会回武汉了。昭诚看在眼里，十分羡慕，希望自己也能有亲手拿起枪保家卫国的一天，那时，他才会觉得自己是真正的男子汉。

他想这也许永远没有可能，不由沮丧地叹了口气，父亲只希望他成为商人、官员，哪里会让他上前线呢？哪里会满足他战斗的欲望呢？虽然他已经懂得一

① 1933年。

1938年的汉口中山路(南洋大楼附近)

个人的生命在战场上是那么微不足道，当兵远不是电影中和故事中描写的那么充满离奇和胜利，也许你还没表现出一丝英雄本色就被流弹打中，甚至莫名其妙地死在自己人手上。尽管如此，那种能亲手杀敌的壮烈情怀却无时不在激励、也在煎熬着他。

五、铁的支流

4月起,军委会三厅作为在共产党领导下的抗日民族统一战线的坚强战斗堡垒,领导武汉群众将救亡运动推向了新的高潮。

因为接到到武昌开会的通知,昭舫和昭瑛清明节都没有随父母回乡上坟,而是和毓章一起到了武昌。昭舫碰到了一些老朋友卫邦国、范元甄、包华等,他们也都是一些歌咏队的负责人。

星海和张曙召集了各歌咏队负责人,商讨"抗战宣传周"的歌咏日的事宜。按三厅的计划,从4月7日开幕大会和文字宣传日开始,以后每一天一个宣传主题。第二天是演讲宣传,第三天是歌咏日,第四天美术,第五天戏剧,第六天为电影日,最后一天是三镇游行日。每天活动均在上午十点开始。

这是中国有史以来最大的一次有组织的宣传活动,见证着国共两党第二次合作的蜜月。

汉口总商会大楼

天公有些不作美。宣传周的第一天就阴着,有时还下着细雨。上午十点,军政长官、各界领袖以及各团体代表一千多人,在武汉市商会大礼堂开始集会。广诚叫淘气等几个店员也随昭舫他们去了,自己随后一个人也偷偷去站在后边看了好一阵。

国民党的陈诚作报告后，共产党的周恩来也宣讲了工作方法。到下午，正好传来了台儿庄大捷的喜讯。

这捷报来的真是时候。一时间，武汉一片沸腾。满街都在分发号外，到处鞭炮齐鸣，各家店铺的窗口或屋顶都挂出了国旗，欢呼声响彻三镇。

“爸爸说过，再来次平型关大捷，他要把两大挂鞭炮从四楼屋顶一直挂到街上。他现在肯定在点放了。”昭舫挤到二姐身边激动地说。

几万民众自发地、大群大群地冒雨涌向了中山公园。不少军人、警员也杂在其中。昭舫和他们一起参加了一场狂欢般的庆祝大会后，又随激动的民众涌上大街游行。武昌那边庆祝活动也在同时举行。江城因欢乐而沸腾着。

昭舫和昭瑛回到家吃饭时，天色已经黑了，毛毛雨还在飘，但是家里没有人。蓁花张罗着厨房开饭，对他们说：“伯伯从外面赶回来，先是和娘把秋平带到前边楼上，叫他们挂旗子、放鞭。后来见雨小了，又把秋平带到街上去游行去了。昭诚从早上出去就没有回来。娘说叫你们哪个回哪个吃，不用等。”

同业公会及工会的代表队伍为王铭章将军送葬

昭舫听到心头直发热，想连父亲和母亲都到街上参加游行，抗战真是全民众同仇敌忾啊！正义的中国人是一定可以战胜日本法西斯的！

昭舫很累，睡得很死。第二天早晨，他是被母亲喊醒的，见窗外雨竟下大了。

早点已经在桌上摆好，母亲也没有问他下雨出不出去，却是把雨衣都拿来了。昭舫说："不要雨衣，要我们团发的草帽。"静娴说："这么大雨，天还寒，草帽怎么行？"昭舫不高兴地说："别人都戴草帽，我一个人穿雨衣像什么样子？"静娴道："都这个脾气，外头说的话，比你妈说的话管用得多。昭瑛也是，就顶着头那么出去了。"昭舫看了一眼闻声醒来的、还睡眼惺忪坐在床边的弟弟。又问："二姐已经出去了？"静娴说："走了一会了。"昭舫和昭诚听说，赶忙起来洗漱和吃早点。

雨一阵大一阵小地下着。但是，人们被台儿庄大捷鼓起来的热情丝毫不受影响。全国各地在汉宣传团体近两千个，大约有五万人走上了街头！在三镇的街道、市郊、伤病医院及难民收容所进行演讲，宣传抗战形势和政府策略。而工人、店员、居民、路人、车夫、船夫……或打着伞，或戴着斗笠，还有些披着蓑衣，围上来认真地听讲。

"业余歌咏团"也分成了十几个小组上了街，每组都安排了队员，发表演说和宣读材料、领呼口号。

到了下午，雨越下越大了。昭舫看到，队里最小的队员章祯青演讲时，顾不得打伞，衣服全湿了，雨水顺着她的头发直往下淌，嗓子也开始嘶哑。便把自己的草帽取了下来，去给她戴上。祯青只是回头看了昭舫一眼，又继续她的演说。

她的口齿相当清楚，北平话说得十分标准，一字一腔煞是好听。她自己写的演讲稿，也非常有鼓动力。昭舫这才第一次注意到，这个小女生原来很出众。刚好带一支队伍来到这边的光未然，也被她的精彩演说吸引，过来听了好一阵。他用肩碰了碰昭舫，感慨道："你们团真是人才济济啊！这个小姑娘要是培养演话剧，要不了两年，就要成名角。叫什么名字？"昭舫告诉了他，光未然不住地点头。

第三天，4 月 9 日，歌咏宣传日开始。雨正好停了下来，"业余歌咏团"的团员统一穿上了蓝色的演出服，每人背着一小袋干粮和一个军用水壶，一早就集合来到了汉口中山公园。

五一抗战歌咏大游行汉口三民路铜人像保卫大武汉的标语

中山公园集中了上百个歌咏团体。其中最引人注目的，是步行几千里流亡到汉的“孩子剧团”。这是在上海沪东战乱时，由当地的孩子组成的。

郭沫若等激动致辞后，冼星海和张曙轮流指挥，开始了中华民族有史以来最大规模的万人齐唱。一时间，雄壮嘹亮的歌声，如同山呼海啸，此起彼伏，响彻在武汉的上空：

“起来！不愿做奴隶的人们！……”

“枪口对外，齐步前进……”

“大刀向鬼子们的头上砍去！……”

“向前走，别退后，牺牲已到最后关头……”

“打回老家去！……”

快到中午时分，歌咏游行开始。

“业余歌咏团”和“三八女子歌咏队”的队伍被排在最后。张曙跑过来嘱咐昭舫，不要让后出发的队伍冷了场，要他带领他们唱歌。昭舫便跳上一个石凳，起了音，指挥唱起了张曙的力作《保卫国土》

同胞们起来，保卫国土！

……要生存，只有斗争！

歌曲以有力的切分节奏，步步紧逼，推进着情绪。昭舫曾教唱过的十几个歌咏队，此时都响应起来，和者上万，显示出排山倒海的力量。

他和毓章轮换着指挥了十余首歌，终于轮到他们也出发了。“业余歌咏团”和“三八歌咏队”的近两百人便一路唱着，沿民族路、民权路、中山路行进。

到了中山路兰陵路口时，王杰臣通知他们停下，叫就在这里作街头演唱，为晚上将在“光明大戏院”举行的合唱大会聚集人气。

“业余”和“三八”近两百人的合唱队伍，唱起歌来气势磅礴。他们把半年多来排练过的几十首歌曲，一个接一个地直唱到当晚七时。聚集武汉的全国各歌咏团体，纷纷聚到了“光明大戏院”，共同举行抗日歌曲的大合唱。市民则可免票入场。

大会开始后，各歌咏团体再未分彼此，互相组合表演。来自全国的著名歌唱家、戏剧名角、业余歌手、民间艺人共同登台，会场气氛热烈，十分感人。

“业余”和“三八”由昭舫指挥唱了三首歌。星海尚未发表的新作《江南三月》优美而抒情，插在大会武猛刚勇的气氛中，格外感人；《游击军歌》则是男声先唱后女声逐渐加入，如千军万马，势不可挡；再就是粤语的《顶硬上》，刚硬倔犟。三首不同风格的歌曲，把大会的气氛推向了高潮。《顶硬上》被要求重唱了一次后，还不能退场，又加唱了尚待问世的、田汉作词、张曙刚作曲的《洪波曲》[①]。这首进行曲，表达了台儿庄军民的抗日豪情，绘制出一幅微山湖洪波翻腾，军民合作抗战的气壮山河画面。

指挥《游击军歌》时，昭舫一直想着乃斌，仿佛看见他正在游击军中挥枪战斗。忽联他又想起了茫然若失的三姐，她一个人去武昌好多天了，现在怎样了？

兰陵路中南剧场（即当年大光明剧场）

昭琳为迎接第四天的美术宣传日，已经在武昌忙碌了几天了。她工作在一群最知名的杰出美术大师们的身边，领略着他们的风范和情操，努力搁置了心中的隐痛。

还在3月时，“北平艺专”与“杭州艺专”两个名校，已宣布合并为“国立艺术专科学校”，这让她感到幸运。学校即将迁往湖南沅陵，她也就要离家随校流亡。但是她已决心，从容和勇敢面对命运。她对胜利也有坚定的信心，对“干上一两年，把强盗们都肃清”深信不疑。

10日下午，汉口这边，“业余”和“三八”的队伍集合，出发来到武昌黄鹤楼

① 有文记载为次日即4月10日，由张曙在江汉关指挥华北宣传队首次演唱这首歌。事实上，昭舫9日得到了曲谱，休息时紧急排练教唱后，晚上由“业余歌咏团”手执歌单率先唱出。

蛇山脚下集合待命。

黄鹤楼是抗金名将岳飞屯兵武昌时，经常登临北望的地方。七百年前，岳飞曾悲愤满怀，发出“待从头收拾旧山河”的豪言。去年，武汉抗日团体在清理颓圮的岳王庙时，发现了镌有岳飞半身像和四言赞诗的青石碑，为此民众捐款，在蛇山建成了一岳武穆遗像亭。

黄昏时分，冼星海和张曙、林路等三厅音乐科的成员来到。此时，多达几十万的群众，已经站满了黄鹤楼江边马路，连一直到伸入江中的百级台阶和大片的江滩坡地上，全都站满了人。

郭沫若讲话后，星海再次指挥起了歌咏团体全体合唱《义勇军进行曲》和《救国军歌》，在他的指挥下，万众发出了海啸般的高歌：

……我们万众一心，冒着敌人的炮火前进！前进！前进！进！

“枪口对外……我们是抗战的队伍，我们是铁的心，维护中华民族，永做自由人！”

武汉军民保卫大武汉游行

当天已完全黑下时，美术、歌咏的火炬游行正式开始。

载着探照灯的卡车在最前开路，车上竖立着巨大的宣传画。在一队火炬方阵后面，四个青年一小组，抬着贴有大幅的抗战宣传画的一台台木架。宣传画大方阵后面是火炬游行队伍。在摇曳着的红色的火光的映照下，民间的艺人们热情扎制的数百盏飞机灯、装甲车灯杂在队伍中，徐徐前进。

周艾琳从前面的“三八”队伍跑步到了男生的队伍前，大声喊着昭舫，说星海在找他。昭舫便随她来到星海身边。星海已经累得不行，要昭舫带头“高声唱起来”。昭舫马上到路边借了个凳子，站上去，对着行进的队伍起了一个音，挥动双臂指挥。顿时，《义勇军进行曲》的歌声又响彻了夜空，沿路两旁观望的民众也跟着合唱起来，并且情不自禁地争相加入到队伍当中。

高唱抗日歌曲的队伍有如一条蜿蜒的“火龙”，经过长街、平阅路，再由胡林翼路折回汉阳门码头。如果从天空看下去，一定能看到在武汉三镇行进的如同火红铁水般的洪流。这是抗日队伍铁的支流，有如中华民族的热血。这些情景将被昭舫等永远铭记、终身不忘。

周艾琳游行完后，非常兴奋地回到家中。见一楼客厅中，哥哥周远涤正和几个穿制服的人在谈着什么。她不想打扰他们，便轻手轻脚地一个人上楼，回自己的房间，咕嘟嘟一口气喝下了一大杯水，然后躺倒在床上休息。

她太累了，没有脱衣就打算睡去。老房子不隔音，她迷迷糊糊地听见楼下在高谈阔论，就是说的这几天的“宣传周”。有人在说是三厅的运气好，正好碰上台儿庄大捷，民众热情一下就上来了。有人在说其实这还不是靠的我们国民党，不是我们前方打胜仗，后方又破获日本特务的破坏计划，周恩来能利用三厅把宣传搞起来吗?周艾琳听得无聊，日本人还没打败，就在争功劳了，“党国”就坏在这些人手上。

奶妈过来叫她起来洗了再睡。周远涤得知妹妹已经回来，便示意客人们今晚谈话到此结束了。周艾琳听到一个人还在说：“远涤兄高见，武汉人的热情上来，什么都拦不住，但要遇到空袭，恐怕这些人跑都跑不赢。”她当时没有在意，一心想着明天参加街头剧演出时的台词。

扩大宣传周活动始终十分成功。到最后一天戏剧日，武汉二十家剧院安排日、夜的两到三场轮番上演，免收门票。有的演剧团体还分赴伤兵医院、难民收容所、工厂、街头、江岸以及市郊农村去巡回演出。

更多团体则继续游行宣传。虽然这又是个阴雨天——有时候雨还下得很大。但是,武汉人热情上来,是没有什么可以阻挡的。有四五十万人,冒着雨,在三镇同时游行,连“通成”好几个不当班的职工,都自发参加到了昭舫他们的队伍里。

就像当年收回英租界那天一样,游行队伍的气势压倒了老天爷,雨停了。

这天的游行的规模显然超过了以往任何一天。连魏公博都显得很激动,他对昭舫说:“你看,这样的中国人,让日本杂种等着死去吧!”昭舫说:“等下还要去参加晚上武昌的游行。我怕轮渡人太多,像大前天等了两班才坐上,我找了我爸爸的朋友王兴汉伯伯,他负责找木船送我们过江。”公博高兴地附和道:“太好了!”

谁知话音刚落,空中竟响起了空袭警报。

游行队伍在带有“防空”袖标的执勤人员指挥下,迅速疏散和隐蔽,轮渡也停运了,沸腾的街道很快就变得如死寂般,空无一人。

大约两小时后,警报解除。以往这种虚惊一场的情况甚多,大家也不以为怪。

游行继续进行,但声势因此小了很多。随后雨又下大,一些活动都作了缩减。不过,“扩大宣传周”总算胜利结束了。

两天过后,魏公博和周艾琳分别都得知了让人目瞪口呆的内情:那天的空袭警报,竟是某些害怕三厅“抢尽了风头”的人特意安排的假警报!

轰炸过后

他们各自都几乎要气爆肚子,却又不好对任何人说。魏公博愤恨,自己的政府居然欺骗一心拥护自己的群众。周艾琳呢,却联想到,这无耻的谎言,也许和自己崇拜的哥哥有关。

宣传周后,军民们更加团结和藐视日寇。

4月29日的大白天,昭

舫和毓章正走在江边，空袭警报响了。他们与成千上万的武汉人一样，完全不去躲避，就靠在墙边，仰着头，看中国的空军和苏联空军志愿队的战机怎样痛击日本飞贼。

以往几次空袭，鬼子都傲慢地展示空中优势，飞机常常是三架一小队，九架一中队，在三镇上空盘旋示威。他们欺负武汉没有防空力量，飞得相当低，专门寻找密集的民居和无处躲避的船只轰炸。从地上不仅可以看清楚飞机上的膏药旗，有时还看得见飞行员的脑袋和面孔。今年以来，被中国的空军和苏联空军志愿队教训了两次后，他们变谨慎了些，再不敢公然不派战斗机护航。

这天，空中强盗一来就开无耻地向汉阳沿襄河一带投弹，欣赏地面传出的哭喊声和冒出的火光，以满足他们兽性的乐趣。但是这次他们面临的却是无情的惩罚。

我们的空军升空了！

激烈的空战在武汉三镇上空进行，而欢呼声不断在地面的人群中响起。中、苏飞机如同矫健的雄鹰，翱翔在空中，向飞贼们射出愤怒的火舌。一架架强盗飞机被打中了，冒着火光、拖着浓烟从他们自以为不可一世的空中栽下。

那天的空战中，总共有10架日寇轰炸机和11架驱逐机被我方击中，可耻地栽了下来。我二十二岁的空军勇士陈怀民[1]在屡创敌机后，遭到了五架飞机围攻。他的飞机被击中，人也负了伤，但他没有跳伞，而是视死如归地驾机向日机猛撞过去，与敌同归于尽，将一腔爱国热血洒向了祖国的蓝天。

陈难与哥哥陈怀民烈士

① 陈怀民烈士的遗孀给日本战死飞行员家属写的信更是传遍全球，感动山河。抗战胜利后，汉口有了一条“陈怀民路”。

六、知交私语时

冯玉祥将军来“通成”二楼吃饭的那天，左秧岷正好坐在另一头的窗口。《大公报》汉口版创办后，她就以记者身份在参加武汉的学生和工人的抗日活动。因为工作的关系，也因为楚妮，她开始特别注意昭舫，也关注着“通成”。

她看不下去“通成”的老板和管家在冯玉祥面前殷勤的样子。人果然是以阶级划分的，剥削阶级必然特别尊敬他们的代表。曾昭舫，也许还有童楚妮，无论他们在现在抗日活动中有多积极，他们的本质和爱憎是决不会改变的。

她也听说过，叶挺将军到这里吃过饭后，曾老板特地将他坐过的椅子刻字保存起来。但是她有自己的解释：叶挺是脱过党的，是目前各种政治力量都能接受的人，所以这纯属商人猎奇炒作伎俩，说明不了其他问题。

尤其令她反感的是，大概是冯玉祥的召见，曾昭舫竟然带着几个人来到了

星海与钱韵玲在参拍《最后一滴血》

他桌边，十分恭敬地回答着他的提问。她发现这其中居然还有王杰臣。她是知道他的政治身份的，共产党的人，竟然去讨好国民党的官僚，她气得饭都没有吃完，起身就去结账离开了。

那边，昭舫向冯玉祥将军介绍了“业余歌咏团”的活动情况，冯玉祥十分赞许。昭舫当然不会知道，今天大堂里的这几分钟，会在今后岁月埋下怎样的伏笔。

昭舫离开冯玉祥将军回家，在公新里过道里竟看见星海正在和秋平“疯”玩，星海正用曾家的私家黄包车载着三岁的秋平在巷子里跑圈。秋平坐在车上，手上拿着一个自制的纸风车，快活得大嚷大笑；母亲则和几个“通成”的员工站在巷里，乐不可支。昭舫忙大声说：“秋平，不许叫伯伯这么陪你玩的，冼伯伯热，快下来！”

星海见了昭舫，停了下来。昭舫笑着说：“你也不怕出汗，今天怎么这么高兴？”星海还喘着气，说：“到你这里可以尽情高兴一阵，还有哪里能这么自由？”

他们到了楼上昭舫的房间。昭舫见星海的眼睛里闪耀着不寻常的兴奋。便说：“这些时你来得少了。今天你心情这么好。我看你的眼神，是不是有好事？哎，我记得你还欠我一句话。”

星海甜蜜地笑了，小声说道：“告诉你吧，昭舫，我恋爱了。”

昭舫一听，从藤椅上弹了起来，问：“谁，我认识不？”星海说：“认识，当然你认识了。”昭舫说：“要我猜吗？我想，和拍《最后一滴血》总有点关系。”

星海笑道：“看你不出，你还真不简单！是的，是‘海星歌咏队’的，和我一起拍《最后一滴血》的钱韵玲，这恐怕是我参加拍这个电影的最好收获。”

昭舫拍手笑道：“我认识，六小的钱老师。多好啊！你可真幸福啊！”

星海说：“那还是我在大智旅馆，写《钱亦石先生挽歌》那天，写太晚了，早上刚睡着一会，她就来拿歌单。我有点奇怪，孙师毅[1]怎么不自己来拿？后来在‘市一小’为大家教唱这首歌时，我见他戴着孝，一问才知道，她就是钱先生的女儿。当时她被我问得泪如雨下。你知道吗？我十分后悔，我也曾受过钱先生的教导。我怎么能……哎，我觉得我太粗鲁了，不该那时、那样问她，给她伤口上撒盐。”

---

① 即《钱亦石先生挽歌》，词作者施谊。

昭舫说："那都过去了，不知不为过嘛！总之，现在我要祝贺你。"他喊道："葵花嫂，麻烦你去帮我们要两碗莲子汤，要冰镇的。"又对星海说："你好久没吃了，我知道你最喜欢的。"星海说："当然好。你呢？有进展吗？"

昭舫笑着摇头："我……唉！一旦有进展，一定最先对你说。"

星海对昭舫说起近来发生的事："现准备组织五一'劳动歌咏大会'。可二厅厅长康泽说了，民间团体和组织应归他们主管，应由他们组织。还说是这个五月份的活动都由二厅包办了。"

昭舫皱着眉头说："二厅、三厅，不都是我们中国政府的厅么？怎么……是看到三厅'扩大宣传周'影响大了吗？"他想到要出言谨慎，不往下说了。

昭舫的写字台上，摊放着再版的《大家唱》第二集，星海随手翻开，正好看到自己写的序：

"……救亡音乐在抗战的文化阵线是一道铁的支流。它是较戏剧，图画，更直接，更有效的，原因是它能普遍地让民众较其他的艺术更容易接受。

"救亡音乐在抗战中的任务，不仅要像其他文化艺术一样，组织民众和激发民众抗敌力量，而且更要有目的地唤起不愿做奴隶者的内在的斗争热情——包括全世界的，连我们唯一敌人日本帝国主义也在内……这是我们争自由的日子！我们要利用救亡，像一件锐利的武器一样的在斗争中完成民主解放的伟大任务。"

看着自己充满激情的语言，他又抬头看着面前这位陶醉于救亡宣传声势的昭舫，不由为自己实际的处境感慨。

他收敛了笑容，叹了口气说："昭舫，恋爱是一回事，可我的工作却又是一回事了。你可能无法想象我的实际感受。自从进了三厅，我好像觉得自己成了衙门里的人，整天扯皮拉筋的事多了起来。写一点东西，要经过数不清的审查。一点小事，要听取很多人的意见。不是程序，就是开会、开会、开会！唉，我的好多灵感都被磨光了！"

昭舫并不吃惊，他几乎每天都进出市一小学，也就是市党部大院，官员们的官腔和衙门的气度，他都看熟了。他无奈何地劝道："你得适应这种环境啊，统一战线，不'统'在他允许的范围内，能让你自由地写吗？"

"可是我想写的、我想唱出的，要为大众呐喊出的，也正是某些人要砍的。"

“我能理解，他们给你画好了一个圈，你只能待在这圈里。在他们手下，除非放弃做人的骨气，否则再好的脾气也会被他们逼疯。”

“到了三厅，我看到周恩来先生、看到田汉、洪深这些志同道合的朋友们呕心沥血。但是也看到我们有些文化人像政客一样，无论开个什么会或者成立个什么机构，他们就会为派系比例、席位、排名次序斤斤计较。什么学院派、什么音专派、业余派？什么上海的、北平的？我赞成那天在全国歌咏协会会议上你说的：‘我们没有这派那派，只有抗战派！不管这个的那个的，只要是抗战的！’”

昭舫见自己尊敬的星海居然能记得他在会上说的话，慌忙说：“我算什么？不好意思了。但我真希望音乐界的门第观点不要这么重，不把日本人打出去，这些门第和地位又有什么用呢？”

星海说：“对，我为什么要写救亡歌曲呢？因为救亡音乐比其他艺术更容易被民众接受。我第一要写出祖国的危难，把我的歌曲传给全中国和全人类，提醒他们去反封建、反侵略、反帝国主义，尤其是日本帝国主义。可是我们自己队伍中也有些作曲家不认同我的观点，还有人还说什么知道吗？说群众歌咏‘不是在唱歌，是吼歌’。”

汉口大和街，新四军军部诞生地

昭舫道：“这些人心里藏着少数人的私利和高高在上，瞧不起工农阶级的心态。这种心态下也必然写不出鼓舞民众的好歌。星海，我亲眼看到民众欢迎的，士兵们欢迎的，就是能团结民众战斗的救亡歌曲。”

“我深信这些工作是历史赋予我们的，是有意义的，我要做一个有良心的音乐工作者。有些人当面和背地里贬低我，其实，我早就习惯了，有帮音乐家不时地讥笑我，轻视我，根本不把写、唱救亡歌曲当成音乐工作者的历史职责。我对你说过的那个——照起相来就往中间凑的那位——说得更令人气愤，竟说什么‘我只要上一次厕所的时间，就可以写一首群众歌曲。’”

“我真不晓得这些人还记不记得我们失去的国土、沦陷的南京的惨状？不过，你接触的人多了，有些事只能放在心里，不能太性急，更不要因心情不好与人争吵。”

星海知道，有朋友也曾这样批评过自己，特别在某些场合控制不住情绪。点头说：“你说得太好了，这正是我的缺点啊！咳，我常告诉自己，不能让脾气变得太急了！可是有些事一来，就实在让人控制不了。那个环境把人逼得固执，错误地选择对象争吵。唉，我的朋友张曙脾气也犟，我有时竟与他也争吵，甚至不是很大的事情，都不想谦让他一点。事后我又后悔。昭舫，我身上怎么这么多毛病？”

“我不觉得。托尔斯泰与屠格涅夫不也为小事争吵过吗？我倒认为，你能看到自己有缺点，比我们强多了。我就不能像你，勇敢发现和面对自己的缺点。星海，你看我有什么毛病，一定告诉我啊！”

星海坦诚地说：“你不错，很让人信任。不过我觉得，你也许还缺少足够的人生挫折。不错，你曾被武大不公正地开除。但是，不是仅你一个人承受过这些！相反，你本人在这世界上从不缺少爱，可以说太受宠爱了。而你缺少那种让你内心深处难以承受的考验。另外，我还希望你的观点还可以更鲜明一点。”

昭舫觉得他看得真准，自己实际上是太谨言慎行了。唯有知己，唯有战友，才会这么贴心地指出自己的缺点。他很受感动，便不住地点着头。

冰镇莲子汤端来了，他们两人在桌子上舒服地吃着。

昭舫道：“金山那天对我说，他导演《最后一滴血》，简直受不了政府的中央电影制片厂的那位厂长的管辖，恨不得不拍了。”

星海说：“可不，我们就是在那种管制下工作。他说的真是大实话。我看迟早会停拍。哎，那天你带他们唱了《江南三月》，效果还真不错，连我自己都感动了。后来好多人都找我要歌单。”

昭舫说：“我们印发了好多了。嗨，以后你要想写什么，还是来这里写，让我最先唱！我们现在没有能力出《大家唱》第三集，但是不定期出了很多集《抗战歌声》。很多歌，比方说《游击军歌》，都是最先在我们《抗战歌声》上用简谱刊登出的。”

星海点头说：“我知道，我也愿意在你这里写。这里，我的心情特别放松。”

七、抗战舞台上的新演员

5月的一天，昭舫和“业余歌咏团”、“三八女子歌咏队”参加在光明大戏院的演出。台下则有很多政府领导人、各国外宾等观看，还特别请来了很多军人代表，也面向社会售票。

抗战时期著名街头剧《放下你的鞭子》

节目一个比一个精彩，待张瑞芳等演出完《放下你的鞭子》，便轮到赵丹和叶露茜出场演唱《日落西山》和《一根哪，棒儿哪》。再下一个应该是光未然的演剧队的小话剧《沦亡以后》了。剧情讲的是一个农村姑娘被日寇强暴，她的心上人奋起投军抗日的故事。以前一直都是马莉小姐扮演的女主角。剧中的插曲常由“业余歌咏团”后台伴唱。

昭舫正在后台安排伴唱的队伍，却看到星海气得满脸通红走了过来，到他面前就说：“昭舫，我硬是在忍哩！你看见过比这更不像话的事吗？前方战士在浴血，这里还有人居然……在这个场合来讲价、争出场费，抗战……还要钱！”

昭舫吃了一惊，问清原来是马莉在发难，说出场费太少了，不肯化妆。那个毕特则阴阳怪气地在一旁扇阴风。导演光未然气得说不出话。节目即将轮到，她这一着“将军”，显然使三厅的组织者们很被动。搬来的布景被临时靠放在狭窄的走道，后台已在紧急调整节目次序，临时安插朗诵和独唱。

昭舫一听也着了急，见那边张曙还在苦口婆心地劝着，但显然毫无起色。他便走了过去。由于共同活动增多，上海来的文化人，特别是住在“大智旅馆”的马莉等，都和他很熟了，马莉还曾主动邀昭舫同台对唱过张曙的《日落西山》和聂耳的《回春之曲》中的几首歌。

马莉见昭舫过来，想争取他同情，便说：“曾昭舫，你来评评理，这又不是街头演出，上台的尽是明星和科班，又明明是有对外售票的。演员也是人，几角钱就打发了。他们当科长的在三厅，一个月一百多元大洋，难到光要我们饿着肚子爱国。”

昭舫小心地说：“马莉小姐，你听我一句劝好吗？现在不是说这的时候，你也知道卖票是在为逃亡的难民募捐。你看，现在节目次序都被打乱了，插进去的朗诵已经在鼓掌谢幕了，周小燕也为这提前上场。希望你顾大局，演完戏再说好不好？”谁知马莉听完，火更大了，把嘴一噘，说：“我不懂什么‘大局’。几次都是哄我大局、大局，演完就算了，鬼都不理我了。这次我再不听了。难民？我算不算难民？我不光一个人吃饭，上海那边还有妈妈和弟弟要养，何况我今天这样子也演不好了。”说完眼泪流出，背对着众人低声哭了起来。

1938 年五一大游行

已经准备妥协的光未然一看这架势，竟束手无策了。昭舫把他的肩膀一抱，拉到一边说：“光年，她今天这样子，就是演也演不好了，你看可不可以找人替一场。”光未然说：“问过了，王莹有别的戏，还要朗诵，已经演过这角的人都还有节目，哪里能换得赢妆？”昭舫说：“别急，我来帮你想想办法。这个剧好多人都看熟了，今天不过是舞台布景好些而已。我想，我来给你找个替角。”他把眼睛扫向自己的“三八歌咏队”：二姐、汪云、戴六儿……。周艾琳倒是演过话剧的，但此时市党部的滕培英正向她布置幕间宣读几封对前方将士的慰问信……

他焦虑地转过身，忽然转忧为喜，把肘子碰了光未然一下，指着站在自己身边的人说：“就是她，怎么样？祯青，你上！”

小姑娘章祯青先是一愣，但是马上就明白，自己一向在仰视着的曾昭舫并非在说笑话。光未然听了，立即也觉得不错。章祯青的个子、身材都很像马莉，而且国语说得比马莉还要好。这时他已经来不及细想，便问祯青对剧情熟不熟。祯青睁着大眼点了点头，又摇了摇头。光未然把剧本往她手上一塞，说："赶快看一遍，我还会帮你递词。"

昭舫知道祯青的演唱比不上马莉，便说："祯青，你不用唱出场前的民歌了，改为后台为你伴唱。你一上台就入戏，直接说白后，就到溪边浣衣。"

祯青又是兴奋、又是激动。光未然顾不上多说，就把她拖去化妆。昭舫则把昭瑛等几个女生赶快叫到一起，突击排唱祯青出场时的民歌。

轮到《沦亡以后》开始了。

在后台的昭瑛等用伴声齐唱的民歌声中，舞台灯光渐渐大亮起来。布景展现在观众面前：台中左边有一舍农房；远处，麦田青青；靠台后偏右一棵大树下，有一块洗衣石，象征小溪就从这里流过。

祯青端着小洗衣盆出场了，台下立即便有一阵哄哄声。显然是有老观众看出，主角换人了。昭舫和换了鬼子军装的光未然都躲在边幕后，紧张地注视着这个新演员。祯青却一点都不怯场，她很自然地走到洗衣石旁，放下手中的小木盆，开始了几句说白。她的行走姿态和出色的京腔，立即征服了观众，剧场顿时安静下来。光未然和冼星海竟同时往昭舫背上一拍，说了声："好，选对人了！"

祯青的说白倒是不错，演技也无师自通，男主角上场后与她的对白，展现了纯洁的农家女儿对幸福的憧憬，甜美而羞涩，分寸得体恰当。但是当男主角退场后，她继续洗完衣服回到农舍前时，表演却露出马脚来了：这位被人服侍长大的都市女孩从没洗过衣服，也没见过一条长裤该怎么晾，她拎起长裤的裤脚，不知该怎么往竹竿上放，顿时引起台下观众一阵哄笑。

光未然急忙叫逃难的"乡亲们"涌上台，随后"鬼子"进村了。台下顿时止住了笑。下面的演出就十分成功了。光未然等"鬼子兵"肆意射杀着村民，并抓住了那村姑。日寇的凶残让全场观众愤怒而紧张，大家在窒息中煎熬着，最后眼睁睁看着那中国姑娘挣扎哭喊着，被日军强行拖进农舍。

祯青转到了后台，连忙赶去换妆成遭受蹂躏后的样子。光未然嘱咐昭舫，不要去责怪祯青不会晾裤子的事，自己则对祯青说道："祯青小姐，好极了，谢谢你！"

祯青受到极大鼓舞，换妆后再次登台。姑娘的表演和血泪控诉激怒了全场观众。当演到她的"心上人"决心参军报仇时，后台昭舫等人唱起了剧尾曲：

“……哪一个男子心里没有意？要打鬼子可就顾不了她！”

随着男主角招着手的缓缓退去，伴唱歌声由弱至强，撼动观众的心弦。歌声结束后，场中竟鸦雀无声。

突然间，靠后排那一片鸦雀无声军人中，爆发出一个士兵雷鸣般的怒吼：“报仇啊，报仇！”

剧场如同爆炸般，“报仇”、“杀光鬼子”的吼声和口号声瞬时响成了一片。等到幕落，台下响起了超乎寻常的热烈掌声。

祯青这下却真的哭了起来，她知道自己演出成功了，她尊敬的曾老师、冼老师、张老师（光未然）都会夸奖她的。她跑到昭舫面前深深地鞠了一个躬。

已经卸去了鬼子装的光未然笑着走来把她叫去谢幕。后台很多人都在打听，这个像在课堂上答题一样认真的小女生叫什么名字。这其中还有些是影界和剧界名人。而在以前，她，一个初中生，是很不起眼的。今天，她真的很知足了。但她哪里会看得懂，此时在后台的马莉，还有周艾琳、戴桂香们的眼光中，到底还藏有些什么？

外地青年救亡组织在武汉街头演出

八、《太行山上》的诞生

自6月12日日军发起对安庆的进攻起，武汉会战正式开始了。武汉人空前严肃地担任起了自己神圣的历史和民族使命。

昭舫和他的姐弟们、他的朋友们，已习惯将自己作为这场战争中的一员，“业余歌咏团”则不断接受政府的安排，到部队、工厂、码头进行宣传。在武汉的街道上，从早到晚到处可见集会、演讲、募捐和演出。连庙观、教堂的神职人员，都多次举办谴责侵略、祈盼和平的大会。所有的一切，见证着中华民族一个空前团结保家卫国的年代。

6月下旬，武汉酷热的夏天又开始迫不及待地发威。昭舫在“青年会”组织排练完新节目后，已经很晚，回到公新里六号。听葵花说，九点多钟时星海还来找过他，见他不在，便回了瑞祥路，说是要收拾东西去武昌。

昭舫见实在太晚，只好先睡了。次日早上起床后，便朝“精武会”走去。

他在“精武会”门口碰见了上海电影作曲家王云阶，两人招呼着一起进了门，左拐是个木楼梯。昭舫在楼下喊了一声，试探星海有没起床。得到应声后，两人便上楼。

桂涛声

星海从房间出来在楼梯口迎着他们，眼睛里闪烁着异常的光。他挥着手上的一张道林纸的谱表，似乎迫不及待地说：“你们两个来得正好，有个叫桂涛声的朋友从山西太行山来，他写了一支游击队的队歌，要我为他谱曲。我在武昌那边就开始构思了一些，昨天过江来，送马可离汉，又去过昭舫家，却怎么也无法抑制住我涌动的创作灵感。我回来一口气就谱完了，一夜都不想睡。你们为我唱唱，看好不好听。”

昭舫接过歌单，一眼就看到星海用了很重的力度写下的歌名：《太行山上》。

星海又迫不及待地说：“你们知道，我以前谱战歌都是用的大调式，这次是

冼星海1937年秋与王云阶(左一)、理为民等

我的一个尝试。”

果然是一首小调式的歌曲，昭舫和云阶一起哼了一遍，便迅速被吸引和感染。昭舫情不自禁地说道：“好极了。云阶，你来唱低音部；星海，你陪我一起唱一声部。”

三人一起试唱起来：

红日照遍了东方，自由之神在纵情歌唱。

看吧！千山万壑，铁壁铜墙，

抗日的烽火燃烧在太行山上，气焰千万丈。

听吧！母亲叫儿打东洋，妻子送郎上战场。

我们在太行山上，

我们在太行山上，

山高林又密，兵强马又壮，

敌人从哪里进攻，我们就让它在哪里灭亡。

敌人从哪里进攻，我们就让它在哪里灭亡！

战场的意境，抗日将士的英姿，跃然眼前，让他们越唱越激动，眼前跃动着英雄儿女组成的千军万马战斗在太行山上……

他们唱完好久还不能平静。《太行山上》——这首载入史册的抗日名曲——在这座小楼上诞生了！

星海又作了些最后的小改动，让昭舫把歌单译成简谱。

等只剩下他和星海两人的时候，昭舫便问起拍电影的事。星海脸上兴奋的表情竟一下全无了，说：“一言难尽。金山实在忍受不下去了。《最后一滴血》已经停拍了。”昭舫很惋惜地说：“到底还是没拍完。难怪，前天我看见金山双眉紧锁的。”

昭舫联想到，星海拍电影能和她爱的人终日在一起，十分羡慕。而自己这么久都没见到楚妮，不知她那颗怀着天下的心，还能剩下多大地方留给自己。不过这些现在只能搁到一边去。武汉正处在战争中，要做的事实在是太多了。

九、水上火炬大游行

武汉街上到处可看到“保卫大武汉”的巨幅标语，南洋大楼前的中山路上还搭起了写着标语的大型彩楼牌坊。此时，武汉是中国人手里的最后一个大工业中心。国民政府守土决心空前坚定，已紧急调集了130个师约100万军队，纵横数千里，利用大别山、鄱阳湖和长江两岸的地形，组织防御战线，开始了抗战以来时间最长、参战兵力最多、规模最大的战役。

由于国力、军力的差距，经过多次战役的消耗，中国军队已元气大伤。街上到处可见前方下来的伤兵和准备开拔上前线的、训练不足的新兵。为稳定军民斗志，三厅决定在武汉发动一场“抗战周年纪念献金运动”。昭舫和王杰臣、汪云代表“业余歌咏团”和“三八女子歌咏队”到三厅在汉口江汉路的办事处，听取了动员和安排。

昭舫不用动员就已经热血沸腾了，他明白这远不是一个城市的保卫战。从会议得知从7月6日起，武汉全体市民开始素食禁屠，开展为期三天的纪念抗战开始一周年的献金活动。首日下午集会游行结束后，各宣传队伍自行向武昌黄鹤楼集中，参加三厅组织的水上火炬大游行。

昭舫怕又遇到人山人海挤不上轮渡，开完会就立即打电话找王伯伯求助。王兴汉立即去了童瑨的公司，靠他的面子，居然借到了政府已圈定征用准备西上的四艘内河大木船。

“业余歌咏团”的人大喜过望。6日黄昏前，王杰臣和汪云把队伍分成了四船，薛培莜、昭舫和毓章都分别带领一条船。

正在熊家巷上船时，昭舫仿佛听到了童楚妮的喊声，回头果然看见她喘着气跑了过来。

昭舫太开心了，楚妮将和他一起参加这史无前例的江上示威吗？忍不住笑着说：“你怎么？真巧，这船还是你们家的咧！”楚妮责怪地对他皱了下眉，又不好意思地笑了笑，和他一起上了木船，说：“采访日本反战作家鹿地亘，他还是你们大姐家的朋友呢。晚了点，没想到轮渡码头那么多人，真难得过江了。不知怎么看到了你，不信往那边看。”

昭舫向下游看去，夏天水涨，江滩本来就几乎已被淹没完，于是从轮渡趸船跳板一直延伸到沿江马路上，到处站满了人，一直铺到了江汉关大楼前。再回头看江面上，政府组织的、各方运用神通借来的木船、大小轮船则布满了江面。

船起锚了，等划过了江心，就已经能清楚看到对岸黄鹤楼下已是一片人山人海。四条大船向武昌大堤口划去，到近岸再利用傍岸的回流划向汉阳门。

江上的暑气不像市内那么逼人，却也不让人忘记汉口夏日的名声。他们谈着近日自己的生活。昭舫的衬衣已完全汗湿，队员们纷纷扇起了自己带来的芭扇、纸扇。幸好时有微风吹来，让大家偶享舒畅。

天色渐晚了下来，先到的队伍已唱起了《义勇军进行曲》，不少船上已迫不及待地点燃了火把。武昌江岸，从汉阳门、黄鹤楼下一直到平湖门，沿江所有街道、空地，都已被人众拥挤得水泄不通，连轮渡的乘客起坡都要奋力挤上半天。

“业余歌咏团”的船队被指挥旗引向黄鹤楼边。昭舫远远就看见星海和三厅几个人还有一些其他歌咏队的队员，站在一条大船上。周艾琳也在那条船上，有些遗憾地在向他们挥手。她因过不了江，现在也无法再和他们会合。

夜色降临的时候，各条船上的火把陆续点燃。多达50万的民众举起自制的火炬，从四面八方汇来，将蛇山和江面洒满金红相映的光辉。

昭舫对楚妮说：“你自己小心点，我要去带他们唱歌了。”

《太行山上》从他们的船上响起，其余三条船跟着合唱起来，有其他歌咏队的少数几条船只在响应，毓章和薛培莜的两条船配唱着低音部。

这首抒发战士心声的战歌刚刚写出几天，歌颂着抗日将士的壮美情操和乐观胸怀，会唱这首歌的人很少，这让“业余歌咏团”和“三八歌咏队”大受瞩目。

楚妮也是第一次听到这首歌，立即被它深深感动了。她看着昭舫在火光中的身影，看着他有力而优美的指挥姿势，被自己一直努力压抑着的那份感情冲击着，眼眶竟不知不觉地湿润了。她从来就把爱情深藏到心中，藏到那最冷落的角落。她时时告诫自己，绝不能作为一个平庸女人度过一生，因为她太爱中国，这是没有任何人或事能取代的。

田汉在岸上指挥万众高唱《义勇军进行曲》后，水上火炬游行正式开始了。在火把和探照灯照耀下，星海伸展双臂在大船上指挥。几十万游行的群众以排山倒海之势唱起了一首首抗日歌曲。船在江上顺岸游行,岸上的人配合着唱起。《保卫大武汉》等歌声有如一道铁的洪流掀起的波涛声,冲破江城的夜空,震撼着云霄。

大武汉,大武汉,

它是金城汤池,铜墙铁壁!

它是中国的凡尔登,

东方的马德里!……

数百只大小船只,排列长达几百米,岸上的游行队伍则在马路上同向并进。因江水已几乎涨平江边的马路,于是船上和江岸隔得很近,水陆火光彼此相映,歌声则连成了一片。

楚妮走来船尾,站在了昭舫的旁边。现在是昭舫接替了星海,指挥着数十条船共同高唱:

……龟山蛇山鼓着眼睛,汉水江水发出了吼声。

敌人的坦克车,冲不动我们的和平阵线;

敌人的飞机大炮,炸不倒我们抗战到底的决心。

是时候了,是时候了,我们要为民族生存作更大的牺牲。

到农村去,到前线去,到敌人的后方去。

去牵制敌人,扯住敌人,扰乱敌人,

让敌人不得稍停,让敌人不得安宁;

让它打不通粤汉,回不到东京。

楚妮也放开了声音,跟着大家高唱。此时她可以尽情地看着昭舫。她知道,熟悉武汉歌咏活动的人都在传颂,说昭舫的指挥格外潇洒,这也迷住了成百的追星女孩。想到这里,她不由得自己笑了。不过她更敬佩的是,昭舫为了能唱出赤子心声,曾付出过的巨大代价。

昭舫指挥过后,三厅的张曙在另一艘船上接替了昭舫,歌声再度如狂风掀过:

同胞们起来,保卫国土!

……

要生存,只有斗争!

江风变大了些，楚妮的头发被吹得飘了起来。昭舫此时又来到了她的身边，这让她更加激动，情不自禁地握住了昭舫的手，在声浪中大声说："这将是我此生永远不会忘记的夜。昭舫，有谁听到过整个民族用血泪和决心来演唱的歌声么？今天我们听见了。谁看到过歌声与中华民族命运与共、起到如此巨大的历史作用么？我们一起看到了。昭舫，为了争取唱出这心声，你甚至失去了大学的学籍。今天这歌声终于获得了空前崇高的地位。高声唱吧，我赞扬你的热情，支持你继续唱下去。"

昭舫同意地说："这是我们民族的热情、爱国的盛会。楚妮，我真高兴和你一起经历这次活动。"

"我回去要马上写一篇报道，我要讴歌抗日救亡歌咏运动的又一高潮，它激励了我们民族的斗志，让我们的人民在歌声中擦干泪水，让他觉醒、怒吼，投入抗战。"

昭舫也大声地、突破浩大的歌声，"但是不是所有人的感受都和你一样。有个人对我说，再怎么闹，唱得再响，武汉也恐怕保不住，我们国家已经伤了元气，一下恢复不了了。"楚妮问："谁这么说呢？"昭舫不想说出周艾琳，反问："你的文章不也说过，'保卫武汉重要，坚持持久战争更重要！'么？"楚妮高兴地问道："你看过我写的评论？"昭舫说："只要有机会，你写的我都是要读的。"

楚妮笑了笑，说："其实我没有那么高的水平。但是，我和你那位说'守不住'的仁兄观点有本质上的不同，我不是失败主义！不瞒你说，我拥护延安的观点。我有幸读到了一些册子，觉得只有持久战的思想，才是真正让中国胜利的思想。不能光依靠主力部队死守大城市，打消耗战。但是，那篇文章发表后，有人批评了我，说打击了政府中'抗战派'的情绪，不利于统一战线。叫我再不要这么写。这让我有些疑惑。"昭舫说："你的问题太高深了，我讨论不了。"楚妮把眉毛一竖："你那商场的客套又来了！"

水上火炬歌咏活动通宵达旦，昭舫他们凌晨才回到家。

十、"七七献金"

1938年的7月7日，武汉沸腾着一场史无前例的献金活动。

国民政府军事委员在全市设立了六个献金台，由妇女界知名人士分别主持。其中，李宗仁夫人郭德洁在江汉关。广诚已经和静娴前去献金后，又到水塔黄琪翔夫人郭秀仪女士负责的献金台再次献上一份。

武汉"七七献金"

广播向市民们宣布说：蒋委员长夫妇合献 1.8 万。毛泽东自延安来电，委托将自己 7 月份的参政员薪金700 元全部献出。接着又广播了国共两党高级官员以及爱国民主人士黄炎培、张澜等的献金情况。

第三天早晨，广诚第三次前去代表员工们献金后回来，看见一大堆员工拥在"通成"的厨房，七嘴八舌地在争论什么，田贵义则站在中央。

"七七献金"现场

广诚以为店员们还在议论隔壁老板祁海洲报名参军被发现是独子退回来一事。他也从心底佩服这个多年的朋友和竞争对手。便站在人后嚷道："田爷，么事？"

田贵义见是广诚回来，答道："没有什么，前面有季卿在招呼。这里是钟师傅他们想推一个人去江汉关献金。"广诚说：

"不是要你对大家说的么？我们昨天到江汉关和水塔，今天又去江汉关，替大家献了三次了。为你们所有人都在官家的册子上记了名字的。"

钟长子站出来，笑道："老爷是体谅我们收入少，帮我们献了。我们当然心里明白。只是我们自己过意不去，那不能算是我们自己出了钱。老爷莫在意，我打一个比方，未必我们比拉车、擦皮鞋的都不如？我们还算中国人么？"

胡师傅向广诚解释说："总在巷子口擦皮鞋的那个伢，把他昨天一天擦鞋的钱都拿去捐了。他说他的妈没有钱捐，今天就一天不吃，把饭钱省出来捐献。"

其他员工也附和道："是啊，这才够得上当中国人啊！"

广诚看着站在身边的牛万贵的坚决神态，知道他家里日子过得很紧，眼里一阵发热，便说："难得你们的爱国之心，我不拦你们了。街上有政府的献金车，一会过门口时，你们自己去捐吧！"员工们兴奋地鼓起了掌。

广诚忽然悟到，开店这么多年，听到过不知多少次员工和家属们对他感恩戴德的话，可是这种掌声，他还是第一次听到。

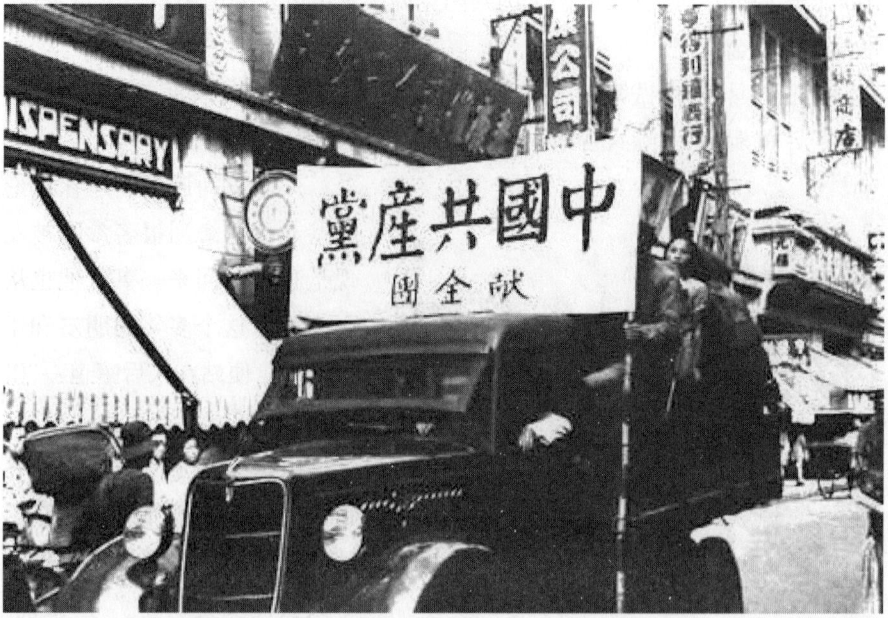

1938 年 7 月 7 日政治部第三厅武汉献金活动

民众踊跃献金

纽约，中国美女抗日游行募捐

“大智旅馆”的对街，搭着一个临时的演讲台。一群女学生用给抗日将士的慰问信，拼搭成了“抗日救国”四个大字。三厅领导的“武汉各界慰劳前线抗战将士总委员会”的“三十万封慰问信运动”也在同时进行。一个女生手里拿着话筒，大声宣读动员献金抗日的演讲稿，嗓子都嘶哑了。

整日里，中山路和大智路口的人群都站满了半条街。

“大智旅馆”的一楼靠后设有两间通铺间，住的都是常常拖欠房钱的从沦陷区逃来汉口的落难之人。赵凯鸣对广诚说，有一个老少五口之家，竟跑去押了衣物，凑钱捐献，而附近背街的几家“当”、“押”店，因为前方战事不利，出价也越来越低。广诚听完很是感动，问：“他说过住多久没有？”赵凯鸣说：“他是九江的，说是汉口没找到亲戚，不晓得有什么打算。”广诚说：“不要催他的房钱了，他要交不起，就算了。”

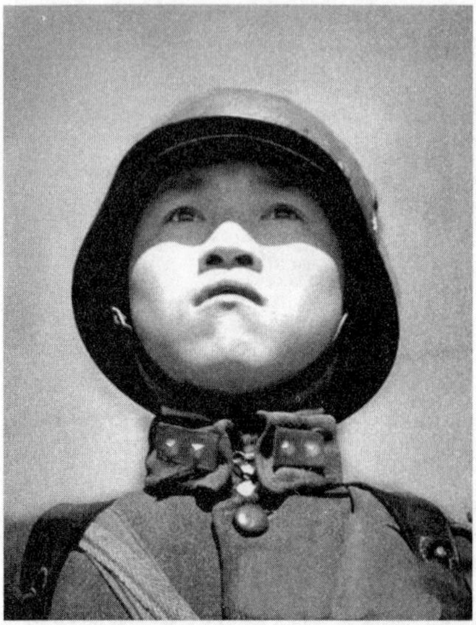

一名踊跃参加抗战、且年仅15岁的国军士兵照片登上1938年的美国《时代》杂志封面

凯鸣有些怯生地说：“叔，这边的二楼、三楼，差不多一半的房间都是大少爷叫不收钱的，他们有些也自己交，多数没有交。”广诚将他一拍，“算了，哪个没有个落难的时候呢？我们少收几个，积了德，又支持了抗日。要是武汉守不住，我们不和他们一样么？我连昭舫都比不了么？”凯鸣面露喜色：“叔叔的为人，汉口有几个不夸？大少爷爱国，还不是叔叔在后面撑着。”广诚听了，心里好不受用。

国人的抗日决心和爱国热情，让全世界看到一个古老民族的无敌气概。据当时报纸记载，由于捐献者踊跃，活动又延长了两天。仅短短五天，参加献金的民众达50万人以上，献金总额超过了100万元。

十一、筹划撤离

武汉东部重镇安庆失守后，日机对武汉的骚扰和轰炸频繁起来。战火显然在一步步逼近。7月中旬，武汉的工厂开始了大规模西迁。

从面上看，商店、餐馆仍在营业，但是广诚已能感觉到，采购越来越不顺利了，粮价在波动，批香烟也常受到限制。不过大体市场还算稳定。广诚在心里对自己说："恐怕挡不住了，关门的日子又不远了。"

十年前，在北伐后"宁汉对峙"的萧条年代，他力量还相当单薄，实在撑不下去，不得不停过业，苦熬着度过了那段黑暗的日子。这次战争开始以来，他虽一直相信我军终将击退日寇，却也有着"战局莫测"的思想准备。南京失守后，他在和同行朋友的谈论中，也曾设想过万一有一天武汉沦陷，他们将会被迫流亡四川，沦为难民。

现在，他觉得是该要安排后路的时候了，无论如何，绝不能让自己的家人落到日寇的铁蹄之下。所以，他必须忍痛关掉自己付出半生心血的"通成"，停止自己得心应手的旅馆、餐饮、香烟等一切经营。

其实，半年多来，他就在逐步抽逃流动资金，极力让资本变现，减小万一弃店而逃的损失。但他从来不是一个消极的生意人，他非常注意留后路，刻意巩固与四川颜家的关系。秉兰的父亲今年5月去世时，他就和彭先旺、曾昭泰专程去重庆登门吊唁。借这机会，他在颜家的帮助下，找好了到四川躲避战祸的落脚地点。

但这还是没能让他情绪变得轻松些。"通成"是他经半生奋斗才实现的梦，凝结着他的心血和智慧。他为此耗费了生命中精力最旺盛的岁月。大智门一带的每一块石头，都见证着他的人生的脚步。

他一直没有和家人谈自己的打算，他认为在军民空前团结、同仇敌忾"保卫大武汉"时，他的想法很难说出口，所以他只能先私下把生意安排妥当。最先，他曾企图将产业转让出去。然而，尽管他不断放出空气，并托过朋友，但一直没有看到谁有意在这种形势下接手，连"祁万顺"都毫不掩饰地表示准备关门歇业。

徐家棚火车站被炸

到7月12日,本是武汉最酷热难当的日子,粤汉铁路的终点——武昌徐家棚火车站被日寇轰炸。次日,广诚和“万方旅馆”的两个股东戴承喜、赵丙文一起去了武昌。“万方”在徐家棚有个分店,离火车站仅一条街。这次虽说没被直接炸到,房顶却震塌了,万幸的是没有伤到人。

丙文说:“没伤人就好。我记得是保过险的吧?”戴承喜低着头,声音小得只有他自己才听得见:“只保了个火险,没有么用的。”心里怕广诚和丙文责怪他,不听他们保财产险的建议,私自图便宜吃了大亏。

广诚并没有埋怨,叹了口气,说:“狼心狗肺的日本鬼子,就想灭我们。多得很的中国人被他炸得家破人亡、倾家荡产,未必就不心疼?我们认赔吧,把房子修了,停业,等九月份租期一满,就不续租了。”

安排好维修的事,三人闷闷不乐地坐船返回汉口,各人打着自己带的芭蕉扇,没有心绪多说一句话。直到快起坡时,戴承喜才问广诚:“你说,我们‘万方’兰陵路口那老栈房,怎么办才好?”广诚把头扭到一边,说:“低点价卖不卖得出去?”戴承喜一听,觉得广诚在故意给他出大难题,好烦,差点说出:“现在哪里还出得了手?”又一想,这等于打自己嘴巴。便把话咽了下去,这下才体会到,广诚半年多前的主张是多么正确。

广诚回到家后，静娴还在她的佛堂打坐。要在往常，他会静静地离开，但是今天他却静静地守候在外间屋。他早就想召开一次家庭会议，商量撤退。昭舫7月7日上午就和毓章带了“业余歌咏团”的三四十名团员，去孝感县劳军，今天中午刚回。广诚觉得现在该是把藏在心里几个月的闷结向家人敞开的时候了。

静娴打坐出来，见广诚郑重的神情，忙坐下认真地听他讲话。她对战事也听说过一些，也和朋友女眷谈论过。听广诚一讲，更感到拿主意几乎是迫在眉睫了。虽说她深信有广诚她就有一切，但她的子女也是一个都不能受到伤害的！

她多少有些慌乱地说：“昭琳一个人走了快有半个月了，也没见来封信。这兵荒马乱的，走散了哪里去找人？死活都不晓得，你说怎么办呢？要不要叫个人去湖南找她。”广诚道：“是可以去个人，不过要先定好我们全家的事才行。”静娴说：“你不是说过去重庆吗？”广诚说：“是倒是，不过鬼子的飞机越炸越勤，说个不吉利的话，总要防个万一吧！要是走散了，连个碰头的地方都没有。再说，我们的生意再小，也要值十来万元钱吧！我忙了半辈子，总不能说丢就丢了。你要和我齐心，等吃饭时，他们都回了，要他们坐下来商量，听听昭舫他们的意思。”静娴也觉得是该这样。

晚饭时，昭舫和昭瑛都回了。广诚就很严肃地把撤退的事向子女们摊了牌。

昭舫哪曾想过这些，立即不满地说：“前方在浴血拼命，我们家怎么这么没信心？蒋委员长说过，武汉决不容再失，我们唯一的政治、外交、经济的中心应该在武汉，要死守武汉。领袖的‘唯一’二字是随便说的啊？韩复榘那么大的官，抗战不力，都抓回毙了！委员长

武汉轰炸过后

现在还住在我们武大的‘半山庐’，指挥武汉会战呢！再说，我天天在外面宣传，动员大家，要众志成城，坚守武汉，我哪能说一套做一套呢?”

广诚大声说道：“守归守，撤归撤，那多工厂学校不都在撤？我在商会怎么听政府的人说‘搬迁就是爱国’，要老板们搬厂咧？打从卢沟桥起，我们中国人哪天不在拼命死战？可是儿子啊，我们现在还拼不过小鬼子的飞机大炮。这打仗的事，不是靠血气之勇就行了的。”他想起了童璠曾说过的话，接着说：“大丈夫能伸能屈，三年报仇不晚。留得青山在，不怕没柴烧！中国军队可以用四川天险抵抗，拖死小鬼子，将来重振旗鼓，再收复山河。”

昭舫向来不顶撞父亲，听了父亲竟说出这么有水平的话，有些吃惊，不禁联想起了几天前，在孝感参加阵亡将士追悼会时听到的军官们的闲谈，其中不乏流露出可能被迫退却的意思。在市党部也曾听人谈过日本人扬言“以初秋为期，攻占汉口”。当时，自己还认为这些人在怀疑我军的能力，是失败主义。他又想起楚妮说的，不死守大城市，要打‘持久战’，觉得战事的确不能单凭愿望说话，况且父母的安危，是他第一耽心的。便说：“那……爸爸，要不，让二姐先送你们搬到四川。至于我，已经把自己当作是军人一样，哪怕仗打到了大智路，没有领袖下令，我就是绝对不能走的。”

广诚先听得还入耳，听了后半截话，从头冷到了脚跟。但情知不能劝儿子“临阵脱逃”，只好压制住自己的绝望感，说：“那……照你说的……该怎么准备？”昭舫说：“我不都说了么，二姐，可不可以？”

昭瑛的心里是很有数的：自己必须紧跟父母，这是他和姐弟商量好的原则。她知道自己到了尽责任的时候，等男人们说完，便说话了：“爸爸，昭舫说的，我看可以。只不过我想，大姐在前些时的信里就说过，上海租界还算太平，有很多有钱人跑了一圈，又再跑回了上海。我在想，四川太苦，爸爸妈妈是不是可以到姐姐那里去？”

广诚不耐烦地摆着手说：“你姐是宽我的心，她的老板李公朴不还是跑来武汉了？我听人讲，一到吴淞口，就岸上、船上到处竖的膏药旗，站的日本兵，还要过日本人的岗！那不把我活活气死？我和你妈这么大岁数，就是死，也要死在在中国人的地盘里！”

静娴这才说话：“我也不去上海的！不过，我看你们大姐那边，倒可以叫你小弟去。又可以读书、见世面，也顺便好和你大姐互相照应。你大姐第一会读书，最有出息。她把昭诚一带，他一定读得好。将来曾家也多一个顶梁柱。”静娴的心里藏着话不敢明说，把昭诚送到上海，免得万一遇难、一起遭殃，起码也给曾家保留一条根。

这话说到了广诚的心上。到底还是静娴懂得他的心，他满意地点了点头。现在总算讨论到具体方案上来了。一家人很快统一了思想，就是做好准备分三路撤退。等他生意上的事处理完，由昭瑛先送父母到四川，昭舫暂留武汉，昭诚去上海读书。

这次重大的家庭会议，将改变全家所有人的人生。不过眼前，广诚再三叮嘱他们万不可到外面乱说，免得背上个“动摇军心”的罪名。昭诚听了，忍不住偷偷抿住嘴一笑。

几天后，日本又派40来架飞机，狂炸武汉三镇，武昌徐家棚车站及周围一带民居被炸毁房屋四百余栋，死伤一千余人。“万方旅馆”在徐家棚已停业的分店，也终于被完全炸毁了。

三位股东好不容易和房主商量好了赔偿的数目和期限。有了这次教训，老戴听了广诚的意见，决定把能搬走的东西都搬到了法租界，依靠了彭先旺的关系，租到了帮会的一处地下仓库。不过因兰陵路口“万方”老栈房还在继续营业，能转移的东西并不多。

十二、蹊跷暴雨天

8月上旬，日军攻入鄂东门户黄梅，武汉三镇已经无险可守地暴露在日军面前。敌机对武汉的轰炸更频繁了。汉口刘家庙、武昌华中大学、省政府都被炸成一片瓦砾，无辜百姓死伤数千。

日寇的滥炸增加了国人的仇恨，促使他们将恐惧放到了一边。人们几乎连天气的酷热都忘掉了。大型的歌咏集会依旧一次次声势浩大地进行着。三厅也在为新形势下的工作作准备。政治部直属歌咏队、抗敌演剧队和宣传队被召集到昙华林进行短期集训。

政府召集商界人士开会也多起来，动员商家有钱出钱，有力出力，力保市场正常供应，支援抗日。童、颜合股的“嘉瑞公司”最后的两条驳船也已被政府征用，川江的生意只得全面告停。广诚因此去了位于熊家巷的“公司”一趟。借此机会，与童瑨商量好了昭诚和童五公子结伴同去上海的事宜。

广诚离开了“公司”后，坐上自家的黄包车回家。

天很闷热，小雨要下不下地好长一阵了，雷声越响越大，天也越来越黑，眼看就会有大雨下来。车夫老夏拉着包车沿民权路走了一阵，拐进了花楼街。

广诚问：“怎么不一直走中山路。”老夏答：“不好走那边，听别的车说，铜人像跟那边几条街都搭了台子在宣传演剧，堵着不好走。”广诚心想：“要下雨了，未必还不收场子么？”但是他没有说出来。

花楼街还是前朝留下的老样子，路窄，人力车走在条石铺成的路面上，十分颠簸。这条街各种商店、吃店多，往常走车从来不顺的。今日天气不好，行人比平日少，但车还是走不快。不久，一个炸雷后，大雨突然狂泻下来，车便更难走了。

经过一个小巷口时，忽然车头猛地转了个方向，急停下来。广诚听外面有人在吼：“你瞎了？”

广诚吃了一惊，推动帘子从缝里往外看，是自己的车和一架拖货的板车撞了。那车盖着油布，车上堆的是些布匹，两匹布撞到了地下，被泥水弄脏。

老夏争辩说：“是你从这巷子里冲出来，又不喊声‘让’，那里怪得到我？”一边冒着雨去帮那个人。

那人不领情，嚷着要赔，说没法子交代。两个人就在雨中理论。广诚焦躁，便把帘子掀开一个大口，在车上说："你要赔多少，说个数吧！"那车夫说："我哪里说得出价？我是帮东家提货的，前面几步就是我们店，你去和老板说。"

果然，前方隔了几个门面，有个店伸了把伞出来，一个人走到街上，大声对着这边在喊，问出了什么事。广诚对老夏说："往前走两步吧，去和他老板商量。"

车子走几步就到了店门口。看来这是个老店，门面颇有气派。板车夫刚把车停在檐下，就又嚷了起来。店里有两个伙计，一个出来卸货，一个年纪大些的就来扭着老夏。广诚掀开车帘子正要说话，却听到店里有人在厉声发问。年纪大的伙计就喊："老板，有人把运货的车撞了，把布弄脏了两匹。"

那个老板着急地大声说："糟了！那是黄老板要的英国布，一匹都多不出来啊！黄老板还守在这里等着呢，这怎么办？"

广诚听着声音耳熟，伸出头去看，竟是秦禹洲。连忙踮着脚踩着水下了车，进店就拱了拱手，说道："原来是秦老板，得罪了！下雨车滑，我的车夫不小心把你的货弄脏了，我来就是打算赔呢！"

秦禹洲的脸顿时由阴转晴，忙着回礼，"哦呀，是曾老板，您家跟我说什么赔啊？"又对店员责怪道："你们也不看看是哪个？就在扯着喉咙瞎喊！这是我的老朋友曾老板！曾老板，您家莫怪我这些下人了。今天是雨天留客，以往是请你都请不到哇！快进小店来坐坐，等雨过了再走。"

广诚无奈，笑着点头。几年前秦禹洲帮他的旅社贷款拉线，结果扯上东洋人，他从此认为这人不地道，只是看在水莲和淑兰的份上，才没有和他翻脸，平时在商会根本躲着走的，然而今天场面尴尬，只好随他进店里去。

从里间屋迎面走出来一个人，边走边不耐烦地问："怎么我坐在这里等货都等不够？你水了我两次了！"

秦禹洲上前把那人袖子一扯，说道："黄老板，今天实属特殊。我下次一定给你补上，补的两匹，不要你的钱。黄老板，这位是汉口有名的'通成'的老板曾先生。哎，曾老板，我来给你介绍一下，这是宜昌来的黄老板。"

黄老板一听，脸上顿时布满了惊喜的表情，拱手道："原来是'通成'的曾老板，久仰久仰。今天怎么这么有运气碰见，我去您家的店吃过多次了，瓦罐鸡汤,小炒拼盘、蛋光豆皮、莲子汤、肉丝面,样样都是湖北找不到第二家能做得那么好的！真是幸会幸会！”

广诚现在除了应酬外没有别的办法,只好随着进里屋坐下,彼此恭维客套一番。秦禹洲说道:“曾老板,我正想去找你咧！自我们家淑兰嫁到上海后,她妈也跟过去了。开头还和你们昭萍来来往往的。上海一打仗,两家都搬了,就断了消息。前些时来信要我去找你要个昭萍的地址。”广诚这才知道姚水莲去了上海,连声答道:“这好说,等天晴了,我给你写了送来。”

广诚只得和他们心不在焉地搭讪着闲聊,说着说着就扯到战事不利、生意越来越难做了,然后就扯到一些实业往宜昌搬迁的事。黄老板笑眯眯地问:“曾老板怎么不干脆也把店搬到宜昌去？”广诚诚恳地回答说:“餐馆里面,没有几多值钱的东西搬。能赚点钱,全靠的一帮师傅和店员。他们都是在武汉有家有口的,哪里会跟我一起逃难。没有他们,我的餐馆哪里能办得下去。”黄老板关切地说:“那……不如找人,把店盘出去,等打完了仗再接着办。”广诚苦笑道:“这时候,哪里还有人肯接？”黄老板说:“那倒是,都晓得这仗难得打赢。”

雷渐渐打远了,虽说雨不像刚才那么狂泻,但仍称得上暴雨。天却越下越亮,看样子不是一时半会停得下来的。广诚便起身告辞。

布自然是不用赔了,广诚只想等雨停后尽快给秦禹洲把昭萍的地址送去。

汉口江汉路普海春饭店

十三、羽田设局会广诚

大雨一直下了好几天才停，夏日火焰般的酷热被这场雨浇退。白天虽还略觉燥热，到傍晚时便会渐渐凉下去。

8 月 18 日，童家派家人送五公子童柏韬取道香港去上海。广诚则安排了昭诚与他们结伴上路。自粤汉铁路被轰炸后，徐家棚车站和有几处路段都还在抢修，铁路客运不通畅，所以他们打算先坐英国太古公司的轮船到长沙，再转乘火车南下。

广诚事先给昭萍发了封电报，又叫昭瑛代笔给赵丙武写了一封信，让昭诚随身带去。委托赵丙武好好照顾昭诚，支给他每月生活费用和学杂费。自从抗战开始，他在长江下游的买卖就完全停止，但存放在那边的钱用来支持昭诚在上海的学业应该是不成问题的。

昭诚离开汉口那天，广诚在门口拦下了静娴，不让她去送。静娴顿时泪如泉涌。兵荒马乱，此一分手，谁知老天爷还让不让一家人团聚？什么时候才见得到？每天都不难看见的生离死别，现在无情地压上了自己。她生怕太动感情影响到全家，不吉利，强咽下去了自己刀剜一般的心疼。摸着昭诚的头，忠厚得有些犯傻的儿子，现在要仰着身子伸直手才能够到了，她什么话也说不出。明知广诚已给了一百法币让他路上花销，她却又当着广诚拿出十块现洋，嘱咐昭诚在身上藏好，生怕到南方和香港法币不好用。自法币发行后，明文规定银元不能在市面流通，但民间却把银元看成是硬通货，打心里认定比等值的法币还是要可靠些的。

赵丙文与儿子赵凯鸣也赶来送行。丙文也给丙武写了封信，交昭诚带去。广诚和昭瑛则把昭诚一直送上船，含泪目送他的轮船驶远、消失，才默默转回。

送走了昭诚，广诚便将抄下的昭萍地址送到花楼街去。

他把地址交给秦禹洲。秦禹洲便拖住他要到“楼外楼”去喝茶。广诚因为让秦禹洲损失了两匹英国布，生怕因此欠了他的情，也想补偿他一下。便说：“要去可以，我会钞。不然，我是不去的。”秦禹洲似乎很不情愿，愣了一下说：

“这是在我的家门口啊！这样吧，先去了再说！”广诚不依。

事情就有那么巧，正在争着，黄老板也跨进了店。招呼过后，就站一旁听了他们几句，插话说：“都不争了。上次的两匹弄脏的布，我那下家也一起要了，单价还又涨了差不多一成。现在英国布多翘啊！我要心狠，还可以涨！我赚到了钱，是沾了曾老板的财气。干脆去喝点酒，算我做东！”

秦禹洲便示意广诚顺水推舟。广诚推辞说：“不瞒二位说，我是吃长斋的。再说，这也不是吃饭的钟点。喝茶倒可以，吃饭我怕弄得二位不快活。”秦、黄二人对视了一下，同声说：“好好好，就找个好地方喝点茶。”便叫伙计去叫了两辆黄包车，一起坐向江汉路去。

江汉路上的“扬子江饭店”就是原来的“楼外楼”。民国十九年，“楼外楼”老板因卷入重案被处死，被“烟土大王”赵典之接收改名。前几年“新生活运动”开始后，停了大烟的供应。但平日里茶、酒、冷饮、中西菜肴一应俱全，外加舞厅酒吧，没有点挥金如土的气概的人，绝对不敢进去。

广诚随他们坐电梯到四楼。这四楼辟有八间精室，虽说暑天已差不多过去，各客室内仍放有大冰块。广诚跟着才进了一间的门，就觉得一股凉气扑面而来，叫人顿觉清爽。他想“通成”也许永远办不出这样的排场了，想到即将关门的店，心里涌出难言的伤感。

刚才坐下，叫了茶和点心，秦禹洲店里的一个伙计就探着头找了来。说是军队的来了几个人催货。秦禹洲叫苦道：“要是别的客户，可以叫来一起喝茶算了。这兵大爷我是不能不去的，误了事要当汉奸论处。价钱压得低还不说，侍候他们还要格外周到。这样吧，黄老板，你帮我陪曾老板先坐会，我办完了事，还赶过来。”

走了秦禹洲，广诚觉得浑身不自在。有秦禹洲那几句话，又不好也就走。黄老板道：“曾老板静心享用，我还跟你介绍个朋友。”广诚还未反应过来，已经从门外走进来一个穿纺绸长衫的微胖的圆脸中年人，身材五短，头发已开始谢顶。黄老板说：“这是我的买主杜老板，来帮我会账的。”广诚听了只好站起来欠了欠身，心想这黄老板真是奸猾，原来还不是花他的钱。

那杜老板很客气地招呼后就坐下了。此时几盘茶点、冷热饮都陆续端上。广诚因心里有些犯疑，茶也没品出什么味道。却听杜老板说了：“曾老板的店那么好的地段，生意都做不完，怎么这些时打烊变早了？”广诚微笑道：“生意少就关门早嘛。”杜老板说：“不吧？上个月还是过半夜的，总比‘祁万顺’后打烊。这个月说早就早了。我有天还不过半夜就看到你们收了摊子，只好去找别处消夜。”广诚想：“他说的倒不假。”便随便哈哈敷衍。

杜老板却兴趣不减，说道：“听黄老板说，曾老板不想做了？”广诚警觉起来，心想这杯茶莫非还有别的意思，把我套来有话说的？但又想到近来经历的事虽说很碰巧，倒也很自然，便稍微宽了点心，说：“是啊，兵荒马乱的，说不好哪天说炸就炸了，那不是血本无归啊！”杜老板“啊”了一声，说：“不过日本人的炸弹都不炸市中心的。他将来占领了武汉，还不是要有市场繁荣，怎么会滥炸呢？”

广诚听不下去了，板着脸说：“不滥炸？我徐家棚的旅店日本人还不是说炸就炸了，刘家庙上百条人命不滥炸也炸死了。黄老板，我今天真的还有事。杜老板，谢谢破钞，我想先告辞了。”

黄老板连忙站起来制止道：“这从哪里说起咧？秦老板还没来呢！杜老板，您家不清楚武汉这些事，莫说岔了！”杜老板也连声道歉。广诚倒有些不好意思了，想我一个生意人，别人随便一句话何必太计较，便又坐了下来。

杜老板看他坐下，便圆场般说道：“不知者不为罪，请曾老板原谅了。炸弹是太不长眼睛了，曾老板说的那些事叫人痛心哪！”然后他又天南海北地谈些生意经，谈各地吃的东西。广诚听谈到餐饮，兴趣大了些，也有时掺进两句话。

杜老板说着说着，露出一句：“还不是为了多赚几个钱，我今年跑生意，苏州、镇江、安庆、九江都去了，市场哪里像报纸上说的萧条了，怕比这边还强些哩。要看得准的话，钱比往常还好赚。”广诚心想这家伙亡国奴还当得那么有精神，只差当汉奸了。便故意问：“日本人来了以后，还生意照做？”

杜老板睁大眼睛道：“不做生意怎么行啊？那边也有那么多人要过日子啊！”黄老板问：“日本人不杀生意人么？”杜老板说：“生意人只要不通敌、不造反，日本人还借钱给生意人。像曾老板这样有名望的，还请到商会。报上说得好像日本人来了就都得关门，那是宣传，不可相信。”广诚这一年来已充满爱憎分明的救国情感，哪里听得下去，就说：“我看秦老板等不来了。杜老板，谢谢你破费。二位，我要先行一步。”

这杜老板其实就是重返武汉的日特羽田征太。对广诚的试探让他颇感失望，只好与黄九一同起身相送。

广诚向来不信任秦禹洲，就把这几天的经历细心寻思了一下，觉得有疑问，便想出了个主意。

每天早上，他都要坐车到中山公园打拳。这早下车后，他把老夏叫住了，直问道："老夏，我平日待你怎样？"

老夏脸色顿时变了，说："老爷对人和气，明明是老爷自家的车，还给这么高工钱。"广诚又问："那天下暴雨，是哪个叫你走花楼街的？"老夏发起抖来，两条腿发软就想跪。广诚说："你莫那样，只要你说实话就行。"老夏说："是一个穿警服的胖子，给了我一元钱，说要我走花楼街，不然以后要我晓得厉害。"广诚说："一元钱就把你买了，把我卖了？"老夏哭丧着说："老爷，我真不是看钱，是怕他整我，他是个警察。其实我也一路小心，生怕老爷出事。老爷，我家一家人全靠我拉车过日子，您饶我一次，我再也不敢了。"广诚原想马上叫他走，经不住看他样子可怜，况且也没出什么大事，反正自己已经打算离开武汉，车也要卖了，便叹了口气，说："你去过早吧，吃完了来接我。"

这事让广诚提高了警惕：警察、秦禹洲、黄老板、杜老板，好大一帮人，设这么大的局，要找自己干什么呢？难道只是为了有机会喝茶，告诉他沦陷区市面太平么？

他很心烦。为了西撤，他不能不找下家，当然其离汉的意图也就基本公开了。他们在打什么主意呢？看来今后一切打算，再不要轻易让外人知道了。

1936年的汉口中山公园

十四、“我还要回来的”

9月上旬，“撤退”一词已经开始频繁地出现在人们的话语中了。政府则已表态：凡撤退的可大人补助三元，小孩两元。然而。处于犹豫状态的人仍为多数。“三元钱又能走多远？”武汉生活条件好，着实让人留恋。况且，以前习惯看到外省人逃难，在武汉街上讨饭，让武汉人的优越感很强。“九一八”后这么多年，武汉一直稳居后方的地位。现在轮到自己也要逃难，脑筋里转不过这个弯。特别上了年纪的人，更是忌讳背井离乡。他们看到流浪到武汉的一些人家的惨状，其中不少原先家境、地位都比自己好得多，不能不对流亡增加了恐惧。民间流传着的民谣是“有乡的回乡，无乡的借乡，借不到乡的，就只有跳江。”大量无钱上路、无处投奔的市民，无可奈何地选择坐以待毙。

广诚已在不声不响加紧处理资产、兑换银元，力图将自己的损失减到最小。他心中有个时间表，即只要那帮文化人还在街上宣传，他就相信战局还有希望“翻盘”，至少还没到最后关头。

近来大智旅馆又住满了文化人。原来经三厅安排，冼星海、张曙等又从武昌搬到了汉口，和刘雪庵、常任侠、盛家伦等一起专门为在汉业余歌咏团体举办两期歌咏骨干训练班，每期二十多人。讲授音乐课，教唱歌曲和培养指挥，为参加大后方的歌咏巡回演出作准备。昭舫和毓章也被安排参加教学。

这天歌咏团在青年会集训时，王杰臣私下把昭舫叫到外边，对他说确山那边需要几名技术工人，问昭舫同不同意从歌咏团抽去几个人。

昭舫略感有些吃惊。确山，那是新四军的地盘。他早就猜到王杰臣有共产党的背景。既然两人情同兄弟，有些不便让王杰臣出面的事，他就有意自己出头办了，现在摊开了反而觉得很突然。他问：“这事你对别人说过没有？”王杰臣说：“没有，我最信你。跟你说，除了人，还想找你要钱。”昭舫爽快地说：“那没问题，你能这么信得过我，我太高兴了。不过我们团里人员其实很杂，你千万不可大意。你只把要去的人挑选准，不声不响去就是了。路费要多少？”王杰臣说：“每个人三五元就足够。四个都是‘招商局’的机修工。哦，这里头有‘小豆芽'，你舍不舍得放？"昭舫什么也没说，只紧紧地握了下他的手。

昭舫回到家，打开自己的抽屉，现金只剩几元了，他知道现在父亲生意越做越小，而他为了支撑歌咏团，用钱却越来越多，找父亲要钱是很难开口了。父亲曾经大声斥责他，不要把家里当成了政府的银行。事实上，每次他用钱父亲都满足了他。还让他直接支配在云樵路口的"通成分店"，分店已快要被他拖垮。他的挚友冼星海上月在"普海春"和钱韵玲订婚时，他都拿不出多少钱送礼。

他决定再次先斩后奏，到"大智旅馆"从赵凯鸣的柜上拿走了二十元钱。

当晚，他到父亲那里，准备接受训斥。谁知父亲没有生气，而是叹了口气，说："这个地方你以后再也取不到钱了。我就要把'大智旅馆'交给戴老板管了，正在谈合同、冻结资金。他是奸得很的，不肯出价买过去，说的是'帮'我经营。从 10 月起，他就会接手这边的经理，以后凯鸣就算他的人了。今后三年内，每经营一年，让戴家和赵家各净增持半成股份。但一切费用却还要按老股份摊。若是亏了或者关了门，就算我的。要是做得下去，就等打跑鬼子回来再算账。你丙文伯伯家已决定不去四川。他家凯鸣媳妇正怀着第二个，你丙文家婶婶送她回了黄陂。"

看到父亲沉重的脸色，昭舫叹道："戴老板好厉害！这哪叫帮忙？和趁火打劫有什么不同？"

广诚神情麻木地说："他那个人，真到了外头，又拿不出几多本事，就喜欢在屋里死盯着我算计。他把凯鸣拉上，是拿你丙文伯伯作幌子。嗨，能搬的东西过两天他就搬走。"

昭舫十分同情辛勤经营的父亲，但也无可奈何。他听说过"自古商场无父子"，戴老板哪里会错过这机会宰父亲一笔呢？"大智旅馆"在汉口相当实惠受欢迎的，但好多家什和抽水马桶也搬不走。父亲除此外，哪想得出别的法子？

广诚则紧锣密鼓地开始了后事安排，先挤时间和静娴回了趟乡，到爹娘的坟头再烧一回纸。

当晚他把今后的打算告诉了哥哥广智，并且征求广智对汉口实业的处理意见。

广智对弟弟的财产一向泰然处之，因为他认为那不属于他。他只是很不希望兄弟远走他乡，但是又觉得广诚向来都比他有远见，所以劝了两句，见广诚主意拿定，就不多说了。

第二天一早,广诚脸上略带着疲惫,把广智请到自己的房间。他掩上门,用极轻的声音对广智说:"哥,弟弟是你带到汉口的,虽说不能算发了大财,也算在乡里有些头脸了,我这一去,还不知道哪天回得来。我这里有三百元法币,请哥哥收下。"

广智一辈子也没亲手拿过这么多钱,连忙推辞说:"哪次过年过节你不往我这里捎钱,我在乡里哪用得了这多钱?塘草娘俩自己种地,也过得下去,从来没有要我帮的。再说,你远走他乡,身上该多带现钱。"

广诚坚持按住哥哥的手,说还有话说。广智只好收了。广诚嘱咐:"打起仗来,钞票恐怕不值钱,日本人来了还不晓得能不能用。哥哥不要舍不得,想法置田买地都行,一定快些把它花了。"广智顺从地只点头。广诚又说:"哥,昭琳的那张床脚下,挖三尺深,有一个坛子。我在里头放了点大头,还有两根条子。我们是撤退,中国总会打赢的,我会回来的!我怕以后回汉口时,万一身无分文,难得翻身,算留点种。哥哥如有急需,只管取来用了。"广智也不争论,平淡地说:"你放心吧,我谁也不会讲。"

广诚处理完乡下的事回城,终是重负难释,他还需打发店里的人。这是不能不面对的,他把店员们集中到大堂,艰难地说:

"各位,我今天真是开不了口。这多年来,你们跟着我曾广诚吃苦、受累,眼下怕是熬不出结果了。广诚实在对不起你们!看眼下的战局,关门只是迟早的事。要是那个要走,我不会拦,一概发三个月工钱。一时不走的,就做一天算一天,等到哪天我非关门不可了,我还是发给你三个月的工钱……"

店员们嘈杂起来,接着就有人抢断他的话。胡师傅嚷道:"老爷一天不关门,我胡光汉就一天不走。老爷平时待我们怎样?哪点对不起我们?人未必这点良心都没有?"钟长子也大声道:"老爷不要说这些话!您一家爱国,我们都看在眼里。走到街上,别个听说我是'通成'的,都朝我竖大拇指。我们跟您家做到底!"

广诚很感动,他体会到了真切的感情,激动地说:"国保不住,谈不上家。各位听好,我不是丢下你们自家逃命,我是跟随政府撤退,陪政府到后方重整旗鼓。小日本,别看他今天蹦得高!亡不了我中国!要不了两年,我们中国军队就会打回来!我曾广诚还会回来,重开通成,重开大智旅馆!到时候还请你们回来,帮我的忙!"

这也许是他此生发表的最"政治"的演说。

十五、陆财宝良心回归

广诚低着头回到家中，竟有一封字体熟悉的信在等着他。广诚打开信一看，立即就拔腿跑到大智旅馆在大智路顶角上三楼临街的那间房。

开门迎接他的是一个穿着衬衫和背带西裤的男人，五十多岁，似乎有些面熟。广诚还未来得及开言，那人就先喊出了声："广诚老弟！"

这一熟悉的声调，让广诚瞬间恍若隔世。那人关上了门，紧握广诚的双手又喊了一声，双眼泪闪。广诚认出来了："你……是财宝哥，你……那年一见就没你消息了，广诚一直心里惦记着你呢！"

陆宗汉稳了稳情绪道："我来找你不容易，你容我先把话说完。广诚老弟，财宝今日是登门还债来了。"

他一口气讲述了自己对田贵义的伤害与愧疚，眼泪掉了下来，拿出了一个钱袋，要广诚帮忙还给他。

广诚没想到人生的恩怨缘分这么盘根错节，一下竟很难想清该怎么面对。陆宗汉见他完全没思想准备，便岔开说："广诚老弟，这事就说到这里。我不能见田大哥了，一是我没脸见，二是我如今已身不由己了。我此来找你，还有别的事，如今的财宝已经徒有一张人皮了！"

面对一脸不解的广诚，他声泪俱下地简单讲述了自己这十多年的经历。看到广诚的脸色在变得苍白，他忽然跪下了。

"广诚，你财宝哥不是汉奸，我不想当汉奸，我不会当汉奸，相信我，我没有做过坏事。我每回晓得他们要害你时，都想方设法在给你报信。"

一身破烂的苦力陆财宝、差点害死田贵义的陆汉田，眼前衣冠楚楚的陆宗汉，这也是人的一生么？

广诚明白那几次给他重大提示的蹊跷纸条的出处了，看来财宝还是有良心、够朋友的。他伸手把他扶起来，说："财宝哥，田爷会原谅你的。你也莫要回去了，赶快去找警察自首。"他立刻又想到那样财宝太危险，又改口说："逃吧，跑到四川去。"

陆宗汉站起来，道："不管怎样我都难活命了，警察和日本人都不会放过我。好在日本人不晓得我和你的关系，要我来这里侦察你的打算。他们说汉口就要被他们占领了，想要你出任汉口商会维持会长。"

广诚有点捋清近日发生一系列的事了。他斩钉截铁地说："财宝哥，你知道，广诚是宁死都不会干的。"

陆宗汉说："我晓得，我只是劝你不要直来直去，你最好装得拿不定主意，拖时间。广诚老弟，要不是羽田看你女婿是日本人，宗方早就打算对你和你的家人下手了。也亏得他们在汉口人手不多，又被抓了灭了不少，手下的汉奸也没剩几个。虽说又有些日本人装成难民混进了汉口，但他们计划又多，一时还抽不出人来对付你。你要拖时间，赶快想法把家人悄悄送走。懂吗？广诚，日本人毒啊！什么事都做得出的！不是都晓得谢三金的事吗？不就为运了点糖来吗？谢家养的狗被人宰了头吊在大门口，吓得谢家全家都离开武汉跑了。不过你放心，我回去就说你好像还没拿定主意，先帮你稳住他们。不过你记着，时间不多，只怕拖不了几天了。"

陆宗汉又再三嘱咐他步子走稳，看好家里人，日本人是什么事都做得出的。

陆宗汉走后，广诚这才感受到强烈的震撼。陆财宝"身在曹营心在汉"，难道就活得心安理得么？自己万万不能像他一样！那样昭萍、昭舫、甚至静娴就再也瞧不起自己，自己在汉口从此再见不得人！

他告诉自己不能乱，一个人大节要紧，"钱"更是身外之物，但要一步步走稳，免得家人受株连。

他把田贵义请到账房，讲完了陆财宝的事。田爷听后竟半天不能言语。那个钱袋里放的钱，十倍于他当年的损失。真个人生如戏，是天意让他来帮广诚成就一番事业么？

广诚向他细细说着自己的打算。又拿出一张一千元的银票塞给他。田贵义把银票推过来，说："广诚，你把我当自家的老人，我岂不懂得？你叫人帮我在乡下置的田地，我原都不想收的。你的家底我还不清楚？你出门处处要用钱。听我的话，我硬朗着呢！小日本气数长不了，我等你回来，一定还来帮你。"两人互相推搡着，眼眶都湿了。

十六、拒当伪会长

黄老板果然找来了。

广诚叫把他接到了“通成”的二楼，努力摆出了个笑脸问：“黄老板亲自登门，有何贵干哪？”黄老板说：“那天你走得那么急，茶都没喝好。我有心交你这个朋友呀！”广诚笑道：“好好好，黄老板我也要交。说，要来点什么，我请了。”当下就为黄老板点了几个拼碟和小吃。说：“您家慢慢吃，不够再添。”说完就准备离开，黄老板连忙起身道：“哎，莫慌吵！我还有话说。”

黄老板一边称赞着端上来的菜，一边说：“曾老板，你我偶然认识，但是您家的风范叫小弟佩服哪！那天那个杜老板也是对您家夸不完。”广诚见又说到那个姓杜的了，想起了陆财宝的话，便笑着敷衍了几句，等着他倒出葫芦里卖的药。

黄老板压低了声音，“曾老板，汉口怕是守不住了，你看，每天伤兵一船船运过来。日本人的武器厉害得很哪！半边中国都丢了，武汉能顶多久咧？”

广诚低着头，好像在沉思。黄老板又说：“那天那个杜老板，你也知道，是从下江来的。他可是有钱的大老板哦！日本人那边他也认识了不少人。”广诚知道，就要切入正题了，便耐心等他往下说。黄老板继续说道：“杜老板劝你不要走了，说愿意帮你把‘通成’办下去。他说曾老板办成这么个有名气的餐馆，垮掉太可惜了。他怕武汉近来银根紧，说愿意借两万元钱给您家周转。”说到这里，黄老板停下了说话，径自喝酒吃菜，等着广诚的反应。

广诚顿时心里大亮，财宝说的竟然全是真的。我曾广诚在汉口算老几？怎么就被日本人盯上了呢？他觉得这简直是耻辱！狗日的日本鬼子！两万元，好大一笔钱哪！老老实实守着“通成”，不出大事、客源充足，也怕要两年才赚得到哪！他压制住内心的愤怒，平静地问：“那，我该怎么报答呢？”

黄老板从嘴角一直笑到眉毛尖，说：“曾老板真是明白人！其实哪要你报答什么？杜老板说，只要日本人来后，曾老板出来做武汉商会的维持会长，并且带头开业，就借条都不用写了。”

此刻，广诚真想把姓黄的拧起来，送到警察局去。我曾广诚和日本鬼子不共戴天！但他记起了财宝的话，的确害怕日本特务报复他的家人。他猜想，日本人已经有力量在武汉大肆活动了。

广诚竭力让自己笑了笑，“谢谢杜老板了。不过，钱，我是不敢要的，当会长的事眼下我也还不敢应，这里到处都是便衣，搞不好，我被当做汉奸毙了，有钱都没地方花了。”

他看着黄老板的脸，故意装出推心置腹的样子，“其实，离不离开汉口，我还真没拿定主意。那天我都说了，到宜昌我再没本事开餐馆了。可留下来该怎么办？继续开馆子行不行？我得要小心计议才是。有你刚才的话垫底，我心里踏实多了。这样，你先让我想想。”

他必须稳住黄老板。因为他切实感觉事态越来越严重，准备晚上等昭舫回家吃饭时和他商量对策。

这几天，昭舫正负责组织和策划“业余歌咏团”成立一周年的庆祝事宜，还准备为此出版一期特刊，纪念与回顾歌咏团一年来的历程和他们的工作。为此，昭舫到处奔走，一一请到郭沫若、田汉、冼星海、王莘等四十多位名人题字或签名，交由薛培莜负责将名人们的手迹印到“特刊”上。

他和李毓章、周艾琳一同到了武昌冯玉祥将军的住所，请他为歌咏团题词。冯将军一眼就认出了他们。当昭舫回答冯将军，为什么没有政府资助还能发展成五个分团，包括“儿童歌咏班”、“三八女子歌咏团”，并能有如此大的影响时，冯将军听得十分兴奋，当即拿出了二百块银元，作为对歌咏团的捐助。

将冯将军的捐款送交歌咏团财务管理人薛培莜后，昭舫又带歌咏团参加了三厅组织的“国际反侵略宣传演出”，很晚才回。

此时广诚已等得心急如焚，顾不上儿子还没吃饭，就把他叫到六号楼下的账房，对他讲述了自己近来遭遇到的事。

昭舫听罢，气愤地说：“太无耻了！太猖狂了！我去报告。让警察先把姓秦的抓了，再去抓其他汉奸。”广诚连忙把他按下：“儿子，日本人盯上我们家了！你是不怕，可你妈和秋平呢？只能先稳住他们。现在武汉看来是守不住了，我打算让你姐送我们先走，你兴汉伯伯都不声不响帮我们安排好了。就是你，一个人铁了心跟着政府，爸爸就依了你，你自己可千万要小心哪！我走后，淘气会不走漏风声地帮忙接着开业，一直开到你离开。还有，童家最近也打算走了。

爸爸问你,他家四小姐和你说好没有?”

昭舫把眉头一皱,说:“爸爸,这时哪个还有心思说这些。”

广诚说:“其实爸爸最不放心就是你。我不敢和日本人硬来,也是怕他们害你。你是你妈的命根子,要不是生了你,你妈在曾家哪能挺直腰来?爸爸都五十多了,也攒下了几个钱,一直盼望你好好成个家。可童家四小姐,一来他家高出我家几丈,二来四小姐心气也高,听人说,比你还想革命。爸爸就怕你和她一起跑到延安去了。”

昭舫摇头笑道:“爸爸刚才还说我什么都跟的政府,怎么又讲起延安来了?”广诚说:“你和冼星海两个人关在房里延安长、延安短,你当我是聋子?儿子,我们家的伢都不是扛枪打仗的料子,你哪吃得了那份苦?”

昭舫低着头不去言语。实际上,当时的延安像巨大的磁石一样,吸引着成千上万爱国青年的心,昭舫也没有例外。看着沮丧的父亲,懂得舍弃“通成”对他的打击有多大,不知怎样才能安慰他。

广诚叹了口大气,说:“爸爸明天送田爷爷回乡,我原一直想要养他二老到天年,也怕成句空话了。我为他在乡里置了几亩田地。哎,这年头,城里的地皮贱得卖不出去,乡里的,涨到一亩要卖两年半的收成的价。最伤我心的还不是‘通成’关门,等胜利了我们再开么!就算开不成,有儿有女我和你妈还愁了吃饭么?是你广瑞伯伯伤透我了。”

昭舫见父亲表露出难以抑制的痛切表情,连忙问:“广瑞伯伯怎样了?”

广诚喝了一口茶,说:“莫看他话不多,伤人可在行!今年‘跑马场’是停了赛事,可那里又是大会小会,又是驻军,一直都还有生意。我们的摊位不也办到去年底才停么?他硬说他那茶馆亏了本。回乡对人说,我是把啃剩的骨头丢给他。你淘气叔叔气得当面骂他没有良心。”

昭舫说:“他那小儿子每次进汉口大把花钱,吃喝嫖赌都来,每次都是他拿棍子把他打回乡里去的。”

广诚正色道:“人家家里的事莫去管!这些都算了。他来找我,怪我‘大智旅馆’不交给他,也不晓得他从哪里晓得的。我说,人家老戴是股东啊!当经理名正言顺啊!他就接着开门见山要我把‘通成’给他。我先还高兴,自家兄弟接手,还是姓曾嘛!就跟他说,你不怕日本人来了杀人放火?生意难得做的哦!

他反问我租金是不是交到了明年3月的。我说是，租约定的是到民国三十年租金不变。哪晓得他接着说，他是为帮我这个兄弟，出来担这个险，所以这店，要我给他留三千元钱当本钱。嗨，他这辈子说话都没有说得这么顺畅过！我还以为听错了，这不是趁乱打劫吗？这是我的堂兄啊！他爹和你爷爷是亲兄弟啊！我们一个锅里吃大的啊！天底下哪来这样的道理？我气得拿不出话来说他，只说我拿不出钱，打算这'通成'关门不办了。他倒发火了，说我向来都是宁肯帮外人也不帮他，说我在汉口的每笔生意，本来最少都有他一半的力，把我气得要发抖。"

昭舫听父亲说完，不禁从心里同情父亲。从他记事起，他就看到父亲总在暗地帮着广瑞伯伯，向来不求报答。但没想到他借这个机会来强要堂弟的资产，的确太自私。他只好劝慰父亲说："爸爸，你莫要气坏了自己身体。依我看，损失大的是'大智旅馆'，我都知道当初为了这旅社投资好几万哩！我们认了吧！等打垮日本，我们再把更多的赚回来。"广诚听到后头这句，得到大安慰，连忙问："到时你会帮我？"昭舫说："你是我爸爸，我怎么会不帮？"广诚觉得这话虽然很空，但还是令他宽心。

但是广诚把先撤离的打算告诉静娴后，却遭到了坚决的反对。她认为如果为了家人，那昭舫是她放在第一位的，她要留下来和昭舫一起走。广诚与昭瑛、昭舫一起劝说了半天，直到昭舫编出瞎话说自己要随演剧队步行，无法带着母亲后，这才把她勉强劝通。

事实恰恰是按静娴的担心的方向在发展，只不过曾家的人哪里会想得到？宗方在得知黄九（黄老板）与曾广诚谈话的详情后，马上断定曾广诚是在用缓兵之策，何况上海的特高课已经回答过他，叶知秋即使是日本人，也是鹿地亘一伙的反战分子，所以果断地决定逼姓曾的一下，给他尝点厉害。最有效的做法是，绑架他的儿子、"极端的抗日分子"曾昭舫。

十七、艰难的放弃

根据总的战略安排，三厅正将一批演剧队伍和歌咏队伍（首先是上海来的演剧队）进行重组，组织歌咏骨干集训。政府的宣传部门也当然不会落后，也在抓紧培训和动员。汉口这边，“业余歌咏团”的王杰臣、曾昭舫、李毓章等数人也接到了通知到市党部集训。

昭舫报到完毕，打算回歌咏团，在走廊遇到了滕培英，说省里的周书记长请他去一下。

昭舫跟着来到了一间办公室。周远涤满面笑容地迎接着他，请他在沙发上坐下。

秘书送来茶水后退出，周远涤和蔼可亲地叫昭舫喝茶。他见昭舫有些拘谨，便很亲切地说：“汉口这边我来得少。市党部多次在给我的汇报中提到你们的杰出贡献，我也在家里从艾琳的言谈中知道一些你们的情况。让我觉得，曾先生是党国的热血青年，是可贵的人才，眼下虽国难当头，但是我们的民族空前团结，这与其中像你、像冼星海这样的优秀分子的忘我投入是分不开的。”

昭舫还不习惯听到一位高官对他个人如此高的评价，有些不知所措。

周远涤继续说道：“武汉保卫战，我们的中国军队以血肉之躯对抗着日寇的飞机大炮，粉碎了敌人‘速胜’的梦想，抗日战争正在由防御阶段向相持阶段转化。但是由于敌我国力的悬殊，国民政府可能需要作战略上的撤退，一些部门和重心都要西迁入川。不过这绝不是溃逃，而是有计划的转移。我们要有信心，要相信领袖。哪怕打到我们文职人员都上了战场，我们炎黄子孙都永不会屈服，永不会言败！”

周远涤喝了口茶，观察到昭舫已被他的言辞所激励，便用家庭式的谈心口气问：“曾先生加入了什么党派？”昭舫答道：“没有，学生生性散漫，从没加入什么党派。”周远涤问：“前些时，三青团专门派人到你们团里活动过，你都没打算参加？”昭舫答：“没有。”

周书记长笑道：“好的，其实那就是‘力行社’换了块招牌，我都对他们不感兴趣。艾琳也没有参加。党派有它的局限性,也没必要为主义势不两立。我拥护领袖主张的'化多党为一党',一个政党、一个主义、一个领袖!我虽是国民党干部,反而很佩服共产党的很多杰出人才。他们的周恩来、董必武,就都是我私人的朋友。"

昭舫不懂"中统"和"军统"内幕,又无意打听国共合作之奥秘,更猜不出他这番话的用意,便没有吱声。

周远涤仿佛并不在意昭舫的反应,接着说:"反倒是我党中良莠不齐,令人痛心。曾先生在武汉大学遭遇的不公正处罚,让人愤怒。我妹妹采取的行动,也间接表达了我的看法。"

昭舫感动了,仿佛觉得周书记长看来正是百姓们所寄予厚望的政府中的正义人士之一。

周远涤点燃一支烟,继续说道:"我反对用这种粗暴的、不负责任的手段改变一个品学兼优的青年的前途。我党认为,虽然国难危急,但教育更重要,教育是我们民族的未来!每个学生都是国宝,十年之后,国家之命运就掌握在青年们的手上。"他停了一会,继续道:"我找过教育部的官员。武大校董会倒是略有进步,通知了我妹妹艾琳到四川乐山报到。但有些人至今仍然食古不化,我不便勉强他们。想到中央大学工学院已迁到重庆沙坪坝松林坡,其校长罗家伦[1]与我有故。我有意介绍曾先生到其工学院参加插班考试,以争取继续完成学业。不知你意下如何?"

昭舫的眼前顿时一片明亮,摆在面前的是进入民国最优秀学府的一次宝贵机会!他脑中掠过了父亲满怀期待的眼神,那魂牵梦萦的校园生活,甚至想起楚妮曾经的劝告:"昭舫,答应我,如果有这样一次机会,你不要傲慢地放弃。"

"但是接受了周远涤的恩赐,我将失去什么呢?"他想。

这机会换了别人也许是不可能的,显然,这并非周书记长的特别青睐,肯定都是与周艾琳有关的,不管周书记长多么开明和爱国。但是,接受了他的帮助,也就意味着准备背叛楚妮。想到这里,他低下了头。

① 我国近代著名的教育家,思想家,社会活动家,民国时担任过国立中央大学、清华大学校长。

周远涤当然不会觉察不到昭舫的犹豫，他已经迅速地洞察到原因。他不动声色地说："我是尊重人的，我不会凭主观去安排一个青年的未来。你不必马上回答我，回家去和你父母商量一下吧！我有可能会在几天后离开武汉，艾琳这几天还会尽量参加你们的活动，我等待你的回答。"

昭舫回到团里，要求毓章去主持当天活动。他要自己静一静，来把周远涤的每句话都拿来细细想一遍。周远涤的建议显然没有恶意，而且太有诱惑力了。看得出这是周艾琳努力的结果，周远涤不过是出于对妹妹的爱才出手帮助自己的。周艾琳啊周艾琳，哪怕把流亡到武汉的人士都算进去，也找不到你这么美丽的姑娘！几乎所有重要演出都会邀请你报幕，你难道真看上了我、看上了再平常不过的曾昭舫吗？

歌咏团的活动不知是什么时候结束的。昭舫看见戴六儿还在和薛培莜、魏公博一起打扫整理，而周艾琳则站在门外，用眼睛望着他。

他知道不应该回避，他认为应该尊重她，便微笑着朝她走去。

"不早了，我送你去搭船吧？"他友好地说。

"我今天不过江，我哥哥也在这边。"周艾琳回报以微笑，明亮的大眼和长长的睫毛传递着期盼。昭舫看着她，更感觉她的魅力简直是难以抗拒的。

他们走出了"公益会"，顺着大智路并肩慢慢走着，昭舫感到要开口说话实在太难了。

倒是周艾琳先说话，她问："我哥哥找过你了？和你说了？"

昭舫抬起头，连答带问："啊。都是你的意思？"

艾琳坦然地回答："是啊！我们都要去重庆了，我也不能留下来搞宣传了。兵荒马乱的，还不知道这一走，哪天才遇得到呢！你受了那么大冤屈，你哪点像个共产党，选上你来开除？要我看，李厚生、郭佩珊、万国瑞都比你像，他们倒一个个都没事！昭舫，中央大学比武汉大学的名气又高一档，多么难得的机会啊！你一定考得上的，去那里读，气死武大那些有眼无珠的蠢材！"

周艾琳啊周艾琳，你简直太真挚、太执著，又实在太天真了！

他不知道该从何说起，他觉得自己是有愧于她的，但是又不能自作多情地把这种感觉说出来，便努力使自己平淡地说："你过几天就走啊？我们歌咏团又少了一名不可多得的团员了。我相信每个人都会很遗憾的。但是，我还准备留下来和歌咏团一起。”

艾琳道:“没有关系啊!”她从挂包里掏出一张周远涤的名片递给昭舫,“这上面有我们家在重庆的地址。还有,我是去乐山,还是武汉大学的中文系啊!你只要在年底前到重庆,就可以赶上插班考试。要是汉口船票紧俏,你就拿我哥哥的名片去买,保险通行无阻。”

昭舫认为,如果再让跟前这个纯真的姑娘的幻想继续下去,那便是自己的无耻。便把牙一咬,说:“周艾琳,你没听懂我的话,我不……不……不打算去中央大学。”

周艾琳猛地停住了脚步,沉下脸说道:“什么?我听没听错?你再说一遍!”

昭舫又坚定地重复了一遍,周艾琳把头扭开到一边。她简直无法接受这个现实,尽管她设想过这个结果,但是凭她半年多的观察,昭舫和自己在一起的时候最多,与别的女孩、包括童楚妮,都接触得并不多,而且很明显地都保持着距离。

看来自己错了!

她忘记自己是站在马路中间的,眼泪正夺眶而出,她再不去正眼看身边尴尬站立着的昭舫,说:“谢谢你的回答。不瞒你说,我曾猜过你会这样,令我悲哀的是,我猜中了!”

昭舫讪讪地说:“你的心真好。真的,我很感激,这个机会的确太珍贵了,只是……我真的不配,也没有这个福气接受!周艾琳,我……对……对不起!”

艾琳冷笑道:“我又没有责怪你。我只是终于得到证实,我是多么愚蠢!”她后面几个字几乎是喊出的。

昭舫赔笑道:“你又来了,其实我一直把你当成一个非常知心和可以信赖的朋友的,你为了维护正义,主动作出了那么大的牺牲,帮助我,和我一起共患难……”

周艾琳不耐烦地打断他的话:“把你这些虚伪的陈词滥调收起来吧!一年前,也许我会为你这些话感动得心潮澎湃。但是现在,你这些话只能用来哄哄章祯青那样的小姑娘了。老实说,如果不是为了在抗日战争中拿出自己的一份力量,我早就想过离你远些了。怪只怪我还天真地以为你是单纯的、粗心的,是迟早会看懂我的。我真笨呀,不愿相信你是一个从未认真重视过和准备去了解我的人。”

昭舫觉得他不应该承担哄骗和利用艾琳的感情的责任，便急忙解释说：“周艾琳，你怎么总要这样想？其实我从来就没有过……”他不知怎样说才好。

周艾林则更加怒不可遏，大声说：“我总要怎样想了？没有过什么？我说过什么？你是不是以为你在我心中有多了不起？”昭舫哪里见到过女孩们那隐藏着的锋利的另一面，一下竟面红耳赤，央告道：“你小声点，都有别人在往我们这边看了。”周艾琳用鼻子哼了一下，把声音变小了一点：“曾昭舫，我不想再讨论毫无意义的话题了。再会吧！我想，抗战既然是持久的，会更需要有知识的人。我要去读书报国，至少比跟着你当一个可有可无的合唱队员和报幕员更有价值。”

艾琳大步地离开了。看着她的背影，昭舫不知究竟是少了一个红颜挚友，还是了却了一份感情上的负担。不过他同时感觉到了一份无法挥去的郁闷，不是对放弃名牌大学的惋惜，而是对待一份真挚情感的内疚、无奈，也许还有留恋。

十八、黎黄陂路口的枪战

“业余歌咏团”是个组织不严谨的群众团体。宗方派出的人没费多大力气，就打听到了，9 月 12 日晚，歌咏团庆祝建团一周年庆祝大会将在汉口“青年会”礼堂隆重举行。届时冯玉祥将军以及郭沫若、田汉等三厅负责人、政府和省市党部某些官员都会出席，他于是命令特务出身的黄九在晚会后绑架曾昭舫。

羽田建议宗方换个时间下手，因为众多要人的出席势必会使会场的保安级别提高。但宗方不愿再拖了，他分析，等会议结束后，大人物们一走，保卫一般比平常还要松懈。而按通常以往，在大会结束后，曾昭舫会留下来指挥人收场子，自己最后才会离开。等他那时出大门再伺机下手，最为有利。

1938 年汉口业余歌咏团成立一周年特刊

为了万无一失，黄九派人租下了离青年会不远的一处两层楼民居。并亲自领着雷胖子等人，加上路口接应的人和车，一共竟多达十多人（都是雷胖子搜罗的地痞和帮会的成员）参加行动。

八点许，他派出的眼线来报告，说会议已经开始，曾昭舫的脚踏车就停在大门口不远的人行道，里面会场是王杰臣在主持。

会场激情的歌声飘到了街上，传出刘雪庵用常任侠的歌词谱写的《业余歌咏团团歌》：

我们要战斗！我们要战斗！我们是一群战斗的青年……

我们要创造一个新世界，把法西斯势力打翻……

莽苍苍、好江山，浩荡荡、大平原，

伟大祖国，上下五千年，

我们流着汗，耕种好田园，

我们流着血，争取生存权！

把正义的歌声送到世界人面前。我们要战斗！

我们要战斗！我们是一群战斗的青年！

黄九听着传来的歌声，觉得时间太长，一支接一支地抽着烟打发时光。

忽然，他听到在大门口放风的人喊了声“哎呀”。黄九大惊，慌忙命几个人操家伙下楼，却听到下面已经在喊“不许动，举起手来”了。

黄九知大事不好，把雷胖子一推，说：“开枪往外冲啊！”

日寇特务张狂得太过分了。随着战事的紧张，由“复兴社”新蜕变成立的“军统”也加紧了反敌特侦破工作。魏公博小组通过对秦禹洲布店等处的耐心监视，已经将黄九及其直接领导他的羽田等人的活动尽收眼底。加上公博在和昭舫的闲谈中，还套出了黄九在广诚身上下工夫的事，知道日寇为配合其军事进攻，也在商界加紧了活动，便把这些情报专门报告了郑扩儒。

郑扩儒根据他提供的情报分析，却以为黄九今天的集结恐怕不只是针对曾昭舫，而是为了刺杀参加庆祝活动的政府官员。日特又准备在武汉全面进行大规模破坏活动！他果断地决定收网镇压，一场大规模搜捕在武汉三镇同时进行。

负责会场外行动的是毛竞飞所在的小组，他已参加了一年的专业培训了。他跑在最前，打翻了守门放风的人就往里冲。雷胖子看见有人闯进来，吓得胡乱放了一枪，差点就打中了毛竞飞。毛竞飞大怒，抬起手来就是一枪回击，只听“啊”的一声，雷胖子膝盖中枪，如同死猪般滚下楼来。

毛竞飞把雷胖子交给身后的组长，自己带头冲上了楼，抓住了两个。他见后窗子开了，知道有人跳窗跑了，便哈哈地笑了起来，对着窗下大喊：“蠢汉奸，自投罗网啰！”话音才落，就听到窗下的巷道里传来黄九杀猪般的叫声，他越发得意地大笑起来，原来他们早就布了埋伏。

这天晚上，郑扩儒亲自带人包围了羽田的藏身住所，当场击毙了几名顽抗的日特。狡猾的羽田早就打通了隔壁房间，化装成女人打算从邻家溜掉。没想才走出后门，就被警察扭翻在地。郑扩儒也哈哈笑了起来，他终于抓到一个重要的日本间谍了。

因秦禹洲的住所已经再没有了监视价值。当晚，这个无耻贪财的人也被逮捕，布店遭查抄，他一家人的哭声惊动了半条花楼街。

"业余歌咏团"的周年庆祝会则顺利地进行着。开完大会，照例是魏公博和戴六儿陪昭舫收拾到最后。魏公博装得没事人一般，邀他们去消夜。街上五步一岗站着宪兵。公博故意指着他们说："你看，这莫不是为我们大会警卫吧？"昭舫还真的觉得奇怪。

当夜，郑扩儒对已抓获的人进行了严刑拷问，得以一举又破获了日寇在汉的两处联络点，取得了一次较大的战果。但宗方武彦凭借对道路的熟悉，已经逃遁隐蔽。

以后一个多月，有半个多世纪租界历史和最资深特务网的日本间谍机构，都没能在武汉组织起像样的破坏活动。

1938年，街头的儿童

武汉人民支前游行

十九、撤离

冼星海是在 10 月 1 日离开武汉的。

几天前，他曾最后一次到昭舫家来，向昭舫全家告辞，说他将离开武汉了。三厅的意思，是要他南下去长沙或桂林。

想到就要分手，昭舫很是难过。他把父亲给将去重庆的地址抄给了星海，勉强打起笑容说："我爸爸已经决定把店关掉，到重庆去。等你也到了重庆，一定还要来我家，把嫂夫人一起带来。我们好好欢聚一下。"星海点头说："那当然。不过，我这次不是去南方，我对你说过，我有我心中向往的地方。"他把眼睛停留在昭舫的写字台上，那上面正放着他最近的新作《到敌人后方去》。

"说心里话，我不喜欢几个月来这样停留在城市里宣传的方式，它与我们原先从上海到武汉的前进式宣传方式差异很大。虽说宣传活动规模盛大，歌咏活动也越来越壮大。但是，实际上官办化了，形式化了，失去了民间的土壤，也就失去了群众歌咏的真正活力，我的灵感也因此越来越少了。"

昭舫想起，他和毓章、王杰臣等人近来也有很强的同感，随着活动的自主性越来越少，限制却越来越多，他们的大量时间精力不得不花在与党政军部门周旋、平衡、接受审查以取得合法化上，而成立最初的激情与效果的确越来越少了。

星海问："你们团打算怎样？"

昭舫摇了摇头说："我们团可能要解散了。我听汪云说，'三八女子歌咏队'不少人可能到鄂北去活动。"他从楚妮哪儿也听说过，大概是董必武先生建议的。他继续说："王杰臣却想把歌咏团先撤到宜昌，再看形势而定。你知道吗，我和王杰臣、李毓章还在参加市党部组织的集训，每天都得承受逼我们接受'招安'的压力。武汉卫戍司令部政治部上月就宣布强令解散了'青年救国会'和'蚁社'！我看，要不了多久，救亡活动又会被禁止的。"

星海说："是啊！你知道，三厅以上海的救亡演剧队为骨干，把各地聚集到武汉的救亡剧团一起打散，重新组成了九个抗敌演剧队、四个抗救宣传队，再加上孩子剧团和电影放映队，也组织了受训，然后将有计划地奔赴各地。我认为

武汉难民大撤退

这样并不好。结果不出我所料，原来老演剧队的干部被分散安排后，就受到那些队的排挤，连我也不例外。此外，那套'音专派'、'业余派'的说法又抬头了，有的队甚至不愿唱我的歌及抗战初的救亡歌曲了。昭舫，这让我很难受。"

昭舫说："这些我都知道。说真的，我也有些灰心了。"

星海的笑容在脸上绽开，说："我向往的充满创作生机、全身心投入抗日活动的地方。我就要去了！"

无需再加说明，他们都心领神会，两人脸上泛出憧憬的笑容。

星海给了昭舫一张他穿长袍的全身照片，背面有钢笔写的留念和签名。

昭舫则给了他一张大学时的照片，哽咽着说："星海，记住我！给我写信。我可能会去找你的。若没有机会，胜利后一定和我联系。"星海说："昭舫，你是我来武汉所交的最贴心的朋友。我永远不会忘记你。胜利后，我一定回来，找你。"

他们还处在生命力最旺盛的年龄，毫不怀疑中国会胜利，并相信将会有很充裕的时光等待他们去大显身手。但他们哪里能预料到呢，这竟是他们的永别！

星海走了。武汉的撤退已在大规模进行。10月初，武汉三百多艘轮船陆续撤往长江上游。

由于实力的悬殊，国军节节败退，分五路进攻的日军已初步对武汉形成了东南北三面包围之势。武汉东面已因田家镇的失守而大门洞开；北面因鄂豫边界重镇信阳失守、平汉线截断，武胜关平靖关动摇；南面日军已占领黄石和葛店。

武汉会战伤亡日军约12万人，击落日寇飞机100余架，击沉日舰艇40余艘，击伤达600余艘，中国最高军事当局认为已极大挫伤日寇的锐气，达到了大部分战略目的。武汉已守不住，当局决定进行战略改变，放弃武汉，保全主力军队的完整，以空间换取时间，以持久战继续和日寇抗争。

"大智旅馆"终于遣散了房客，彻底关门，老戴租了卡车把能运走的东西全部搬往法租界的一个仓库！"祁万顺"也彻底关门，祁家全部回了黄陂乡下躲避。

10月12日，日军攻占麻城的消息传来。

那天，阴冷的空气提前笼罩着武汉。昭舫带队员悄悄先将家里的行李送走。广诚带着静娴，昭瑛抱着秋平，如当年偷送共产党般，不声不响分批出门，在江边会合，登上了一艘去宜昌的客轮。

昭舫送走父母亲后，总算松了一口气，便回市党部集训。刚进大门就被滕培英叫住了，在他那已是一片狼籍的宣传部办公室坐下。

滕培英笑道："'通成'的莲子汤今天怎么没有卖了？我可是自从到了市党部就每天去你们家就餐哟！"昭舫一边在心里猜着他想说些什么，一边笑着说："暂时喝点伏汁酒吧，胜利后我再请你，可以吧？"

滕培英"嘿嘿"地干笑了两声，说："眼看就要撤出武汉了，市党部也即将合并到省党部。可'业余歌咏团'是我们市抗日宣传的一面旗帜啊，应该把它继续举下去！你说对吧？但是，一支业余队伍是很难坚持下去的，经费就是大问题。我想重复一年前对你说过的话，省党部希望把你们团纳入编制下，给你们发补助薪饷，还由你们自己管理，不派驻代表，你们现有的宣传内容都可以保留。但是，要求服从统一的活动安排。可以吗？”

昭舫笑道：“我要先感谢你的特别关照了。”滕培英说：“客气什么？我们是同学嘛！这是省党部的意思。我不过……”昭舫没有等他表功，说道：“我们那个团，本来就没有什么约束，帮忙撑门面的上海文化人已经都走光了，本地团员大部分是拖家带口的，多数不会撤离。就是不垮，也剩不了几个人了。”

滕培英说：“不、不、不，老弟怎么这么没信心呢？只要有我们武大的几个老同学在，有你、李毓章、魏公博，就有了歌咏队。”昭舫不想和他纠缠，虚晃一枪说：“我一个人能作什么决定呢？我得先向他们转告，听听他们的意见，好吧？”

其实歌咏团董事会早就开过一次会，决定不接受市党部的招安，就在下次活动时进行宣布解散。虽然他们心里谁都不愿舍弃这支充满抗日激情的队伍。

在参加庆祝“万家岭大捷”的宣传时，薛培莜代表董事会向大家宣布了解散的决定。女孩们当场就哭了。接着像炸了锅一样。有相当一部分人要求学离汉北上的“三八歌咏队”一样，集体西迁，随军撤到宜昌，不愿留下当亡国奴。

董事会只好进行了紧急讨论，决定接受大家的意见，自愿留队的在16日集合离汉。因王杰臣和昭舫、毓章均还在市党部参加集训，不能和大家一起走。

万家岭战役中，我军重机枪阵地

暂由薛培莜带队。当下自动报名的竟有三十多人。因周年庆祝会冯玉祥等人的捐款,团里还剩有近三百元的经费,也全部交给薛培莜暂时保管。

昭舫在安排完团里的事后,跑到电信局往楚妮家打电话。电话拨通后竟刚好楚妮在家。楚妮说,她被安排于 19 日动身赴宜昌,她母亲萧雨杨坚持不愿随父亲去重庆,在楚妮配合父亲的动员下,终于同意明日动身去她汉中老家。楚妮说和他在武汉可能没有时间见面了。她留了个宜昌的联系地点,昭舫也把颜秉兰给他们家在宜昌预备的一个落脚地点告诉了她。

一元路小学西迁

打完电话,回到只剩下不多家具的公新里六号。他感到心里发空,难受得想大哭一场。

家里能变卖的已托赵凯鸣拖走,“通成”几天后将不再开门。能运回乡的剩余粮油及物资,将由淘气和和尚带“义田湾”的店员们运走。广诚本意叫他们自己分了,但这些忠厚的店员们认为已经多拿了工资,一致决定把这些带回乡交给广智。

倒是广瑞表现出与众不同的兴奋,他已经准备免费接管搬不走的桌椅与家什,并放话说谁愿留下来就投奔他,他要继续开办“通成”。他不顾昭舫还在家里,就把自己的铺盖拿来放到了楼下账房。

牛万贵为昭舫送来饭菜。他是“通成”准备徒步逃难的唯一职工,他老婆的娘家在鄂西。

忽听杜季卿在楼下大声叫着“大少爷”。昭舫听叫得急迫,连忙下楼。杜季卿一口气说了戴六儿的近况。原来,几天未在歌咏团露面的戴桂香,竟是从家里楼梯上滚下来摔断了腿,在万国医院做了手术,因此打上了厚厚的石膏,现在法租界的家里养伤。六儿个性强,很想带伤拄杖随队西迁,但被她父亲和家人坚决制止。她叫杜季卿带口信说,要昭舫走前无论如何去见她一次。

昭舫听说这些，又想到六儿在队里一向勤勤恳恳，不知做了多少杂勤事务。他自然也曾从母亲那里听说过戴老板“提亲”的事，知道一点她的心思。于是，他心里更加难过，觉得应该马上去看她。家里的自行车、黄包车都已卖光。他便一路小跑，到了六儿的家。

六儿虽说一向外表刚强，此时内心的脆弱却再也掩饰不住。见昭舫气喘吁吁地跑来看她，眼泪立即像断线的珍珠般滚了下来。昭舫说了些安慰的话。六儿只是低了头摇着，末了忽然把牙一咬，把头偏了朝着里边，背对着昭舫说：“舫哥，我知道，你的心里，就算腾十个位置出来，也轮不到我戴桂香，我只想你听我说几句话，你莫要笑我不知羞耻。”

昭舫心里其实是十分尊重她的，忙说：“六妹，你哪里能这样说呢？你不消说了，我都晓得。我们团里的每个人都看到你早来晚走，把别人不想做的事都做了。都说你好，你的心最好。”

六儿说：“那不值得说。那是抗日工作，我做不了大事，做点小事。”

她忽然转过脸儿，双眼睁得很大，紧盯着昭舫，仿佛想把他硬摄进自己的心中。“舫哥，我本想随你一起走，但是老天爷不肯放过我。看来，我这辈子硬是没这个缘分，这就是六儿的命！你能来看我，我也就知足了。但有句话我要告诉你，不得到舫哥成家的消息，六儿这辈子是一定不会嫁人的！”说到这里，她竟出声哭了起来。

昭舫为她的真情所感动，连忙劝慰她说：“六妹，舫哥很感动你的一片真心。但是，天下比我好的人多的是。你这么年轻，千万不要那么傻。”

六儿哭着说：“你现在要走了，时间很紧，我也不说多的废话了。到了宜昌或者重庆，你一定要给我来个信。将来娶了嫂子，也一定要告诉我，好让我彻底死了这条心。”此时，她已经泣不成声。

老天哪！你到底是以什么用意安排这个世界的，让不幸的人总是比有幸的人多得多？但这一次是你刻意的安排吗？这次意外竟为武汉留下来一位女英雄，几年后，武汉三镇将出现一位让日寇和汉奸闻风丧胆的“六姑”！

昭舫离开戴六儿后，心中久久不能平静，六儿竟有那么一片痴心，远不是那些经常涌进天井喊他名字的那些女孩所能比的。他想，能早些离开她也是好事。否则，自己一定会误了人家。

次日早上，他和李毓章、王杰臣到市党部接受完最后的“集训”。教官们都早已心不在焉。王杰臣说不准备和他们一起走。昭舫与毓章便打算去买船票。

忽然有人在云樵路口喊他，昭舫一看，竟是小姑娘章祯青。

昭舫问：“你不是去了光未然的演剧三队吗？”祯青说：“他们要往陕西去，可我想随你们去宜昌。”昭舫关切地问：“你买了票吗？”祯青说：“我妈派去买票的人说票好难得买，怕是不想让我走。我可不想留下来当亡国奴。曾老师，你带上我好吗？我帮你出船票钱都行。”

昭舫忍不住笑了：“竟是些小孩话。走，我们这就去买票。”

他们到了码头，才发现祯青母亲说的并非是假话，整个票厅内外被人挤得水泄不通，莫说买票，想进去打听一下都难。昭舫犹豫地摸了摸周艾琳留下的名片，说：“糟透了，但哪怕徒步上路我们都得走！这样，我还是先去找找王兴汉伯伯，他路子广，就住前面集家嘴。”于是三个人一齐朝“高头”走去。

忽又听到有人在大声喊曾昭舫，一看竟是魏公博。他满头大汗跑到跟前，说：“滕培英这厮，这辈子总算做了唯一一件好事：告诉我你们可能买票去了。我这才找到了你们。”

昭舫问：“你怎么没和老薛他们一起走？”公博道：“我还在登记处做搬迁善后工作呢！我们局20号撤到宜昌，我到那边总还要个饭碗吧？”

毓章不耐烦地说：“你今天哪那么多废话？昭舫正要去找熟人帮忙买票呢！”公博诡秘地笑道：“警告李先生，这关键时刻，千万莫得罪我！告诉你们，哈哈！我拿到了六、张、三、等、票！官价的！昭舫，我们四个，还可以再加两个人。”

几个人听说，高兴得一齐欢呼跳跃起来。亏得公博利用特殊身份得到船票，因为当时王兴汉已经带全家躲到乡下去了。他走时还随马车拖着几坛为通成酿的老酒，准备赶跑日本鬼子后与兄弟重逢开店时再用。只是他没有想到，这次离汉，与广诚兄弟和“通成”竟是永别。

公博在离汉前留下了极大的遗憾，他辛苦参加的对敌侦破竟没有得到完美的结尾。两天前，郑扩儒决定在撤退前枪毙关押的一批敌特汉奸分子，包括羽田和黄九等人。然而事情却让军统局大吃一惊：关押在特别看守所的人中有几人被掉了包，羽田、黄九均不知去向。一同失踪的，还有那位警察分局局长侯树坤。

沦陷时的武汉黄陂刘店的日军杀人场

二十、铁蹄下的城市

昭舫他们离汉两天后，即 1938 年 10 月 25 日，日军先头部队从大赛湖[1]乘船过渡进入汉口。26 日凌晨，日军从宾阳门[2]进入武昌。27 日午后，日军渡江占领汉阳。此时三镇完全失陷，侵略者的铁蹄践踏在武汉的土地上。

留在公新里六号的曾广瑞和他留下的两个义田湾的伙计，在家里躲了整整两天没有出门，在平台上向四周瞭望，见到汉口龙王庙那边大火烧了整整三天三夜，花楼街周边的老街道也全在大火中，有如当年冯国璋的手笔再现。街上不时传来枪声、破门而入的打砸声和女人孩子的哭声。

广瑞有些害怕了，但是他深信自己当年“大难不死，必有后贵”，这贵还没有来啊！自己哪会有不测呢？

① 即汉北存在过的黄土湖。

② 大东门，16 世纪改宾阳门。

他自以为得计，早备下了一个月的粮食，一大缸水，停电停水他早料到，也不在乎。他深信，等日本人“肃清残敌”后，一切都会恢复正常。他反正与世无争，管你哪个朝代，管你哪国占领，有人，就会要餐馆。这世界上，一切什么都是假的，什么爱国，什么牺牲，还有那些老掉牙的江湖义气、生财有道……一切通通是假的！只有钱才是真的！钱呀，有了钱就有了风光！到时候，将军、部长还不是会上门吃饭。乡里头八竿子打不着的亲戚都会找上门来，提着自己嘴巴里挤出来的鸡蛋、糍粑来巴结你。

他准备餐馆不再叫“通成”，本来就和他通成一刀两断了嘛！就叫“通瑞”。等我办红火了，还要把广智接到城里来看一看哩！

他踌躇满志地在家里待了两天，因停水不能用水，厕所实在太臭，只好把门关死不用。

第三天，他开门出外去解手，看见原警察分局局长侯树坤，正随一群日本兵大步朝他家走来。

一个日本人在天井哇啦哇啦说了几句后，翻译官对着他问：“你是这里的老板？你姓曾？”广瑞本来就语言少，被气势一吓，更开不了口，便点了点头。翻译官说：“你这房子被皇军征用了，你要让出来。”

日本军队在法租界大门前

广瑞想，这一定是个天大的误会；又想，自古伸手不打笑脸人。便掏出香烟递上前去，说："老总，前面是我的店，我正准备开门营业，招待皇……"哪知那个"军"字还未说出，一支枪托"砰"地迎面击了过来。广瑞年轻时是学过点武的，也被打得满眼金星，鼻血猛淌，差点摔倒。头疼还未散开，就见有一队日本兵从外面进来，径直向楼上冲去。两个鬼子走向他跟前，强搜他身。幸好他准备开张的一百多元钱都藏在鞋底——这本是为防自己的伙计不轨的，身上的几元钱和几枚镍币都被搜光，让他的心比脸还疼。

与此同时，被他留下的两个伙计，也哭丧着脸被抓到天井。

广瑞感到冤屈，他想皇军一定错把自己当成广诚了，一定把他和他儿子的抗日行动算到我身上了。

他们被刺刀押送着到中山路电信局门口的街道上集合。广瑞想找机会请侯局长帮他解释一下，他不是曾广诚，他从未抗过日，这店是他从原来的老板手上买下的，是因为相信中日亲善才买下的。却看到周围未逃走的店铺老板和公新里、东山里的居民们，包括那些出名的安分守己、不问世事、树叶掉下来都怕打破头的人，也都被赶在这里，但没有看见年轻一些的女人，不少人和他一样鼻青脸肿，这才想到日本人可能是不问青红皂白的。

"通成"、"祁万顺"紧闭的大门都已被斧锯破开，一条街的商店都被日军占领，间间店铺里面都满是日本兵，一目了然。

侯树坤身后站着一个日本军曹和一个翻译官，他开始对这群市民宣布：从现在起，所有人把钟表拨后一个钟头，统一使用"大日本"的东京时间。每天下午"新钟"五点，全市实行戒严，违者可当场击毙；汉口三民路以上到硚口，中山路和江边当中的一片划为"集中区"，凡是被勒令搬家的都集中到那里去，限时进出；并要求市民检举反日分子，如发现不报，同罪连坐。

被扫地出门的广瑞和一些挑选出的青壮年，像犯人一样被押往大火刚刚平息的"难民区"花楼街。据说要先去做"义工"。沿路上，站着持枪的日军岗哨。广瑞的榆木脑袋现在开始清楚自己的处境了，他被抓伕了，落难了，倒霉了！难怪广诚那么精灵的人都宁愿关门停业和背井离乡哩！看来自己上了那个来自己茶室喝茶的人的当，那家伙说日本人来了只要肯开门营业都会奖励、会补助，被选拔成优秀市民，被推荐到商会任职。

路过“金城银行”,队伍中的杂货铺的邱老板小声说,路口那家商店,日本兵冲进去将店主和小孩关在一个房里,把那女主人活活轮奸死了。另一个店员模样的人接口轻声说,大智路一个卖小百货的老头昨天想带家人跑到法租界避难,哪晓得法租界连巷子里、街上人行道都睡满了。法国人就把租界栅子关上不让进。那老头被日本兵拦着,就在“公益会“对门,把他的头按在大石头当场活活砸死,他家的女眷当场全被拖去奸污了。

广瑞听了,吓得魂飞魄散,这岂不是强盗土匪进城了!他庆幸自己“稳”了一着棋,没有忙着把家人搬来。但谁又知道乡下现在是怎样呢?乡下不也被日本人占了么?他此时真想回乡啊!

1938年10月,肩挑背扛的武汉人纷纷涌向了法租界;法租界将前来的日军拒之门外,还修建了铁丝网和沙包等防御工事

法租界关闭栅栏

汉口中山大道日军刺刀下的武汉难民

他们被押到前花楼附近一处灼温尚存的瓦砾中，在日军和警察的监督下搬运各处不难找到的尸体，一部分人被派拾捡其中的铜铁器，集中堆放。广瑞向汉水方向一眼望去，可直穿透余烟未尽的断垣残壁，一直看到大夹街和万年街尚未被全毁的房屋。童瑨家所在的那条花布街已经一片废墟。再远些，日军焚烧民房的明火还在不少地方继续燃着，大约是襄河那边一带，火势还在旺旺地烧。

搬尸体直搬到下午，也没有人"管饭"。广瑞又饿又累。当与人抬起一具僵硬的尸体时，他看清了这人胸前凝结在几处刺刀戳出伤口的大片血渍，他开始战栗。而当他看到日军当街射杀一个青年，又抬头看到一个电杆上如同葫芦串般挂着的一串人头时，这个冷漠的、心中从来只有自己的人，终于涌出眼泪来。

他哭了，他这才尝到亡国的滋味了，除了饥饿外，没有保障，没有安全，更没有尊严，随时都可能遭受灭顶之灾。他将活得像畜生一样！不，比畜生都不如！

他还不懂得，有良知的中国人是不会容忍这一切永远继续的！

因为这是我们国家、我们民族、我们城市的耻辱。

耻辱啊！

仇恨，血海深仇啊！

我们可爱的大武汉，你这繁荣美丽的城市，曾经带给我们多少骄傲和光荣。与每一寸我们中华的土地一样，在我们心中是那么神圣。炎黄子孙定会世代记住所有耻辱和仇恨，把你夺回来！一切血债，都会向日寇加倍讨还！